插图本名著名译丛书

约婚夫妇

I promessi sposi

Alessandro Manzoni

〔意大利〕 曼佐尼 著

王永年 译

人民文学出版社

图书在版编目（CIP）数据

约婚夫妇/（意）曼佐尼著；王永年译. —北京：人民文学出版社，2020
（插图本名著名译丛书）
ISBN 978-7-02-011109-1

I.①约… Ⅱ.①曼…②王… Ⅲ.①长篇小说—意大利—近代 Ⅳ.①I546.44

中国版本图书馆 CIP 数据核字（2015）第 194079 号

责任编辑　马爱农
装帧设计　刘　静
责任印制　任　祎

出版发行　人民文学出版社
社　　址　北京市朝内大街 166 号
邮政编码　100705
网　　址　http：//www. rw-cn. com

印　　刷　三河市宏盛印务有限公司
经　　销　全国新华书店等

字　　数　452 千字
开　　本　880 毫米×1230 毫米　1/32
印　　张　18. 375　插页 3
印　　数　1—5000
版　　次　1996 年 11 月北京第 1 版
印　　次　2020 年 2 月第 1 次印刷

书　　号　978-7-02-011109-1
定　　价　52.00 元

如有印装质量问题，请与本社图书销售中心调换。电话：010-65233595

出 版 说 明

　　人民文学出版社自上世纪五十年代建社之初即致力于外国文学名著出版，延请国内一流学者论证选题，优选专长译者担纲翻译，先后出版了"外国文学名著丛书""世界文学名著文库""二十世纪外国文学丛书""名著名译插图本"等大型丛书和外国著名作家的文集、选集等，这些作品得到了几代读者的认可。丰子恺、朱生豪、傅雷、杨绛、汝龙、梅益、叶君健等翻译家，以优美传神的译文，再现了原著风格，为这些不朽之作增添了色彩。

　　2015 年，精装本"名著名译丛书"出版，继续得到读者肯定。为了惠及更多读者，我们推出平装版"插图本名著名译丛书"，配以古斯塔夫·多雷、约翰·吉尔伯特、乔治·克鲁克香克、托尼·若阿诺、弗朗茨·施塔森等各国插画家的精彩插图，同时录制了有声书。衷心希望新一代读者朋友能喜爱这套书。

人民文学出版社

2018 年 1 月

前　言

　　意大利诗人、作家阿历山德罗·曼佐尼于一七八五年三月七日生于米兰。父亲彼特罗是外省贵族，母亲朱利亚·贝卡里亚是著名的刑法学家和启蒙主义哲学家契萨尔·贝卡里亚之女，两人年龄相差几乎三十岁，婚姻不很美满，于一七九二年合法离异。曼佐尼童年时期在教会寄宿学校度过，虽受天主教教义熏陶，但显示出无神论的倾向。

　　一八〇五年，曼佐尼随母亲移居巴黎，开始和激进派人士交往，在伏尔泰怀疑主义的影响下，十六岁时发表了反教权主义的抒情诗《自由的胜利》，该诗采用象征手法，歌颂法国资产阶级革命，赞美自由战胜专制，表明了青年诗人思想的独立性。

　　一八〇八年，曼佐尼与原籍瑞士的恩里凯塔·布朗德尔结婚，恩里凯塔是加尔文派基督教徒，不久后改奉天主教；过了两年，曼佐尼本人也皈依了天主教。此后，曼佐尼写了一系列宗教性的《圣歌》(1812—1815)和名噪一时的《圣灵降临节》(1822)以及论文《对天主教伦理的看法》(1819)，宣扬宗教能给人类崇高的理想、正义和平等。除了宗教性的诗文之外，曼佐尼还写了一些政治性的诗歌，如因拿破仑逊位而作的《一八一四年四月》、号召人民团结、为意大利复兴而斗争的《里米尼宣言》，欢呼皮埃蒙特部队为推翻奥地利统治进军米兰的《一八二一年三月》，以及闻拿破仑去世而写的《五月五日》。

　　在此期间，曼佐尼还创作了两部历史悲剧。《卡马尼奥拉伯爵》(1820年出版)以十五世纪威尼斯和米兰战争时期一个真实事件为素材，描写农民出身的卡马尼奥拉英勇善战，升为统帅，但被威尼斯元老院诬告叛国，成为封建君主政治阴谋的牺牲品。作者指出封建君主的争权夺利是意大利民族灾难的根源。《阿德尔齐》(1822年首演)取材于八世纪法兰克王查理大帝入侵伦巴第的历史,伦巴第国王的儿子阿德尔齐被迫进行一场注定要失败的战争,也是历史的牺牲品。作者在剧中谴责异族统治,指出被奴役的人民不能指望侵略者恩赐自由。这两部悲剧中也宣扬了基督教教义。

曼佐尼生活和创作的年代正值意大利遭受异族奴役、王公贵族实行封建割据的黑暗时期,争取独立、统一和自由的民族复兴运动出现了新的高潮。浪漫主义作家采用历史题材借古喻今,歌颂爱国主义,号召人民为争取祖国解放而斗争。曼佐尼的创作体现了这一时期意大利浪漫主义文学的特征。

在反映波澜壮阔、风雷激荡的时代时,曼佐尼不满足于诗歌和剧本这类有局限性的形式,认为应该寻找一种更贴近现实生活、更为大众所喜闻乐见的文学体裁,便想到了长篇小说。当时,英国小说家沃尔特·司各特已出版了《威弗利》《清教徒》《罗布·罗伊》《艾凡赫》等历史小说,如同巨大的画卷,生动地描绘了时代风貌和社会习俗,各个历史时期的宗教、民族、阶级的斗争,反映了人民在历史运动中的作用和历史发展的趋势,而意大利的长篇小说的领域仍是一片空白。

曼佐尼从一八二一年开始收集资料,进行构思,阅读了大量记叙一六三〇年米兰瘟疫的记载,有关十七世纪宗教、政治、经济、风俗习惯甚至讲经布道的书籍,司各特的小说和塞万提斯的《堂吉诃德》。他以十七世纪初期西班牙统治下的米兰的暴动、三十年战争和鼠疫为时代背景,伪托发现了一部佚名作者的手稿,描写了意大利北部伦巴第地区一对订有婚约的农村青年男女,洛伦佐和鲁茜亚,遭到荒淫的恶霸贵族的迫害,不得不离乡背井,历尽饥馑、兵燹和瘟疫的磨难,但忠贞不渝,排除种种障碍,终于成为眷属的故事。小说古为今用,反映了十九世纪上半叶奥地利奴役下意大利人民的悲惨处境,谴责了异族侵略和封建贵族的贪婪腐败,提出了意大利独立和自由的问题,具有深刻的现实意义。但小说中宣扬通过宗教信仰实现人的自我完善、神能造福于人的思想,说明软弱的意大利资产阶级企图用道德感化的方法同封建贵族和教会达成妥协。

小说最初取名为《弗尔莫与鲁茜亚》(后改为《约婚夫妇》),分三卷陆续出版,于一八二七年出齐,出版后立刻受到意大利和欧洲评论界的普遍赞扬,初版六百册不到二十天即售罄,四个月内重印九次;德文、法文、英文和西班牙文译本随即相继问世。评论家们认为在曼佐尼的小说中,真实的历史事件和虚构的小说人物、抒情叙述和心理描写、古典主义和浪漫主义手法达到了完美的结合,堪称欧洲现代小说的典范。尤其值得注意的是,曼佐尼的小说一反以前的传统,以一对卑微的农村青年男女为主人公,这一民主思想的表现对后来的欧洲小说创作产生了很大影响。著名的西班牙小说家佩雷斯·加尔多斯在他的卷帙浩繁的历史小说《民族轶事》第一辑中也以两个小人物,加夫列尔和伊内丝作为主角。

《约婚夫妇》是曼佐尼创作中唯一的一部长篇小说。一八二七年初版后,作者仍不断披阅修改,结构上做了重大调整,删去枝蔓(例如蒙扎修道院吉特鲁德的故事可以成为一部独立的小说,修订本中删剩几节),使全书更为精练,故事情节紧紧围绕着主线发展,语言上也反复推敲,下了极大的功夫。曼佐尼从爱国主义出发,认为意大利应该有一种统一的文学语言,这种语言应是修辞和逻辑的完美结合,既能正确地表达思想,又能被最广泛的人民群众所理解;经过分析比较,曼佐尼选择了佛罗伦萨通用的意大利语。《约婚夫妇》的修订本滤去了伦巴第方言和习惯用法,使小说语言更纯粹和规范化,修订本于一八四二年完成,书中有戈宁绘制的十五幅精美插图。该书被指定为全意大利的语文课本。

由于曼佐尼在文学上的成就和为统一民族语言所做的贡献,一八六〇年被任命为参议员,并担任意大利语言统一委员会主席。曼佐尼于一八七三年五月二十二日在米兰去世,政府给予国葬待遇,他生前好友作曲家威尔第特地为他谱了《安魂曲》。

今年是曼佐尼诞生二百一十周年,他的作品以前未曾在中国介绍过,谨以这个译本呈献给中国读者,以纪念这位杰出的意大利作家。

译　者

一九九五年一月于北京

目　次

引　言

　　"历史确实可以被比作一场有声有色的对时间的战争,因为它从岁月手里夺回了俘虏,甚至尸体,赋予他们生命,举行了检阅,然后让他们重新投入战斗。在沙场上赢得棕榈冠和桂冠的斗士们只倾心于最华贵的战利品①,他们用笔墨渲染帝王将相和风流人物的事迹,用才华的细针和金缕丝线绣出一幅光辉业绩的不朽作品。我才疏学浅,不敢涉猎政治阴谋的迷宫和战斗号角的啸鸣,不可能颂扬那一类情节和冒险的壮举;但是我耳闻一些可歌可泣的事迹,尽管主角是一些地位低下的劳动人民,我仍打算忠实无误地铺陈叙说,让他们名垂青史,流芳百世。在故事或者传奇的狭小舞台上可以看到凄惨可怕的悲剧、令人发指的卑鄙场景,当然,幕间还有天使般仁慈的善行和魔鬼般邪恶的勾当之间的搏斗。我们的这片土地处于那个永远不落的太阳、信奉天主的国王陛下的庇护之下②,在高处熠熠发光的还有那个血统高贵的英雄,他像反映太阳、永不亏缺的月亮,临时代替国王行使权力③,至于那些恒星般终身任职的参议员和行星般可以撤换的行政长官则到处传播光芒,形成一片璀璨无比的天穹,哪知一到地下却走了样,由于世人的胆大妄为,种种险恶

---

　①　古代战争中胜者有夺取败者的武器甲胄的习惯。这里的斗士指历史学家,意为历史学家只记载能流传后世的重要战争和政治事件。
　②　"我们的土地"指意大利北部、首府为米兰的伦巴第地区,一五四〇至一七一三年间在西班牙统治下称为米兰公国,西班牙国王兼任米兰君主。国王指菲利普四世,在位期自一六二一至一六六五年,当时西班牙领地遍及东西两半球,故有"不落的太阳"之说。
　③　指米兰总督。西班牙一五四五年《新宪法》赋予总督立法、行政、司法、军事大权,在伦巴第代替西班牙国王临时行使职权。

1

阴谋、卑劣勾当和残酷行径泛滥成灾,把好端端的清平世界糟践成人间地狱,这除了归咎于魔鬼的捣乱之外还能有什么解释?因为这许多英雄人物有着阿耳戈斯的眼睛和布里阿瑞俄斯①的手臂,他们孜孜以求的只是公职公益,照说世人的邪恶是无法同他们抗衡的。故事讲的是在我年轻时代发生的事,粉墨登场的角色大多已经从世界舞台上消失,到命运三女神②那里应卯去了,因此我叙说故事时出于正当的考虑隐去了他们的姓名,也就是他们的显赫出身,另外,地点也做了一些处理,说得不过于精确。但愿没人会说那是故事的缺点,说我的粗糙作品歪曲了事实,除非那个评论家对哲学一无所知③:因为凡是懂得哲学的人都能看出我的故事的实质是完整无缺的。说到头,名字纯属偶然事件,这一点是显而易见,无可否认的……"

"然而,即使我不辞辛苦地把这部纸张泛黄、东勾西画的手稿整理出来,并且如人们所说那样让它见到天日,有没有人会不辞辛苦地去看呢?"

这部偶然得来的手稿潦草凌乱,难以辨认,使我犹豫不决,不敢贸然着手整理,我开始考虑该怎么办。我翻阅着手稿,暗忖道:"这种概念芜驳、人物庞杂的现象显然不是通篇如此。这位追求浮饰的十七世纪作者开头想抖搂一下;后来在写作过程中行文比较自然,有时大段大段的一直相当流畅。可是多么平庸!多么粗心大意!多么不伦不类!伦巴第地区的惯用语比比皆是,还有不恰当的习语、牵强附会的语法、支离破碎的段落。有时候突然冒出一些西班牙的典雅用法④;更糟糕的是,在故事中最可怕、最悲惨的地方,在能引起惊奇或者沉思的任何场合,总之,凡是在要求一点修辞手段,要求一点文雅细致、玲珑剔透的修辞的段落

---

① 阿耳戈斯和布里阿瑞俄斯是神话中的巨人,前者有一百只眼睛,后者有五十个脑袋和一百条手臂。
② 神话中掌握人类生命之线的三个女神,一个纺线,一个量出长度,一个把线剪断。
③ 古希腊哲学家亚里士多德曾指出,艺术作品在"模仿"个别事物时,目的在于使事物的一般特征得以表现。
④ 公元十六、十七世纪时意大利受西班牙统治,意大利语言不可避免地引进了一些西班牙语词汇,当时上流社会的绅士淑女以讲西班牙语和法语为荣。

里,那位作者总是运用他在引言里所用的笔调。接着,他把截然不同的特点十分巧妙地糅合在同一页、同一句和同一个词里,结果显得既粗糙又矫揉造作。于是出现了语病百出的虚夸的慷慨陈词,十七世纪伦巴第地区作家们特有的眼高手低的败笔通篇都可以找到。今天的读者已经厌烦那种离奇的东西,不想再看到了,确实不能把这部手稿介绍给他们。在开始搞这件棘手的工作之前,幸好预见到了,于是我决定撒手不管。"

我正要合上那个笔记本,把它放回原处时,心里忽然一动,觉得这么精彩的故事就此默默无闻未免太可惜了;作为故事,读者也许会有不同看法,但我觉得它很美,正如刚才说的,精彩极了。"能不能利用手稿里的情节,另起炉灶,重新改写呢?"我想道。这种做法没有什么不妥,于是当场下了决心。这就是本书呈现在读者面前的缘由,说明经过的坦率程度和本书的重要性是同样显而易见的。

尽管如此,那位作者叙述的某些事实和描绘的某些习俗在我看来稀奇古怪得难以置信,以致不得不问问知情人;我着手查阅当时的史料①,以便弄清楚当时的世道是不是正像作者所说的那样。经过一番调查研究,我排除了全部怀疑:类似书里的事实俯拾皆是,有的比书里说的还要严重;此外,起决定性作用的是,我发现了在手稿里见到的、以前闻所未闻的以至怀疑现实生活中是否真有的一些人物。到了合适的时候,我自会援引证据,让读者相信确有那些怪诞不经、难以置信的事情。

我既然认为那位作者的文笔不堪卒读,那么该用什么样的笔调来代替呢?这确实是个问题。

凡是自作主张出头改写别人作品的人,免不了要精确阐明自己的作品,并且以某种方式承担于情于理都不能回避的责任。我心甘情愿地承担这一责任,准备在这里详细说明我的写作方式;在整个写作过程中,我

---

① 曼佐尼写作《约婚夫妇》时确实查阅了大量有关当时情况的史料,包括小说里一再提到的朱塞佩·里帕蒙蒂的《意大利通史》和梅基奥莱·乔亚的《经济与统计》。后者谈及一六二七年颁布过一项法令,对违反禁令结婚者应处以重罚,据信这是激发曼佐尼创作本书的最早动机。

一直在揣摩可能招来的批评,事先就准备好把它们一一驳倒的理由。困难并不在这里;因为老实说,我每设想一种批评的时候,也想好了稳操胜券的答复,不是解决问题,而是转化问题形式的答复①。有时候我在两种批评意见之间挑起争斗,让一种意见击败另一种;或者对它们加以认真研究,仔细对照,结果发现并证实两种批评意见表面上虽然截然不同,本质上却毫无差别,两者的根源都在于忽视了事实,忽视了判断所必须依据的原则;把它们放在一起之后马上可以看到破绽百出,根本不值得理睬。用这种办法来证明的任何一个作者都没有成功。那究竟是怎么一回事呢?当我把上述批评意见和答复收集在一起,以便理出头绪时,天哪!材料之多简直可以编一本书。于是我放弃了这个主意,这么做有两个肯定能为读者所接受的理由:一是为了替一本书,或者说得更确切一些,替一本书的文体辩护而写另一本书未免有点滑稽;二是书籍这种东西每次有一本,如果不多余的话,已经足够了。

---

① 　在他的《关于历史小说的讲话》的底稿里写过这么一段话:逻辑的任务是"把来自荒谬的人引向荒谬",逻辑的特点是"从真理中找出真理,从谬误中找出谬误:从已知的真理中找出隐秘的真理,从深奥的谬误中找出浅显的谬误。"

I PROMESSI SPOSI

F. Gonin

第 一 章

科莫湖的那股支流在两条绵亘不绝的山脉之间蜿蜒南下,顺着山势形成许多湾汉,到了一处右面是地岬、左面是开阔斜坡的地方,水域几乎突然收缩,仿佛成了河流;横架东西的一座桥梁使这种变化看来更为明显,这里是湖泊的尽头、阿达河的起点,往后到了水面再次开阔、水波不兴、又有不少湾汉的地方,才恢复湖泊的名称①。斜坡由三条激流②冲刷下来的泥土淤积而成,两边各有一座山,一座名叫圣马蒂诺,另一座的名称是伦巴第土语雷塞戈纳③,许多山峰排列在一起确实像锯子:凡是初次

---

① 意大利北部的科莫湖分为两股支流,西向一支流至科莫市,南向一支流至莱科市后称为阿达河,再汇成湖泊时叫佩斯卡伦尼科湖。
② 即吉伦佐纳、加尔多纳和比昂纳三条河流。
③ 雷塞戈纳在伦巴第方言中有"锯子"之意。

7

从正面见到它的人,比如说站在米兰城头朝北看的时候,在一片重峦叠嶂之中立即就能把它和其余名称比较平凡、形状比较普通的山峰辨别开来。抬头望去,斜坡有很长一段坡度均匀和缓,接着断裂成丘陵和沟壑、陡坡和平地,根据山林经受湍流侵蚀的程度而定。近湖地带被激流入湖的口子分割成条块,几乎全是沙砾和卵石;其余是村镇屯落的田野、葡萄园和播种地;另一些地方则是绵延到山头的树林。莱科是那些村镇中最大的一个,附近一带便以它命名,它地处湖畔,离桥不远,湖水上涨时部分村镇就成了水上人家:当时莱科是个大镇,已有发展为城市的趋势①。在我们的故事发生的时期,那个镇颇具规模,又是军事要塞,因此有幸接待一位指挥官,并且有一支常驻的西班牙部队。西班牙士兵开导镇里的姑娘和妇女,教她们如何端庄持重,见到她们的父兄丈夫不时拍拍肩膀表示亲热;夏季将尽的时候总是在葡萄园里转悠,消耗葡萄的产量,减轻农民们收摘的劳累。那些村镇、丘陵山地和湖畔平地之间都有道路和小径通过;路径有的相当陡峭,有的平坦;有的地势低洼,几乎埋在两堵墙中间,行人抬眼只能看到一小块天空或者一个山头;有的路径在没遮没拦的高坡上:从那里眺望,视界比较开阔,景色始终多姿多彩,总是给人新鲜的感觉,问题只在于从不同的视角看到周围广阔的景色有多有少,这一部分或那一部分是否突出或隐秘,出现或消失。形状各异、明净如镜的水面近处疏疏落落,远处则连成浩渺一片;这边连绵起伏的群山局限了,或者不如说遮掩了湖面,但远处随着山岭一一展开,湖面也逐渐变宽,山岭连同岸边的村落在水中映出倒影;那边河流形成湖泊,接着又是河流,在两岸山岭中闪烁着蜿蜒流过,逐渐变细,流到天际几乎消失。你望到的景色千姿百态,其实你所在的地方也美不胜收:脚下的山在你头上和四周展开它的峰峦和峡谷,参差不齐,嵯峨嶙峋,几乎每走一步都能看到不同的景色,原先以为只是一座山的地方却是一连串峰峦,原先以为是在山坡上的奇峰怪石却在山顶;秀美宜人的风景给你亲切之感,冲

---

① 十九世纪末,莱科已是相当大的城市,城里有曼佐尼纪念碑,是意大利著名诗人、一九〇六年诺贝尔文学奖金获得者卡尔杜齐于一八九一年筹建的。

淡了粗犷的气势,增添了全景的壮丽。

　　一六二八年十一月七日的傍晚,堂阿邦狄奥散步归来,悠然自得地沿着一条小径回家,他是上文所说的村镇之一的教区神甫,不过村镇的名称和人物的姓氏手稿里始终没有提到。他平静地祈祷着,每念完一首赞美诗就合上祈祷书,右手食指夹在刚看过的书页里,两手背在身后,瞅着脚下继续往前走,看到路上的卵石就一脚踢到墙边;接着又抬起头,闲适地打量着四周,目光落到对面的山上,夕阳在岩缝石罅间湮没,只把突出的矸岩抹成形状不一的大片紫色。他再次打开祈祷书念了一小段,然后来到小径拐弯的地方,平时一到这里总是抬起眼睛不看书页看看前面;那天也这么做了。拐弯后往前再走六十步左右,小径像"丫"字那样分为两支:右面一支通向山上的教区;左面一支通向山谷的一条河边;这里的围墙只有行人半腰高。两条小径内墙的接合部不是犄角,而是一个壁龛,里面画着一些歪歪扭扭的、狭长的图形,图形都有尖尖的顶端,按照画师的意图和本地人的理解,那算是火焰;火焰中间还有一些无法形容的图形,那算是在炼狱里涤罪的灵魂;火焰和灵魂是砖红色,底壁是棕褐色,有些地方颜色已经剥落。神甫在犄角处拐了弯,习惯地朝壁龛望去,看到了他没有料到的、也不想看到的事情。在那个不妨称作小径汇合点的地方,一前一后有两个男人:一个跨坐在矮墙上,一条腿垂在墙外,另一只脚支在墙内地上;他的伙伴两臂合抱搁在胸前,背靠围墙站着。两人的打扮、姿态以及神甫从远处所能辨清的相貌清楚地说明了他们的身份。两人头上都戴着绿色的发网,发网一端垂在左肩上,缀着一个老大的缨子,发网下面露出一大绺头发搭在前额①;两撇大胡子尖梢朝上翘起;光泽的皮腰带里插着两把手枪;一只装满火药的牛角像项圈似的挂在胸前;皱巴巴的宽大的裤子口袋里露出一把匕首的长柄;腰际长剑的护手镶嵌着许多铜片,擦得精光锃亮,仿佛是密码文字:不用看第二眼,你就知道他们是痞子一类的人。

---

①　当时的地痞流氓多半留一绺长额发,平时拢在脑后,行凶作恶时披到前面遮住脸庞,不让人们认清他们的真面目。

这类人如今已经完全绝迹,当时在伦巴第却多如牛毛。某些读者也许不了解旧时的情况,我这里摘录一些真实的历史记载,读者看后就知道这类人的主要特点,当时为了铲除他们而做的努力以及他们屡禁不止、顽强旺盛的生命力。

卡斯特尔维特拉诺亲王、特拉诺瓦公爵、阿沃拉侯爵、布尔赫托伯爵、大海军司令兼西西里大统帅、米兰总督和信奉天主的国王陛下派驻意大利的司令,最尊敬高贵的堂卡洛·德·阿拉贡大人充分了解到米兰城由于痞子流氓横行而已经遭受并仍在遭受的苦难,于一五八三年四月八日发出取缔这类人的公告①。公告指出,不论外来者或本地人,凡是没有正当职业,或者虽有职业而不从事本职工作,却投靠某些绅士贵族、官员或商人,不论领取工资与否,替他们帮闲撑腰,坑害他人确有实据者,均属本公告涉及范围,应以流氓无赖论处……公告勒令这些人在六日之内必须全部离境,拒不服从者将判处划桨苦役,并宣布所有司法人员在执行这项命令时享有异乎寻常的广泛无限的权力。然而第二年四月十二日,总督大人获悉上述痞子依然充斥城里,恶习不改,人数也未减少,于是颁布了另一项公告,措施远比上次严厉有力,其中包括:

凡本城居民或外来人员,如经两名证人指控,并经公认为痞子、有痞子恶名者,即使未犯任何经过核实的罪行,仅根据其痞子的名声,不需任何证明,上述司法人员或司法人员之一便可按照举报就地判处滑车吊刑②和拷打……即使本人不承认犯有任何罪行,如上所述,仅根据其痞子的名声便可判处三年划桨苦役,等等。总督大人令出必行,仰各遵照。如此显贵的人物发了话,说得如此铿锵有声,附带的命令又如此斩钉截铁,人们听后深信公告一经发布,所有的痞子都会销声匿迹,再也不敢出头露面。但是一位权力不比他小、称号不比他少的贵族的证言使我们看清我们的想法正好相反。那位贵族就是卡斯蒂利亚统帅、国王陛

---

① 公告是米兰总督为弥补现行法律的缺陷而颁布的临时性法令,只在该总督任期内有效;新总督上任后,如认为有延续必要,可重申前任的公告。

② 滑车吊刑是反剪犯人双手,用绳索和滑车将犯人吊起,然后猛然放松绳索,让犯人从高空落地,往往造成骨折。

下的侍从长、弗里亚斯城公爵、哈罗与卡斯特尔诺伏伯爵、贝拉斯科与拉腊七太子府主、米兰邦总督、最尊敬高贵的胡安·费纳内斯·德·贝拉斯科大人。他也充分了解到痞子流氓造成了多么大的损害,对公共利益和社会正义有多么大的影响和危害,于一五九三年六月五日再次勒令他们在六日之内离境,并且重申了和前任大致相同的规定和威胁。一五九八年五月二十三日,他很不高兴地得知城邦里痞子流氓的人数与日俱增,在他们主子的包庇之下有恃无恐,白天黑夜为非作歹,干出种种残害、凶杀、抢劫和其他罪行……便重申以前的规定,并且认为顽症需下猛药,处罚措施必须比以前更为严厉。公告最后宣称,总督大人已下决心,不再另行告诫,本公告各点务必切实遵守,如有违反,严惩不贷,仰各周知。

富恩特斯伯爵、米兰邦司令兼总督、最尊敬高贵的堂佩德罗·恩里克斯·德·阿塞韦多大人却不以为然,并且自有他的道理。他充分了解到城邦由于痞子充斥而遭受的苦难……决心彻底铲除这一邪恶的种子;于一六〇〇年十二月五日颁布了一项也充满严厉威胁的公告,要求不折不扣地严格执行,绝不手软。

阿塞韦多虽然善于阴谋策划,唆使别人反对他的大敌亨利四世①,在这方面,历史记载表明他说动了萨伏伊公爵与亨利四世为敌,害得萨伏伊公爵丧失了不止一个城市;并且唆使比隆公爵反叛,害得比隆公爵掉了脑袋②;但是在取缔痞子这件事上,他显然没有使出浑身解数,因为到一六一二年九月二十二日为止,这一邪恶的种子仍在继续萌发。是日,伊诺霍萨侯爵、国王侍臣、总督、最尊敬高贵的堂胡安·德门多萨大人认真考虑要铲除这一邪恶的种子。为了那个目的,侯爵把经过修改和补充的、上文提到的公告送到皇室指定的印刷师潘多福-可可·图里奥·马

---

① 亨利四世(1553—1610),一五七四年起任纳瓦拉国王,一五八九年起兼任法国国王,颁布著名的"南特敕令",在新教徒和天主教徒之间取得和解,使法国农业和商业在和平时期有了恢复和发展。一六一〇年在巴黎遭暗杀。

② 阿塞韦多确实说动萨伏伊公爵为夺取萨卢佐领地向亨利四世宣战,战争以缔结《里昂条约》结束,公爵得到萨卢佐,但以几个城市为交换条件。阿塞韦多又唆使亨利四世的大将比隆公爵反叛,一六〇二年七月三十一日比隆公爵在巴士底监狱被斩首。

拉特斯蒂①那里，请他排字印刷，以便清除痞子。但是这些人仍然生存到一六一八年十二月二十四日，经受了费里亚公爵、总督、最尊敬高贵的堂戈麦斯·苏亚雷斯·德菲格罗亚大人的性质相同、但程度加重的打击。他们照样挺了过来，以至最尊敬高贵的贡萨洛·费尔南德斯·德科尔多瓦大人②（堂阿邦狄奥散步的那天在他任期内）不得不在一六二七年十月五日再次修改并颁布上面提到的取缔痞子的公告，也就是说，比本书开头的日期早一年一个月零两天。

公告的颁布并不以这一次告终；不过我认为以后的几次没有必要赘述，因为已不在我们故事发展的时间之内。我只想提一六三二年二月十三日的那次，二度担任总督的最尊敬高贵的费里亚公爵大人当时向我们指出那些被称为痞子的人是如何干尽坏事的。这一点足以使我相信，在

---

① 马拉特斯蒂家族开设的排字印刷所专为米兰总督印刷官方文件，祖孙四代享有这一特权。
② 贡萨洛·费尔南德斯·德科尔多瓦于一六二六年到伦巴第，接替费里亚公爵任米兰总督，至一六二九年卸任。

我们故事发生的时期,痞子这类人依然存在。

　　刚才描绘的那两个人显然是在等谁;堂阿邦狄奥大伤脑筋的是种种迹象使他不由得不意识到他们等候的正是他自己。很明显,两人互瞅了一眼,一扬头,清楚地表明两人同时说了一声:就是他;跨坐在矮墙上的人站了起来,迈开腿;靠在墙上的人也离开了墙;迎着他走来。神甫装作在念打开的祈祷书,其实抬起眼睛偷看他们如何动作;只见他们千真万确地冲着他走来,神甫脑海里突然产生了千百个念头。他飞快地打量一下那两个痞子和他之间的路上左右有没有岔道;发现没有;他迅速地反省自己有没有开罪过哪一位有权有势、睚眦必报的人物;在这个惶惑的问题上,他问心无愧,感到很大的宽慰;但是那两个痞子还是目不转睛地盯着他,越来越近。他把左手的食指和中指伸向领衬,仿佛要整整领衬似的抚摩了一下,同时转动脖子,扭着嘴,尽可能从眼角朝后看看有没有人走近;但是没有发现任何人。他朝墙外田野扫了一眼:一个人影都没有;又朝前面的路上悄悄看了一下:除了两个痞子之外没有别人。怎么办? 扭头往回走已经没有时间了。拔腿就跑等于是叫他们追赶,结果更糟。既然躲不过危险,只好迎上去,因为那种忐忑不安的时刻实在难熬,他唯一的希望就是缩短这段时间。他加快步子,高声念了一段祈祷文,尽量装出平静高兴的样子,使劲准备好一副笑脸;走到那两位上等人①面前,暗自说道:就这么着;然后突然站住。

　　“神甫先生!”两人之一盯着神甫说。

　　“有何见教?”堂阿邦狄奥抬起眼睛不看他双手捧着的、仿佛搁在阅读架上的祈祷书,忙不迭地回答。

　　“您老先生”,对方像是抓住正要干坏事的下级似的恶狠狠地接着说,“您老先生打算明天替伦佐·特拉马里奥和鲁茜亚·蒙德拉主持婚礼吧!”

　　“不错……”堂阿邦狄奥声音颤抖地回答说,“不错,两位是见过世面的人,很清楚这是怎么回事。清苦的教区神甫做不了主:他们先安排好

-----

①　指有名望、为人正派的人,本书中常用其反义。《堂吉诃德》第二部第二十五章店主所说“他是意大利人所谓‘上等人’‘好伙伴’”里的“上等人”就是这个字。

了，然后……然后来找我们，正如上钱庄取钱一样；我们……我们只是人们的仆人。"

"好吧，"痞子凑到神甫面前说，声调却是命令式的，"那个婚礼明天不举行了，以后也永远不举行了。"

"可是，两位先生，"堂阿邦狄奥好声好气，像是哄劝火暴性子的人似的说，"可是，两位先生，请你们设身处地替我想想。这种事情不是我能决定的，……你们很清楚，这样做对我没有好处……"

"嗨，"痞子打断了他的话，"如果这件事有商量余地，您老先生不妨和我们磨磨嘴皮子。我们替人当差，别的什么都不知道，也不想知道。识时务者为俊杰，您该明白我们的意思。"

"不过两位是办事公道、通情达理的人……"

"少废话，"另一个痞子一直没有开口，这时插嘴了，"总而言之，婚礼不能举行，不然……"他说了一句脏话，"谁敢主持婚礼，连后悔的时间都不会有……"又是一句骂人的脏话。

"得啦，"第一个接茬说，"神甫先生是见过世面的，我们则是正派人，只要他讲道理，我们不想难为他。神甫先生，我们的主人，最高贵的堂罗德里戈老爷，向你致以亲切的问候。"

这个名字像风雨大作的黑夜里的一道闪电霎时间照亮了堂阿邦狄奥混乱的脑海，同时增加了他的恐惧。他仿佛出于本能似的深深一鞠躬，说道："请两位再指点一下……"

"哟！您是懂拉丁文、有大学问的人，难道还要我们指点！"第一个痞子放肆而又狰狞地哈哈大笑，再次打断了神甫的话，"那是您自己的事。此外，我们为您着想，向您打个招呼，今天的事对谁都不能说；不然的话……哼……后果就和你主持了婚礼一样。喂，您有什么话要我们带给最高贵的堂罗德里戈老爷吗？"

"请代我向他致意……"

"说得明白一些！"

"我准备……准备随时听从吩咐。"神甫说这话时自己也不清楚究竟是承诺还是客套。不管怎么样，两个痞子把它听成，或者装作听成是承诺。

"那就对了,神甫先生,再见啦。"一个痞子说着就打算和同伴一起离开。堂阿邦狄奥刚才唯恐躲不开他们,现在却想再和他们交谈磋商:"先生们……"他双手把祈祷书合上,叫住他们,但那两个人头也不回,嘴里唱着一支小曲,朝神甫的来路走去,曲词不堪入耳,我不想在这里重复了。可怜的堂阿邦狄奥张口结舌地愣了半响;然后像挨了揍似的拖着脚步朝通向他家的岔路走去。我们对他的性格和他生活的时代稍作介绍之后,读者就更了解他心里在想什么了。

也许读者已经觉察到堂阿邦狄奥生来就不是勇敢的人。他从小懂得在他那个时代最糟糕的莫如没有尖齿利爪自卫,但又不甘心被吞噬的动物的那种处境。法律的力量并不保护安分守己、无法引起人们畏惧的人。问题不是没有防止暴力行为的法律和刑罚。相反的是,法律条文洋洋洒洒;罪行种类条分缕析,不厌其烦;刑罚酷烈得骇人,并且几乎在所有情况下立法人员和所有的执法人员都可以随心所欲地予以加重;刑事诉讼程序的制定只为了替法官排除判决时的所有障碍;我们刚才援引的取缔痞子的公告片断只是一个如实说明情况的小例子。尽管如此,或者说得确切些,正因为如此,历届政府变本加厉、三令五申的大量公告除了充分证明颁布者的无能之外,没有起任何作用;即使起了某些直接的作用,无非害得老实软弱的人在为非作歹的人手里吃了更大的苦头,促使为非作歹的人更凶残狡猾。帮助歹徒免受惩罚的保护网组织严密、根深蒂固,不是一纸公告所能触动或者拔除。例如避难权①和某些阶级享有的特权,它们部分得到法律力量的认可,部分得到敢怒而不敢言的容忍或者徒劳无益的抨击抗议,但那些阶级为了自身的利益或荣誉千方百计地加以维护,事实上把它们保存了下来。如今这种不受惩罚的现象受到公告的威胁和抨击,但没有被摧毁,在每一次威胁和抨击面前,为了维持自己的存在,自然要做出新的努力,采取新的计谋。情况确实如此;取缔暴徒的公告一经颁布,暴徒们就竭尽全力寻找更合适的手段继续干着公

① 当时法律规定执法人员不得进入教堂、修道院、某些领主的城堡等,因此这些场所成了罪犯的避难所。

告所禁止的勾当。无权无势、没有靠山的安分守己的人随时随地可能受到公告的牵制和困扰；为了把每一个人捏在掌心，为了防止和惩治每一件罪行，各种各样的执法人员可以随心所欲地处置每一个百姓的一举一动。但是一些为非作歹的人事先设法，及时投奔一座执法人员不敢插足的修道院或者贵族府邸，有些人不须采取任何预防措施，只要穿上大户人家的仆役号衣，使那个家族不得不维护他们和整个阶级的虚荣和利益，就可以肆无忌惮地干坏事，对那些大张旗鼓的公告嗤之以鼻。至于那些要求人们对之尊敬的人，有的沾了出身的光，属于特权阶级，另一些则依附于那个阶级取得荫庇；大家出于教育、利益、习惯或者仿效的原因都信奉了他们的原则，为了对墙角里的一张证书表示尊重，小心翼翼地不敢对他们有丝毫冒犯。可是那些听命于他们的人即使像英雄一般果敢、像修士一般顺从、像殉道者一般不怕牺牲，也不可能完成他们的使命，因为和他们企图压制的对象相比，他们在数量上处于劣势，指使他们干坏事的人很有可能在抽象意义上，或者说，在理论上抛弃他们。一般说来，那些人是当时最卑鄙下流、最讨厌的家伙；即使在见了他们害怕的人眼里，他们的行当也是可耻的，行当的名称本身就是一种耻辱。很自然，这种人不会在九死一生的行动中去冒生命危险或者送命，他们只会替有权有势的人家帮闲，充当同谋，只限于在不担风险的情况下使用他们可憎的权威和他们的一身蛮力；也就是说，只限于欺压安分守己、孤苦无告的人。

凡是想暗算别人或者无时无刻不担心遭到别人暗算的人自然要寻求盟友和同伙。因此，同一阶层的人们结帮拉伙、组成新的阶层、最大限度地为自己所属的阶层扩大势力的风气在那些年月里达到了登峰造极的地步。教士、贵族和军人都不遗余力地维护并扩展各自豁免捐税和其他的特权。商人和手工匠人参加行会，律师组织公会，连医师都成立了协会。这些小社团都有自己的特殊势力；社团成员按照自己的权力和机灵借助于集体的力量来谋取私利。比较正直的人只为了自我保护的目的才利用这一优越条件；狡猾刁顽的人则利用它来干个人力量所不及的坏事，事后还可以逃避惩治。这些形形色色的社团势力有大有小；在农村主要是一些土豪劣绅,他们豢养了一帮痞子,周围的农民出于宗教传统已经习惯于他们的处境,被迫认为自己是主人的属民或走卒,这种人势力之大是其他任何帮派所不能与之抗衡的。

我们的善良的堂阿邦狄奥既不是贵族,也不是富人,更谈不上勇敢,早在懂事的年龄之前,他似乎已经明白,他处在那个社会就像是一个不得不和许多铁罐一起相处的陶罐一样。他的父母希望他当教士,他十分愉快地听从了父母的意思。说实话,他并没有多考虑他所从事的职业的义务和崇高目的:能过上相当舒适的生活并跻身受到尊敬的、有势力的阶层,这两点足以成为他选择教士这一行的理由了。但是无论哪个阶层都不保护个人,也不给个人以超出一定限度的安全:人们不能因为属于一个阶层就不必建立自己的体系了。堂阿邦狄奥一直关心个人的安宁,不汲汲于谋取那些需要花大力气或者冒一点风险的利益。他的体系的要点在于避免一切冲突,对于躲不开的人,他就做出让步。在周围发生的一切争斗中,上至僧侣和世俗权贵、军人和平民、贵族和其他人之间的十分频繁的纠纷,下至农民之间的一言不合就挥拳或拔刀相见的斗殴,他都采取不设防的中立态度。如果他发现自己非支持争斗双方中的一方不可,他就站在强者的一方,尽管总是处于后卫的位置,并且设法让对方了解他并不是自愿与之为敌;他仿佛在说:"您为什么不是强者呢?那我就站在您一边了。"他对地痞恶霸敬而远之,对他们的胡作非为假装没有看见,对于那些存心找碴、在街上狭路相逢的人,他低声下气、点头哈腰、百般讨好,即使最凶恶傲慢的也不得不报之一笑。那个可怜虫就这样明哲保身活到了六十开外。

这并不是说他没有一点脾气;他长年累月地逆来顺受,唯唯诺诺,忍气吞声,以致肚子里的火气郁积到了极限,不偶尔发泄一下,他的健康肯定要受到损害。不管怎么说,世上和他周围毕竟有一些他敢肯定不能加害于他的人,于是他有时候可以在这些人身上宣泄压抑已久的怒气,毫无道理地暴跳如雷,吼叫一通,摆摆威风。此外,他严厉指责那些行为和他自己不同的人,尤其当这种指责不至于引起任何危险后果的时候。遭到毒打的最低资格是个冒失鬼;遭到杀害的多半是有点问题的人。胆敢和有权有势的人争个是非曲直的最后落得头破血流,堂阿邦狄奥总能从那种人身上挑出毛病;这并不困难,因为是非曲直总是你中有我,我中有你,从来就不能一刀切。但他最看不惯的是那些站在被压迫的弱者一边去反对有权有势的压迫者的,既不寻求天主庇护,又不投靠魔鬼的他的同行。他把这叫作老虎头上拍苍蝇;他声色俱厉地说这是插手世俗之事,有损神职的尊严。他单独或在极小的范围内规劝他们,越是知道他们不至于为一些个人枝节问题而生气的时候,越是说得慷慨激昂。在结束这一类说教的时候,他总是喜欢引用一句箴言:自扫门前雪的人永远不会背时倒运。

读者诸君已经可以揣摩到我们刚才叙说的事在那个可怜虫心里激起的波澜了。那两个人的丑恶嘴脸和粗暴话语给他造成的惊吓,一个以从不虚声恫吓出名的贵族老爷的威胁,多年苦学、好不容易才熬到的安定生活将毁于一旦,看不到出路,无法摆脱困境;这些念头纷至沓来,在堂阿邦狄奥耷拉着的脑袋里嗡嗡作响。"假如能一口回绝伦佐,摆脱掉他就好了;可是他要问个明白;天主在上,我拿什么话回答?他是个好小伙子:不招他惹他,他像羔羊一般温顺,你把他惹急了……可不得了!再说,他爱那个鲁茜亚爱得神魂颠倒……那些年轻人,没事找事,两人谈情说爱,一心一意只想结婚;也不想想他们替一个可怜的正派人带来多少烦恼。唉,我真不走运!那些家伙中了什么邪,不去找别人,偏偏找到我头上!和我有什么相干?难道是我想结婚?他们干吗不去找别人……唉!我真倒霉!老是事后才想出好主意来……早想到把那些家伙推给别人就好了……"那当儿,他发觉自己居然为了没有在缺德的事情上充当顾问和同谋而后悔,这种想法也太缺德了;便把一肚子火气转向那个害他丧失宁静的人身上。他只见过和听人说起堂罗德里戈其人,除了在街上看到时脱帽致敬、一躬到地之外,没有打过交道。但是他不止一次地维护过那位先生的声誉,当人们低声叹息、仰天诅咒堂罗德里戈的所作所为时,他千百遍地说过堂罗德里戈是位可敬的绅士。往日他一听到别人咒骂堂罗德里戈立刻制止,今天他在心里把这些咒骂的话全用上了。他一路胡思乱想,来到村子尽头他的家门前,把已经拿在手里的钥匙匆匆插进锁里,开门进屋,敏捷地把门关上:他迫切希望和他信得过的人在一起,忙不迭地嚷道:"佩贝杜亚!佩贝杜亚!"一面嚷,一面向厅里走去,知道她一定在那里摆桌子准备开晚饭。读者准已猜到佩贝杜亚是堂阿邦狄奥的女仆:忠诚好心的女仆,她根据不同情况,既会听从命令,也会发号施令,有时忍受主人的斥责和狂躁,有时让主人忍受她的斥责和狂躁,自从她过了教务会议规定的四十岁之后①,后面一种情况变得越来越频繁了。她至今独身,据她自己说是因为回绝了所有向她求婚的对象,据她的女伴们说则是因为她始终没有遇到朝她吠叫的狗。

"来啦。"佩贝杜亚一面答应,一面把盛着堂阿邦狄奥偏爱的葡萄酒的长颈瓶放在桌上老地方,慢腾腾地迈开腿,还没有走到门口,他已经进来,步履蹒跚,两眼发直,脸色惨白,佩贝杜亚老练的眼光不必细看,立即知道他碰上了异乎寻常的事情。

"天主保佑!您怎么啦,我的主人?"

"没事,没事。"堂阿邦狄奥喘着大气,一屁股坐在椅子里回答说。

---

① 天主教教区教务会议规定,神甫的女管家年龄必须在四十岁以上。

"怎么没事？瞧您这副模样，还想骗我？肯定出了麻烦事。"

"哟，看在天主分上别说啦！我说没事就是没事，不然就是不能讲的事。"

"难道对我都不能讲？关心您健康的是谁？帮您出主意的是谁？"

"喔唷！别说啦，晚饭不用开了，替我斟杯酒来就成了。"

"您说没事能让我相信吗?"佩贝杜亚斟满一杯酒，拿在手里不动窝，仿佛要等他说出实话才能给他当作奖励。

"端过来，端过来。"堂阿邦狄奥伸出有点颤抖的手抓过杯子，像喝药似的一饮而尽。

"难道您要逼得我去到处打听我主人出了什么事?"佩贝杜亚挺直身子站在他面前，双手叉在腰上，盯着他的眼睛，仿佛想从他的眼神里掏出秘密。

"看在天主分上！别开玩笑，别起哄了：这件事关系重大，性命攸关！"

"性命攸关?"

"一点不错。"

"您很清楚，凡是您推心置腹向我吐露的秘密，我从没有……"

"是啊，是啊！正如上次……"

佩贝杜亚发现自己说漏了嘴；赶紧用深受感动而又动人的口气换一种方式说："老爷，我对您一向忠心耿耿，我之所以想知道出了什么事，主要是关心您，想帮您的忙，替您出点主意，让您打起精神……"

佩贝杜亚这边迫切想知道堂阿邦狄奥的秘密，堂阿邦狄奥那边也迫切想把困扰他的秘密一吐为快；在她一次又一次咄咄逼人的催促之下，神甫的拒绝越来越软弱，终于让她赌咒发誓，保证守口如瓶，然后唉声叹气地说了他刚才碰到的倒霉事。快提到指使人的可怕的名字时，他让佩贝杜亚再次严肃地发誓保密；说出这个名字后，他瘫在椅子上，长叹一声，抬起双手，既像是命令又像是恳求说："天主保佑！"

"又是他在捣乱！"佩贝杜亚嚷道，"唉，多么无赖！多么专横！连天主都不敬畏的恶棍！"

"别说啦，你是不是想毁了我?"

"唷！这里又没有别人，我们说话，谁都听不到。您打算怎么办，我可怜的主人?"

"这就是这个女人帮我出的好主意!"堂阿邦狄奥粗声粗气地说,"她问我怎么办,怎么办!仿佛碰到麻烦的是她,要我来帮她解决难题。"

"哎,我确实有个小小的主意;不过……"

"不过什么……咱们听听。"

"我的主意是这样的,人们都说我们的大主教是位圣人,堂堂正正,谁都不怕,每当他能阻拦那些强横霸道的家伙,帮教区神甫一把的时候,他总是肯出面的;我想说的是,您不妨给他写封信,把这件事告诉他……"

"你给我闭上嘴行不行? 对于一个不幸的人,这算是什么主意? 等我背上挨了一枪——天主不容——难道大主教能帮我挖出枪子?"

"唷,枪子又不像是面包圈随便好给的:如果我们认为那些狗一叫就要咬人,我们就错了! 有些人横眉怒目,处处比别人凶,别人也就不敢冒犯,这种人我见得多了;正因为您从不愿意得罪别人,结果我们落到这个地步,请原谅,人家骑到了我们头上。"

"你闭嘴行不行?"

"我这就闭嘴;不过我说的是实话,马善被人骑,人善被人欺……"

"别说啦,好不好? 你也不看看现在是什么时候,还说这种蠢话。"

"好吧:今晚够您琢磨的了;不过琢磨归琢磨,您别苦了自己,急坏了身体;晚饭多少总得吃一点。"

"是啊,够我琢磨的了,"堂阿邦狄奥嘟嘟哝哝地回答说,"我会琢磨的,伤脑筋的是我……"他说着站起身,"我什么都不想吃;没有胃口:我知道这件事够我伤脑筋的。唉! 为什么偏偏找到我头上。"

"您至少再喝一点酒吧,"佩贝杜亚替他斟了一杯酒,"您知道这对您的胃有好处。"

"唉! 我要的是别的东西,别的东西。"

他嘟嘟哝哝地拿起油灯:"鸡毛蒜皮的小事! 找到我这个正派人头上! 明天不知怎么样?"他唉声叹气地朝自己的房间走去。到了门口,转过身,伸出食指放在嘴前,拖长声音严肃地对佩贝杜亚说:"看在天主分上,千万保密!"然后进了屋。

第 二 章

据说贡德王子在罗克洛亚战役①的前夜睡得很熟;那首先是因为他十分疲倦;其次是他已经完成了第二天的部署,该做的事都做了。堂阿邦狄奥的情况不同,他只知道第二天将有一场恶斗,可是心里没有底;因此,那天夜里大部分时间是在焦虑中度过的。不理穷凶极恶的威胁和恐吓,自行其是地主持婚礼,这步棋他想都不敢想。把他的遭遇向伦佐和盘托出,两人一起商讨对策……天主不容!"不准向任何人提起……不然的话……哼!"两个痞子之一这么警告过他;那一声"哼"在他脑海里回响时,堂阿邦狄奥非但不敢考虑违反勒令,甚至为了已经在佩贝杜亚面前走漏了风声而感到后悔。离家出走?上哪里去?以后怎么办!那会带来多

---

① 贡德王子(1621—1686)是法国国王亨利二世之子,一六四三年五月十九日在法国阿登的罗克洛亚平原击败西班牙军队。

少麻烦,要费多少口舌来解释!那个可怜虫每否定一个想法就在床上翻一个身。在所有的想法中间,他认为利多弊少的是拖延时间,先把伦佐挂一挂。他想到再过几天就是婚礼禁期的开始①;假如能把那小伙子挡过这几天,就有两个月的缓冲时间;而两个月里面可能发生许多事情。他琢磨着可能提出的种种借口,尽管都有点勉强,但心里却踏实一些,因为他认为他的权威能使他的借口显得更有分量,他的老于世故能把那个乳臭未干的小伙子糊弄过去。"咱们瞧着办吧,"他暗忖道,"他想的是他的未婚妻;我想的是我的身家性命:利害关系更大的是我,再说我要比他精明。我的孩子啊,你急巴巴地要结婚,去你的吧;我可不愿意代人受过。"他打定了主意,心情平静了一些,终于睡着了,可是睡得很不踏实,梦见了许多可怕的事情。痞子、堂罗德里戈、伦佐、小径、沟壑、逃跑、追逐、喊叫、打枪。

身处困境或者遭到不幸后的人第二天醒来是最难受的时候。他没有完全清醒,习惯地想到以前宁静的生活;但是蓦地又意识到自己新的处境;突兀而强烈的反差使他更觉得难受。经过这一痛苦的回味后,堂阿邦狄奥随即把昨晚的打算归纳一下,认为切实可行,理清头绪后,他便起身,担心而又不耐烦地等伦佐到来。

洛伦佐,人们都管他叫作伦佐,没让神甫久等。他二十岁,准备在那天和他心爱的姑娘结婚,挨到他认为不算冒失的时辰,满面春风地找神甫。他父母双亡,从少年时期开始就干起可以说是家传的丝织手艺;这门行业几年后很挣钱;当时却不景气②,不过熟练的工匠仍能靠它过上体面的生活。活计一天比一天少;可是在邻近城邦的种种许诺以及优厚的条件和工资的吸引之下,工匠不断外流,留在本地的工匠还不缺活

---

① 米兰主教圣安布罗乔(340—397)规定,从耶稣降临节的第一个星期日起到主显节(1月6日)止的两个月左右期间,教会不准主持婚礼。故事发生的一六二八年,耶稣降临节是十一月十二日,堂阿邦狄奥和伦佐见面时是十一月八日,离禁期开始只有四天。

② 米兰纺织工业历史悠久,金银线和丝绸纺织尤为发达,一六二〇年前后尚有大量从业人员。在西班牙统治下,工、农、商业凋敝,原先出口丝绸等制造品的地方逐渐沦为以出口原材料为主。

干。此外,伦佐有一份小小的田产,平时雇人耕种,丝织作坊停工时,他自己下地干活;因此,拿他的境况来说,可以算是小康。那一年虽然比以往更不景气,大家手头都开始感到拮据,但是我们那个年轻人自从看上鲁茜亚以来,经济上更精打细算,日子过得不坏,没有饥寒之虞。他来见堂阿邦狄奥时穿着十分漂亮,帽子上佩着好几色的羽毛,裤子口袋里揣着一把精致的匕首,显得既喜气洋洋又恣肆剽悍,当时的男人即便是性情最平和的也喜欢随身带着匕首。堂阿邦狄奥见到他时那副诡秘躲闪的神情和那年轻人怡然自得的态度形成了古怪的对比。

伦佐心想他也许有什么心事,随即开口说:"神甫先生,我来问问您认为我们什么时候到教堂比较合适。"

"你说的是哪一天啊?"

"怎么是哪一天?您不记得早就定在今天吗?"

"今天?"堂阿邦狄奥似乎是第一次听说这件事,"今天,今天……且慢,今天可不行。"

"今天怎么不行!出了什么事?"

"首先,我身体不舒服,你也看得出来。"

"真对不起;不过要做的事花不了多少时间,也不费什么力气……"

"再说,再说……"

"再说,还有什么?"

"再说,还有一点麻烦。"

"麻烦?能有什么麻烦?"

"你如果处在我的地位就明白这类事情会带来多少麻烦,需要做出多少解释。我心肠特别软,一心只想排除障碍,把什么都安排得妥妥帖帖,让别人满意,履行我的职责;然后由我承担非难指责,甚至更坏的事情。"

"看在老天分上,请您别转弯抹角叫我干着急,有什么事痛痛快快说吧。"

"你知道举行一次正规的婚礼有多少手续要办吗?"

"大致知道一点,"伦佐颇有感触地说,"这几天您把我支使得够呛。

现在不是都已经安排妥当,该办的事全办了吗?"

"是啊,是啊,那是你的想法:要明白,当傻瓜的是我,为了让别人满意,我得履行职责。到头来……总之,我知道我该说什么。我们这些倒霉的教区神甫两头为难:你这头心急如焚;我对你深表同情,可怜的小伙子;而上头的那些人……得啦,不能全抖搂出来。代人受过的是我们。"

"您说还有手续要办,那就快说,我们赶快办。"

"你知道禁绝性婚姻障碍①有多少吗?"

"我怎么知道什么障碍不障碍?"

"差错、状况、誓愿、血缘、罪行、信仰差异、强制、教职、重婚、违背诺言、近亲联姻……"②堂阿邦狄奥扳着指头数说。

"您不是在取笑我吧?"年轻人打断他的话说,"我哪能懂您的拉丁语?"

"你既然不懂就沉住气,让懂行的人来办。"

"岂有此理!……"

"别发火呀,亲爱的伦佐,能由我做主的事我无不去做。我,我希望看到你满意;我是喜欢你的。唉!……你原先日子过得很舒心;你还缺什么?可是你却要结婚……"

"神甫先生,您在说什么呀?"伦佐又吃惊又愤怒地嚷了起来。

"我在讲废话,别发火,我讲的是废话。我希望见到你满意。"

"长话短说吧……"

"对,长话短说,我的孩子,这事怨不得我;法律不是我制定的。举行婚礼之前,为了确保不出现婚姻障碍,我们有责任了解许多许多情况。"

"好吧,请您说得干脆一点,究竟有什么障碍。"

---

① 指阻止婚姻成立或使已成婚姻无效的障碍。

② 这里的一连串术语原文是拉丁语。差错指婚约当事人或婚约实质的差错;状况指婚姻状况;誓愿指有否皈依宗教、发誓终身不嫁娶;血缘指婚约双方有无亲属关系;罪行指婚约是否构成罪行或私通;信仰差异指宗教信仰不同;强制指婚约并非出于自愿;教职指教会职务;重婚指未能解除已有的婚约而构成的婚姻障碍;违背诺言指违背阻止直系亲属结婚的诺言;近亲联姻指婚约一方与另一方的亲属有亲属关系。原文押韵便于记忆。

"别急,这种事情不是一句两句话就能讲清楚的。我希望没有什么大不了的事;但是情况仍旧非了解不可。法律条文写得清清楚楚:公告结婚之前……"①

"我不是对您说过我不懂拉丁语吗。"

"可我得向你解释……"

"情况不是了解过了吗?"

"告诉你,该了解的还不齐全。"

"那您干吗不及时了解?您干吗对我说一切都安排妥当了?您干吗等到现在才……"

"嘿!我一番好意换来了你的责怪。我做好一切准备替你办事:可是现在碰到了……得啦,我不知道该说什么才好。"

"那您要我干什么呢?"

"耐心等上几天。我的孩子,几天时间没有什么大不了的:耐心一点。"

"要等多久呢?"

"总算闯过了一关。"堂阿邦狄奥心里想道,接着他用最动听的声调说:"好吧,十五天之内我一定想办法……"

"十五天!亏您说得出口!您吩咐的事我全都照办了;定好了日子,日子到了;现在您居然要我再等十五天!十五个……"他怒气冲冲提高了嗓门,伸出一条手臂,挥着拳头,不知正要说出什么难听的话时,堂阿邦狄奥赶紧抓住他另一只手,低声下气地安抚他说:"得啦,得啦,天主在上,您别发火。我想办法,尽可能在一星期之内……"

"我对鲁茜亚怎么说呢?"

"就说是我误了事。"

"人们风言风语怎么办?"

"你可以对大家说,我太着急,太好心,结果出了错:把过错全推在我

---

① 最后一句原文为拉丁语,指教堂在大弥撒时当众公布将要结婚人的姓名,征询有无异议。

身上。我这话还不清楚吗？好啦，一星期之内……"

"那之后就没有别的婚姻障碍了吗？"

"我既然对你这么说……"

"好吧！我耐心等一星期；您可要记住，过了一星期，我不是几句话可以打发的。现在我告辞。"伦佐说着向堂阿邦狄奥行了一个礼，意味深长地看了他一眼，行的礼和看他的眼神都不如平时那么尊敬。

他气呼呼地到了外面，拖着沮丧的步子朝未婚妻家走去，这么不情不愿地去见那姑娘在他说来还是头一遭。他一面走，一面回想着刚才和神甫的谈话，越想越觉得蹊跷。堂阿邦狄奥接待他时那种冷淡而尴尬的神情，语无伦次而又不耐烦的讲话，那对灰色的眼睛老是躲躲闪闪，仿佛不敢面对他自己嘴里说出来的话语，说得好好的婚礼安排几乎彻底推翻，尤其是神甫一再提到的，但从没有明说的十分严重的事情；种种迹象凑在一起，使伦佐想到这里面隐藏着堂阿邦狄奥不希望他知道的某些秘密。年轻人真想返回去追根究底让神甫说清楚；他抬起眼睛，忽然看见佩贝杜亚在他前面，正朝着离神甫家不远的一个小菜园子走去。她开门时，伦佐呼喊她，加快了脚步，在门口赶上了她，为了要从她嘴里套出真情，开始和她攀谈起来。

"你好，佩贝杜亚：我原指望我们今天能一起热闹一番。"

"唉！那是天主的旨意，我可怜的伦佐。"

"你行个好：有福的神甫先生对我讲了一些理由我听不明白：请你对我解释一下为什么他今天不能或者不愿意替我举行婚礼。"

"唷！难道你以为我知道我主人的秘密吗？"

"不出我所料，这里面果真有鬼。"伦佐心里想道，为了弄个水落石出，他追问："喂，佩贝杜亚，咱们是朋友，你帮帮一个可怜的青年人的忙，把你知道的告诉我。"

"出身穷苦真是不幸，亲爱的伦佐。"

"一点不假，"伦佐接着说，他证实了自己的怀疑，更想了解内情，又说，"一点不假，不过神甫对穷苦人难道也要另眼相看？"

"听着，伦佐；我什么都不能说，因为……我什么都不知道；但有一点我可以向你保证,那就是我的主人不想伤害你,对你对任何人都没有恶意;再说,过错不在他。"

"那么在谁呢?"伦佐问道,虽然装得漫不经心,实际却全神贯注,竖着耳朵。

"我说过我什么都不知道……我只知道我的主人是好人;我一听谁说他有害人之心我就生气。可怜的人!如果说他有什么罪过,那就是太善良。世界上真有一些强横霸道、不敬畏天主的人!……"

"强横霸道!那不可能是上面的人。"伦佐想道。他竭力掩饰激动的心情,接着说:"说呀,快告诉我那人是谁?"

"哎!你要我说出来;可我不能说,因为……我什么都不知道:我说什么都不知道等于说我发过誓要守口如瓶。即使你严刑拷打也不能让我开口。再见啦,咱们两个都在浪费时间。"她说着匆匆进了菜园子,关上门。伦佐和她道了别,慢腾腾地退回去,为的是不让她看到自己走哪条路;等她听不到时,他加快脚步;折回堂阿邦狄奥家;径直闯进刚才和神甫分手的厅里,发现神甫还在,他气急败坏地走上前。

"哎呀,还有什么事?"堂阿邦狄奥问道。

"那个霸道的人是谁?"伦佐的声调坚决,不得到明确的答复不肯罢休,"那个不让我和鲁茜亚结婚的霸道的家伙是谁?"

"什……什……什么?"那个猝不及防的可怜虫结结巴巴地说,面孔像洗过的抹布那般又苍白又松弛。他嘴里嘟嘟哝哝,突然从椅子上跳起来,朝门口跑去。伦佐料到他有这一着,早有提防,抢在他前面跳到门口,一拧钥匙锁上门,把钥匙揣在自己口袋里。

"好啊!神甫先生,您现在说还是不说?我的事人人都知道了,就瞒住了我。好啊!我也想知道知道。那家伙叫什么名字?"

"伦佐!伦佐!天哪,瞧你在干的事;你得想想你的灵魂。"

"我想的是马上要知道,现在就要知道。"他说这话时,也许自己没有注意,一手握住了露出口袋的匕首柄。

"天主保佑!"堂阿邦狄奥有气无力地喊道。

"我要知道。"

"是谁告诉你的？"

"好啦，别耍花招了。您马上讲讲清楚。"

"你要我的命吗？"

"我要知道非知道不可的事情。"

"我说出来会送命的。难道你不替我着想？"

"说出来，赶快。"

最后那声"赶快"说得那么斩钉截铁，伦佐的模样又是那么咄咄逼人，以致堂阿邦狄奥连违抗的可能性都不敢想。

"你得向我保证，对我发誓，"他说，"决不告诉别人，不能说是我讲的……"

"您如果不马上说出那个人的名字，我倒可以向您保证我准干出蠢事。"

堂阿邦狄奥面对新的威胁，脸色和眼神像是拔牙钳子已经伸进嘴里的病人那样，开始说："堂……"

"堂什么？"伦佐重复一遍，仿佛要帮病人把其余的字吐出来似的，他弯下腰,耳朵凑到神甫嘴边,两臂伸向背后,捏紧拳头。

"堂罗德里戈!"受到胁迫的神甫仓促吐出这个名字,声音发颤,一方面由于激动,另一方面由于事情来得突然,来不及在两害之间权衡利弊,他被迫供出这个名字后,立即希望回避它,并且把它抹掉。

"这个畜生!"伦佐嚷了起来,"他是怎么干的? 他怎么对您说的?"

"怎么,呃?"堂阿邦狄奥做出这么大的牺牲,觉得现在有恩于人,声调里几乎带着轻蔑,"怎么,呃? 他想看你倒霉,连我这个毫不相干的人也跟着遭罪,而你却干这种糊涂事。"神甫开始绘声绘色地叙说他可怕的遭遇,先前给吓昏了,现在越说心里越有气,看到伦佐愤恨而又无奈地低下头,一动不动,便平静地接着说:"瞧你干的好事! 竟用这种手段来报答我! 这么粗鲁地对待一个正派人,对待你的教区神甫! 并且是在神甫家里,在神圣的地方! 你好威风啊! 我出于谨慎,为了你好,才没有告诉你,你逼我说出我的倒霉事,你自己也得倒霉! 你现在该明白了吧! 你声张开来对谁都没有好处! ……天主保佑! 咱们说正经的。这不是是非曲直的问题;是强权。今天上午我替你出了好主意……嘿! 你却大叫大嚷。我是为你、为我自己着想;可是,嘿! 你至少该开门吧;把钥匙给我。"

"我也许有对不住你的地方,"伦佐回答说,声调里含有对堂阿邦狄奥的歉意,但可以听出对刚发现的仇人的愤恨,"我也许对不住您,可是,平心而论,您设身处地替我想想……"

他说着从口袋里掏出钥匙,过去开门。堂阿邦狄奥跟在后面,他在锁孔里转动钥匙时,堂阿邦狄奥仿佛要帮他似的挨过去,在他眼睛前面伸出右手三个指头,严肃而又急切地说:"你至少得发誓……"

"我有对不住您的地方请包涵。"伦佐开了门,准备离去。

"发个誓……"堂阿邦狄奥用颤抖的手拽住他的胳膊。

"对不住啦!"伦佐又说了一遍,挣脱后飞快地跑了出去,从而避免了一场争辩,不然会像文学、哲学或者别的领域里的论争,持续几百年都得不到结果,因为论争双方会无休无止地重复自己的观点。

"佩贝杜亚! 佩贝杜亚!"堂阿邦狄奥拦不住逃跑的人,便喊女仆。

女仆没有答应:堂阿邦狄奥六神无主。远比堂阿邦狄奥富有的人也常有这种情况:当他们身陷困境、束手无策的时候,他们觉得最好的解决办法就是发烧倒在床上。神甫没有寻求,这个办法自动来到。昨天经历的恐怖、昨晚的焦急失眠、刚才受的惊吓、前途未卜的忧虑,凑到一起发生了作用。他胸闷气憋,又颓然倒在椅子里,骨头里开始寒热交作。他唉声叹气,察看着自己的指甲,时不时颤声呼唤"佩贝杜亚!"佩贝杜亚终于来了,胳膊底下夹着一大颗卷心菜,脸上毫无表情,仿佛没事人似的。主仆二人之间的埋怨、申斥、指责、辩解,"把这事说出去的只有你。""我可没有说。"你一言我一语争论不休,这里就不细叙了。要说的是,堂阿邦狄奥吩咐佩贝杜亚把门闩上,再也别开,有人叫门时从窗口回答说神甫先生发烧病倒了。然后他慢慢上楼,每走三级楼梯就说一句"我给毁啦!"果真病倒在床,暂且按下不表。

与此同时,伦佐愤愤回家,他还没有决定下一步该怎么走,只想干些非同小可的可怕的事。那些横行不法、鱼肉乡里、欺凌别人的家伙非但应该为自己犯下的罪孽,还应该为受欺凌的人产生的恶念负责。伦佐一向性情平和,反对流血,是以诚相见、从无害人之心的青年;但是那时候他心里想的只是杀人泄愤,脑子里转的只是如何害人。他真想闯进堂罗德里戈家,揪住他的衣领,把他……但又想到堂罗德里戈家像城堡一般戒备森严,里里外外都有痞子看门把守;一个陌生的穷工匠不可能不被搜身而进去,何况是他……也许那里的人早就注意上他了。于是他想拿起猎枪,埋伏在草木丛后面,也许那家伙会孤身一人走过;他在沾沾自喜的想象中仿佛听到了那家伙的脚步声,他便偷偷地抬起头,辨出正是那个恶棍,他端起猎枪,瞄准,发射,只见那人应声倒下,大口大口喘气,他朝那人啐了一口,扬长而去,远走高飞。"那么鲁茜亚怎么办?"那个名字刚进入伦佐紊乱的脑海,平日种种美好的想法纷至沓来。他想起父母最后的模样,想起天主、圣母和圣徒,想起他问心无愧时屡屡感到的轻松愉快,想到听人谈起凶杀时毛骨悚然的恐怖;他从自己血淋淋的幻想中清醒过来,感到惊骇、悔恨,同时为自己只有幻想、没有实际行动而庆幸。但是想起鲁茜亚带来了多少别的思绪!多少希望,多少许诺,多么

渴想而又多么肯定的前景，还有这个企盼了多么久的日子！怎么向她宣布这个使人沮丧的消息？怎么解释？然后采取什么办法？怎么才能不顾那个恶霸的权势同她成婚？这些思绪纷纷涌上他心头，夹杂其中的还有一个模糊的猜疑，一个折磨人的阴影。促使堂罗德里戈胡作非为的只可能是他对鲁茜亚的兽性的欲念。而鲁茜亚呢？难道她给了那个男人好颜色，引起了他的非分之想？这种假设在伦佐心里一刻都留不住。然而她有没有觉察？假如她一无所知，那个男人能对她产生那种卑鄙的欲念吗？假如他根本没有试探，事情能到现在这个地步？他是鲁茜亚的未婚夫，可鲁茜亚在他面前从未提过。

　　他想着想着走过坐落在镇子中心的自己家门口，穿过镇子中心，朝鲁茜亚家走去，她家在镇子尽头，周围比较僻静。那幢小房子门前有个围着矮墙的小院，围墙外面便是土路。伦佐走进院子，听到楼上传来嘤嘤的说话声。他想那准是来陪伴新娘的女友和街坊；他带去的不是好消息，从他脸上的神情一眼就可以看出来，因此他不愿意见到那些妇女惹出闲话。院子里一个小姑娘见到伦佐便奔过来喊道："新郎来了，新郎来了！"

　　"别嚷嚷，贝蒂娜，别嚷嚷！"伦佐说，"过来，我有话对你说；你上去把鲁茜亚叫到一边，悄悄对她说……千万不能给别人听到，不能让人起疑……你对她说我有事找她，我在下面客厅里等，要她赶快下来。"小姑娘听说让她传递秘密口信得意非凡，三步并作两步地上了楼。

　　鲁茜亚的母亲刚替她精心打扮好，她从房间出来。女友们推推搡搡地争着要看新娘；她则带着农村姑娘的腼腆和倔强低着头，抬起胳膊肘儿像盾牌似的挡着脸，皱着两道又黑又长的眉毛，嘴上却荡漾着笑意。

一道又白又细的发线把她光泽的黑头发从正中分开,头发拢在脑后梳成好几个小圆髻,插着许多长银簪,仿佛光环似的向四周散发光芒,那是当时米兰农村妇女流行的打扮。她脖子上挂着一条石榴石和精致的小金珠交错编串的项链,上面是漂亮的织锦紧身背心,袖管用鲜艳的丝带系住;下面是打着许多小褶的缎子短裙和胭脂红色的长袜,脚下是一双绣花缎子鞋。这天是鲁茜亚大喜的日子,当然打扮得特别漂亮,当时激动的复杂心情更突出了她平时淳朴的美:些许惶惑冲淡了她的欣喜,新娘们常有的恬静的哀愁不时在她脸上泛露,但这无损于她的妩媚,反而增添一些特殊的韵味。小贝蒂娜挤进那个莺莺燕燕的小圈子,挨近鲁茜亚,机灵地暗示有话要告诉她,然后凑在她耳边说出了秘密。

"我下去一会儿很快就回来。"鲁茜亚向妇女们打了一个招呼后匆匆下楼。她一看到伦佐变了色的脸和不安的模样立刻有些可怕的预感,赶紧问道:"出了什么事?"

"鲁茜亚!"伦佐说,"今天全吹了,不知道我们哪一天才能成婚。"

"什么?"鲁茜亚惊慌地说。伦佐把上午的事简明扼要地告诉了她,她焦急地听着,伦佐提到堂罗德里戈的名字时,她脸一红,哆哆嗦嗦地说:"啊!竟干出这等事来!"

"这么说,你早知道啦?……"伦佐说。

"真没想到!"鲁茜亚回答说,"他竟干出这等事来!"

"你知道的是什么?"

"别逼我现在说,不然我要哭出来了。我现在赶快去叫妈妈,把那些女人打发走:我们要独自待着。"她话没说完就走开了。伦佐嘟哝说:"她从没有告诉我。"

"哎,伦佐!"鲁茜亚一面走,一面扭过头来叫了一声。伦佐从鲁茜亚这时呼唤他名字的声调里清楚地听出她的意思是:我没有正当清白的理由哪能对你隐瞒,难道你还怀疑?

善良的阿格纳丝(这是鲁茜亚妈妈的名字)看到他们说悄悄话,女儿随即离去,觉得有些蹊跷,便跟着下来看看出了什么事。鲁茜亚让她和伦佐待在楼下,自己上去,尽可能不动声色地对聚在一起的妇女们说:"神甫病了;今天什么事都办不成了。"说着和大家匆匆告别,回到楼下。

妇女们先后离去,三三两两地议论起来。几个妇女还到教区神甫家门口,打听他是否真的有病。

"神甫在发高烧。"佩贝杜亚从窗里回答;这个不幸的消息传到别的妇女耳里,煞住了那些开始在她们头脑里酝酿、在闲谈里窃窃私语的猜测。

第 三 章

　　鲁茜亚走进客厅时,伦佐正满面愁容地向阿格纳丝诉说,阿格纳丝也满面愁容地听着。两人转过脸对着那个比他们更了解内情的人,指望从她那里得到一些只能使人痛苦的解释:两人对鲁茜亚分别怀着不同性质的爱,鲁茜亚向他们隐瞒了同一件事,他们痛苦的神情里露出不同性质的恼怒。阿格纳丝一面急于听女儿解释,一面忍不住责备她:"连这种事都瞒着你妈妈!"

　　"我这就全告诉你。"鲁茜亚用围裙擦着眼睛说。

　　"说呀!""你说呀!"母亲和新郎同时嚷了起来。

　　"圣母马利亚!"鲁茜亚说,"谁料到事情竟会弄到这种地步!"接着她抽抽搭搭地叙说前几天她从作坊回家时落在女伴后面,堂罗德里戈和另一个男人拦住她的去路,堂罗德里戈涎皮赖脸地要和她搭讪;她不予

理睬,加快了脚步赶上女伴们;只听得另一个男人纵声大笑,对堂罗德里戈说:"咱们打赌!"第二天,还是在回家的路上,鲁茜亚低着头和女伴们一起行走,另一个男人奸诈地笑着,堂罗德里戈说:"咱们等着瞧,等着瞧。""感谢天主,"鲁茜亚接着说,"那天以后作坊没有开工。我后来告诉了……"

"你告诉了谁?"阿格纳丝听到居然有人更得到女儿的信任,不免有些恼火,想知道是谁。

"克里斯多福神甫,我在忏悔时对他说的,妈妈,"鲁茜亚带着歉意轻声说,"我们上次一起去修道院的教堂时,我全告诉了神甫,你还记得那天上午我故意磨蹭,拖延时间,等街上去教堂的人多一些,好和他们一起;自从那次以后,我怕上街……"

阿格纳丝听到克里斯多福神甫的受人尊敬的名字便不恼了,说道:"你做得对,不过为什么不全告诉你妈妈呢?"

鲁茜亚之所以没有告诉她妈妈,理由有二:首先她不能为一件无法防止的事害那好女人担惊受怕;其次,这类事情最好少声张,以免惹出闲话;何况鲁茜亚认为她一结婚就能让那讨厌的家伙死了心。不过她只说了第一个理由。

"至于你,"她带着指出朋友缺点的口气说,"这种事情我能告诉你吗? 不幸的是你现在知道了。"

"神甫是怎么对你说的?"阿格纳丝问道。

"他让我设法尽快办喜事,婚礼之前别出家门,让我多祷告天主,希望那个男人见不到我也就不再打我的主意。于是我硬着头皮,"她又转向伦佐,但不敢抬眼,脸羞得通红,接着说,"我没羞没臊地求你加快准备,不要等到预定的日子,把事提前给办了。谁知道你当时对我有什么想法! 我这样要求是有原因的,是经人指点的,我原以为很有把握……可今天早上万万没有想到……"说到这里,她失声哭了起来,说不下去了。

"无赖! 恶棍! 凶手!"伦佐嚷道,在屋子里走来走去,不时捏紧匕首柄。

"天主啊,太糟糕了!"阿格纳丝喊道。

伦佐在泪涟涟的鲁茜亚面前站住;怜惜地看着她,恨恨地说:"那凶手不得好死!"

"哎,伦佐,看在天主分上,别那样!"鲁茜亚喊道,"看在天主分上,千万别那样! 天主也照顾穷人的;我们如果干了坏事怎么能指望天主保佑呢?"

"看在天主分上,别那样!"阿格纳丝附和说。

"伦佐,"鲁茜亚平静了一些,怀着希望和决心说,"你有手艺,我也能干活:咱们远走高飞,不让那家伙打听到咱们的消息。"

"哎,鲁茜亚! 以后怎么办? 咱们还不是夫妻! 教区神甫那号人能给咱们未婚证明吗? 如果结了婚就是另一回事了! ……"

鲁茜亚又哭起来;三人面面相觑,垂头丧气的模样同他们喜气洋洋的服装形成了使人痛心的对比。

"孩子们,听我说,"过了片刻,阿格纳丝开口说,"我比你们早来到这个世界,对世事有些了解。其实也不必害怕:魔鬼并不像人们描绘的那么狰狞。我们穷苦人把什么事情都看成一团糟,问题是我们理不出头绪;有时候,只消有学问的人稍加指点,出个主意……我有办法。伦佐,你照我说的做,你去莱科找阿策卡·加布利律师①,把你的情况告诉他……不过,天哪,他的真名不这样叫,那是绰号。你该称呼他律师先生……他姓什么来着? 真见鬼! 我不知道他的真名,大伙都这么叫。反正你去打听那个律师,瘦高个儿、秃头、酒糟鼻、脸上有块红痣。"

"我见过。"伦佐说。

"那好,"阿格纳丝接着讲,"我见过不少走投无路、愁眉苦脸的人同阿策卡·加布利先生(你得注意别这么称呼他!)单独交谈了一小时,出来时眉开眼笑。你带上那四只阉鸡,可怜的东西! 本来准备宰了在星期日结婚筵席上吃的,去见那些先生老爷可不能空着手。把前前后后的事情

---

① 原文有"制造混乱""惹是生非"之意。曼佐尼在初稿中把这个律师叫作佩托拉,后改为杜普利卡,前者是伦巴第地区喜剧演员的面具,后者意谓"两面派""表里不一"。

讲给他听,不用多久,他就能替你出些主意,让我们自己动脑筋的话,一年都想不出来。"

伦佐高兴地接受了劝告;鲁茜亚也表示赞同;阿格纳丝由于出了好主意而扬扬得意,开始把那些可怜的小东西一个一个地从鸡棚里抓出来,像扎花束似的把八只脚拢在一起,用绳子捆结实,交给伦佐;伦佐和母女二人互相宽慰一番,从院子里溜了出去,以免小孩们见到他追在背后喊"新郎!新郎!"他穿过田野,顺着小路走去,浑身还气得哆嗦,心里想着自己的不幸,嘴里叨念着该对律师先生说的话。那几只可怜的阉鸡一路上受的活罪可想而知:它们给捆住了脚动弹不得,头朝下给倒提着,而提它们的人心事重重,情绪波动,思想的变化都伴随着相应的手势,一会儿气愤得攘臂瞪目,一会儿绝望得举手问天,再一会儿向空中挥拳威胁,每一个动作幅度都很大,把四只倒提的鸡折腾得够呛;那几只鸡却抽空对伙伴啄一口,和患难中人屡屡互相倾轧的情况没有不同。

伦佐进了村,打听律师家在什么地方,经人指点后到了那里。没有文化的穷苦人见到有身份或者有学问的人时总会感到一阵胆怯,伦佐也不例外,他原先准备好的话忘得一干二净;但他朝阉鸡看了一眼,心里踏实了些。他走进厨房,问女仆是否能和律师先生说几句话。女仆一眼看到了鸡,客人带礼物来的情形她见惯了,伸手要接,伦佐却往后缩,因为他希望律师本人看到他是带着东西来的。女仆说:"交给我,你进去吧。"这时候律师正好出现在门口,伦佐深深鞠了一躬,律师宽厚地说:"来吧,小伙子。"把他让进了书房。书房十分宽敞,三面墙上挂着十二位罗马皇帝①的画像,第四面墙则是一排大书架,架子上的旧书积了一层灰尘:书房中央是一张堆放着辩护词、上诉状、请求状和公告的桌子,周围有三四把椅子,另一边是一把方方正正的高靠背椅,靠背顶端有两个牛角似的朝上挑起的木制装饰,椅子蒙着熟牛皮,边缘用大圆头钉钉紧,有些钉子早已脱落,因此皮面东翘西曲。律师穿着家常的袍子,那是说,披着一件

---

① 指从朱利奥·恺撒(公元前101—前44)到蒂托·多米契亚诺(51—96)为止的十二个罗马皇帝。律师的书房里悬挂他们的画像用以表明罗马法治的权威。

破旧的礼袍,当年他经办重要案件前去米兰,在隆重的场合就穿上这件礼袍发表长篇大论。他关上门,让那年轻人自在一些,开口说:"小伙子,说说你的案情。"

"我想和您私下谈几句话。"

"我听着呐,"律师答道,"你说吧。"他懒洋洋地在靠背椅子里坐好。伦佐站在桌子前,一手按着帽子顶,另一手转动着帽檐,开始说:

"您是有学问的人,我希望您点拨点拨……"

"直截了当地说吧!"律师打断了他的话。

"请您包涵:我们穷苦人不会讲话。我想请问……"

"真差劲!你们全是一个样:你们有所为而来,可是不直话直说,先要请问。"

"请原谅,律师先生。我想知道的是,威胁神甫、不让他主持婚礼,当不当罪。"

"我明白啦,"律师心想,其实他并不真正明白,"我明白啦。"他立即摆出一副严肃的样子,但严肃之中带有同情和殷勤;他抿紧嘴唇,发出含糊的声音,表示某种想法,接着用清晰的字句说了出来:"情节严重,小伙子;这是有明令禁止的。你来找我算是找对了。情节清楚,许多公告都已规定,去年就有一项公告,是现任总督先生颁布的。我马上可以找出来,让你看得见、摸得着。"

他说着从椅子上站起身,把手插进那堆堆积如山的文件,仿佛在斗里翻麦子似的兜底寻找。

"上哪里去了?马上能找出来,马上能找出来。手头的东西太多了!不过肯定在这里,那是个重要的公告。哈!找到了,找到了。"他翻出公告,打开看看日期,神情显得更为严肃,嚷道:"一六二七年十月十五日!当然,是去年,新的公告;最有效的公告现任总督援引并重新颁布前任发表过的公告,表明该公告的重要和继续有效。你识字吗,小伙子?"

"识一点,律师先生。"

"那好,你跟着我念就明白了。"

律师把展开的公告凌空摆在面前开始宣读,根据需要有的段落匆匆

带过,有的字句则抑扬顿挫加以强调。

　　"奉费里亚公爵大人之命,一六二〇年十二月十四日颁布公告,经最尊敬高贵的贡萨洛·费尔南德斯·德科尔多瓦大人确认在案……公告就胆敢对忠于国王陛下的臣民进行压榨、以权谋私、采取暴行者规定了严厉非凡的措施,但暴行之频仍、情节之恶劣有增无减,达到难以容忍的程度,总督大人不能置若罔闻。因此,经参议院及特设委员会同意,现决定颁布本公告。

　　"就暴行而言,鉴于本邦城乡各种以权谋私、以强凌弱的情况屡禁不止,诸如强行签订买卖或租赁契约……那句话在哪里? 哦,我看到了;你听好:强迫举行或阻拦婚礼。你听到了没有?"

　　"那正是我的情况。"伦佐说。

　　"听好,听好,下面还有呢;过后我们再看有关处罚的条文。胁迫他人作证或不出面作证;逼人迁出住所,……逼债;强人所难,合谋整治他人:这些同我们的案子都不相干。啊,这里有了:胁迫神甫执行职责范围之外的工作或者妨碍其履行职责之内的义务。嗯?"

　　"这个公告好像是特意为我制订的。"

“嗯？一点不错吧？你接着听：以及领主、贵族、中产阶级、平民百姓所做的其他暴力行为。一个不漏：仿佛约法特河谷似的统统包括进去了。现在你听有关处罚的规定。凡此种种不法行为早有禁令，总督大人认为不仅不能废除，而且应该切实贯彻，因此颁布本公告，命令本邦各级预审法官对违犯上述任何一项者应根据违法事实、情节轻重、当事人身份或处以罚金、体罚，或处以流放、划桨苦役，以至死刑……简直是废话！呈报总督大人或参议院裁决。仰各遵照，严格执行……这不是表明有商量余地吗，嗯？你再看看签名：贡萨洛·费尔南德斯·德科尔多瓦；下面是帕拉托努斯；这里是维迪特·费雷尔：一个不缺①。”

律师宣读公告时，伦佐跟着细看，想搞明白字句的含意，他认为有利于自己的地方尤其注意。律师发现新来的委托人关注的程度大于惊恐，不禁有点纳闷。“这个无赖是个老手！”他暗暗寻思。“唉！”律师接着说，“你剪掉了额发。你很谨慎：不过你这件事委托我办，根本没有必要剪掉。情节很严重；可是你还不了解我办案的能耐。”

律师的这句话显得突兀，如果了解或者记得当时的习俗就不会奇怪了。当时的职业痞子或者形形色色的歹徒通常留着长额发，每逢袭击他人，认为有必要掩盖自己的面目，或者在干既需暴力又需谨慎的勾当时，便披下额发遮住脸庞。公告对这种发式也有涉及。伊诺霍萨侯爵大人公告凡是蓄发齐眉，或者耳前耳后留有发辫，初犯者一律罚款三百金币；无力缴纳罚款者处以三年划桨苦役；重犯者除上述规定外可酌情加重处罚。

但由于秃顶或痣记、疤痕等其他合乎情理的原因有改善面相需要者，可以蓄发掩盖上述缺陷，但不能超过纯属必要的限度，否则与一般违犯者同样论罪。

理发师替人修剪头发时不准在顾客前额、两边、耳前、耳后留出超过正常长度的发辫、额发、卷发；秃顶和容貌有缺陷者不在此例，违犯者罚

---

① 这个公告的起草人是马坎东尼奥·帕拉托努斯，当时是枢密会议的文书和公证人，维迪特·费雷尔是掌玺大臣。枢密会议由总督、掌玺大臣、参议院议长、代理主教和司库五人组成。

款一百金币或当众执行三次滑车吊刑,根据情节还可处以更重的体罚。于是额发几乎成了无赖恶棍的某种甲胄和标志,后来这类人便通称为"额发"。方言里至今还保存这个名词,含义稍有冲淡;米兰的读者也许还记得他们小时候听到父母、老师、亲友和用人提起他们时常说:那个小额发。

"说实话,我虽然穷苦,却是正派人,"伦佐说,"我活到现在从没有留过额发。"

"这样我们就谈不拢了,"律师摇摇头,狡猾而不耐烦地说,"你不信任我,我们就没法谈了。你要明白,小伙子,对律师说假话的人,到头来会成为在法官面前说真话的傻瓜。对律师要有一说一,有二说二;之后由我们律师来把水搞浑。你既然要我帮你一把,就应该像对神甫忏悔那样敞开心扉,毫无保留,和盘托出。你得把指使你的人的姓名告诉我:那自然是个有钱的人;我可以去看他,向他致意。要知道,我不会对他说是你告诉我的:你尽管放心,我只说我是去求他保护一个遭到诬陷的年轻人。我可以和他商讨最好的开脱办法,体面地解决这件事。你总明白,他救了自己,同时也就救了你。如果查出这件事是你一手造成的,哎!我也不会撒手不管:比这更糟糕的情况我也曾大事化小,小事化了……只要你没有冒犯一个知名人士,我可以保证你太平无事;当然啦,要花一些费用。你得告诉我谁是受害人(一般是这么称谓的),然后我们根据这位朋友的状况、身份和脾性研究一下,是借保护之名使他就范呢,还是找个罪名告他一状使他受到怀疑;你明白,只要善于运用公告,有罪可以说成无辜,无辜可以说成有罪。至于那个神甫,他识时务就不敢作声;如果犟头倔脑,也有对付他的办法。没有过不去的沟沟坎坎,只是需要能人:你的情节很严重,我重复一遍,很严重:公告上讲得明明白白;如果这件事由你自己应付,你得吃大亏。作为朋友,我要对你说:干了坏事是要付出代价的,你想逃过难关就得破费一点,以诚相见,信任关心你的人,听他的劝告,照他说的办。"

律师滔滔不绝地说着,伦佐出神地听着,仿佛乡巴佬在广场上看江湖艺人玩杂耍,只见律师先往嘴里使劲塞乱麻,塞呀塞的,然后从嘴里抽

出编织好的带子,抽个没完没了。当他听明白律师的意思,知道律师误解时,他剪断律师嘴里的带子,说道:

"哎,律师先生,您听拧了。根本不是那么一回事。我没有威胁过任何人;我才不干那种事呢! 您可以到镇上去打听,人们会告诉你我一向安分守己。我是被人耍了无赖,才来找您请教怎么要求公道;我见到那个公告非常满意。"

"见鬼!"律师睁大眼睛嚷了起来,"你跟我捣什么乱? 真见鬼;你们这些人全是一路货色:从不把话讲讲清楚!"

"对不起;您不容我开口,现在让我如实告诉您。要知道,我本来定在今天结婚,"说到这里,伦佐的声音有点哽噎,"本来我定在今天和一个姑娘结婚,我们从今年夏天开始就认识了;今天的日子是神甫先生定的,一切都已准备妥当。没料到神甫先生临时变卦……好吧,我长话短说,免得您心烦,我让他把事情说说明白,这很公平;他承认有人不准他主持婚礼,否则要他性命。那个强横霸道的堂罗德里戈……"

"别说啦,"律师皱紧眉头,翘起鼻子,打断了他的话,"别说下去啦! 你干吗一派胡言来烦我? 这种事情该由你们这些说话不知轻重的人自己解决;别拿来麻烦一个懂得好歹的正派人。走开,走开;胡说八道的家伙;我可不同无知小子打交道;我不想听这种事情,胡说八道。"

"我发誓……"

"我叫你走开;你发誓和我有何相干? 这件事和我毫无关系:我洗手不干,"他说着直搓手,仿佛真的在洗,"你先学学怎么讲话吧,别来连累正派人。"

"请听我说,请听我说。"伦佐央求着,可是律师不容分说,叫叫嚷嚷地把他朝门口推去,打开门,招呼女仆说:

"把这个人带来的东西马上还给他:我不收,什么都不收。"

女仆在律师家干了这么多年,从没有遇到需要执行这类命令的情况,但是律师的口气十分坚决,不容她不照办。她抓起那四只可怜的阉鸡,交给伦佐,怜悯而又轻蔑的眼光似乎在说:天塌下来也只能由你自己顶着了。伦佐还想客套一番;律师毫无商量余地;年轻人又吃惊又气恼,不得不收下遭到拒绝的礼物,打道回镇,把此行的结果告诉母女二人。

在他离去期间,两个妇女沮丧地脱掉参加婚礼的盛装,换上家常干活的衣服,重新合计,鲁茜亚抽抽搭搭,阿格纳丝唉声叹气。阿格纳丝详细分析了律师的劝告可能产生的后果,鲁茜亚说应该想尽办法自救;又说克里斯多福神甫在帮助穷苦人排忧解难时非但能出主意,而且全力以赴,能把发生的事情通知他就好了。"那当然。"阿格纳丝说,她们便一起商量怎么通知;修道院离她家有两里左右,今天这个日子她们实在鼓不起勇气赶这么长的路①,明智的人也不会劝她们去。她们正探讨各种办法时,听到轻轻的敲门声,还传来一声柔和而清晰的"感谢天主"②。鲁茜亚想这会是谁,跑去开门,门口是一个化缘的方济各派修士,领首施礼进了屋,他左肩挂着褡裢,两手捏着卷下的褡裢口按在胸前。

"哦,加尔迪诺修士!"两个妇女招呼说。

"天主与你们同在,"修士说,"我是来募集核桃的。"

"去把给神甫们预备的核桃拿来。"阿格纳丝吩咐说。鲁茜亚站起身朝另一个房间走去,但在加尔迪诺修士背后停了一会儿,伸出食指放在嘴唇前朝她妈妈使了一个眼色,温柔而不容置辩地求她妈妈别多言多语。

化缘修士仍站在门口,瞅着阿格纳丝说:

"婚礼怎么啦?不是今天举行吗?我发现镇上有点异样,好像出了什么事。有事吗?"

"神甫先生病了,婚礼不得不推迟。"阿格纳丝赶紧说。假如鲁茜亚没有向她暗示,她也许会做出另一种回答。"募集得怎么样啦。"她扯开了话题。

"不太好,大娘,不太好。全在这儿啦,"他说着卸下褡裢,抖了几下,"全在这儿啦;我走了十户人家才收到这些。"

"唉,年成不好,加尔迪诺修士;面包都得省着吃的时候,别的东西当

---

① 这段路程有三公里半。
② 原文拉丁语,是进门时的问候语。

然不能大手大脚了。"

"为了祈求好年成该怎么办呢,大娘?施舍行善。你可知道多年前我们罗马尼阿修道院的核桃奇迹吗?"

"不知道。说给我听听。"

"哦!要知道,那座修道院有位名叫马卡里奥的神甫,是位圣徒。一年冬天,神甫路过我们一个有钱的施主的田地,见他站在一棵大核桃树下,还有四个雇工,挥着锄头正要把树刨出来,晒干树根。'你们要把这棵可怜的树怎么着?'马卡里奥神甫问道。'哎,神甫,好多年来它不结核桃,我打算刨出来当柴烧。''别碰它,'神甫说,'它今年结的核桃会比叶子还多。'施主知道说这话的人不是等闲之辈,立即吩咐雇工别刨了,给树培上新土,在已经走开的神甫背后喊道:'马卡里奥神甫,收成的一半归修道院。'神甫的预言传播开去,人们纷纷前来观看那棵核桃树,春天果然开出密密匝匝的花朵,到时候结了许许多多核桃。善良的施主没有得到打核桃的欢欣,因为在收获以前他已过世,去领取他善心的奖赏了。更大的奇迹在后面,你马上就会看到。那个好人有个儿子,性格完全不像他。到了收获季节,化缘的修士去收取说好归修道院一半的收成,但是儿子改了口,强词夺理地回答他从没听说修士们会榨核桃油。你知道结果怎么样?一天(你听好),那个混小子请了几个和他臭味相投的朋友来家吃饭,席间谈到核桃树,把修士们着实嘲笑了一番。那些无赖忽然想去看看丰收的核桃,主人便领他们去粮仓。你听好:他打开门,到了堆放核桃的角落,刚说:你们看吧,自己也掉过眼光……他看到了什么?一堆干枯的核桃树叶。这是不是报应?修道院非但没有损失,反而大有收益;因为发生了如此不寻常的事之后,募集的核桃多得惊人,有位施主觉得化缘的修士太辛苦了,便捐赠一头驴子给修道院,供他搬运核桃。榨出的油也多极了,所有的穷苦人按照各自需要前来领取,因为我们像是大海,从各方面汇集了水,又把它分给大河小川。"

这时鲁茜亚用围裙兜着许多核桃回来,她抓住围裙的两个角,伸直双臂,走路都有些蹒跚。加尔迪诺修士再卸下褡裢,放在地上,打开袋口装那慷慨的施舍,鲁茜亚的大手大脚使得她母亲吃惊而严厉地瞪了她一

下，她回看一眼，似乎在说：我自有道理。加尔迪诺修士连声称赞、道谢、说她们准有好报，重新挎好褡裢，准备离去。这时鲁茜亚叫住他说："我想求你帮个忙；请你带个口信给克里斯多福神甫说我有急事要和他谈，请他行个好快快来看我们这两个可怜的女人，因为我们去教堂实在有困难。"

"没别的事了？不出一个小时，克里斯多福神甫就会得到你的口信。"

"拜托啦。"

"放心吧。"加尔迪诺说着就出了门，腰板比来时弯，心里却比来时轻松。

一个穷苦的乡村姑娘满有把握地请克里斯多福神甫移趾就教，化缘修士毫不感到诧异、面无难色地答应带口信，读者看到这里可别以为克里斯多福是个无足轻重、平平庸庸的修士。相反的是，他在教民中间和附近一带享有很高的威望;方济各派的修士就是这种性格,在他们眼里没有高不可攀,也没有微不足道的东西。无论为卑贱的人效劳或者受到权贵显要的侍奉,无论出入侯门王府或者穷巷陋室,他们总是淡泊超脱,不卑不亢;在同一个场合,他们可以是人们谈笑的话题,又是人们事事非请教不可的智者,他们到处化缘,又把钱财散给来修道院求助的人;化缘修士是随遇而安的人物。王公贵族见他们走在街上可能毕恭毕敬地趋前吻他们的束腰绳梢,顽皮小孩见到他们也可能假装打闹,借机把泥巴扔到他们脸上。在那些年里,"修士"两个字既引起极大的崇敬,又引起极端的蔑视;在所有的教士品级中间,化缘修士最容易招来这两种截然不同的感情,并且经历两种截然不同的遭遇;因为他们身无长物,穿着非常古怪的苦行衣,从事最卑微的沿街托钵,最直接地面对人们的景仰或屈辱,这当然根据人们不同的心态和不同的思想方法而定。

加尔迪诺修士走后,阿格纳丝说:"年成这么不好,你却把核桃全给掉了。"

"妈妈,原谅我,"鲁茜亚说,"不过如果我们的施舍和别人差不多,等加尔迪诺修士把褡裢装满不知还要走多少人家;天晓得他什么时候才能回到修道院;加上他逢人就聊天,能不能记住我们的托付有谁说得准……"

"你想得周到,再说行好总有好报,"阿格纳丝说,她虽然有些小缺点,但不失为一个极好的女人,对她那个独生女儿特别钟爱,正如人们常说的那样,为了女儿,让她往火里跳她都绝不皱眉。

这时候,伦佐回来了,一副又气又沮丧的样子,进门便把几只鸡扔在桌上,那些可怜的东西给折腾了一天,临了还要吃点苦头。

"你给我出的主意真不赖!"他对阿格纳丝说,"你让我去找了一个正派人,一个真能帮助穷苦人的能人!"接着他叙说了同律师谈话的经过。阿格纳丝被不幸的结局惊呆了,试图说明她的主意并没有错,毛病肯定出在伦佐不会办事,砸了锅。鲁茜亚打断了他们的争论,声称她有希望从另一方面得到更有力的帮助。伦佐一筹莫展,只好把希望寄托在克里斯多福神甫身上。"话得说回来,"他补充了一句,"如果神甫也想不出好

47

办法,我说什么都得自己解决。"

两个女人劝他平心静气,谨慎从事。鲁茜亚说:"克里斯多福神甫明天肯定会来;我们这些可怜虫挖空心思都想不出来的主意,他准能想出来。"

"但愿如此,"伦佐说,"不管怎么样,我知道怎么得到公道,或者让人为我主持公道。说到头,世上还是有公道的。"

他们你一言,我一语,忧心忡忡地谈论着,一天过去了,天色黑了下来。

"明天见吧!"鲁茜亚对迟迟不想离去的伦佐说。

"明天见!"伦佐比她更伤心地回答。

"总有一位圣徒会帮咱们的,"鲁茜亚说,"你要小心,沉住气。"

母亲又说了一些类似的劝告;新郎心烦意乱地走了,不停地重复那句莫名其妙的话:"说到头,世上还是有公道的。"人到了无可奈何的时候,说出来的话都有点语无伦次。

第 四 章

太阳还没有从地平线下完全升起,克里斯多福神甫已经离开佩斯卡伦尼科修道院①,前往约他去的阿格纳丝母女家。佩斯卡伦尼科是阿达河边,说得更确切些,是湖畔的一个小村落,离桥不远,村里只有几户人家,多半是渔民,随处可以看到张开晾晒的大小渔网。修道院坐落在村外(那个建筑至今还在),隔着从莱科通往贝加莫的道路与村口相望。天空晴朗无云,太阳在山后冉冉升起时,霞光从最前面的山头倾泻下来,注满山谷。秋风徐徐拂过,带下桑树枝头的黄叶,飘落在几步之外。左右两边还没有砍掉的葡萄藤上颜色深浅不一的红

---

① 佩斯卡伦尼科原文有"渔村"之意,该地的修道院为米兰大主教圣卡洛·博罗梅奥(1538—1584)于一五七六年创建。由于莱科市区不断扩展,如今修道院位于闹市。

叶熠熠闪光，前不久刚翻过的土地在已经发白、挂着露珠的庄稼茬中间黑油油的显得分外整齐。景色固然赏心悦目，可是一有路人出现，人们心头马上会感到沉重，眼光也顿时黯淡。不时可以看到衣衫褴褛、面容憔悴的乞丐，有的潦倒多年，有的为生计所迫刚加入伸手乞讨的行列。他们默默无语地在克里斯多福神甫身边走过，悲哀地瞅着他，化缘修士一向与钱无缘，乞丐们虽然不指望从他那里得到什么，还是向他行礼，为他们以前得到的，或者正要去修道院乞求的施舍表示感激。散散落落在地里干活的农夫叫人看了更伤心。有的在播种，抠抠搜搜一副舍不得的样子，仿佛拿着过于珍贵的东西在冒险；有的吃力地挥着锄头，没精打采地摆弄土坷垃。瘦弱的小女孩牵着瘦骨嶙峋的母牛吃草，眼睛盯着前面，见到某些野菜赶快蹲下去摘，似乎和牛在争食，饥荒让她懂得人靠野菜也可活命。神甫总预感到将会听到某些不祥的消息，一路上看到的景象使他的心情更加沉重。

他为什么如此关心鲁茜亚？他为什么一接到口信就急如星火地赶去，仿佛召唤他的是省教区神甫？克里斯多福神甫又是什么样的人？这些问题都有必要向读者做个交代。

克里斯多福神甫俗家姓氏不详，年纪五十开外，将近六十。按照化缘修士的习惯，他头顶剃光，只留四周一圈头发，不时会扬一扬秃顶的脑袋，流露出捉摸不透的高傲和烦躁；但一想到出家人应以谦逊为重，立刻又低下头。银白色的长胡须遮住两颊和下颏，使得轮廓分明的上半部面相更为突出，长期形成习惯的清心寡欲的生活增添了容貌的严肃，却没有抹杀生动的表情。一双深陷的眼睛通常注视地下，但有时突然会炯炯发光，正像两匹由车夫驾驭的烈马，它们凭经验知道犟不过车夫，不过偶尔也要使性子，后腿直立起来，这时缰绳狠狠一收，嚼铁勒得它们生疼。

克里斯多福神甫并非一贯如此，他原先也不叫克里斯多福：他的洗礼名是洛多维科。父亲是某地的一个商人（为了谨慎起见，我隐去真名），晚年家道富裕，并且有了洛多维科这个独子，便放弃了买卖，一心过绅士生活。

在优游自在的日子里，他开始为自己前半辈子孜孜不倦干的事感到十分羞愧。他为这种思虑所苦，千方百计地要让人忘掉他曾是商人，最好让自己也忘掉这档子事,可是商栈、货色、账册、码尺等等老是回到他的记忆里,正如班科的鬼魂出现在麦克白眼前①,即使在山珍海错的筵席上和食客们的笑容中都不免。食客们笑谈时处处留意,避免任何可能像是影射主人以前身份的语句。可是有一天,宴饮快结束时,客人们如风卷残云把主人准备的丰盛筵席一扫而光,大家酒酣耳热,兴高采烈,主人并无恶意但居高临下地嘲笑了席间一个最能吃的客人。那个客人顺水推舟,像小孩似的天真,毫无恶意地回说:"咳,我不妨学学商人那样装聋作哑。"话一出口,他马上发觉说漏了嘴,惴惴不安地瞅着主人,主人脸色一沉:大家都想恢复先前融洽的气氛,但已不可能。客人们各自想找话岔开,掩饰这个尴尬的局面,反而无话可说,静默使局面更加尴尬。人人都回避别人的眼光;人人都知道别人在想大家都想掩饰的事。当天的欢乐气氛烟消云散;那个鲁莽的,说得更确切一些,那个倒霉的客人从此再也没有得到邀请。洛多维科的父亲惶惶不可终日地度着晚年,唯恐人们嘲笑,他从不想想买卖是很正常的事,卖并不比买可笑;也不想想自己多年来一直公开干着这门他引以为耻的行当,并不需要有内疚之感。他根据当时的条件,在法律和习俗允许的限度内②让儿子受到贵族的教育,请了不少教师让儿子习文学武;去世时给年轻的儿子留下不少财产。

洛多维科有了绅士的气派,在奉承他的人当中长大,习惯于受到尊重。但是他想和当地的头面人物打成一片时,他得到的对待和惯常得到的大不相同,他发觉如果想同他们交往,他还得学习忍耐和恭顺,必须永远屈居人下,随时遏制自尊。这种生活方式同洛多维科的性格和所受的教育格格不入。他愤然疏远了那些人。但孤立又使他苦恼,因为他认为那些人理应是他真正的伙伴,应该对他随和一些。他既然不能和那些人平起平坐,又希望和自己的阶级有所不同,便怀着向慕而怨恨的复杂心

---

① 英国剧作家莎士比亚悲剧《麦克白》中,麦克白权欲熏心,谋杀了苏格兰国王,篡夺了王位,又杀害了好友班科,班科的鬼魂在筵席上出现,只有麦克白一人见到。

② 根据当时的法律和习俗,出身资产阶级的青年不能充当高级军官、法官、教职和行政官员。

情在奢侈挥霍方面同那些人分个高低,结果招来敌意、妒忌和嘲笑。他的耿直而恣肆的性格很快使他陷入别的更严重的竞争。屡见不鲜的欺压百姓的胡作非为使他感到由衷的愤恨,尤其因为干坏事的那些人正是和他有宿怨的人。为了减轻或者发泄复杂的情绪,他乐意站在受欺凌的弱者一边,以遏制强梁为己任,遇到不平的事就出头干预,逐渐成了被压迫者的保护人,替受欺侮的人报仇雪恨。这种差使很不轻松,可怜的洛多维科自然结下不少冤仇,惹来许多麻烦。除了和外敌抗衡之外,他还一直受到内心斗争的折磨;他往往处于不利的地位,为了达到目的,不得不昧着良心采取欺诈和暴力手段。他不得不豢养一大批打手;为了自身安全和取得有力的帮衬,不得不重用最残忍的亡命徒;为了主持公道,不得不和流氓无赖厮混。有时候他因挫折而沮丧,因大祸临头而焦急,对这种朝不虑夕、提心吊胆的生活感到厌倦,对周围的人感到厌恶,为未来担心,不止一次地忽发奇想,打算出家去当修士;遁入空门是当时逃避烦恼的常见的做法。若不是一件后果严重的意外事件促使他痛下决心,出家的想法也许一辈子不会付诸实现。

一天,洛多维科走在街上,陪伴他的有两个打手和一个名叫克里斯多福的人,克里斯多福从年轻时开始就在洛多维科父亲的店里当伙计,商店歇业后成了家里的总管,当时已五十多岁。他看着洛多维科长大,对小主人十分忠诚,多年来靠着工资和主人平时的赏赐养家活口,拉扯大了一群子女。洛多维科打老远就看见一个骄横不法出了名的乡绅迎面走来,他从没有和那乡绅打过交道,但从心底里厌恶,乡绅也特别恨洛多维科,两人不相识,但居然互相憎恨,也是这个世界上的怪事之一。乡绅背后跟着四个痞子,他自己昂着头,傲慢轻蔑地抿着嘴,大模大样地径直走来。两人都挨着墙,但是洛多维科靠右,按照规矩他有权利(权利的牵涉面也太广了!)不离开靠墙的一边给任何人让道;这本来是一桩小事,但当时的人十分计较。对方不这么想,他觉得自己身为贵族有权靠墙行走,而洛多维科应该走在街道中央①;这也是当时的规矩。在这件

---

① 十七世纪时意大利城镇的人行道高出地面许多,街中央低凹,起排水沟的作用。

事以及许多别的事情上,两种对立的规矩都行得通,谈不上谁是谁非;一个犟头倔脑的人遇上另一个和他相仿的人争斗就难免了。那两个人像是两个活动的浅浮雕品似的贴着墙越来越近。面对面时,乡绅把洛多维科从头到脚打量了一下,扬起头,横眉竖眼恶狠狠地说:

"让开。"

"你让开,"洛多维科说,"右边归我走。"

"你们这种人见到我都得让开。"

"你们这种人休想在我面前耍威风。"

双方的打手没有作声,从各自的主人背后睨视着对方,手按剑柄准备厮杀。街上的行人站住脚步,隔得远远的看热闹;有人围观,争执双方更骑虎难下,非见个高低不可了。

"到街中央去,市井小人;不然我要教你怎么对待绅士,让你一辈子都忘不了。"

"谁是市井小人?你胡说八道。"

"你敢骂我胡说八道?"这个回答有点胡搅蛮缠,"如果你身份和我相当,我可以用剑让你明白胡说八道的是你。"

"你气壮如牛可是胆小如鼠,光说不干,只会找借口。"

"把那个无赖给我扔到沟里去!"乡绅转身吩咐打手们。

"看谁给扔到沟里!"洛多维科突然往后一错步,伸手拔剑。

"你好大胆!"对方拔剑出鞘嚷道,"等你的脏血污了我的剑,我就把剑折断扔掉。"

两人交上了手;随从们上前保护各自的主人。双方力量悬殊,一则由于人数多寡相差太大,二则由于洛多维科并不想杀死对方,而是躲闪腾挪,只想打落对方手中的武器,对方却狠命相扑,非要他的命不可。洛多维科左臂已挨了痞子一剑,脸也给划破在淌血,这时他主要的对手冲上来要取他性命,克里斯多福瞥见主人情况危急,不顾一切持剑向乡绅扑去。乡绅把全部怒火发泄在他身上,刺了他一个透明窟窿。洛多维科看到忠仆受了重伤,发狂似的把剑刺进对手的肚子,两个挨剑的人几乎同时倒地,奄奄一息。乡绅的打手一看大事不好,撒腿就跑;洛多维科的

仆从也负伤挂彩,看见对手已作鸟兽散,看热闹的人越来越多,唯恐给围住脱不了身,便朝相反的方向逃去,只剩洛多维科一个人站在人群当中,脚下是两具尸体。

"出了什么事?""死了一个。""死了两个。""肚子给捅了一个洞。""死的是谁呀?""那个强横霸道的家伙。""圣母马利亚,死得多惨!""还不是自找的。""自作孽不可活。""他也有今天的下场。""这一剑够狠的!""乱子闹大了。""还有那个冤死的!""天主保佑,太惨了!""救救他,救救他。""他受的伤也不轻!""瞧他这副模样!浑身在淌血。""逃吧,您逃吧。别给抓住。"

在乱哄哄的喧哗声中,这些话语表明了人心所向;与口头劝告同来的还有具体帮助。格斗发生的地点离一座方济各会教堂不远,大家都知道,当时的教堂是捕快不得入内、司法权力达不到的可供避难的场所。人群把受了伤的迷迷糊糊的凶手带进教堂,交给修士们叮嘱说:"他是好人,刚才杀了一个大恶霸;他是给逼得走投无路,出于自卫才动手的。"

在这之前,洛多维科从没经历过流血事件;尽管当时杀人是经常听到见到的很平常的事,但是亲眼看到一个人死在他手下,另一个人为

54

他丢了性命,却是前所未有的、不可言状的感觉,是完全陌生的情绪的揭示。他朋友的丧生,脸上的神情刹那间从威胁和愤怒变为沮丧和死亡的庄严平静,使杀人者的心灵也起了突然的变化。他迷迷瞪瞪的不知自己身在何处,也不知道自己在干些什么,给拉进了修道院,清醒过来时发现自己躺在医务室的榻上,由一个医生修士(方济各会的修道院里通常都有一个懂医道的修士)用纱布绷带替他包扎在格斗中受伤的两处伤口。一个专为垂死的人送终的神甫(情况特殊时,他往往不得不在街上履行职责)立刻给请到格斗现场。不久后他回来,进了医务室,走到洛多维科身边说:"你可以放宽心,至少他死时很平静。他让我转告,他已经宽恕了你,并且请你宽恕。"这些话使洛多维科完全恢复了常态,也使他百感交集:为朋友感到悲痛,为自己致人死命的一剑感到惊骇和内疚,还为他所杀的人感到怜悯和遗憾。"另一个呢?"他急切地问神甫。

"我赶到时那个人已经咽了气。"

修道院门口和附近聚集了一批好奇的人;捕快们来后驱散了人群,在门外远处埋伏好,修道院里出来的人都逃不出监视。死者的一个亲兄弟、两个表兄弟和一个上了年纪的叔父全副武装,带领着许多痞子也来了,他们开始巡逻,气势汹汹地瞅着看热闹的人,那些人虽然不敢明言,脸上的表情似乎在说:"死有余辜。"

洛多维科思路清晰后,把一位听忏悔的神甫请到病榻前,求他去看望克里斯多福的遗孀,代为请求宽恕,因为克里斯多福之死虽然意外,毕竟是为了主人;同时请神甫转告,孤儿寡妇今后的生活费用保证由他承担。接着,他考虑自己的处境,以前曾经在他脑海里盘旋过的出家当修士的念头变得比任何时候都更认真、更强烈:仿佛天主引他走上这条道,在他危难之际让他进了修道院,向他展示了天主的旨意;于是他义无反顾地做了决定。他把修道院院长请来,表达了自己的愿望。院长说这种事情不可草率决定,但如果他坚持要求,不会遭到拒绝。洛多维科找来公证人,立下文书,把他现有的为数不少的财产全部赠送给克里斯多福的家属:一部分归克里斯多福的遗孀自由支配,其余归克里斯多福留下的八个子女。

修士们收留洛多维科之后势成骑虎,他的这一决定消除了所有的困难。假如把他推出修道院门外交给法律去处置,等于是把他交给仇人们随他们报复,这一步棋根本不能考虑。这意味着放弃修道院的特权,在百姓面前毁坏修道院的名声;同时也侵犯了全世界方济各会修士的权利,招致他们的指责,还会引起维护该项权利的教会当局的反对。在另一方面,死者的家族有权有势,还有许多炙手可热的亲友,他们非报仇不可,扬言凡是胆敢阻挠的人都是仇敌。据说死者的亲戚中间没有哪个为他感到悲痛,也没有哪个为他洒下一滴眼泪,但是所有的亲戚都摩拳擦掌要抓住他,不论是死是活。他披上修士的长袍之后,一切问题就可以迎刃而解。他在某种程度上改过自新,深刻忏悔,默认有罪,主动退出纷争;总之,成了一个缴械的敌人。死者的亲戚根据自己的理解可以沾沾自喜地认为他是走投无路、害怕他们的愤怒报复才当修士的。总而言之,一个人被逼得抛弃财产、科头跣足、晚上睡草垫、白天沿街托钵,即使在心胸最狭窄的仇家眼里也算得上严厉的惩罚了。

修道院院长谦逊而坦然自若地去拜访死者的兄弟,一再声明对他们显赫的家族十分尊敬,只要办得到的事情无不愿意为他们效劳,然后谈到洛多维科的悔恨和出家的决定,巧妙地解说他们的家族可以为此感到满意,并且轻描淡写、十分策略地暗示不管愿不愿意,事情就这么定了。死者的兄弟哓哓不休,院长不时岔开话题说:“您阁下的悲痛完全有道理。”对方威胁说他的家族无论如何总有办法报复;院长虽然不以为然,但并不反驳。最后,对方提出条件,要杀死他兄弟的凶手立即离开本城。这一点,院长早已考虑过,回说可以照办,让对方觉得这也是唯命是从的表示,一切终于谈妥。方方面面都感到满意:死者家族维护了荣誉,修士们救了人、保卫了自己的特权,并且没有结怨,崇尚骑士精神的人看到纠纷圆满解决,百姓看到他们爱戴的人脱离危险、皈依天主,不过比谁都满意的是我们的愧痛的洛多维科,他开始了赎罪和侍奉天主的生活,希望以此来弥补他造成的难以挽回的损害,并且减轻他难以忍受的悔恨和自责。有人猜测他出于恐惧才决定出家,他听到后相当伤心,但随即平静下来,心想人们的误解对他也是惩罚,也是一种赎罪的方式。于是,他年方三十的时候便披上修士的长袍，按照规矩必须放弃俗家的姓名另取一个，他选择了念念不忘的、为之赎罪的名字：此后便改名为克里斯多福修士。

出家仪式结束后，院长吩咐他到六十里外的另一个修道院去见习，第二天就出发。见习修士深深一躬，说是还有事相求："院长，我在这个城市伤了一个人的性命，使一个家族受到残酷的损害，在我离去为我的罪孽忏悔之前，请允许我向死者的兄弟请求宽恕，表达我无法挽回损害的遗憾，假如天主赞同我的意图，也可以解除他的仇恨之心。"院长认为这个做法非但本身可取，还有助于缓解死者家族同修道院之间的关系，当即去找死者的兄弟，转达克里斯多福修士的请求。对方听到这个出乎意料的请求，惊讶之下，怒气又给勾起，不过其中还带有一丝得意。他沉吟了片刻后说："让他明天来。"并且指定了钟点。院长把见习修士企盼的答复带了回去。

乡绅立即想到，赔礼道歉的场面越是搞得隆重铺张就越能提高他在亲友和公众心目中的威望，用时髦的话来说，能在他们的家史里留下光彩的篇章。他马上通知所有的亲友：第二天中午请他们移驾莅临（这是当时盛行的说法），一起接受赔礼道歉。第二天中午，大厅里男女老少济济一堂，大氅、羽饰、佩剑熙来攘往，浆洗熨平的皱褶领子在空中招摇，阿拉伯式华丽的长袍笨拙地在地上拖曳。前厅、院子和街上挤满了仆人、随从、痞子和看热闹的闲人。克里斯多福一见这副架势就明白了主人的用意，有点不快，但随即想道："也好：我是在大街上当着他的许多仇人的面杀死他的，那天闹得满城风雨，今天兴师动众也不奇怪。"他垂下目光，由修道院院长陪着进了大门，穿过院子，在人群颇不礼貌的好奇的注视下登上楼梯，聚集在那里的另一群士绅左右分开，让出一条通道，看着他走到主人前面；主人站在大厅中央，有至亲好友簇拥，他扬起头，但眼睛望着地面，左手握住剑柄，右手抓住大氅的驳领按在胸前。

有时人的神色和姿态出自内心深处，可以说是真情毕露，众多的旁观者做出的判断会完全一致。克里斯多福修士的神色和姿态清楚地向在场的人说明他剃度出家、前来领受屈辱并不是出于恐惧，他立刻赢得

了大家的好感。克里斯多福见了主人,快步上去伏在他脚前,双臂在胸前合抱,低下剃光头顶的脑袋说道:"我是杀您兄弟的凶手。天主明鉴,我多么希望以我自己的血换取他的复生,但无法做到,只能请您原宥,求您看在天主分上接受我的不起作用、为时已晚的歉意。"在场的人都瞅着见习修士和另一方,全神贯注地听着。克里斯多福修士说完后,大厅里响起一片同情和尊敬的喃喃声。主人一直摆出屈尊纡贵、强压怒火的样子,听了这番话不禁感到惶惑,他朝伏在地下的人弯下腰,口气一改说:"起来,那桩罪过……那件事确实……不过您已经穿上修士的长袍……何况您本人……请起,神甫……我的兄弟,无可讳言……是位绅士,不过有点冲动……性子暴躁。但这一切都是天主的旨意。不必再提了……神甫,您这么待着可不行。"他上前把克里斯多福修士扶了起来。修士站起身,仍低着头说:"这么说我可以指望您的宽恕了!如果您宽恕了我,还有谁不能宽恕我呢?啊,我能听您亲口说出宽恕就好了!"

"宽恕?"乡绅说,"其实您已经不需要我宽恕了。既然您希望如此,当然,当然,我诚心诚意宽恕您,大家也……"

"大家都宽恕您!都宽恕您!"在场的人异口同声说。修士脸上绽露出感激的欣喜,但隐约透出谦逊的深深内疚的神情,似乎在说他再怎么悔恨也无法弥补已经造成的损害。这副神情使乡绅深为感动,大家激昂的情绪使他更为兴奋;他张开双臂抱住修士的脖子,互吻脸颊表示和解。

大厅各处响起喝彩声;在场的人都很激动,围着修士问长问短。这时仆役们端着许多饮料来了。我们的克里斯多福正想告辞,乡绅走近他身边说:"神甫,请赏光喝一点,作为我们友谊的证明。"说着端起杯子敬修士,但修士诚恳地谢绝了,他说:"如今这些东西已不是我所能享用的了,可是您千万别认为我拒绝您的盛情。我即将出远门,请您吩咐仆人去拿个面包给我,我就可以说已经得到您的施舍,吃过您的面包,有了您宽恕的表征。"乡绅很感动,吩咐仆人照办,身穿制服的总管用银盘托着一个面包随即送到修士面前,修士道谢收下放在褡裢里。接着,他告辞离去,再次拥抱了主人和周围想多挽留他一会儿的人们,好不容易才脱身,到了前厅又被仆役和痞子们围住,他们争先恐后地吻他的袍边、束腰带和兜帽,他费了好大劲才到街上,人们前呼后拥地一直把他送到城门口,他出了城,步行前去他将开始见习生活的修道院。

死者的兄弟和亲戚那天原打算在备极哀荣的自豪感中陶醉一番,结果得到的却是宽恕和仁慈带来的欣悦。客人们在前所未有的欢洽亲切的气氛中继续盘桓了一会儿,谈论的话题是他们赴约之前绝对没有料到的。他们谈的不是雪耻解恨、惩前毖后,而是称颂那个修士的做法、赞扬和解与温顺。有个客人平时爱讲他的父亲穆齐奥伯爵在那次著名事件中如何镇住那以虚张声势出名的斯坦尼斯劳侯爵,那天没有重复第五十次,他讲的是悔罪和一个死去多年的西蒙修士的令人钦佩的克制。客人纷纷离去后,感动不已的主人回想一下他听到的和他自己说过的话,诧异地嘀咕说:"那个修士简直像是魔鬼!"(原话如此)"那个修士简直像是魔鬼!他下跪的时间再长一点,我几乎要因为他杀了我兄弟而请求他宽恕了。"此后,那位乡绅收敛了一些,不那么盛气凌人,这是有案可稽的。

克里斯多福修士一路走去，心情之平静是那个可怕的日子以后从没有过的，为了那个日子他毕生要忏悔赎罪。按照教规，见习修士必须保持缄默，他不知不觉这么做了，仿佛在沉思为了弥补过错而将忍受的辛劳、苦难和屈辱。到了打尖的时候，他在一个施主家里歇歇脚，津津有味地吃那个象征宽恕的面包；但他剩下一小块放回褡裢，作为永久的纪念加以保存。

我们不打算叙说他的幽居生活，要说的只是他除了兢兢业业地执行指派给他的讲经布道、为垂死的人送终的一般任务之外，一有机会就做他自找的另外两件事：排解纠纷和保护受欺压的人。在这方面，屈辱和苦行未能完全磨灭的他的老习惯，好勇斗狠的老脾气会不由自主地冒头。他的语言通常是谦逊持重的，但是只要看到无法无天的现象，他顿时会像以往那么冲动，加上平时布道时养成的庄严声调，语言便带有一种奇怪的特点。他的整个容貌和神情都透露出由来已久的内心斗争，斗争一方是暴烈倔强的天性，另一方是由目的和启示驾驭的时刻警惕、多半占上风的制约意志力。另一个对他十分了解的修士曾经把他比作脱口而出的真情毕露的语句，人们感情冲动时，即使受过良好教育，说这些语句也会吃掉几个音节，跑了声调，不过即使改头换面，仍能使人想起它们原来的力量。

如果一个陌生的姑娘处在鲁茜亚的可怜境地向克里斯多福神甫请求帮助，他也会毫不迟疑地赶去。何况他认识鲁茜亚，了解并赞赏她的纯真，早已替她的危险处境担心，为她遭受的卑鄙的骚扰感到无比愤怒，他当然急如星火地前去助一臂之力。再说，他为了避免更大的麻烦，曾经劝鲁茜亚不要把她的事情告诉任何人，现在他担心自己的劝告起了坏作用；他几乎天生的见义勇为的冲动，加上在这件事上可能好心办了坏事的歉疚心情使他更加快了脚步。

我刚介绍完克里斯多福的情况，他已赶到鲁茜亚家，出现在门口，母女二人松开吱呀作响的摇纱机的把手，站起身同时说道："啊，克里斯多福神甫，天主保佑您！"

第 五 章

　　克里斯多福神甫站在门口,一看到母女俩的神色就知道他的预感没有错。他微微朝后一扬头,抬起下巴,带着明知不会有好消息的口气问道:"怎么回事?"鲁茜亚还没有回答,先失声哭了出来。她母亲刚要为胆敢请神甫跑远路而道歉,神甫进了屋,在一张矮板凳上坐好,免了客套话,对鲁茜亚说:"别哭,可怜的孩子。"又对阿格纳丝说:"你告诉我究竟是怎么回事!"那善良的女人尽可能有条理地讲她的伤心事时,神甫脸上一阵红一阵白,一会儿抬头望天,一会儿用脚顿地。阿格纳丝讲完后,他双手蒙住脸喊道:"啊,神圣的天主!世上竟有……"这句话没说完,他又转向母女俩说:"可怜的人!天主鉴察了你们①。可怜的鲁茜亚!"

　　"您不会扔下我们不管

---

　　①　参看《圣经·旧约·诗篇》第十七篇第三节:"你已经试验我的心,你在夜间鉴察我。"指人遭到的苦难是上帝对他们的考验。

吧，神甫?"她抽泣着说。

"扔下你们!"神甫说，"我扔下你们还有脸再祈求天主吗? 就这样撒手不管? 天主把你们托付给我，我能把你们扔下? 别气馁：天主会帮助你们的。他无所不见。即使我这样一个微不足道的小人物也可以用来镇住那个……不说这些啦，我们先想想该怎么办。"

他把左肘支在膝盖上，手掌托着前额，右手按着下巴和面颊，仿佛集中力量思索。但是这样苦思冥想使他更清楚地看到情况是多么紧急复杂，对付的办法又是多么危险而没有把握。"稍稍羞辱一下堂阿邦狄奥，让他觉得自己失责? 但他害怕的时候，羞愧和责任感根本不起作用。让他害怕? 但我有什么办法能引起比枪子更大的恐惧? 向大主教报告，请求干预? 那需要时间：在此期间怎么办? 以后又怎么办? 即使那个无辜可怜的姑娘结了婚，能让那人死心吗? 谁知道他会干出什么事来? ……和他对着干? 怎么干法? 唉，我能对着干就好了!"可怜的修士想道，"我能让这里的修士、米兰的修士都支持我就好了! 可是不行! 这件事不会给教会带来好处，他们会甩掉我的。那家伙假装和修道院友好，以支持修士的面目出现，他豢养的打手不也在我们那里避过难，不止一次两次了。到头来我只会自找没趣。他们会说我不安分，说我无事生非、制造麻烦，更糟的是他们甚至帮倒忙，把那可怜的姑娘的处境搞得更坏。"他权衡种种办法的利弊，认为最好是找堂罗德里戈本人，好言好语求他，用地狱的恐怖，如果可能，甚至用现世的报应劝他打消他的卑劣企图。采取这个办法，最坏的结果至少也能摸清那个无耻的家伙固执到什么程度，识破他的阴谋，然后采取相应行动。

修士正这么前思后想时，伦佐为了大家都能猜到的原因放心不下，又回到母女俩的家，出现在门口，他看到神甫在思考，母女俩做手势叫他别打扰，便不声不响站在门口。神甫抬头想把他的打算告诉母女二人时，看到了伦佐，便像一家人似的亲切而同情地打个招呼。

"她们告诉您了……神甫?"伦佐声音激动地问道。

"不幸得很，因此我来这里。"

"您对那个无赖有什么看法? ……"

"你要我说他什么？他又不在这里听我们数落，我说了又有什么用？可是我想告诉你，伦佐，你要相信天主，天主不会抛弃你的。"

"您说这些话有福了！"年轻人说，"您老人家可不是那种老派穷人不是的人。可是那个教区神甫、那个是非不分的律师……"

"别说那些于事无补、只能惹自己生气的话。我是个贫寒的修士，可我要把我已经对这两位妇女说过的话再对你重复一遍：我要尽我微薄的能力，决不扔下你们不管。"

"噢，您和一般朋友大不一样！那些人嘴上说得好听！当一切顺利的时候，他们对我做出种种承诺，您真应该听听！说什么愿意为我两肋插刀，为了帮我忙，连魔鬼都不怕。你有仇人？……只要你言语一声，那人就休想再吃到面包了。如今他们都缩回去了……"说到这里，他抬眼看到神甫的脸色阴沉下来，知道自己说了不该说的话。他想补救，惶惑之下越说越乱："我想说的是……我不是那意思……嗯，我想说的是……"

"你想说什么？想干什么？我的计划还没有执行，差点就被你搞糟！你的朋友及时打破了你的幻想，你得感谢他们才是。怎么？你在找朋友……什么朋友！……他们根本帮不了你的忙，想帮也帮不上！唯一能帮你、想帮你的是天主，你却掉首不顾！你不知道天主是信仰他的受苦人的朋友？你不知道弱者的恐吓得不到任何好处？即使得手……"神甫说到这里使劲攥住伦佐的胳膊，他的庄重的脸庞露出严肃的悔恨，他垂下目光，声音也变得缓慢深沉了，"即使得手……也是凄惨的收获！伦佐！你对我有没有信心？……你信不信我这个微不足道的修士的话？……你对天主有没有信心？"

"当然有！"伦佐答道，"天主才是无所不能的。"

"那就好；你得答应我不和任何人作对，不惹是非，照我说的做。"

"我答应。"

鲁茜亚如释重负地舒了一口气，阿格纳丝说："这才是好孩子。"

"听我说，孩子们，"克里斯多福修士接着说，"我今天就去找那个人谈谈。如果天主打动他的心，给我的话增添力量，当然最好；否则天主也会让我们找到别的办法。在此期间，你们安心等候，待在家里别让人看到,别惹起闲言闲语。今晚,最迟在明天早上,我一准再来。"神甫说着也不多听他们的感谢和祝福匆匆离去。他先回修道院,正好赶上午祷①,午饭后立刻上路,前往他打算驯服的野兽的巢穴。

堂罗德里戈的府邸像一座小堡垒似的孤零零地坐落在湖畔岗峦起伏的一个山顶上。佚名作者在写景状物时还说明那地点(最好不指出具体名字)俯瞰那对约婚夫妇居住的小镇,离镇三里左右,离修道院有四里路。山脚朝南面湖有几所简陋的小房子,住的都是堂罗德里戈的佃户;仿佛组成他的小王国的小首都。路过那里的人马上就对居民的情况和习俗有所认识。底层的屋子如果开着门,一眼就瞥见墙上挂着猎枪、火铳、锄头、耙子、草帽、发网和火药筒,乱七八糟混在一起。那里的男人都身材魁梧、面相凶恶,一大绺额发梳在脑后,用发网压住;老人们虽然掉光牙齿,但仿佛一经唆使就会把牙床咬得格格直响;女人们的长相都有阳刚之气,虎背熊腰,嘴巴压不倒别人时拳头便上来帮忙;即使在街上玩耍的小孩相貌和姿态都有一种说不出的剽悍和挑衅的神情。

克里斯多福修士穿过小镇,沿着小路盘旋上山,来到府邸前面一小块空地。大门紧闭,说明主人正在进餐,不愿被人打扰。临街的墙上开了很少几扇窗户,由于天长日久、窗板已经腐蚀松散,但窗外却有粗大的铁栅保护,底层的栅栏很高,一人踩在另一人的肩膀都够不着。周围静得出奇,若不是门外对称摆着两死两活的四个动物,表明有人居住,行人很可能认为那是一幢废弃的老宅。两只展开翅膀、耷拉着脑袋的大兀鹫,一只时间已久,羽毛脱落,腐烂过半;另一只羽毛丰满,相当完整,分别钉在大门的两扇门板上;两个痞子没精打采地坐在门外左右两边的长凳上看守着,等候里面传话让他们去享用主人饭桌上的残羹冷炙。神甫站住,准备等开门,痞子之一立起来招呼他说:"神甫,神甫,过来吧,这里是不让方济各会修士久等的,我们是修道院的朋友,有几次我栽了跟头,

----

① 天主教修道院规定每天祈祷八次,诵读《每日祈祷书》中的某些经文,称为早课、晨祷、午前祷、午祷、午后祷、晚祷、晚课、午夜祷,大致相当于每天的三、六、九、十二、十五、十八、二十一、二十四点。午祷时间在正午。按时鸣钟,民间以教堂钟声定时刻。

外面风声紧的时候就在修道院里避过难，假如把我拒之门外，我就没有今天了。"他说着抓起门环敲了两下。里面顿时传出猎犬和小狗的吠叫和呜咽声，过后不久，一个老仆人嘟嘟囔囔地开了门，看到是神甫，赶紧深深一鞠躬，喝住狗群，手嘴并用地把神甫请进一个狭小的院子，然后关上大门。他陪神甫进了一处客厅，带着惊讶和尊敬的神情瞅着神甫说："您不是佩斯卡伦尼科的克里斯多福神甫吗？"

"正是。"

"您本人来这儿？"

"一点不错，老大爷。"

"准是来做好事的，"老仆人自言自语说着陪神甫继续往前走，"随处都可以做好事。"他们再穿过两三个客厅之后来到餐厅门口。里面传出一片嘈杂的刀叉杯盘的碰击声和一个想盖过另一个的喧哗声。神甫想退下，待在清静的地方等里面的人吃完饭，正在门外和老仆人拉拉扯扯的时

候,门打开了。面对门口坐着的阿蒂里奥伯爵(他是主人的表弟,我们已经提到过,只是没有介绍他的姓名)①瞥见一个剃光头顶的脑袋和修士的长袍,注意到修士谦逊的意图,便嚷了起来:"喂!喂!别避我们,尊敬的神甫,请进,请进。"堂罗德里戈并没有猜中神甫来访的动机,但隐隐约约有些预感,对他说来最好避而不见。可是冒冒失失的阿蒂里奥已经大声招呼神甫进来,他不同意也讲不过去,只好说:"来吧,神甫,来吧。"

神甫上前向主人打个问讯,又举起双手答复食客们的招呼。

一般人(我不是说所有的人)认为好人在坏人面前总是昂首挺胸,目光坚定,谈吐自若。但是在现实生活里,需要许多条件才能做出这种姿态,而那些条件很难凑齐。因此,克里斯多福修士虽然问心无愧,坚信他维护的是正义,对堂罗德里戈有一种既憎恶又怜悯的感觉,现在见到堂罗德里戈本人却显得有点怯懦和尊敬,这种情形并不奇怪。堂罗德里戈在他的府邸,他的王国里,坐在饭桌上首,周围都是朋友、阿谀奉承和他权势的征兆,脸上的神气能使任何人已到嘴边的请求缩回去,更不用说规劝、申斥和指摘了。坐在他右边的是他的表弟,那个阿蒂里奥伯爵,说得明白一些,也就是他声色犬马、为非作歹的搭档,这次从米兰来小住几天。坐在他左手桌子另一边的是地方官,一副恭敬的模样带有些许自信和自鸣得意,上文已经提过,从理论上说能替伦佐·特拉马里奥伸张正义,迫使堂罗德里戈有所收敛的人正应该是他。坐在地方官对面的是我们的那个律师阿策卡·加布利,他披着黑色大氅,酒糟鼻子比平时更红,一副低声下气、毕恭毕敬的样子;坐在一对表兄弟对面的是两个无足轻重的食客,他们低着头只顾吃喝,每逢席上有人说话,只要别人不反驳,他们都报以微笑,表示赞同。

"给神甫看座。"堂罗德里戈说。一个仆人端来椅子,克里斯多福神甫坐下,先为自己来得不是时候向主人道了歉,接着压低声音凑到堂罗德里戈耳边说:"您方便的时候,我有要事想和阁下单独谈谈。"

---

① 参看第三章鲁茜亚叙说她那天从作坊回家时落在女伴后面,堂罗德里戈和另一个男人拦住她的去路的文字,"另一个男人"就是阿蒂里奥伯爵。

"好,好,我们过后谈,"他回说,"先给神甫弄点喝的。"

神甫正要推辞,堂罗德里戈在重又升起的喧闹中提高嗓门说:"不,天主不容,您别叫我下不了台,我可不能让人说一位方济各会的修士没有尝过我的酒就离开我家,也不能让人说一个目中无人的债主没有尝过我的棍棒就离开我的树林子。"这些话引得大家哈哈大笑,暂时打断了食客们热烈争辩的话题。仆人用托盘端来一坛葡萄酒和一个圣杯似的高脚杯给神甫,神甫有求于人,不想回绝他的强邀,痛快地接受下来,开始慢慢喝酒。

"尊敬的地方官先生,作为权威的塔索非但不能证实您说的话,反而说明您的谬误,"阿蒂里奥伯爵嚷嚷说,"因为这个有大学问的、了不起的人对骑士的规矩了若指掌,他书里写的是阿干特的信使替他向基督教的骑士们挑战之前,先征求虔诚的博伊龙的许可……"①

"但这只是闲笔,"地方官大声反驳说,"这只是诗的辞藻,因为根据国际公法,信使本身就是不可侵犯的,谚语也有'两国相争不斩来使'一说。伯爵先生,谚语是人类智慧的结晶。何况信使并没有以自己的名义说话,只是用书面递交挑战……"

"假如信使是个鲁莽的笨蛋,连最基本的规矩都不懂,您阁下又怎么想呢?"

"请各位容我插句嘴,"堂罗德里戈不爱听他们没完没了地争论下去,打断了他们的话,"我们不如把这个问题交给克里斯多福神甫评一评,由他说了算。"

"好,很好。"阿蒂里奥伯爵觉得把一个骑士准则问题交给方济各会修士评判未免滑稽,表示了同意;地方官争得面红耳赤,勉强住了嘴,一副不以为然的样子,仿佛在说:"简直是儿戏。"

"根据我刚才听到的片言只语,"神甫说,"你们谈的事情我一窍不通。"

---

① 塔索(1544—1595)是意大利桂冠诗人,他的代表作《耶路撒冷的解放》第六章描写切尔克斯将领阿干特派信使代他向十字军将领坦格雷多挑战时,先征得十字军统帅"虔诚的"戈弗雷多·德·博伊龙同意。十七世纪时该书被奉为介绍骑士准则的专著。请参阅人民文学出版社出版的《耶路撒冷的解放》第190—192页。

"你们当神甫的总是爱找借口，"堂罗德里戈说，"可是蒙不了我们。得啦，大家都清楚您不是生下来就披修士袍的，您是见过世面的。哎，哎，问题是这样的。"

"是这么一回事。"阿蒂里奥伯爵嚷着说。

"让我来说，表弟，我是中立的一方，"堂罗德里戈接着说，"事情是这样的：一位西班牙骑士派人向一位米兰骑士挑战，派去的人到了对方家里没有遇到对方本人，便把挑战书交给米兰骑士的弟弟，弟弟看了挑战书，把下战书的人揍了一顿作为答复。问题在于……"①

"打得好，揍得好，"阿蒂里奥伯爵嚷道，"确实给人启迪。"

"魔鬼的启迪，"地方官说，"殴打不受侵犯的信使！神甫，请您评评这种行为是否符合骑士规范。"

"当然符合，"伯爵嚷嚷说，"让我说，我清楚什么样的行为符合骑士规范。是啊，如果动拳头又当别论，可是用棍棒打人脏不了手。我真不明白你们干吗要替一个无赖的脊背瞎操心。"

"先生，谁说脊背来着？您阁下别把我根本没有想过的蠢话栽到我头上。我说的是性格，不是脊背；我说的主要是国际公法。请阁下说说，古罗马人派往别的民族下战书的祭司团传令官②有没有必要先请准许再说明使命；再说说有哪一位作家写过传令官挨打的？"

"古罗马人的官员和我们有什么相干？那些人头脑简单，在这类事情方面已经落后，太落后了。根据现代的骑士准则，这才是正宗的，我坚持说信使不先请求许可胆敢把挑战书交给一位骑士是胆大妄为，可以侵犯，绝对可以侵犯，应该挨揍，绝对应该挨揍……"

"如果可以，请您阁下回答这个三段论法。"

"不，不，绝对不。"

---

① 这是弗朗切斯科·比拉戈所著的《骑士风范》中的一个事例。英国小说家司各特的《昆丁·达沃德》里也有类似事例，评论家认为下战书的人是不可侵犯的，否则有失骑士风范。

② 古罗马时期，由二十人组成祭司团负责宣布战争或议和，祭司团的传令官受国际公法保护，出入敌营人身安全不受侵犯。阿蒂里奥不了解罗马史，混淆了"传令官"和"官员"两词。

　　"听着,您得听着。殴打没有武装的人是背信弃义行为,这是大前提;信使没有武装,这是小前提;因此……"

　　"且慢,且慢,地方官先生。"

　　"干吗且慢?"

　　"我重复一遍,且慢,您说到哪里去啦?朝人家背后捅一剑或者从背后给人家一枪才是背信弃义行为,即使如此,也有例外……不过我们还是言归正传。我可以承认,一般说来,这种行为叫作背信弃义;可是给无赖一顿棍棒完全不同!如果对信使说:'喂,我要揍你了!'等于是对骑士说:'拔剑吧!'也没有什么不对头。尊敬的律师先生,您朝我扮怪相是不是想告诉我您同意我的见解,那您干吗不用您的口才来支持我的论点,帮我说服这位先生?"

　　"我……"律师措手不及地回说,"你们精辟的争论让我大长学问;我有机会看到这么一场天才的较量也是三生有幸。再说,轮不到我来评判,最尊敬的主人已经授权这位神甫充当法官……"

　　"不错,"堂罗德里戈说,"但是诉讼两造不肯闭嘴,法官怎么讲话?"

　　"我不说啦。"阿蒂里奥伯爵说。地方官抿紧嘴唇,举起手,摆出无奈的样子。

"啊,谢天谢地! 神甫,请发言吧。"堂罗德里戈半正经、半开玩笑似的说。

"很抱歉,我已经说过我对这种事情一窍不通。"克里斯多福神甫答道,把酒杯还给仆人。

"站不住脚的借口,"表兄弟二人嚷了起来,"我们要听听裁决。"

"既然如此,"神甫接着说,"依我的愚见,似乎不会有挑战、信使或殴打。"

食客们面面相觑。

"真有您的!"阿蒂里奥伯爵说,"对不起,神甫,太过分了。看来您确实孤陋寡闻。"

"他吗?"堂罗德里戈说,"难道要我再向你们介绍一遍? 表弟啊,他和你一样老于世故,可不是吗,神甫? 您自己说是不是见过世面?"

神甫没有回答这个貌似善意的问题,他暗暗对自己说:"他们是冲着你来的;可是要记住,修士,你到这里来并不是为你自己,和你个人荣辱有关的事情都可以置之不理。"

"难道……"表弟说,"难道这位神甫……神甫怎么称呼呀?"

"克里斯多福神甫。"不止一个人代为回答。

"可是我最尊敬的克里斯多福神甫先生,照您的箴言办,世界就颠倒了。没有挑战! 没有鞭挞! 永别了荣誉感,所有的无赖都可以逍遥自在。万幸的是您的想法行不通。"

"打起精神,律师先生,"堂罗德里戈越来越想排解那两个争论不休的人①,突然插嘴说,"现在轮到您说几句了,您能言善辩,把死的都能说活。咱们看看他在这件事上替克里斯多福神甫辩护。"

"说真的,"律师在空中晃动着叉子,转向神甫说,"说真的,克里斯多福既是德高望重的宗教界人士,又是闯荡江湖的人,我不明白他怎么没有想到他的博大精深的、在讲道台上振聋发聩的裁决在有关骑士规范的争论中竟会一文不值,当然,我说这话绝没有不敬的意思。不过,神甫肯

---

① 指阿蒂里奥伯爵和地方官。阿蒂里奥是米兰本地贵族的代表,地方官则代表西班牙统治者,在挑战问题上分别维护米兰和西班牙骑士。堂罗德里戈出于个人目的要讨好地方官,因此急于打圆场。

定比我更了解万物各得其宜的道理；我认为神甫做出裁决有他的难处，这次是想用句玩笑的话搪塞过去。"

对于这种带有终古常新的智慧的论点还有什么话可说呢？没有，我们的修士也就不作声。

堂罗德里戈想打断那场争论，便找出另一个话题。"顺便提起，据说米兰那里有议和之说。"

读者知道，那一年由于曼图亚公爵爵位的继承问题发生了一场战争①。文森索·贡萨加没有合法的子嗣，去世后，由他的一个近亲内韦尔公爵继承了爵位。法国国王路易十三，或者不如说他的首相红衣主教里奇留，支持和他有深交的、入了法国籍的内韦尔公爵；西班牙国王菲利普四世，或者不如说他的首相奥利瓦雷斯伯爵②（人称伯爵兼公爵），为了同样的原因不喜欢内韦尔公爵继承，便向他宣战。由于公爵领地隶属日耳曼帝国，双方都不遗余力地和费尔南多二世皇帝③协商，向他请求和威胁，前者希望他确认新的公爵；后者希望他否认，最好出兵帮助把新公爵逐出曼图亚。

"我有点相信，"阿蒂里奥伯爵说，"问题是可以解决的。某些迹象表明……"

"别相信，伯爵先生，别相信，"地方官打断他的话说，"我虽然待在这个小地方，但对局势有所了解，因为那位西班牙指挥官（承蒙他不弃，和我很有交情，他还是伯爵兼公爵的一个宠臣的公子）消息十分灵通……"

"我不妨告诉您，我在米兰经常和另一些人物交谈，根据可靠方面的消息，我知道教皇对和平极感兴趣，已经提出建议……"

---

① 近代历史学家认为曼图亚公爵爵位继承战争是日耳曼三十年战争的一个插曲。曼图亚及蒙费拉托公爵文森索·贡萨加一六二七年去世，将爵位传给近亲内韦尔公爵卡洛·贡萨加。法国和西班牙以继承是否合法为借口开战，目的是控制占有重要战略位置的曼图亚，进而取得对整个意大利北部地区的控制。

② 奥利瓦雷斯伯爵是菲利普四世的首相，他反对内韦尔，主张由费朗特·贡萨加继承曼图亚公爵，由卡洛·埃马努埃莱继承蒙费拉托公爵。

③ 费尔南多二世是德国兼西班牙皇帝卡洛斯五世之弟费尔南多一世的孙子，一六一九至一六三七年间任德国皇帝，支持菲利普四世的主张。

"那是理所当然的事，教皇陛下责无旁贷，教皇总应该使信奉天主的王公贵族们和平相处，不过伯爵兼公爵有他自己的政策……"

"哎，哎，您阁下可知道皇帝目前在想什么？难道您以为世上除了曼图亚之外就没有别的东西了吗？要考虑的东西太多啦，先生。比如说，您阁下可知道皇帝对他手下那个司令能信任到什么程度？就是那个瓦尔迪斯坦诺，或者瓦利斯泰，或者叫什么来着……？"

"按照德语的标准发音，"地方官又打断了他的话，"那个名字应该念华伦斯坦诺①，我听我们的西班牙指挥官先生是这么念的。不过您别介意……"

"难道您想指点我……"伯爵正要发作，堂罗德里戈朝他使个眼色，让伯爵给他一个面子，不要反驳。伯爵忍住没有作声，地方官像是一艘搁浅之后重新浮起的船那样，扬帆起航，滔滔不绝地讲起来："华伦斯坦诺并不让我担心，因为伯爵兼公爵眼观四路耳听八方，即使华伦斯坦诺想开开玩笑，他也自有办法收拾。如果他下定决心，事实上作为一个伟大的政治家他下了决心不让内韦尔公爵先生在曼图亚扎下根，内韦尔公爵先生就扎不下根，而里奇留红衣主教先生就有麻烦了。那位红衣主教先生居然想和伯爵兼公爵，和奥利瓦雷斯作对，真让我好笑。说实话，我真想两百年后再活一次，听听后代是怎么评说这场继承的美梦。光有妒忌是不够的，还需要聪明的脑袋瓜，像伯爵兼公爵的脑袋瓜全世界只有一个。说到伯爵兼公爵，各位先生，"地方官继续乘风破浪地说，连他自己也纳闷，怎么没有碰上暗礁，"伯爵兼公爵是个老狐狸，我这么说毫无不敬之意，谁都摸不透他的意图，看来像是从右侧进攻，结果打击的却是左翼，以致谁都不敢夸口说了解他的意图，即使那些执行命令的人，那些缮写文书的人也莫名其妙。我讲的是内行话，因为承那位正直的指挥官先生看得起我，和我可以说是无话不谈。另一方面，那位伯爵兼公爵鉴貌辨色，了解其他宫廷里在策划什么，政客们（无可否认，他们中间也有

---

① 指弗里德兰公爵华伦斯坦(1583—1634)，三十年战争时期统帅德国军队，一六二八年威望达到最高峰，德皇费尔南多怀疑他有二心，派人暗杀了他。德国诗人剧作家席勒的剧本《华伦斯坦》三部曲把他描写成英雄。

狡猾的)还没有想出计谋,伯爵兼公爵凭他的头脑,通过隐蔽的渠道和无处不在的关系网早已猜出十之八九。那个倒霉的红衣主教里奇留东闻闻西嗅嗅,到处打听摸底,可结果又怎么样?他好不容易挖出一条坑道,发现伯爵兼公爵早已挖好一条反坑道等着他……"

地方官口若悬河,天晓得他那条船什么时候才会靠岸,堂罗德里戈在他表弟挤眉弄眼的鼓动之下,仿佛突然灵机一动,转身向一个仆人打手势,让他端瓶酒来。

"地方官先生,各位先生!"他说,"为伯爵兼公爵干杯,请各位品品这瓶酒是不是配得上我们这位大人物的身份。"地方官欠身致意,表示感谢,因为他觉得为祝贺伯爵兼公爵而说的、做的一切他都感同身受。

"祝奥利瓦雷斯伯爵、圣卢卡尔公爵、英明国王堂菲利普的重臣、我们的堂加斯帕尔·古斯曼先生千岁!"他举起杯子喊道。

有人也许不知道,"重臣"一词在当时是指皇室的宠臣。

"千岁,千千岁!"大家随声附和。

"给神甫看酒。"堂罗德里戈吩咐。

"请您原谅,"神甫说,"我已经过量,不能再喝了……"

"什么!"堂罗德里戈说,"这是为伯爵兼公爵祝酒。难道您想让别人认为您是纳瓦拉人一边的吗?"

当时人们用嘲笑的口气称法国人为纳瓦拉人,因为纳瓦拉的王公贵族开始和亨利四世一起统治他们。

在这种要求之下,当然非喝不可。食客们大喊大叫,直说好酒,好酒,只有律师仰着头,瞪着眼,抿紧嘴唇,他的表情意味深长,远远超出言语所能传达的。

"您有什么高见,律师先生?"堂罗德里戈问道。

律师从酒杯里缩回他的比酒色更红、比酒杯更亮的鼻子,一字一顿地回答说:"我声明、宣布、判定这是酒类之中的奥利瓦雷斯,我已加以评估,得出如下结论①:吾王陛下(天主保佑他)管辖的二十二个王国之内再

---

① 这句话原文是拉丁语,古罗马元老院成员发言时的开场白。

也找不出这样的好酒了；我宣布并判定最高贵的堂罗德里戈先生家的酒菜胜过赫利奥加巴勒斯①的筵席，丰裕常驻这座府邸，饥荒终身流放。"

"说得好！有见识！"食客们异口同声喊了起来，律师顺口说出"饥荒"两字，使大家立刻想到这个可憎的话题，七嘴八舌地谈开了。在这个问题上，至少在主要方面，大家的意见并无分歧，但各人争着说话，喧闹的程度比吵架还高。

"根本没有饥荒，"一个说，"是囤积居奇的奸商造成的。"

"还有面包师，"另一个说，"他们藏起麦子。应该把他们绞死。"

"对，应该绞死，不能手软。"

"应该好好审判。"地方官嚷道。

"审判什么？"阿蒂里奥伯爵的嗓门更高，"当场处决。根据舆论，从最有钱、最恶劣的人中间抓三四个、五六个，把他们绞死。"

"要有实例！没有实例行不通。"

"把他们绞死，绞死！麦子就统统出来了。"

---

① 赫利奥加巴勒斯（204—222）是古罗马皇帝，不理朝政，整日宴饮，奢靡无度，后被暗杀。

逛集市的人往往有机会听到街头乐队的演奏，一曲奏罢，乐师们各自校准乐器，叽叽嘎嘎的弄得很响，以便在嘈杂声中听清自己乐器的调门，食客们的谈话和乐队这时的情形相差无几。与此同时，大家频频斟酒，理所当然地赞不绝口，称颂之中夹杂着经济法的判决词。音量最大、频率最高的是："好酒，好酒"和"绞死他们"。

　　堂罗德里戈不时朝那个不声不响的人瞥一眼，只有他一人一直安安静静，既没有不耐烦的着急模样，也没有试图让人发现他在等候的表示，但可以看出，不和他谈话，他绝不会走。堂罗德里戈很想撵走他，免去这场谈话，但是修士求见而不接待，不合堂罗德里戈的规矩。烦人的事既然不可避免，他决定尽快应付，早点解决，于是站了起来，酒酣耳热的食客们也闹闹嚷嚷的离了席。他向客人们打个招呼，礼数周全地走近已和客人们一同站起来的修士身边，说道："我现在有空了，请吧。"然后领着修士进了另一个房间。

第 六 章

"说吧,您有何吩咐?"堂罗德里戈在房间中央站住问道。这句话的用词虽然彬彬有礼,但说话的口气清楚表明他的意思是:你看看面前是谁,说话留些神,说完快走。

我们的克里斯多福修士鼓起勇气的最快最可靠的办法只有报之以傲慢:他犹豫不决,手指捋着系在腰带上的念珠,似乎想从其中一颗找到他要说的开场白,一看堂罗德里戈这副架势马上觉得许多话涌到嘴边。但他想到此行是为别人办事只许成功不许失败,便更改或减弱了心里想讲的话,谦虚谨慎地说:"我这次是来请您主持公道,做一件好事。有些不逞之徒假借您高贵的名字恐吓一个可怜的教区神甫,不准他履行职责,欺压一些无辜的人。您阁下只要发个话就能镇住他们,恢复法律的力量,减轻那些遭受残暴的人的痛苦。您可以办到,这么做的话,您的良心,您的荣誉……"

"等您听我忏悔时再和我

谈我的良心吧。至于我的荣誉,要知道维护它的人是我,只有我,谁胆敢插手,我就认为是对我荣誉的冒犯。"

克里斯多福修士从这些话里听出乡绅在胡搅蛮缠,想把这次谈话变为争吵,他不让对方抓住把柄,尽量逆来顺受,不管对方说什么他都忍了,他忍气吞声地说:"假如我说了什么使您不快的话,肯定也是无心的。假如我说得不妥当,请您随时纠正、申斥,不过请您赏光听我把话说完。看在天主分上,我们大家最终都要接受他的审判……"说到这里,他把串在念珠上的一颗木制小骷髅夹在指间,举到满面怒容的堂罗德里戈眼前,"请您高抬贵手,让那些可怜的人得到应有的公道。要知道天主始终垂顾他们,他们的呼喊、他们的呻唤,上面都能听到。在天主面前,无辜也是强有力的……"

"哎,神甫!"堂罗德里戈猛然打断他的话,"我十分尊敬你的修士袍,但是如果说有什么能使我失敬,那就是发现披着修士袍的人胆敢来我家刺探。"

修士听了这话怒火直往上冒,但他像喝下一剂苦药似的强忍着说:"您很清楚,刺探这顶帽子安不到我头上。您打心眼里知道我今天来这里光明正大。听我说,堂罗德里戈先生,但愿天主保佑您,免得有朝一日您后悔没有听我说的话。保佑您不糟践您的荣耀……堂罗德里戈先生,您在世人面前何等荣耀!在天主面前也应如此!您在世间随心所欲,可是……"

"您可知道,"堂罗德里戈恼火然而不无忌惮地打断了他的话,"您可知道,当我有兴致听讲道时,我自会像大家一样去教堂。讲道居然讲到我家里来了!嘿!"他强扮出笑容嘲弄地说:"您过分抬举我啦!家庭讲道士!王公爵爷的府邸里才有这种气派。"

"天主让王公爵爷们在府邸里听讲道是对他们提出质问,现在派一个使者,不管怎么贫寒卑微,毕竟是他的使者,来为一个无辜的姑娘向您求情,是对您仁慈的表示……"

"总而言之,神甫,"堂罗德里戈做出要走开的样子,"我听不懂您想说什么,我理解的只好像是您对某一个年轻姑娘特别关心。谁爱听您的悄悄话您就去找谁吧,别再在一位绅士面前放肆,纠缠不清了。"

堂罗德里戈抬腿要走,我们的修士在他面前拦住他,态度仍旧十分恭敬,修士举起双手,似乎求他再等一会儿,接着说:

"不错,我确实关心,但正如关心您一样;我关心的是两个灵魂,它们对我比我自己的生命更重要。堂罗德里戈!我除了向天主祈祷之外不能为您做些什么,但我会诚心诚意地为您祈祷。别回绝我,别让一个可怜无辜的姑娘陷于焦虑和恐惧。您只消说一句话,一切就解决了。"

"那好,"堂罗德里戈说,"既然您认为我能帮那个人大忙,既然您对她那么关心……"

"那么说……"克里斯多福神甫急切地说,堂罗德里戈的态度虽然傲慢,却没有使他放弃希望,以为对方能给他满意的答复。

"那好,您就劝她来处于我的保护之下。吃穿都不用愁,谁都不敢打扰她,作为绅士,我说话是算数的。"

在此之前,修士一直强压怒火,这个答复使火苗呼啦一下蹿得老高。他谨慎忍耐的坚定意图顿时化为乌有,原先的洛多维科又附上了身,在这种情况之下,克里斯多福修士确实顶得上两个人:

"您的保护!"他大喝一声,后退两步,威风凛凛地把全身重量落在右脚,右手叉腰,举起左手食指直指着堂罗德里戈,目光如炬盯着他的脸:"您的保护!好啊,您早该这么说,早该透露您的打算。您把话说绝了,现在我不怕了。"

"您哪能这么说话,修士?……"

"我就是这么说,因为您已被天主抛弃,您吓唬不了谁。您的保护!我只知道那个无辜的姑娘是受天主保护的,您既然已经挑明,我也不必遮遮掩掩了。我说的就是鲁茜亚,我说这个名字时是昂起头,目光坚定的。"

"岂有此理!在我家里!……"

"我为您的家感到惋惜,因为它已经受到诅咒。别以为天主的惩罚在四块顽石和四个打手前面就会退缩。您认为天主照他的形象创造了一个人是供您折磨取乐的?您以为天主不会保护她?您藐视了他的警告!您已经判定。法老的心像您的一样刚硬,但是天主照样把它砸碎①。您伤不了鲁茜亚分毫,这是一个贫寒的修士对您说的;至于您自己,听清我做的预言,总有一天……"

在这之前,堂罗德里戈又愤怒又惊讶,目瞪口呆,一句话也说不出来;但听到修士要做预言时,愤怒惊讶之外又增添了一阵隐隐约约的神秘的恐惧。

他飞快地抓住那只举在空中的威胁的手,不让预言者说出不祥的话,他大声嚷道:"快给我滚出去,胆大妄为的乡巴佬、披着修士袍的懒汉。"

这些再清楚不过的话使克里斯多福神甫立刻安静下来。长久以来,屈辱和卑贱的概念在他心里一直同忍受和沉默的概念紧密相连,因此听到那些称呼后,他的愤怒和激动的情绪顿时消退,只剩下心平气和地听听堂罗德里戈还有什么要说的决心。于是他安详地从乡绅的爪子里抽出手,低下头,一动不动,仿佛狂风暴雨平息之后,一棵被吹得东倒西歪的树恢复了原先自然的姿态,垂下枝条准备忍受天上落下来的冰雹。

"伪装的乡巴佬!"堂罗德里戈接着说,"鄙俗的本性永远改不了。不过你得谢谢披在你脊背上的修士袍,让你逃过一顿揍;换了别人可没有这么便宜,我得教训教训他,让他懂得该怎么讲话。这次你直着出去吧,下次等着瞧。"

他一面说一面专横轻蔑地指着和他们刚才进屋的那扇门相对的另一扇门,克里斯多福神甫低着头走了,留下堂罗德里戈怒气冲冲地在战场上踱来踱去。

修士随手关上门,瞥见一个人挨着墙壁从他刚才穿过的房间里蹑手蹑脚地退出去,仿佛不愿被谈话的人看到,修士辨出那就是替他开大门的老仆人。那人在堂罗德里戈家干了四十来年,也就是说堂罗德里戈出生前他就在了;他原先是侍候堂罗德里戈的父亲的。父亲和堂罗德里戈截然不同,去世后,新主人把仆役统统辞退,换了一批新的,然而留下了那个老仆人,一则由于他上了年纪,二则由于他有两项长处足以弥补他

---

① 克里斯多福在这里套用了《圣经》里的语言,参看《旧约·诗篇》第九篇第十六节和《出埃及记》第七章第十三节。

与主人在处世准则和生活习俗方面的根本差异：一项是他对家族的高度尊严感，另一项是他对礼仪规矩的丰富经验，他比谁都更了解古老的传统和细枝末节。可怜的老仆对每天看到的事情都不顺眼，但当着主人的面从不敢暗示，更不敢明说。每当他在仆役中间大发牢骚或者嘀嘀咕咕的时候，伙伴们就拿他取笑，有时甚至火上浇油，让他唠叨个没完，听他赞扬那份人家过去的生活方式。老仆人非难指责的话传到主人耳里时，总附带着别人对他的嘲笑，因此主人并不生气，也把他当作笑料。在宴请宾客的日子里，老仆人就成为正经八百的重要人物。

克里斯多福神甫在他身边走过时看了他一眼，打个招呼，继续往前走，但是老仆人态度暧昧地挨上前，伸出食指放在嘴唇前让他别作声，然后示意叫他跟自己到一个阴暗的门厅里去。到了那里，老仆人低声对他说："神甫，我全听到啦，我有话要对您说。"

"那就快说吧，好人。"

"这儿可不行，主人知道可不得了！……我了解许多事，明天我想办法到修道院去找您。"

"他们有什么打算吗?"

"肯定在搞什么名堂,我已经有所察觉。现在我要留心观察,能查清楚。交给我办。我见到听到的事情太多了!……太可怕了!我简直是在黑窝里!……可是我希望我的灵魂得救。"

"天主保佑您!"神甫说着把手按在老仆人白发苍苍的头上,他年纪虽然比神甫大,却像小辈似的弯着腰。"天主会报答您的,"神甫接着说,"明天千万要来。"

"我准去,"老仆人答道,"您马上走吧,……看在天主分上,别向任何人提起我。"说罢,他看了一下周围,从门厅尽头到一个通向院子的房间,发现附近没人便招呼修士出去。老仆人说最后一句话时,修士脸上的表情比任何保证更使人安心。仆人指点了出口,修士不再说什么,匆匆离去。

那仆人刚才躲在门后听主人说话。他做得对吗?克里斯多福修士因而称赞他,又做得对吗?按照最常见、最少争辩的规则,那种做法很不光彩,可是能不能看作例外呢?最常见、最少争辩的规则有没有例外?这些问题都很重要,不过读者愿意的话可以自己琢磨。我们不想发表意见:我们有事实可叙说就够了。

克里斯多福修士一出那巢穴,转过脊梁,呼吸好像也舒畅一些,大步流星地朝山下走去,由于他听到的话和自己说的话脸涨得通红,情绪激动,这种情形谁都想象得到。意想不到的老仆的出场对他是极大的宽慰:仿佛上天给了他一个明确的保护信号。他暗忖道:"这倒是一条线索,上天交到我手里的线索。并且就在那户人家!我做梦也没想到!"他这样寻思时抬眼望望西方,看见太阳已经低沉,几乎碰到山头,心想那天剩下的时间不多了。尽管奔波了一天,浑身筋骨酸痛,他还是加快了脚步,以便赶在天黑之前好歹给受他保护的人一个消息,然后回修道院:这是方济各会修士最严格的法规之一,必须切实遵守。

话分两头,再说鲁茜亚家这时也在出谋划策,想了一些主意,有必要向读者交代一下。修士走后,留在屋里的三个人默不作声地待了一会儿,鲁茜亚愁眉苦脸地准备午饭;伦佐不忍心看她伤心的样子,直想离开但又舍不得;阿格纳丝表面上仿佛专心致志地在摇纺车,心里却在盘算,

她觉得办法考虑成熟时,就打破了沉默:

"听着,我的孩子!假如你们有足够的勇气和机智,假如你们信得过你们的妈妈,"鲁茜亚听到"你们的妈妈"时心里一震,"我准保能让你们渡过目前的难关,也许比克里斯多福神甫干得更好更快,当然,神甫是个仗义的男子汉。"鲁茜亚听到母亲夸下海口不由得愣住了,她瞅着阿格纳丝,脸上的神情惊异多于相信,伦佐马上说:"勇气?机智?你说该怎么办,你说呀。"

"假如你们结了婚,"阿格纳丝往下说,"是不是生米煮成了熟饭?是不是一切就好办了?"

"那还用说?"伦佐说,"只要结了婚……世界上到处有容身之地,离这儿不远的贝加莫就特别欢迎丝绸工匠。你们知道,我的表哥博尔托洛几次邀我去他那里,像他那样挣大钱,我一直没有答应……还用说吗?因为我的心拴在这里。结了婚,我们都去那里,在那里安家,太太平平地过日子,逃脱那个恶棍的魔爪,不必胡思乱想干出蠢事来。你说对吗,鲁茜亚?"

"当然啦,"鲁茜亚说,"可是怎么着手?……"

"像我刚才说的,"阿格纳丝接着讲,"勇气和机智,有了这两样,事情很好办。"

"好办!"两个年轻人同时说,在他们看来事情变得又奇怪,又棘手。

"知道怎么做就好办,"阿格纳丝回答说,"你们好好听着,我尽可能解释清楚。我听懂行的人说过,甚至见过一次真人真事,举行婚礼当然需要一位神甫,但是并不是非要他自觉自愿不可;只要他在场,婚礼就合法。"

"那是怎么回事?"伦佐问道。

"你们一听就明白了。需要两个非常机灵、非常合作的证人。一起到神甫那里:关键是来个出其不意,不让他有脱身的时间。男方说:神甫先生,她是我的妻子;女方说:神甫先生,他是我的丈夫。必须让神甫听到,让证人听到,婚姻就完成,并且像教皇本人主持的那样神圣。这几句话说出之后,神甫再怎么大叫大嚷,闹得天翻地覆也无济于事了,你们已成了夫妻。"

"有这种事?"鲁茜亚喊道。

"怎么没有!"阿格纳丝说,"我在这个世界上比你们早生了几十年,不比你们多些见识未免太冤了。事情就是我告诉你们的那样;我认识的一个姑娘也做过,她想和一个人结婚,父母不同意,便用了这个办法,结果如愿以偿。神甫有所觉察,处处提防,但是那两个机灵鬼干得非常巧妙,抓住时机在神甫面前说了那两句话,成了夫妻,尽管那可怜的女人三天之后有点后悔。"

阿格纳丝说的是实话,这种办法既有成功的可能,也有失败的危险;因为出此下策的多半是有婚姻障碍或者想通过正常途径而遭到拒绝的人,教区神甫特别注意避免这类被迫合作,即使被一对有证人陪同的男女撞上,也要想尽办法脱身①,正如普罗秋斯想从那些强迫他做出预言的人手中挣脱一样②。

"真有这种事就好了,鲁茜亚!"伦佐企盼地望着她说。

---

① 按照当时天主教规定,当事人自愿要求举行的"秘密"婚礼也是合法的,但神甫只以见证人身份参加,事先应核实有无婚姻障碍。神甫没有事先准备而参加这类仪式者将受到停止执行神职三年的处分。

② 普罗秋斯是海神,能预言未来,被捉住时变幻成各种形状设法逃脱。

"谁说不是真的!"阿格纳丝说,"连你们都以为我在胡扯。我为你们操尽了心,可是我的话没人相信,好吧、好吧,你们爱怎么办就怎么办,我不管啦。"

"不,别扔下我们不管,"伦佐喊道,"我觉得那个办法太好了才说出那种话。我听您的,我一向把您当成亲娘。"

这几句话打消了阿格纳丝小小的不快,其实她是赌气,哪能撒手不管。

"既然如此,妈妈,"鲁茜亚以她一贯温顺的口气说,"为什么克里斯多福神甫没有想到呢?"

"他吗?"阿格纳丝回说,"他当然想到了!只是不愿意说。"

"那又因为什么?"一对年轻人同时问道。

"因为……因为,你们一定要知道,我就告诉你们,因为出家人觉得实际上那不是一件好事。"

"既然有人做过,并且做得对,怎么会不是好事呢?"伦佐说。

"你们要我明说吗?"阿格纳丝答道,"法律是他们按自己的心意制定的,我们穷苦人弄不明白。再说,有多少事……要知道,这仿佛是冷不防给人一拳。不是好事,但是一旦做成之后,连教皇都无法取消。"

"假如不是好事,"鲁茜亚说,"那就不该做。"

"怎么!"阿格纳丝说,"难道我在劝你做触犯天主的事吗?如果违反你父母的意愿,让你和一个愣小子结婚……可是我感到满意,和你结婚的是这个小伙子,横生枝节、作怪捣乱的是个大坏蛋,而神甫先生……"

"再清楚不过了,谁都理解。"伦佐说。

"在事情办妥之前,先别和克里斯多福神甫说,"阿格纳丝接着说,"办成之后,你猜神甫会说什么?'哎,孩子!你这一招真绝,把我也给蒙了。'出家人只能这么说。可是你可以肯定,他心底里也是高兴的。"

鲁茜亚无言以对,但仿佛并不信服;伦佐却十分振奋地说:"既然如此,事情就好办了。"

"别忙,"阿格纳丝说,"证人呢?要找两个在事成之前愿意并且能够守口如瓶的人!再说,神甫先生已经在家里猫了两天,能截住他吗?能在他家里给他一个措手不及？虽说他是个慢性子，我敢肯定他一看到你们这副模样会像猫那样转身就跑，比魔鬼见到圣水还逃得快。"

"我有办法，我已经想出办法了。"伦佐说着一拍桌子，午餐用的盘子给震得跳了起来。他随即说出他的主意，阿格纳丝完全赞同。

"那是要阴谋，"鲁茜亚说，"不光明正大。到目前为止我们问心无愧，今后也应该老老实实，天主会帮助我们的，克里斯多福神甫就是这么说的。我们应该听听他的意见。"

"你应该听从比你懂得多的人，"阿格纳丝沉下脸说，"征求别人的意见有什么必要？自助者才能得到天助，事情办妥之后，我们当然会原原本本告诉神甫的。"

"鲁茜亚，"伦佐说，"现在到了紧要关头，难道你要拆我的台？我们不是一直按规矩办事的吗？我们不是早该成为夫妻的吗？神甫不是早替我们定好了日子和时辰？现在我们不得不用一点计谋帮助自己，这能怨谁？不，你可不能拆我的台。我这就回来，等我的回音。"他向鲁茜亚做了一个恳求的手势，心照不宣地看了阿格纳丝一眼，匆匆离去。

苦难使人聪明，到目前为止，伦佐经历的生活道路一直顺顺溜溜，没

有机会磨砺才智,这次情急生智,居然想出一个连法学专家都会佩服的计谋。他按计行事,去找一个名叫托尼奥的人。托尼奥家离得不远,伦佐赶到时,他在厨房里,一个膝盖支在灶台上,一手扶着搁在炭火上的锅沿,另一只手用木棍在搅动黑黢黢的荞麦面糊。托尼奥的母亲、一个弟弟和妻子坐在桌边,三四个小孩站在父亲身旁,眼睛盯着锅里,等着开饭。人们看到凭劳动挣得的食物时常感到喜悦,托尼奥家却没有这种情况。荞麦面糊的数量和歉收的年景相称,和吃饭的人数以及他们的好胃口却不成比例,每个人都全神贯注地盯着共同的食物,仿佛在琢磨自己的一份能填多少胃口。伦佐和那家人互相问候时,托尼奥把面糊倾倒在事先准备好的山毛榉木板上,像是一轮热气腾腾的小月亮。尽管东西不多,两个女人仍然很客气地邀请伦佐:"您吃一点好吗?"在伦巴第(谁知道还有多少别的地区),农民们吃饭时有客来访,总是热情相邀,不论来客是刚从饭桌下来的讲究吃喝的富人,还是揭不开锅的穷汉。

"多谢啦,"伦佐回说,"我来只想和托尼奥说几句话,托尼奥,如果你有空,咱们可以去客栈边吃边谈,免得打扰女眷。"这个意想不到的建议当然让托尼奥高兴,两个女人以及小孩(他们已开始合计)也不反对分食面糊的人,并且是胃口最大的人,减掉一个。托尼奥不再多问,跟着伦佐出了门。

两人来到镇上的客栈,由于市面萧条,人们没有闲钱喝酒消遣,客栈清静得很,两人自由自在地坐定,要了客栈所能供应的少数菜肴,喝了一坛酒,伦佐神秘兮兮地对托尼奥说:"如果你能帮我一个小忙,我可以帮你一个大忙。"

"说吧,有什么事尽管吩咐,"托尼奥斟着酒说,"今天我可以为你往火里跳。"

"你去年佃了神甫先生的地,还欠他二十五里拉的地租。"

"唉,伦佐,伦佐!你说是帮忙,却让我烦心。你现在提这件事干吗?你扫了我的兴。"

"我之所以提起这笔欠债,"伦佐说,"是因为只要你愿意我可以替你偿还。"

"这话当真?"

"当然啦。怎么样? 你愿不愿意?"

"我愿不愿意? 那还用问,我当然愿意! 我每次遇到神甫先生总是看他的脸色,冲着我摇头。接着总是说:'托尼奥,别忘啦;托尼奥,咱们什么时候可以清账?'他干得真绝,甚至讲道的时候眼睛都盯着我,害得我心里发毛,唯恐他当着大家的面对我说:'你还欠我二十五里拉!'该死的二十五个里拉! 再说,我也得赎回押在他那里的我老婆的金项链,那可以换多少荞麦面啊。可是……"

"可是,可是只要你帮我一个小忙,二十五个里拉是现成的。"

"说吧,帮什么忙。"

"且慢! ……"伦佐把食指搁在嘴唇前说,"你是了解我的,对我还信不过?"

"神甫先生要拖延我的婚礼,找出一些莫名其妙的理由,而我想快些解决。我听说如果要结婚的一对,有两个证人在场,站在神甫面前,我说:这是我的妻子,鲁茜亚说:这是我的丈夫,婚姻就生效。你明白我的意思了吗?"

"你想让我充当证人?"

"正是。"

"然后你打算替我还二十五里拉的债?"

"我是这么想的。"

"我不干才怪呢。"

"可是还得找一个证人。"

"我有现成的。我那个傻里傻气的弟弟吉尔瓦索,我让他干什么他准干。你请他喝酒行吗?"

"还可以请他吃饭,"伦佐满口答应,"咱们现在就把他找来,让他和咱们一起乐乐。可是他干得了吗?"

"我可以教他,你知道他听我的。"

"明天动手……"

"可以。"

"傍晚时候……"

"行。"

"不过……"伦佐再一次把食指放在嘴唇前说。

"得啦!"托尼奥头歪在右肩上,举起左手,脸上的表情似乎在说:你小看人了。

"不过假如你妻子问你,毫无疑问,她肯定要问的……"

"在谎骗方面,我欠妻子的债太多了,不知道哪一天才还得清。我会编些谎话,让她安心。"

"明天上午,"伦佐又说,"咱们再详细谈谈,安排得四平八稳。"

两人随即离开了客栈,托尼奥琢磨着怎么在他的妻子面前找个借口,伦佐则去汇报成绩。

在此期间,阿格纳丝一直在劝说鲁茜亚,可是作用不大。她找出种种反对的理由,一会儿说不妥当,要坏事;一会儿说不光明正大,不该做;不然的话,克里斯多福神甫为什么不替他们出这个主意?

伦佐得意扬扬地回来,把他办的事做了汇报,最后说了一声"啊哈?"意思是:我是不是一个十足的男子汉?还能比这更好吗?你们想得到吗?等等,等等。

鲁茜亚微微摇头,两个人正在兴头上也不加理会,把她当成孩子似的,不指望她理解一件事的全部道理,准备以后再好言好语哄她,或者用权威压她,逼她按他们的意思做。

"很好,"阿格纳丝说,"很好,不过……你想得还不周到。"

"还缺什么?"伦佐问道。

"佩贝杜亚呢?你没有考虑到佩贝杜亚。她可以让托尼奥和他的弟弟进去,可是你们俩呢!你想想看!神甫肯定吩咐她不让你们靠近,比防小孩挨近梨子熟透的树还严。"

"那怎么办?"伦佐有点着急。

"我已经想到了。我和你们一起去,我有个秘密可以引得她聚精会神顾不上你们,你们抓住机会就溜进去。我先叫她,让她上钩……"

"天主保佑你!"伦佐喊道,"我一直说你处处帮我们大忙。"

"可是不把她说服,这一切都不管用,"阿格纳丝说,"她一口咬定这样做是罪过。"

伦佐再三劝说,鲁茜亚就是不听。

"我辩不过你,"她说,"可是我总觉得照你们说的去做就必须要阴谋,说谎话,弄虚作假。哎,伦佐!我们从没有干过这种事。我愿意做你的妻子……"她说出这句话,表明了自己的心意,可是脸臊得通红,"我愿意做你的妻子,但是要通过正常途径,敬畏天主,站在祭坛前面。我们还是让天主在冥冥之中施行他的旨意吧。你怎么知道天主没有办法帮助我们呢?他的办法肯定比我们这种不光彩的做法要好。再说,为什么要瞒着克里斯多福神甫呢?"

他们这样争论下去没个完,一阵急促的凉鞋脚步声和风吹船帆似的长袍的窸窣声表明克里斯多福神甫来了。大家静了下来,阿格纳丝赶紧附在鲁茜亚耳边说:"千万别告诉他,呃?"

第 七 章

克里斯多福神甫的情态像是尽了心力但输了一次重要战役的大将：他伤心但不泄气，担忧而不沮丧，风风火火但不是逃跑；他赶往要求他在场的地方，以便加强面临威胁的防务，重新结集军队，发布新的命令。

"愿你们平安，"他说着进了门，"不能指望那个人了，只有对天主寄予更大的信赖，我已经得到天主保佑的信证。"

屋里的三个人对克里斯多福神甫的尝试本来就不抱很大希望，因为单凭软弱的恳求就能迫使有权有势的人回心转意、改邪归正，简直是不可思议、闻所未闻的事；尽管如此，原先的估计得到证实，对他们仍是一个打击。母女二人低下头，伦佐的愤怒却盖过了沮丧。许多意想不到的烦恼、失败的尝试、破灭的希望，加上鲁茜亚不听劝说已经使他憋了一肚子火，神甫带来的坏消息更是火上浇油。

"我倒要知道，"他一反常态当着克里斯多福神甫的面咬牙切齿大声嚷嚷说，"我倒要知道那条恶狗凭什么理

由不让……不让我的未婚妻和我成婚。"

"可怜的伦佐!"神甫深沉的声音流露出怜悯、柔和的眼神规劝他安静,"假如有权有势的人每干一件坏事都非说明理由不可,世道就不会是现在的样子了。"

"那条恶狗是不是说因为他不高兴讲所以不想讲?"

"他连那种蛮横的话都没有说,可怜的伦佐!干坏事的人能公开承认倒好了。"

"可是他总得说点什么呀,那个冒烟的缺德鬼说什么来着?"

"他说的话我听倒听了,可是不能照搬。暴躁的恶人的话一个耳朵进一个耳朵出。你表示对他怀疑,他就暴跳如雷,同时使你认为你的怀疑有根有据;他侮辱了你,然后说自己受到侮辱;他嘲笑了你,然后要你赔礼道歉;他恐吓你,又倒打一耙;他无耻至极,但容不得别人指责。这已经说明了问题。他根本没有提到这个无辜的姑娘也没有提到你的名字,根本没有认识你们的表示,也没有说他的打算,不过……不幸的是我已经认清了他残酷无情的面目。不管怎么说,让我们信赖天主吧!你们两个可怜的女人不必灰心;至于你,伦佐……相信我,我能设身处地为你着想,我理解你的心情。可是,要忍耐!对于没有信心的人,这两个字是苍白无力的,是苦涩的,你却不同……!难道你不能给天主一天、两天,给他所需要的时间,让他主持公道?时间是属于他的①,他已经对我们做出许多承诺!让他采取行动,伦佐,你要知道,你们都要知道,我已经有了一条可以帮助我们的线索。只是我现在什么都不能讲。明天我不能来这里,为了你们的事我必须在修道院等一整天。伦佐,你设法到修道院去找我,如果实在去不了,派一个可靠的人,或者一个机灵的小孩去找我,我让他传话,告诉你们该怎么办。天黑下来了,我得赶回修道院。你们要有信心,要有勇气,天主与你们同在。"

他说完仓促离去,几乎是连蹦带跳地在那条蜿蜒崎岖的小径上跑下山去,唯恐回修道院晚了,轻则挨一顿训斥,重则关禁闭,明天受他保护

---

① 参看《圣经·旧约·诗篇》第七十四篇第十六节:"白昼属你,黑夜也属你。"

的人需要他时他就无法脱身。

"你们有没有注意神甫刚才说他有一个……有一条可以帮助我们的线索?"鲁茜亚说,"我们最好还是把希望寄托在他身上,他这个人言而有信,答应出十分力绝不会出九分……"

"没的事!……"阿格纳丝打断她的话说,"真是那样的话,他可以说得清楚一些,或者把我叫过一边,先讲给我听……"

"全是空话!这事交给我,由我解决!"这次是伦佐打断了阿格纳丝的话,他在屋里走来走去,声调和表情清楚地表明他的意图,不容置疑。

"啊,伦佐!"鲁茜亚失声喊道。

"你想说什么?"阿格纳丝嚷道。

"有什么可说的?这件事由我来了结。即使他的灵魂里有一百、一千个魔鬼,躯壳总还是血肉做的吧……"

"不!看在老天分上……"鲁茜亚又哭起来,说不下去了。

"这种事情可不能乱说,玩笑也不行。"阿格纳丝说。

"玩笑?"伦佐嚷道,他在坐着的阿格纳丝面前站住,迷乱的眼睛盯着她的脸,"玩笑!是不是玩笑你等着瞧吧。"

"哎,伦佐!"鲁茜亚抽噎着说,"我从没有见过你这样。"

"看在老天分上,千万别说这种话,"阿格纳丝压低声音慌忙说,"难道你不知道那个人有多少爪牙?即使……天主保佑我们!……穷苦人总能得到公道的。"

"公道!我自己来主持!时辰到了。我也知道不是轻而易举的事。那条恶狗防备得很严,他知道结怨太多,那没有关系,只要有决心有耐心,时辰会到的。对,由我来主持公道,我来解救百姓,多少人会祝福我啊!……然后远走高飞!……"

这些清楚不过的话在鲁茜亚心里引起的恐怖抑制了哭泣,给了她说话的力量。她抬起泪痕斑斑的脸庞,声音忧伤然而坚定地对伦佐说:"看来你已经不关心和我结婚的事了。我答应嫁的是个敬畏天主的青年人,可不是伤生害命的……即使他逃脱法网,逃脱报复,即使他是国王的儿子……"

"那好!"伦佐勃然变色喊道,"我娶不到你,他也休想得到手。我在世上没有你,他在地狱……"

"天哪,不!别说那种话,别露出那种眼光,我见不得你那种样子。"鲁茜亚合起双手,哭着求他,阿格纳丝一再呼唤伦佐的名字,拍他的肩膀、胳膊、手,让他平静下来。他静了一会儿,若有所思地瞅着鲁茜亚恳求的脸,接着突然目露凶光,后退一步,伸出胳膊用食指指着她嚷道:"是她!对,他爱她!她该死。"

"我?我有什么地方对不住你,你要我死?"鲁茜亚在他面前跪下说。

"你!"伦佐的声音里带着一种截然不同的愤怒,但毕竟还是愤怒,"你!你爱我有多深?你给了我什么证明?我一再求你,求你,求你;你老是说不,不!"

"我答应你,答应你!"鲁茜亚急忙回答,"明天我去教区神甫那里,你愿意的话,现在就去。只要你恢复原来那样,我同意去。"

"你答应我了?"伦佐的声音和神色顿时和善下来。

"我答应你。"

"感谢天主!"阿格纳丝双重满意地说。

伦佐大发脾气的时候有没有想过能从鲁茜亚的惊恐中得到好处?他有没有略施小计加深鲁茜亚的惊恐从而达到自己的目的?我们的佚名作者声明说他一无所知,我想伦佐本人也不很清楚。情况是他确实恨透了堂罗德里戈,热切地希望鲁茜亚同意他的计划,当两种强烈的感情在人心里交织混杂时,连当事人自己也分辨不清,说不准哪一种感情占了上风。

"我答应你了,"鲁茜亚的声调里带着胆怯而亲切的责备,"不过你也得答应我不胡来,听从神甫……"

"你又来了!我为谁才发火的?你又要缩回去吗?你要我干出蠢事来吗?"

"不,不,"鲁茜亚又着慌了,"我答应了你,说话是算数的。可是瞧你是怎么逼我答应的。天主不喜欢……"

"你为什么要说不吉利的话,鲁茜亚?天主知道我们没有伤害过任

93

何人。"

"你至少要答应我这是最后一次。"

"我真心诚意答应。"

"不过这次你不能拆台。"阿格纳丝对女儿说。

在这里,佚名作者声明他不了解鲁茜亚是不是真的由于被迫同意而不高兴。我们和他一样只好存疑。

伦佐很想再谈下去,把明天该做的事一一落实,但是时间已晚,母女二人觉得再留他不合适,便向他道了晚安。

过去的一天充满了动荡和灾难,第二天准备采取一次重要行动,但是成败未卜,那晚对他们三人说来都不好过。第二天,伦佐一大早就来了,和母女二人,尤其是和阿格纳丝商定当晚的重要行动,轮流设想出困难和解决困难的方案,估计可能遇到的麻烦,然后两人你一言我一语地重新描述当时场景,仿佛谈论已经发生的事情似的。鲁茜亚在一边听着,她打心底里不能赞同的事情嘴上当然也不能赞同,只答应尽她的力量去做。

"克里斯多福神甫昨晚让你去修道院找他,你打算去和他谈谈吗?"阿格纳丝问伦佐。

"我想都不敢想!"伦佐回说,"你很清楚,神甫的眼睛太厉害了,他从我脸上,像从一本打开的书上那样马上可以看出有什么名堂,假如他问起来,我可招架不住。再说,我得在这里守着,安排这件事。不如派个人去。"

"我派曼尼科去。"

"那好。"伦佐答道,然后如他所说的那样去安排了。

阿格纳丝去一个邻居家找曼尼科,曼尼科是个十一二岁的男孩,机灵得出奇,算起来还是阿格纳丝的亲戚,管她叫表姊。阿格纳丝和孩子的父母说好借用一整天,让他去送个信。父母同意后,阿格纳丝把孩子带回自己家,给他吃了午饭,嘱咐他去佩斯卡伦尼科找克里斯多福神甫,到时候神甫会让他捎话回来。"克里斯多福神甫,认识吗? 那个白胡子的好老头,大家叫他圣徒的……"

"我知道,"曼尼科说,"他对小孩特别好,有时候还给我们画片。"

"对，就是他，曼尼科。假如他让你等一会儿，你就待在修道院附近，别走远了；你得注意，不要跟别的孩子到湖边去，不要去看大人捕鱼，不要去弄晾在墙上的渔网，不要去玩你老爱玩的那个……"

要说明的是曼尼科打起水漂来比谁都远，不论大人小孩，做自己有特长的事总是津津有味，不仅是打水漂。

"哎，姊子，我懂；我又不是小孩子。"

"那好，反正你多加小心；等你捎回口信，你瞧，这两个锃亮的新铜币①就给你。"

"迟早要给我，不如现在就给吧。"

"不行，你会弄丢的。去吧，乖一点，以后还有。"

那天上午时间仿佛过得特别慢，有些怪事给母女二人本来就不踏实的心里增添了疑虑。一个面无饥色、衣衫并不褴褛、脸上带着说不出的可疑而阴险神情的乞丐进门乞求施舍，探头探脑东张西望。给他面包时，他满不在乎地收下放进口袋。接着，他无礼地赖着不走，有一搭没一搭地问了许多话，阿格纳丝急忙用完全相反的话回答。离去时，他假装糊涂，出了那扇通楼梯的门，赶紧东张西望，察看地形。阿格纳丝在他背后嚷嚷："喂，喂！你往哪里走呀？门在这儿，在这儿！"他退回来，出了指

---

① 十六至十九世纪间在米兰铸造流通的铜币，价值相当于十分之一里拉。

点他的那扇门,连连告罪,装出卑顺的样子,和他凶恶的容貌很不相称。乞丐走后,陆陆续续又出现了一些陌生人。这些人是干什么的很不好说,但绝不会让人相信是他们企图装扮的老老实实的过路人。有一个借口问路闯了进来,另几个在门外走过时放慢了脚步,假装无心的样子,用眼角瞟瞟院子后面屋里的情形。快到中午时,这些讨嫌的人流终于停止了。阿格纳丝不时站起身,穿过院子,在大门口探出头左右看看,回屋说:“没有人。”她说这句话时很高兴,鲁茜亚听着也高兴,但是两人都不明白为什么高兴。一种隐隐约约的不安使两人,特别是女儿,丧失了准备当晚运用的一大部分勇气。

然而,读者应该了解那些在附近转悠的神秘人物究竟是怎么一回事。为此,我们有必要调过笔头回到堂罗德里戈那里,克里斯多福神甫昨天走后,剩下他独自一人在府邸的大厅里。

上文已经提过,堂罗德里戈在大厅里大踏步地踱来踱去,大厅的墙上挂着他们家族几代祖先的画像。他走到一面墙前时,转过身,看到一个身为武士的祖先,当年是敌人和部下士兵的恐怖,目露凶光,粗硬的头发剪得很短,两撇胡子翘得老高,越出面颊的范围,下巴突出,一副英挺的气概,护踝、护腿、胸甲、护臂、护手全是铁打的;右手贴在腰际,左手按着剑柄。堂罗德里戈注视着他,踱到画像下面时转了半个身,对面是另一个祖先的画像,那是法官,诉讼两造和律师的恐怖,坐在一张蒙着猩红色天鹅绒面的大扶手椅里,全身裹在一件黑色的长袍里面,只有衬领是白的,宽大的胸衣敞开前襟,貂皮衬里翻转在外(那是议员的标志,只在冬天穿着,因此议员从没有夏装的画像),他皱紧眉头,容颜枯槁,手里握着一张状纸,仿佛在说:等着瞧吧。这里有一幅主母的画像,是侍女们的恐怖,那里有一幅修道院院长的画像,是修士们的恐怖,总而言之,这里的人生前都引起人们恐怖,死后在画布上也令人不寒而栗。面对已故的先人,堂罗德里戈心里更烦躁,他感到羞愧,不能容忍一个修士像拿单①

---

① 《圣经·旧约·撒母耳记下》第十二章:拿单是希伯来先知。以色列王大卫欣羡将军乌利亚之妻的美貌,借刀杀人,让乌利亚阵亡,娶了乌利亚之妻为妻。拿单去见大卫,当面指责他的卑鄙行径,预言他必遭天谴。

似的装腔作势,居然找到他头上来了。他想出一个报复的计划,随即否定了;他揣摩着怎么既能满足他的欲念,又能维护他所谓的荣誉,有时候他听到神甫开始诅咒他的话仍在他耳边回响,觉得浑身正如人们常说的那样毛骨悚然,他几乎要放弃满足两种欲望的想法。最后,他总得找些事情做做,叫来一个仆人,吩咐仆人向客人们打个招呼,说是他有急事缠身,向他们致歉。仆人回来说客人们纷纷走了,让他代向主人致意。堂罗德里戈仍旧踱来踱去问道:"阿蒂里奥伯爵呢?"

"和那些先生一起走了,最尊敬的大人。"

"好,六名侍从跟我去散步,立即出发。佩剑、大氅、帽子,立即拿来。"

仆人鞠躬离去,不久后捧着剑、大氅和帽子回来,主人将那把华丽的剑佩在腰际,把大氅披在肩上,把那顶缀有许多羽毛的帽子猛地戴在头上,神气活现的动作正表明他内心激动不安。他迈步出去,门口六个全副武装的打手两旁分开,向他欠身行礼后,跟着他出发。堂罗德里戈比往常更阴沉、更傲慢,带着一帮人朝莱科方向走去。农民和手工匠见他来近赶紧让开大道,贴着墙边,脱掉帽子行礼致敬,他根本不予理睬。至于农民和手工匠们视作老爷的那些人①,在他面前也自惭形秽,鞠躬如也,因为在方圆一千里内,无论在门第、财富和影响方面没有谁可以和他相比,他也利用这些优势骑在别人头上作威作福。对于后面这些人,堂罗德里戈屈尊俯就地答了礼。那天没有遇到西班牙地方官,如果遇到的话,双方都恭敬地行礼,正如两个权贵之间虽然没有任何瓜葛,但出于礼仪,各人都应向对方的身份表示敬意。为了稍稍排遣他的不快,用完全不同的形象抵消老是在他眼前浮现的修士的形象,那天堂罗德里戈进了一个门庭若市的场所,受到专为那些可亲的或者可怕的人准备的殷勤而恭敬的接待②,他盘桓到深夜才回府。那时阿蒂里奥伯爵也回到府邸,晚饭桌上,堂罗德里戈一直若有所思,很少说话。

---

① 指资产阶级、商人和小产业主。
② 这个场所的性质曾引起不少争议,有些评论家认为是妓院。

"表哥,你打赌输掉的钱什么时候付?"杯盘撤掉,仆役都退下后,阿蒂里奥伯爵奸诈地嘲弄说。

"圣马丁日还没有过去①。"

"你现在不付,过两天也得付;历书上的圣徒日统统过去之后,你也不会得手。"

"那很难说。"

"表哥啊,你想学政治家那套,我已经一清二楚,我这次打的赌已经赢定了,不妨再打一个。"

"倒要领教。"

"那个神甫……叫什么来着? 总而言之,那个修士点化了你。"

"又胡说八道了。"

"表哥啊,你被他点化了;我对你说,你痛悔前非了。这让我高兴。要知道,见你那副悔恨的模样,眼睛都不敢抬,让人多么高兴! 那个修士多么风光! 他回去的时候该多么得意! 即使把所有的网都撒开,也不是每天都能打到鱼的。他准会把你当作典型,在外面布道时肯定会举出你的例子。我在这里都能想象出那是什么情景,"他学着布道的腔调,做着夸张的手势,瓮声瓮气地说:"最亲爱的听众,在这个世界的某个地方,出于应有的尊重,我不提具体名字了,有个道德败坏的绅士,现在还活着,他不喜欢和正派的男人打交道,专爱同女人厮混,见一个爱一个,居然看中一个……"

"够了,够了,"堂罗德里戈半笑半恼地打断他的话,"如果你愿意把赌注加倍,我可要奉陪。"

"见鬼! 看来是你点化了神甫!"

"别在我面前提那个人了;至于打赌的事,到了圣马丁日自见分晓。"伯爵的好奇心给引了起来。他问这问那,堂罗德里戈一概避而不答,只说到了那天自会明白,不愿意把没有实现的计划透露给对方。

堂罗德里戈第二天早晨醒来时恢复了常态。"总有一天"那句话所含

---

① 圣马丁日是十一月十一日,星期六;当时是十一月九日,星期四。

的威胁在他心里引起的疑惧，已经随着夜里的梦境烟消云散，剩下的只有愤怒，他为自己暂时的软弱感到羞愧，羞愧又加剧了愤怒。昨天威风凛凛的散步、路人的敬礼、殷勤款待的情景以及表弟的玩笑话都有助于恢复他原先的心情。他一起身便把格里索叫来。"看来有大名堂。"传话的仆人暗忖道，因为叫那个绰号①的人正是痞子们的头目，最危险、最凶残的任务都由他去执行，他出于感激和自身的利益对主人忠心耿耿、死心塌地。他光天化日在广场上杀了人，到堂罗德里戈那里去请求庇护，堂罗德里戈让他穿上府邸仆役的号衣，逃避了法律的追究。此后，他狐假虎威，吩咐他干什么伤天害理的事，他无不照办。堂罗德里戈收留了他也如虎添翼，因为格里索的剽悍在仆役中无与伦比，同时证明他主人能触犯刑律而不受惩罚，实际上和在舆论上都增加了主人的权势。

"格里索！"堂罗德里戈说，"在节骨眼上要看你的能耐了。必须把那个鲁茜亚弄到这里来，不能迟于明天。"

"最尊敬的主人有什么吩咐，格里索从没有含糊过。"

"你需要多少人就带多少人去，你认为怎么好就怎么安排，把事情办妥就成，但是你得注意不能伤着她。"

"老爷，稍稍吓唬一下，不让她大叫大嚷，这是免不了的。"

"吓唬是免不了的，我明白。不过不能伤她一根头发，尤其是不能有一点轻薄。明白吗？"

"老爷，从树上摘一朵花带到您老爷面前，不碰她是不可能的。但是不必要的事绝对不做。"

"你得保证。好吧……你打算怎么进行？"

"我一直在琢磨，老爷。幸运的是她家在镇子尽头。我们需要一个地点埋伏起来，恰好附近有一座孤零零的废弃的房屋，荒僻得很，那座房子老爷是不了解那种事情的……那座房子前几年失了火，主人没有钱翻修，废置起来，如今成了女巫们的去处，不过不是星期六，她们不会去。村民们疑神疑鬼，不论星期中哪一天，晚上绝对不会进那座房屋，把

---

① 伦巴第方言中，"格里索"有"头发花白"之意。

全世界的金子都给他们他们也不敢去,因此我们可以去那里守着,绝对没有人撞破。"

"好,接着怎么办?"

于是格里索提出他的想法,堂罗德里戈修改补充,终于商定如何行动,不留下犯罪痕迹;制造假象转移怀疑方向;封住可怜的阿格纳丝的嘴不让她乱说;着实吓唬伦佐一下,让他忘掉悲痛、不敢告状,甚至不敢喊冤叫屈;同时还商定了保证主要阴谋成功所必需的其他阴谋诡计。我们不想在这方面多费笔墨,因为读者可以看到,即使没听到他们的密谋也无损于对故事情节的了解,再说,我们也不愿意让读者多浪费时间去听两个卑劣无赖的谈话。要说的是,格里索正要离开去执行任务时,堂罗德里戈叫住他说:"听着:假如那个不知好歹的乡巴佬今晚凑巧落在你们手里,不妨提前给他一个教训,让他长些记性。明天吩咐他不准乱说乱动时,可以事半功倍。可是你们不要特意去找他,以免误了更重要的事情,你该明白。"

"这件事包在我身上。"格里索鞠了一躬,大大咧咧地走了。上午他东奔西走,侦察村里的情况。

闯进阿格纳丝家的乔装的乞丐正是格里索,他去窥探一下房屋的格局;假扮路人的是他手下的流氓,他们按他的吩咐行事,对地形有个大致的印象就够了。他们踏勘之后不再露面，以免引起更大怀疑。

大伙回府邸后，格里索介绍了情况，敲定行动计划，分配了任务，做了详细指示。这一切全被老仆人看在眼里，他眼观四路，耳听八方，觉察到他们在策划某些严重的阴谋。他倍加注意，到处打探，从这里问到一句，从那里听到半句，揣摩着隐晦的言语和神秘的动作，终于弄清楚那天晚上他们准备干什么。这时候天色快黑了，打前站的几个痞子已经前往废弃的房子埋伏。可怜的老仆人明知报信会冒很大危险，并且担心为时已晚①，但他不愿失信，于是他借口散步出了府邸，直奔修道院，按照约定通知克里斯多福神甫。不久之后，其余的痞子也出发了，他们分散下山，以免显得成群结队，格里索随后出发，最后只剩下一乘轿子，那是要等天黑之后才抬到废弃的房子里去。大伙会齐后，格里索派三个人去村里的客栈，一个守在门外，观察街上的情况，两人装作没事干的主顾在客栈里猜拳喝酒，同时窥探可能发生的情况。格里索本人和主力隐蔽守候。

老仆人还在一溜小跑，三个探子就到达了各自的位置，太阳已经下山，这时伦佐走进母女二人的家，说道："托尼奥和吉尔瓦索在外面等我，我和他们去客栈吃点东西，敲响晚钟时我们一起来找你们。嗨，鲁茜亚，鼓起勇气！关键时刻千万顶住。"鲁茜亚叹了一口气，跟着说："鼓起勇气。"但是声调有点言不由衷。

伦佐和两个伙伴到客栈时，只见放哨的那个家伙挡住了半个门洞，他双臂交叉抱在胸前，背靠在一侧门框上，两只贪婪的眼睛东溜西转，时而露出眼白，时而露出眼黑。头上歪戴着一顶红丝绒软帽，半遮着从当中分开掠过两耳编成几条小辫用小梳子固定在项后的额发。他手腕下面挂着一根木棒，此外仿佛没有别的武器，可是只要朝他阴沉的脸庞看上一眼，连小孩都知道腰里和口袋里全是真刀真枪。走在头里的伦佐跨进门口时，那家伙挑衅似的直瞪着他；伦佐有要事在身，不想引起任何麻

---

① 原文是"比萨的救援"，指十五世纪末比萨经常遭到佛罗伦萨侵犯，神圣罗马帝国皇帝马克西米利安多次答应救援，但从未履行诺言。

烦,装着没看见,也不说借光让让,而是从那个雕塑柱子似的人留出的空当里侧着身子贴着另一侧门框进了客栈。他的两个伙伴只得学他的样。进去后,看到另外两个歹徒挨在桌子一角坐着,吆五喝六地猜拳,两人同时喊出数字,然后有一人从桌上的大酒瓶斟酒喝。这两个家伙也瞪着新来的人,其中一个伸出三个指头的手还举在空中,嘴里刚喊了一声"六六顺哪",把伦佐从头到脚地打量了一番,然后朝猜拳的伙伴和站在门口的人挤了挤眼,门口的人点头回答。伦佐不安地瞅瞅他的伙伴,似乎想从他们的脸上找到那些暗号的解释,但只看到准备大吃一顿的表情。店主瞅着伦佐的脸,等他吩咐,他进了隔壁的房间,说是要吃晚饭。

"那些陌生人是谁呀?"店主胳膊底下夹着一块粗桌布,手里提着一罐酒回来时,伦佐低声问道。

"我不认识。"店主一面铺桌布,一面回答。

"怎么? 一个都不认识?"

"您也知道,"店主双手抚平桌布说,"干我们这一行,头一条规矩就是不东问西问,连我们的内掌柜的也不兴打听事情。客栈就像是海港,人来人往,即使年成过得去,我们的生意也不好做;当然,以前的好日子能够回来,我们就高兴了。顾客只要规矩,我们就心满意足;至于他们是什么人，我们从不过问。我这就替你们端一盘大丸子来，你们一辈子没有尝过比这更好的了。"

"你怎么知道他们规矩？……"伦佐追问道，但是店主头也不回，朝厨房走去。他在厨房里端起烩丸子的大锅时，刚才盯着伦佐直瞧的痞子缓缓走到他身边，俯身问："那些人是谁？"

"本村的好人。"店主把丸子盛到盘子里说。

"唔，他们叫什么名字？干什么的？"痞子声音变得有点粗鲁，追问了一句。

"一个叫伦佐，"店主仍旧低声回答，"是个安静的好小伙子，丝绸纺织工匠，手艺不坏。另一个是种地的，名叫托尼奥，快活的好人，可惜没有钱，否则会把钱全花在这里。还有一个头脑简单，请他客时很能吃。对不起。"

他一闪身，躲开了炉灶和问话的人，把盘子端到客人桌上去。"你既然不认识他们，怎么会知道他们是老实人呢？"伦佐见他来了又接着问。

"看行动，朋友：根据行动可以判断人的好坏。喝酒的时候不评头论足，付账的时候不讨价还价，不和别的顾客吵嘴打架，如果非同别人动刀子不可就在外面等着，离客栈远远的，免得可怜的店主受牵连，这些都是老实人。话又得说回来，假如能像我们四个人这样相互了解当然更好。你不是订了婚，有许多别的脑筋要动，好好的怎么想知道这种事情？何况面前摆着这些连死人都垂涎的大丸子？"他说着回到厨房。

我们的作者注意到店主回答问题的不同方式，说是他这个人聊天时总炫耀自己是所有老实人的好朋友，但实际上他对那些臭名昭著或者貌似无赖的人殷勤得多。你说怪也不怪？

晚饭吃得并不愉快。两个客人很想开怀享用，但是主人由于读者知道的原因心事重重，加上那几个陌生人的可疑的态度使他不快甚至不安，只想草草吃完离开。他们低声交谈，说的话也断断续续，兴味索然。

"太妙啦！"吉尔瓦索突然说，"伦佐想结婚，要我们……"伦佐沉下脸瞪着他。"你闭嘴好不好，蠢货？"托尼奥骂了他一声，还用胳膊肘重重地捅他一下。谈话的气氛越来越冷淡，直到最后，伦佐不怎么吃喝，只顾小心翼翼地替两个证人斟酒,既给他们提提神,又不能让酒上了头误事。他们吃喝的比预计要少,撤下杯盘,付了账,三个人不得不再次在那些人面前经过,正如先前伦佐进门时一样,他们都转过脸,虎视眈眈地盯着伦佐。伦佐出了客栈,走了几步回过头,发现刚才坐在厨房里的两人跟了出来,伦佐和他的伙伴便站住,仿佛在说:咱看看那些人想把我怎么样。两人觉察自己受到注意,也停住脚步,低声交谈了几句,退了回去。假如伦佐和他们相隔近一些,能听清他们的话,一定会觉得惊讶。

那几个存心不良的人中间有一个是这么说的:"我们回到府邸如果能够夸说不费吹灰之力就把他的肋骨全敲碎了,并且是我们自己干的,没有格里索先生在场指挥,且不说主人给的赏赐,我们脸上该多么光彩!"

"这岂不要坏了大事!"另一个说,"你瞧:他已经有所发觉,停下来看我们了。哼! 再晚一些就好了! 我们不如退回去,以免引起怀疑。现在人多眼杂,等大家进了窝再做计较。"

傍晚时分,村子里确实有一阵熙熙攘攘和人声喧嚷,过不久就让位于夜晚的肃穆静谧。妇女们从地里回来,怀里搂着小孩,手里牵着稍大一些的孩子,教他们念晚祷的经文;男人们扛着锄头铁锹回家。打开房门后可以看见屋里生起炉火准备可怜巴巴的晚饭,街上可以听到互相招

呼声,有时还谈谈年成不好,日子难过,盖过谈话声的是按时敲响的洪亮的钟声,宣告一天的结束。伦佐见那两个冒失鬼退下后,在逐渐黑下来的暮色中继续走他的路,不时嘱咐两兄弟几句。他们到鲁茜亚家时,天已大黑。

从起意要干一件可怕的事情到付诸行动为止(这是一个不乏天才的野蛮人说过的话)①,整个阶段是一场充满幻影和恐怖的梦。好几个小时以来,鲁茜亚一直处在这种焦虑的梦中,至于阿格纳丝,当初是她出的主意,现在也陷入沉思,找不到话来为女儿鼓劲。从梦里醒来时,或者说在开始行动时,精神状态起了彻底的变化。除了原先已经相持不下的恐惧和勇气之外,又产生了另一种恐惧和勇气:要干的事情像一个新的幻象似的在心中浮现;先前觉得最可怕的东西有时仿佛突然变得容易了;先前没有介意的障碍有时好像不可逾越;驰骋的想象力畏缩不前;手脚似乎不听使唤;原先斩钉截铁地做出的允诺现在却有些心虚胆怯。鲁茜亚听到伦佐轻轻叩门声时,感到一阵恐惧,片刻之间决定宁肯忍受一切,永远和他分开而不愿履行自己的诺言,可是当他进屋说:"我来了,咱们动身吧。"大家都毫不犹豫地准备出发去干一件早已确定的、不可挽回的事情时,鲁茜亚既没有时间也没有力量推诿,只得跟着那群冒险的人一起出发。

他们在苍茫的夜色下小心翼翼地出了门,走上镇郊的小路。去堂阿邦狄奥家是条直路,本来穿过镇子最近,但他们不希望被人看到,便绕了一个大弯。他们穿过果园和田野,沿着陡峭崎岖的小路一起来到教区神甫家,在门口散开。一对约婚夫妇躲在墙角后,阿格纳丝和他们一起,比他们站得靠前一些,以便及时缠住佩贝杜亚;托尼奥和傻里傻气的吉尔瓦索一起,因为吉尔瓦索一个人什么都干不了,没有他又什么都干不成,

———————————

① 英国剧作家莎士比亚笔下有意思相仿的话,《尤利乌斯·恺撒》第二幕第一场布鲁特斯暗杀恺撒前说:"在实行一件可怕的事情和第一个动作之间,整个间歇像是幻影或者可怕的梦境。"曼佐尼对莎士比亚推崇备至,称他为"伟大的、可说是空前绝后的诗人",这里的"野蛮人"有讥刺法国作家伏尔泰之意,伏尔泰曾评论莎士比亚的《哈姆雷特》说:"只有喝醉酒的野蛮人才会构思出这种粗劣野蛮的作品。"

两人勇敢地站在门口叫门。

"谁呀？这么晚还叫门，"窗户打开后，传出人声，那是佩贝杜亚的声音，"据我所知，镇上没有病人。难道出了什么不幸的事？"

"是我，"托尼奥答道，"和我的弟弟，我们有话要和神甫先生说。"

"也不看看现在是什么时候！"佩贝杜亚粗暴地说，"莫名其妙！明天再来吧！"

"不管我来不来，你先听我说：我收了一笔钱，来还清你知道的那笔债，我带来二十五个崭新的银币系①；假如还不成也没有关系，我知道怎么花，等我下次攒齐之后再来。"

"慢着，慢着，我马上去问主人。你为什么这么晚才来？"

"人家也是刚给我的，老实对你说，我早想过了，假如这些钱在我身边过夜，明天早晨我怕连自己姓什么都不知道了。你觉得这个时候不合适，我没有什么可说的，反正我现在来了，你不高兴，我可以走。"

"别走，你等着，我马上去问主人。"

她说罢关好窗户。这时阿格纳丝低声对鲁茜亚说："要顶住，只是一小会儿的事，就好比拔颗牙齿。"然后从那对年轻人身边走开，来到门口两兄弟那儿，和托尼奥聊了起来，让佩贝杜亚开门时以为她是偶然路过，托尼奥叫住她，和她攀谈几句。

---

① 米兰十五至十七世纪间铸造流通的银币，相当于二十铜币，即一里拉。

第 八 章

"卡奈德斯！这个人是谁呢?"佩贝杜亚进屋上顶楼的一个房间去通报时,堂阿邦狄奥坐在椅子上,面前摊开一本小书,正在琢磨。"卡奈德斯! 好像在哪里听说过或者见过,有点熟,大概是古代的学者或者文人:不过究竟是谁呢?"[1]这个可怜的家伙怎么也没有料到他头上已经乌云密布!

不妨说明一下,堂阿邦狄奥喜欢每天看点书,邻区的神甫有些藏书,时常随手拿出一本借给他看。堂阿邦狄奥上次受惊发烧后正在恢复,更确切地说(就发烧而言),他已经痊愈,只是不希望外人知道罢了,他现在看的是献给圣卡洛的颂词,两年前曾在米兰大教堂宣读,读的人声情并茂,听的人心醉神迷。由于圣卡洛好学不倦,颂词把他和阿基米德[2]

---

[1] 卡奈德斯是古希腊哲学家,盖然论的创始人,死于公元前一二九年。

[2] 古希腊数学家、物理学家(公元前287? —前212)。阿基米德发现了杠杆和物质比重原理,制作了许多有实用价值的力学和光学器械。

相提并论,到此为止,堂阿邦狄奥没有遇到困难,因为阿基米德做过许多离奇的事,引起不少评论,不需要博大精深的学问也可以对他有所了解。可是提到阿基米德之后,宣讲人又抬出卡奈德斯,这下把堂阿邦狄奥难住了。这时候,佩贝杜亚进屋通报托尼奥来访。

"这么晚还来?"很自然,堂阿邦狄奥也这么说。

"您指望什么?这些人没有教养,不过如果不马上揪住他……"

"对:现在不揪住他,谁知道我什么时候才能有机会!让他进来……哎,哎,你肯定是他吗?"

"见鬼!"佩贝杜亚下楼开了门招呼说:"你在哪里?"托尼奥露了面,阿格纳丝同时也上前招呼佩贝杜亚。

"晚上好,阿格纳丝,"佩贝杜亚回答说,"这么晚了,你从哪里来?"

"我去看了……"阿格纳丝说了一个邻妇的名字,"要知道,我恰恰是为了你才耽搁了好长时间。"

"那是怎么回事?"佩贝杜亚急忙问道,她转过身对两兄弟说:"你们先进去吧,我马上就来。"

"是这样的,"阿格纳丝说,"那些什么都不懂但是喜欢说三道四的女人中间有一个说……真莫名其妙!她一口咬定说你之所以没有和贝佩·索拉维基亚或者安塞尔莫·隆吉尼亚结婚,是因为他们不要你。我使劲说是你回绝了他们……"

"当然是这样。唉,真是赤口毒舌,胡说八道!是谁说的?"

"别问我,我不喜欢惹是非。"

"告诉我,你得告诉我,唉,真是胡说八道!"

"总之……我对前因后果不够了解,没法堵住她的嘴,你不知道当时我有多着急。"

"哪能这么瞎说!"佩贝杜亚嚷了起来,接着解释:"至于贝佩,谁都知道,是明摆着的事……喂,托尼奥!你把门掩好,自己上楼,我马上就来。"托尼奥从里面答应了,佩贝杜亚气急败坏地接着说。

堂阿邦狄奥家的大门对着一条小巷子,巷子两边是两幢房屋,房屋后面是一片空地。阿格纳丝进了小巷,仿佛走远一些讲话方便,佩贝杜亚跟在她后面。她们拐了弯,从她们所在的地方已经看不到堂阿邦狄奥家门口了,阿格纳丝使劲咳嗽了几下。那是个暗号,伦佐听到后,握住鲁茜亚的胳膊示意,两人一声不吭,蹑手蹑脚,贴着墙壁走到门口,轻轻把门推开,弯下腰悄悄进了门厅,托尼奥两兄弟已在那里等着。伦佐再轻轻把门掩上,四个人轻手轻脚上了楼。到了楼梯平台上,两兄弟朝楼梯旁边的房门走去,一对情人则挨紧墙壁。

"感谢天主。"托尼奥清了清嗓子说。

"托尼奥吗?进来吧。"里面传出回答声。

托尼奥推开门,只够他和弟弟一前一后进屋的空隙。屋里突然透出来的泻到黑暗的楼梯平台上的光带使鲁茜亚觉得被人发现似的吓了一跳。两兄弟进了屋,托尼奥随手关好门,一对情人一动不动地在黑暗里竖起耳朵等着、屏住呼吸,能听到的最大的声响只是可怜的鲁茜亚的怦怦心跳。

上文说过,堂阿邦狄奥坐在一张旧椅子上,他身上裹着一件旧长袍,头上戴着一顶带护耳的旧软帽,在微弱的烛光下,软帽像是给他脸上安了框架。帽子下面露出的两绺浓密的头发、两道浓密的眉毛和唇髭和一把浓密的山羊胡须,白茸茸的分布在那张黝黑皱褶的脸上,像是月夜峭壁上蒙着积雪的荆棘。

"啊!啊!"他一面招呼,一面把眼镜摘下放在那本小书上。

"神甫先生会说我来的时间太晚了。"托尼奥鞠了一躬说,吉尔瓦索也笨手笨脚地行了礼。

"当然晚了,无论从哪方面说都太晚。你不知道我有病吗?"

"哦!真抱歉。"

"你应该听说过我病了,我不知道什么时候才能外出……你干吗把那个……那个小伙子带来?"

"只是找个伴,神甫先生。"

"好吧,咱们看看。"

"二十五个崭新的银币,有圣安布罗乔骑马像的。"①托尼奥从口袋

---

① 十五至十七世纪米兰铸造的、约合一里拉的银币有米兰守护圣徒安布罗乔像。

里掏出一卷东西。

"咱们看看。"堂阿邦狄奥说着接过那卷东西，戴上眼镜，打开包取出银币，数了一遍，把每一枚都翻个面检查一下，挑不出毛病。

"神甫先生，现在您可以把我老婆苔克拉的项链给我了。"

"对。"堂阿邦狄奥说，接着他走到一个柜子前面，从口袋里掏出钥匙，朝周围扫了一眼，仿佛要旁观的人退后，把柜门打开一小点，用身体挡住，探头看看，伸手取出项链，先锁好柜子，把项链交给托尼奥说："对吗？"

"现在劳您驾，"托尼奥说，"再写个条子。"

"真是的！"堂阿邦狄奥说，"什么样的事都有。哼！世人都变得多疑了！你连我都信不过吗？"

"什么话，神甫先生！我信不过您？您的话太重了。不过既然我的名字已经记在您那本账上的支出栏……您既然已经费神写过一次，那么凡事都有始有终……"

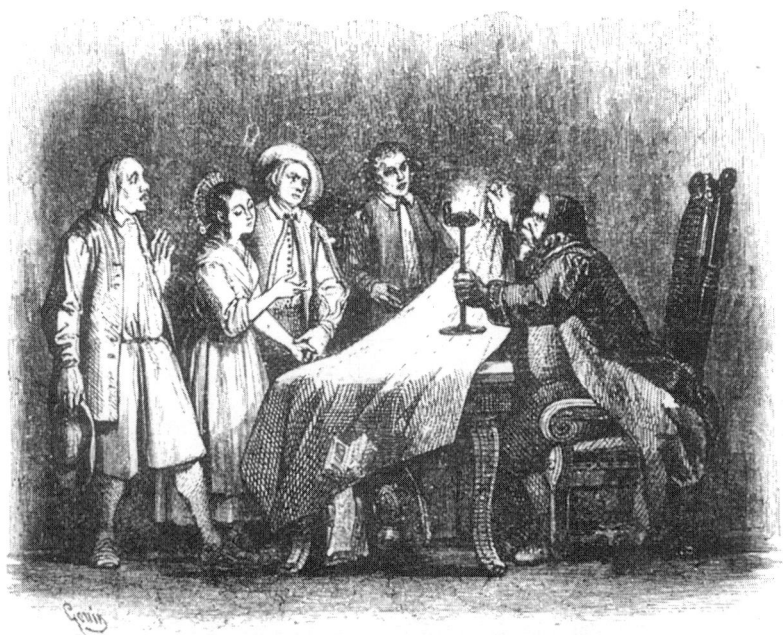

“好吧，好吧。”堂阿邦狄奥打断了他的话，嘟嘟哝哝地拉开小桌抽屉，取出纸笔和墨水壶，开始写字条，嘴里大声念出笔底下写出的字。这时托尼奥向吉尔瓦索做个手势，两人站到小桌前，挡住了写字人和房门之间的视线；他们仿佛消磨时光似的，用脚蹭地板，其实是给门外的人发个信号让他们进来，同时又可以掩盖他们的脚步声。堂阿邦狄奥只顾写字，不疑有他。听到四只脚的蹭地声时，伦佐抓住鲁茜亚的胳膊，捏一下示意，拖着她往屋里走，她浑身直哆嗦，自己根本迈不开步子。两人屏住呼吸，蹑手蹑脚慢慢进来，躲在两兄弟背后。与此同时，堂阿邦狄奥已写好字条，仔细看了一遍，把它一折四，也不抬起眼睛说道：“现在你该满意了吧？”他一手摘下眼镜，另一手把字纸递给托尼奥，这时才抬头。托尼奥伸手去接字据，往旁边一闪；吉尔瓦索得到暗号往另一边让开，仿佛拉开帷幕似的，中间出现了伦佐和鲁茜亚。堂阿邦狄奥先以为自己眼花，接着看真切了，他感到震惊、愤怒，稍加思索，随即做出决定，这时伦佐说：“神甫先生，我当着两位证人的面声明这个女人是我的妻子。”他话音未落，堂阿邦狄奥扔掉字据，左手抓起烛台，右手揪住桌布猛地往怀里一抽，桌上的书、纸张、墨水壶、吸墨粉瓶全掉在地下，自己从椅子和桌子的空当里跳出来朝鲁茜亚扑去。那可怜的姑娘声音颤抖刚说“这个男人……”堂阿邦狄奥已经粗暴地把桌布扔到她头上不让她把话说完。接着，他扔掉左手举着的烛台，双手并用蒙住她的头，几乎要把她憋死，同时用足气力喊道：“佩贝杜亚！佩贝杜亚！圈套！救命！”掉在地上的蜡烛熄灭时发出跳动的微光，鲁茜亚惊呆了，甚至没有挣脱的企图，活像是被雕塑家蒙上一块湿布的、初具轮廓的白垩塑像。烛光熄灭后，堂阿邦狄奥放开那可怜的姑娘，摸索着寻找通向里屋的门，进去后把门从里面锁上，嘴里还在叫嚷：“佩贝杜亚！圈套！救命！你们给我出去！给我出去！”原先的房间里乱成一锅粥：伦佐想拦住神甫，像在玩瞎子捉人游戏似的张开手臂瞎摸瞎捞，总算摸到里屋的门敲打着喊道：“开门，开门，别乱嚷。”鲁茜亚有气无力地呼唤伦佐，恳求他说：“看在天主分上，咱们走吧，咱们走吧。”托尼奥趴在地上两手瞎摸着找那张字据。吉尔瓦索吓得魂不附体，跳跳嚷嚷地找通往楼梯的房门想夺路而逃。

在这片混乱之中，我们不妨偷空稍作思考。伦佐夜晚把别人家里搅得天翻地覆，他潜入民宅，把主人困在一个房间里，从表面看来是个十足的压迫者，但是说到头，他却是被压迫的。堂阿邦狄奥本来太太平平地在干自己的事，遭到突然袭击，逃到另一个房间，担惊受怕，看来像是受害者，事实上他却是作奸犯科的人。有时候，世道就是这样……我想说的是，十七世纪的世道就是如此。

被困的人发现敌人并没有撤离的迹象，便打开对着教堂广场的窗户叫喊："救命！救命！"那晚月色特别皎洁，教堂的影子和稍远处钟楼的尖长的影子轮廓分明地落在广场闪亮的草地上，像白天似的，每一件东西都清晰可辨。但是极目四望看不到有人走动。不过贴着教堂侧墙、正对着教区神甫住宅的一边有一间供教堂司铎睡觉的简陋的披屋。司铎突然被惊心动魄的叫喊声吵醒，一骨碌从床上跳起来，掀开窗户的油布，睡眼惺忪地探出头说："出了什么事？"

"快来，安布罗乔！救命！家里闯进了人！"堂阿邦狄奥朝他嚷道，"我这就去。"司铎回答说，他缩回脑袋，放下窗上的油布，虽然没有完全清醒并且吓得够呛，但当即想出一个办法，既不必直接介入冲突（不论是什么冲突）又可以提供超出神甫要求的救援。他抓起搭在床脚上的裤子，像大礼帽似的披在胳膊下，三跳两跳地从木楼梯下来，直奔钟楼，抓住两口钟中间那口大钟的绳索使劲敲起来。

哪、哪、哪、哪，农夫们猛地在床上坐起来，躺在稻草堆里的小伙子们竖起耳朵爬了起来。"什么事？出了什么事？干吗敲警钟？失火？小偷？强盗？"许多妇女规劝、恳求她们的丈夫别动窝，让别人去；有几个起床到窗前看看，懒散的人似乎听从了恳求，又回到床上；比较好奇和大胆的人操起草杈和猎枪朝出事地点跑去，其余的人则在观望。

但是在那些人处于戒备状态之前，甚至在他们没有完全清醒之前，钟声已经传到不远处另一些衣着整齐、没有睡觉的人耳里：一边是那些痞子，另一边是阿格纳丝和佩贝杜亚。前文说过，痞子们有一拨在废弃的房子里把守着，另一拨在客栈，我们先看看他们干了些什么。客栈里的三个痞子发现家家户户都关好门，街上已阒无一人时，似乎觉得时候已晚,说是应该回家了,匆匆出来,在镇上转了一圈,确信大家都已回屋;事实上他们没有遇见任何人,也没有听到什么喧嚣。他们也慢慢腾腾地在鲁茜亚家前面走过,那幢房子更为寂静,因为里面的人都不在。于是他直奔废弃的破屋,向格里索先生汇报了情况。格里索立即戴上一顶大帽子,穿上缀着许多贝壳的油布披肩,拿起一根香客用的长拐杖说道:"立刻动手,大家别作声,听从命令,干得漂亮点。"他带头出发,其余的人跟在后面,不一会儿就到了,他们走的路正好和伦佐一伙去执行计划时所走的路相反。离院子还有几步路时,格里索让大家停下,他一人先去察看,发现外面寂静无人,便叫两个痞子上前,吩咐他们悄悄地翻过小院外面的围墙,跳进院子后就在他上午看好的一株茂密的无花果树后面隐蔽起来。接着,他细声细气地叫门,想冒充迷路的香客,请求借宿过夜。屋里没有回答;他嗓门提高一点,仍旧没有回答。他便叫来第三个痞子,让他像前两个那样翻墙进院,拔掉门闩,以便进出。这一切都做得十分小心顺利。格里索再把其余的人带进院子,吩咐他们像先进去的人那样隐蔽好,悄悄地掩好院门,派两人在门里望风,自己到底楼的门口。他再次叫门,等了一会儿不见回答。他轻轻地撬开门锁,屋里没有人问:谁呀?没有声息,事情到了这个地步已经没有退路了。他召唤躲在无花果树后面的人,和他们一起进入上午他阴险地乞讨面包的底楼。他取出火绒、火石、火镰和火绳,点燃了随身带来的一个小灯笼,进了里屋扫视一下:没有人。他退出来,到楼梯门口看看,把耳朵附在门板上倾听:一片静寂。于是他再派两人在底楼望风,叫来格里涅波科。格里涅波科是贝加莫地区来的痞子,按照原先的计划,凡是需要开口恐吓、发号施令的时候都由他出头,让阿格纳丝听了他的口音误以为这帮歹徒是贝加莫来的。格里索和他两人打头,别人跟在后面,一步一步地摸上楼去,心里暗暗诅咒楼梯发出的每一个吱呀声和痞子们弄出的每一个响动声,终于到了楼上。这是野兔栖息的地方。他轻轻地推第一个房间门,门应手而开,露出一条缝隙,用眼看看,里面漆黑;用耳听听有没有打鼾、呼吸、转侧的声息,什么都没有。那就进去吧,他把灯笼举在前面,好看清周围而不被人看清自己的脸,把门大大打开,看到一张床,铺得整整齐齐,床首的枕头和被子卷得好好的。他无奈地耸耸肩膀，转身向手下人打个手势，让他们去看另一个房间，自己也轻手轻脚地跟上，进去后重复了刚才的一套动作，发现了同样的情况。"见鬼，这是怎么搞的?"格里索说，"难道有哪个狗东西出卖了我们?"于是大家不像刚才那么小心翼翼了，开始到处察看搜寻，把屋子兜底翻了一遍。屋里的一伙人正这么折腾时，在院子门里面把风的两个痞子听到一阵急促的脚步声迅速来近，他们心想不管是谁肯定会走开的，也不言语，只留神听着，以防万一。脚步声在门外停住。来者不是别人，正是曼尼科，他受克里斯多福神甫的派遣，一溜小跑来通知母女二人，要她们看在天主分上火速离开家里去修道院躲避，因为……读者已经知道什么原因。他抓起扣环正要叩门，发现它已松脱。"这是怎么一回事?"他暗忖着怯生生地去推门，门扇应手而开。曼尼科疑疑惑惑地跨进一条腿，只觉得两条胳膊被人抓住，有两个人一左一右压低嗓音威胁说:"不准出声!不然要你性命。"曼尼科大叫一声，一个歹徒用手捂住他的嘴，另一个抽出长匕首恐吓他。孩子像筛糠似的簌簌发抖，不敢再叫了，这时突然听到与叫喊截然不同的第一下钟鸣和相继而来的警钟声。米兰有一句谚语:做贼心虚，抓住曼尼科的两个歹徒似乎觉得钟声是在大呼他们的姓名和绰号，刹那间竟吓得目瞪口呆，松手放开了曼尼科的胳膊。曼尼科像兔子似的窜到街上，朝钟楼方向跑去，那边肯定有人。对于那些在鲁茜亚家上下搜寻的歹徒来说，连续不断的可怕的钟声产生了同样的效果，他们惊慌失措，乱成一团，你推我挤地都想夺门而逃。虽说他们都是习惯于面对危险的老手，但是在不可知的危险面前，他们却沉不住气了，尤其是危险没有让他们稍隔几步看清面目就猛地扑了上来。格里索不得不使出全部权威才稳住阵脚，组织撤退而不是狼奔豕突的溃逃。他像牧猪犬似的跑前跑后追赶离群的猪，用牙齿咬住一头猪的耳朵拉它归队;用嘴拱另一头猪;朝逸出大群的猪吠叫;又像朝圣的香客一把抓住跨出门槛的同伴揪他进去，用拐杖拦住乱挤的人，朝那些漫无目的瞎跑的人大叫大嚷，费了好大的劲才把大伙聚拢在院子中央。"快，快!拿好手枪，准备匕首，大家聚到一起再走，非这么不可。我们聚在一起有谁敢碰，蠢货?如果我们四散奔逃，连老百姓都可以把我们一个个的逮住。不害臊的东西!大家聚拢来,跟在我后面。"他做了简短的动员,带头走出院子。前文说过,阿格纳丝母女的房子坐落在镇子边上,格里索选择了通往郊区的路,痞子们跟着他鱼贯而去。

我们暂且放他们走,回过头来看看留在小巷子里的阿格纳丝和佩贝杜亚。阿格纳丝把堂阿邦狄奥的女仆引了出来,尽可能离家远一些,到目前为止一切还算顺利。可是佩贝杜亚突然记起大门没有关,急于回去。当然没有理由阻拦。为了不招她疑心,阿格纳丝只得陪着她往回走,同时设法拖住她,引她滔滔不绝地谈那几次落空的婚事。阿格纳丝装出十分关心的样子,为了表示很感兴趣并且没话找话,不时插嘴说:"当然啦,我现在全明白了,再清楚不过了,后来呢? 他怎么啦? 你又怎么样呢?"与此同时,她心里却在嘀咕:"这会儿他们有没有出来? 难道还在里面? 当初没有约好,得手之后让他们给我发个暗号,我们三个人都没有想到这一点未免太笨了! 不过这是小问题,估计已经办妥了,现在尽可能绊住她,最坏的情况也无非是多耽误一点时间。"她们走走停停,离堂阿邦狄奥家已经不远,只是由于有墙挡住还看不见那幢房屋。佩贝杜亚此刻谈到节骨眼上,给绊住也心甘情愿,何况她根本没有意识到,这时寥廓寂静的夜晚凝滞不动的空气中突然传来堂阿邦狄奥第一声回荡的呼喊:"救命! 救命!"

"天主啊! 这是怎么回事?"佩贝杜亚嚷起来想跑去。

"出了什么事? 出了什么事?"阿格纳丝说着抓住她的裙子。

"天主啊! 你没听见?"佩贝杜亚挣脱她说。

"出了什么事? 出了什么事?"阿格纳丝抓住她的胳膊接着问。

"真见鬼!"佩贝杜亚把她推开拔腿就跑。这时候,远处响起曼尼科尖厉迫切的叫声。

"天主啊!"阿格纳丝发现要坏事,也叫了一声,跟在后面跑去。刚抬脚,钟声两下、三下、连续不断地响起来,仿佛是对她们的鞭策,如果她们需要鞭策才能跑得更快的话。佩贝杜亚先到一步,正要推门时,里面有人打开了,门口出现的是托尼奥、吉尔瓦索、伦佐和鲁茜亚,他们总算摸到楼梯,连蹦带跳地下了楼,随即听到可怕的钟声,慌慌张张地想逃出是

非之地。

　　"什么事？出了什么事？"佩贝杜亚气喘吁吁地问两兄弟,他们也不回答,把她推在一边,一溜烟地跑了。"喂,你们两个!怎么回事!你们在这里干什么?"她看清另两个人时接着问他们。他们也不答复,跑了出去。佩贝杜亚急于到最需要她的地方,不再多问,冲进门厅,摸黑朝楼梯方向跑去。

　　那对未能成婚的约婚夫妇碰上了跑得上气不接下气的阿格纳丝。"啊,你们在这儿!"她好不容易才说出话,"怎么啦?钟声是怎么回事?我好像还听到……"

　　"回家,赶快回家,"伦佐说,"人们马上要来了。"三人走上回家的路,曼尼科正好跑来,辨认出他们,赶紧拦住,他浑身还在哆嗦,透不过气地说:"你们去哪儿?往回走,往回走!去修道院!"

　　"刚才是你?……"阿格纳丝开口问道。

　　"出了什么事?"伦佐抢着问。鲁茜亚吓呆了,一声不吭,只打哆嗦。

　　"家里有坏蛋,"曼尼科喘息着说,"我亲眼看到,他们要杀我,克里斯多福神甫要我告诉你们,也告诉你,伦佐,叫你们立刻离开;我见到了他们,谢天谢地,总算在这里碰上你们大家!到了外面我再详细告诉你们。"

　　几个人间,伦佐算是最镇静的,他考虑一下以后认为在人们赶来之前马上离开是上策,曼尼科吓成这个样子肯定情况严重,最保险的是照他说的去做。脱离危险以后,可以在路上让孩子详细解释。"你在头里走,我们跟着他。"伦佐对曼尼科和母女二人说。他们拐了一个弯匆匆朝教堂走去,穿过幸好还没有人的广场,进入教堂和堂阿邦狄奥家之间的巷子,看到篱笆墙有个口子就钻过去,到了旷野上。

他们走出五十步左右,人们开始来到广场,越来越多。他们面面相觑,都有话要问,谁也无法回答。先到的人跑到教堂前,门关得好好的。然后跑到钟楼,有个人把嘴凑到炮眼似的小窗口朝里面喊道:"出了什么事呀?"安布罗乔听出是熟人的声音便松开钟绳,从嘈杂的人声中听出来了许多人,心里的石头落了地,回答说:"我这就开门。"他手忙脚乱地穿上夹在胳肢窝里的裤子,从教堂里面跑到门口开了门。

"干吗使劲敲钟?""出了什么事?""在哪儿?""是谁呀?"

"怎么是谁呀?"安布罗乔一手扶着门,另一手按着慌忙穿上的裤腰,"怎么!难道你们不知道?有人闯进了神甫先生家。孩子们,赶快去吧。"大家掉过头,乱哄哄地向神甫家跑去,到了那里先朝楼上看看,再仔细听听,一片寂静。有些人跑到门那边,门关得好好的,不像有人闯进去过。再抬头看看,没有一扇打开的窗子,连喘大气的声音都听不到。

"谁在里面?""喂,喂!""神甫先生!"

堂阿邦狄奥发现入侵者逃跑后,便离开窗前,关好窗户,正低声在同佩贝杜亚争吵,怪她不该留下他一个人,让他遇上这么大的麻烦。他听到外面闹闹嚷嚷叫唤时,只得再次探身窗外,一看有这许多人前来救助,后悔不该喊救命。

"出了什么事?""他们把您怎么样了?""是些什么人?""那些人在哪儿?"好几十人七嘴八舌地喊着问他。

"现在没有人了,感谢各位,请回家吧。"

"究竟是谁呢?""到哪里去了?""出事没有?"

"坏人,夜晚在外面逛荡的人,不过已经跑了。各位请回吧,没事了,下次有事再麻烦各位,我感谢你们的好意。"神甫说完缩了回来,关上窗户。于是有人开始发牢骚,有的打趣,有的咒骂;另一些耸耸肩膀走开了，这时跑来一个人，吭哧吭哧的连话都说不出来。他住在阿格纳丝母女家斜对面，听到喧哗时探头窗外正好看到格里索在乱成一团的痞子中间努力维持秩序。他缓过气后嚷着说："朋友们，你们在这里干什么？出乱子的地方不在这里，在镇子边上街那头阿格纳丝·蒙德拉家：许多人带着凶器闯了进去，像是要杀一个香客，谁知道出了什么事！"

"什么？""什么？""什么？"大家纷纷议论起来。"应该赶去。""应该去看看。""他们有多少人？""我们有多少人？""是些什么人？""有司，有司！①

"我在这儿，"有司在人群中间回答说，"我在这儿，不过你们得帮我的忙，你们要听从指挥。赶快，教堂司铎呢？去敲钟，去敲钟。赶快，要派人去莱科搬援兵，大家过来……"

有些人走了过来，有些人从人群中溜了出去逃之夭夭，混乱中又来了一个人，他亲眼看到痞子们仓促撤走，便对大伙嚷道："朋友们，快追，盗贼劫了一个香客跑了，已经出了镇，去追他们！追他们！"大家听到这个消息，也不等有司吩咐，一窝蜂地朝通向郊外的路跑去；行进时，跑在前面的人有的放慢脚步，让别人赶上，自己混在大队中间，落在最后面的人也往大队里挤，乱哄哄的人群终于到了指定的地点。入侵的迹象赫然在目：院子门敞开着，门闩给拔掉，但是不见入侵者的踪影。他们进了院子，来到房屋底楼门口，房门大开，锁给撬掉了，他们呼喊："阿格纳丝！""鲁茜亚！""香客！"香客在哪里呢？斯特法诺好像见过香客。没有。卡兰德里亚也见过香客。但是没有回答。"喂，香客！""阿格纳丝！""鲁茜亚！"没有人答应。"准是给劫走了！给劫走了！"这时有人大声建议去追劫持者，因为歹徒像老鹰趁打谷场上没有人的时候叼走小鸡似的，把镇上的妇女带走而不受惩罚，简直是无法无天，是全镇的耻辱。于是大家又纷纷扬扬开始商量，可是有一个人（后来一直没有查明是谁）在人群中间喊话说阿格纳丝和鲁茜亚躲进一个人家已经平安无事了。这个消息很快传开，大家深信不疑，于是不提追逃犯的事了，人群散去，各自回家。低语声、高谈声、叫

---

① 古罗马的执政官，这里是乡村政府头目，头衔虽然响亮，职权有限，一切要听命于地方官。

门和开门声、灯笼的明灭、妇女在窗口问话声、街上的回答声。街上空无一人，重新归于静寂后，屋子里继续谈话，谈话声逐渐被哈欠声代替，有话明天再说。此后，事情不了了之，只不过第二天早晨有司在地里干活，一只脚踩在铁锹边上，手托着下巴，胳膊肘支着铁锹把，心里琢磨着昨晚的怪事，考虑着他该干些什么、怎么干才合适的时候，只见两个男人朝他走来，他们一副剽悍的样子，像法兰克第一代王朝的两个国王那般留着长发①，和五天前拦住堂阿邦狄奥的两个人十分相似，只不过是另外两个。他们的态度比上次那两人更为粗暴，通知有司说如果他希望平平安安终其天年，就得自己知趣，别把昨晚的事情报告地方官，即使有人问起也不能如实回答，不准说东道西，助长村民们的流言蜚语。

再说伦佐等一行四人，他们默不作声地跑了一段路，不时回头看看后面有没有人追来，由于奔跑的劳累、心情的紧张焦急、失败的苦恼以及对不可知的新危险的隐隐约约的担心，他们都气喘吁吁。更困扰他们、使他

---

① 公元四二八至七五一年间以默罗温开始的西欧法兰克王朝的国王蓄长发，从不剪去，这里借指留着额发的痞子。

们烦躁的是那敲个不停的钟声，虽然距离越来越远，传来的钟声越来越弱，但仿佛更显得阴森不祥。终于停止了。逃亡的人这时到了空旷的荒野，周围没有任何声息，便放慢了脚步，阿格纳丝缓过气来，首先打破沉默，问伦佐究竟是怎么一回事，问曼尼科在她家里碰到了什么样的坏蛋。伦佐扼要地谈了他的挫折，三人转向孩子，曼尼科比较详细地叙说了克里斯多福神甫的警告、他自己看到的情形和遇到的危险，这一切不幸地证实了神甫的话。听话的人发现情况要比曼尼科所能说的更为严重，不由得打了个寒噤，三人突然都停下，面面相觑，不约而同地伸出手，有的抚摩孩子的头，有的抚摩他的肩膀，似乎要安抚他，默默地感谢他像天使似的保护了他们，为了他在救他们时担受的惊吓和冒的危险表示慰问，几乎要请他原谅。"你现在回家去吧，免得你爹妈替你担心。"阿格纳丝对他说，同时记起答应给他两枚铜币，便从口袋里掏出四枚，给了那孩子，补充说："好吧，祷告天主，但愿我们不久能再见，那时候……"伦佐给了他一枚新银币，叮嘱他千万别把神甫让他传话的事说出去；鲁茜亚再一次摸摸他的头，声音哽噎地和他告别；孩子依依不舍地向大家打了招呼，转身回家。剩下的三个人心事重重地继续赶路，母女二人走在前面，伦佐护卫似的断后。鲁茜亚紧挨着她母亲，荒郊野地道路难行，伦佐想搀扶她时，她总是巧妙地轻轻躲开；她原以为过不了多久就可以成为他的合法妻子，十分亲近地单独和他待好长时间；现在这个希望已经痛苦地破灭，即使处于惶恐的境地，她仍感到羞愧。她后悔不该出此下策，促使她害怕的诸多原因之中有一个原因就是羞愧，不是干了坏事之后的羞愧，而是不知其所以然的羞愧，正如孩子在黑暗里不知原因地吓得发抖。

"家里怎么办？"阿格纳丝突然冒出一句。这个问题虽然重要，但谁都没有回答，因为谁都拿不出令人满意的答复。他们继续默默赶路，不久之后终于到了修道院教堂前面的小广场。

伦佐探头朝门里看看，轻轻地一推。门应手而开，月光从门缝里泻进去，照亮了克里斯多福神甫苍白的脸庞和银白的胡子，原来他站在那里等他们。他见到三人都来了，便说了一声"感谢天主！"打手势让他们进去。他身边还有一个人，是在俗司铎，克里斯多福费了不少口舌才劝说他同意一起等候,虚掩着门,迎接那些遭到威胁的可怜的人。克里斯多福凭了他神甫的威望和圣徒的名声才使在俗司铎勉强同意做这件使他为难的、危险的、不合教规的事情①。三人进去后,克里斯多福神甫悄悄地把门再掩上。在俗司铎这时再也忍不住了,把神甫拉到一旁,低声附着他耳朵说:"神甫,神甫!夜晚……教堂里……妇女……关着门……教规……神甫!"一边说,一边使劲摇头。他张皇失措地说这些话时,克里斯多福神甫心想:"真是的!换了一个遭到追捕的剪径贼,法齐奥修士会毫无难色地收容他,现在是一个逃出色狼爪牙的可怜的姑娘……""在洁净者凡物都洁净。"②他突然转向法齐奥修士说,忘了法齐奥不懂拉丁语。但是起作用的正是这种疏忽。假如神甫和他讲道理,法齐奥修士可以提出许多反对的理由,这场争论怎么收场,什么时候收场,恐怕只有天知道了。但他一听那句充满神秘意义、说得铿锵有力的拉丁语,觉得他的全部疑虑都迎刃而解。他心安理得地说:"我听您的!您懂的比我多。"

"包在我身上。"克里斯多福神甫回说,接着,他在祭坛前摇曳的灯光下走到那几个忐忑不安地等着的逃亡者身边,对他们说:"我的孩子们!感谢天主,他帮助你们渡过一个大难关。不然,这时候……"他开始解释先前通过送信的小孩传达给他们的暗示,没想到他们知道的事情比他多,以为曼尼科赶在歹徒前面到了他们家,他们都平安无事。谁都没有明说,连鲁茜亚都没有点破,但她觉得在这样一个人面前弄虚作假实在有些内疚,不过那晚搞的阴谋和说的假话已经够多了。

"到了这个地步,"神甫接着说,"你们看得很清楚,孩子们,你们再待在镇上就不安全了。这里是你们的家乡,你们生在这里,长在这里,从没有招谁惹谁,现在不得不离乡背井是天主的旨意。孩子们,这也是考验,你们应该满怀信心、忍耐、不存怨恨地去迎接它;总有一天你们会由于目前发生的事情感到欣慰。我已经替你们想好一个去处,可以躲过眼前的难关。我希望不久你们就能平安回乡;不管怎么说,天主会替你们做出

---

① 修道院的教堂严禁妇女深夜入内。

② 原文是拉丁语,引自《圣经·新约·保罗达提多书》第一章第十五节:"在洁净的人,凡物都洁净。在污秽不信的人,什么都不洁净,连心地和天良也都污秽了。"

最好的安排,他选我做他的仆人为他钟爱的受苦人服务,我一定不辜负他赐给我的恩惠。"他接着对母女二人说:"你们可以去某地。那里不至于有什么危险,同时离你们的老家不太远。你们去打听我们教派的修道院,找到院长,把这封信交给他,他会像我克里斯多福修士一样照顾你们。还有你,伦佐,你也应该暂时避开别人,抛掉你自己的愤怒。把这封信交给米兰东门我们教派的修道院的博纳文图拉·德洛迪神甫。他会像父辈那样照顾你,指导你,帮你找工作,直到你能回到这里过太平日子为止。你们去湖边比昂纳河的入口处。那是离佩斯卡伦尼科不远的一条激流。你们会看到一条停泊着的小船,可以招呼船家,他问你们干吗,你们就说:圣方济各。小船会让你们上去,把你们送到对岸,你们可以找到一辆等着的大车,把你们一直送到要去的地点。"

如果有谁要问克里斯多福修士怎么能在很短的时间内安排好水陆运输工具,那个人对一位有圣徒之称的方济各会修士的影响之大未免太不了解了。

现在还剩下看管房屋的事。神甫接过房屋的钥匙,答应交给伦佐和阿格纳丝委托的人。阿格纳丝从口袋里掏出钥匙时长叹一声,心想此时此刻房门已经撬开,里面肯定翻得一团糟,谁知道还有什么东西可以看管。

"离去之前，"神甫说，"让我们一起祷告天主，求他保佑我们一路平安，一生平安，求他给你们力量，使你们爱他所爱的人。"他说罢，在教堂中央跪了下来，大家也跟着他跪在地上。默祷片刻之后，神甫声调平静然而清晰地说了这番话："那个可悲的人虽然害我们落到这种困境，我们也为他向您祈祷。他何等需要您的怜悯，如果我们不代他向您祈求，我们也就不值得您怜悯了！我们虽然处于苦难，但可以告慰的是我们走在您指引的道路上，我们可以向您奉献我们的不幸，从而因祸得福，可是他是您的敌人。哎，不逞之徒！竟敢同您较量！啊，天主，怜悯他吧，触动他的心，使他成为您的朋友，让他也得到我们指望得到的一切幸福。"

接着，他仿佛想到什么急事似的站起来说："哎，孩子们，不能再耽搁了，愿天主保佑你们，天使陪伴你们，走吧。"他们起身要走时，神甫激动的心情不是言语所能形容，而且不需言语也流露无遗，他声音哽咽着说："我的心告诉我，我们很快就会再见面的。"

不错，对于诚心的人来说，他的心总能告诉他一些有关将来的情况。可是心知道什么呢？无非是一些已经发生的事情罢了①。

克里斯多福神甫不等他们回答便向圣器室走去，旅客们出了教堂，法齐奥修士声音也有些哽咽，和他们告了别，然后关好门。三人悄悄向神甫指点他们的湖边走去，找到已在等候的小船，交换了暗号后，上了船。船夫用一支桨抵住岸边把船撑开，然后抓住另一支桨，双手并用，向对岸摇去。湖上风平浪静，水面明净如镜，若不是挂在半空的月亮倒映在湖水上的影子微微荡漾的话，一湖碧水仿佛凝滞了似的。静寂之中只听得细浪缓缓拍打岸滩卵石的声息，远处流水撞在桥墩上的哗哗声和双桨有节奏的吱呀声，船桨划破蓝色的湖面，突然湿漉漉的露出来，紧接着又没入水中。小船犁出的浪花在船尾重新汇合，形成一条泛着泡沫的波纹，逐渐离开岸边。三个旅客默默无言，回头眺望山峦和月亮照亮的、但有大片阴影的小镇。村落、房屋、茅舍清晰可辨；堂罗德里戈的带有塔楼

---

① 参看《圣经·旧约·箴言》第十六章第九节："人心筹算自己的道路，唯耶和华指引他的脚步。"

的府邸由山腰上许多矮小的房屋簇拥着显得分外突出，像是黑暗中一头在许多酣睡的动物中间的猛兽，正想干伤天害理的坏事。鲁茜亚看着不由得打了一个寒噤；她顺着山坡朝下望去，凝视小镇边缘，找到了她家的房屋和她卧室的窗口，她坐在船舱里，手臂搁在船舷上，仿佛瞌睡似的把前额枕在手臂上，偷偷地哭了起来。

别了，出自水中、指向天空的山岭；参差的峰峦是在你怀抱里成长的人熟谙的形象，和亲人的面庞一样牢记在心上；潺潺的流水就像家人的闲聊笑语；山坡上疏散的村落仿佛放牧的白色羊群；别了！在你怀抱里成长的人离去的脚步有多么忧伤！希望去外地挣钱而自愿离开的人，此时此刻财富的美梦在他的想象中失去了诱人的光彩；假如他不想有朝一日能腰缠万贯归来，真希望能下定决心走上还乡的道路。他在平原上朝前走去，他的阴郁疲倦的眼睛却不愿多看那五光十色的大千世界，他觉得连那里的空气都是沉重停滞的。他没精打采地进入熙熙攘攘的城市，只看到鳞次栉比的房屋、纵横交错的街道，使他气都透不过来，在外地人啧啧称羡的建筑前面，他渴念地想到他向往已久的家乡的一块地和一幢小房屋，等他有了钱回山区时一定要买下。

但是鲁茜亚的情况完全不同，即使在遐想的时候，她也从没有越出山区一步，她在那里构思未来的计划，她为邪恶的力量所迫才离乡背井！她被迫抛弃最亲切的生活习惯和最美好的希望，离开山区，投入她从不想认识的陌生人之中，不知何年何月才能归来！别了，诞生的老家，她曾坐在那里面独自寻思，学会了辨别一般人的脚步声和她怀着又喜又怕的心情盼望的一个人的脚步声。别了，别人的那个家，她路过时有多少次曾害羞地偷偷瞥一眼，把它看成她作为妻子的温馨永久的住所。别了，教堂，在那里赞美天主时有多少次心情变得宁静；那里已经答应举行结婚仪式，在那里心的隐秘的愿望本应得到庄严的祝福，爱情本应得到承认，被称为神圣；别了！赐福的天主无处不在，他从不打乱他儿女的欢乐，只为他们准备更大更可靠的愉悦。

小船把他们带往阿达河的右岸时，鲁茜亚就这么寻思着，另外两个旅客想的也大同小异。

第 九 章

　　小船撞到岸滩时的震动把鲁茜亚吓了一跳,她赶紧偷偷地抹掉眼泪,装作惊醒似的抬起头。伦佐先下了船,伸手搀扶阿格纳丝,阿格纳丝下船后把手伸给女儿;三人忧伤地向船夫道谢。"不用谢,"船夫回说,"我们活在世上本来就应该互相帮助。"伦佐想往他手里塞给钱,他几乎厌恶地把手缩了回去,仿佛要他拿的是不义之财。那天晚上伦佐身边带了不少钱,原准备在堂阿邦狄奥并非自愿地满足了他的愿望之后好好地酬谢一下。大车已经在岸边等候,车夫招呼了三个旅客,请他们上了车,朝牲口吆喝一声,甩响鞭子便上路。

　　我们的佚名作者没有描述那次夜间的旅程,没有说明克里斯多福神

甫指点母女二人前去的镇子叫什么名字,并且明确宣布他不想明说。随着故事的发展,读者自会明白他秘而不宣的原因。鲁茜亚在那个地方的遭遇牵涉到一个人的险恶阴谋,而那人的家族在作者撰写书稿时似乎是炙手可热的豪门贵族①。为了解释那人在这一特殊事件里的古怪行为,作者不得不简明扼要地叙述他的生平,读者看了下文就能知道他家族起的作用。但是那个谨小慎微的可怜人不想让我们知道的事情,我们经过调查却在别的地方找到了。一位米兰历史学家②在非提到那人不可的时候,虽然没有明说那人的姓名和他所在的镇名,但说那地方是个享有盛名的古镇,兰布罗河流经那里,并且有位高级神甫。把这些情况凑在一起之后,我们可以推断出那个地方毫无疑问就是蒙扎③。在博大精深的推论的宝库里,也许可以找到更微妙的推论,可是我认为难以找到更可靠的了。从有根有据的推测出发,我们还可以说出那个家族的姓氏,然而即使那个家族泯灭已久,我们也不如把它的姓氏留在墨水瓶里,以免有对死者不公正之嫌,同时给做学问的人留下一些调查研究的课题④。

东方既白,我们的旅客到了蒙扎,车夫进了一家客店。他是老主顾,和店主很熟,马上替他们要到一个房间,安排他们打尖。伦佐再三道谢,也想给他一些钱,但车夫和那个船夫一样更看重尘世之外的丰厚得多的报酬,慌忙缩回手,逃跑似的去照料他的牲口了。

伦佐等三人经历了我们已经叙说过的下午和狼狈不堪的夜晚,一直想着刚才的情景,提心吊胆怕再遇到不愉快的事,秋风阵阵,不舒服的大

---

① 指米兰第一任总督所属的莱瓦家族。曼佐尼在下一章提到的事件虽比实际日期推迟,但确有史实根据。

② 曼佐尼原注:朱塞佩·里帕蒙蒂所著《意大利通史》第五辑第六卷第三章第358页。里帕蒙蒂(1573—1643)是斯卡拉圣马利亚教堂神甫、米兰编年史家,除《意大利通史》外,还著有《米兰瘟疫记》(1630)和《博罗梅奥红衣主教传》,曼佐尼在本书中多次引用。

③ 意大利伦巴第地区城市,在米兰以北,有大教堂。

④ 本书初版问世后五年,意大利历史学家坎都(1804—1895)披露了莱瓦家族的情况和维吉尼亚·马利亚修女的审讯过程。修女马利亚俗家姓名是马利亚娜·德莱瓦,与一桩肮脏的罪行有牵连,下章将提及。

车颠簸个不停,刚合上眼睛就给猛然震醒,现在好歹有个房间,能坐在一条不晃动的长凳上简直难以置信。他们前途未卜,生活还没有着落,身边的钱要节俭使用;三人都没有什么胃口,加上年成不好,食品匮乏,因此胡乱吃了早饭。这时三人不约而同地想起早在两天之前①就该举行的喜筵,长叹了一口气。伦佐很想留在那里,至少待一整天,看母女二人安顿下来,需要帮忙的地方出出力气,但是克里斯多福神甫曾经嘱咐她们让伦佐随即去他该去的地方。她们便援引了神甫的嘱咐,加上许多别的理由:人们会说闲话啦,分手的时刻越往后拖越叫人伤心啦,不久就可以互通音讯啦等等,伦佐终于横下一条心上路。他们谈好尽可能早些重逢。鲁茜亚扑簌簌地掉泪,伦佐强忍着,用力握了握阿格纳丝的手,声音哽咽地说了声再见,扭头走了。

若不是好心的车夫按照神甫的嘱咐把母女二人送到方济各会修道院,一路加以照拂,她们人生地疏,真不知道该怎么办。于是她们跟着车夫前往修道院,大家都知道,那地方离蒙扎不远。到了门口,车夫拉响小铃,说是要见院长,院长很快就来了,在门口接过信件。

"哦!克里斯多福修士!"他一眼就认出了字迹。他的声调和脸上的表情清楚地说明他们是好朋友。不妨指出,善良的克里斯多福在信里非常热心地介绍了母女二人,十分同情她们的遭遇,因为院长时而表示惊讶时而表示愤怒,他还抬起头,用怜悯和关心的眼光凝视着她们。看完信后,他沉吟了片刻,接着说:"只有找夫人,她肯出面事情就好办了⋯⋯"

他把阿格纳丝叫过一边,走到修道院门前的空地上,问了她一些话,她一一做了回答,然后回到鲁茜亚那儿,对她们两人说:"孩子们,我试试看,希望能替你们找到一个最安全、最体面的去处暂时藏身,等天主做出更好的安排。你们愿意跟我一起去吗?"

母女二人恭敬地同意了,院长接着说:"好吧,我现在就带你们去夫人的修道院。不过你们在我背后要隔开几步,因为人们爱说闲话,如果看到修道院院长和一个漂亮的年轻姑娘⋯⋯我是说和妇女一起在街上

① 其实应是三天之前,即十一月八日星期三。

走路,天主知道会惹出多少闲言碎语。"

他说罢就先走了。鲁茜亚脸羞得通红,车夫笑了,看看阿格纳丝,阿格纳丝禁不住也笑了;三人开始跟着院长走,相隔十步左右。母女二人这时才向车夫打听她们不敢问院长的事:他所说的那位夫人是谁。

"夫人吗,"车夫回说,"她是个修女,然而不是一般的修女。也不是修道院院长或者住持,因为据说她毕竟太年轻了;不过她来自亚当的肋骨①,她的亲戚是来自西班牙的名门望族,如今是我们这里的显贵,因此大家管她叫夫人,等于叫她贵妇人,镇上的人都这么称呼她,据说那个修道院从没有过像她这样的人物;她在米兰的亲戚都有权有势,专横跋扈;在蒙扎更是不可一世,因为她的父亲虽然不住在这里,但是这里的事都得听他的;因此修道院里的事也由她说了算,修道院外面的人对她十分尊重;她要办什么事就非按她的意思办到不可;因此,如果那位好修士能设法把你们交给她,而她又接受的话,我可以说你们就像在祭坛上那般安全了。"

当时的城门一侧是一座古老的、坍塌了一半的塔楼,另一侧是一段城堡的遗迹,读者中间有几个可能还记得它们完好时的模样②。修道院院长快到城门口时停住脚步,回过头看看其余的人有没有跟上,然后进了城向修道院走去,到了那里又停下来等他们。他让车夫过两小时后来听回音,车夫答应了,然后向母女二人告别,她们一再表示感谢并且请他向克里斯多福神甫致意。院长带母女二人进了修道院的前院,让她们在传达室等候,自己先去求见。过了一会儿,他满面喜色地回来,通知她们可以一起进去,他来得正是时候,因为女儿和母亲在传达室那个女人的追根刨底的问话下有点招架不住了。穿过第二个院子时,院长嘱咐她们见到夫人该做些什么。"她愿意见见你们,有可能帮你们大忙。你们在她面前要谦逊恭敬,问你们时要诚恳回答,不问你们话时由我和她谈话。"

---

① 《圣经·旧约·创世记》第二章:耶和华上帝用地上的尘土造了男人,名叫亚当,又从亚当身上所取的肋骨造成一个女人。
② 塔楼和城堡在一八〇九至一八一四年间倾圮,《约婚夫妇》的第一版十多年后问世。

院长说。他们到了底层通向探访室的一个房间，院长在进去前低声说："就是这儿。"仿佛提醒她们记住他嘱咐的话。鲁茜亚从没有见过修道院，她进了探访室后环视四周寻找夫人好向夫人行礼，但不见一个人影，她正发呆时，看到院长和阿格纳丝朝一角走去，定睛一望才发现角落里有一个形状奇特的窗口，窗上有两扇又粗又密的铁栅，栅栏的空隙只有一掌宽，窗里站着一个修女。她看上去有二十五岁左右，给人的第一个印象是某种销蚀的、荒废的，甚至可以说是损毁的美。头上一条平撑开的黑巾在两侧悬垂下来，没有贴着脸；黑头巾里面是雪白的扎头巾，包住前额的上半部，前额的皮肤也是雪白的，只是白得和扎头巾不一样；另一条打褶的白巾围着脸庞在下巴那儿垂下少许，遮住了黑色的修女袍的领口。仿佛由于痛苦的收缩，她常常皱起额头，那时两道黑黑的眉毛很快地凑近。一双眼睛的颜色也很黑，有时候带着高傲的询问神情盯着人们的脸，有时候像寻找藏匿地似的飞快地垂下。细心观察的人有时候会说她的眼光在祈求好感、理解和怜悯，另一些时候又认为从她的眼光里捕捉到瞬时暴露出来的压抑的刻骨仇恨和难以形容的威胁和凶狠;当她凝眸发愣时,有人把这种神情看作骄傲的抑郁,另一些则认为她心事重重而又无人共语,对精神比对周围事物上的强烈忧虑难以排遣。她的苍白面孔清秀美丽,但由于缓慢的耗损而变形走了样。嘴唇虽然只泛出淡淡的玫瑰色,可是在苍白的脸上十分突出,和眼睛一样,动作也急骤活跃,充满着表情和神秘。她的身材高挑匀称,可是因为外表的某种疏懒而打了折扣,加上一些急促的、不稳定的或者过于果断的姿态同女人的身份不相称,更不用说修女的身份了。即使在穿着方面也有做作或洒脱的迹象,说明这个修女不比寻常:长袍的腰身窄得像世俗妇女,扎头带下露出一绺黑发,说明她无视或者藐视修女从出家的庄严仪式之时开始必须永远剃光头发的规矩。

阿格纳丝母女没有受过区别修女的训练,根本没有注意到这些细节;修道院院长不是初次见到夫人,像许多人一样,对她外表和举止散发出来的奇特之处已经习以为常,并不觉得奇特。

上文说过,她站在铁栅后面,一手有气无力地搁在铁栅上,雪白的手指在空当里交叉搭着另一手的指头,直盯着迟迟疑疑上前的鲁茜亚。"尊敬的嬷嬷和高贵的夫人,"院长低着头把手按在胸前说,"这就是承蒙您同意让我带来看看您能否收留的可怜的姑娘;这一位是她的母亲。"

被引见的母女俩毕恭毕敬地行了礼,夫人挥挥手表示够了,然后转向院长说:"能为我们的好朋友方济各会的修士们效劳是我的荣幸。不过请把这姑娘的情况讲得更详细一点,让我看看能为她做些什么。"

鲁茜亚脸上泛起红晕,低下头。

"您知道,尊敬的嬷嬷……"阿格纳丝刚开口,院长便使个眼色打断了她的话,代为回答说:"高贵的夫人,我已经向您汇报,这个姑娘是我们教派的一个兄弟介绍给我的。她为了躲避严重的危险,不得不偷偷逃出本村,需要找个地方藏一个时期,在那里没有人知道她,即使打听到了也不敢来骚扰她。"

"什么危险?"夫人打断了他的话,"院长,我求您讲这件事的时候别和我打哑谜。您知道我们当修女的喜欢听得详细些。"

"那种危险，"院长回答说，"即使用委婉的暗示说出来也会玷污尊敬的嬷嬷的最纯洁的耳朵……"

"哦，当然啦。"修女有点脸红，急忙说。是难为情吗？假如有谁注意到随红晕而来的瞬间的恼怒表情时可能有所怀疑，尤其是把它和鲁茜亚脸上一阵阵的红晕加以比较的话。

"这么说吧，"院长接着说，"一个有权有势的绅士……世上不是所有的人物都像最高贵的夫人您这样利用天主赐予的恩惠来显扬天主、帮助别人的，一个有权有势的绅士先用卑鄙的甜言蜜语追求这个姑娘，发现不能得逞，竟色胆包天公开用武力来逼她就范，于是可怜的姑娘不得不逃离家园。"

"走近一点，姑娘，"夫人用手指招呼鲁茜亚说，"我相信院长讲的句句都是实话，但是在这件事情上，谁了解的都不如你自己清楚。该由你自己告诉我们，那个绅士追你是不是让你讨厌。"让鲁茜亚走近一些，她

马上照办；让她回答问题，却是截然不同的另一回事。那种问题即使由身份相仿的人提出也会使她不知所措，现在从那位夫人嘴里说出来，还带有某种恶意的怀疑，使她丧失了回答的勇气。"夫人……嬷嬷……尊敬的……"她结结巴巴地不知说什么才好。除鲁茜亚之外，阿格纳丝是最了解情况的人，她认为自己有资格来替她解围。"高贵的夫人，"她说道，"我可以证实我的女儿憎恶那个绅士，正如魔鬼憎恶圣水一样：当然我想说那绅士是魔鬼，您得原谅我不会说话，因为我们是粗人。事情是这样的，这个可怜的姑娘和一个年轻人订了婚，年轻人敬畏天主，有很好的职业，和我们门当户对；假如我们教区的神甫先生像我想的那样多一点人味……当然，我知道不应该这么谈一个教士，不过克里斯多福神甫，这位院长的朋友，和那人一样也是教士，却是慈悲为怀的人，如果他今天在这里就能证实……"

"没人问你，你倒很愿意说话，"夫人插嘴说，傲慢恼怒的表情几乎使她看上去变丑了，"你住嘴。我早知道做父母的总是有话代子女回答！"

阿格纳丝给搞得十分难堪，朝鲁茜亚瞥了一眼，似乎想说："瞧你笨嘴拙舌的，害我下不了台。"修道院院长也朝姑娘使眼色，晃脑袋，示意她赶快替她可怜的妈妈解围。

"尊敬的夫人，"鲁茜亚说，"我妈妈讲的都是事实。她提到的那个青年，"说到这里，她脸红得像石榴，"是我自己同意的。请原谅我说得这么没羞没臊，我只是希望您别误解我母亲。至于那个绅士（天主宽恕他！），我宁死也不愿落到他手里。我们离乡背井寻求庇护，给善良的人增添麻烦，如果您替天行道大发慈悲收留我们，夫人，您可以相信我们母女两个可怜人一定比谁都虔诚地为您馨香祷祝。"

"我信你的话，"夫人声调温和地说，"不过我喜欢单独听你谈。院长的要求可以办到，不必再做什么解释，提出什么理由了。"她特意彬彬有礼地转向修道院院长补充了一句。"再说，我已经考虑过这件事，我认为目前有个比较好的安排。修道院传达室的女人前几天把她的小女儿嫁了出去。这一对母女可以安顿在那间腾出的屋子，顶替出嫁的姑娘的相当轻松的工作。说实话……"这时她招呼院长来到铁栅前面，低声说，

"说实话,考虑到年景不好,我们本不想找人顶替那姑娘了,不过我可以和院长嬷嬷谈谈,凭我一句话……还有院长神甫的请求……总之,事情就这么定了。"

院长开始道谢,夫人打断他的话说:"不必客套了,我有难处时可能也得求方济各会神甫们帮忙。说到头,"她微微一笑,笑容里透出一种难以捉摸的讽刺和苦涩,"说到头,我们不是兄弟姊妹吗?"

说罢,她叫来一个杂役修女(修道院对她特殊照顾,派了两个杂役修女专门侍候)吩咐她去通知院长嬷嬷,然后让传达室的女人和阿格纳丝接头。她打发了阿格纳丝,和院长神甫告了别,留下鲁茜亚。院长陪阿格纳丝走到门口,嘱咐她一番话,回去给他的朋友克里斯多福写信,告诉他事情的结果。"那位夫人的脑筋真奇怪!"他在路上暗忖道,"确实奇怪! 不过她还是好打交道的,有求于她的事还是好办的。克里斯多福肯定不会料到他托我的事这么快就办妥了。那个有福的人! 他老爱自找麻烦,简直拿他没有办法,不过他是替别人打抱不平。这次是他的运气,找到一个朋友,一转眼工夫就把事情办得妥妥帖帖,既不咋呼,又不张扬,并且毫不麻烦。好心的克里斯多福一定会感到满意,会知道我们在这里也有一点用处。"

夫人在一位上了年纪的方济各会修士面前举止和言语都有点做作,单独和一个涉世不深的农村姑娘待在一起时就不必特别注意克制自己了,她的谈话越来越离奇,我们不想介绍谈话内容,认为有必要简单地叙述一下这个不幸的女人的生平,以便解释我们在她身上看到的不可思议的神秘之处,并且对她今后行为的动机有所理解。

她是某郡侯的幼女,郡侯是米兰的富豪,家资巨万,在全城也是数一数二的。但是他觉得盛名之下其实难副,他的财产还不足以维持他贵族称号的尊严,因此他处心积虑、竭尽全力地要保存财产,至少维持现状,把它千秋万代地传下去。他有几个儿子,历史上并无明确记载,只说明除了长子以外,再生育的不论男女统统送进修道院出家,以便把全部财产传给长子,由长子传宗接代,也就是说,等长子有了子息之后用同样的方式来折磨自己和长孙之外的后代。我们那个不幸的女子还在娘肚子里时,她的去向已经不可挽回地决定了。需要决定的只是修士或修女之分,这一决定不必征求本人同意,只要本人问世就可以了。她呱呱坠地后,她的郡侯父亲给她取名字时,希望让人立刻联想到出家,最好和出身高贵的女圣徒同名,便把她叫作吉特鲁德①。最早放在她手里的玩具是穿修女服的娃娃,后来是有修女像的画片,给她这些礼物时总是一再嘱咐她好好保存,仿佛是极其贵重的东西,并且用肯定的问话诱导:"多漂亮啊,不是吗?"每当郡侯、郡侯夫人或者小郡侯(他是留在家里养育的唯一的男孩)想夸赞小女孩长得好看时,似乎找不到恰当的词句来表达他们的思想,只会说:"多么神气的院长嬷嬷啊!"不过谁都没有开门见山地对她说过:"你非出家当修女不可。"每逢谈起她未来的命运时,这种想法总是不言自明或者轻描淡写地带过。有时候,小吉特鲁德的态度稍一傲慢或者专横(像她这样的小孩很容易犯这种毛病),父母就会对她说:"你还小,这种态度不合适。等你当上院长嬷嬷时,你才可以独断专行。"有时候,郡侯训斥她某些过于随便的态度(这也是很容易犯的毛病),"喂!喂! 这种态度和你的地位不相称,假如你将来希望得到你应得到的尊重,从现在起就得学会克制,要记住你应该成为修道院院长,不管到哪儿,你的血统总是高人一等。"

这些话在小女孩的脑海里印下了她必将当修女的想法,不过从她父亲嘴里说出来的话比所有的话加在一起更有分量。郡侯平时总摆出严厉的主人模样,涉及子女将来的情况时,他的容貌和每一句话都散发出不可动摇的决心和绝不妥协的权威,使人感到那是命中注定的必然。

吉特鲁德六岁时就给送进我们见过的那个修道院,让她接受教育,同时引导她走上既定的职业,地点的选择并非偶然。好心的车夫曾对母女二人提起夫人的父亲是蒙扎的头面人物,这句无意之中说出的话加上佚名作者披露的东鳞西爪使我们可以肯定他就是蒙扎的领主②。不管怎么样,他在蒙扎享有极高的威望,因此他认为女儿在那里得到的尊敬

---

① 曼佐尼用这个名字时可能想到圣吉特鲁德,她是比利时布拉邦特郡侯比比诺的女儿(626? —659),二十岁时任尼维尔女修道院院长。

② 马利亚娜·德莱瓦的祖父确实从卡洛斯五世手里接受了蒙扎封邑。

和照顾会比其他地方为多,从而促使她选择那个修道院作为永久住所。他没有估计错:女修道院院长和一些掌握大权而又喜欢拿权力做交易的修女看到机会找上门来,能有一个无往不利、光耀门庭的靠山真是喜从天降;可以毫不夸张地说,她们感激涕零地接受了建议,郡侯表示要把女儿终身安置在修道院里的想法正中她们下怀,当然完全同意。吉特鲁德一进修道院就被称作小姐,饭桌上和寝室里都给她安排最好的位置,要别的女孩以她的行为举止为表率,没完没了地给她礼物和爱抚;一贯以优越的态度对待别的孩子的人如今用这种带有尊敬的亲切对待吉特鲁德自然使她十分高兴。倒不是说所有的修女都串通一气引诱这可怜的小女孩落进圈套:不少修女并无恶意,也没有参与阴谋,但是出于自私的目的而牺牲女儿的做法使她们反感;然而她们都有自己的事,有的根本没有注意那些阴谋诡计,有的觉得没有什么坏处,有的不闻不问,有的装聋作哑,以免引起无谓的纠纷。还有个别修女想起当初自己被同样的手法诱入彀中,结果悔之莫及,对那无辜的小女孩关怀备至,以此来宣泄自己的哀怨和对女孩的怜悯。吉特鲁德一点也不怀疑这里面有什么奥妙,日子就这么过下去。假如吉特鲁德是修道院里唯一的姑娘的话,她也许会暮鼓晨钟地在那里终老。但是她的同窗中间,有几个知道将来要结婚。吉特鲁德,受到高人一等的思想灌输,美美地谈着她将来要当院长、修道院的郡主,不惜一切要引起大家的欣羡;使她惊讶和气恼的是某些伙伴根本没有欣羡的意思。在吉特鲁德的心目里,修道院院长的形象虽然孤高淡泊,毕竟庄重威严,那些姑娘却和她唱对台戏,描绘了外面丰富多彩的世界、婚礼、宴会、聚会、当时流行的乡间别墅盛筵、华丽的服饰和马车。这些五彩缤纷的形象就像一篮刚摘下的鲜花摆到蜂房前面一样,在吉特鲁德头脑里引起了躁动。为了让她觉得修道院生活愉快,父母和女教师培养并助长了她天生的虚荣心,当虚荣心受到十分近似的思想激发时,她怀着更为强烈和自发的渴望扑向那些思想。为了胜过她的伙伴们并且支持她新的心愿,她便说,归根结底,不经她本人同意,谁都不能把修女的头巾强给她戴上,她也可以结婚,住在豪华的宅邸里,享受世俗的生活,比她们所有的人更舒服,只要她想做,完全可以做到,她可能想

这么做，她想过了，并且确实想这么做。必须征得本人同意的想法以前隐藏在她心底的角落里一直未被注意，那时露了头，显示了它的全部分量。于是她动不动就把它搬出来，以便心安理得地憧憬美好的未来。这之后必然出现的另一个念头是她的郡侯父亲一直认为她早已同意出家，至少对此没有怀疑的表示，如今她拒绝同意，首先就得向郡侯提出，想到这里她就心虚，没有嘴上说的那么有把握。这时她拿自己同伙伴们相比，她们享有截然不同的充分把握；起初她满以为能引起她们的欣羡妒忌，现在她开始妒忌她们了。她由妒生恨：有时候憎恨膨胀成为轻蔑鄙夷和尖刻的语言；有时候相似的爱好和希望掩盖了憎恨，产生了表面的、暂时的亲密。有时候她百无聊赖，想享受一点真实的、现时的乐趣，便为她得到的特殊优待而沾沾自喜，在伙伴面前炫耀自己的优越；有时候她独自一人承担不了这许多忧虑和渴念，非常温顺地去找她们，几乎要哀求她们发善心给她劝告和勇气。在这种同自己、同别的女孩的可悲的冲突中，吉特鲁德告别了少女时代，步入关键的年龄，这时候一种近似神秘的力量渗入了她的灵魂，使她的全部喜好和念头更为突出、光彩、坚强，有时候改变了它们的模样，或者引导它们走上始料不及的方向。在此以前，吉特鲁德对未来的憧憬中比较清晰的无非是一些外表富丽堂皇的事物，现在有一种仿佛在雾里那样轮廓模糊的、不知名的温馨亲切的东西开始弥漫，统治了她的幻想。她在心灵最深处筑造了一个美妙的隐居所：在那里，她逃避了一切现实的事物，接待一些由童年时代的模糊记忆、她所能看到的极小一部分外面的世界和她从伙伴们闲谈中听来的一鳞半爪拼凑起来的奇怪的人物，她同那些人物谈话，自问自答；在那里，她发号施令，接受各种各样的奉承。有时候，宗教思想会来搅乱这些欢乐而累人的聚会。可是传授给我们这个可怜的女孩的和她受到的宗教教育并没有禁绝高傲，而把它神圣化了，把它当作取得尘世幸福的手段。宗教被抽去实质后就不成其为宗教而是一般的幻影了。当这种幻影在吉特鲁德的想象中占有近景位置，越来越大时，这个不幸的姑娘在模模糊糊的恐惧和模模糊糊的责任感下面压得喘不过气，认为她对修道院生活的反感和抗拒父亲要她出家的意思是罪孽，于是她打心底里答应赎罪，一定自觉自愿地出家修行。

当时有法律规定，年轻姑娘在被接受充当修女之前必须经过一位称作修女代理主教的神职人员或者由他指定的人的审查，以确定她是出于自愿选择；而审查必须在本人向代理主教提出书面申请表明出家愿望一年之后方可进行。有几个修女承担了哄骗吉特鲁德的缺德的任务，尽可能在她不了解自己所做的事的性质的情况下做出终身出家的允诺，利用上文所述的时刻之一让她抄写一份申请书，签上姓名。为了顺利地引诱她这么做，那几个修女再三对她说写申请只是走走形式，假如没有后来的手续申请不会生效（这倒是实话），而后来的手续完全由她自主决定。不管怎么说，申请书也许还没有送到目的地，吉特鲁德已经后悔不该签名。之后，她又由于后悔而后悔，一连好几天、好几个月受着翻来覆去的思想斗争的折磨。这事她对伙伴们隐瞒了好久，一方面怕正当的决定招来驳斥，另一方面又羞于暴露错误。最后，她实在憋不住了，想找人谈谈她的心事，求别人帮她出点主意，给她打打气。还有一条法律规定，申请出家的姑娘必须在她学习的修道院外生活一个月以上才能接受审查。申请送出已有一年，吉特鲁德接到通知说不久要把她从修道院里接出去，送回她父亲家过那规定的一个月，料理一切必需的事务以便完成实际已经开始的功德。郡侯和家里所有的人觉得十拿九稳，就像是已经发生的事，吉特鲁德却另有打算，她非但不准备在那条路上继续走下去，甚至在考虑如何把第一步缩回来。她心里堵得慌，决定找伙伴中间一个性格最爽朗、最爱帮别人出些果断的主意的姑娘谈谈。姑娘劝吉特鲁德把她的新决定写在信里告诉她父亲，因为她没有勇气当着父亲的面干脆利落地说一声："我不愿意。"在这个世界上，不花代价的主意简直少得像凤毛麟角，那姑娘让吉特鲁德付的代价就是没完没了地取笑她的胆怯。四五个知己朋友拼凑了信的措辞，偷偷写好，通过精心策划的途径送了出去。吉特鲁德忐忑不安地等着回信，可是音信杳然。几天后，院长嬷嬷把她叫到房间里，态度暧昧，略带不快和同情地隐约提到郡侯大发脾气，大概是因为她干了什么错事，不过又暗示说，如果她循规蹈矩，这一切都会烟消云散。年轻的姑娘明白了她的意思，不敢再问什么。

担心和盼望的那天终于来到。吉特鲁德虽然知道她将投入一场战斗，但走出修道院时，离开她深居八年的围墙、坐在马车上经过开阔的田野、重见暌违已久的城市和家宅，使她充满了迷惘的欢乐感。至于那场战斗，经过知己朋友的指点，可怜的姑娘已经想好了对策，换现在的语言来说，已经制订了计划。"无非是软硬两手。如果他们想强迫我，"她寻思道，"我就坚定不移；我态度可以谦卑恭顺，但我决不让步，关键在于不能再松口答应，反正我决不同意。他们也可能对我来软的；我就比他们更软，我可以哭，可以向他们苦苦哀求，打动他们：归根到底，我只要求别把我当牺牲品。"预料往往不一定对，软硬两手的情况都没有发生。日子一天天过去，父亲和别人都没有对她提起申请或者反悔的事，无论甜言蜜语也好、恶声恶气也好，根本不谈她该做什么。父母对她的态度严肃、阴郁、生硬，但不说明原因。她只觉得自己给看作有罪的、使他们感到羞辱的人：她似乎遭到了神秘的诅咒，和家庭隔离开来，剩下的只是亲属的感觉而已。平时很少让她介入父母和长兄的小圈子，只在规定的时间让她和他们一起待一会儿。而他们三人亲密无间，相形之下，吉特鲁德遭到的冷落更为明显，更使她难堪。谁都不同她说话，她有事非说不可，怯生生地试图和谁说话时，对方不是置若罔闻就是心不在焉或者轻蔑、严厉地看她一眼。她再也无法忍受这种使她感到屈辱和痛苦的歧视，如果坚持要套近乎，要得到一点亲昵时，立刻就会听到对方婉转而明确地触及她自愿出家的选择，并且含蓄地让她知道只有一个办法才能重新获得全家的好感。吉特鲁德不肯付出那么高的代价，只得退缩，拒绝他们初步做出的、她梦寐以求的善意表示，自动回到被排斥的位置，带着几乎有罪的样子待在那里。

周围事物给吉特鲁德的感受和她内心悄悄怀着的绚丽梦想形成痛苦的对比。她曾盼望在父亲的宾客盈门的豪华府邸里能真正享受到一点想象中的乐趣，现在发觉希望成了泡影。和修道院里一样，家中的幽居生活也严格彻底：外出散步根本谈都不谈，家中特设的一间面向邻近教堂的小祈祷室排除了出门祈祷的唯一必要性。家中接触到的人比修道院里更乏味、更少、更单调。宾客来访时，吉特鲁德必须躲到顶楼和几个老年女仆一起关在房间里，宴请客人时，她只能在那里吃饭。仆役的举止和谈吐都遵照主人的榜样和意愿；出于本性，吉特鲁德很愿意以居高临下的亲热态度对待他们；由于她当前的处境，即使他们对她像对地

位相同的人那样做出一些亲切的表示,她也会产生感激之情,她甚至愿意低声下气地求他们,可是她发现他们只报之以明显的冷漠(尽管带有一丝纯粹属于形式的尊敬),她便觉得受了屈辱,非常伤心。然而她注意到有个侍童和别的仆役大不一样,他对她特别尊重,感到由衷的同情。那个小伙子的态度正是吉特鲁德迄今为止所看到的最接近她在幻想中看到的状况,最符合她理想中的人物的行为。年轻姑娘的举止中逐渐出现了难以形容的新的变化:和惯常不同的恬静与不安,正如那种找到感兴趣的东西、整天看不够而又不愿意让别人看的人的表现。对她的监视更加严密:一天早上,她正偷偷地把一张写了不该写的信纸折起来时被一个监视她的女仆撞见。经过一番短暂的争夺后,信纸落到女仆手里,随即交到郡侯手里。

吉特鲁德听到郡侯的脚步声时心里的恐惧简直无法形容和想象:她知道父亲平时的脾气,现在正在火头上,而她又觉得做了错事。当她看到父亲沉着脸、手里捏着那张纸进来时,她宁愿留在修道院里,甚至宁愿待在百尺黄土之下。申斥的言语不多,但很可怕;当场宣布的惩罚只是在房间里禁闭,由那个识破私情的女仆看管,但这只是个开头,还有进一步的处理,由于惩罚悬而未决,尚不可知,因此格外可怕。

很自然,侍童立即开除;同时受到警告,有关这件事今后只要胆敢说出一个字就会大祸临头。郡侯宣布这项勒令时重重给了他两个耳光,让混小子长点记性,一辈子不敢炫耀这次艳福。开除侍童的事随便找个借口就搪塞过去,至于女儿不再露面的事,则说她身体不适。

于是,她整天处在忧虑、羞愧、悔恨和对未来的恐惧之中,只有那个女仆为伴,她恨那女仆,因为女仆告发了她的过失,造成她的不幸。女仆也恨吉特鲁德,由于吉特鲁德的原因,她不得不过仿佛是监狱看守的乏味日子,不知何年何月才能结束;同时因为掌握了一个危险的秘密,一辈子都将受累。

那些情绪的最初一阵紊乱逐渐平息;接着又逐一回到她脑海,扩展开来,更清晰、更肆无忌惮地折磨着她。威胁她的、言之不详的惩罚能是什么呢?吉特鲁德毫无经验的幻想中火烧火燎地出现了许许多多、稀奇古怪的惩罚方式。可能性最大的似乎是给退到蒙扎修道院，不以小姐的身份，而是以罪人的面貌重新出现，然后幽禁在那里，谁知道到哪年哪月，谁知道受什么待遇！这些充满痛苦的想象使她最感到痛苦的是羞愧感。那封倒霉的信上的字句和标点一再在她的记忆中重现，她想象那个出乎意料、并非收信人的看信人琢磨内容的情景……她猜想母亲和哥哥，不知还有多少别的人肯定也看了；相比之下，别的羞辱也就微不足道了。引起这场风波的那个人的形象也不时在幽禁的可怜的姑娘脑海里浮现，在和他大不相同的严厉、冷漠、咄咄逼人的别的形象之中显得多么奇特。正因为她不可能把他从别的形象中分离出来，她刚想重温那些短暂的欢愉时，立刻想到他造成的当前的痛苦，于是她开始不去回忆，排斥他的形象，不再喜爱了。她也不再自得其乐地沉溺在过去欢愉辉煌的幻想之中，因为它们同眼前的真实情况和将来可能发生的任何事太格格不入。吉特鲁德想到她可以平静而体面地藏身的唯一的坚固堡垒是修道院，假如她决定终身出家的话。无可怀疑，这种决定可以解决全部问题，清偿所有的欠债，转瞬之间改变局面。当然，迄今为止她思想上是反对这种做法的，可是现在情况不同了，在吉特鲁德一落千丈的深渊里，和她有时候担心的事情相比，受到奉承、款待和尊重的修女的地位在她看来简直是美事。有时候，两种截然不同的情绪也有助于冲淡她以前的反感：有时是为自己的过错悔恨和献身宗教的虚幻的激情；有时是因为看守她的女仆的态度刺痛和激怒了她的自尊；说实话，往往是她把女仆惹急了，女仆出于报复，不是拿郡侯有言在先的惩罚来吓唬她，便是拿她的过错来羞辱她。过后，女仆想表现宽厚，采取了保护人的姿态，结果比侮辱更可恨。在这些不同的场合，吉特鲁德产生了摆脱她的控制、要以超越她的愤怒和怜悯的身份重新在她面前出现的欲望，这种习惯性的欲望变得如此强烈尖锐，以致认为只要有助于达到目的，任何手段都是可取的。

经过四五天漫长的禁闭后，一天早晨吉特鲁德被看守女仆的奚落激得烦透怨透，便蹲在房间的角落里，双手蒙住脸，强压心头的怒火。接着，她觉得迫切需要见到除女仆之外的别人的脸，听到别人的说话，得到另一种对待。她的思绪刚触及父亲和家人又惊恐地退缩回来。但她忽然想起，要和他们友好得由她采取主动，突然感到一阵欣喜。紧接而来的是为她的过错而感到的一阵异乎寻常的惶惑和懊悔以及异乎寻常的赎罪的欲望。她并不是仅仅停留在打算上，而是以前所未有的热情全身心地投入。她从角落里站起来，走到桌前，拿起那支不吉利的笔，给她父亲写了一封充满热忱和沮丧、困扰和希望的信，恳求宽恕，并明确地表示愿意做任何让他满意的事。

第 十 章

人们，尤其是青年人，有时心情特别随和，只要稍稍坚持就能让他们做任何表面上像是善行和自我牺牲的事，正如一朵含苞欲放的花在娇嫩的枝头摇曳，一经微风爱抚吹拂就会奉献芬芳。一般人遇到这种情况都会产生怜惜尊重之意，而怀有个人打算的狡猾的人窥测已久，立刻抓住时机把毫无防备的意愿置于自己的控制之下。

郡侯看到信时马上觉得这是个缺口，有利于实现他蓄谋已久的目标。他派人通知吉特鲁德来见他，准备趁热打铁。吉特鲁德来了，不敢抬眼看父亲的脸，跪倒在他面前，嗫嗫嚅嚅地说："宽恕我！"他挥手让她起来，用并不令人鼓舞的声调回答说宽恕不是想要就有、有求必应的，不然犯了错误给抓住、害怕惩罚的人未免太舒服、太便宜了，总之，宽恕必须靠自己争取。吉特鲁德颤抖着，恭顺地问该怎么做。郡侯（我们此刻的心情没法称他为吉特鲁德的

143

父亲)并不直接回答,而是开始数落吉特鲁德的过错:他的话像粗鲁的手触摸伤口一样刺痛了可怜的姑娘的心。他接着说,即使以前有给她俗家身份的打算,现在也遇到她自己竖起的不可逾越的障碍;因为像他这样有头有脸的人可没有勇气把表现这样差劲的小姐许配给哪位绅士。可怜的女儿听得灰心丧气,父亲的声调和语言逐渐缓和一些,说是尽管如此,任何过错仍然有补救办法,可以得到同情怜悯;她犯的过错本身就指明了补救办法:通过这次可悲的事件,她应该有所领悟,看到世俗的生活对她的危险实在太大了……

"啊,我愿意出家!"吉特鲁德担惊受怕,思想上做了蒙羞的准备,那时在一种突如其来的柔情的激动下脱口喊道。

"啊!你总算也明白了!"郡侯立刻接着说,"那好,过去的事一笔勾销,不必再提了。你做了你所能做的唯一体面而恰当的决定,而且做得心甘情愿、心平气和,现在该由我来让你感到这个决定带来的全部欢乐,让你得到它的全部好处。这件事交给我啦。"他说着就拿起桌上的小铃摇了几下,吩咐闻声进来的仆人说:"请夫人和公子马上来。"然后又对吉特鲁德说:"我要他们分享我高兴的时刻;我要大家马上开始给你应有的对待。你已经领受了严父的部分厉害,从现在开始你将得到慈父的全部宠爱。"

吉特鲁德听了这番话不禁一愣。她一会儿琢磨脱口而出的同意出家的那句话怎么能起这么大的作用,一会儿又寻思有没有撤销那句话或者限制它的含意的办法;但是父亲对她的话仿佛坚信不疑,他的欣喜显得如此脆弱,他的宽宏大量又有条件限制,以致吉特鲁德不敢说个再惹他不快的字。

没过多久,她的母亲和哥哥应召来到,发现吉特鲁德在场,便惊讶地瞅着她的脸。但是郡侯以他高兴而亲热的态度为他们定了基调,说道:"迷途的羊回来了,不愉快的回忆到此为止。我们全家都得到了安慰。吉特鲁德不再需要规劝了;我们为了她好而替她着想的事,她自觉自愿的准备做了。她已经决定,她向我表示已经决定……"这时女儿用惊骇恳求的眼光看着父亲,似乎求他别说下去,但他果断地接着说:"她已经决定出家当修女。"

"好！太好啦！"母子二人同时嚷道，先后拥抱了吉特鲁德，她泪汪汪地领受了这种款待，他们把她的眼泪看成是宽慰的表示。郡侯接着夸夸其谈地解释他要做什么，让女儿的命运幸福美妙。他描绘女儿将在修道院和全镇享有的尊敬；她在修道院里会像郡主、像他们家族的代表那样八面威风，到了许可的年龄，她将成为一院之长，在那之前，她只是名义上受制于人。郡主和小郡侯时不时向她祝贺，为她庆幸，把吉特鲁德搞得像做梦一般迷迷糊糊。

"下一步应该把去蒙扎向修道院院长提出请求的日子定下来，"郡侯说，"她一定非常高兴！我敢说整个修道院都会珍惜吉特鲁德给她们带去的荣誉。此外……为什么不今天就去呢？吉特鲁德一定喜欢上外面吸些新鲜空气。"

"那咱们就走吧。"郡侯夫人说。

"我去吩咐备车。"小郡侯说。

"可是……"吉特鲁德小心翼翼地开口想说什么。

"且慢,且慢,"郡侯接着往下讲,"由她自己定,她也许觉得今天不太合适,宁愿明天去。你决定吧,喜欢今天呢还是明天?"

"明天吧。"吉特鲁德声音微弱地回答,她仿佛认为拖延一下还有补救办法似的。

"那就明天,"郡侯严肃地说,"她已经决定明天去。我抽空去找修女代理主教商定审查的日子。"

郡侯说干就干,出了屋真去代理主教家(对他说来那不是小小的让步),商定后天进行审查。

在那天剩下的时间里,吉特鲁德得不到片刻安宁。她原想让激动的情绪平静下来,让紊乱的思想得到澄清,回顾一下她干了些什么,还有什么可干,了解自己究竟希望什么,让那部刚一发动就飞速运行的机器停顿片刻,但根本办不到。各式各样的事情纷至沓来,郡侯离家后,她立即给带到郡侯夫人的梳妆室,在夫人的指点下由夫人的贴身女仆为她梳妆打扮。最后的修饰还未结束,仆役已来通报筵席摆好了。吉特鲁德去餐厅时,一路都有仆役行礼,仿佛为她的痊愈感到庆幸,她的一些至亲,都是给匆匆请来为两件喜事——恢复健康和宣布出家——向她道贺并同她一起庆祝。

新人①(申请出家当修女的年轻姑娘都这么称呼,客人们似乎也都这么称呼吉特鲁德)遭到倾盆大雨般的恭维,有许多事要做,有许多话要回答。她觉得每一句答话仿佛都是同意和确认,可是她又能怎么说呢?杯盘撤下后,到了乘马车兜风的时间。吉特鲁德和母亲以及两个来吃饭的舅舅坐一辆车。他们沿着惯常的路线到了海军街,当时那条街穿过如今是公园的空地,士绅们经过一天劳累之后便去那里散散心。在这么一个意义重大的日子里,两个舅舅也找话和吉特鲁德攀谈:一个舅舅仿佛

---

① 有"新娘"和"即将充当修女的姑娘"两层含义。按天主教教义,修女许身耶稣基督,终身不嫁。

比另一个见多识广,他能辨出每一个人、每一辆马车、每一个家族的仆役号衣,对每一位绅士或者夫人的情况都能说出一二,他突然转向吉特鲁德说:"啊,调皮鬼!你就要把这些无聊的东西一脚踢开了;你是个机灵的姑娘,你把我们这些可怜的凡夫俗子扔在泥淖里不管,自己去过有福的生活,坐着四轮马车驶向天国。"

傍晚时,他们回到家里,仆役们打着火把匆匆出来,禀报说有许多客人等着。消息传开后,亲友们纷纷前来祝贺。他们进了客厅。新人成了崇拜对象、玩偶和牺牲品。所有的人都想拖住她多聊几句:有的要她答应以后给他们弄给修道院制作的糖果,有的说一定去修道院看望她,有的谈他的亲戚某某院长嬷嬷,有的谈他认识的某某嬷嬷,有的称赞蒙扎的天空特别明朗,有的把她将在那里扮演的角色描写得天花乱坠。另一些挤不到吉特鲁德身边,等机会接近她,在没有和她应酬几句之前总不甘心。客人们逐渐散去,大家满意而归,只剩下吉特鲁德和她父母和哥哥。

"我终于满意地看到我女儿得到了应有的对待,"郡侯说,"必须承认,她的举止十分得体,在当第一把手、维护家族荣誉方面一点不含糊。"

他们匆匆吃了晚饭,好早些休息,准备第二天早起。

吉特鲁德感到悲哀、失望,同时又由于这许多吹捧而稍稍有点骄傲,想起看守她的女仆给她吃的苦头,看到父亲兴致特别好,除了一件事之外都可以讨她欢喜,便想抓住有利时机,在种种叫她恼火的事中间至少出口恶气。于是她对女仆的态度大加抱怨,表示难以相处。

"岂有此理!"郡侯说,"那婆娘竟敢对你无礼!明天,明天我来治她。这件事交给我;我会让她看清她是什么人,而你又是什么人。不管怎么说,我感到满意的女儿身边不能有她讨厌的人。"郡侯说着便把另一个女人叫来,吩咐她侍候吉特鲁德;吉特鲁德在咀嚼和回味她得到的满意时惊异地发现同她先前有过的欲望相比现在的满意并不使她兴奋。排遣不掉、一直在她心头萦回的感觉是那天她在出家的路上迈出的步子太大了,现在再退回来需要比前几天更大的力量和决心,她不知道从哪里才能找到。

派到吉特鲁德房间里侍候的是家里的一个老用人,原是小郡侯的保姆,小郡侯从懂事的时候开始到少年时期都由她照看,她把全部满足、希望和光荣寄托在小郡侯身上。那天的决定使她感到幸福、仿佛是她自己交上了好运。吉特鲁德忙乱了一天,最后还得耐心接受她的祝贺、赞扬和劝告,听她谈几位当了修女后非常满意的婶母和叔祖母,因为作为这个家族的成员,她们一直享受很高的荣誉,始终和外界保持联系,在修道院的探访室里能够得到贵妇淑女们在她们家的客厅里都得不到的东西。老女仆还谈到吉特鲁德将会得到探访;有朝一日小郡侯偕同妻子(肯定是个大家闺秀)去看她,那时候不仅修道院里热闹非凡,整个小镇都会轰动。老女仆替吉特鲁德宽衣解带、侍候她上床时嘴里不停地唠叨;吉特鲁德睡着了,她还在说话。年轻和疲乏压倒了心事。梦境很辛苦、动荡、充满了伤心的景象,但她睡得很沉,直到老女仆尖声叫唤她准备去蒙扎时才被吵醒。

"哎,哎,新人小姐,已经天亮了,您穿衣梳头至少要一个钟头。郡侯夫人已经在梳妆,今天比平时早起了四小时。郡侯小少爷已经下楼去过马厩又上来了,只要一声吩咐马上就可以出发。那个小鬼像兔子一般灵活,哦! 从小就这样;他是我从小带大的,我当然可以这么说。他准备好之后,可不能让他久等,他人虽好,却是急脾气,要大闹大嚷。可怜的孩子! 您得理解他,他就是这种脾气,再说这次他也有点道理,因为他为您感到不自在。这时候可不能惹他! 除了郡侯老爷之外,谁都不在他眼里。说到头,他上面也只有郡侯,他总有一天要当郡侯的;不过希望这一天越晚来越好。赶快,赶快,小姐! 您干吗还愣着看我? 这时候小鸟早该出巢了。"

吉特鲁德刚给叫醒脑子还迷迷糊糊,一想到小郡侯不耐烦的模样,别的念头就像一群麻雀发现老鹰似的呼啦一下全飞走了。她赶紧起来穿好衣服,让老女仆帮她梳好头,来到客厅,她的父母和哥哥已经在那里等候。他们让她坐在一把扶手椅上,给她端来一杯巧克力茶,当时喝那玩意儿就像古罗马人穿上成人长袍那么隆重①。

仆人禀报马车已经备好,郡侯把女儿叫到一边,对她说:"打起精神来,吉特鲁德,昨天你表现不俗,今天更应该显得出众。你注定要成为修道院和全镇的第一号人物,初次露面要造成气势。他们都在等你……"不用说,郡侯已提前一天派人通知了修道院院长,"他们在等你,大家的眼睛都会盯着你。要显得端庄大方。院长会问你要什么,这只是个形式。你就回答说你在那座修道院里受到温馨的教育,得到无微不至的关怀,这都是事实,然后说你请求修道院接纳你出家当修女。这几句话不多,要讲得自然,以免人家说你自己不会讲,是别人教的。那些好心的嬷嬷不知道你的事,那是我们家族要严守的秘密,因此你不必露出悔恨和犹豫的神色,以免引起猜疑。要让大家看到你的出身不同一般:优雅、谦逊,出了家门,你在那个地方比谁都高贵。"

---

① 古罗马男子年满十七岁时举行穿长袍的仪式,表明已成人。巧克力是可可粉加蔗糖和肉桂、香草等制成的糖果或饮料,可可是美洲特产,十六世纪初才进入欧洲,当时十分稀罕珍贵。

郡侯不等女儿回答抬腿就走；吉特鲁德、郡侯夫人和小郡侯跟在他背后下了楼梯，坐上马车。他们一路谈论的是尘世的弊端和烦恼、修女，特别是门第高贵的出家少女的虔诚生活。快到目的地的时候，父亲重复了对女儿的指示，把她该回答的话说了好几遍。进蒙扎镇的时候，吉特鲁德觉得心在抽缩；但是一种难以形容的殷勤气氛霎时间转移了她的注意。好奇的人们从四面八方聚到路旁，马车重新行驶时几乎是一步一顿地在众目睽睽下前进。马车在那些围墙、那扇大门前停下，吉特鲁德觉得心里抽得更紧。仆役把看热闹的人挡在一定距离之外，他们下了车。大家的眼光都盯着那个可怜的姑娘，使她不得不时刻注意自己的举止，但是所有的人的眼光加在一起都不及她父亲的眼光那样使她胆怯，她虽然怕父亲的眼光，仍不时朝他瞥一眼。那双眼睛仿佛是无形的缰绳在驾驭她的一举一动和面部表情。他们穿过第一个院子进入第二个，只见修道院的二门大开，门里站满了修女。第一排是由老年修女簇拥着的院长；后面的修女摩肩接踵，有几个踮起了脚；最后面是站在小板凳上的杂役修女。在修女袍中间半腰高的地方不时露出一张小脸和亮晶晶的小眼睛，那是几个最机灵的见习小修女，她们在修女之间挤来挤去，终于找到空当，探出头来看看。人群发出欢呼，挥舞手臂致意。到了门口，吉特鲁德在院长嬷嬷面前站住。互相寒暄之后，院长用开朗而庄严的声调问她来这个地方想要什么，在这里任何人的要求都不能拒绝。

　　"我来这里……"吉特鲁德开始说道，可是在说出那些将几乎不可挽回地决定她终身的字句时，她迟疑了片刻，眼睛盯着面前的人群。那时她看到一个认识的伙伴正以怜悯和恶意的目光瞅着她，似乎在说："啊！勇敢的人倒下了。"那情景猛然唤醒了她旧时的全部思想感情，也恢复了一些她旧时的勇气，她要另辟蹊径，找一个不同于指点她所作的答复，抬眼望着父亲的脸，似乎想和他较量一下，看到那张不安而焦急的脸阴沉可怕、咄咄逼人，她惊恐万分，像看到可怕的东西扭头就逃那样赶快接着说："我在这座修道院里受过温馨的教育，我来这里是请求接纳我出家，披上修女的长袍。"院长当即回答说这件事需要修女们一致同意，上级批准、教会的规矩不允许她马上做出答复，她非常抱歉。不过吉特鲁德了解修道院上上下下对她怀有的感情，能够确切地预料到答复是什么样的；与此同时，教会的规矩并不禁止院长和修女们为她做出的决定而表示高兴。人群中顿时升起一阵嘈杂的祝贺和欢呼。随即端来几大盘糖果，先招待新人，然后请她的父母吃。有些修女争着和她讲话，另一些则祝贺她母亲和小郡侯，院长传话请郡侯劳驾去探访室，她去铁栅后面和郡侯说话。院长左右有两个老年修女陪伴，见到郡侯后便说："郡侯先生，按照教会规矩……为了履行一个必不可少的手续……即使在今天的情况下，我也必须奉告……凡是年轻姑娘要求出家时，修道院的住持，也就是鄙人，有责任通知姑娘的父母……万一有强制女儿意愿的情况……父母将受到逐出教门的处分。请原谅……"

"完全对，好极啦，尊敬的嬷嬷。我赞扬您的严谨，太正确啦……不过，您可不能怀疑……"

"哦！郡侯先生……我说这话完全是出于责任……此外……"

"当然，当然，院长嬷嬷。"

寥寥数语后，两人互相行了礼就分开了，仿佛面对面待在那里对两人都是负担，他们各自回到自己人那里，郡侯去外面，院长则到修道院门内。大家闲聊一会儿之后，郡侯说："哎，我们该走了，吉特鲁德很快就能充分享受这些嬷嬷的陪伴。现在我们打扰的时间够长的了。"他说着欠身行了礼，一家人跟在后面，客套一番后，他们离开了修道院。

吉特鲁德回家路上没有兴致多说话。她为自己迈出的步子感到惊骇，为自己的木讷感到羞愧，既生别人又生自己的气，伤心地盘算着她还剩几次可以表示拒绝的机会，虚弱而困惑地向自己保证下一次或者下下一次一定要机灵些、坚强些。这些纷乱的思绪并没有驱散她父亲刚才满脸愠色给她带来的恐惧，当她偷偷朝父亲瞥一眼时，确信那张脸上已经没有恼怒的迹象，当她进一步看到父亲对她十分满意时，她心头一块石头落了地，霎时间感到非常高兴。

刚回到家，又得换衣服，重新打扮；然后吃午饭，有几位客人来访，然后乘马车兜风，茶点会，吃晚饭。晚饭结束时，郡侯提出另一件事：挑选一位教母。所谓教母，就是应出家少女父母之请，在少女提出申请到被接纳进修道院期间充当少女的守护和陪伴的一位夫人,这段时间用来参观教堂、楼堂厅馆、别墅、寺院和城里城外最著名的地方,让少女们许下不可更改的誓愿之前好好看看她们将要摒弃的究竟是什么。"应该考虑教母的问题了,"郡侯说,"因为修女代理主教明天要来处理审查的事,紧接着吉特鲁德将在修女全体会议上被提名讨论是否接纳。"他说到这里转向郡侯夫人,夫人以为是请她提个建议,开口说:"可以请……"郡侯却打断了她的话:"不,不,夫人;教母首先应是新人喜欢的人,尽管通行的规矩是由父母挑选,但吉特鲁德聪明颖悟,可以破格。"他转向吉特鲁德,用宣布特殊恩惠似的声调说:"今天下午在我们这里吃茶点的太太个个具备充当我家小姐的教母的资格,我敢肯定谁给挑中都认为是荣幸,你自己挑吧。"

吉特鲁德十分清楚,做出这一选择就是做出另一个允诺,但是让她选择是给她一个莫大的面子,如果拒绝,不论态度如何谦逊,都会被看成是蔑视,或者至少是任性和做作。于是她又跨出这一步,提了那天下午最讨她欢喜的一位太太的姓名,也就是那位对她最亲热、对她赞不绝口、像那些初次会面就一见如故的人那样对她关怀备至的太太。"挑得太好啦。"郡侯说,他心目中想的正好是那位夫人。不论是事先布置也好,偶然巧合也好,就像变戏法的人那样把一副纸牌在你眼前一亮,让你记住其中一张,然后由他猜中哪一张;事实是他亮牌时耍了手法,你只能看到一张。那位太太整个下午围着吉特鲁德身边转,吸引了她的全部注意,没有极丰富想象力的人很难想到另一位太太。再说,那位太太使劲讨好吉特鲁德也不是没有原因的,长久以来,她一直想让小郡侯当她的女婿,因此她把郡侯家里的事当作自己家的事,她像至亲那样关心亲爱的吉特鲁德当然不奇怪了。

第二天,吉特鲁德一醒过来就为审查人的即将来到而忧心忡忡,她正在琢磨是否能抓住这次关系重大的机会收回说过的话,用什么方式收回时,郡侯派人叫她去。"打起精神来,我的女儿,"郡侯对她说,"到目前为止,你表现非常出色,今天是功德圆满的日子。到目前为止所做的一切都是经过你同意才做的。在这段时间里如果你产生过任何疑虑、顾忌、青年人的任性，你早该明说，事情到了现在这个地步，可不是耍小孩脾气的时候。今天上午要来的那个正派的人会在你申请出家的问题问你许多话：你当修女是否出于自愿、如何当修女、为何当修女等等。你回话时如果吞吞吐吐，他会刨根寻底地问个没完，弄得你走投无路。会让你厌烦，活受罪，但也可能由此而产生另一桩更为严重的麻烦。你当修女的事已经宣扬出去，你露出一丝犹豫就会使我的名誉受到怀疑，会使人们认为我把你轻率的想法当作不可改变的决定，认为我操之过急，认为我不知干了些什么。在那种情况下，我只有两种痛苦的措施可以选择：让人家对我的行为形成可悲的概念，这和我为了维护自己的尊严而必须做的事格格不入。另一个措施就是披露你做出决定的真实动机，在那种情况下……"这时候他看到吉特鲁德脸涨得通红，泪水在眼睛打转，容颜像遭到暴风雨前的闷热熏蒸而萎缩的花瓣那样抽搐起来，便留有余地转到了别的话题："哎，哎，一切都取决于你自己，取决于你的理智。我知道你是明白人，不是到了最后关头能把好事弄糟的姑娘。先不谈这些，咱们说好，你回答问题时要干脆利落，不能让那个正派的人产生怀疑。这样你自己也可以早些过关。"接着，他设想了一些很可能提出的问题，教女儿如何回答，然后老调重弹，大谈吉特鲁德修道院的生活将会多么甜美愉快，直到仆人前来禀报代理主教已到。郡侯把最重要的话匆匆再叮嘱一番，按照规矩让他女儿和主教单独谈话。

那位正派的人来时已带有形成的看法，认为吉特鲁德出家的愿望十分强烈，因为郡侯去请他时是这么说的。这位好教士也知道，干他这一行必不可少的优点之一是怀疑，他的金科玉律就是不急于相信别人的话，提防先入为主。话虽这么说，一个有声望的人如果言之凿凿，他的话很少不影响听者的心理。

见面客套话之后，代理主教对吉特鲁德说："小姐，我这次来是替魔鬼充当辩护士的，要对您在申请书中声明属实的情况提出疑问，让您看清困难，了解一下您是否彻底考虑过那些困难。请允许我提几个问题。"

"请提吧。"吉特鲁德答道。

那位好教士开始按照规定提问："您要当修女是不是出自内心的自

153

由、自发的决定？有没有人使用威胁或者花言巧语？有没有人使用权威导致您做出这一决定？我的责任是了解您的真实意愿，防止任何胁迫，请您不必顾虑，坦率地告诉我。"

对这个问题的真实答复突然在吉特鲁德心里冒了出来，清晰得可怕。倘若如实回答，必须做出解释，说明她是怎么受到胁迫的，还得说出前因后果……这个想法吓得不幸的姑娘避之不及，她赶紧寻找另一个答复，只有一个可以又快又保险地帮她摆脱折磨，也就是与事实完全不符的答复。"我当修女，"她掩饰慌乱说，"是出于喜爱，完全自愿。"

"您从什么时候开始就有这种想法？"那位好教士接着问。

"一直都有。"吉特鲁德言不由衷地跨出第一步之后口气比较坚定了。

"那么，促使您想当修女的主要原因是什么呢？"

善良的教士并不了解他这一问刺得吉特鲁德有多么痛，姑娘费了好大劲才控制住自己没让那句话在她心里引起的痛苦流露在脸上。她说："原因是侍奉天主，避开尘世的险恶。"

"会不会是某种烦恼？请原谅……是一时的冲动呢？暂时的原因往往可能产生仿佛是永久性的印象，后来原因消失了，思想也起了变化，于是……"

"不，不，"吉特鲁德急忙回答，"原因只有一个，我已经告诉您了。"

代理主教与其说是要确信必须了解的事情，不如说是想恪尽厥责，死心眼地接着问话，吉特鲁德则坚决隐瞒到底。那位严肃而善良的教士似乎绝不怀疑她有弱点，一想到要把自己的弱点让他知道，她就老大不情愿；此外，那可怜的姑娘还考虑到教士无疑能够阻止她去当修女，然而他对她所能行使的权力和保护也到此为止。他一走，只剩下她和郡侯在一起。她在那个家里不论遭什么罪，好心的教士都一无所知，即使日后知道了，他也爱莫能助，只能默默地表示有分寸的同情，那份同情一般是出于礼貌而给那些自己提供了理由或借口招来损害的人。审查人问话问得累了，不幸的姑娘圆谎圆得滴水不漏，教士没有怀疑她的诚意的理由，终于改变了口气，向她表示祝贺，为履行职责花费了她许多时间请她原谅，补充了一些他认为适合于坚定她志向的话，然后告辞。

教士穿过厅堂出去时，碰到似乎是偶然走过那里的郡侯，便为他女儿表现的诚心也向他祝贺。在这之前，郡侯一直忐忑不安，听到消息才舒了一口气，忘了他一贯的严肃态度，几乎是小步跑去看吉特鲁德，大大地夸了她一番，做出种种承诺，他的高兴出自内心，他的感情多半倒也真诚：人类的心理状态就是这么错综复杂。

我们不打算跟踪吉特鲁德一连串的参观和娱乐，也不想按时间顺序详细描写她在那一阶段的思想感情，那个阶段充满苦恼和犹豫，太单调乏味，和前面讲过的情况太相似了。户外的旖旎风光、丰富多彩的消遣、东跑西颠的乐趣使她更厌恶那个最终落了脚就再也不能出来的地方。最使她伤心的是在茶话会和聚会上得到的印象。她见到新婚不久的女人，听到人们称她们为新人就觉得妒忌和一种难以忍受的渴望；有时候见到某个英俊的容貌，她便联想到如果自己也得到那种称呼该有多么幸福。有时候，华贵的厅堂、靡丽的装饰、热闹欢乐的聚会使她感到陶醉，使她渴望舒适的生活，以致暗暗决心收回承诺，忍受一切后果，而不愿回到死气沉沉、阴暗凄冷的修道院去。但她稍稍平静地考虑一下困难，朝郡侯的脸看上一眼，这些决心顿时化为乌有。有时候，她想到不得不放弃那些刚尝到一点甜头的欢乐，就觉得苦涩怨恨；正如干渴难熬的病人看到医生老大不情愿地给她一小匙水，不免满腔怒火，几乎要想拒绝。在此期间，负责修女事务的代理主教开具了必要的证明，讨论是否接纳吉特鲁德的全体修女会议也批准召开。会议进行了秘密投票，不出所料，赞成接纳吉特鲁德的票数达到规定所需的三分之二。这时吉特鲁德已经烦恼透顶，主动要求尽早进修道院。当然，谁也不会阻拦。她的要求得到满足，给铺张扬厉地送进修道院，出家当了修女。十二个月的见习期在悔恨和因悔恨而引起的短暂内疚中度过，终于到了宣布信仰的时刻，也就是说，她可以表示比以往任何时候更离奇、更出乎意料、更令人不能容忍的不同意，也可以重复说过多次的同意；她重复了"同意"两字，就此永远当了修女。

基督教独特而不可转让的职能之一在于无论何人、何时、何地，只要求助于它,都能得到指导与安慰。如果过去的事还可挽救,它就不惜一切代价指出并提供挽救办法,给予行动的智慧与力量;如果无法挽救,它就争取一种真正做到成语所说的逆来顺受的方式。它教人们持之以恒,任何事即使开头轻率也要自觉自愿地进行下去;它促使人们心甘情愿地接受强加于他们的事物;它给人们莽撞而不可挽回的选择抹上十分圣洁、十分明智的色彩,并且说得坦率些,还有无悔的快感。它是一条路,人们不管以前经历过什么迷津险途,只要走上这条路,向前跨出一步,以后就能平安而舒畅地顺利到达幸福的终点。吉特鲁德通过这种途径原可以成为一个圣洁而幸福的修女,至于怎么做到无关紧要。但是那不幸的女人在桎梏之下挣扎,越使劲就越觉得沉重痛苦。不停地怀念失去的自由、憎恨目前的处境、吃力地寻求永远不会满足的欲望,这些东西盘踞了她的心灵。她反复琢磨苦涩的过去,回忆导致她落到这个地步的种种情况,千百次徒劳无益地用空想来推翻由行动构成的事实;她责备自己懦弱,责备别人专横、背信弃义;她恼火至极。她既欣赏又悲叹自己的美貌,惋惜注定要在慢性殉难中耗尽的青春,有时候妒忌能在尘世自由自在地享受那些恩赐的、不论具有何种身份、何种心态的任何女人。

她看到那些当初合谋把她拖进修道院的修女心里就有气。她记起她们使用的诡计和欺骗手段,就给她们难堪,对她们表示蔑视,甚至公开申斥,予以报复。吃了亏的修女往往只能忍气吞声,因为郡侯当初想把女儿推进修道院无疑使用了必要的专制手段,现在目的已经达到,就不会轻易容忍别人侮辱他的骨肉,任何一点是非纠纷都可能促使他取消他对修道院的有力保护,甚至化保护人为仇敌。另一些修女没有参与阴谋;她们并不希望吉特鲁德做她们的伙伴,既然来了,她们亲切相待;她们整天一副虔诚的模样,忙忙碌碌,心情舒畅,以自己的榜样向吉特鲁德表明非但能在修道院里生活,而且过得不坏;照说吉特鲁德应该对这些修女有点好感,但她觉得从另一个角度来看,她们也可恶。她们虔诚满足的神情使她觉得仿佛是对她的不安和古怪行为的谴责;她一有机会就在背后取笑她们的虔诚,或者指责她们伪善。假如她知道或者猜到,在投票决定是否接纳她时,罐子里的少数几颗黑珠子正是那些修女放的①,她也许不至于对她们如此怀有敌意了。

她左右修道院的事务,得到大家奉承,接受院外礼节性的拜访,帮人办事,施加影响,似乎从中得到一些慰藉;但那是什么样的慰藉!她内心并不满足,有时也希望增加一些宗教的慰藉,从中得到快感;然而二者不可兼得,只有放弃前者才能得到后者,正如遇难落水的人如果想抓住能帮他平安抵达彼岸的木板,必须先松手放弃他出于本能死命抓住的水草。

吉特鲁德表明信仰后不久被任命为学员的训育师;在她管教之下,那些少女的处境可想而知。她旧时的伙伴都已先后离去,但她仍保持着旧时的激烈感情,不管怎样,现在该由那些学员来承担压力了。她一想起她们中间有许多人将要过她自己永远被排斥在外的生活,就对那些可怜的姑娘产生厌恶情绪和几乎是报复的欲望;她压迫她们,虐待她们,让她们为日后将要享受的欢乐提前付出代价。她们只要做错一点小事,她就大发雷霆,把她们骂得狗血喷头,在场听到而不知底细的人还以为她是个没有教养的泼妇呢。有时候她自己对修道院的幽居生活、清规戒律和唯命是从的惧怕突然发作,变成了完全相反的情绪。那时候,她非但容忍学员的喧闹和不守纪律,而且还推波助澜;和她们一起戏耍,闹得乱七八糟;同她们一起闲聊,扯得海阔天空、离题万里。如果一个学员提到院长嬷嬷说话的模样,训育师就会模仿好久,逗得大家忍俊不禁;她还模仿某个修女的表情,学另一个修女走路的姿势,然后哈哈大笑,但是笑归笑,她的心情却不比先前欢畅。她这样过了几年,既没有条件也没有机会干任何别的事情,但她在劫难逃,终于出了事。

由于她未能当院长而给她的特殊照顾和权利之一是让她独用一套房间。房间所在的修道院的外墙和一幢民宅相连,民宅里住的是一个不务正业的青年,当时那种人为数不少,他们互相勾结,家里豢养着一批打手,从某种程度上来说,警察和法律都不在他们眼里。佚名作者的手稿里管他叫作埃希迪奥,没有介绍他的家世。他从一扇向修道院小院开着

---

① 黑色珠子代表反对,白色珠子是赞成票。

的窗子里有时看到吉特鲁德在徜徉闲荡，他色胆包天，也不考虑他行为的危险和亵渎宗教，一天居然和她搭讪。那个不幸的女人搭了腔。

最初时刻，她感到一阵欣喜，当然谈不上纯洁，但是十分强烈。她的空虚腻烦的精神世界开始有了梦魂萦绕的寄托，几乎可以说是强有力的生命，但是那种欣喜像是聪明而残忍的古代人给判了刑的囚犯喝的强壮剂，目的是让他们增加忍受刑罚的力量。与此同时，她的整个行为有了巨大的新变化：她突然变得正常一些，平静一些，不再嘲笑、发牢骚，甚至显得亲切可爱，修女们都为这种好变化感到庆幸；绝对没有猜到真实的原因，更不会明白她那新的美德只是老毛病之外新添的伪善。那种表象，或者说油漆的涂层，维持不了多久，至少没有连续性和一贯性，以前的骄横任性很快又露了出来，再一次听到她对修道院幽禁生活的诅咒和嘲笑，所用的语言在那场所和那张嘴里使人难以置信。她每逢说漏了嘴之后，觉得后悔，便努力用奉承和好话让人家忘掉。修女们尽可能忍受这些反复无常的表现，把它们归咎于夫人古怪任性的脾气。

在一段时期里，似乎平安无事，可是有一天夫人不知为了一句什么闲话同一个杂役修女吵了起来，夫人大发脾气，盯住修女骂个没完，修女忍气吞声没有还嘴，最后实在按捺不住，漏出一句话，说她知道一些事，在适当的时候和场合就捅出去。从那一刻起，夫人心慌意乱。可是不久之后的一天早晨，那个修女没有出来干例行的活儿，左等不来，右等不来，便去房间里找，也不在房间里；大声呼唤她的名字，没有回答；于是分头寻找，找遍了修道院也不见踪影。若不是搜寻时发现菜园子的围墙给打了一个洞，大家认为那修女从洞里逃出去的话，不知还会引起多少猜测。于是派人去蒙扎一带，特别是那杂役修女的家乡梅达①打听，向许多地方发信询问，但没有任何关于她的消息。倘若不舍近求远到别处去找而在附近挖掘一下，也许可以了解到真实情况。谁都不信那修女会干出这等事来，都啧啧称奇，议论纷纷，得出结论说她肯定到了很远很远的

---

① 曼佐尼曾查阅有关蒙扎罪案的审讯记录，有关该杂役修女的情况不多，只知道她老家在梅达，名叫卡塔林娜·卡西尼。

地方。一个修女脱口说："她准是逃到荷兰去了①。"修道院内外随即传说那个失踪的修女已逃往荷兰，有一阵子人们还信以为真。然而夫人仿佛并不同意。不是说她表示不信或者用她自己的理由来反驳大家的看法；如果有她的理由，一定秘而不宣，讳莫如深；她最希望的是回避这件事，尽可能不提；她最不关心的是追究下去，搞个水落石出。但是她越是不提，越是要去想它。一天中间，那女人的形象有多少次突然在她心里浮现，一动不动地赖着不走！有多少次她希望那女人活生生地站在她面前而不希望老是忘不掉，日日夜夜同那个虚无缥缈的、可怕冷漠的形象为伴！有多少次她希望真正听到那女人的声音，不管它发出什么威胁，而不希望在自己心灵深处老是听到那个声音游丝般的窃窃私语和不是活人所能有的无休无止、不断重复的语句！

鲁茜亚给带到夫人面前，和她进行上文已经提到的谈话时，那件事已过了将近一年。夫人不厌其烦地询问堂罗德里戈如何追逐她，涉及某些细节，大胆的程度使鲁茜亚觉得，或者不禁觉得难以置信，她从没有想到修女的好奇心竟会问出这类话来。此外，夫人问话时夹杂或者流露出来的看法也使鲁茜亚感到奇怪。鲁茜亚对那个绅士的由来已久的强烈反感似乎使她发笑，她问鲁茜亚是不是他长得像丑八怪才使她如此害怕，几乎可以说她认为倘若不是出于对伦佐的偏爱，鲁茜亚的躲闪是不近情理而愚蠢的。关于伦佐，她也问了一些使鲁茜亚诧异和脸红的问题。后来，她发现自己兴之所至说话离了谱，试图补救，从好的方面解释她的意思，但仍给鲁茜亚留下了不舒服的惊讶和隐隐约约的恐惧。她一有机会和母亲单独在一起时便说出了心里的疑惑；阿格纳丝比她老练，寥寥几句话就解决了她的全部疑惑，澄清了所有的神秘之处。"你不必惊奇，"阿格纳丝说，"等你像我一样老于世故的时候，你就会明白那种事情不值得惊奇。那些老爷太太或多或少在这方面或那方面都有点怪脾气。你得让他们畅所欲言，特别在你有求于他们的时候；你得装出洗耳

①　当时荷兰新教势力较大，欧洲一些背离天主教的信徒和有异端嫌疑、受到迫害的人往往逃往荷兰避难。

恭听的样子，仿佛他们讲的话有道理。你还记得她朝我大声嚷嚷吗？好像我说了什么蠢话似的。我才不介意呢。他们全是一个样。虽然如此，我们还得感谢天主，因为那位夫人似乎对你有点好感，真想保护我们。假如你和她的关系搞得很好，女儿啊，再同老爷太太们打交道，你会增长很多很多见识的。"

夫人想放个交情给院长神甫，为助人的乐趣所驱使，考虑到她行使圣洁的庇护权力所能带来的好名声，对鲁茜亚又有点好感，为一个无辜的姑娘做些好事、救助并安慰被压迫的人从而替自己带来一些宽慰，这些因素促使夫人真正为两个可怜的逃亡者的命运着想。院长嬷嬷经她请求，出于对她的特别照顾，把母女二人安置在修道院隔壁传达室女人的房间里，把她们当作修道院的勤杂人员。母女二人这么快就找到一个安全而体面的避难所，非常高兴。她们很希望隐姓埋名不被人注意，但在一座修道院里很难做到，尤其因为有个人在千方百计地打听她们其中一人的下落，那人除了先前的欲念和自尊心没有得到满足之外，又由于计划落空遭到嘲弄而十分恼怒。我们暂且撇下避难的母女二人，先回到那人的府邸，此时此刻他正在等候他邪恶行动的消息。

第 十 一 章

　　正如一群长时间追逐兔子的猎狗,最后失去了猎物的踪迹,耷拉着脑袋、夹着尾巴,灰溜溜地回到主子身边①,折腾了一夜的痞子们回到堂罗德里戈的府邸。堂罗德里戈在顶层一间面向广场的无人居住的大房间,也不点灯,在暗地里踱来踱去。他时不时停下脚步,竖起耳朵,从蛀

----

① 后世评论家认为曼佐尼的这段文字受到意大利桂冠诗人塔索的影响。请参看《耶路撒冷的解放》第七章第二节:"猎物从平原躲进了森林, / 一群猎狗长时苦苦追逐, / 到头来还是失去了线索,喘着大气,垂头而归;……"(译文引自人民文学出版社1993年版《耶路撒冷的解放》第230页)

迹斑斑的窗板外的栅栏空当里张望,既不耐烦又有些不安,不仅为了这件事吉凶未卜,而且担心它可能引起的后果;说实话,到目前为止他干的坏事中间还没有如此严重、如此担风险的。但他想到已经采取的预防措施,虽不能免除怀疑,至少也不会留下痕迹,心里又踏实一些。"至于怀疑嘛,"他想道,"我可以付之一笑。我倒想知道谁有胆量来这里探头探脑看看有没有一个姑娘。那个不知天高地厚的混小子要来就来吧,一定热情招待。至于那个老婆子呢?老婆子去贝加莫找吧①。法律呢?去他妈的法律!地方官不是三岁小孩也不是白痴。米兰方面呢?米兰方面有谁会关心那些人?谁会把他们当作一回事?谁知道世上还有那几个人?根本不屑一顾,连主人都没有,谁替他们出头?得啦,得啦,没有什么可担心的。明天早晨够阿蒂里奥瞧的!他将看到我的话算不算数。此外……即使出点问题……谁说得准呢?假如有仇人想利用这个机会……阿蒂里奥也会帮我出主意:毕竟牵涉到全家族的荣誉。"但他考虑得更多的是用什么话来讨好鲁茜亚、哄骗鲁茜亚,诱她就范,这种念头既能冲淡他的疑虑,又能激起他的欲念。"她一个人在这里,待在那些相貌凶恶的男人中间,一定害怕得要死,天哪,这里面相最和善的要算是我了……她不得不来找我,该由她来求我;等她求我时……"

他正这样打着如意算盘时,听到了脚步声,便走到窗前,打开一点,探出头去,看到了他的打手们。"轿子呢?见鬼!轿子在哪里?三、五、八:人数不缺,格里索也在,就是不见轿子:见鬼!活见鬼!我得找格里索算账。"

格里索进了屋,先把长拐杖在底层一个房间的角落里放好,脱掉帽子和披肩,上楼去向堂罗德里戈汇报,这是他的职责,现在谁都不羡慕这份美差了。堂罗德里戈在楼梯上头等着,一看到他那副铩羽而归的倒霉相,几乎是嚷着对他说:"你有什么可说的,逞能先生,队长先生,打保票先生?"

---

① 格里索策划绑架时布置一个带贝加莫口音的瘸子出头说话,目的是把怀疑目标误导至该地区。

"我们尽了力，"格里索一脚踏在第一级楼梯上回答道，"我们忠心耿耿干了，力争完成任务，甚至冒了生命危险，再挨骂真有点伤心。"

"出了什么事？你慢慢说，慢慢说。"堂罗德里戈说着朝房间里走去，格里索跟了进去，随即把他布置的、干的、看到和没有看到的、听到的、害怕的和补救的事讲了一遍，他的计划被打乱后给弄得莫名其妙，因此说的话似乎有条有理却又前言不搭后语。

"不是你的错，你干得不坏，"堂罗德里戈说，"你已经尽力而为了；不过……不过，家里会不会有了奸细？如果有，如果被我查出，有的话我们一定查得出来，看我怎么整治他；格里索，我向你保证我要跟他算账。"

"老爷，"格里索说，"我头脑里也有过这种怀疑，假如真有此事，假如查出那个坏蛋，老爷该把他交给我，由我处置。那家伙害我折腾了一宿，够他乐的！该由我来给他吃点苦头。不过，种种迹象表明，这里面还有一些别的蹊跷，只是现在还弄不明白。明天，老爷，明天我们会弄清楚的。"

"至少你没有被人认出吧？"

格里索回说大概没有；谈话结束时，堂罗德里戈吩咐他明天办三件事，其实格里索自己也该想到的。一早派两个人去向有司打个招呼，后来确实这么做了，上文已经说过；再派几个人到阿格纳丝家附近巡逻，不让闲人走近，同时把轿子先藏好，天黑之后再抬回来，目前不宜采取别的举措，以免引起怀疑；最后派一些最聪明机灵的人混进老百姓中间探听那晚究竟出了什么乱子。堂罗德里戈做了这些安排之后去睡觉，让格里索也去休息，打发他走之前还夸奖了一番，显然是因为刚才抢白了他一顿，给他一些安抚。

去睡吧，倒霉的格里索，你累得够呛。倒霉的格里索！你折腾了一整天，折腾了大半夜，且不说还有落到村民手里或者由于强抢良家妇女而被悬赏捉拿数罪并罚的危险，结果却受到这样的对待！唉，人们往往恩将仇报。不过通过这件事你应该明白世上还是有公道的，报应迟早总会来到。你现在去睡吧，有朝一日你也许会向我们提供报应不爽的明证。

第二天早上，堂罗德里戈起身时，格里索已外出奔波。堂罗德里戈立即去找阿蒂里奥伯爵，伯爵见到他马上显出嘲笑的神情嚷道："圣马丁！①"

"我不知道该怎么对你说，"堂罗德里戈走到他面前时答道，"输掉的赌注我照付；让我懊恼的并不是这件事。我对你一直保密，因为，老实说，我打算让你今天早上大吃一惊。可是……好吧，现在我原原本本地告诉你。"

"这件事准是那修士插了手，"表弟听完后说，他为人一向轻浮，这次的认真态度出人意外，"那个修士装出死猫的样子，说话也傻里巴几的，我却觉得是条老狐狸，爱多管闲事。你一直不相信我，从没有把他那天来找你麻烦的情况清楚地告诉我。"堂罗德里戈介绍了那次谈话的内容。阿蒂里奥伯爵听后嚷道："你怎么咽得下这口气？你居然能让他怎么来又怎么回去？"

"难道你要我和全意大利的方济各会的修士为敌？"

"换了我，"阿蒂里奥伯爵说，"我当时才不会想到除了那个胆大妄为的无赖之外，世界上还有别的修士呢；不过，要报复一个修士，难道找不到符合谨慎原则的办法？要抓住时机对整个修士团表示加倍亲切，然后把其中一个狠狠揍一顿也不会惹出事来。先不谈这件事；他已经逃过了应得的惩罚，由我来对付他，我很想教训教训他该怎么和我们这种人打交道。"

"别把事情搞得更糟了。"

"你至少应该相信我一次，我是以亲戚和朋友的身份帮你的忙。"

"你打算怎么干？"

"现在还不知道，不过那个修士肯定会吃苦头。我考虑考虑……我们的伯父，枢密会议的伯爵先生，他在这件事上能帮我的忙。我亲爱的伯爵伯父！朝中有这样一个人物可以帮我忙真让我高兴！后天我就在

---

① 指圣马丁日，十一月十一日，星期六，亦即堂罗德里戈和阿蒂里奥伯爵打赌要把鲁茜亚弄到手的最后期限。

米兰了，不管怎样，那个修士可要大吃苦头了。"

早餐端了上来，但没有打断他们如此重要的谈话。阿蒂里奥伯爵高谈阔论，按照他对情谊和荣誉的理解，他虽然认为他之所以干预此事纯粹是出于对表兄的情谊和维护家族的共同荣誉，但一想到他的目的可以顺利达到，就忍不住一再暗暗发笑。堂罗德里戈是这件事的主谋，原想干得神不知鬼不觉，没料到竟会砸锅，搞得他心烦意乱、坐立不安。"那些无赖会传播流言蜚语，闹得满城风雨，"他说，"不过我不在乎。至于法律，我不屑一顾，没有证据；即使有证据，我也当它是假的；不管怎么说，今天早上我已经派人去向有司打招呼，叫他不必为昨晚的事大惊小怪。不会出什么事的，不过闲言碎语传得太远叫我讨厌。我们受到嘲弄，这个跟头已经栽得够重了。"

"你做得对，"阿蒂里奥伯爵说，"你那位地方官……又顽固、又愚蠢、又讨嫌……不过话又说回来，倒是个忠于职守、克己奉公的人，同这种人打交道要特别注意，千万不能找他们的麻烦。假如那个混蛋有司立案呈报，地方官即使有心帮忙也爱莫能助……"

"可是你，"堂罗德里戈悻悻然打断了他的话，"你老是同他顶牛，反驳他说的话，一有机会甚至还要取笑他，误我的事。真见鬼！地方官即使平时好说话，难道就没有发点倔脾气、蛮不讲理的时候吗？"

"表哥，你可知道，"阿蒂里奥伯爵吃惊地瞅着他说，"你可知道，我开始觉得你有点胆小怕事。我跟地方官开开玩笑，你也会认真……"

"得啦，你自己不是说过不能怠慢他吗？"

"我确实说过，该正经的时候，我会让你看到我不是不知深浅的小孩。你知道我可以帮你做什么吗？我可以亲自去找地方官先生。啊！他能不感到荣幸？我可以让他大谈伯爵兼公爵，谈我们的西班牙司令先生，一连说上半小时；尽管不愿意，我可以处处附和他的意见。然后我有意无意地提到我那位枢密会议里的伯爵伯父，你也清楚，这些话在地方官先生耳里会起什么作用。说到头，你固然需要他关照，他更需要我们的支持。我尽力而为，亲自去一次，保证替你办妥帖！"

他们又聊了一会儿之后，阿蒂里奥伯爵出去打猎，堂罗德里戈待在家里,焦急地等格里索回来。快开午饭的时候,他终于回来汇报情况。

昨晚的混乱闹得太凶;村里有三个人失踪又是件大事,人们不论出于关心还是好奇当然纷纷打听,不问出一个眉目不会罢休;另一方面,每个人都知道一星半点情况,不可能都默不作声。佩贝杜亚只要在门口一露面,立刻有人拖住她让她说说究竟是谁使她的主人受到那么大的惊吓,佩贝杜亚把全部细节理了一遍,最后得出结论是受了阿格纳丝的骗;那种背信弃义的做法使她非常气愤,以致她确实需要发泄一下。她并不抱怨欺骗她时用了什么手法,这方面她一声不吭;但她可怜的主人遭到暗算,她决不能保持沉默,尤其因为耍花招的竟是那个正派的青年、那个善良的寡妇和那个表面温顺的姑娘。尽管堂阿邦狄奥坚决嘱咐、再三恳求她别声张,尽管她反复申明她知道这件事非同小可,不用叮咛她也会守口如瓶,但那可怜的女人心里藏着偌大的秘密,就像一个箍得不结实的旧桶里盛着新酒,酒还在发酵,翻腾冒泡,即使没有顶开塞子喷射出来,至少在塞子周围咝咝发响,形成泡沫,从桶板缝隙跑冒滴漏,很容易尝到它的味道,辨出它是什么酒。吉尔瓦索简直不信自己居然知道得比

RICCARDI INV.

166

别人多,觉得经历了一场这么大的惊吓不是一般的光荣,参加了一次有犯罪意味的行动之后仿佛已变成同别人一样的男子汉,逢人就想炫耀一番。托尼奥认真考虑到官方调查,可能会受到审讯,要做出交代,用拳头对着吉尔瓦索的脸,吩咐不准他对任何人说任何话,仍无法叫他把话藏在肚子里。再说托尼奥本人,那晚他一反常态,深夜外出,回来时神色慌张;他生性忠厚,不会说假话,把这件事告诉了妻子,而他的妻子不是哑巴。说得最少的是曼尼科,因为他刚把长途奔波的经过和原因告诉父母,他们认为孩子参与打乱了堂罗德里戈的计划,惹下了大祸,吓得几乎不让孩子把话讲完。他们立刻疾言厉色地嘱咐他不能透露半点风声,第二天早上认为光嘱咐还不保险,决定把孩子关在家里,整天不让他出去,第三天也如此。但有什么用呢?他们自己后来和村民们闲聊时,虽然并不想显示他们知道的情况比别人多,但谈到那三个可怜的人逃亡之谜,说不清他们逃亡的情况、原因和去向时,曼尼科的父母仿佛谈一件众所周知的事似的,补充说三人已去了佩斯卡伦尼科。这一情况也进入了大家的话题。

这些零零碎碎的消息像往常那样给编串起来,自然也添油加醋,最后组成一篇脉络分明、确凿可信的故事,连最苛求的人都挑不出毛病。但是把整个故事搅乱的是痞子们私闯民宅的事,那件事性质严重,情节恶劣,不可能给撂在一边,然而谁都说不出一个所以然。有人提到堂罗德里戈的名字,在这一点上大家意见一致;其他方面就暧昧不清、猜测纷纭了。谈论较多的是那天傍晚街上看到的两个流氓和客栈门口的第三个人,但是这么简单的一件事又能说明什么问题呢?当然,可以问问客栈主昨晚谁在客栈,客栈主说的话如果可信,他的回答是根本不记得那晚见到过谁,只是再三重复说客栈仿佛海港,人来人往。斯特法诺和卡兰德里亚见到的那个香客使人们更弄不明白,使所有的猜测都站不住脚,据说香客是流氓要杀的人,跟他们一起走了,或者被他们劫持走了。他来干什么呢?有的说他是在炼狱赎罪的幽魂,前来救助母女二人;有的说他是一个坑蒙拐骗、无恶不作的香客的被打入地狱的灵魂,老在夜里出来和那些和他生前一起干坏事的人碰头;有的说他本是一个有血有肉的香客,那几个流氓怕他嚷嚷把全村的人都吵醒所以要杀他;有的说(试想人们异想天开到了什么程度!)那个香客就是一个流氓伪装的;反正众说纷纭,如果要格里索从别人的谈话中推测这一细节,凭他的机灵和老练也猜不出香客究竟是何许人。但是读者知道,使别人堕入五里雾中的地方正是他自己再清楚不过的,他用这一点来解释他亲自收集和手下人打听来的情况终于拼凑成一幅相当清晰的画面,向堂罗德里戈汇报。他们两人单独在一个房间里密谈,格里索叙说了那对可怜的青年男女企图给教区神甫来个措手不及的袭击,这自然说明了为什么阿格纳丝家空无一人,教堂为什么鸣钟,同时也排除了他们两人认为府邸里有内奸的怀疑。格里索谈到三人的出逃,认为也不难找到理由:那对青年计划落空后感到害怕,或者有人发觉强闯民宅,全村惊动后给他们报了信。他最后说三人逃往佩斯卡伦尼科,以后的情况就不清楚了。堂罗德里戈感到高兴的是证实没有人出卖他并且知道他干的事没有留下痕迹,但高兴的程度并不强烈,时间也不长久。"一起逃了!"他嚷道:"两个人一起! 那个无赖修士! 那个修士!"他说得气急败坏、咬牙切齿,狰狞的面目充分显示了此时心情的狠毒。"我饶不了那个修士,格里索! 我说话是算数的……我要知道,要找到……今晚就要知道他们在哪里。我等不及了。你马上去佩斯卡伦尼科去打听、去看、去找……现在就给你四枚银币,你永远可以得到我的保护。我今天晚上就要知道。那个无赖! ……那个修士! ……"

格里索再一次奔忙起来,当天晚上居然打听到主人想知道的消息;他之所以能够做到,其中自有道理。

人生最大的安慰之一是世间存在友谊;友谊的最大安慰之一是有可以与之吐露秘密的人。朋友不像夫妇那样成双配对,一般说来,每人都有一个以上的知心朋友,从而形成了一条没有结尾的链条。当一个朋友向另一个朋友推心置腹,吐露秘密,获得安慰时,后者产生了获得同样安慰的欲望。当然,在吐露秘密时要求对方守口如瓶,这一条件如果严格履行立刻会中断安慰的传递过程。但是一般惯例只要求对方除了同样知己的朋友之外不向任何人吐露,吐露时也提出了同样的要求。于是,秘密在知心朋友链条的不计其数的环节间口口相传,终于传到了第一个吐露秘密的人最不希望传到的人耳里。在正常情况下,假如每人的朋友不超过两个,从说出秘密到听到不该扩散的秘密的人之间本应有一个相当长的过程。但是一些与众不同的人有数以百计的朋友,秘密传到那些人耳里后,再传播的速度是如此之快,面是如此之广,以至不可能追本穷源。我们的佚名作者没能核实格里索奉命追查的秘密是经过谁的嘴传出来的,情况是护送母女二人去蒙扎的那个好人下午五点左右赶着大车回到佩斯卡伦尼科,还未到家,路上碰到一个知心朋友,十分诡秘地把自己做的好事以及所有别的事一股脑儿都告诉了他……于是格里索有可能过了两小时后赶回府邸禀报堂罗德里戈说鲁茜亚和她的母亲已经躲进蒙扎的一座修道院,伦佐继续前往米兰。

堂罗德里戈听说那对青年男女分了手,感到邪恶的欣喜,心里又生出达到他邪恶目的的希望。当天晚上他盘算了好久,第二天很早起身,想出两个计划,一个已经确定,另一个有了大概的轮廓。第一个计划是派格里索立即去蒙扎打听有关鲁茜亚的详细情况,看看有什么办法可想。主子随即召来格里索,把答应给的四枚银币给了他,再次夸奖他办事得力,然后宣布已经想好的命令。

"老爷……"格里索吞吞吐吐地说。

"怎么? 还有不明白的地方吗?"

"如果老爷能派别人去……"

"你说什么?"

"最尊敬的老爷,我为主人可以两肋插刀,这是我的责任,不过我还知道您老爷不喜欢手下的人冒太大的生命危险。"

"这话怎么说?"

"最尊敬的老爷您完全知道我头上悬有多少赏金,在这里,我受到您的保护;我们抱成团,地方官先生和我们有交情,捕快看得起我,我对他们也……倒不是说有什么忌惮,而是图个太平,以朋友相待。老爷家仆役的号衣在米兰无人不晓,可是在蒙扎人们都认得我。我并不是信口雌黄,老爷您是否知道谁抓到我扭送官府或者提了我的脑袋去请赏都是一笔油水很大的好买卖？一百块白花花的银币之外，还可以要求赦免两个被放逐的人。"

"真见鬼！"堂罗德里戈说，"家里竟然出了一条胆小如鼠的癫皮狗，门口有闲人都不敢扑上去咬他的腿，缩头缩脑看看有没有人撑腰，连家门都不敢出去！"

"老爷，我认为事实早已证明……"

"既然如此……"堂罗德里戈说。

"既然如此，"格里索被逼无奈，横下一条心说，"既然如此，老爷您就当我刚才什么也没有说：我遵命立即出发，带着狮子的胆气、兔子的敏捷。"

"我并没有让你一个人去。你带两个最得力的帮手……'疤脸'和'神枪手'，不用担心，拿出格里索的威风来。真见鬼！像你们这样的三条汉子，天不怕地不怕，谁敢拦住你们？蒙扎的捕快想赚一百枚银币怕是要冒很大风险，连性命都得赔上。再说，我不信那一带会不知道我的名气，凭着替我当差的牌子也足以镇住他们了。"

堂罗德里戈羞辱了一下格里索，然后给了他更详尽的指示。格里索带了另外两个伙伴出发，表面上高兴而自负，心里却在诅咒蒙扎、通缉捉拿他的赏金、女人以及主人们的任性，他像是一头腹中空空、瘦骨嶙峋、从雪封山林里给逼出来的狼，小心翼翼地走进平原，不时停下来，一只脚迟迟没有着地，摇晃着光秃秃的尾巴。

　　　　仰起嘴脸，嗅着危机四伏的空气。

辨认是否夹杂着人或武器的气味，它竖起尖长的耳朵，转动着充血的眼睛，眼里透出掠获的渴望和捕猎的恐怖。至于这行优美的诗句，如果有谁想知道出处，我可以告诉他那引自一部有关十字军和伦巴第人的怪异的手稿，不久即将出版，引起轰动①，我之所以引用是因为在这里非

---

① 这行诗引自托马索·格罗西(1791—1853)的长诗《第一次十字军中的伦巴第人》第十章第十六节。该诗于一八二六年发表，诗中的动物是头母狮，不是狼。

常恰当;我之所以说明出处是不愿掠人之美,希望读者别以为我要花招暗示手稿的作者和我是亲如手足的朋友,我可以随便翻阅他的手稿。

堂罗德里戈盘算的另一件事是设法不让伦佐回到鲁茜亚身边,使他再也不能在镇上立足;为此,堂罗德里戈曾想放出带有威胁性和影射的空气,通过伦佐的朋友传到他耳里,打消他再在镇上露面的念头。但是他又考虑到最保险的办法是把伦佐驱逐出境,要做到这一点,他可以利用法律而不一定使用武力。比如说,可以把教区神甫家的事件渲染一下,说成是侵犯民宅、暴力行为;通过律师说服地方官发出通缉捉拿伦佐的命令。然而他又想到这件丑事张扬开来对他自己并没有好处;他不愿多伤脑筋,决定交给阿策卡·加布利律师去办,只要把他的企图让律师明白就行了。"公告多如牛毛,"他暗忖道,"律师不是傻瓜,他准能找到一些适合我目的的条文,替那无赖找些麻烦,不然他也不必叫阿策卡·加布利了。"可是世上的事难以逆料,当他想到律师,认为律师是最适合他目的的人选时,另一个人,一个谁也不会料到的人,明确地说,也就是伦佐本人,正在专心致志地帮他达到目的,采用的方式比律师所能找到的更快捷、更有把握。

我不止一次地见到一个可爱的孩子,老实说,活泼得有点出格,不过种种迹象表明他长大后很可能成为一个正派的人;我要说的是,我不止一次见到他傍晚时手忙脚乱地把白天放养在小花园里的一群豚鼠赶回窝。他原希望让它们统统进窝,但是白费气力,一头豚鼠离了群,逃到右边去了,小牧人跑去把它赶回大群时,另外一头、二头、三头从左边、从各个方向逃窜。小孩有点不耐烦了,一时兴起,先把窝门口的豚鼠推进去,然后去找别的,能抓到一头就抓一头,能抓一双就抓一双。我们处理人物时也可以用相似的办法:鲁茜亚找到庇护所后,我们跑去找堂罗德里戈,现在我们要撇下他追赶已经走远的伦佐。

上文说过,伦佐同鲁茜亚黯然分别后从蒙扎前往米兰,心情之沉重谁都不难想象。抛弃了家园,撇下工作,更难堪的是远离鲁茜亚,踏上茫茫人间路,不知归宿何处,那个恶棍把他害得好苦!他一想到这些就满腔怒火,决心报复,但回忆起在佩斯卡伦尼科的教堂里跟着善良的神甫

所做的祈祷，顿时又感到后悔；接着怒火又熊熊燃起，但是一看到墙上的圣像，他摘掉帽子停下来祷告一番，一路上他心里杀了堂罗德里戈又让他复活，反反复复不下二十次之多。有一段路程两边是高高的陡坡，路上泥泞多石，布满了深深的车辙，下雨时成了小溪，最低洼的地段被水完全淹没，简直可以陆地行舟。那些地段的斜坡上有一道挖出阶梯的陡峭的小径，说明别的旅客为自己开了一条路。伦佐拾级而上，到了高地，看到平原上高耸的大教堂建筑，仿佛不在城市，而在沙漠里拔地而起，他忘掉了所有的悲伤，突然停住脚步远眺那个他从儿时就经常听人说起的第八奇迹。过了一会儿，他回过头眺望，看到了露出地平线上的山峰，清晰地辨出高出群山的他的雷塞戈纳，他感到浑身血液沸腾，呆呆地站了片刻，伤心地看着那个方向，接着伤心地转过身，继续上路。他开始看到钟楼、塔楼、教堂的圆顶和民宅的屋顶，于是下坡在大路上走了一段，发现离城已经不远了，见到一个行人时，他上前毕恭毕敬地说：

"借光,先生。"

"有什么见教,好小伙?"

"我想去方济各会的修道院,也就是博纳文图拉神甫所在的地方,您能指点我最近的路吗?"

伦佐问讯的人是附近一个富裕的居民,那天早上来米兰办些事,结果没有办成,正急于赶回家去,不很情愿再耽误时间。尽管如此,他并没有露出不耐烦的样子,而是非常客气地回答说:"年轻人,这里的修道院不止一座,你得更详细一些告诉我你找的是哪一座。"伦佐从怀里掏出克里斯多福神甫的信给那位先生看,那人看到信封上有"东门"字样,把信还给伦佐说:"好小伙子,你运气不坏,你要找的修道院离这里不远。你可抄近路从左边那条巷子里穿过去,用不了几分钟就到一幢又矮又长的房子的犄角上,那是传染病院,沿着房子外面的壕沟走去就是东门。进了东门,走三四百步,可以看到有几株漂亮的榆树的小广场,修道院就在那里,你肯定能找到。天主与你同在,年轻人。"他说完时做了一个优美的手势后走开了。城里人对乡下人如此彬彬有礼,使伦佐大为惊讶感动,其实他不知道披大氅的绅士对穿坎肩的村夫有礼是不常有的事。他按照指点的路走去,到了东门。读者听到这个地名千万别在想象中把今天的模样和它联系起来。伦佐进了东门,只有传染病院旁边的一段路是直的,然后成了两旁有篱笆的弯弯曲曲的小道。城门有两根壁柱,架着一溜盖顶,保护门板免遭日晒雨淋,一边是征税员的小亭。傍山而筑的碉堡参差错落,崎岖的地面上全是瓦砾乱石。从东门进城的街道和今天从托塞门进城时看到的街道相似①。城门内不远有一条小沟在街道中央通过,把它分成两条蜿蜒的小街,晴天尘土飞扬,雨天满街泥泞。在至今犹存的名叫波尔格托街的地点,小沟汇入下水道。那里竖立着一根名叫圣迪奥尼西奥的、顶端是十字架造型的柱子,左右两边都是围着篱笆的菜园,还有一些疏疏落落的小破房子,住户大多是洗衣工。伦佐进了

---

① 西班牙殖民统治时期,米兰全城周围筑起城墙,形成一个庞大的堡垒,有六个城门。托塞门后改名为胜利门。

城,使他纳闷的是竟没有征税员理睬,因为他听村里少数几个以前到过米兰而自夸的人说起,凡是从乡下进城的人都要受到严格的搜查和盘问。街上阒无一人,若不是远处传来嗡嗡声说明有骚动,他还以为自己进了一座空城。他茫然不解地走去,看到地上有几摊雪一般松软的白色的东西,心想不可能是雪,因为这季节还不会下雪,并且也不像雪那样洒成一片。他弯下腰察看,用手摸摸,发现竟是面粉。"米兰准是富得淌油,"他暗忖道,"人们才会这样暴殄天物。他们要我们相信各处都在闹饥荒,无非是哄乡下人,让我们少发牢骚;瞧他们自己干了些什么。"他往前再走几步,到了柱子前面,发现下面有些更奇怪的东西:柱子底座的梯级上散落的肯定不是卵石,如果摆在面包师的柜台上,人们毫不犹豫地会把它们称为面包。但是伦佐不敢相信自己的眼睛,因为,天哪! 那不是搁面包的地方。"那是怎么回事呢,咱们瞧瞧。"他暗忖着朝柱子走去,蹲下身,捡了一个,确确实实是个圆面包,用精白面粉烤制的,伦佐除了过年过节的日子之外,平时不常吃到。"果真是面包!"他惊讶之下脱口说道,"这里连面包都满地扔? 在这种年景? 掉在地下都不屑于捡起来? 难道这里是库卡尼亚①?"他赶了十里路,早上的空气清新宜人,看到面包时的惊异,这些因素凑起来使他觉得饿了。"我要不要捡呢?"他寻思着,"哼,扔在这里也会被狗叼走,基督徒当然可以吃。不管怎么说,即使主人来了,我可以付钱。"他想好后把手里拿着的面包塞进口袋,捡起第二个面包塞另一个口袋,再捡起第三个大口大口地吃了起来;一面吃,一面走,心里更加惶惑,想弄清是怎么回事。刚走几步,看到市中心有人出来,他便仔细打量最前面的几个人。那是一个男人、一个女人,以及一个跟在后面几步远的孩子;三个人都带着他们仿佛搬不动的东西,三个人的外表都很古怪。他们身上褴褛的衣衫都沾满面粉,脸上也沾满面粉,一副龇牙咧嘴、用足气力的模样;行走的姿态非但显得不胜负载,而且像是挨过一顿毒打似的痛楚不堪。男人铆足力气扛着一大袋面粉,面

---

① 库卡尼亚是民间传说中富庶之地,街上流着葡萄酒、牛奶和蜂蜜,树上挂着烤乳猪。

粉袋上的窟窿每逢他磕磕碰碰或者跟跟跄跄时就撒出一点面粉。那女人的样子更是奇特：她弯着两臂捧着大肚子，像是一个有两个提手的大砂锅，肚子底下露出两条光到膝盖的小腿，摇摇晃晃地往前走。伦佐定睛再看，原来那个大肚子是女子抓住裙角兜着的面粉，她装得满满当当之后又加上一点，因此每迈一步几乎都要撒出一点。孩子头上顶着满满一筐面包，举起双手扶着；他的腿比父母的短，越来越落后，为了赶上父母而加快脚步，筐篮失去平衡，不时掉下几个面包。

"瞧你的，又丢了一个，没用的东西。"母亲转向孩子，咬着牙说。

"不是我丢的，是它们自己掉落的，我有什么办法？"孩子回说。

"我不能松手，算你运气！"母亲晃动拳头说，仿佛在揍那可怜的孩子，这么一晃又抖落了一些面粉，这些面粉足够做孩子所掉的两个面包了。"哎，哎，"男人说，"我们回去捡起来，不然会被别人捡走的。我们过

的苦日子太长了！现在稍稍有点好时光,我们安心享受吧。"

　　这时候,城门又进来一些人,一个走到那女人身边说道:"面包在哪里拿的?"

　　"前面。"女人回答说,新来的人走开十多步后,她嘟嘟哝哝地接着说:"那些乡下无赖要把所有的面包房和仓库都抢光,什么都不留给我们。"

　　"人人都有份嘛,啰唆的婆娘!"她的丈夫说,"东西多的是。"

　　伦佐根据所见所闻的情况,开始明白自己来到了一个暴乱的城市,那天正是抢夺的日子,也就是说大家只要凭力气争夺厮打,可以随心所欲地抢劫。尽管我们非常希望让我们的山区青年扮演一个善良的角色,历史的真实使我们不得不说他最初的反应是欣喜。当今的世道让他感到满意的理由实在太少了,以致他倾向于赞同任何变革。另一方面,他绝不是超越世俗的人,他的看法和情绪和一般人相同,认为粮食的匮乏是囤积居奇的商人和面包师们造成的,而且这些人全无心肝,看到人们挨饿而无动于衷,因此他认为从这些人手里夺粮食,不管采用什么手段都情有可原。虽然如此,他决定置身事外,去找方济各会的修士,修士能给他一个安身之地,像父辈那样照拂他,他就心满意足了。他一面这么想着,一面看到另一些满载而归的掠夺者,不知不觉到了修道院。

如今耸立着那座带有巍峨柱廊的大宫殿的地点,当时是一个大广场,前几年仍然如此,广场后面就是方济各会修士的教堂和修道院,门口有四株巨大的榆树①。我们不无妒忌地为读者中间没有看到那种情景的感到庆幸,那说明他们非常年轻,还没有干出许多蠢事的时间。伦佐走到修道院门前,把吃剩一半的面包揣在怀里,掏出信,拉拉门铃。一扇有铁栅的小窗打开了,露出看门修士的脸,问来者何人。

"乡下来的,有一封克里斯多福神甫给博纳文图拉神甫的急信。"

"交给我吧。"看门人从铁栅里伸出手说。

"不,不,"伦佐说,"我得交给本人。"

"他现在不在修道院里。"

"请让我进来,我等他。"

"听我说,"修士答道,"你去教堂里等吧,趁这个时候还可以做些有益的事。现在修道院里不让人进。"他说罢关上了小窗。伦佐手里捏着那封信,给晾在门外。他按照看门人的吩咐朝教堂走去,但走了十步忽然想起不妨再看看骚乱。他穿过广场,走到街沿,双臂合抱站住,朝左面市中心的方向望去,那边人声更为喧闹。骚动的旋涡吸引了旁观者。"咱们去看看。"他想道,掏出剩下的半个面包,一面咬着,一面朝那里走去。我们趁这个时候尽可能简单地交代一下那场混乱的起因。

---

① 指罗卡-萨波里蒂宫。方济各会教堂和修道院于一八一二年被毁。

第 十 二 章

那是第二个歉收年。前几年剩余的粮食在一定程度上填补了去年的亏空,到了我们故事发生的一六二八年的收获季节,人们虽不宽裕也没有挨饿,可是底子已经掏空。然而人们渴望的收成结果比上一年更差,一部分是由于天灾(非但米兰地区气候反常,周围相当广泛的地带也灾害频仍),一部分是由于人祸。我们前面提过的那场战争造成了极大的破坏和浪费,以致邻近兵燹地区的农民们背井离乡,撂荒的田地多得异乎寻常,他们不种粮食以养活自己供应别人,而被迫逃亡,乞讨为生。我之所以说撂荒的田地多得异乎寻常,是因为相当长时期以来横征暴敛,田赋粮税已到了无法承受的程度;驻扎在村镇里的军队即使不打仗的时候也飞扬跋扈,鱼肉乡里,当时一些血泪斑斑的文件记载把他们的一贯行径和入侵的敌军相提并论;加上种种别的原因不一而足,逐渐在整个米兰地区形成悲惨的后果,我们现在谈到的特殊情况只不过像是慢性顽疾的急性发作而已。不管怎么说，那年的收获还没有结束，刨掉供应军队的粮食和在所难免的糟蹋浪费，左支右绌，立即就感到匮乏，随之而来的是那痛苦但也是有益和不可避免的结果——物价飞涨①。

物价飞涨到了过分的程度，许多人会产生一种想法，认为它的起因并不在于匮乏。（至少到目前为止一直产生过；如果说，专家学者发表了那么多文章之后②仍然有这类想法，以前的情况更可想而知了！）人们忘了曾担心和预言它的出现，突然心血来潮，猜想麦子有的是，问题在于没有出售足以满足消费的数量，这种猜想虽然毫无根据，但暂时迎合了人们的愤怒与希望。人们把匮乏和涨价归咎于囤积麦子的商人，不论是确有其事或者是捕风捉影，归咎于不痛痛快快把麦子卖出来的地主，归咎于收购麦子的磨坊主，总之，归咎于所有那些拥有少量麦子、大量麦子或者有名无实的人，这些人成了普遍抱怨的对象，受到各色人等的憎恨。人们言之凿凿地说哪里是库房粮仓，装得满满当当，甚至需要加固；指出有多少袋粮食，那自然是信口开河；一口咬定大批粮食给秘密运往别的地方，而那些地方也许同样肯定而冲动地大叫大嚷说他们的粮食给运到了米兰。人们呼吁行政长官采取措施把据说是隐藏的、用砖砌死的、埋在地下的麦子挖出来，保障供应，他们一直认为，至少到目前为止一直认为，那些措施是合情合理、简单易行、理所当然的。行政长官采取了一些措施，例如厘定某些产品的最高价格，制定对拒不出售商品者的处罚条例，还颁布了一些相关的法令。所有这些人为的措施虽然不比寻常，但并不能削减人们对粮食的需要，也不能违反自然规律使地里随时长出庄稼，更不会把粮食从什么富裕地区吸引过来，因此问题继续存在，并且越

---

① 曼佐尼对经济学颇有研究，著有《物价上涨之我见》一文，赞同自由经济学说，认为产品求大于供时引起价格上涨，从而抑制该产品的消费，重新导致供求平衡，因此价格上涨是"有益的"；还认为补救办法有：一、有钱人主动减少消费；二、增产商品，为有劳动能力的人扩大收入；三、对无劳动能力的人施行救济。

② 作者这里指的是苏格兰经济学家亚当·史密斯以及意大利经济学家贝卡里亚、维里、吉奥亚等人的著作。曼佐尼曾研读吉奥亚的《食品贸易及其昂贵价格》一书。

来越严重。人们把这归罪于措施不力，纷纷要求拿出更果断的办法来。不幸的是，他们找到了符合希望的人。

堂贡萨洛·费尔南德斯·德·科尔多瓦总督在蒙费拉托指挥围攻卡萨尔期间，米兰的职务由西班牙人大首席官安东尼奥·费雷尔代理①。大首席官认为(谁会不这么认为呢?)面包价格保持合理是件好事，并且认为(他错就错在这里)只要他下一道命令就能做到。于是他定出面包的官价，假如小麦的正常售价是三十三里拉一莫约②，面包的官价可算是合理的，但是事实上的售价高达八十里拉之多。他的做法像是一个半老徐娘，以为更改一下出生证明便能焕发青春。

有些命令即使不太荒唐和不公道，由于内容不合民意，往往不能贯彻，但这一次人们看到自己的愿望终于用法律形式固定下来，坚决要求按命令行事，绝不通融。人们立即赶到面包房，要按官价买面包；他们有法律撑腰，来势汹汹，摆出不满足他们的要求就要动武的架势。面包师们怨气冲天自不待言。他们不停地和面、揉面、烘烤、出炉，人们隐隐约约觉得这里有点不对头，轮番围攻面包房，趁官价有效期间占足便宜；看面包师累死累活还要赔钱，大家幸灾乐祸的高兴劲儿可想而知。一方面是扬言违法必究的行政长官，一方面是抢购的市民，面包师稍有怠慢，他们就粗声粗气地催促抱怨，还威胁说要讨个公道，面包师里外不是人，只得揉面、烘烤、出炉、出售。然而，要他们长期这么干下去，光凭命令和吓唬是不够的，还需要能力，这种情况再持续下去，他们就无能为力了。他们向行政长官申诉，说加在他们身上的负担有欠公允，无法忍受；声称要撒手不干；与此同时，他们勉强挺着，希望大首席官有朝一日能醒悟过来。但是安东尼奥·费雷尔是我们今天称为性格坚强的人，他回答说面包师们以前赚了大钱，以后等年景好的时候还会赚大钱，他也许可以考

---

① 费雷尔于一六一九至一六三五年间任米兰大首席官，确系西班牙人，但一六三二年入意大利籍。大首席官地位仅次于总督，负责监督司法与财政工作、总督与下属机构的联系、向总督提供法律政治咨询。

② 西班牙负责意大利事务会议一六二八年一月二十九日的记录表明以三十三里拉为基准的面包官价和当时四十六七里拉的小麦市价差距甚大。莫约是谷物容量单位，在西班牙合二百五十公升；在米兰合一百五十公升。

虑采取某种补偿办法,在此期间面包师们最好再忍耐一下。也许他真的相信他自己在别人面前说的话,也许他从实际效果上看出不可能维持他那项法令,希望由别人来做撤销法令的丢脸的事,这时候有谁能使安东尼奥·费雷尔回心转意呢?总之,他死抱住决定不放。最后,十夫长们(由贵族组成的市政职务,一七九六年后撤销)①上书总督说明当时形势,请总督设法解决。

堂贡萨洛戎马倥偬,做出了读者肯定猜到的反应:指派一个委员会,授权定出各方面都通得过的合理的面包价格。委员们开会研究,群贤毕至,济济一堂,经过无数次互相致意、客套寒暄、扼腕叹息、转弯抹角、不着边际的建议、胡搅蛮缠,大家都觉得有审议的需要,知道要承担很大的风险,但深信没有别的办法;一致决定提高面包的价格。面包师们舒了一口气,但是人民群众被激怒了。

伦佐抵达米兰那天的前一晚,米兰街头和广场上人群麇集,他们不管相不相识,为共同的愤怒所驱使,受共同的思想所支配,一堆一堆的围在一起,正如在同一个斜坡上汇拢的水滴,事先没有相约,事后又不自知。每一个人的谈论都煽起了听众和说话者本人的信念和激情。在众多激昂的人中间也有一些比较冷静的人,他们暗自窃喜地看水怎么搅混,并且想方设法用狡猾的人所能编造、冲动的人信以为真的论据和故事把水搅得更混,在他们摸到一些鱼之前不希望澄清。成百上千的人那晚回去睡觉时隐约觉得必须干些什么事,某些事肯定会发生。天还没有大亮,街上又满是扎堆的人:小孩、妇女、男人、老人、工人、穷人,任意聚在一起,这里七嘴八舌地低声议论,那里有一个人侃侃而谈,别人为他鼓掌喝彩;这个人把别人刚问他的问题问身旁最近的人,那个人重复了刚听到的感叹;到处都是抱怨、威胁、惊讶的表示,千言万语实质只包含少

---

① 十夫长原系古罗马编制中十个士兵或市民之长,米兰沿用了这个职务名称,同西班牙制度无关。米兰有六十名十夫长,由西班牙总督指定的贵族担任,终身任职。米兰按六个城门划分为六个城区,每区有十名代表,故称十夫长。一七九六年,拿破仑入侵后成立阿尔卑斯山南共和国,凡带有贵族意味的政府机构全部废除。

数几个字眼。

任何一个理由、推动、触发都可以使言语变为行动，这个时刻不须等多久就来到了。天亮时，送货人背着装满面包的篓子从面包房出来，像往常一样准备分送到各个主顾家。那些不走运的小伙子之一在人群中刚出现，就像一个点燃的爆竹落进了火药桶。"不是有面包吗！"百十来人同时嚷了起来。"是啊，是给那些富得流油的老爷们送去的，他们却想把我们活活饿死。"一个人说着走到送面包的孩子身边，抓住背篓口往怀里一拽说："让我看。"孩子急得脸上一阵红一阵白，浑身筛糠似的发抖，他想说放我走，但是说不出口，他松开胳膊，想从背篓皮带箍里赶快脱身。"放下背篓。"人们嚷道。许多只手同时抓住篓子，篓子落到地上，苫布揭开，散发出温暖的香味。"我们也是人，也得吃面包。"第一个人抓起一个大面包给大家看，咬了一口说。许多手伸向篓子，转眼之间一抢而光。有些人一无所获，见别人捞到好处心里有气，发现面包得来如此容易也跃跃欲试，便成群结队地去找别的背篓，被找到的无一幸免。后来街上送面包的人根本不必拦劫,他们见到这副架势,自认晦气,主动放下背篓拔脚就跑。不管怎么说,没有抢到面包的还是多数,抢到面包的觉得所得有限也不甘心,两种人会合在一起,局势越来越混乱。

"去面包房! 去面包房!"有人喊道。

在那条名叫信徒路的街道上有一家面包房①,字号一直未变,在托斯卡纳方言里大致的意思是拐杖面包房;在米兰方言里词组十分不和谐,离奇古怪,字母表里简直没有可以表明它发音的符号②。人们朝那方向跑去。面包房里的人正在问送面包的小孩为什么两手空空地回来,小孩惊魂甫定,结结巴巴地叙说他的不幸遭遇,这时远处的奔跑声和呼喊声逐渐来近,暴民的先头部队已经出现。

快,快;一个伙计飞也似的跑去向司法长官③求援;别人手忙脚乱地关上店铺,上好门板。人们已在门外结集,叫嚷道:"面包,面包! 开门,开门!"

过了不久,司法长官带了几名持戟士兵来了。"让路,让路,孩子们,回家去吧,大家回家去吧,给司法长官让路。"他和士兵们喊道。当时人群为数还不太多,让他们通过,到了面包房门口稀稀拉拉地站成一排。

"孩子们,"司法长官站在门口对大家说,"你们待在这里干什么? 回家去,统统回家去。难道你们不敬畏天主? 国王陛下会怎么说? 我们不想干出对不起你们的事,你们还是回家去吧。走吧! 你们纠集在这里想干什么? 这对你们的灵魂和肉体都没有好处。回去吧,回家去吧。"

站在最前面的见到他的脸、听到他说话的人即使想照他说的做也办不到了,因为围上来的人越来越多,摩肩接踵,像浪潮似的后浪推前浪,一浪高过一浪。司法长官给挤得气都喘不过来了。"把他们往后推,让我喘口气,"他吩咐士兵们说,"可是别伤任何人。我们想办法进屋去,快叫

---

① 面包房紧挨大教堂后部,一九一九年关闭。信徒路于一八五九年更名为维多里奥·埃曼努埃莱路。

② 即斯坎奇面包房,斯坎奇是十二世纪后期米兰一个贵族家族的姓氏,有"拐杖"之意。当时意大利封建贵族都有专用的面包房、酿酒、服装、铁工等作坊。

③ 米兰负责处理刑事案件及维持治安的官员,辖下有九名持戟士兵,驻地离拐杖面包房不远。当时的司法长官是姜巴蒂斯塔·维斯康蒂。

门,把他们往后推。"

"往后退！往后退！"士兵们横握戟柄去推最前面的人。这些人大声嚷嚷,尽可能后退,脊背顶着后面人的胸膛,胳膊肘捅着别人的肚子,脚跟踩着人家的脚尖,推推搡搡,乱成一团,给挤在中间的人只要能换个地方干什么都愿意。与此同时,门口稍稍腾出一点空地,司法长官一再敲门,叫里面的人让他进去,里面的人从窗口张望,赶快下楼开门,长官进去后招呼士兵,由最后几个士兵用戟挡住群众,一个个陆续进了屋。大家都进来后,门给锁上,用木棒撑住,长官匆匆上楼,从窗口探头张望,哎哟,简直是人山人海！

"孩子们,"他喊道,许多人闻声抬起头,"孩子们,大家回去吧。马上回去的人一概予予追究。"

"面包,面包！开门,开门！"人群发出一片可怕的喧哗,只有这几个字能听清。

"头脑清醒些,孩子们！千万要小心！现在为时还不晚。喂,快散开,都回家去吧。你们会有面包的,不过不能这么干。喂！……喂！……你们在下面干什么？喂！不能撞门！嗨！嗨！我看到了,我看到了;你们得注意哪！那是严重的犯罪行为。我亲眼看到了。哎！哎！放下家伙,住手。你们不知羞耻！全世界都知道米兰人是奉公守法的！听好,听好:你们一向是好百……唷,流氓！"

他之所以突然改口是因为那些好百姓之一扔出一块石头,正好打中司法长官的前额,掌管玄学思维的左隆凸部位①。"流氓！流氓！"他嚷着赶快把窗关上,缩了回来。尽管他扯开嗓子大声嚷嚷,在下面升腾上来的暴风雨般的呼喊声中,他说的话不论是好是坏全给淹没了。他说看到的东西是门前许多人搬起的石头和路上随手抄来的家伙,在砸门和撬开窗外的铁栅,破坏的进度很快。

与此同时,面包房的主人和伙计们守在楼上的窗口,搞了一些石块

---

① 德国颅相学家高尔(1758—1828)认为人的各种心理活动由大脑不同的脑叶掌管,曼佐尼不同意高尔的理论,这里有调侃意味。

作为弹药（也许是挖起了院子里铺地的石块），朝下面的人呵斥，叫他们别撬门窗，举起石块，威胁着要砸下去。他们发现威胁不起作用，真的开始扔石块了。每块石头都砸到了人，因为人群密密麻麻，连一颗小米粒掉下去都不会直接落到地上。

"啊呀，无赖！啊呀，骗子！这就是你们给穷苦人的面包吗？喔唷唷！妈的！嗨，嗨！"底下的人嚷道。不止一个人给砸得头破血流；两个孩子当场身亡。被激怒的群众力量陡增，大门给撞倒，窗上的铁栅给卸掉；人流像水银泻地，从各个通道涌了进去。里面的人一看大势不好，躲上阁楼，司法长官、持戟士兵、面包房的一些人便蹲在阁楼的角落里；另一些人从天窗爬了出去，像猫似的待在屋顶上。

战胜者看到战利品，把血腥的报复计划抛在脑后。大家扑向货架，抢夺面包。有的跑到柜台那儿，把锁砸开，手伸进钱罐里一把一把地抓起钱币往口袋里装，抢了钱便往外跑，打算过一会儿再来抢面包，如果还有面包的话。人们窜到库房里，抓住面粉袋往下拖，有的两腿夹住一袋面粉，解开袋口，倒出部分面粉，以便扛动剩下的；另一个人喊道："慢着，慢着。"弯腰摊开围裙、手帕，或者用帽子去接天主养民的恩施；还有人跑到揉面槽那里，抓起一捧面团，面团给拉长了，粘得到处都是；有的抢到

一个筛子，高举过头往外跑；男人、妇女、小孩来来往往，推推搡搡，大哭小喊，白色的粉尘沉降升腾，一片混乱。面包房外两股方向相反的人流冲撞磕碰，一股是扛着战利品出去的人，另一股是进来找油水的人。

拐杖面包房遭到洗劫破坏时，城市别的面包房并非太平无事。但是围攻的人数都不及那一家多，因此未能随心所欲；有的面包房主人结集了援助力量，有了防备；另一些人力不足，同暴民们达成某种协议，向聚集拢来的人分发面包，让他拿了就走，成不了气候。离去的人并不是已经感到满足，而是因为持戟士兵和捕快们虽然明哲保身，同情况最糟的拐杖面包房保持一定的距离，但在别的地方仍抛头露面，使那些势孤力单的暴民不敢轻举妄动。于是那家倒霉的面包房骚乱得越来越厉害，因为凡是喜欢捣乱的人都往朋友势力比较大、保险不会遭到惩罚的地方去。

在这种局面下，伦佐啃完了面包，到了东门区，恰恰是朝骚乱的中心走去，只是自己并不知情。他随着人流走去，时快时慢，一面走一面东张西望，留心听人们乱哄哄的谈话，想了解一些确切的情况。一路上，他听到的大致是这些话：

"那些无赖老是说没有面包、没有面粉、没有小麦，"一个人说，"现在终于戳穿了他们卑鄙的谎言。现在什么都弄清楚了，他们再也骗不了我们。富裕万岁！"

"我告诉你，"另一人说，"这一切都是竹篮子打水白费气力；假如不特别小心的话，会比以前更糟糕。他们会贱卖面包，但是在里面下毒，让穷人们像苍蝇似的大批死掉。他们早就说我们人数太多了，是在委员会里说的，我有可靠的消息来源，我亲耳听我的干亲家母说的，她是一位委员老爷家厨房伙计的亲戚的朋友。"

另一个人给砸破了头，用撕开的手帕扎住凌乱血污的头发，唾沫四溅地在破口大骂，骂的话不堪入耳。还有一个人为了宽慰他，在随声附和。

"先生们，借光，借光，给一个可怜的父亲让让路，好替家里五个孩子弄点吃的回去。"一个扛着一大袋面粉摇摇晃晃走来的人说，大家尽可能腾出地方让他过去。

"我吗？我可要走了,"另一个人低声对同伴说,"我世面见得多了,我知道这种事情最后会有什么结果。你别看那些傻瓜现在闹得凶,明后天就会吓得要死,躲在家里不敢露脸。我已经认出几个人装出没事的样子在街上转悠,其实把谁上街谁没有上街都记在小本子上,等事情过去之后再算账,该倒霉的人就要倒霉了。"

"包庇面包师的人,"一个人嚷道,响亮的嗓门引起了伦佐的注意,"是补给督办①。"

"那些家伙全是混蛋。"他身边一个人说。

"不错,不过他是头目。"第一个回答说。

补给督办是十夫长委员会每年提名六个贵族,由总督圈定的。那一年的补给督办是该委员会主席,兼补给审议会主席。审议会由十二人组成,也必须是贵族,主要的职责是保障城市的粮食供应。城里如果出现饥馑,不了解情况的人肯定认为补给督办是罪魁祸首,除非他没有做费雷尔所干的事,即使有想做的打算,那件事也不在他职权范围之内。

"那些人丧尽天良!"另一个人说,"世上还有比他们干的事更恶毒的吗?他们甚至把大首席官说成是老糊涂,无非是想贬低他,由他们来发号施令。真应该做一个大笼子,把他们关在里面,让他们吃野豌豆和毒麦子,正如他们想对待我们那样。"

"他们给我们的是什么面包,哼?"那个想赶快回家的人说,"一磅多重的大石块,像下雹子似的。还挤得水泄不通!我不知道什么时候才能到家。"

伦佐听了这些谈话说不上究竟是长了见识还是增添了惊骇,他被人推推搡搡终于来到那家面包房门口。人群已经疏散,劫后的惨状赫然在目。墙壁被石块砖头砸得灰泥剥落、坑坑洼洼,窗扇七零八落,大门倒在地下。

"这可不妙,"伦佐暗忖道,"假如面包房全像这样给砸烂的话,以后

---

① 补给督办是负责民政管理和审理纳税案件的官员,他的首要职责是保障城市供应,为城乡商品制定"公平合理"的官价。小说所描写的米兰骚乱时的补给督办是鲁多维科·梅尔齐·德里尔。

在哪里烤面包?"

面包房里有人陆续出来,每人都拿着一些东西,有箱板、揉面槽的木板、筛子架、揉面棒、板凳、大筐、账本,总之是那家倒霉的面包房里的什么物件,他们一面走,一面嚷嚷:"借光,让让道。"他们从人群中间通过,朝同一方向走去,仿佛前往一个约定的地点。"这又是怎么回事?"伦佐想道。他看见一个人把破木板木棍扎成一捆,扛在肩上,像别人一样沿着大教堂北侧的街道走去,便跟在后面。街道用前不久还存在的台阶命名①。山区来的小伙子急于跟去看热闹,但面前出现了那座有第八奇迹的庞然大物,不由自主地停了下来,张口结舌地抬头观看。接着,他加快脚步追赶他认作向导的人,跟着他拐了弯,朝大教堂的正面瞥了一眼,当

————————

① 原有五级台阶,一八二一年拆除。

时大教堂还没有完工,正面相当粗糙。他一直跟着那人,向广场中心走去,越往前人群越拥挤,但见那扛木板的人便纷纷向两旁让开,仿佛被船头劈开的波浪,伦佐亦步亦趋,跟在他背后到了人群的中央。那里有一块空地,空地中间是一堆炭火,也就是上文所说的那些器具的遗迹。周围的人群鼓掌顿脚,沸沸扬扬地欢呼胜利,高声诅咒。

那人把扛着的一捆木板卸在炭火上,另一个拿着半截烧焦的木棍拨弄炭火,火堆冒出的烟越来越浓,火焰重新蹿起,随之而来的是更喧闹的叫喊:"富裕万岁! 残害百姓的刽子手罪该万死! 饥荒该死! 打倒督办! 打倒委员会! 面包万岁!"

说实话,毁坏面粉筛子和揉面木槽、把面包房洗劫一空、断了面包师的生路,并不是保障面包长期供应的好办法,但这正是群众心理所不能领会的玄学的一个微妙之处。尽管如此,人们遇到新问题时,即使不是博大精深的玄学家,有时也能立刻心领神会;只是由于谈论并听人谈论得太多,反而弄不明白。我们从上文中看到,伦佐一开始就对骚乱有自己的看法,后来一直耿耿于怀。他之所以藏在心里不说,是因为在他见到的这许多人中间似乎谁都自以为是,没有一个说:兄弟,假如我错了,请你纠正,我感激不尽。

火焰又一次熄灭,还不见谁搬新的可燃材料来,人们开始感到腻烦;这时听说科尔杜西奥(离此不远的一个小广场或者十字路口)那里在围攻一家面包房。在这种情况下,传闻的事往往给信以为真。与流言一起在人群中传播的是去那里的愿望:"我要去那里,你去吗?""我也去,咱们走吧!"到处可以听到这样的问答声,围聚的人们散开后,形成游行队伍。伦佐滞留在后面,几乎没有挪动,只是被人流挟持着缓缓往前;与此同时,他琢磨着是不是应该离开是非之地,回修道院去找博纳文图拉神甫,还是也去看看另一家面包房。好奇心又一次占了上风。然而他决定不掺和到混乱中去以免挤碎骨头,或者遭到更不幸的事,而是隔开一段距离,袖手旁观。于是他站在稍远的地方,从口袋里掏出另一个面包,咬了一口,一面吃一面跟在混乱的人群后面。

人群从广场进入又短又窄的旧鱼市街,然后穿过那道斜拱门到了商贩广场。他们经过当时叫作医师公会的建筑门廊中央的壁龛时,很少有人朝耸立在那里的巨大的大理石雕像看上一眼,那座堂菲利普二世的雕像面容严肃阴森,使人肃然起敬,一条手臂伸向前方,仿佛要说:我来了,混蛋。

由于奇特的意外事件,如今那座雕像已不复存在。我们叙说的故事一百六十多年之后的某一天,人们换掉雕像的脑袋,取下雕像手中的权杖换上一把匕首,并且给雕像标上马格斯·勃鲁特斯的姓名①。这副模样维持了一两年,后来有一天②,某些对马格斯·勃鲁特斯没有好感,甚至暗怀怨恨的人给雕像套上一条绳索,把它拽倒在地,百般摧残,雕像缺手少脚,只剩下一段不成样子的躯干,那几个人铆足劲头拖着雕像在街

---

① 勃鲁特斯(公元前85?—前42)是古罗马恺撒大帝的义子,与人合谋用匕首暗杀了恺撒。毁坏菲利普二世雕像事发生在一七九七年七月七日拿破仑第一次占领时期,米兰革命者所为。曼佐尼把菲利普二世当作君主专制的象征,勃鲁特斯则为人民专政的象征。

② 一七九九年四月二十八日。

上走,最后筋疲力竭,不知把它扔在什么地方。安德烈·比菲①雕刻时哪想到他的作品会落到这个地步!

　　人群从商贩广场穿过毛纺街的拱门到了科尔杜西奥。每人一到那里首先看的是传闻正遭围攻的面包房。他们原以为可以看到已经在动手的志同道合的人群,可是大失所望,只有少数几个犹犹豫豫的人站着,离面包房相当远;面包房大门紧闭,窗里则是手持武器准备自卫的人。面对这种情况,有的人感到惊讶,有的开始诅咒,有的笑了;一些人回去通知后面陆续来到的人,另一些停下来,还有一些人想退回去,这时有谁说道:"往前走,往前走。"后面的人推前面的,前面的人逡巡不前,大家僵持犹疑,只听得一片嗡嗡的争论和商量声。这时人群中响起一个不祥的声音:"供应督办家离这里不远:咱们去那里讨个公道,去抢他家。"人群仿佛突然想起早已做出的决定,而不是接受新的主意,"去找督办!去找督办!"大家异口同声地喊着,一起拥向那座不幸而被提到的房屋所在的街道。

---

　　①　比菲(1560—1631)的菲利普二世雕像成于一六一一年。

第 十 三 章

　　倒霉的督办食不甘味地吃了一顿没有新鲜面包的午饭,此时正在艰难地消化,他忧心忡忡,不知那场风暴如何是了,但绝没有料到竟会可怕地落到自己头上。有个好心人赶在人群前面跑到督办家通风报信。仆人们闻声拥到门口,惊恐地朝街那头鼓噪喧哗来近的方向望去。他们接到通知时,已看到人群中打头的,连忙去禀报主人,主人在考虑逃跑以及如何逃跑时,另一个仆人来说已经没有时间了。仆人们刚顾上关门。他们插好门闩,用木棒撑住,再跑去关闭窗户,仿佛看到天空乌云压来,马

上要下雹子似的。

越来越高昂的呼喊声像凌空直下的雷鸣在空旷的院子里激荡,房屋的每一个角落都发出回声,在这片震耳欲聋的轰响中还听到猛烈而频繁的用石块砸门的声音。

"督办!滥用职权!坑害百姓!我们要他的人!死活不论!"

那个倒霉的家伙吓得面无人色、手足无措,从一个房间跑到另一个房间,祈求天主保佑,击掌招呼仆人们顶住,想办法帮他逃出去。但是怎么逃,往哪里逃?他爬上阁楼,从隙缝里焦急地张望,只见街上挤满了愤怒的人群,听到要他性命的呼喊声;他吓得魂不附体,缩了回来,找个最安全、最隐蔽的藏身之处。他蜷缩在那里,细听那不祥的喧闹是否减弱,骚动是否稍有平息,但只听到吼叫声更凶猛狂暴,砸门声更紧密,惊恐之下,他急忙用手捂住耳朵。接着,他似乎失去了理智,咬紧牙关,扭歪了脸,伸直手臂,捏紧拳头,仿佛在使劲顶住大门……除此之外,他确切做了什么不得而知,因为他一个人躲着;历史只能凭空猜测。幸好它已经习惯了。

这次伦佐处于混乱最激烈的地点,他不是被人流卷进去,而是有意投入的。当人们初次叫嚣要督办性命时,他觉得浑身不自在;至于洗劫,他说不好在这件具体的事情里究竟是对是错,但是杀人的想法使他感到由衷的恐怖。面对许多人慷慨激昂的断言时,感情用事的人容易随声附和,人云亦云,出于这种不幸的心理的可塑性,伦佐完全相信督办是饥馑的罪魁祸首,是穷人的仇敌;尽管如此,当暴民们开始行动时,他偶然听到有人说是要想办法救督办性命,随即决定也帮督办一把,他带着这种打算,一直挤到门前。大门正遭到猛攻,有的人用石头砸锁,有的用棍棒、凿子和锤子试图提高破坏效率,还有人用石块、断尖的刀子、铁钉、手杖,甚至用指甲挖墙皮墙缝,居然弄下几块墙砖,开了一个缺口。插不上手的人在后面呐喊助威,使劲往前挤,害得前面本来乱哄哄的人更施展不开,值得庆幸的是坏事有时变成好事,热衷于支持坏事的人反而成了阻碍。

行政长官一接到闹事的报告立刻派人向当时名叫吉奥维亚门

城堡①的司令官求援，司令官派出几名士兵。但是接到消息、下令发兵、士兵集合出发、开赴闹事地点有一个过程，士兵到达时，督办的房子已被团团围住，水泄不通，他们便离得远远的在人群的一端站住。带头的军官不知如何是好。他们所在的地点只有一堆乱哄哄的看热闹的男女老少。士兵们命令他们散开让道，他们的回答只是一阵阴沉沉的交头接耳，谁都不动。军官认为朝人群开枪不仅是残忍的行为，而且充满了危险，因为伤害无足轻重的人时会激怒许多性情暴躁的人；另一方面，他没有接到开枪镇压的指示。最好当然是冲散前面的人群，左右冲突，向前挺进，用武力对付胆敢阻拦的人；问题在于如何做到这一点。谁知道士兵们能不能整整齐齐地列队推进呢？假如士兵冲散不了人群，激怒了他们，被他们吞没后由他们摆布又怎么办？军官的犹疑不决和士兵的逡巡不前，不管有没有理由，都像是惧怕。离士兵们比较近的人带着满不在乎的神情瞅着他们的脸；稍远的人一有机会就扮鬼脸起哄嘲笑，想激怒他们；再远一些的人根本不知道或者不理会他们在场；那些以工兵自居的人挖墙不止，只想尽快完成手头的工作，旁观的人则不停地叫喊，为他们鼓劲。

旁观者中间有个相貌凶恶的老人特别扎眼，他睁大一双发炎的、深陷的眼睛，魔鬼般的狞笑加深了满脸的皱纹，双手高举过白发苍苍的头，挥舞着一把锤子、一条绳索和四枚大铁钉，扬言杀掉督办后把他钉在一扇门板上。

"哼，太不像话了！"伦佐听到老人的威胁，看到不少人露出赞同的神情，惊骇地脱口嚷道，同时他还看到另一些人虽不作声脸上却显得和他同样惊骇，便壮着胆子接着说："太不像话了！难道你要顶替刽子手！杀害一个基督徒？我们干出这等穷凶极恶的事之后，难道还能指望天主赐给我们食物？他给我们的不会是面包，而是雷轰电劈！"

"呸！狗东西！呸！叛国贼！"在喧闹中听到伦佐那些圣洁的话语的人中间有一个满脸杀气的转身朝他喊道，"慢着，慢着！那是督办的一个

---

① 吉奥维亚门城堡系米兰君主维斯康蒂(1351—1402)下令于一三五八至一三六八年间建造，后由达·芬奇设计改建，现名斯福泽斯科城堡。

奴仆,假扮成农民,是奸细,抓住他,抓住他!"千百个声音在他周围乱成一片:"出了什么事?是谁?督办的奴才。奸细。督办假扮成农民想逃跑。在哪里?在哪里?抓住他,抓住他!"

伦佐噤若寒蝉,缩紧脑袋,恨不得找个地缝钻下去;几个好心人把他围住,大声呼喊着别的话,想混淆那些怀有敌意的、杀气腾腾的声音。但是附近响起的"让开!让开!"的喊声帮了大忙:"让开!管用的东西来了,喂,让开!"

所谓管用的东西是几个人搬来的一把长梯,他们打算把它靠在墙上,爬窗进屋。幸运的是,这个办法在理论上似乎简单容易,实践起来却很困难。在梯子两端和两侧搬运的人受到拥挤的人群阻隔干扰,走起路来摇摇晃晃:打头的人用肩膀扛着梯子的长杆,从两根横档中间伸出脑袋,仿佛套着木枷,给压得哇哇直叫;另一个搬运的人被猛地一推松了手,落下来的梯子砸到其余几个搬运人的肩膀、胳膊和肋骨上,疼得他们破口大骂。别人赶紧抬起重载,把它高举过头,喊道:"加把劲!咱们上!"致命的器材磕磕绊绊、歪歪扭扭地行进。它来得正是时候,转移了伦佐的敌人的注意,伦佐抓住混乱的时机,先是一小步一小步地挪动,然后用胳膊肘推撞着排开人群,离开那个对他极不友好的是非之地,打算尽快脱离混乱,真的去找或者守候博纳文图拉神甫。

人群一头突然发生一阵异乎寻常的骚动,迅速蔓延,同时有个声音口口相传:"费雷尔! 费雷尔!"所到之处,那个名字引起了惊讶、欢欣、愤怒、同情、厌恶;有的欢呼,有的试图用声音盖没;有的肯定,有的否定;有的祝福,有的诅咒。

"费雷尔来了!""没的事,没的事!""真的,真的。""费雷尔万岁! 他压下了面包价钱。""不,不!""他坐马车来了,他在这儿!""那又怎么样? 这事同他有什么关系? 我们不要任何人插手!""费雷尔! 费雷尔万岁! 他是穷人的朋友! 他来把督办抓进监狱。""不,不,我们来主持公道,闪开,闪开!""对,对,费雷尔! 把督办抓进监狱去!"

人们转过身,踮起脚跟,伸长脖子,朝传说不速之客来到的方向望去。由于大家都踮着脚,并不比站在原地不动看得更清楚;尽管如此,大家还是踮着脚张望。

果不其然,大首席官安东尼奥·费雷尔坐着四轮马车已经来到士兵同人群相持地点对面的另一端;他的胡说八道和一意孤行造成或者至少触发了这场动乱,也许感到内疚,现在赶来安抚,至少设法防止产生更可怕和不可挽救的后果:他赶来运用他那得来并不光彩的声望和影响。

骚乱的人群里总是有那么一批人,或是由于感情冲动,或是由于狂热的信念,或是由于邪恶用心,唯恐天下不乱,想方设法把事情搞得更糟,出一些伤天害理的主意,煽风点火,一心只想扩大事态,什么恶毒的招数都能施展出来。但作为补偿的是有另一些人,他们以同样的热情和坚忍努力造成相反的效果:有的出于对遭受威胁的人的友情或袒护,有的并没有任何动机,只是慈悲为怀,见到流血暴行就自发感到厌恶。但愿上天保佑他们。这两种截然不同的人即使事先没有约定,每一方由于一致的意志,在采取行动时会立刻协调一致。随后形成骚乱的主体甚至核心的是人们偶然组合的大杂烩,他们在不同程度上或多或少地参加了这一个或那一个极端,根据当时占主导地位的情绪,带有几分狂热,几分狡猾,几分他们心目中的正义感;希望看到一些惊天动地的事情;准备干出残暴或慈善的举动,准备憎恨或崇拜;无时无刻不渴求知道和相信某些荒唐的言行;迫切需要大声呼喊,颂扬或者诅咒某人。"万岁"和"打倒"是他们最喜欢呼喊的两个词;只要让他们相信某人狗屁不值,就不再需要多费口舌说服他们不必欢呼拥护那人;他们可以成为主角,也可以成为观众;可以成为工具,也可以成为障碍,一切根据风向而定;如果听不到一再重复的呼喊,他们也可以默不作声;如果没有人煽动,他们可以撒手不干;如果许多人异口同声地说"咱们走吧"而没有人反驳的话,他们会纷纷散去,各自回家并且互相探问:"出了什么事?"由于那批群众具有强大的力量,并且可以为任何人所用,因此两部分人分别想尽办法要争取他们,控制他们,正如两个敌对的灵魂你争我夺地要附上一具躯体,使它按照自己的意志行动。他们大吹大擂,看谁更善于使用恰当的语言来煽动人们的激情。他们力争把群众运动引导到有利于某种目的的方向;寻求最适于挑起愤怒或者给愤怒降温、唤起希望或恐惧的消息;寻求一个能表达、确认、同时塑造大多数人的观点、并且能影响这一部分或那一部分人的通俗有力的口号。

闲话少叙,且说那两部分人正在争夺聚集在督办家门前的群众的支持时,安东尼奥·费雷尔的出现使显然处于劣势的人道主义者的一派顿时占了上风,假如再迟来一步,他们就没有力量和理由继续抗争了。由于他异想天开制定了对买主十分有利的面包价格,并且面对所有的反对意见英勇地坚持到底,因而赢得了群众的爱戴。现在这个老人不带警卫、不讲排场、孤身来到愤怒狂暴的群众中间,他的果敢自信使本来就对他有好感的群众更为之倾倒。此外,听说他是来把督办抓进监狱的,人们的反应十分热烈;如果对他们采取高压手段,不做任何让步,他们对督办的愤怒发作起来就不可收拾,如今得到了满意的允诺,尝到了一点甜头,愤怒稍为平息,让位于大部分人心中产生的另一些对立情绪。

主张采取和平手段的人松了一口气,用各种方式表示他们对费雷尔的支持:他附近的人一再带头鼓掌,同时让人们后退为四轮马车让路;别的人也鼓掌响应,传达费雷尔说的话,或者根据他们的理解费雷尔可能说的、最符合他们心意的话,驳斥那些顽固不化的狂暴分子,挑起反复无常的群众的新的激烈情绪来反对他们。

"不希望人们喊'费雷尔万岁'是哪些人?难道你不希望面包便宜吗,呃?有些混蛋不愿意让基督徒得到公道,还有些混蛋闹得比谁都凶,目的是把水搅浑,好让督办溜掉。把督办打进大牢!费雷尔万岁!给费雷尔让路!"说这种话的人数越来越多,对方的气焰相应低落,以致前者不仅动口,而且动手推那些赖着不后退的人,把他们往后面拖,夺掉他们手里的工具。后者愤怒地挣扎,甚至气势汹汹地威胁,试图重整旗鼓,但是流血行凶的打算已经完蛋,现在压倒一切的口号是:"打进大牢,主持公道,费雷尔!"经过一番挣扎后,这些人被逐退了,另一些控制了大门,一方面防止新的袭击,另一方面为费雷尔进去创造条件,门板已给砸出不少裂缝,有人从缝隙朝里面喊话,通知里面的人救援已经来到,让督办收拾一下,"马上去监狱,唔,明白了没有?"

"是不是那个签署公告的费雷尔?"伦佐想起律师找出一份公告,把文末的签名念给他听时有费雷尔的字样,便问身旁的一个人。

"当然啦,大首席官。"人们回答说。

"他是个好人,对吗?"

"谁说不是呢!他压低了面包价钱,别人可不想这么做;现在他又来把督办抓进监狱,督办干的事太不像话了。"

不用说,伦佐立即站到了费雷尔一边。他甚至要迎上前去,但这事并不容易;他凭山区人的气力挤出一条路,到了最前排,挨到马车旁边。

马车已经揳入人群,在这种情况下行进不可避免地要走走停停,这时又给卡住了。老费雷尔时而从左侧时而从右侧车门探出头来,露出笑容可掬、极其谦逊亲切的表情,他这副面孔一向是留在觐见堂菲利普四世时用的,现在出于无奈不得不拿出来派派用场。他还说了一些话,尽管嘈杂的人声和朝他而发的万岁声淹没了他的话语,只有极少数人才能听清:"面包,富裕,我是来主持公道的,请让让路,借光啦。"震耳欲聋的喧哗、拥挤不堪的人群、一张张脸、一双双盯着他的眼睛使他不知所措,

几乎喘不过气,他朝后靠了一会儿,鼓起腮帮子,吐了一大口气,自言自语说:"天哪,这么多人!"①

"费雷尔万岁! 别担心。您是好人。面包,面包!"

"对,面包,面包,"费雷尔回答说,"富裕;我向你们保证。"说着用手按在胸口。

"借光,请让一让,"他接着说,"我来把他关进监狱,给他应有的惩罚,"随后又低声找补一句,"如果有罪的话。"他上身凑向前飞快地对车夫说:"佩德罗,有可能就往前走吧。"

车夫仿佛是大人物似的屈尊俯就地朝人群微笑,以难以形容的潇洒

---

① 自此起,作者写费雷尔的真实思想时原书用了西班牙文,对人民群众说言不由衷的话时用意大利文;原文为西班牙文时,译文用仿宋体。

风度轻轻地左右甩着鞭子,请摩肩接踵的市民们再挤一挤、往后退一点。"诸位先生,"他说,"劳驾让些地方,退一小步,马车能过去就行啦。"

与此同时,那些最积极的好心人忙于为如此客气的请求让出地方。马匹前面的几个人好言好语地请人们后退,轻轻地推他们的胸口:"先生们,靠边站站,请让一让。"另几个人则在马车两边开道,以免马车驶过时轧着人们的脚,碰到他们的胡子;否则非但会造成人身伤害,还有损于安东尼奥·费雷尔的威望。

那个体面的老人显得有点苦恼不安,疲惫不堪,但因人们的热情感到鼓舞,因有希望解救一个人的倒悬之急而神采飞扬,伦佐钦佩地看了片刻,打消了离去的念头,决定帮费雷尔一把,在他达到目的之前不能撒手不管。他想到就干,着手和别人一起替费雷尔的马车清道,干得比谁都欢。道路终于开通了;"你可以走啦。"不止一个人对车夫说,他们有的退到一边,有的继续向前清道。"赶快往前走。多加小心。"主人也对车夫说,四轮车开始挪动。费雷尔满面春风,不停地向人群点头示意,并且带着会心的微笑向他看到的那些为他卖力的人特别招呼表示感谢,伦佐不止一次得到这种微笑,说实话,他受之无愧,因为他那天帮了大首席官不少忙,比最得力的秘书还强。山区来的青年受宠若惊,觉得似乎已经和安东尼奥·费雷尔交上了朋友。

马车上了路,徐徐行进,偶尔还得停一会儿。那段路也许只有一箭之遥,但和花费的时间相比,即使对于一个不像费雷尔那样心急如焚的人说来也仿佛是长路。马车前后左右人潮汹涌,就像是风暴大作时在惊涛骇浪中艰难行进的一条船舶。喧哗的人声却比风暴的吼叫更尖锐、更不协调、更震耳欲聋。费雷尔左顾右盼,时而微笑时而敛容,试图听清一些话以便做出恰当的答复;尽可能和那些友好的人交谈几句,但非常困难,他担任大首席官这么多年以来也许从没有遇到这么困难的事。尽管如此,他路过时许多人齐声反复呼喊的字句犹如金蛇狂舞的焰火的海洋中一枚炮仗的炸响还是可以听清。于是他设法对那些喊声做出满意的回答,或者文不对题地说些他知道肯定会受欢迎的话,总之,他一路上说个不停:"对,诸位,面包,富裕。我把他抓进监狱,他会受到惩罚……假如有罪的话。对,对,我说话算数:面包会便宜的。一点不错……我说就那么着:国王陛下不会让你们这些无比忠诚的臣民挨饿。哎,哎!你们得注意,诸位,别磕着碰着。佩德罗,往前走,多加小心。富裕,富裕。诸位借光,请稍稍让出一点地方。面包,面包。关进监狱,肯定要关进监狱。您说什么?"有个人几乎把上半身都伸进车门,大声对费雷尔说了一句劝告、要求、赞颂,或者不知什么话,连费雷尔问他"您说什么?"都没听到就被另一个眼看他快给车轮辗到的人拖了回来。在这种无关紧要的交谈、不断的欢呼、偶尔冒出来但立即被喝住的反驳声中,费雷尔主要靠了那些好人的帮助终于到了督办家门前。

我们已经说过,另一些出于同样好意的人先到了督办家门口使劲想办法开拓出一点空地。他们凭借请求、规劝、威胁,前后推挤,左右冲突,眼看目的即将达到,精神为之一振,气力陡增,终于把人群分成两半,然后使两部分都后退稍许,以至在门前和停下的马车之间腾出一小块空地。伦佐仿佛前导和护卫似的和马车一起来到,站在两拨好心人之一的前排,那些好心人既充当了马车的护卫又起了阻挡两侧汹涌澎湃的人潮的护堤的作用。伦佐用强壮的脊背抵住一侧的人潮,同时也占据了有利地形,看得清楚。

费雷尔看到那块空地和仍旧关着的大门时舒了一大口气。所谓关着,是指还没有被撞开,然而户枢几乎已经脱了槽,门板已经碎裂毁坏,从一条大缝里可以看到门闩松脱,歪歪斜斜地勉强把门闩住。一个好心人凑在那条缝上大声嚷嚷,叫里面开门;另一个飞快地打开马车门,费雷尔探出头,站起身,用右手抓住开车门的人的胳膊出了马车,踩在踏脚板上。

两侧的人群踮起脚跟观看,仰起千百张脸和千百个下巴,普遍的好奇和注意带来了暂时的普遍寂静。费雷尔这时站在踏脚板上,环视周围,向人群欠身致意,仿佛站在讲坛上似的,然后把左手按在胸前喊道:"面包和公道。"接着,他在响彻云霄的欢呼声中整整礼袍,老成持重地下了马车。

这时候里面的人已经开了门,他们从几乎脱落的铁箍里卸下门闩,打开一条只够一人进入的门缝,让那位备受欢迎的客人进屋。"快,快,"费雷尔说,"开大一些,好让我进去;你们加把油,把那些人挡回去,别让他们缠住我……看在老天分上!留出一点空当……哎!哎!诸位,等一

等,"他对里面的人说,"别忙着关这扇门,让我进去,唷!我的肋骨,我的肋骨给卡住了。现在关门吧,不;哎!哎!我的袍子!袍子!"袍子尾巴差点给两扇门夹住,幸好费雷尔眼明手快把袍子一拽,尾巴便像被追逐的蛇一样溜走不见了。

两扇门重新关拢,尽可能支撑好。门外自动组成费雷尔卫队的人用肩膀、手臂和叫喊维护着空地不受侵犯,心里暗暗祈求天主让费雷尔赶快办完事。"赶快,赶快。"费雷尔在里面门廊下面对仆人们说,仆人们则气喘吁吁地围着费雷尔嚷道:"天主保佑您!啊,老爷!哦,老爷!唉,老爷!"

"赶快,赶快,"费雷尔又说了一遍,"那个倒霉蛋在什么地方?"

督办脸色惨白,由他的仆人架着,脚几乎不沾地给拖下了楼。他看到救星时,心里一块石头落了地,脉搏重新跳动,两腿有了一点气力,脸上有了一点血色;他跟跟跄跄地朝费雷尔跑过去说:"我这条命交给天主和您阁下啦。可是我们怎么出去呢？到处都是想杀我的人。"

"您跟我走，拿出勇气，我的马车在外面，快，快。"他抓住督办的手，拉着督办到了门口，一面走一面给督办打气，心里暗忖道："成败在此一举，天主保佑！"

门打开了，费雷尔先出来，督办缩头缩脑地跟在救命恩人的礼袍后面，正如抓住妈妈裙摆的小孩。在门口圈出一块空地的那些人现在举起手和帽子组成一张障眼的网，不让人群危险的目光落到督办身上，督办先钻进马车，蹲在一个角落里。费雷尔随后上了车，周围的人关好车门。人群看不真切，听到的只是传闻，到底发生了什么事全凭猜测，爆发出一阵混乱的喝彩和诅咒。

前面的一段路程原可能是最艰难、最危险的。但是公众已充分表示同意让督办进监狱，马车在门外停留期间，帮助费雷尔来到的人设法在人群中间开拓并保持了一条通道，马车这次行驶时不再走走停停，速度快了一些。马车前进时，被挡在两侧的人重新在车后围拢，混杂在一起。

费雷尔坐上马车，弯腰告诫督办千万蹲得低一点，别给人看到，其实他的告诫是多余的。他自己则尽可能抛头露面，吸引公众的注意。在回去的路上，正如来时那样，他向情绪变化无常的听众滔滔不绝地说着意义最不连贯的话，不时夹杂一些西班牙语，还悄悄地向蹲着的伙伴嘱咐几句。"不错，诸位先生，面包和公道，带回城堡，关进监狱，由我监管。谢谢，谢谢，非常感谢。不，不，不会让他逃脱罪责的！这是为了安抚你们。理所当然，肯定要查办审理。我也爱诸位。肯定要严厉惩罚。我这么说是为了他好。我们肯定会秉公办理，惩罚为非作歹的人。借光，请往边上站站。对，对，我是正派人，人民的朋友。当然，他会受到惩罚，他是个狼心狗肺的无赖。对不起，我是骂给他们听的。他不会有好下场，不会有好下场……假如有罪的话。对，对，我们对面包师要严加管理。国王万岁！国王陛下最忠诚的臣民，善良的米兰人万岁！他不会有好结果，不会有好结果。好啦，我们几乎已经脱围了。"

他们确实已经穿过最密集的人群，几乎到了空旷的地方。费雷尔开始缓一缓气，这时才看到那些放马后炮的西班牙士兵，他们到了最后并不是毫无用处，因为在某个市民的支持和指点下，他们帮着劝说一些人回家并且保持最后一段路程通畅无阻。马车行近时，他们站成两行，向大首席官行持枪礼，大首席官或左或右地向士兵和上前致敬的军官致意，并且挥动右手对军官说："我吻您的手。"军官以为这句话出自真心，也就是说："您帮了我大忙！"军官再次敬礼回答，耸了耸肩膀。费雷尔其实想说的是"法律战胜了武力"①，但此刻没有心思引经据典，何况军官不懂拉丁文，说了也是对牛弹琴。

佩德罗驾车通过两排毕恭毕敬的持枪行礼的西班牙士兵时恢复了原来的心情。他完全摆脱了慌乱，想起自己是谁，车上坐的又是什么人，于是毫不客气地向稀稀落落的路人嚷道："嗨！嗨！"同时甩鞭催马，一路小跑回到城堡。

"起来吧，起来吧，我们已经出来了。"费雷尔对督办说，督办听不到呼喊声，感到马车加速，再经费雷尔一说便安了心；他舒展一下，坐直起来，稍微振作一些，开始向解救他的人再三道谢。费雷尔为他大难不死表示慰问和祝贺，朝自己的光头拍了一掌说："那个该死的卡萨尔至今不肯投降，已经够他老人家烦心的了，听到这个消息会怎么说呢？伯爵兼公爵连一片树叶比别的树叶声音大一点都要起疑，听到这个消息会怎么说呢？国王陛下听到出了这么大的乱子会怎么说呢？事情算不算完呢？只有天主晓得。"

"唉！至于我自己，我什么都不想知道，"督办说，"我什么都不管了，我向您辞职，我要披发入山，在岩洞里隐居，远离这些凶残的人。"

"您该考虑的是怎么更好地为国王陛下效力。"大首席官一本正经地回说。

"国王陛下不希望我丢掉性命，"督办反驳说，"我要住在岩洞里，远远离开这些人。"

我们的作者后来没有谈起督办的愿望是否实现，他陪那个可怜虫到了城堡之后，再也没有提起督办的事。

---

① 原文系拉丁语（武器在法官的礼袍前让步），是古罗马政治家西塞罗的名言。

第 十 四 章

　　留在后面的人群开始散去,顺着附近的各条街道分流。有的回家去照顾自己的私事,有的给挤了这么长时间到空旷的地方去喘喘气,还有一些人则去找朋友谈论当天的大事。街道的另一头也开始冷清下来,那面的人本来就不多,所以那队西班牙士兵才没有遇到什么阻力,开到督办家门口驻守。骚乱的残余像沉淀似的还附着在那里:一伙无赖原想轰轰烈烈大干一场,对于这样冷冷清清的结局很不过瘾,于是嘟嘟哝哝、骂骂咧咧地在策划挑起事端;作为试探,他们有的在砸、有的在撞那扇毁坏严重、尽可能支撑起来的大门。士兵来到后,他们有的不假思索、有的装

着没事的样子不情愿地朝相反的方向溜走了,让士兵进驻、看守那幢房屋和街道。但是周围所有的街道上都有人扎堆,凡是两三人站在一起,马上就会有三四个、十来二十个人围拢;凡是有一人走开,一伙人马上同时行动,这情形好似暴风雨过后,大片的乌云分成碎块在蓝天飘浮,使人们不由得抬头望着天空说还没有放晴。此外,那些人的谈论纷纷纭纭,无奇不有。一个绘声绘色地叙说他亲眼看到的事情;另一个吹嘘他自己的所作所为;一个庆幸结局圆满,赞扬费雷尔,预言督办要大吃苦头;另一个冷笑说,别担心,他们不会要他的命的,他们都是一路货色;还有人愤愤地说这种做法不符合天主的旨意,整个是一场骗局,开头闹得天翻地覆,最后受到这样的嘲弄,简直是发疯。

这时候,太阳已经下山,万物都变成同一样的颜色,许多人折腾了一天感到劳累,在暗地里闲聊觉得没劲,便各自回家。伦佐在需要他的帮助时,帮忙让马车通过,自己跟在马车后面凯旋似的在两排士兵中间通

过,他高兴地看到马车畅通无阻,脱离了危险,然后和人群一起跑了一小段路,在第一个街角上拐了弯,以便畅快地呼吸些新鲜空气。他在空旷的地方走了几步之后,激动的情绪还没有平静,刚才种种混乱的场景还历历在目,感到迫切需要吃点东西,休息一下;他抬头寻找有没有客栈的招牌,因为现在去方济各会修道院时间已经太晚。他正抬头走着,看到前面有一堆人便停下来,听到他们在设想明天该怎么办。伦佐听了一会儿,情不自禁地也想参与,因为他认为对于一个像他这样出过大力气的人来说,出些主意也不能算是冒失。根据那天见到的一切,他得出一个结论,只要赢得街上老百姓的好感,什么事都能办成。"诸位先生!"他招呼大家说,"我能不能说说我浅薄的看法?我的看法是这样的:营私舞弊的情况不仅仅限于面包一件事;今天大家已经看得很清楚,只要下情能够上达,正当的要求就能达到,以后也应该这么干,让所有那些卑鄙无耻的行径不能得逞,让世道像样一些。诸位先生,现在就有一帮强横霸道的家伙,所作所为完全和十戒①背道而驰,安分守己的人没有招他们惹他们,他们却惹是生非,坏事做绝,结果他们还总是有理。更叫人气愤的是,他们干下一件坏得出格的事情时,头抬得更高,仿佛我们还倒欠他们什么。米兰多半也有这种人吧。"

"不幸的是确实有。"一个声音说。

"我说得不错吧,"伦佐接着说,"我家乡这种事也屡见不鲜。情况本身就说明问题。举个例子吧,假定我说的那种人中间有一个有时住在乡下,有时住在米兰,如果他在乡下为非作歹,像魔鬼一般邪恶,我敢断定他在米兰不见得会像天使。诸位先生,你们说说看,他们中间何曾有人给关进监狱。更糟糕的是(我说这话有绝对把握)公告白纸黑字说是对那些人要加以惩处;公告不是随随便便而是认真制定的,我们再也找不到更好的文件了,上面清清楚楚地列出各种非法行为,如何定性,如何量

---

① 《圣经·旧约·出埃及记》第二十章第一节至十八节,摩西率领百姓出埃及后在西乃山顶传达上帝的十戒:除耶和华外不可有别的神、不崇拜偶像、不可妄称耶和华的名、守安息日、当孝敬父母、不可杀人、不可奸淫、不可偷盗、不可做伪证、不可贪恋人的财产和妻子仆婢。

刑。还说得冠冕堂皇，无论城乡居民，违法者一概严惩不贷，等等，等等。好吧，假如你们去找那些律师、法学家、伪君子，请求他们按照公告所说的那样主持公道，他们根本不理你的茬，简直要把人气死。事情是明摆着的：国王和上面管事的人希望坏人受到惩罚，可是下面不执行，因为他们互相包庇，形成集团。因此应该打破它，明天上午应该去找费雷尔，他确实是个正派人，没有老爷架子，今天我们都看到他和穷苦人一起时是多么随和，愿意听取他们要对他说的话，回答时又是多么彬彬有礼。应该去找费雷尔，把情况告诉他；至于我自己，我有亲身遭受的冤屈可讲；因为我亲眼看到一份由三位大人物签署的公告，公告上头有正式纹章，下面是三个人的签名，其中一个就是费雷尔，我看得一清二楚；好吧，那份公告的内容完全适用于我的情况，我去求教一位律师，请他按照那几位老爷的意思（其中还有费雷尔）为我主持公道，找出公告给我看的那位律师先生真可笑，哈！哈！他的神情似乎以为我在胡说八道。费雷尔那位老先生不可能什么都了解，尤其是外地的事情，但我敢肯定，只要他知道这种事情，绝对不会喜欢，一定会想办法补救。此外，他们既然颁布了公告，自然希望百姓遵照执行，由他们签署的文件如果给一笑置之，等于他们自己受到蔑视。假如那些有钱有势的人非但不收敛，反而要翘尾巴，我们也不是好惹的，可以像今天一样帮他一把。我并不是说费雷尔必须坐了马车亲身来这里，把那些为非作歹、有钱有势、强横霸道的人统统抓起来；是啊，那要诺亚的方舟才容纳得下。他只要派适当的人到米兰、到各地监督，按公告行事；对所有为非作歹的人认真查处；该关监狱的就关起来，该罚苦役的就罚苦役；吩咐行政长官切实执行，不执行的话，让他们下台，换上称职的；此外，正如我所说的，我们到时候也能帮上一把。另外，还应该嘱咐律师们要听取穷苦人的申诉，维护正义。诸位先生，我说得对不对？"

伦佐的话情真词切；他一开口，聚集在街头的人就中断了谈话，转过身来望着他；在某些时候，大家都全神贯注。听众做出反应时一片嘈杂的掌声和赞扬："说得好；对，先生，有道理；不幸的是情况确实如此。"然而也有评头论足的人。一个说："是啊，把山里人都当一回事，谁都能当律师了。"说罢扭头就走。另一个嘟囔说:"现在哪一个无名之辈都想在葬礼上插一支蜡烛;这场风潮是因面包涨价引起的,乱子越闹越大,我们休想吃到便宜的面包了。"但是伦佐只听到赞扬的话;有人抓住他一只手,另一些人抓住另一只手。"咱们明天再见。""在什么地方?""大教堂广场。""一言为定。""一言为定。""该有些举动。""对,该有些举动。"

"各位先生,有谁能指点我去一家客栈,以便填填肚子,睡一个像样的觉?"伦佐问道。

"我可以效劳,好小伙,"一个人回答说,他一直静听伦佐讲话,还没有开过口,"我知道一家适合你住的客栈,店主是我的朋友,为人正派,我可以介绍你去。"

"离这里远不远?"伦佐问道。

"不太远。"那人回答说。

聚在街头的人各自散去,伦佐同许多素昧平生的人握了手,向介绍客栈的人道了谢,跟着他前去。

"不用谢,"那人说,"大家都有缓急相助的时候。我们都应该帮助别人。"他一面走一面攀谈似的问伦佐一些话。"我不是爱打听你的私事,不过我觉得你走得精疲力尽,你从哪里来的?"

"我从莱科来的。"伦佐回说。

"莱科?你是莱科人吗?"

"呃,莱科郊区。"

"可怜的小伙子!我从你说的话里听出你似乎受过什么冤屈。"

"唉!我的好先生!当着大家的面我讲话得有些分寸,不能光谈自己的事,不过……总有一天会闹明白的,那时候……我看那儿有一块客栈的招牌,说实话,我不想再往前走了。"

"不!不!还是去我说的那家,不远就到啦,"他的向导说,"这儿对你不合适。"

"哎,"伦佐说,"我可不是舒服惯了的少爷,只要填饱肚子,有一张草褥子就心满意足,我现在迫切需要的是吃点东西,躺下睡觉。天主可怜!"说着,他走进一扇上面悬有满月招牌的不起眼的门。"好吧,既然你自己喜欢，我就陪你进去。"那位陌生朋友跟他进了客栈。

"你不必再费心了，"伦佐说，"不过你赏光和我一起喝一杯的话，我很高兴。"

"那就叨扰了。"那人回说，他熟悉这个地方，在伦佐前面带路，穿过一个小院，走到一扇通向厨房的门前，推开门，和他的同伴进了屋。房梁的两根长杆上悬着两盏灯，洒下暗淡的光线。一张狭长的桌子和两条长板凳几乎占去房间的一半，板凳上坐着许多人，都不闲着；桌子上铺着桌布，放着一些盘子，有亮出和合上的纸牌，扔出又抓起来的骰子；酒瓶和酒杯到处都是。桌上还见到大量的金、银、铜币，这些钱币如果会说话，也许要声明："今天早上我们原在面包师的钱柜里，在某个看热闹的人的口袋里，那人只顾看热闹，忘了护住自己的钱包。"房间里乱哄哄的。一

个伙计跑前跑后,既要伺候饭桌又要照顾赌桌,忙得不亦乐乎。客栈主坐在壁炉排烟罩下面的矮凳上,用火钳仿佛在瞎拨弄炉灰,实际上密切注意着周围发生的一切。听到门环声时,他站起来迎接新来的人。他看到向导,暗忖道:"该死的东西,你老是没事找事,爱管闲事。"他接着瞥了伦佐一眼,心想:"我不认识你,你既然和猎人一起来,不是猎狗便是兔子;等你开口说几句话,我就知道你的底细了。"客栈主长着一张油光光的圆脸、浓密的红胡子、一双尖锐发亮的小眼睛,仿佛画像似的不动声色,丝毫不流露心里的想法。

"两位先生有什么吩咐?"他高声说。

"先上一瓶不兑水的好酒,再来点吃的。"伦佐在长桌一头的凳子上一屁股坐下,吐了一口长气,似乎要说折腾了这么长时间之后有凳子坐真好。他随即想起最后一次同鲁茜亚和阿格纳丝一起坐过的那张板凳和桌子,不由得叹了一口气。他仿佛要甩掉那个念头似的摇摇头,这时客栈主端了酒过来。伦佐的同伴坐在对面。伦佐替他斟了一杯酒说:"润润喉咙吧。"接着替自己斟满一杯,一饮而尽。

"你给我弄点什么吃的?"伦佐问客栈老板。

"有炖肉,你爱吃吗?"客栈老板说。

"很好,就来炖肉。"

"马上就得,"客栈老板一面答应伦佐一面吩咐伙计说:"你来照应这位外地客人。"他自己朝壁炉走去,又回过头对伦佐说:"可是我今天没有面包。"

"面包吗,"伦佐笑着大声说,"老天已经想到了。"他掏出在圣迪奥尼西奥带有十字架顶饰的石柱底下捡到的三个面包的最后一个,举在空中喊道:"这儿有老天给的面包!"

给他一喊,许多人转过脸,看到高举着的面包,有人也喊了起来:"便宜的面包万岁!"

"便宜?"伦佐说,"一文钱都不要。"

"那更好,那更好。"

"不过诸位别误会,"伦佐马上补充说,"诸位别以为这个面包来路不

211

正。我是在地上捡到的，假如能找到主人，我愿意付钱。"

"好极啦！好极啦！"客栈里的人哄笑说，没有谁把伦佐的话当真。

"他们以为我在开玩笑，可我是真心实意，"伦佐摆弄着手里的面包，对他的向导说，"瞧它给挤的，简直成了烙饼，没见过这么多的人！骨头稍稍软一点的人到了那里非给挤扁不可。"他把那个面包咬了三四口，喝了第二杯酒，接着说："这面包自己不肯下去。我喉咙从没有这么干过。喊得太凶了！"

"替这位年轻的先生准备一个舒服的铺位，"向导说，"他打算在这里住宿。"

"你想在这里住宿吗？"客栈主走到桌前问伦佐。

"不错，"伦佐回说，"什么铺位都无所谓，只要床单干净就行；我虽然穷，但有清洁的习惯。"

"哦,那还用说!"客栈主走到厨房一角的柜台那里,一手拿着墨水瓶和一小张白纸,另一手拿着一支翎笔回来。

"这是什么意思?"伦佐正在吃伙计端到他面前的炖肉,咽了一口,诧异地笑着问,"难道这是干净床单?"

客栈老板没有答话,把墨水瓶和纸放在桌上,左前臂和右肘搁在桌子上,悬空握着翎笔,抬脸望着伦佐说:"请把你的姓名籍贯告诉我。"

"什么?"伦佐说,"这跟铺位有什么相干?"

"我是照章办事,"客栈老板瞅着向导的脸说,"凡是在我们店里住宿的人,我们都必须报告:姓名、籍贯、为何来此、是否携带武器……在本市逗留时间……都是公告规定的。"

伦佐回答之前又干了一杯酒,那是第三杯,自此以后恐怕我们再也记不清杯数了。他咂咂嘴说:"啊!啊!你有公告!我想起我对公告也很有研究,我知道谁把公告当成一回事。"

"我说的是正经事。"客栈老板仍旧瞅着伦佐的不作声的伙伴;他又走到柜台那里,从抽屉里取出一卷纸,正是公告的原件,拿来摊在伦佐面前。

"啊!一点不错!"伦佐一手举起又斟满的酒杯一饮而尽,另一手伸直指着公告嚷道:"正是那篇漂亮的祈祷文。我太高兴啦。我认识那个纹章,我明白那个脖子上套着绳索的阿里乌斯①教徒的脸是什么意思。(当时公告的上端印有总督的纹章,而堂贡萨洛·费尔南德斯·德科尔多瓦的纹章上有一个脖子上挂着链子的摩尔国王。)那张脸的意思是能者发号施令,愿者唯命是从。当那张脸能按另一份公告所说的那样把堂……发配去服苦役,得啦,我不必明说;当那张脸能让一个正派的青年同一个愿意嫁他的正派姑娘结婚时,我才把我的名字告诉那张脸,并且还可以吻它一下。至于我叫什么名字,我自有理由不说。并且理由充分! 假如一个无赖,他手下有一批无赖,因为只是他一个的话早就……

---

① 阿里乌斯是四世纪亚历山大城的神学家,他认为耶稣比凡人高超但不是神,因此被视为异教徒。此处摩尔人泛指不信奉基督教的异教徒。伦佐以为皮肤黝黑的就是异教徒,亦即阿里乌斯教徒。

（说到这里，伦佐做了一个手势）；假如一个无赖想打听我的下落，以便整我，我倒要问问那张脸会不会出面帮我的忙。要我申报来这里干什么！亏你说得出！就说我是来米兰忏悔的，不过我想找一位方济各会的神甫忏悔，不会找一个客栈老板。"

客栈主不作声，继续瞅着向导，向导毫无表情。糟糕的是伦佐又干了一杯，接着说："我亲爱的客栈老板，我讲个道理给你听，你就明白了。假如公告说得好，对善良的基督徒有利，不会起什么作用；假如说得不好，那就更不起作用。因此你收起那一套，再拿一瓶酒来，因为这个瓶子漏了，"他用指节轻轻敲着瓶子接着说："老板，你听，空瓶的声音。"

这一次伦佐也逐渐引起周围人的注意，也赢得了听众的掌声。

"我该怎么办？"客栈老板瞅着那个对他并不陌生的陌生人说。

"得啦，得啦，"许多顾客嚷嚷说，"那个年轻人说得对，那些规定都是没事找事，圈套和麻烦，今天该换一换了。"

叫嚷声中，陌生人由于客栈老板过于露骨的问话责备地瞪了他一眼："他爱怎么着就怎么着，别惹出事来。"

"我只是照章办事，"客栈老板大声说，接着他自言自语道："我可给逼得走投无路。"他拿起纸笔和墨水瓶、公告和空酒瓶交给伙计。

"要和刚才一样的酒，"伦佐说，"那才是给正派人喝的，再给正派人准备一个和别人一样的铺位，别问他的姓名籍贯、为何前来、在本城逗留时间。"

"和刚才一样的酒，"客栈老板把酒瓶交给伙计，自己回到壁炉排烟罩下面坐着，"胆小鬼！"他想道，重新用火钳拨弄炉灰，"有你吃苦头的时候！蠢驴！你自找没趣，谁也不会拦你，可是满月客栈的老板不会为你的愚蠢倒霉。"

伦佐向他的向导、向所有支持他的人表示感谢。"承各位仗义执言！"他说，"现在我看清正派人总是与人为善，缓急相助的。"接着，他在桌子上空伸出右臂，摆出演讲家的姿态说："当官的人都想把天下大事归纳在纸张、翎笔和墨水瓶里！他们老是举着笔！那些老爷太喜欢舞文弄墨了！"

"哎,好样的庄稼人! 你想知道什么原因吗?"一个赢了钱的赌牌的笑着问道。

"你说是什么原因?"伦佐说。

"很简单,"那人说,"那些老爷们爱吃鹅,宰了鹅拔下许许多多鹅毛总得想办法派上用场。"

除了那个困惑的向导之外,大家都笑了。

"有你的!"伦佐说,"这位是诗人。这里也有诗人,是啊,到处都有诗人。我也有少许诗人的气质,偶尔说些怪话……不过那是在一切顺利的时候。"

为了更好地了解伦佐的这句蠢话,应该说明的是,在米兰,尤其是米兰郊区,一般老百姓说的诗人并不是有学问的人所说的天才人物、平多山①的居民、缪斯女神的门徒;而是指头脑古怪、有点反常、言语行动尖刻得不近情理的人。老百姓唐突斯文到了何等地步,竟然歪曲文字的本意,使它们从正规的含义远离了十万八千里! 我倒要问:诗人同轻浮的人有什么相干?

"真正的原因还是由我来说吧,"伦佐说,"是因为笔握在他们手里,他们自己说的话经风一吹就无影无踪;不幸的穷苦人说的话即使飞在空中也被他们密切注意,用那支笔戳住串起来钉在纸上,到了适当的时候和场合就加以利用。此外,他们还有一个狡猾的做法,当他们想搞糊涂一个没有念过书但有点头脑的好小伙子……"说到这里他伸直食指戳戳自己的前额,"而那小伙子开始识破他们的诡计时,他们便在话里夹几个拉丁字,打断他的思路,让他摸不着头脑。够啦,那种做法非取消不可! 今天的事情暂时都按土法做了,没有笔墨纸张;明天如果人们表现好些,事情会干得更好,一切按法律办事,谁的汗毛都不会碰一根。"

与此同时,顾客有的重开赌局,有的吃喝,有的走了,有的刚来,闹闹嚷嚷;客栈老板前后招呼,这些事都和我们的故事关系不大。陌生的向

---

① 平多山是希腊奥林匹斯山的一座山峰,是传说中掌管诗歌的阿波罗和文艺女神缪斯居住之地。

导没有离开的意思；看上去他在客栈无事可干，但在单独和伦佐再闲聊一会儿之前他不想走。于是他转向伦佐，重新捡起面包的话题，讲了几句最近的热门话题之后，他亮出了自己的想法："啊！假如我当权，我有办法让事情按照天主的意图进行。"

"你打算怎么做？"伦佐的一对眼睛亮得异乎寻常，抿紧嘴仿佛洗耳恭听的样子瞅着他。

"我怎么做？"那人说，"我要让穷人富人都有面包。"

"啊，那太好啦。"伦佐说。

"我打算这么做：首先采取公正的、大家都能接受的态度；然后按人头分配面包，因为有的人贪得无厌，只顾自己，连面包屑都不留给别人，他们囊括一切之后穷苦人就没有面包了……也就是说，面包定量分配。怎么做呢？每户发一张卡片，注明人数，凭卡到面包房买面包。拿我来说吧，给我的卡片上应该这么写：安布罗乔·富塞拉，职业制剑商，有妻子及四名子女，全属吃面包年龄（这点十分重要），凭卡供应面包若干，付款若干。一切都有章可循,按人头分配。拿您来说吧,给您的卡片应该这么写……您怎么称呼?"

"洛伦佐·特拉马里奥。"年轻人答道,他对那种想法着了迷,没有提防它是以笔墨纸张为基础的,在实施之前首先要记下人们的姓名。

"好极啦,"陌生人说,"你有妻子儿女吗?"

"照说……儿女还没有……太早啦……至于妻子……如果世道像话……"

"噢,你是单身!那对不起了,你的份额要少一些。"

"很公平;不过假如像我指望的那样……靠天主帮助……很快就能……好吧……假如我也有妻子呢?"

"那就更换卡片,增加份额。正如我刚才说的,总是按人头分配。"陌生人说着站了起来。

"那就对了,"伦佐说,接着他用拳头擂着桌子嚷道:"干吗不制定这种法律呢?"

"你让我怎么说呢?现在我向你道晚安,我要回家了;我想我的妻子和儿女早就在等我回家。"

"再来一杯,再来一杯,"伦佐嚷道,他赶紧替那人把杯子斟满,站起来揪住那人的坎肩下摆,使劲拉他坐下,"再来一杯,别不给面子。"

但是那位朋友一使劲挣脱了伦佐的拉扯,不理会他一连串的央求和责备,道了晚安,扭头就走。他到了街上,伦佐还在恳求,接着颓然坐在条凳上。他直瞪着斟满的酒杯,伙计走过桌子前面时,他示意让伙计站住,仿佛有事相告,指着杯子,缓慢而严肃地逐字逐句地说:"你瞧,我是替那位先生预备的,像款待朋友似的满满一杯,但他不领情。人们有时候难以捉摸。这不能怨我,我向他表明了我的诚心诚意。酒斟了出来,不能浪费。"他说罢,拿起酒杯,一扬头喝了个底朝天。

"我明白啦。"伙计说着自顾自走开。

"啊!你也明白了,"伦佐说,"当然啦。道理是明摆着的!……"

伦佐是我们故事的一个重要人物,几乎可以说是主角;他在客栈里的表现有失体统,我们全凭对事实的尊重才能继续如实叙述。本着实事求是、不偏不倚的精神,我们也应当指出伦佐如此失态还是生平头一次,正因为他难得干出漫无节制的事,偶一为之就坏了大事。他一则由于烦躁,二则由于情绪亢奋,忘乎所以,开头一反常态连喝了好几杯,酒兴顿时发作,换了喝惯酒的人,这几杯只能解渴,绝不至于醉人。我们的佚名作者就这个问题发表了一些意见,无论正确与否,这里不妨重复一下。他是这样说的:万事适可而止的良好习惯有许多益处,其中之一是人们养成根深蒂固的好习惯后,稍有违反就不好受,以后久久难以忘怀,每每引以为戒。

不管怎么样,当伦佐开始感到眩晕时,酒和话语继续杂乱无章地流动,酒往下流,话语往上冒,我们离开他时,他已经酩酊大醉。他有一肚子的话要说,听众,或者在场的可以当作听众的人并不缺少,有一个时候,他的话语滔滔不绝,并且颇有条理;可是再过一会儿,他要说一句完整的话就十分困难了。原先他心里清晰生动的念头突然模糊消失,等了许久才说出口的却不是想说的话。在这种干着急的情况下,出于往往给人们带来灾难的错误本能,他乞灵于那个宝贝酒瓶。稍有一些常识的人都明白这时候酒瓶能帮上什么忙。在那个不幸的晚上,他说了许多许多话,我们只引用一小部分,大部分不堪入耳,一概略去,因为那些话非但没有意义,而且不像是有任何意义,根本不值得见诸文字。

"喂,老板,老板!"伦佐的目光随着客栈老板在长桌周围或者在壁炉排烟罩下面转悠,有时还瞅着老板不在的地方,在顾客们的喧哗声中说道:"你准是客栈老板!我不能原谅你……你盘问姓名职业太不仗义了。盘问我这样的好人……!你干得不漂亮。你把一个穷苦的年轻人登入名册有什么好处,有什么可以得意?我说得对不对,诸位先生?客栈老板应该站在好人一边才是……喂,喂,老板,我要和你比比……比谁的头脑清楚……你们在笑,是吗?不错,我是有点醉……不过我的头脑很清楚。你倒说说看,是谁成全你的买卖?是穷人,可不是吗?我说得对不对?你说那些签署公告的老爷们几时来你这里喝过一杯酒?"

"那些人只喝白水。"伦佐旁边一个人说。

"他们要保持头脑清醒,"另一个补充说,"以便睁着眼睛说瞎话。"

"啊!"伦佐嚷道,"说这话的真是诗人。看来你们懂得我讲的道理。老板,你倒说话,费雷尔是他们中间最好的人,他有没有来过你这里祝酒,花过一个铜板?还有那条凶残的恶狗堂……我不说名字了,免得扫兴。费雷尔还有那个神甫克里……是我所知道的那个正派人,不过正派人实在太少啦。上了年纪的比年轻人少,年轻的……比上了年纪的少。我高兴的是没有流血,去它的!杀人流血的勾当让刽子手去干。面包,哦,那才是正经事。我给挤得够呛,不过……我也挤别人。让道!富裕!万岁!……可是费雷尔也……他也爱讲一些拉丁语……你们这些骗子无赖①……该死的毛病!万岁!公道!面包!啊,那些才是正经话!那里开始出现该死的混账事,接着又有那些混账人的时候,缺的就是正派人。不然我们也不必逃亡了。应该把那里的神甫先生揪出来……我知道我指的是谁!"

他说这些话时耷拉着脑袋,仿佛沉思了片刻,然后长叹一声,再抬脸

_____

① 原文是伦佐编造的夹杂西班牙语的拉丁语。

时,只见他两眼润湿,一副毫不掩饰的深情悲哀的模样,他为之伤感的那个人如果见到不知会有什么感触!但是客栈里的那些粗鲁的人本来就开始取笑伦佐的真情毕露的倾诉,看到他悲哀的神情更笑得厉害,他身旁的人对别人说:"瞧他呀!"大家都转身望着他,把他当成笑柄。事实上在场的人并不是都很清醒,或者保持常态,但说实话,谁都没有像可怜的伦佐那般忘情,何况他又是个乡下人。他们纷纷用粗俗下流的问话来逗他,取笑他。伦佐的模样时而显得不快,把那些话当成恶意,时而当成玩笑;有时根本不理会大家的声音,自顾自说自己的,有时有答有问,但讲的话始终是跳跃式的,前言不搭后语。幸运的是,尽管他胡言乱语,始终保留着本能的审慎,没有泄露人名,甚至没有吐出那个肯定牢记在心的名字;我们对那人也怀有敬爱的心情,假如他的名字被那些不干不净的嘴巴亵渎我们就太伤心了。

第 十 五 章

　　客栈老板眼看这场把戏闹下去没个完,便走到伦佐身边,好言好语央求那些人别再和他纠缠,抓住他的胳膊摇晃,让他清醒一下,劝他去睡觉。伦佐老是唠唠叨叨地说着姓名、公告、好人的事。但是上床睡觉那几个字在他耳边一再重复,终于听了进去,让他稍稍清晰地感到上床睡觉的必要性,带来了片刻清醒。他恢复了些许理智,在某种程度上懂得大部分人都已离去,仿佛神像前烛台上最后一支燃着的蜡烛,散发的光线足以照亮别的熄灭的蜡烛。他振作一下,伸出手臂支撑在桌子上,两次试图站起来,叹了一口气,摇晃几下,第三次在客栈老板的搀扶下才站直。老板扶着他,帮他

从长桌和条凳之间走出来，一手掌灯，另一手连拽带拉地带他向楼梯门走去。后面的人闹闹嚷嚷地向伦佐告别，他猛然转身，若不是客栈老板赶紧抓住他一条胳膊，转身的动作就变成了跟头；他转过身，用空出的另一条手臂在空中乱劈，像打所罗门结似的比画着错综复杂的动作向招呼他的人致意。

"咱们上床，上床睡吧。"客栈老板拉着他说，把他塞进门，花了吃奶的气力，弄他上了楼梯，再拖进替他预备的房间。伦佐看到在等着他的床铺，心里一乐，两个眼睛像萤火虫似的时而特别明亮，时而暗淡，感激地瞅着老板；他试图站稳，朝老板的脸伸出手想搂住老板的面颊，表示友好和感谢，但没有搂到。"好极啦，老板！"他搂了一个空说，"现在我发现你是好人，你给一个好小伙子准备床铺，办了一件好事；不过刚才你在姓名问题上找我的麻烦可不是好人干的事。幸好我也有我的精明之处……"

客栈老板没有料到伦佐的头脑还这么管用，他凭长期经验知道人们喝到这种程度容易改变想法，便想利用伦佐比较清醒的间歇再做一次尝试。"我的孩子啊，"他声调和表情十分亲切地说，"刚才我那么做并不想惹你生气，也不想插手管你的事。你是怎么想的？那是法律，我们不得不遵守，不然的话，遭殃的首先是我们。不如照他们规定的办，……说到头，有什么了不起的？无非多说两句话。你不看在他们的分上，多少给我一个面子，是啊，现在只有咱们两个人，把咱们的事了结吧，你把名字告诉我，然后……然后你心安理得地上床睡觉。"

"哈，无赖！"伦佐喊了起来，"混蛋！你又来那一套姓名职业了！"

"住口，小丑，你上床去吧。"客栈老板说。

但是伦佐嗓门更高了："我明白啦，你也是那帮人里面的。等着，等着，看我来收拾你。"他朝楼梯转过头，扯开嗓子喊道："朋友们，客栈老板也是那帮里面的……"

"我是开开玩笑，"他冲着伦佐的脸嚷道，把他向床边推去，"开玩笑，难道你不懂得这是玩笑？"

"哦，开玩笑，那就好。假如你是说着玩的……对啦，那就是玩笑。"

"好吧，快把衣服脱了。"客栈老板说着动手帮忙，伦佐确实也需要帮忙。当他费了好大劲脱掉坎肩后,老板一把抓过来就搜口袋,看看有没有钱。他果然找到了,心想明天他的客人要和另一些全然不同的人打交道,那些钱财很可能落到客栈老板再也挖不出来的人手里,盘算着至少要设法结清他自己的账。

"你是好小伙,是正派人,对吗?"他说。

"好小伙,正派人。"伦佐回说,他的手指挣扎着想解开还未能脱下的衣服扣子。

"那好,"客栈老板说,"请你把账结了吧,明天我要出去办点事……"

"当然可以,"伦佐说,"我虽然精明,不过还是正派人……可是我的钱呢?快寻找我的钱!"

"在这儿呢。"客栈老板说,他使出全部经验、耐性和手腕才同伦佐算清账,收了钱。

"老板,帮我一把,让我把衣服脱了,"伦佐说,"我也觉得困了。"

客栈老板按照他的请求帮他脱了衣服,还替他盖上毯子,没好气地对他说了一声"晚安",这时伦佐已经鼾声大作。有时候,像端详喜爱的事物一样,我们会情不自禁地察看憎恨的东西,那也许是因为我们希望了解它们为什么会激起我们强烈的情绪;正出于那种吸引力,客栈老板举灯照着那个给他带来这许多麻烦的客人的脸,多少有点像普赛克偷看她所不熟悉的情人面貌的情景①。"蠢驴!"他暗忖道,"你是自找没趣。明天就够你呛了。乡巴佬,你连太阳从哪面出来都不知道,居然要走南闯北,给你们自己和别人找麻烦。"

他想罢,缩回掌灯的手,离开床边,走出房间,锁上房门。他在楼梯平台上叫妻子出来,吩咐她让小女仆照看孩子,她自己则下楼照看店面。"你代我照顾一下,该我倒霉,有个外地人在这里过夜,搅得七荤八素。"接着他简单地叙说了这件叫人恼火的事,然后叮嘱道:"今天倒霉透

---

① 普赛克,希腊神话中人类灵魂的化身,以少女形象出现。与爱神厄洛斯(即罗马神话中的丘比特)相恋,每晚相会,但厄洛斯不许她窥看他的面容。某夜,普赛克违命持烛偷视,厄洛斯惊醒,从此不见。她到处寻觅,经历种种苦难,终于与厄洛斯重聚,结为夫妇。

顶,你要特别注意,多加小心。楼下有一帮吊儿郎当的人,他们大喝大闹,胡言乱语,肆无忌惮。好吧,假如有哪个冒失鬼……"

"咳!我又不是小孩,我也知道该干什么。到现在为止,我觉得还不能说……"

"那好,那好,注意别让他们赖账;他们说的话如果涉及补给督办、总督、费雷尔、十夫长、西班牙和法国老爷以及诸如此类的人,你就假装没听见,因为假如你反对他们,事情马上会弄糟;假如你支持他们,以后可能倒霉;你也知道这种情况并不少见……好吧,当你听见不对劲的话,就扭过头去说:来啦,来啦,仿佛别人在叫你。我尽可能早点回来。"

他说罢和妻子一起下楼进了厨房,朝四面扫了一眼,看看有没有发生什么新的大事情,取下挂在钉子上的帽子和大氅,拿起墙角的一根棍子,然后朝妻子使了一个眼色,总结了刚才对她的嘱咐,就出了门。这

时,他已回到在可怜的伦佐床前就开始的思路上,一面走一面想:

"死心眼的山里人!(尽管伦佐不想暴露身份,但他的语言、口音、外表和姿态本身就说明了情况。)我凭手腕圆滑、头脑精明不会出事,而你总有一天要撞墙,搞得头破血流。难道米兰还缺客栈,你非上我这儿来不可?退一步说,假如你是单身前来,今晚我也就睁一眼闭一眼,放你一马,明天早晨再好好开导你。可是,先生,你是有人陪来的,而陪你来的是想收拾你的捕快!"

客栈老板一路上都见到行人,有的独自彳亍,有的三五成群,窃窃私语。他正默默训斥伦佐之时,见到迎面走来一小队巡逻的士兵,便靠边让他们过去,用眼角瞟了他们一下,继续想道:"疯人院的看护们来了。你这头蠢驴,见到一小撮人闹事就以为世道要变。凭这一点,你自己找了麻烦不算,还要替我找麻烦,那不公平。我千方百计想救你,你这个畜生恩将仇报,差一点把我的客栈闹翻了天。现在你自己想办法逃脱难关吧,我已经替自己想好了退路。你以为我出于好奇才想知道你的名字?你叫塔台奥也罢,巴托洛梅奥也罢,关我什么事,仿佛我也喜欢摆弄翎笔似的!不光是你们才喜欢按照自己的想法办事。我也知道有些公告一文不值,用不着由山里人来教我们!你根本不懂对付客栈老板们的公告有多么厉害。你想闯荡世界,夸夸其谈,却不明白若要不理会公告而为所欲为,首先必须在口头上对公告表示尊重。蠢驴,你可知道如果一个可怜的客栈老板有你这种想法,会遭到什么?客栈老板、酒店老板等如有违反上述规定可处以三百银币罚款,是啊,三百银币在等着出手,并且十分痛快,该项罚款三分之二上缴国库,三分之一判归举报人或告密人,那个可爱的家伙!如无偿付能力,可改判五年划桨苦役,或由总督大人斟酌处以更重的罚款或体罚。仰各遵照执行。"

客栈老板这么寻思着,来到司法大楼门口。

正如所有别的政府机构一样,司法大楼也忙碌异常,到处都在为第二天做出部署,发布相应的命令,不让那些蠢蠢欲动的人有再闹事的借口和胆量,保证那些习惯于掌权的人能控制局势。督办家门前驻防的士兵人数已经增加,街口已用长木拦住,用大车设了路障。命令所有的面包房老板加班加点烤制面包;派出邮差去附近村镇,吩咐他们赶运小麦进城;部署贵族去每一家面包房,次日天一亮必须赶到,以便监督分配,并且用他们的威严和好言好语约束那些不安分的人。为了做好人们常说的软硬两手准备,用少许威慑使劝告更为有效,也考虑抓几个捣乱分子的方案,这主要是司法长官的任务了。他前额掌管玄学思维的部位贴了一张活血化瘀的膏药,他对暴乱和暴乱分子的情绪谁都可以想象出来。暴乱刚开始,他手下的探子就已行动,上面提到的安布罗乔·富塞拉,正如客栈老板所说,是个乔装起来的捕快,被派出来搜寻当场作案的人,认出后记住特征,盯梢跟踪,到了夜深人静的时候或者第二天再下手逮捕。伦佐慷慨激昂地说话时,他没听几句就认定伦佐正是他要抓的倒霉的罪犯。此外他发现伦佐人地生疏,便打算一步到位,把伦佐直接带进监狱,让伦佐待在城里最保险的地点,但是读者已经看到,他的如意算盘落了空。尽管如此,他回去时套出了伦佐的真实姓名和籍贯,还带回许多猜测的情况,因此,客栈老板到司法大楼检举伦佐时,他们掌握的情况比他更多。他走进经常去的那个房间,做了汇报:他的客栈收留了一个外地人,怎么也不肯吐露姓名。

"你向当局报告尽到了你的责任,"一个负责刑事案件的公证员搁笔说,"不过我们已经知道了。"

"那可神了!"客栈老板心想,"真是天才!"

"我们还知道他的尊姓大名。"公证员接着说。

"活见鬼!他们怎么会知道姓名呢?"客栈老板想道。

"可是你啊,"对方板起面孔说,"你没有和盘托出。"

"我还该说什么?"

"啊,啊!我们完全了解那家伙带了大量抢来的面包到你的客栈,在暴乱中用武力抢劫的面包。"

"有个客人口袋里揣了一个面包,我可不知道是从哪里弄来的。我有一说一,有二说二,我看到的只是一个面包。"

"当然啦,你们这种人总是找借口为自己辩护,照你这么说世上都是好人了。你怎么能证明那个面包是用正当手段取得的?"

"我干吗要证明？跟我毫无关系，我是开客栈的。"

"你总不能否认你那个老主顾胆大妄为，发表污蔑公告的言论，对总督大人的纹章有放肆无礼的举动吧。"

"请老爷原谅，我是初次见到那人，怎么会是我的老主顾？把他带到我店里来的人才是魔鬼，我认识他，老爷当然理解我没有问他姓名的必要。"

"不过在你的客栈里，当着你的面，有人说了不少大逆不道的话，提出叛乱的建议，散布不满情绪，叫嚣喧闹。"

"一批喝酒胡闹的人七嘴八舌，老爷您怎么能指望我去听他们胡言乱语？我得照顾买卖，我是个穷苦人。再说，您也知道舌头管不住的人手脚也管不住，酗酒肯定滋事，尤其在一帮人凑到一起的时候……"

"是啊，是啊，让他们去闹，去胡说八道；明天，明天看他们还嚣张。你是怎么想的？"

"我什么都没有想。"

"你是不是以为暴民控制了米兰？"

"唷，您说到哪里去啦！"

"你等着瞧吧，等着瞧吧！"

"我明白：国王总是国王，垮台的人总要垮，一个拖儿带女的穷苦人自然不想垮。你们有权有势，我听你们的。"

"你的客栈里还有许多人吗？"

"不少。"

"你那个老主顾在干吗？还在起哄，煽动百姓，准备明天再捣乱？"

"您是说那个外地人，他已经上床睡了。"

"哦，你那里还有不少人……好吧，留神别放他跑了。"

"难道要我也充当捕快的角色？"客栈老板想道，但口头上不置可否。

"你现在回去吧，放明白些。"公证员说。

"我一直很明白。您倒说说看，我有什么违反法律的地方。"

"你别以为法律已丧失了威力。"

"天主不容！我根本没有这种想法，我只照看我的客栈。"

"老是这套话，你就不会说些别的。"

"我能说什么别的话？事实就是这样。"

"得啦，我们暂且先把你的陈述备个案，以后如有需要，向你问话时，你再详细向当局交代。"

"我有什么可以交代的？我什么都不知道，我的脑子顾自己的事还不够使呢。"

"留神别放他跑了。"

"请转告最尊贵的司法长官我尽了我的责任，丝毫没有耽误。现在我告辞了。"

七个多小时以来，伦佐一直在酣睡，天亮时这个可怜的小伙子还睡得很香，两人抓住他的胳膊猛摇，床脚一个声音喝道："洛伦佐·特拉马里奥！"使他惊跳起来。他醒了，抽回胳膊，使劲睁开眼睛，见到一个黑衣人站在床脚边，两个武装的人分别站在床头两侧。他宿醒未醒，加上惊吓，

像中邪似的呆了片刻,以为自己在做梦但又不喜欢这种梦境,便手脚乱动,仿佛要醒醒透。

"嗨! 你听到没有,洛伦佐·特拉马里奥?"披黑大氅的人说,他就是昨晚的公证员,"那就清醒一下,起来跟我们走一趟。"

"洛伦佐·特拉马里奥!"伦佐·特拉马里奥说,"这是什么意思? 你们要干吗? 谁把我的名字告诉你们的?"

"少废话,动作快一点!"旁边的一个捕快重新抓住他的胳膊说。

"哎! 这是干什么?"伦佐缩回胳膊嚷道,"老板,喂,客栈老板!"

"咱们是不是就这么把他带走?"捕快转身问公证员说。

"你听到没有?"公证员对伦佐说,"假如你不马上起来跟我们走,我们可对不住你了。"

"为什么?"伦佐问道。

"司法长官先生会亲口告诉你为什么。"

"我? 我是正派人,我没干坏事,你们竟敢……"

"没干坏事最好,只要问你几句话就放你走,你该干什么就去干什么。"

"那你们现在就放我走,"伦佐说,"我又没有犯法。"

"呃,咱们痛快一点。"一个捕快说。

"咱们是不是把他弄走?"另一个说。

"洛伦佐·特拉马里奥!"公证员说。

"您怎么知道我的名字?"

"你们执行命令吧。"公证员对两个捕快说,他们立即抓住伦佐,把他从床上拖下来。

"哎! 你们别碰一个正派人! ……我自己会穿衣服。"

"那就赶快穿。"公证员说。

"我这不是在穿吗,"伦佐说着便捡起像船只失事后散落在沙滩上的碎木残板似的乱扔在床上的衣服。他一面穿,一面接着说:"我可不愿意去见司法长官。我跟他毫无关系。你们既然如此不讲道理,我要你们带我去见费雷尔。我认识费雷尔,我知道他是好人,他还欠我的情。"

"好吧,好吧,孩子,我们带你去见费雷尔。"公证员说。换了别的时候,这种要求会使他开怀大笑,可现在却不是可笑的时候。他来客栈时见到街上有些异常,说不准是没有完全平息的动乱的余波还是一场新的动乱的开端,总之,人们突然在街上出现,交头接耳,有的结伴同行,有的聚成一堆。现在他装作没事的模样,或者装作无意的样子,细心倾听,觉得外面的喧闹逐渐加强。于是他希望赶快了事,同时希望太太平平地把伦佐带走,因为假如同他闹翻的话,到了大街上,他们三个人不一定对付得了他一个。因此,他向两个捕快使了眼色,让他们沉住气,别把那年轻人惹急了,由他自己好言好语来劝说。这时候,年轻人磨磨蹭蹭地穿上衣服,心里使劲回忆昨天的事,多少猜到这一切的起因和公告以及他的姓名有关,但是那家伙怎么会知道他的姓名呢? 那晚究竟出了什么事,以致司法当局鼓起勇气、信心十足地跑来拘捕那些昨天扮演了主要角色的好小伙子之一? 肯定有许多人不在睡觉,因为伦佐也注意到街上的喧闹越来越响。接着,他瞅瞅公证员的脸,发现公证员显然在努力掩饰犹豫不决的心情。为了澄清疑惑,了解情况,同时也为了争取时间,试试运气,他说道:"现在我明白这一切的原因了,和姓名有关。说实话,昨晚我昏了头,这些客栈老板的酒有时候真害人,谁都知道,往往三杯下肚就管不住自己的舌头。如果只由于这个原因,我现在就可以做出解释。再说,您已经知道我的姓名了。是谁说的?"

"好极啦,孩子,好极啦!"公证员十分矫揉造作地说,"我看你是个明白人,相信我,我是吃公家饭的,我比许多人都爽快。要又快又好地解决问题,这才是上策,凭你这种好态度,三下五除二就可以弄清楚你的事,你就自由了。孩子,你明白我权力有限,我很想现在就放你走,可是不能这么做。哎,麻利一点,跟我们走,不必害怕;等他们弄清楚你是谁,加上我替你说几句好话……这件事包在我身上……好吧,快一点,孩子。"

"哦! 您爱莫能助,我可以理解。"伦佐说着继续穿衣服,两个捕快想上前帮他快些穿好,他挥手拒绝。

"我们是不是要经过大教堂广场?"他问公证员。

"随你喜欢;反正走最近的一条路,好让你早些脱身。"公证员回说,伦佐那句莫测高深的问话提供了大量可供讯问的线索,不过现在只好暂时搁一搁,着急也没用。"人倒了霉喝凉水也塞牙!"他心想,"你瞧,一个明摆着愿意从实招供的人落到了我手里,我们只要有点时间,不必采取法律程序,通过貌似友好的闲聊,就能让他招出你想知道的事,用不着刑讯逼供;在他不知不觉的时候就已经过详细审问,足以定罪把他关进监狱;在最困难的时候居然有这么一个人送上门来!啊!自投罗网,"他扬起头细听外面的喧闹,"你休想脱身;看来今天的情形比昨天更糟。"他最后一句话是因街上异乎寻常的喧闹引起的,他忍不住打开窗户,朝外面看一眼。看到的是一群市民听到要他们散开的命令,先以谩骂作为答复,终于嘟嘟哝哝地解散,但公证员认为要命的迹象是士兵们十分客气。他关好窗户,一时竟拿不定主意,不知该一鼓作气完成任务呢,还是把伦佐交给两个捕快看守,他自己跑回去向司法长官报告情况。他随即想道:"那一来他们肯定会说我懦弱无能,说我应该执行命令。小卒过河,有进无退了。棘手的事情!该死的差使!"

伦佐站了起来,两侧各有一名捕快,公证员向捕快使个眼色,暗示他们不能过于强势,然后对伦佐说:"哎,孩子,快点走吧。"

伦佐也在听、在看、在动脑筋。他已经穿好衣服,只差坎肩,他一手提着坎肩,另一手在所有的口袋里摸索。"哎,"他意味深长地瞅着公证员说,"先生,口袋里原先有钱、有一封信!"

"等办完一些手续,"公证员说,"都会发还给你的。走吧,咱们走吧。"

"不,不,不,"伦佐直摇头说,"那可不行,先生,我要我的东西。我可以解释我的行为,可是我要我的东西。"

"为了表明我相信你,拿去吧,不过快走。"公证员从怀里掏出没收的物品,叹了一口气还给伦佐说。伦佐揣好钱和信,低声说:"去你的!你老是同小偷打交道,也学了一点他们的本领。"捕快不耐烦了,但是公证员用眼光制止了他们,同时暗忖道:"只要你踏进那个门槛,我要你连本带利偿还,看你得意。"

伦佐穿好坎肩,拿起帽子时,公证员向一个捕快做个手势,让他先下楼,俘虏跟在后面,另一个捕快第三,自己殿后。他们进了厨房,伦佐开口说:"那个客栈老板呢,他上哪儿去了?"公证员朝捕快们又打个手势,两人一个抓住伦佐的右手,一个抓住左手,飞快地给他戴上人们委婉地称之为手镯的东西。为了让读者有一个清晰的概念,我们不得不费些闲笔墨叙说些细节:所谓手镯,是一条比手腕正常周边长一些的绳索,绳索两端拴着两根小棍似的木块。绳索套在被捕人的手腕上,拴木棍的绳头穿过捕快的中指和无名指捏在掌心,转动木棍时可以随意拧紧索套,绳索上打了许多结,非但不易滑脱,遇到不服服帖帖的被捕者还可以使他大吃苦头。

伦佐挣扎着嚷道:"岂有此理! 哪能这样对待一个正派人! ……"公证员每干一件坏事都有好话可说,他说道:"耐心一点,他们只是照规矩办事。只是走走形式,没办法的事,这么对待人家也不合我们的心意。假如我们不按命令办事,我们比你更倒霉。耐心一点吧。"

他说话的当儿,两个负责押解的人转了一下木棍。伦佐安静下来,仿佛一头烈马感到下唇被钳子夹住似的,只嚷了一声:"耐心!"

"好小伙子!"公证员说,"这才是大大方方出去的最好办法。你指望什么? 本来就是恼火的事,我也有同感,不过只要你老老实实,一会儿就完事。我发现你脾气不坏,我很想帮你一把,为了你的利益,我还想给你一个劝告。相信我,我对这种事情很有经验,你笔直朝前走,不要东张西望,不要引人注意,这一来谁都不会看你,谁都不知道出了什么事,你也留了面子。从现在起要不了一个小时,你就自由了;要办的事情太多了,他们也会赶快打发你走,何况我会替你说好话……你可以去干你自己的事,谁都不会知道你受过拘捕。至于你们俩,"他转向两个捕快板起面孔说,"留神别伤害他,因为有我替他做主,你们尽你们的职责,但要记住他是正派人,是个有教养的青年人,他很快就会获得自由的,你们要维护他的面子。走路时别引起人们注意,就像是三个朋友在街上溜达。"他声调专横、神情严厉地结尾说:"你们听明白了没有?"然后突然和颜悦色地转向伦佐,仿佛在说:啊,咱们俩才是好朋友! 再一次悄悄叮嘱:"放聪明一些,照我说的做,大大方方地朝前走,要相信爱护你的人,咱们走吧。"他

们一行四人上了街。公证员说了这许多好听的话,伦佐一句也不信;他不信公证员对他比对两个捕快更亲,不信公证员在考虑顾全他的面子,也不信有帮他一把的意图。他完全明白那位先生怕他走在街上有滑脚的机会,便搬出那些冠冕堂皇的理由防止他伺机脱逃。因此,公证员的种种要求只加强了他已经盘算好的计划,决心反其道而行之。

假如有谁根据这一点而得出结论说,公证员是个不够老到的滑头,那就错了。我们的佚名作者似乎和他相识,说他是老奸巨猾,但是当时心情过于紧张。我可以告诉各位,他在冷静的时候,凭他信誓旦旦地一再向你提出貌似无私友好的劝告,足以骗得你一愣一愣的,诱使你干那些显然可疑的事。人们心情紧张焦急时,发现别人能帮他们摆脱困境,往往迫不及待地提出各种借口再三求别人;滑头们心情紧张焦急时也符合这一自然规律。他们在类似情况下,往往扮演了这种很不光彩的角色。他们靠了那些了不起的发现和漂亮的奸诈无往不利,以致奸诈对他们说来几乎已成为第二天性,只要施展及时,心安理得地加以贯彻,就能出色地达到他们隐秘的目的,一旦得手,即使被人识破,仍能赢得普遍赞扬;至于一些可怜虫,走投无路时也会使用奸诈手段,但慌忙之中乱了章法，干得不够漂亮。他们那副抓耳挠腮、动足脑筋的模样只能引起人们的怜悯或嘲笑；他们原想欺骗的人，即使不比他们谨慎，也完全看透他们的把戏，从中得到启发，以其人之道还治其人之身。

他们到了街上，伦佐开始东张西望，探头探脑，竖起耳朵。但是街上没有异常的人群结集，尽管不少行人的脸上很容易看出某种难以形容的动乱的迹象，但是没有名副其实的动乱。

"放明白，放明白一些！"公证员在他背后悄悄说，"你的面子，面子，孩子。"伦佐看见三个涨红着脸的人来近，听到他们在谈论一家面包房、隐藏面粉和要讨个公道，便开始向他们使眼色，频频发出绝不像伤风感冒的咳嗽声。那几个关注地瞅着他们一行，停下来，另一些来近的人也站住，还有一些已经走远的人听到动静，转身跟在他们后面。

"小心，放明白些，孩子；那对你没有好处，留神；别坏了你自己的事，面子，名声。"公证员继续低声嘱咐。对伦佐确实没有好处。握住索套的捕快用询问的眼光看看公证员，以为自己干得很对（大家都有弄错的时候），拧紧了手镯。

"啊呀呀！"受刑的人失声喊了起来，街上的人闻声从四面八方跑到他们周围，他们陷入了困境。"他是个罪犯，"公证员悄悄对背后的人说，

"当场抓获的小偷。各位让一让,不要妨碍公务。"伦佐看到捕快们脸色发白,或者说至少发灰,认为这是大好机会。"我现在不抓紧机会,只能怨我自己了。"他想道,随即大声说:"朋友们! 他们要把我抓进监狱,因为我昨天喊了要面包,要公道。我什么都没有干,我是正派人,朋友们,帮帮我,别撒手不管!"

作为答复的先是一阵同情的喃喃声,然后是比较清楚的表示支持的议论;捕快们开头命令附近的人散开让道,接着善言相商,最后甚至央求起来,但是人群越来越密集,前呼后拥。捕快们一看情况不妙,便松开索套,只想混在人群中间,趁人不注意时溜掉。公证员也想溜,但由于身上披的黑大氅,可没有那么容易。这个可怜虫吓得脸色发白,缩紧脑袋,扭动着身体想从人群中挤出去,但一抬起眼睛就看到几十人的目光在盯着他。他想尽办法装成局外人,偶然路过那里,仿佛冻结在冰块里的一根小草似的被人群困住;他面前一个人脸色比谁都阴沉,死死地盯着他,他使劲扮出笑脸,傻乎乎地问那人:"出了什么事呀?"

"乌鸦!"那人喊道。"乌鸦! 比乌鸦更坏!"周围喊声四起。随叫喊而来的是推搡,不一会儿,部分由于他自己脚下使劲,部分由于别人胳膊肘的顶撞,他达到了当时最迫切的愿望,从推搡他的人群中脱了身。

第十六章

"逃呀,快逃,好小伙子,修道院在这儿,教堂在那儿,往这儿跑,往那儿跑。"人们纷纷向伦佐喊道。至于逃跑的想法,伦佐根本不需要别人提醒。自从摆脱那些爪牙的希望在他心里闪现的一刻开始,他一直在盘算,并且决定只要脱身,他就马不停蹄,非但要跑出米兰城,还要离开米兰公国。"因为,"他想道,"不管他们是怎么知道的,我的名字已经记在他们的本子上了,有了姓名,他们什么时候想抓我就可以来抓。"至于避难所的问题,只要捕快还在追踪,他决不能去。"因为,"他也想过,"在我能做林中鸟的时候,我可不想成为笼中鸟。"他于是考虑去贝加莫地区的那个镇子落脚,读者想必记得他的表哥博尔托洛已在那里成家立业,不止一次地邀他前往。麻烦的是不知道该怎么走。可以说,伦佐现在处于一个陌生城市的陌生地点,甚至不知道要去贝加莫该出哪个城门,即使知道哪个城门,他也不认识去城门的路。他几乎想找一个解救他的人问路,但在他考虑问题的短暂时间里,忽然想起那个自称有四个儿女的十分殷勤的制剑匠，为了保险起见，他不愿把自己的打算让许多人知道，因为其中难免也有制剑匠一类的家伙，于是决定尽快离开，到了一个谁都不知道他的底细，也不知道他为什么要打听去贝加莫该怎么走的地方再问。他对解救他的人说："多谢啦，朋友们，天主保佑你们。"从人们让出的空当里窜了出去，撒腿就跑。他穿过一条小巷，到了一条街上，不问东南西北，跑了很长一段路。当他觉得已经跑得够远的时候，便放慢脚步，以免招人怀疑；他开始东张西望，想找一个模样可以信任的人问路。这件事也有它的难处。问题本身就使人起疑，时间又很紧迫，两个捕快摆脱那个小障碍之后肯定在追捕他们的逃犯，逃跑的消息可能已经传到了这里；在这种窘迫的情况下，伦佐要做出十来个面相判断才能找到他认为合适的人选。那边有个矮胖子叉开脚站在他店铺门口，双手背在身后，腆着肚子，仰着头，下巴垂着一大块肥肉；他闲得没事可干，一会儿踮起脚抬起一身颤巍巍的肥肉，一会儿又让全部重量落在脚后跟上；他的脸相像是好奇多嘴的人，非但不回答你，反而倒会问你许多话。另一个走近来的人眼睛发直，垂着下唇，看来他自己去哪儿都不清楚，休说为别人指路了。那一个小青年，说实话，显得十分机灵，但也显得非常狡猾，也许会指点一个可怜的庄稼人相反的方向，让人上当而他却可乐一阵子。跳蚤专爱叮瘦狗，这话一点不假！伦佐终于看到一个匆匆走来的

人,心想这人也许有急事,不会多费口舌,马上回答问题,又听他在自言自语,估计性格坦率。伦佐上前说道:"先生,您能告诉我去贝加莫该怎么走吗?"

"去贝加莫?出东门。"

"多谢,去东门怎么走?"

"顺着左边那条街走,到了大教堂广场,然后……"

"好啦,先生,往后怎么走我知道。天主报答您吧。"他径直朝指点的方向走去。对方目送他片刻,除了自己的心思之外,又琢磨起他匆匆问路的原因,自言自语说:"若不是你问人家,人家还要问你呢。"

伦佐到了大教堂广场,经过一堆灰烬和熄灭的焦炭,认出了昨天看到的篝火的遗迹,绕过大教堂的台阶,直奔昨天他被人群卷进后走过的街道,到了方济各会的修道院,朝小广场和教堂大门瞥了一眼叹息说:"昨天修士劝我在教堂里等着做些有益的事,他的劝告还是有道理的。"

他停了一会儿,仔细望着那扇原该进去的门,正望时,发现远处有许多站岗放哨的人,他不免有点神经过敏(应当理解,他的担心不是多余的),不情愿过那个关口。避难所近在咫尺,凭那封信,他有可靠的推荐,进去的吸引力太强烈了。但他随即又鼓起勇气想道:"只要办得到还是做林中鸟好。有谁认识我?那两个捕快总不见得有分身术,到每个城门守着我。"他转过身看看有没有捕快从那边过来,但是既没有发现捕快,也没有发现有谁似乎特别注意他。于是他继续往前走,该慢走的时候,他那两条得力的脚老是想跑,他强迫它们放慢脚步,吹着走调的口哨,徐徐到了城门口。

城门正中央有一批征税员,还有一些作为增援的西班牙士兵,但他们注意力都放在城外,不让人进城,正如乌鸦飞集在打过恶仗的战场上一样,城外人听说城里有动乱,都想拥进来。伦佐装出漠不关心的模样,眼睛看着地面,像观光或者闲逛似的,心里怦怦狂跳,居然出了城门,谁也没有盘问。他看到右面有条小径,就向右拐,避开公路,头也不回,一口气跑出好远。

行行复行行,他看到田间房屋,看到村落,不问地名只顾前行,确信离米兰越来越远,指望前去贝加莫,对他说来目前这就够了。他不时回过头去望望,不时看看并揉揉这个或那个手腕,手腕还有点疼痛,还有被索套勒出来的一圈红印。不难想象,他思绪纷繁,交织着悔恨、不安、愤怒和柔情,他使劲回忆昨晚自己说过的话和做过的事,想弄明白他痛苦经历的隐秘的起因,尤其是他们怎么会知道他的名字。他的怀疑自然而然地集中到制剑匠身上,清楚地记得他曾对制剑匠推心置腹,说了不少话。他琢磨着对方用什么办法从他嘴里套出话来,想起那家伙的花言巧语总是以刺探情况告终,他的怀疑几乎成为肯定。他还模模糊糊地想起制剑匠走后他仍旧管不住自己的舌头,和谁胡扯呢?只有天晓得;胡扯些什么呢?尽管他搜索枯肠,怎么都说不上来,只能说关于那段时间的记忆是一片空白。可怜的小伙子越想越糊涂,仿佛签署了许多空白的字据,交给了一个他认为是诚实楷模的人,发现那人是骗子之后,便要了解自己究竟有多少把柄被人抓住,要了解?简直是一片混乱。另一项艰难的事情是为将来制订一个使他感到满意的计划:凡是切实可行的计划都不理想。

不久之后,最艰难的事情是寻路了。他听天由命地走了一长段路,发现光凭他自己是到不了的。但他不愿意说出贝加莫这个地名,仿佛有点可疑,有点丢人;但不问又不行。像在米兰时那样,他决定找个模样能让他信任的路人,于是这么做了。

"你走岔了。"那人回答说,想了片刻,然后打着手势向他解释,他得绕一个圈子才能回到公路上。伦佐道了谢,似乎按照他指点的做了,事实上也朝那个方向走去,但他实际的打算是尽可能接近那条公路,走附近的小路,人虽不在公路上,眼睛却始终能望到。这个办法想想简单,做起来却不容易。他或左或右、曲曲折折地走着,有时候鼓起勇气向人打听,有时候根据自己的判断校正方向,有时候随遇而安顺着所在的路走去,始终按原来的打算行事,结果我们的逃亡者走了十二英里左右,但离米兰却不到六英里路;至于离贝加莫呢,如果说不是越走越远,至少还有不少路。他开始琢磨,这样下去不解决问题,便考虑另想他法。他想到的办法是要个小花招套出贝加莫附近一个走小路可到的镇子,向人打听镇子,人们就可以指路,他就不必提贝加莫这个在他听来逃亡、流放、犯罪味道十足的地名。

他正考虑怎么才能获得这些信息而不引起怀疑时,看到镇口有一所门外挂着一根带叶树枝的孤零零的小屋(带叶树枝是乡间最简陋的小客栈的标志)。他早就饿了,觉得在那里可以弄点吃的,恢复体力,又可以打听一下,便走了进去。里面只有一个老婆子,身边放着一台纺车,手里握着纺锤。伦佐问她有没有什么可吃,老婆子说有新鲜奶酪和很好的葡萄酒,他要了奶酪,不要酒(昨晚他给酒害苦了,现在听了就反感),坐下来,请老婆子快点。老婆子随即端来奶酪,开始唠唠叨叨地问他是什么人,米兰出了什么大事,因为米兰动乱的消息已经传到了这里。伦佐非但巧妙地回避了问题,还利用老婆子好奇要打听他去何处的机会打听他自己想知道的事。

"我要去好多地方,"他回说,"如果时间富裕,我还想顺便去贝加莫路上那个相当大的镇子,就在贝加莫边上,不出米兰公国……那个镇子叫什么来着?""总该有镇子吧。"他暗忖着。

"你是指戈尔冈佐拉吧。"老婆子回答道。

"对啦,戈尔冈佐拉!"伦佐重复了一遍,几乎是想记得更牢一些,"离这儿很远吗?"他接着问道。

"我说不确切,大约十来英里吧。假如我有个儿子在家,就能告诉你了。"

"你看顺着那些小路,不走公路能到那里吗?因为公路上尘土太大!……好长时间没有下雨了!"

"我看能行;你走右边那条小路,到了第一个镇子再问。"她说了那个镇子的名称。

"好吧。"伦佐站起来说,他收起那顿俭朴的早饭剩下的一小块面包,这种面包同他昨天在圣迪奥尼西奥十字架柱下捡到的大不一样,付了账,出了客栈,朝右面走去。知道了戈尔冈佐拉这个地名,他一路问讯,从一个镇子到另一个镇子,天黑前一小时左右到了那里,一路上的情况不必细叙。

半路上，他已想好在那里再歇歇脚，吃点更有营养的东西，一天下来，他够累的，最好能睡上一觉，但在到达目的地之前，他不能半途停顿。他计划到了客栈就打听去阿达河的路径，巧妙地问出有没有近路可抄，稍稍休息一会儿之后重新赶路。伦佐不止一次听人说过，阿达河从第二个源头流出后逐渐壮大（请参看本书第一章第一段及相应注释）。在某个地点和地段形成米兰和威尼斯两国的界限，至于具体是哪个地点和地段，他毫无概念；现在最紧迫的是过河，管它什么地方。如果那天过不成，只要天色和体力许可，他决心一直走下去，然后在田间或荒野随便找个地方坐等天亮，反正不住店。

他到了戈尔冈佐拉，溜达了一会儿，看到一个店牌，进了屋，对上前招呼的客栈老板说要点吃的和一小壶酒，多赶的路程和阴冷的天气已经驱散了他对酒的偏颇的厌恶。"请快一点，我还得赶路。"他说这话非但是实情，并且还因为担心客栈老板以为他打算投宿，又要问他姓名，从哪里来，干什么事等等，去它的！

老板回答马上就得，伦佐便在桌子下首挨着门口坐下，那是囊中羞涩、胡乱吃一点东西就走的人常坐的位置。

客栈里有几个镇上的闲人，他们谈论了米兰昨晚发生的大事，急于了解当天的情况，因为初步消息不解渴，反而激起了他们的好奇心；暴乱既没有压下去也没有占上风，昨夜并没有结束而只是暂停；不上不下，有头无尾；只是一幕戏的结束而不是整出戏的收场。他们中间有一个走到新来的人面前，问他是不是从米兰来的。

"您问我吗？"伦佐吃惊地说，他拖延了一下，以争取时间。

"如果允许的话是问您。"

伦佐摇摇头，抿紧嘴，含糊地说："根据我听到的情况，如果不是万不得已，米兰现在可不是该去的地方。"

"那么说，今天还在闹事？"那个好奇的人追问了一句。

"在那里的人才知道。"伦佐说。

"你不是从米兰来的？"

"我从利斯卡特来的。"这时伦佐已经想好怎么回答，毫不迟疑地说。他确实是从那里来;他路过那里,半路上一个旅人指点说要到戈尔冈佐拉时,必须经过的第一个镇子就是利斯卡特,因此他知道名字。

"哦!"那位朋友说,他的意思似乎是:你从米兰来就好了,真遗憾。"难道利斯卡特没有听到米兰的事吗?"他又说。

"有人也许知道一点,"山里人答道,"不过我什么也没有听说。"

这几句话的口气很特别,仿佛在说:我的话完了。那位好奇的朋友回到自己的座位;接着,客栈老板端来了酒和食物。

"从这里到阿达河有多少路?"伦佐含混不清地问老板,他那副昏昏欲睡的神情,我们先前已经见过。

"去阿达河? 要过河吗?"客栈老板问道。

"唔……不错……去阿达河。"

"你想在卡萨诺过桥呢,还是在卡农尼卡乘船?"

"怎么都行……我只是随便问问……"

"哦,我说呢,有身份的人都在那里过河。"

"那好,有多少路呢?"

"从这里去两处都是六英里左右吧。"

"六英里！我原以为没有这么远，"伦佐说，他随即摆出漠不关心的样子，但是过了火候，显得有点做作，"当然啦，如果想抄近路，总有别的渡口吧……"

"当然有，毫无疑问。"老板回说，一双猜疑的眼睛不怀好意地盯着伦佐的脸。这足以使他把已经到嘴边的别的问话咽了下去。他把盘子挪到自己面前，瞅着老板放在盘子旁边的酒壶说："酒纯不纯？"

"像足赤黄金，"老板说，"你不妨问问镇上和附近所有懂行的人，再说，你自己可以尝尝。"他说着回到那一批主顾旁边去了。

"该死的客栈老板！"伦佐暗暗骂了一声，"我见得越多，越觉得他们一个比一个更坏。"尽管如此，他津津有味地吃起来，同时不动声色地注意那些人的谈话，判断自己的处境，了解他们对他曾经参与的大事有什么看法，特别是观察一下谈话的人中间有谁比较正派，可以信赖，以便向他问路而不受到盘问，不被迫谈自己的事。

"是啊，"一个人说，"这次米兰人似乎动真格的了。好吧，最迟明天就可以有点眉目。"

"今早我没有去米兰真后悔。"另一人说。

"如果你明天去，我也去。"第三个人说，接着有不少人随声附和。

"我想知道的是，"第一个人说，"米兰的那些老爷是不是也替乡下的穷苦人着想，还是只关心法律的制定只对他们有利。这种人你见得还少吗？作威作福的城里人，一切都要围着他们转，别人仿佛根本不存在似的。"

"我们也长着嘴，除了吃喝之外，还要说说我们的道理，"另一人说，他的声调固然谦逊，说出的想法却很大胆，"一旦发动起来……"但他觉得这句话还是不说完好好。

"囤积麦子的情况不仅是米兰才有。"另一个人阴森而不怀好意地开始说，这时听到有一匹马来近。大家跑到门口，认出来人，便迎上前去。来者是个米兰商人，每年要去几次贝加莫处理买卖方面的事情，通常在那家客栈歇夜，遇到的总是那伙闲人，因此跟谁都认识。他们围上前，一个抓住缰绳，另一个拉住马镫。

“欢迎,欢迎!”

“各位好。”

“路上顺利吗?”

“好极啦,你们都好吗?”

“好,好。你从米兰给我们带来什么消息?”

“啊! 你们在这里等消息,”商人说着下了马,把牲口交给一个伙计。他和大家进了客栈说:“可是现在你们听到的消息也许比我多。”

“说实话,我们一点不知道。”好几个人把手按在胸口说。

“这可能吗?”商人说,“那你们马上就可以听到好消息……或者坏消息了。喂,老板,我惯常睡的床空着吗? 好,赶快上酒和我平时吃的菜,我想快点休息,明天一早动身,午饭时就能赶到贝加莫了。”他在坐着静听的伦佐对面的桌子上首落座,接着说:“昨天的混乱你们一点都不知道吗?”

"昨天的事已经知道了。"

"你们的消息不是很灵通吗!"商人说,"我早就说过,你们整天守在这里,向来往行旅打听……"

"可是今天呢,今天出了什么事?"

"哦,今天,今天的事你们一点都不知道?"

"不知道。还没人经过。"

"那让我先润润喉咙,再把今天的事情讲给你们听。你们马上就知道了。"他斟满酒,一手握着杯子,用另一手的拇指和食指挑起上唇的胡子,捋捋下巴的山羊须,喝了酒接着说:"今天,亲爱的朋友们,差一点和昨天一样,甚至比昨天闹得更凶。我现在同你们在这里闲聊连我自己都没有料到,因为我已经打消了出门的想法,准备留在家里照看我的小店。"

"出了什么鬼名堂?"听众中一个问道。

"岂止鬼名堂,魔鬼本身都出笼了,听我说。"他切开端上来的肉,一面吃,一面继续讲。他的伙伴们站在桌子两边,张口听他说,伦佐仿佛不感兴趣似的坐在原处,实际上也许比谁都注意,慢慢地咀嚼着最后的一点食物。

"是这样的,昨天闹得天翻地覆的那些无赖来到约好的地点(他们事先商量好了,一切都有准备),集合起来,又开始游行,一路大喊大嚷,引人参加。你们都知道在家里扫地是怎么一回事,越往前扫,垃圾越聚越多。他们认为人数够多时,便向补给督办先生家进发,好像昨天整得他还不过瘾似的,唉,多好的一位先生!唉,那些人多么无赖!他们说了他多少坏话!全是编出来的,一位堂堂正正、认真负责的先生,我有说话的资格,因为我同他家有往来,他家仆役号衣的布料是我提供的。他们向督办家进发,那批流氓,满脸凶相,在我的店铺前面经过,所以我看得清清楚楚,那些脸相啊……耶稣赴难路上的犹太人都相形见绌。他们嘴里骂的话难听极了,若不是怕激怒他们,真想蒙住耳朵。他们的企图是洗劫督办家,可是……"说到这里,他抬起左手,用拇指尖点着自己的鼻尖。

"可是怎么啦?"听众高声问道。

"可是,"商人往下说,"他们发现街上已经用大车和长木堵死,路障

245

后面有一排士兵举着火枪瞄准，准备给他们应得的接待。看到这种架势……换了你们会怎么办？"

"向后转。"

"那当然，他们正是这么做的。可是他们给魔鬼迷住了心窍。他们到了科尔杜西奥街，看到昨天就想抢劫的那家面包房，那里在干什么？向顾客分发面包，几位有头有脸的贵族在一旁监督，维持秩序，那些无赖（我说过他们鬼迷心窍，加上有人唆使）却不分青红皂白地冲了进去，你拿我也拿，一眨眼，贵族、面包房老板、顾客、面包、柜台、长凳、和面的木槽、木箱、面粉袋、筛子、麦麸、面粉、面团，全给翻了一个底朝天。"

"士兵们呢？"

"士兵要守卫督办家，总不能既敲钟又做弥撒吧。总之，一眨眼工夫，一场混战，值点钱的东西一扫而光。接着又是昨天的那一套把戏，把剩下的物品搬到广场，生一堆篝火。那些无赖开始搬运时，一个比谁都坏的无赖出了一个坏点子，你们猜是什么？"

"是什么？"

"把东西堆在面包房旁边，点把火，把面包房烧个精光。他们说了就干……"

"真烧了吗?"

"听我说。邻居的一个好人情急智生。他跑到面包房楼上的房间,找了一个十字架,把它挂在窗框上,又从床头扳取下两支圣烛,点燃后搁在窗台上十字架两边。人们抬头仰望。必须承认,米兰人还是敬畏天主的,人们一下子清醒过来。我是说大部分人,因为还有少数几个像魔鬼一般邪恶的人,为了趁火打劫,连放火烧天国的坏事都干得出来,但他们发现多数人并不赞同,不得不放弃他们的打算,在一边哑口无言。你们猜猜看,谁突然来到了? 大教堂所有的主教都披着法袍,高举着十字架列队出来,一边是总本堂神甫马琛塔阁下,他开始讲道,另一边是听告罪神功的神甫塞塔拉阁下,还有别的神甫:'善良的人们! 你们想干什么? 难道你们为自己的子女树立这种榜样? 都回家去吧,难道你们不知道面包已经落价,比以前便宜多了吗? 你们去看看吧,每个街角都张贴着布告呢。'"

"真有此事?"

"天哪! 你们以为大教堂的主教阁下们郑重其事地上街是为了说假话吗?"

"那些人怎么办呢?"

"他们陆续散去,跑到街角上,识字的人看了布告,官价写得清清楚楚。你们猜怎么着:半磅重的面包一个只卖一个铜币。"

"真运气!"

"能持久才是运气。你们知道从昨天到今天上午糟蹋了多少面粉? 足够全国吃两个月的。"

"米兰之外没有公布这么好的法律吗?"

"对米兰的优待是全城吃了苦头之后才给的。我不知道该对你们怎么说,反正你们只能听天主的安排。不管怎么说,动乱已经结束。我没有说完,最精彩的还在后面。"

"还有什么?"

"昨晚或者今天早晨,抓了不少人,随即听说为首的将被绞死。这个消息传出之后,大家纷纷抄最近的路回家,以免冒被绞死的危险。我离开米兰时,全城像修道院那么冷清。"

“真要绞死人吗？”

“那还用说！并且立即执行。”商人答道①。

“人们有什么反应？”问前一句话的人又问。

“人们有什么反应，还不是去看热闹，”商人说，“那些无赖！当初想给补给督办先生找麻烦，现在又兴致勃勃地想看基督徒当场给绞死。督办没事，四个倒霉蛋却送了命，一切都符合规矩，有修士和教友替他们送终，那些人也是自取灭亡。那是天意，要知道，很有必要。他们开始染上私闯店铺的恶习，不掏钱，见什么拿什么，如果听任他们胡来，面包之后就会是酒，没完没了……试想他们会不会自动放弃这种惬意的习惯。我可以肯定，对于开店做买卖的正派人说来，这可不是愉快的想法。”

“太对啦！”听众之中一个说。“太对啦！”其余的人异口同声重复了一遍。

“唔，”商人用餐巾擦擦胡子接着说，“这一切早有预谋，还有一个集团，你们知道吗？”

“一个集团？”

“有一个集团。全是纳瓦拉人、是那个法国红衣主教策划的阴谋，你们明白我指的是谁，就是那个名字像土耳其人②，每天要想出一个新花样同西班牙王室捣乱的人。但他首先想把米兰搞乱，因为那个十分奸诈的人知道国王的要害在米兰。”

“当然。”

“你们要证据吗？闹得最凶的是一些外地人，有几张从未见过的陌生面孔在米兰街上转悠。还有，我忘了告诉你们一件千真万确的事。司法当局在客栈里抓了一个人……”伦佐正一字不漏地听商人讲话，听到这里觉得脊背一凉，还来不及想到控制自己就打了一个寒噤。幸好谁都没有注意到他的反常，商人往下说：“其中有一个，还没有查明从什么地方来，奉谁的派遣，是何等样人，不过肯定是头目之一。昨天骚乱达到高潮时，他上蹿下跳；后来觉得不过瘾，肆无忌惮地演说，煽动大家杀掉所

---

① 有人被绞死一说确系历史事实。

② 纳瓦拉人指法国人；红衣主教指里奇留。

有的贵族老爷。无赖！杀掉贵族老爷后,穷人们靠谁养活？司法当局一直注意着他,加以逮捕,搜出一捆信件,秘密把他带走,他的同伙们在客栈附近转悠,这时候一哄而上,解救了那个无赖。"

"他后来怎么啦？"

"不清楚了,准是逃跑了,或者在米兰躲了起来,那种人没根没底,到处都可以找到藏身之地,但是只在魔鬼愿意并且能够帮助他们的时候才如此,以后不定什么时候会垮台,因为梨子熟透后非落到地上不可。目前能够肯定的是那些信件在当局手里,信里详细说明了阴谋计划,据说牵涉到不少人。那些人把半个米兰搞得乱七八糟,还想干更坏的事,这一来可没有好下场。他们说面包房老板是些无赖。这一点我不否认,但是要绞死他们也得通过合法途径。他们说有人囤积麦子。这一点谁不知道？但是应该由当权的人派人明察暗访,把麦子挖出来,把囤积居奇的人和面包房老板一起绞死。如果当权的人不采取措施,应该由市政当局提出请求,一次不行就来两次,直到弄出东西来为止;但绝不能助长闯进商店仓库明目张胆地抢劫的坏风气。"

伦佐听了这番话,吃下去的一点东西在肚子里直翻腾。他觉得不知要多久才能离开这家客栈,离开这个地区;他对自己说了十来次:咱们走吧,咱们走吧。但是他怕引起别人怀疑,忐忑不安的情绪仿佛把他钉在长凳上动弹不得。正在他六神无主的时候,似乎听到那个多嘴多舌的商人终于不再提他的事了,他暗自打定主意,等商人换别的话题时,他马上离开。

"正因为这样,"一个顾客说,"我早知道这类事情会有什么结局,正派人得不到任何好处,我才没有被好奇心所驱使,待在家里没有外出。"

"难道我动了心吗？"另一人说。

"我还不是这样？"第三人说,"即使我凑巧在米兰,我也会抛下手里的事情,马上回家。我有妻子儿女,说老实话,我见到闹事就有反感。"

这时候,本来也在听新闻的客栈老板走到长桌的另一端,想看看那个外地人在干什么。伦佐抓住机会朝老板打个手势,让他结账,要价本来不高,伦佐没有二话就付了钱,向门口走去,跨出门槛,凭苍天的指引,朝他刚才来路的反方向走去。

第 十 七 章

　　人们心里有一个愿望时往往不得安宁,如果有两个愿望,而且相互抗争,后果可想而知。几小时以来,可怜的伦佐心里怀着两个愿望,一是快跑,二是隐瞒自己的身份,商人的不祥的谈话突然大大地增强了这两个愿望。如此说来,他的奇遇已经闹得满城风雨,他们不惜一切代价要捉拿他,谁知道有多少捕快在追踪!谁知道下达了多少搜查乡镇、客栈和公路的命令!话虽这么说,他想道,认识他的捕快只有两名,他的名字又没有写在额头;但是接着又想起以前听到的事例,某些逃亡者由于走路的姿势、可疑的神情、意想不到的其他迹象在奇特的偶然情况下被察觉捕获,他觉得什么都不保险。他离开戈尔冈佐拉时午夜的钟声已经敲过,深沉的夜色使危险的程度越来越低,尽管如此,

他走在公路上仍觉得不踏实，打算走小路，一看到他认为能带他离开的岔道就拐弯。起先他还遇上个别路人，但他顾虑重重，不敢贸然上前问路。"刚才那人说是有六英里，"他暗忖道，"偏离大路之后总得多走三四英里，这么多路既然走过来了，再有十里八里当然也能走。我现在的方向肯定不是去米兰，那就是去阿达河的方向。只要不停下来，迟早会走到。阿达河波涛滚滚，附近可以听到流水声，那时候就不需要谁指路了。如果有渡船，我立刻过河，如果没有，我就在田野里像麻雀一样栖息在树上等到天明，宁肯待在树上也不能给关进监狱。"

过后不久，他看到左边有一条小径，便拐了进去。在这个时辰，即使遇上什么人，问问路也没有太多的顾虑了，然而阒无一人。于是他顺着小径走去，想道："说我肆无忌惮！我想杀害所有的贵族老爷！从我身上搜出一捆信件！我的同伙们在客栈附近转悠！渡过阿达河之后我真想同那个商人对质，（哎，我什么时候才能渡过那条有福的阿达河！）我要拦住他，好好问他那些新闻是从哪里来的。要知道，老兄，事情是这样这样的，我干的所谓捣乱勾当只是把费雷尔当作我的兄长那样帮助他；要知道，你说是我的朋友的那些无赖因为我仗义执言，讲过一些公道话，便想诬陷我；要知道，你在看守你的店铺时，我却在救助你们的补给督办先生，我和他素不相识，但为了他，我的肋骨差一点都给挤断。看我下次再动手帮助贵族老爷……不过为了灵魂的安宁，这种事情还得做，他们也是人嘛。至于你说得有鼻子有眼的那一大捆说明全部阴谋、如今落在司法当局手里的信件，我现在不用变戏法立刻可以拿出来，你敢不敢和我打个赌？你不是很想看看那捆信吗？这不是吗……只有一封？……不错，先生，只有一封，这封信，如果你还想知道，是一位精通教义的教士写的，你别见怪，你的全部胡子抵不上他的一根毛；你看到的这封信是写给另一位教士的，那位教士也是一个堂堂正正的人……现在你该明白我的所谓无赖朋友是些什么人吧。你以后说话可要留神，特别是在议论别人的时候。"

过了一会儿，这些想法统统停止了，眼前的处境占据了那个可怜的旅客的全部思想感情。遭到追踪和捕获的恐惧使他白天赶路时胆战心

251

惊,现在已不再使他感到不安,但许多别的情况使路途更不愉快。黑暗、孤独、与时俱增达到痛苦程度的疲乏,加上一阵吹个不停的冷飕飕的小风;他身上的衣服本来是准备举行婚礼用的,婚礼结束后立刻可以春风得意地回家,现在赶夜路却不合适;更糟糕的是这样听天由命几乎可以说是在暗中摸索着寻找一个安全的歇脚之处。

　　路过某个小镇时,他放慢脚步,观察有没有哪家的门还开着,但除了窗里偶尔有些微弱的灯光之外,看不到有人醒着的迹象。路过没有人烟的地方时,他经常停下来,静听有没有阿达河的令人欣慰的水声,但是没有。他只听到空中飘来某座孤零零的小屋的猞猁狗叫声,哀怨而带有威胁。如果他走近,猞猁的哼叫就变成急促的狂吠;他走过门前时,听到,甚至看到那个畜生的嘴贴在栅栏空当叫得更凶,这就打消了他叫门请求借宿的想法。即使没有狗,他或许也不敢。"谁呀? 这么晚了,有什么事? 你怎么来到这里的? 说说你的情况。为什么不到客栈投宿?"他想,"如果我叫门,在最好的情况下,他们也会这样问我;假如有些胆小的没睡着,甚至会嚷起来:救命啊! 抓小偷! 马上得做出清楚的回答,我又有什么可以回答? 人们晚上听到动静,首先想到的是小偷、歹徒、干坏事,从不会想到正派人会在夜间赶路,除非是乘坐四轮马车。"他想到这里,打消了叫门的主意,非到万不得已时不投宿,继续往前走,希望至少能找到阿达河,即使当天晚上不渡河,也不必在大白天继续寻找了。

　　他一路走去,耕地逐渐稀少,终于到了一片长着欧石楠和蕨类植物的低洼荒地。他认为这如果不是附近有河流的可靠迹象,至少是某种标志①,便沿着一条小径走进荒地。走了几步后,他又停下来静听,仍没有流水声。路途的厌烦、越来越难以忍受的荒凉,先前还可以看到一些桑树、葡萄藤和人工种植的庄稼,似乎与他做伴,现在什么都没有,尽管如此,他仍不停地走着,小时候听到的故事里的鬼怪精灵在他心目中涌现,为了吓跑或者安抚它们,他一面走,一面念着超度亡魂的祈祷文。

　　周围逐渐有较高的鼠李、栎丛和带刺的灌木丛。他加快了脚步,不

---

　　① 由于河流定期涨水,两岸的土地不宜耕作。

是出于兴奋,而是由于不耐烦;灌木丛中出现几株孤零零的大树,有小径通向一片树林。他不情愿进树林,但压下厌恶情绪,勉强向前,越走越不耐烦,什么都看不顺眼。从远处望去,那些树木像是张牙舞爪的怪物,摇曳的枝叶在月光斑驳的小径投下颤动的黑影,脚下踩着的枯叶沙沙作响,听起来使人感到说不出的难受。两条腿似乎有奔跑的渴望和冲动,同时又好像灌了铅似的提不动。夜晚的小风吹得他前额和面颊生疼,往衣服里直钻,冻得他汗毛都竖了起来,透进已经累得像散了架的骨骼,把残余的力量消耗殆尽。有一个时候,那种厌烦和他内心与之抗争很久的不知名的恐惧仿佛彻底压倒了他。他几乎绝望的时候,为自己的胆怯感到极端的恐惧,鼓起心中旧有的勇气,强迫自己镇定下来。他振作一下,停步考虑,决定立刻退回去,到先前经过的最后一个镇子,和人们待在一起,找个投宿的地方,即使是客栈也顾不得了。他这么站住时,脚下枯叶的沙沙声消失了,周围一片沉寂,开始听到了声响:哗哗的流水声。他侧耳细听,完全肯定,嚷道:"是阿达河!"高兴得像是遇到朋友、兄弟、救星。疲乏几乎消失,舒了一口气,觉得全身血脉畅通、暖洋洋的,对自己想法的信心有所增强,情况似乎不像以前那么严重而没有把握,他毫不

迟疑地进入树林深处，寻求那友好的声响。

　　不一会儿，他到了平原尽头陡峭的河岸边，朝下望去，在覆盖岸坡的草木丛中看到了闪闪反光的流水。他再抬头，遥望对岸村落星罗棋布的广阔平原，远处则是起伏的山峦，一座山头泛着模糊的白色，像是城市，准是贝加莫。他双手拨开荆棘丛，从斜坡上下去几步，看看河上有没有航行的船只，听听有没有桨声，但一无所见，一无所闻。如果换了比阿达河小一点的别的河流，伦佐会立刻下去，试图涉水过去，但他很了解阿达河可不是闹着玩的。

　　于是他冷静地考虑下一步该怎么办。爬到一棵树上，像鸟一样等天亮，估计要待五六个小时，凭他身上的这点衣服在小风和薄霜之下非冻僵不可。不停地踱来踱去，顿脚取暖，并不是对抗五更寒的好办法，并且对他的两条疲于奔命的腿来说也要求过高。他想起路过低洼荒地前面的耕地时见到一个窝棚,茅草葺的顶,周围用树干树枝编成墙,外面糊着泥巴,那是米兰地区的农民夏季看青时夜晚栖身之处,其余的季节闲置不用。他决定在那里过夜,便循原路退回,再次穿过树林、那片长着欧石楠和蕨类植物的地方和低洼荒地,朝窝棚走去。一扇蛀蚀松散的木门没有锁,伦佐挪开门板,进了窝棚,看到用树枝搭成的架子上挂着一张充当吊床的绷子,他不想费劲爬上去。地上有些稻草,他觉得在那上面也能睡个好觉。

在躺下去之前,他先跪在草堆上感谢上苍向他提供了那张床铺,感谢上苍在这险象环生的一天给他的种种帮助。接着,他做了惯常的祷告,请求天主宽恕他昨晚没有祷告,稀里糊涂倒头就睡,用他自己的话说,像狗一样,甚至比狗不如。然后,他用手支在稻草堆上,伸直腿,准备睡觉,同时暗忖道:"正因为这样,今天早上我才给折腾醒。"他把周围的稻草全拢在自己身上,窝棚里也寒意袭人,身上盖些稻草多少能抵挡一点;最后,他蜷缩在稻草堆里打算做个得来不易的好梦。

可是他刚合眼,不知是记忆还是想象中开始出现形形色色的人物,纷至沓来,周而复始,驱散了他的睡意。那个饶舌的商人、公证员、捕快、制剑商、客栈老板、费雷尔、督办、客栈里的顾客、街上的暴民,然后是堂阿邦狄奥、堂罗德里戈,这些欠了伦佐旧债的人。

只有三个人的形象出现时不伴随苦涩的回忆,可亲可爱,不容他产生任何怀疑,特别是其中两个截然不同、但在伦佐心中紧密相连的人,一个是黑辫子,另一个是白胡子。他的思绪萦绕着这些形象时固然能给他一点慰藉,但远不能使他感到心安理得。他想起那位善良的神甫,为自己的瞎折腾、愚蠢的放纵、没有听取神甫慈爱的劝告而羞愧得无地自容;鲁茜亚的模样浮现在他眼前时,我们不想讲他的感触了,读者了解情况,自己可以想象。至于那可怜的阿格纳丝,怎么能忘记?阿格纳丝选他做女婿,已经把他和自己的独生女儿同样对待,虽然还没有以母子相称,但已经以母亲的语言和感情对待他,用实际行动表达了她的关怀。另一件使他感到心酸的事是那可怜的女人原指望女儿成家后自己可以得到晚年的安宁和欢乐，而正因为她对伦佐的好意和慈爱，现在被迫背井离乡，颠沛流离，前途未卜，得到的只是烦恼和悲哀。多么凄凉的夜晚！可怜的伦佐！这原本应是他新婚的第五夜！多么凄凉的新房！多么寒碜的婚床！多么狼狈的一天！明天和以后一连串的日子又是多么难以逆料！"任凭天主安排吧，"他用这句话来打发烦扰他的种种思绪，"任凭天主安排吧。他自有道理，会为我们着想的。这一切都由于我的罪过而起，应该由我担当。鲁茜亚多么好！我不希望看她再受罪了，不能再受罪了！"

他思潮起伏，入睡已经无望，觉得越来越冷，时不时不由自主地哆嗦几下，牙齿捉对儿打架，只盼天快些亮，不耐烦地计算着时间缓慢的流逝。我之所以说计算是因为每隔半小时寥廓的静寂中会响起钟声，估计应是阿达河畔特雷佐城堡传来的。他第一次听到那出乎意料的钟声时不知它来自何方，有一种神秘庄严的感觉，仿佛一个不可见的人用陌生的声音向他发出通知。

钟槌敲了十一下，那是伦佐平时惯常起身的时间①，他冻得半僵地欠起身，跪在稻草堆上比平时热诚地做了早祷，尽可能舒展一下身体，摇晃腰和肩膀，仿佛在重新集合各自为政的四肢，先往一只手又朝另一只手哈气，搓搓两手，挪开窝棚门，他先朝两边张望一下，没有发现任何人，便用目光搜寻昨晚走过的小径，很快就辨认出来，随即循着小径出发。

当天天气看来很好：挂在天空一角的月亮虽然暗淡无光，但在寥廓的灰蓝色中显得分外突出，东方远处已抹上淡淡的橙红色。天际有几条长长的云带，形态各异，颜色有的湛蓝有的铅灰，低处云带的下层被一条几乎是火红色的越来越灿烂夺目的条纹映成了金黄；南边集结的另一些云朵可说是比较轻灵柔和，呈现出千百种难以形容的绚丽色彩：那就是伦巴第的天空，晴朗时美丽无比，辉煌宁静。如果伦佐来这里是闲逛，他一定会仰望天空，欣赏同他在山区见惯的大不相同的黎明景象，但现在急于赶路，迈着大步，好让身上暖和起来，并且早些到达。他穿过田野、

---

① 相当于清晨五时。

低洼荒地、长着欧石楠的地方和树林,左顾右盼,为几小时前自己对这一带的厌恶感到可笑和惭愧;过不多久,他到了岸边,朝下望去,透过枝叶看到一条渔民的小船正逆流而上,挨着河岸缓缓来近。他不顾那些带刺的灌木,拣最近的路跑到岸边,低声招呼渔夫;他本想装出请渔夫帮个小忙的样子,但不知不觉用了近乎央求的口气请渔夫靠岸。渔夫先朝岸上扫了一眼,仔细看看上游,回过头看看下游和流水,然后朝伦佐这边拨过船头靠了岸。伦佐站在岸边,一只脚几乎踩在水里,抓住船头,跳了上去说道:"劳驾把我送到对岸好吗,付多少钱都成。"渔夫早已猜到他的意图,掉过船头朝对岸驶去。伦佐看到船舱底还有一支桨,弯腰拿了起来。

"小心,小心,"船主说,但看到那年轻人握桨的姿势很老练,准备划船时又说:"哦,哦,你是内行。"

"稍稍会一点。"伦佐答道,他有劲而熟练地划起来,远不是逢场作戏的样子。他不停地划,但眼睛不时多疑地看看离去的岸上,又不耐烦地看看对岸,为了不能按最短的航线行驶而干着急,因为小船所在的地点流水特别湍急,不可能走直线过河,只能部分破浪前进,部分随波逐流,结果走的是一条对角线。凡是麻烦事都有这种情况:开始时困难一大堆,实际只能一个个解决,伦佐现在可以说已经渡过了阿达河,感到麻烦的是不能确定对岸是不是国境线,不知过了这道难关之后还有没有别的难关。于是他招呼渔夫,朝他昨夜看到的白茫茫的、现在清晰得多的地方扬一扬头,问道:"那个镇子是不是贝加莫?"

"不是镇子,是贝加莫城。"渔夫回说。

"对岸是贝加莫地界吗?"

"圣马可地界①。"

"圣马可万岁!"伦佐脱口嚷道。渔夫一言不发。

小船终于靠了岸,伦佐跳上去,心里暗暗感谢天主,嘴里大声谢了船

---

① 《圣经·新约·马可福音》以约翰在有狮子出没的旷野替耶稣施洗开端,因此后人把狮子当作圣马可的象征。威尼斯奉圣马可为守护神,旧时的威尼斯共和国以圣马可的狮子(加上双翼)作为纹章图案。一七九七年前,贝加莫隶属威尼斯共和国。

夫,手伸进口袋摸出一枚银币,在这种情况下不算是小数目了,把它递给那个好人。船夫朝米兰地界的河岸瞥了一眼,看看上游,又看看下游,伸手接过钱揣进怀里,闭紧嘴,竖起手指搁在嘴前,使了一个会心的眼色说道:"一路顺风。"然后掉头回去。

船夫对陌生人如此殷勤而又如此谨小慎微,读者看了也许会觉得诧异,我们不妨做一解释。原来那人时常应私贩子和强徒的要求提供渡河服务,已经习以为常,倒不是为了挣几个靠不住的小钱,而因为不希望同那种人结怨。只要确定附近没有征税员、捕快或者暗探,他总是有求必应。他对谁都没有偏爱,而是不得罪任何人;这种一视同仁的态度正是某些不得不同一些人打交道而必须向另一些人有所交代的小人物的天生才能。

伦佐在岸边站了一会儿,眺望着对岸那片前不久把他逼得走投无路的土地。"啊! 我终于离开了!"这是他的第一个念头,"再见了,讨厌的地方"是第二个念头,也是他对故土的诀别。但是第三个念头想到了他留在那片土地上的人。他双臂合抱放在胸前,叹了一口气,瞅着脚下的流水,想道:"已经流过了桥下!"他根据村里的习惯,用一个字称呼莱科桥。"唉,险恶的世道! 唉,随天主安排吧。"

他转过身不去看那些勾起伤心事的景色,以山腰那片白茫茫的地方为目标,朝前走去,碰到人再问确切的路途。现在他不必躲躲闪闪,见了行人就可以上前问讯,直截了当地说出他表哥所在的地名。从他询问的第一个人嘴里,他知道还要走九英里路。

那一段路程并不愉快。且不说伦佐心里本来就凄凉,一路上看见的悲惨情况更使他伤心,他注意到他前去的地方的贫困程度不下于他离开的地方。路上和沿途的村镇随处都可以看到穷苦的人,那些人不是生来就穷,衣衫并不褴褛,可是面有饥色:农民、山里人、手工匠、老老小小都是这样;听到的是一片混杂的央求、呻吟、啼哭。那种景象除了引起他的怜悯和悲哀之外,还使他为自己的处境担忧。

"谁知道我能不能找到工作?"他思索着,"工作机会是不是和往年一般多? 唔,博尔托洛一向对我很好,他是个好人,挣了不少钱,多次邀我去,他不会扔下我不管。再说,老天到目前为止待我不薄,今后也会帮助我的。"

伦佐早就觉得饿了,现在越走越饥火中烧,当初感到饿时,他认为最多还有两三里路,熬一熬问题不大;现在有点顶不住,并且认为像叫花子似的去看他表哥,见面第一句话就要找点吃的也不合适。他从口袋里掏出全部财产,放在手掌里数了一遍。剩下的钱不多,不需要什么复杂的算术就能数清,但俭朴地吃点东西还有余。他走进一家客栈去填填肚子,付了账之后确实还剩几个铜币。

他出来时看见客栈门口有两个妇女病病歪歪地坐在地上,几乎踩到她们,一个上了年纪,另一个年轻一些,怀里有个小孩,两个乳房都吮吸不出奶汁,饿得直哭,大人小孩的脸上都泛着死色;旁边还站着一个男人,从容貌和骨架上可以看出他以前是条健壮的汉子,只是由于长期挨饿而脱了形。伦佐补充了食物,恢复了体力,大踏步走出客栈,那三个人向他伸出手,谁都没有吭声,他们的恳求何须语言表达?

"老天保佑!"伦佐说着,当即把口袋里的铜币全掏了出来,放在离他最近的一个人手里,然后继续走他的路。

食物和善行修复了他的身心,使他十分欢畅。他把身上的钱全施舍掉,对未来反而更有信心,即使得到十倍于他所有的钱都不能给他这么大的安慰。如果说老天让一个人地生疏、生活无着的逃亡者留下最后几枚钱币,恰恰是为了在那天救助街上那几个奄奄一息的穷苦人,既然给了他明白无误的启迪,借他的手做了好事,过后怎么可能把他本人扔下不管呢?这多少是伦佐当时的想法,虽然不像我说的那么明确。在余下的路途上,他重新考虑自己的处境,觉得一切困难都不存在了。饥荒总会结束,每年会有收成,目前他有表哥博尔托洛帮衬,再说他自己有手艺,他在家乡还存着一些钱,马上可以请人捎来。有那些钱垫底,即使情况再坏,也可以凑合过日子,等市面重新富裕。"市面终究会富裕的,"伦佐继续自得其乐地想着,"会有大量活计,老板们争着要雇用米兰工匠,因为米兰工匠手艺好,米兰工匠可以端架子,想找能工巧匠就得出高价,一个人干活挣的钱养活自己还有富余,可以攒点钱,然后写信让母女二

人来这里……其实何必等这么久？凭我们现有的一点积蓄，她们不是能度过今年冬天吗？那我们在这里也能对付。不论什么地方，总是有办法可想的。那两个可亲可爱的女人来后，我们在这里建一个家。我们一起在这条路上散步多么舒心！我们还可以坐大车到阿达河，就在河边野餐，我指点给母女二人看我上船的地点，下到岸边的荆棘丛，以及我眺望有没有船只驶近的地点。"

他到了表哥所在的镇上，进镇之前，注意到一座有好几排长扇的高大的房屋，他知道是缫丝作坊，便走了进去，由于流水和轮子转动的声音很响，他大声问有没有一位博尔托洛·卡斯塔涅里。

"博尔托洛先生！在那儿呢。"

"先生？倒是好迹象。"伦佐心想，他看到表哥，迎上去。表哥转过身，认出伦佐，招呼说："我在这儿。"他惊异地喊了一声，张开双臂，两人拥抱起来。初步问候之后，博尔托洛把伦佐领到另一间屋子，避开机器的喧嚣和人们好奇的眼光，对伦佐说："我见到你很高兴，不过你这人真怪。我几次三番邀你，你不愿来；现在市面有点不景气，你却来了。"

"如果你要我说实话，我这次来并不是出于自愿。"伦佐答道，接着他尽可能扼要，但相当激动地叙说了他痛苦的故事。

"那是另一回事了，"博尔托洛说，"唉，可怜的伦佐！你既然指望我帮助，我不会见危不救。说实话，现在都不招收工人，有的还遣散原有的工人，以免耽误他们并且拖垮作坊，但是我的老板很器重我，他有钱。我不妨告诉你，他之所以发财，多半是靠我；不是我夸口，他出资，我出技术。要知道，我是老师傅，我还可以告诉你，我是总管。可怜的鲁茜亚·蒙德拉！我还记得她的模样，就像昨天那般清晰。她是个好姑娘！上教堂的时候，她总是最端庄，走过她们家前面时……那幢小屋仿佛就在眼前，几乎出了镇，一株美丽的无花果树探出篱笆墙……"

"不，不，咱们不谈这些。"

"我是说，经过那幢小屋前面时，总是听到摇纱机在转动。至于那个堂罗德里戈！我在家乡的时候，他已经横行霸道，看来现在简直成了魔鬼的化身，总有一天天主会收拾他的。好吧，我刚才对你说过，这里也有饥荒的苗头……顺便问一句，你想去吃点东西吗？"

"我刚才在半路上吃了。"

"身边缺不缺钱？"

伦佐摊开手掌放在嘴前轻轻吹了一口气。

"没关系，"博尔托洛说，"我有，你不用担心，天主保佑，情况好转后，你很快就可以还给我，你自己还会有富余。"

"我家里还有一点钱，我要请人捎来。"

"好，在没有捎来之前，你先用我的。天主赐福给我是为了让我帮助别人，我不帮助亲戚朋友还帮助谁呢？"

"我早说过老天有眼！"伦佐亲切地握紧好表哥的手说。

"如此说来，"他表哥接着说，"米兰闹得天翻地覆。我觉得他们有点疯狂。这里听到一点消息，可是我希望待会儿你再详细讲给我听听。啊！我们要谈的话太多啦。你自己也看到了，这里一切比较平静，干什么事都比较慎重。市里向一个威尼斯商人买了两千驮①麦子,土耳其运来的,民以食为天,在吃饭问题上容不得半点虚假。你知道怎么着?维罗纳和布雷西亚的主管封锁了边境的关口,说是不准小麦通过。贝加莫人怎么办?他们派一位律师,洛伦佐·托雷,去威尼斯,了不起的律师!他急如星火地出发,觐见最高执政官说:那些老爷是怎么搞的?他慷慨陈词,据说他的讲话精彩极了,可以载入史册。口才好真解决问题!最高执政官当场下令给小麦放行,吩咐两城主管非但不准刁难,还要派兵护送,小麦已经在路上了。他们还考虑到城郊居民。贝加莫派驻威尼斯的代表乔万巴蒂斯塔·比亚瓦(他也是个人物!)让参议院明白乡村也闹饥荒,参议院批下四千斗小米。小米也可以做面包。你知道怎么着?如果没有主食,我们可以吃副食品。天主待我不薄,我对你说。我这就带你去见我的老板,我在他面前多次谈起你,他肯定会欢迎你。他是个老式的贝加莫人,心地特好。说实话,他没有料到你现在会来,不过等他听了你的情况后……此外,他器重工匠,因为饥荒迟早要过去,买卖总是要做的。此外,我还有一件事要让你知道。你知道这里怎么称呼我们这些从米兰来的人吗?"

"怎么称呼?"

"他们管我们叫傻帽。"

"这个名称可不好听。"

"那无关紧要,生在米兰地区而想在贝加莫待下去的人只能认命。对本地人来说,把米兰人叫作傻帽正像把贵族叫作老爷一般平常。"

"我认为只有容易被欺负的人才会被人这样称呼。"

"老弟,假如你咽不下'傻帽'这个称呼,你在这里简直没法活下去。那你得整天拔出刀子和人打架,即使你杀了两个、三个、四个人,到头来总会有人杀了你,你欠了三四条人命去接受上帝的审判可不是闹着玩的!"

"难道有点本领的米兰人也这样?"伦佐像在满月客栈时那样用手指

---

① "驮"是旧时意大利的计量单位,约合十三斗。

敲敲自己的额头说,"我是说一个有专长的米兰人?"

"一模一样,他在这里也是傻帽一个。想知道我的老板和朋友们谈起我的时候是怎么说的吗?'我的作坊有了那个傻帽,我算交了好运,若不是那个傻帽,我可要抓瞎。'这已经成了习惯。"

"这可是坏习惯。说到头,我们把手艺带到这里,打开局面,显露了我们的本领,难道还不能让他们改改这个习惯?"

"目前还不能,日后也许可以;孩子们长大后也许会改,大人们定了型根本办不到;养成了这个坏习惯就难以纠正了。总之,那没有什么大不了。我们亲爱的同乡人对付你和想整你的手法比这个要恶劣得多。"

"一点不错,不能再恶劣了……"

"现在你想通了,一切就好办。咱们去看老板吧,打起精神来。"

果然一切顺利,完全符合博尔托洛所说的,我们认为没有必要细叙。老天在冥冥之中确实有所安排,我们且看伦佐是否能指望他留在家里的钱物。

第 十 八 章

　　同一天，也就是十一月十三日，一个信使专程赶来，向莱科的地方官先生递交司法长官的一件公文，命令他全面察访，尽快查明一个以丝织为业、名叫伦佐·特拉马里奥的青年，该青年经上述尊贵的司法长官先生拘捕后畏罪潜逃，未知是否已经公开或秘密地回到原籍；村镇名称不详，但肯定在莱科地区，如果属实，该地方官先生应设法捉拿，用坚固手铐加以约束，因事实证明缚手绳套显然不足以对付该犯，然后关入监狱严加看守，日后移交押解人员；无论捕获与否，均应派人去伦佐·特拉马里奥住

处,仔细搜查,没收一切与本案有关物品,并收集该犯邪恶品质、生活情况与同谋之情况;办案经过、调查结果、是否缉拿归案均应及时报告①。地方官先生通情达理地了解到该案犯并没有潜回原籍之后,把村长找来,带了公证员和捕快由村长带路,浩浩荡荡开到伦佐家。房子锁着门,保管钥匙的人不在或者找不到。他们撞倒门,进行了仔细搜查,也就是说,像攻克一座敌人城市那样洗劫一空。这次行动的消息立刻在附近传遍,到了克里斯多福神甫耳里,神甫既惊讶又痛心,到处打听,想知道如此出乎意料的事情的原因,但打听到的只是一些毫无根据的猜测;他随即写信给博纳文图拉神甫,希望得到一点具体的消息。与此同时,伦佐的亲戚朋友受到传唤,要他们提供有关伦佐的邪恶品质的证词,沾上特拉马里奥这个姓的都成了晦气、羞耻和罪恶,全镇都闹得沸沸扬扬。后来逐渐弄清楚,伦佐在米兰市中心逃脱拘捕,然后销声匿迹;据说他闯下大祸,但谁也说不清究竟是怎么一回事,越传越离奇。事态越说得严重,镇上越没人相信,因为伦佐的正直出了名;大多数人认为,并且窃窃议论说这是强横霸道的堂罗德里戈为了整垮他的卑微的情敌而搞的阴谋。不需要具体事实,光凭常理推断也知道,有时候恶人也会遭到冤枉。

我们了解事情的全过程,可以断言堂罗德里戈和伦佐的不幸没有直接关系,但他和心腹朋友,特别是阿蒂里奥伯爵一起为此而兴高采烈。按照原先的打算,阿蒂里奥伯爵早该到了米兰,但听说那里动乱,街上全是气焰嚣张的暴民,认为还是躲在乡下等风波平息之后再去为妙。尤其因为他平日欺压了许多人,当然担心那许多人中间有几个出于无奈才忍气吞声,现在的形势替他们壮了胆,认为时机已到,可以用所有人的名义对他进行报复。这种担心持续时间不长,来自米兰的通缉伦佐的命令就是局势恢复正常的迹象,几乎可以完全肯定。阿蒂里奥伯爵立刻动身,出发前鼓励表哥继续干下去,不成功决不罢手;从他这方面说,他保证马上去打通关节,挤走克里斯多福神甫,而那低贱的情敌遭到意外,更是天赐良机,十分及时。阿蒂里奥刚走,格里索从蒙扎平安归来,向主人报告

---

① 本段仿宋字体排印部分原文均系拉丁语。

了他所能打听到的情况：鲁茜亚躲进某某修道院，在一位某某夫人的保护之下，她仿佛也成了修女，足不出门，从不露脸，在一扇有栅栏的小窗户里面参加宗教仪式，这件事使许多人不舒畅，因为他们听说她有些不平常的经历，容貌又如何美丽，都想看看她的真面目。

　　这番话把堂罗德里戈说得神魂颠倒，心痒难熬。种种情况都对他的谋划有利，使他夹杂着自尊、愤怒和见猎心喜的卑鄙欲念的情绪越来越炽热。伦佐远走他乡，无异流放，对他采取什么手段都不会犯法，他的未婚妻在某种意义上说可以被当作战利品看待；世上唯一想替他并且能替他出头、闹出一点名堂甚至传到显贵人物耳里的人是那个火气旺盛的神甫，但过不了多久也许就构不成威胁。可是现在出了一个新的障碍，非但能同那些有利条件抗衡，而且在某种程度上把它们统统抵消。蒙扎的修道院，即使里面没有金枝玉叶，也是堂罗德里戈啃不动的硬骨头；他对那个避难所动足脑筋，武力行不通，阴谋诡计也难奏效，实在想不出攻破的方式方法。他几乎打算放弃，决定去米兰，去时甚至绕道而行避开蒙扎，到了米兰和朋友们寻欢作乐，用绝对愉快的念头来驱赶如今已纯粹成为折磨的相思。可是唉，唉，唉，那些朋友也不怎么样。和他们相处非但不能解忧，反而会引起新的不快，因为阿蒂里奥肯定已经大吹大擂，引得大家都在期待。到处都会有朋友打听那个山里的姑娘，他得做出解释。他曾想把那姑娘弄到手，也做了尝试，结果如何？他做了保证，固然不太体面的保证，可是有时候人们心血来潮，自己也做不了主，问题是要向他们做出解释，他怎么给自己找个台阶下来？在一个乡巴佬和一个修士面前认输！哼！正当意想不到的好运来到，不用你花半点力气，除掉了其中一个，而你能干的朋友除掉了另一个，你却不利用时机，可耻地撒手不干，岂不是窝囊废！这一来，他在上等人中间再也抬不起头，整天握着剑准备同耻笑他的人决斗。之后，他怎么回到镇上，怎么在当地待下去？且不说激情的回忆会不停地刺痛他，他会永远蒙上失败的羞辱，公众的憎恨会增长，他的威望会下降；那些乡巴佬即使向你行礼致敬，脸上也会有讥刺的表情，似乎在说，你也被人耍了，我真高兴。佚名作者的手稿在这里议论说：邪恶之路虽然宽阔，但并不意味着舒服，它有沟沟坎坎,即使下坡的时候也叫人累得恼火。

堂罗德里戈不想离开邪恶之路,也不想后退或者停步,凭他一个人的能耐是走不下去了,但他想到一个办法,那就是请某个人帮忙,那人神通广大,往往出乎别人的预料,不管是人是鬼,只要把困难看作挑战,越是困难越来劲的就成。但是这一着棋有它的不便和风险,尤其在不能预见的时候,不便和风险会更严重;那人无疑是个强有力的帮手,但也是专横危险的主子,一旦同那种人打上交道,后果难以逆料。

堂罗德里戈一连好几天举棋不定,进退两难。这时候,他表弟来了一封信,说是谋划进行得很顺利。闪电过后不久,响起了炸雷,也就是说,一天突然听说克里斯多福神甫离开了佩斯卡伦尼科修道院。这一迅速的成功,以及阿蒂里奥的既给他鼓舞又可能使他遭到极大嘲弄的信,促使堂罗德里戈越来越倾向于走一步险棋,推动他做出最后决定的是出乎意料地听说阿格纳丝回到了自己家:这一来鲁茜亚身边又少了一道障碍。我们不妨把这两件事做一交代,先讲后面一件。

阿格纳丝母女二人刚在避难地安顿下来,米兰大动乱的消息就传到了蒙扎,因而也传到修道院,大新闻之后又传来无数细节,内容有增无已,但说法随时在变动。传达室的女人在家里既能听到街上又能听到修道院里的谈论,左右逢源,消息灵通,告诉修道院里的人说:"不少人给关进了监狱,有的说是两个、六个,也有说是八个、四个、七个;据说这些人要被绞死,有几个在拐杖面包房门前,另几个在补给督办家所在的那条街头……呃,呃,还有呢! 有一个逃了出来,据说是莱科或者莱科乡下来的。名字还不清楚,不过会有人告诉我的,到时候我再告诉你们,不知你们认不认识。"

伦佐正是在那要命的日子到米兰的,这个消息使母女二人,特别是鲁茜亚有些不安;让她们大惊的是那女人又来报信说:"那个怕被绞死而逃脱的人正是你们镇上来的,一个姓特拉马里奥的丝织工匠,你们认识吗?"

鲁茜亚正坐着做针线活儿,手里的东西掉了下来,脸色唰地白了,传达室的女人如果挨得近些肯定会注意到。但她和阿格纳丝站在门口,阿

267

格纳丝也吃了一惊，但她挺得住，找了话回答说小镇上谁不认识谁，她知道有这么一个人，但不明白怎么会有这种事，因为那青年人一向安分。然后又问他是不是真逃脱了，往哪里逃的。

"大家都说他逃脱了，逃到哪里却不清楚；可能已经抓住，也可能安然无恙，不过只要再落到他们手里，你们的那个安分的青年……"

这时候有人找那女人，她走了，母女二人的心情可想而知。可怜的母亲和伤心的女儿忧心忡忡地待了好几天，思索着怎么会出这种不幸的事，当时情况和将来后果如何，各自琢磨那个可怕的消息，有机会就两人悄悄议论。

终于到了一个星期四，有人来修道院找阿格纳丝。那是佩斯卡伦尼科的一个渔民，按惯例去米兰卖他打来的鱼，好心的克里斯多福神甫请他路过蒙扎时跑一趟修道院，代神甫向母女问好，把神甫了解到的有关伦佐的不幸情况告诉她们，要她们耐心，相信天主；说神甫绝不会忘记她们的事，会找机会帮助她们；与此同时，每星期会通过渔民捎口信或者通过别的办法把神甫得到的消息告诉她们。至于伦佐，传话人没有什么新的可靠的情况可说，只知道抄了他家，做了一些调查，想抓他，但没有得

手;可以确定的是他已经安全抵达贝加莫地区。不用说,这一确定对鲁茜亚是莫大的安慰,从那以后她更容易流泪,但不像以前那么伤心,向母亲吐露心里的秘密时觉得更加舒畅,祷告时总是感恩不尽。

吉特鲁德经常把她叫进私人探访室,有时留她很久,从那可怜姑娘的天真温柔里得到乐趣,听她动不动就向自己祝福道谢。夫人也推心置腹地把自己的部分生平(当然是洁白无瑕的那一部分),把自己无奈出家的苦恼讲给鲁茜亚听,鲁茜亚最初的惊讶逐渐变为同情。听了夫人的故事,加上阿格纳丝关于贵族们的乖戾的理论,鲁茜亚找到了足以解释她恩人的古怪的谈吐举止的理由。她虽然觉得应该以诚相见,回报吉特鲁德向她表示的信任,但根本没有想过把她新的忧虑和不幸、把那在逃的丝织工匠的身份告诉夫人,因为她不敢冒险让这样使她伤心的骇人听闻的事情张扬出去。夫人冒失地问她订婚以前的情况,她尽可能避而不答,但这并不是出于审慎,而是因为那天真的可怜姑娘听了夫人说的事和弦外之音后,认为自己的事难以启齿。夫人讲的是专横独断、阴谋诡计,是一些可以叫出名称的丑恶而令人伤心的事情,而她的事情都牵涉到一种感情、一个字,不可能直言不讳地说出来,也不可能用委婉的话代替而不感到脸红,那就是爱!

鲁茜亚处处提防的态度有时候几乎使吉特鲁德觉得恼火,但她的态度流露出多少温馨、尊敬、感激和信任!有时候,或许由于另一个原因①,鲁茜亚的慎重而落落寡合的羞怯使她更为不快,但她每一次看着鲁茜亚的时候,心里立刻就产生"我要好好待她"的温柔的想法,一切气恼和不快也就化为乌有。这倒是真的,因为除了安身之地外,那些谈话和亲切温存对鲁茜亚是不小的慰藉。另一种慰藉是不停地干活,鲁茜亚老是要求让她干些什么,即使去探访室时她也带些针线活儿不让自己的双手闲着,但是悲哀的念头随时随地都会出现,在针线活方面,她可以说是新手,她做着做着总是想起摇纱机,随之而来的还有许多事。

下一个星期四,那个渔夫或者另一个捎信人又到蒙扎,带来了克里斯多福神甫的问候和证实伦佐顺利逃跑的消息。至于他遭殃的详情则一无所知;因为读者已经知道,神甫写信去问当初推荐伦佐去找的米兰同事,对方回信说没有见到本人和介绍信,只听说有个乡下来的人去修道院找过他,没有找到便走了,再没有来过。

第三个星期四,没人来修道院,可怜的母女二人盼不到期望中的安慰,正如处于困境的人常有的情况那样,遇到一点很小的事都会感到极大的不安和疑虑。在那以前,阿格纳丝已经考虑抽时间回一次家,现在没有见到约好来的捎信人,促使她下了决心。对鲁茜亚说来,同母亲分开是难以想象的,但她渴望得到消息,而她在那神圣的避难所里受到保护感觉十分安全,因此不反对母亲跑一趟。两人商定让阿格纳丝第二天出发,在路上等那个从米兰回来的渔夫,搭他的大车回山里去。阿格纳丝果真等到了渔夫,问他有没有克里斯多福神甫的口信,渔夫出来贩鱼的前一天整日都在打鱼,没有见到神甫。不用阿格纳丝开口请求,渔夫很乐意带她回去,她挥泪向夫人和女儿告别,答应一到就托人捎信,自己也尽快赶回,然后就走了。

路上没有特别的事发生。晚上,他们照例在客栈休息一会儿,天没

---

① 指吉特鲁德回忆起自己失去的纯真。

亮就继续赶路,一大早到了佩斯卡伦尼科。阿格纳丝在修道院前面的广场上下了车,向让她搭车的渔夫再三道谢,让渔夫先走,她自己在回家之前先去看看有恩于她的神甫。她拉了门铃,出来开门的是募集核桃的加尔迪诺修士。

"啊! 好心的大妈,什么风把你吹来的?"

"我来看克里斯多福神甫。"

"克里斯多福神甫吗? 他不在。"

"唷! 要很晚才回来吗?"

"唔……"修士耸耸肩膀,剃光的脑袋缩进罩帽说。

"他去哪里啦?"

"里米尼。"

"哪里?"

"里米尼。"

"那个镇子在什么地方?"

"喔唷唷!"修士回答说,伸出手掌直劈下来,表示很远很远。

"我真不走运! 他干吗走得这么突然?"

"那是大主教的意思。"

"他在这里干得这么好,干吗要外调? 唉,天主!"

"假如上级发了命令必须说明理由,那还要什么服从,你说是吗?"

"不错,可是对我说却是灾难。"

"你知道是怎么一回事吗? 里米尼那里需要一个好讲道士,各处都有我们的好讲道士,可是有时候需要一个特殊的,那里的教省大主教大概写信给这里的教省大主教,问这里是不是有如此这般的一个神甫;这里的大主教大概回信说克里斯多福神甫再合适不过了。准是这么一回事。"

"唉,我们太不幸了! 他什么时候走的?"

"前天。"

"哎呀! 前几天我就想来,当时听从我的预感就好了! 知道他什么时候能回来吗,大概什么时候?"

"唉,我的好大妈!能知道的只有大主教。我们的讲道神甫飞走之后,谁都说不准他会停在哪一株树上。这儿要他,那儿也要他,世界各地都有我们的修道院。假如说克里斯多福神甫在里米尼的四旬斋讲道一鸣惊人,在这里向渔民和庄稼人讲道事先不必怎么准备,在城里的讲坛上都有写好的讲稿,内容精彩!消息传开说有一个了不起的讲道士,可以到某某地方去请。于是只好派他去,因为我们是靠各个地方的施舍生活的,我们理应为各个地方服务。"

"唉,天主,天主!"阿格纳丝又嚷了起来,几乎要哭了,"没有他我怎么办?他是我们的神甫呀!他一走,我们可遭了殃。"

"听着,好大妈,克里斯多福神甫当然是个了不起的好人,不过我们还有别的神甫,要知道,都是慈悲为怀、博学多才的人,对贵族和穷苦人一视同仁。你想找阿塔纳西奥神甫吗?还是吉罗拉莫神甫、扎卡里亚神甫?要知道,扎卡里亚神甫也是个了不起的人。你可别像一些无知的人那样嫌他身材矮小,嗓门细,下巴上没有几根胡子,我不是指讲道,因为每个人都有自己的长处,他在替别人出主意方面是了不起的,知道吗?"

"哦,谢啦!"阿格纳丝觉得对方是一片好意但解决不了她的问题,她领情但不耐烦地说,"那个走掉的人了解我们的事情,为了帮助我们已经做好一切准备,换另一个人能起什么作用呢?"

"那只有耐心等待了。"

"我看也只能如此,"阿格纳丝说,"打扰你了,真对不住。"

"没关系,我的好大妈,我为你感到难过。如果你决定找我们这里的哪一位神甫,尽管请过来,修道院在这里是跑不了的。哦,过几天我顺便去你家收核桃。"

"天主与你同在。"阿格纳丝说着像丢了手杖的盲人似的,悲伤而不知所措地朝她的村子走去。

我们掌握的情况比加尔迪诺修士多一些,知道确实发生的事情。阿蒂里奥一到米兰就履行他对堂罗德里戈做的承诺,立刻去看他们的参加枢密会议的叔父。(当时的枢密会议是由十三个达官贵人组成、向总督提供咨询的机构,总督去世或替换期间临时处理政府事务。)伯爵叔父道貌

岸然,资格比较老,在那机构里享有一定威望,但他在利用现有的威望、施加影响方面哪一个成员都无法和他相比。他讲话时模棱两可,沉默时意味深长,常常欲言又止,使个眼色,似乎在说:我不能失言;他口惠而实不至,连威胁时都彬彬有礼;这一切都为了抬高自己,每每替他带来利益。有时候他直言不讳地说:在这件事上我确实无能为力,但口气使人难以置信,即使这种情况也有助于提高他的声誉,从而增强他的实力;正如某些药铺里还可以看到的盒子,外面写有一些阿拉伯字,里面空空如也,但有利于药铺扬名。长久以来,伯爵叔父的声誉一直节节上升,最近一个大不寻常的情况使它突然来个飞跃:那就是他奉派前往马德里觐见朝廷,他在那里受到的接待得听他自己讲。且不说别的,伯爵兼公爵对他恩宠有加,无话不谈,有一次甚至当着半朝文武的面问他是否喜欢马德里,还有一次在窗口单独对他说米兰大教堂是国王陛下所有领地上最宏伟的寺院建筑。

阿蒂里奥向伯爵叔父请了安,并且转达了表哥的问候之后,乖巧地装出一本正经的样子说:"我认为我有责任,并且不辜负堂罗德里戈的托付,向叔父大人禀报一件事,如果您老人家不出面干预,可能闹得不可收拾,引起严重后果……"

"我想他又在胡闹了。"

"我说句公道话,这事不能怪我表哥。但是他给搞得心烦意乱,正如我刚才说的,只有叔父大人才能……"

"说吧,说吧。"

"那里有一个方济各会的修士同堂罗德里戈过不去,事情已经到了这种地步……"

"我对你们两个说过多少遍,别去招惹修士。我身负重任,要管的事情已经够多的了……"说到这里,他吁了一口气,"可是你们呀,还要给我惹事……"

"叔父大人,我有一说一,有二说二,我得告诉您老人家,在这件事情

上,堂罗德里戈确实不想惹事。问题是那个修士不让他安宁,想尽办法同他作对……"

"那个修士凭什么和我的侄子过不去?"

"首先,那个修士不本分出了名,扬言说他和贵族们势不两立。那家伙袒护、摆布,我该怎么说呢?那里的一个村野的姑娘,对那姑娘特别关怀……我不是说别有用心,而是说十分暧昧、可疑、纠缠不清。"

"我明白啦。"伯爵叔父说,他面相天生有点粗俗,在官场混了多年已层层掩盖,这时闪出一丝符合他本性的猥亵神情。

"一段时候以来,"阿蒂里奥接着说,"那个修士认为堂罗德里戈在打那姑娘的主意……"

"认为!认为!我也了解堂罗德里戈先生,在这类事情上替他辩护,你当律师可不够格。"

"叔父大人,堂罗德里戈在街上遇到那姑娘同她开开玩笑的事我不是不信,他年轻,说到头,又不是出家的修士,但是这些都是鸡毛蒜皮的小事,不值得打扰叔父大人;严重的是那个修士把堂罗德里戈说得像乡巴佬那样一文不值,并且唆使全镇的人来反对他……"

"别的修士呢?"

"都不插手,因为他们把他看作狂热分子,对堂罗德里戈十分尊敬;可是在另一方面,那个修士在老百姓中间名气很大,因为除了以圣徒自居之外,还……"

"我想他大概不知道堂罗德里戈是我的侄子吧。"

"他太知道啦!正因为知道,他才闹腾得更凶。"

"怎么,怎么?"

"他大言不惭地说,正因为堂罗德里戈有一个像您老人家这样八面威风的亲戚保护,他教训堂罗德里戈才更带劲;还说达官贵人不在他眼里,圣方济各束腰的绳索也能束缚钢剑,还说……"

"哼,胆大妄为的修士!那家伙叫什么来着?"

"克里斯多福修士。"阿蒂里奥答道,伯爵叔父从书桌抽屉里取出一个记事本,呼哧呼哧地喘着气,记下了那个晦气的名字。阿蒂里奥接着说:"那家伙一贯如此,他的历史已经查明。他原是平民,有了几个钱就想和镇上的贵族一争短长,但压不倒他们便气急败坏地杀了一个,为了逃避绞架才出家当上修士。"

"好哇! 好极啦! 咱们走着瞧。"伯爵叔父呼哧呼哧地喘气说。

"情况还不只这些,"阿蒂里奥往下说,"现在他比以往更气急败坏,因为他有一个十分重要的计划落了空;根据这件事,叔父大人更清楚他是什么样的人了。这家伙想让受他祖护的那个姑娘结婚,也许是为了让她避免世上的危险,您老人家明白我的意思,也许是为了别的什么原因,总之想尽办法要让她结婚,并且找到了男方,另一个得到他宠爱的家伙,想来叔父大人已经听说过那人的姓名,因为我敢肯定枢密会议准要认真对待那位仁兄。"

"谁?"

"一个丝织工匠,洛伦佐·特拉马里奥……"

"洛伦佐·特拉马里奥!"伯爵叔父嚷道,"好极啦! 这下神甫可完蛋了! 当然啦,他有一封信给……可惜的是……不过问题不大。堂堂罗德里戈为什么对我只字不提? 为什么拖到这个地步而不来求能够并且愿意指点他、支持他的人?"

"在这一点上我也有实话相告,"阿蒂里奥接着说,"一方面,我们知道叔父大人头脑里要考虑的事情太多了……(伯爵喘着气,伸出手摸摸脑袋,仿佛说明那里面装这么多事情是多么辛苦)再给您添烦,我们于心不安。另一方面,我实话实说吧,根据我的观察,堂罗德里戈对那个修士的卑劣行径深恶痛绝,忍无可忍,以致不想通过正常途径,不借重叔父大人的深谋远虑和力量,而打算快刀斩乱麻,由他自己解决。我也曾劝说,但发现事情越来越糟糕,便认为我有责任如实向叔父大人禀报,说到底,您是我们家族的头和脊梁……"

"你早一点说就更好了。"

"不错,但是我原指望大事化小,小事化了;或者等那修士最终清醒过来,或者离开那座修道院,修士们常有调动的情况,今天在这儿明天又到那儿,那样就全解决了。可是……"

"现在要我来收拾残局。"

"我也是这个打算。我想我的叔父大人凭他的远见卓识,凭他手中的权力,知道怎么避免一场丑闻,同时又能保全堂罗德里戈的面子;说到头,也能保全您自己的面子。我说过,那个修士老是抬出圣方济各的束腰绳,可是用得对路的话,圣方济各的绳索不一定要束在腰上。叔父大人神通广大,有许多办法是我所不知道的,但是我知道教省大主教对他十分尊重,这是理所当然,如果叔父大人认为解决这件事的最好办法是让那个修士换换环境,只要他一句话……"

"想什么办法就不用你操心了。"伯爵叔父稍带粗鲁地说。

"啊,一点不错!"阿蒂里奥轻轻摇一下头,苦笑着说,"我哪敢替我的

叔父出主意呢！但是我以家族的声誉为重才多说了几句。我还担心，"他沉思地说，"我还担心我这番话有损于叔父大人对堂罗德里戈的看法。如果我使您认为堂罗德里戈对您老人家不是绝对信任、绝对顺从，我的罪孽可就大了。叔父大人，请您相信，正因为……"

"得啦，得啦，你们两个还有什么损害不损害的？干荒唐事的时候你们还分什么彼此？两个无赖，老是惹祸，然后让我收拾……让我为难，你们两个给我添的麻烦比国家大事还多。"说到这里他又喘了一口大气。

阿蒂里奥磨蹭了一会儿，做了一些保证，说了几句奉承话，然后告辞出来；伯爵叔父则和往常一样，同侄子分手时说了一句："别犯糊涂。"

第 十 九 章

　　如果有谁在耕作不够精细的地里发现一株杂草,比如说一株苗壮的牛蒡,而想确切知道生成它的种子本来就在那块地里呢,还是被风吹来或是飞鸟衔来的,任他怎么琢磨也难以得出结论。伯爵叔父的情况和这相似,他之决定利用教省大主教来解决难题是他本来就想到的主意,还是从阿蒂里奥那里得到的启发,我们难以说清。可以肯定的是,阿蒂里奥说那些话不是没有目的的,

尽管料到如此露骨的建议会使多疑而自尊心很强的叔父产生逆反心理,他仍不顾一切点明了那个解决办法,把叔父引到他希望采取的路上。从另一方面看,那个措施非常符合叔父的心意,非常适合具体情况,以致可以打赌说,是叔父自己想出来的,根本不需要别人指点。问题是在一场不幸而已经公开的争斗中,一个有他家族姓氏的人、他的一个侄子,不能屈居人下;这对于他十分重视的权力声誉来说是头等重要的大事。侄子

打算自己报复,会成为一种比问题更有危害的措施,一个灾难的温床,应该不惜一切立刻加以制止。如果吩咐他马上离开乡下,他显然不会听从;即使听从了,那等于是临阵脱逃,是名门望族在教会面前的退让。行政命令、法律力量那类恐吓对那种对手都不起作用,无论修道院内外的教士都不受民法管辖,非但本人,连他们居住的地方都享有豁免权,即使不了解历史,光看现状就该明白。对付这类对手的唯一办法就是把他弄走,而弄走教士要靠大主教,因为大主教能决定教士的去留。

且说教省大主教和伯爵叔父之间有点老交情,他们虽然不常见面,但见面时总是热情洋溢地表示友好,夸张地提出愿意为对方效劳。有时候,同众人之上的人打交道更为有利,因为下面的人只看到一己的利益,只感到自己的七情六欲,只关心自己的尊严;而上面的人一览无遗,看到许许多多关系、后果、利益、应该避免和应该保全的东西,因此在许多地方可以借助于他。

伯爵叔父经过深思熟虑之后,一天邀请教省大主教赴宴,还请了一批精心选择的客人。其中有高官贵爵的亲戚,他们的姓氏本身就等于是显赫的爵位;他们仪表不凡,带着天生的自信和居高临下的傲慢,用漫不经心的口气谈论了不起的大事,随时都给人以优越和权势的印象;还有一些世世代代得到贵族保护、终身为贵族服务的门客,从筵席开始就口眼耳并用,点头哈腰,唯唯诺诺,到筵席结束已经不会说"不"字。

主人在席间很快把话题引到马德里。许多道路通罗马,但对他来说,所有的话题都通向马德里。他谈起宫廷、伯爵兼公爵、内阁大臣、总督家族、斗牛(他是坐在贵宾席上观看的,所以能描绘得有声有色)、埃斯科里亚尔寺院①(他谈起来如数家珍,因为伯爵兼公爵的一个门客带他仔细参观了寺院各处)。有一段时候,客人们听他一个人高谈阔论,后来各自分头交谈,他仍旧向坐在他旁边的大主教谈马德里的美妙。大主教先听他没完没了地讲着,后来把话题一转,从马德里引开,谈起别的宫廷

---

① 西班牙国王菲利普二世于一五六三年下令在马德里附近的埃斯科里亚尔镇建筑的寺院,历时二十二年建成,有一千一百扇窗户,主教堂高九十五米,内藏大量油画、壁毯及图书。

和人物,提到了红衣主教巴贝里尼,此人属于方济各会,正是当今教皇乌尔班八世①的胞弟。伯爵叔父不得不让大主教讲一会儿,他一面听一面在想,世界上毕竟还有他认为是重要人物之外的人物。离席后,他请大主教到另一个房间里去坐一会儿。

两个年高位尊、老谋深算的人面面相对。尊敬的伯爵请尊敬的大主教就座,自己也坐下后开口说:"考虑到你我之间的交情,我认为有必要向大主教阁下提一件我们共同关心的事,应该在你我之间解决,不必烦费周章,以免……因此,我开门见山、披心相见告诉阁下是怎么一回事,我深信只要三言两语我们就能取得一致。请问:贵会在佩斯卡伦尼科的修道院里是不是有一个克里斯多福神甫?"

大主教点点头。

"请大主教阁下作为朋友坦率地告诉我……那个人……那个神甫……我并不认识他,可我认识不少方济各会的神甫,他们都是品德高尚的人,热心、谨慎、谦逊,我从小就和方济各会相处得很友好……但是林子大了什么鸟都有……那个克里斯多福神甫,我从某些方面听说他喜欢惹是生非……不那么审慎,不那么本分……我敢说他不止一次引起了您阁下的关注。"

"我明白了,他有目的,"大主教暗忖道,"只能怪我不好,我早知道那个克里斯多福的为人,应该让他到处去讲道,不该让他在同一个地点待上六个月,特别不该让他待在乡村的修道院。"

"哦!"大主教说,"您阁下对克里斯多福神甫有这种看法,我听了很不安;据我所知,他在修道院里可以说是……模范教士;在修道院之外也很受爱戴。"

"我完全理解,您阁下准是……不过作为真心朋友,我想告诉您一些情况,您知道后会有好处,即使您已经了解,我也有责任让您看到某些可能产生的后果,别的就先不提了。这个克里斯多福神甫,据我们所知,庇

---

① 乌尔班八世于一六二三至一六四四年间任罗马教皇,俗家姓名是马费奥·巴贝里尼,任教皇期间把支持哥白尼宇宙学说的意大利数学家、物理学家、天文学家伽利略交付宗教裁判。

护了那地方的一个人……您阁下大概也听说了,那个人在圣马丁节那次可怕的动乱中干下了骇人听闻的事,逃脱拘捕……那人就是洛伦佐·特拉马里奥!"

"啊呀!"大主教暗暗叫苦,嘴里却说:"这事我倒是第一次听说,不过您阁下很清楚,我们的使命之一正是要寻找那些误入歧途的人,把他们带回……"

"不错,但是庇护某种误入歧途的人!……事情就有点棘手,不太好办……"说到这里,他不像平时那样鼓起腮帮子吁气,而是抿紧嘴唇倒抽一口凉气。他接着说:"我之所以认为应该让您阁下知道这件事,是因为阁下如果有事去罗马……或者有便人从罗马来……不妨在教皇面前……当然,我在这方面一无所知……"

"承您阁下告诉我这件事,非常感谢,但我敢肯定,如果进一步了解情况,可以查明克里斯多福神甫除了想让您所说的那个人醒悟之外,同他毫无瓜葛。我了解克里斯多福神甫。"

"您阁下比我更清楚,他出家之前是什么样的人,年轻时干了些什么事。"

"那正说明法袍的荣耀,伯爵先生,一个人出家之前可能招来种种议论,披上法袍后完全成了另一个人。克里斯多福披上法袍之后……"

"但愿如此,说真心话,但愿如此;不过谚语说得好,有时候披上法袍不等于就是修士。"

这句谚语并不十分贴切,伯爵本想说"豺狼可以更换毛皮但改不了本性",话已到了嘴边,临时改了口。

"我有情报,"伯爵接着说,"有证据……"

"如果您阁下确有证据,"大主教说,"能说明那个教士犯有过失(我们大家都难免有错),就请明说,我感激不尽。我忝为上级,纠正和补救过错正是我的责任。"

"那我就说了:那个教士除了公然庇护我告诉你的那人之外,还有一件使人不愉快的事情,可能导致……不过你我之间可以商量补救。我要说的是,那个克里斯多福神甫开始和我的侄子堂罗德里戈正面冲突。"

"哦！我真抱歉,确实抱歉。"

"我的侄子年轻气盛,您知道他的为人,他不习惯于受到挑衅。"

"我认为我有责任了解这件事的详情。我刚才已经对阁下说过,而阁下是位老成持重而又通情达理的绅士,我们都非圣贤,都可能有过错,假如克里斯多福神甫确实有错……"

"我刚才对您阁下说过,这种事情应该在我们之间解决,到此为止,张扬开来反而更糟糕。您了解这种事情:这些冲突、不和往往从小事开始,愈演愈烈……如果刨根究底,非但分不清谁是谁非,事情会更复杂。只能平抑,消弭,尊敬的大主教,消弭,平抑。我的侄子年轻气盛,据我所知,那个教士同年轻人一样火气仍旧很旺,我们是上了年纪的人,不幸得很! 但应该由我们心平气和地处理问题,对不对,尊敬的大主教?"

如果有谁在场看到他们谈话,那情景正像歌剧隆重演出时出了差错,提前拉开大幕,只见一个演员漫不经心地在同伙伴谈话,根本没有想到台下还有观众。伯爵叔父说"不幸得很!"时的表情、姿态、声调都很自然,没有官场上的装腔作势,他确实由于上了年纪而苦恼,并不是怀念青年时期的欢乐、活跃、潇洒,以及轻浮、荒唐、苦闷。他的苦恼有更为坚实而重要的原因:他希望有更高的职位空出时可以补缺,但担心等不到那一天。得到那个职位之后,他就可以赌咒发誓说不再为年龄担心,别无他求,死也瞑目了;正如一切渴望某件事物、把它弄到手后的人断言要说的一样。

我们且听听他是怎么说的,他继续说:"应该由我们替年轻人清醒地考虑问题,修正他们的失误。幸运的是,为时不晚,事情还没有张扬出去,还来得及防患于未然①。现在恰好出了这档子事,可能引起总督猜疑,也希望把他调走,因此,如果把他安置在一个稍稍偏远的地方,我们就可以一箭双雕,一切都迎刃而解,说得更确切一些,不露任何痕迹。"

教省大主教从谈话开始就等着这个结论。他暗忖道:"当然啦! 和往常一样,我早就料到你别有用心,当你们或者你们中间有哪个对一个可怜的修士看不顺眼,或者信不过他,不管你们有理没理,上级就得立即

---

① 原文为拉丁语。

把他挤走。"

伯爵说完，吁了一口代表句号的长气，教省大主教说："伯爵先生的意思我完全理解，但是在采取措施之前……"

"最尊敬的大主教，这可以算措施，也可以不算措施；是自然而平常的事情，假如不走这一步，我看马上会乱了套，发生许多不幸的事。只要一言不合……我的侄子就会……当然我不希望看到……正因为如此，我才……假如我们不立即快刀斩乱麻消弭事端，到时候就无法收拾，也无法隐瞒，那时候就不是我侄子一个人的事了……最尊敬的大主教，那等于是捅了马蜂窝。您阁下也知道，我们是大家族，关系网很广……"

"都是头面人物。"

"这就对了：都不是平庸之辈，在社会上都排得上号。牵涉到荣誉的时候就成了共同的事业，到了那个地步，连爱好和平的人也无能为力……使我深感遗憾的是我也不得不……而我对方济各会的神甫们一向有好感……！神甫们一向是公众的表率，行善就需要和平，与世无争，同头面人物和谐相处……再说，教士们也有世俗的亲戚……这类有关荣誉的麻烦事在短时期内就会扩散蔓延，把许多人卷进去。我担任的职务使我不得不讲究颜面……总督大人和我的同事们都会一致支持我……尤其是有了先前说的那档子事……尊敬的大主教自会明白事情的轻重了。"

"事实上，"教省大主教说，"克里斯多福神甫是讲道士，我有了主意……正好地方上请求我派讲道士……但是在目前这种情况下像是处罚,不明不白的处罚……"

"不,不是处罚,而是为了避免灾难性后果而采取的谨慎措施,对大家都有好处的补救办法……您阁下明白我的意思。"

"在伯爵先生和我之间,问题是以这种方式提出来的,我完全理解。但考虑到当初向您提出问题的情形,我认为外面不会不走漏风声。到处都有挑拨是非、制造不和的人,至少有些存心不良的好奇的人,他们唯恐天下不乱,希望贵族和教会之间产生矛盾,于是到处打听,自己琢磨,传播流言蜚语……谁都要面子,我除了忝为教省上级之外,还有特殊的义务……神职人员的荣誉……这由不得我……而是教会的委托……您的那位侄子既然如您所说的那样气恼,很可能把解决办法当成是对他的赔礼道歉,以至……我不说吹嘘自诩,而是……"

"您说到哪里去了,最尊敬的大主教?我的侄子在社会上是个有身份、有地位的绅士,在我面前却是个小辈,完全听从我的吩咐。再说,他对这件事一无所知。我们没有必要向谁汇报。这是我们朋友之间的事,不会外传。这一点您放心。我的嘴一向很紧,"说到这里,他吁了一口气,"至于那些爱说闲话的人,他们有什么可说?去外地讲道的教士多的是!此外,我们高瞻远瞩,身负重任,不必理会流言蜚语。"

"但是为了杜绝闲话,您的侄子这次不妨做些表示,拿出友好关心的证据……不是对我们,而是对教会。"

"当然,当然,那很公平合理……可是没有必要,我知道我的侄子一向善待方济各会的修士。他出于自愿,几乎是我们家族的传统,再说他知道那会使我高兴。除此以外,这次情况特殊……完全应该。最尊敬的大主教,这件事交给我,我会吩咐侄子……我是说谨慎地向他暗示一下,以免他怀疑我们之间有协议。我不想在没有伤痛的地方贴上一块膏药。我们商定的事情越早办妥越好。最好找一个稍稍远一点的地方……以免节外生枝……"

"正好里米尼请求我派一个讲道士,甚至可以说他们提出了人选……"

"太好啦,太好啦。什么时候?……"

"既然已经决定,很快就办。"

"马上办吧，最尊敬的大主教，宜早不宜迟，"他站起来，补上一句："需要我和我的家族替我们方济各会的好神甫们效力的时候……"

"你们家族的善心，我们早有体会。"教省大主教也离了座，跟在胜利者后面向门口走去。

"我们扑灭了一个火星，"伯爵站住说，"最尊敬的大主教，一个可能燎原的火星。好朋友之间三言两语就解决了大问题。"

到了门口，他把门开直，再三让教省大主教先走，他们进了另一个房间，和别的客人们聚在一起。

伯爵处理问题时花了极大心机、手腕和口才，获得了相应的效果。事实上，经过我们叙述的这番对话之后，他害克里斯多福修士徒步从佩斯卡伦尼科走到里米尼，着实辛苦了一趟。

一晚，有个方济各会的修士从米兰来到佩斯卡伦尼科，给修道院院长送来一封信。信中附有教会指令，吩咐克里斯多福修士去里米尼作四旬斋讲道。给院长的信说应暗示该修士：离镇后即使有未了事务可不必考虑，也不必在这类事务上进行通信联系，由送信的修士陪伴前去里米尼。当晚，院长缄口不谈，第二天早上把克里斯多福修士找来，给他看了指令，吩咐他去拿了背筐、手杖、披肩和束腰皮带，由送信的修士陪伴立刻出发。

我们的修士所受打击之大可想而知。他立刻想到了伦佐、鲁茜亚、阿格纳丝，暗暗叫苦："啊，天主！我不在这里的时候，那些不幸的人怎么得了？"但他随即抬眼望天，责怪自己不应该对天主缺乏信心，认为非有自己不可。他双手合抱按在胸前表示服从，在院长面前低下头，听院长还有什么吩咐；院长把他叫到一边，通知他信里的另一个要求，口气虽像建议，但内容没有商量余地。克里斯多福修士回到自己的房间，拿了背筐，把每日祈祷书、路上吃的干粮和那个象征宽恕的面包①放进筐里，用皮带束好长袍，向当时在修道院里的修士一一告别，最后去院长那里接受他的祝福，便和陪伴一起动身前去命令指定的地点。

上文说过，堂罗德里戈比以往任何时候都更固执地要实现他的美妙

---

① 参看本书第四章。

计划,决定寻求一个可怕的人物的帮助。这个人的姓名头衔我们一无所知,甚至无从猜测;使人更感到奇怪的是当时不止一部书(我指的是刊印的书籍)里却可以找到有关他的记载①。相符的事实指的肯定是同一个人物,但是所有的书里都处心积虑地避而不提他的名字,仿佛那名字会烧掉作者的笔,灼伤作者的手似的。弗朗切斯科·里伏拉②在他写的《费德里科·博罗梅奥红衣主教传》里非提到那人不可时,称他为"富埒王侯、出身名门的贵族",除此以外,不多著一字。朱塞佩·里帕蒙蒂在他写的《意大利通史》第五辑第五册中比较详细地提到那人,把他称为某、渠、伊、此人、该人。里帕蒙蒂用优美的拉丁文写作,我们现在尽可能译好:"我将把那人的情况介绍一下,他是城里的头面人物之一,但在边境地区居住;他恣意妄为,法律、法官、行政长官、国王权力全不放在眼里,过着完全独立的生活;他包庇被放逐的人,自己也曾遭到放逐,后来又回到家乡,仿佛没事似的……"到了恰当的时候,我们再引用这位作者的话来证实和说明我们的无名氏的故事,现在言归正传。

那个人一贯喜欢对着干,专做法律禁止的事情;他发号施令,爱管闲事,别人非听从他不可;他要别人见了他害怕,围着他转。他从少年时期开始耳闻目睹世上种种弊端、明争暗斗、横行霸道的情况,产生了轻蔑与妒忌交织的烦躁情绪。他年轻时住在城里动辄找有钱有势的人争吵,甚至故意向他们挑衅,和他们争个高低,压倒他们,或者迫使他们称小向他讨好。在财产和仆从的数量上,他胜过大多数人;在勇猛和固执方面,也许没人能和他相比,因此,他迫使许多人退出争斗,许多人吃了苦头,还有许多人成为朋友,当然不是平起平坐,而是低他一头、服小认输的朋友,只有这样才能使他满意。事实上,他最后成了冤大头,成了大家的工具,他们有事都向他这个强有力的帮手求助,而他总是有求必应,否则有

---

① 据考证,曼佐尼写的这个神秘人物是布里那诺领主贝那迪诺·维斯康蒂,一六〇三年遭总督富恩特斯伯爵放逐,后由红衣主教费德里科·博罗梅奥赦免。一说是其弟加莱佐·马利亚·维斯康蒂。

② 里伏拉是米兰著名的安布罗乔图书馆馆长,一六六六年出版《费德里科·博罗梅奥红衣主教传》。另著有阿美尼亚文语法和词典。

损于他的威望信誉。他替自己、替别人干了不少蠢事,以致他的名望、亲戚、朋友和勇敢都不足以保护他不受官方指责;他树敌过多,并且冒犯了当局,不得不韬光养晦,离开当地。关于这一情况,里帕蒙蒂记载的一段著名的逸事是这样写的:"到了非走不可的时候,这个人非但没有采取隐秘、尊敬、胆怯的方式,而是带了大批侍从和猎犬,骑着马,在号角声中穿过市区,路过总督府时让门口的警卫转达一个傲慢无礼的口信。"

他人虽然不在,活动并没有停止,同朋友们的通信也没有中断,那些朋友继续团结在他周围,用里帕蒙蒂原话的忠实译文来说,"形成了一个进行险恶阴谋和不祥勾当的秘密同盟"。当时他似乎向地位很高的人承担了某些新的可怕的责任,上述历史学家谈及时简约得近乎神秘。他是这样写的:"某些外地的王公贵胄不止一次地借重他杀害一些重要人物,往往老远地派人支援,归他指挥。"

最后（过了多少时候就不清楚了），也许由于某些强有力的人物的斡旋，撤销了追究他的公告，也许那个人的大胆使当局无可奈何，他决定回国，确实这样做了；但不是回到米兰，而是回到与贝加莫接壤的一个城堡；众所周知，贝加莫地区当时属威尼斯管辖。我仍旧引用里帕蒙蒂的话："那座城堡仿佛是承接血腥任务的作坊，仆役们的脑袋上都悬有赏金，他们的工作是割别人的脑袋，厨师和厨房伙计都免不了要杀人，小厮的手上都沾有鲜血。"这位历史学家还说，除了这批够瞧的家仆之外，还有一批同伙分散驻守毗邻的各个地区，随时待命。

方圆一带的恶霸领主或先或后都必须做出和那个专横异常的人为友或者为敌的选择。凡是试图和他作对的人都吃足苦头，以致谁也不敢再做尝试。即使待在家里干自己的事也不能不受他支配。他的使者会找上门来，胁迫他们放弃某件事，不再向某个债户要账，或者提出诸如此类的要求；他们必须做出答复。一方面，有人卑躬屈膝来向他致敬，求他办事；另一方面就面临艰难的选择，不尊重他的裁定就得罪了他，而得罪了他，按照当时的说法，就等于是害了第三期肺痨。许多理亏的人跑来找他把歪理说成正理，另一些有理的人则跑来寻求强有力的保护，不让对手钻空子；于是双方都成了他的特殊的依附。有一次，一个受欺压的弱者被一个权贵逼得走投无路，求助于他，他替弱者出头，要权贵让步，补偿损害，赔礼道歉；不然就和权贵势不两立，端他的老窝，让他很快付出沉重代价。在这种情况下，那个深受忌惮和憎恶的人博得暂时的赞颂；因为在当时无论从官方或者私方都休想讨到公道，更不用说道歉和赔偿了。他的力量往往，甚至可以说通常，成了不公道的欲望、残酷的报复和狂妄任性的执行工具。但是那力量的多种用途产生的效果始终相同：使人深深感到，无论公道或不公道的事他都敢想敢干并且做到，而公道和不公道的两种概念给人们的思想造成很大障碍，往往使他们逡巡不前。一般的恶霸的名气通常只限于他们财力和势力所及的小片地区，各地有各地的恶霸而恶霸之间又如此相似，因此人们没有理由去关心他们上面还有没有更大的恶霸。而我们谈论的那人的名气长远以来已传遍了米兰地区，他的事迹已成为各地民间故事的主题，他的名字含有某种不可抗拒的、奇特的、神话般的意味。人们怀疑到处都有他的同谋和杀手，从而到处使人们对他记忆常新。那当然只是怀疑，因为有谁会公开承认自己要依赖他？但是每一个恶霸都可能是他的同谋，每一个歹徒都可能是他的手下人；情况越是暧昧就越使人将信将疑，越觉得阴森可怕。每当人们发现某处出现痞子模样、面孔陌生而比一般人凶恶的人时，每逢有骇人听闻的事发生而一时不能确定或者猜测主谋是谁时，人们就悄悄说出那个人的名字；由于我们援引的作者的厚道和谨慎，我们不知道那个人的姓名，只得称他为无名氏。

无名氏的城堡和堂罗德里戈的府邸相隔不过七英里；堂罗德里戈成为当地一霸之后，立刻看到同那位人物相隔如此之近，他如果想为所欲为就不可能不和那位人物冲突或者达成协议。于是他自然而然地和别的恶霸一样采取主动，成了那人的朋友，不止一次地为那人效劳（手稿上没有细说），每次都得到那人保证，日后有用他之处一定帮忙报答。堂罗德里戈小心翼翼地隐瞒这种交情，至少不愿让人看出他们的关系何等亲密，属于什么性质。堂罗德里戈固然想当恶霸，但不想当没有教养的恶霸，对他来说，横行乡里只是手段，不是目的；他向往的是在城里自由自在地生活，享受舒适的条件、娱乐消遣和社交活动的光彩；因此，他必须做点表面文章，对亲戚们有所顾忌，同达官贵人们攀上交情，把一只手按在法律的天平上，必要的时候让它朝自己一边倾斜，或者使它消失，或者遇到运用法律比私下运用暴力更方便的时候，就把法律的天平往对手头上砸下去。既然如此，和那样一个人，一个社会公敌，过从甚密，说得更确切一些，与之结盟，显然对他干的勾当没有太多的帮助，给伯爵叔父知道之后更没有好处。但是那种交往是难以隐瞒的，只能找借口说与对方为敌实在太危险，不得不建立应酬的关系；既然有了打算，自己却鼓不起勇气或者想不出办法，终究会同意别人代他去办，如果不明确表示同意，至少闭一只眼睛，装着没有看见。

一天早上，堂罗德里戈换了打猎的装束骑马外出，带了几名痞子，格里索紧随马后，另外四人则在后面步行，前往无名氏的城堡。

第二十章

　　无名氏的城堡俯瞰着狭长阴暗的峡谷,盘踞在巍巍连山的一个异峰突起的山头,一面是矽岩绝壑,另一面则是洞穴深渊的迷宫,说不清那个山头究竟是和山脉相连还是相隔。唯有面对峡谷的山坡可以攀登,坡度固然陡峭,但没有大起大落,高处有几块草地,山腰上则有些点缀着茅舍的耕地。谷底是一条布满卵石的河床,冬季细流涓涓,夏季水势湍急,当

时两个侯国就以这道峡谷分界。对面的山嶂形成峡谷的另一堵绝壁,山腰上也有一些耕地,主要都是嶙峋的岩石;除了岩缝和边缘上长一些荆棘之外,陡峭的山坡上草木不生,无法通行。

那个凶残的贵族像兀鹫在血污斑斑的窝巢里一样,在他的城堡里举目四顾,方圆人迹能到之处一览无余,他从没有看到高出于他的任何人,也没有看到更高的天主。纵目四望,山坡、谷底和通往谷底的路径都尽收眼底。转弯抹角顺着蜿蜒的路径上山的人完全暴露在山上可怕的城堡里的视线之下,城堡的主人可以从窗户和射击孔里不慌不忙地数清那人的脚步,举枪瞄准一千次,时间都绰绰有余。即使来者人数众多,山上防守的痞子会在半路上打翻不少,一直滚到谷底,根本到不了山顶。再说,不经过城堡主人同意,谁都不敢冒险上山,甚至不敢路过山谷。至于

在附近探头探脑的捕快，一旦抓获就按私闯军营的敌方奸细处置。人们传说试图闯山的捕快们的悲惨故事，不过那都是旧闻往事，年轻人中间谁也不记得在山谷中见到过那种人，无论是死是活。

佚名作者对那地方的描述仅此而已，至于那地方叫什么名字，他绝口不谈；做得更绝的是他根本不提堂罗德里戈前去的路线，以免我们寻迹发现；他一下子就把堂罗德里戈带到峡谷中间山脚那条陡峭曲折的小径的入口处。那里有一家酒店，也可以称作防卫哨所。酒店门口挂着的一个旧招牌两面各漆了一轮红日；人们有时候按你取的名字称呼，有时候随自己的高兴乱改，当地人提起那家酒店时总叫它"月黑风高"。

酒店里听到马蹄声来近，一个佩着阿拉伯弯刀的小厮在门口张望一下，进屋向三个打手报告，那三人在玩纸牌，纸牌肮脏油腻，像瓦片似的翘曲。一个头目模样的人站起来到门口看看，认出来客是主人的朋友，立刻恭敬地向他行礼。堂罗德里戈优雅地回了礼，问主人在不在城堡里，头目说大概没有外出，他便下了马把缰绳扔给侍从之一，蒂拉德里托。他又卸下猎枪交给蒙塔那罗洛，似乎是为了减除不必要的负担，轻装上山，事实上是因为他知道在那个山坡上不准携带火器。然后他从口袋里掏出几枚银币交给塔那布索说："你们几个留在这儿等我，同时可以和那几个好兄弟玩一会儿。"最后他又取出几枚金币放在那个小头目手里，让小头目自己拿一半，另一半分给手下人。格里索也卸下了猎枪，陪着堂罗德里戈徒步上山。前面已经提到过名字的三个加上名叫斯金特诺托的第四个痞子（哦！读者已看到这几个名字多么精彩，难以忘怀）①留下来和无名氏手下三个打手以及那个生来就是上绞架材料的小厮一起玩牌、喝酒、吹嘘各自的业绩。

无名氏的另一个打手有事上山，不久就赶上了堂罗德里戈，认出了他便和他结伴同行，替他省却许多麻烦，否则每逢遇到不认识他的人堂罗德里戈都得自报家门，说明去干什么。到山顶，被引进城堡后（格里索给留在门口），他在人带领下穿过迷宫似的黑乎乎的走廊和好几个壁上

---

① 它们分别含有"死心眼""山里人""东藏西躲"和"愣头愣脑"之意。

挂着滑膛枪、马刀和长戟的房间(每个房间里都有痞子把守),等候了一会儿,才进了无名氏所在的房间。

这人回了堂罗德里戈的礼,上前相迎,同时瞅着堂罗德里戈的手和脸,他几乎养成了习惯,不论谁到他面前,即使是一个久经考验的老朋友,他也不由自主地会这么做。他身材高大,皮肤黝黑,所剩无几的头发雪白,满脸皱纹,乍看起来比他七十岁的实际年龄要老;但是他的举止行动,刚毅的容貌,炯炯有光而阴险的眼神显示着即使年轻人都少有的坚强体魄。

堂罗德里戈说他专程前来是寻求劝告和帮助的;他面临一个难题,他的荣誉不容他后退,于是想起一个从不轻诺寡信的人对他做过的承诺;然后他解释了他所处的不光彩的困境。无名氏对这件事已有所闻,但不太清楚,仔细听他叙说,一方面是因为好奇,另一方面是因为牵涉到他自己也深恶痛绝的一个人——克里斯多福修士,恶霸们提起这个修士的名字都咬牙切齿,一有机会都想给修士吃点苦头。堂罗德里戈早就知道对方的脾气,故意夸大这件事的困难:地方很远,又是修道院,还有那位夫人!……无名氏听到这里,仿佛受到藏在心里的魔鬼指使似的,突然打断了堂罗德里戈的话,说是这件事交给他好了,包在他身上。他记下我们那位可怜的姑娘鲁茜亚的名字,让堂罗德里戈先回家,说道:"用不了多久我就可以通知你该做些什么。"

假如读者还记得埃希迪奥,也就是那个住在鲁茜亚藏身的修道院隔壁的可恶家伙,现在应该知道他是无名氏干坏事的最亲密的合作者之一,因此无名氏才毫不迟疑地夸下海口。客人一走,他却为自己做出的承诺不说后悔吧,也感到恼火。最近一个时候,他的罪恶行径如果不是使他内疚,至少开始使他感到厌烦。他每干一件新的坏事时,蓄积在他记忆(且不谈良心)里的累累罪行都会一一重现,显得丑恶而过分,正如越来越重的负担压得他很不舒服。他起初干坏事时还有点反感,后来有所减弱,几乎完全消失,如今重新有厌恶的感觉。起初他觉得未来是无限漫长,自己有充沛的活力,因此无忧无虑,充满了自信;现在的情况完全相反,一考虑到未来就觉得过去的事使他烦恼。"衰老,死亡,之后又怎么样?"奇怪的是,以前遇到迫在眉睫的危险、面对敌人时,死亡的形象总是使他满怀豪情,勇气倍增;如今夜深人静,在他防卫森严的城堡里,死亡的形象会突然使他不知所措。那并不是和他一样的有血有肉的敌人所能造成威胁的死亡,不是用更锐利的武器、更敏捷的身手所能抗拒的死亡;它生于内部,不请自来,也许离得还远,但一步步逼近;心里虽然痛苦地挣扎着不去想它,它仍旧慢慢挨近。起初,经常看到的暴力、复仇、凶杀的场面激发他仿效的强烈冲动,起了某种抹杀良心的权威作用;现在他心里时不时会产生应该有自己的主见,不受榜样影响的独立思考的模糊而可怕的想法,现在他从一群浑浑噩噩的恶棍中间脱颖而出,凌驾于众人之上,有时候使他产生一种极度孤独的感觉。他也曾听人说起天主,但长远以来从不关心加以否认或者承认,把天主当作不存在似的按自己的方式生活;现在每当他感到莫名其妙的沮丧和毫无理由的恐惧时,仿佛听到天主在他心里大声喝道:我是存在的。他早年恣肆骄纵的时候,听人以天主的名义说起公道只觉得可憎,现在当他突然回想起时会不由自主地觉得天理公道最终要实现。他新近才有的这种不安心情从不向人吐露,而是把它深埋心底,用更凶残阴森的外表加以掩盖,试图对自己隐瞒或者加以扼杀。过去他干坏事的时候面不红心不跳,只问目的不择手段,现在他羡慕那些难以忘怀的时光,竭尽全力要唤回那些日子,留住或者重新把握过去的果断、高傲、冷静的意志,让自己相信还是过去的自己。

因此,他这一次当场向堂罗德里戈做出承诺,免得自己三心二意。但是堂罗德里戈刚走,他就觉得促使他承诺的坚定性开始减弱,种种想法吸引他食言,在朋友和二流的同谋面前背信;为了毅然决然地结束这种痛苦的思想斗争,他把尼比奥找来;尼比奥是他为非作歹的最干练、最泼辣的执行者之一,往常总是通过尼比奥和埃希迪奥联系。他果断地吩咐尼比奥立刻骑马去蒙扎,把承担下来的任务告诉埃希迪奥,要埃希迪奥协助完成。

那个卑鄙的使者返回的时间比主人预期的要早,埃希迪奥的答复是这件事好办,绝无问题,要求立刻派一辆马车,去两三个乔装的痞子,其余的事交给他办，由他安排。无名氏得到回话，不管心里怎么想，当即吩咐尼比奥按照埃希迪奥说的准备，另外指定两人，一同前去。

埃希迪奥接到那穷凶极恶的委托时，如果只凭他掌握的一般手段行事，当然不会做出如此迅速而肯定的承诺。在那晨钟暮鼓的避难所里，仿佛障碍重重，寸步难移，但是心术不正的埃希迪奥却有他独到的手段；对别人说来是不可逾越的困难，对他说来却是得心应手的工具。我们以前说过那位不幸的夫人一度听从了他的话，读者可以理解那不是最后一次，而是在令人憎恶的血腥的路上跨出的第一步。由于第一次的罪恶，那个年轻人的声音取得了力量，甚至可以说权威，现在胁迫她牺牲在她监护下的那个无辜的姑娘。

吉特鲁德觉得埃希迪奥的主意太可怕了。让鲁茜亚在意外事件中失踪，表面上似乎不能怪她，实际上对她是灾难，是严厉的惩罚；等于是要她采取卑鄙的背信弃义的手段抛弃鲁茜亚，要她一错再错，负疚于心。不幸的吉特鲁德试图用各种方法逃避那个可怕的命令，但是不想采取唯一可靠而永远可行的途径。罪恶是毫不通融的严厉的主人，只有彻底同它决裂的人才有力量与之抗衡。吉特鲁德不想彻底决裂，那只有俯首听命。

到了预定的那天，约好的时辰逐渐来近，吉特鲁德和鲁茜亚待在私人探访室里，比往常更亲热地和鲁茜亚有说有笑，鲁茜亚也报之以满腔深情，正如一头绵羊在牧人的轻轻抚摩和牵引之下惬意地微微哆嗦，毫无惧意地舔着牧人的手，并不知道牧人已出卖了它，屠夫正在羊栏外面等待。

"我有一件事要办，只有你能帮我这个大忙。我手下有许多人可以支使，可是谁都信不过。我有一件非常重要的事必须马上和方济各会修道院院长面谈，就是上次把你带到这里来的那个院长，我可怜的鲁茜亚；但是不能让任何人知道是我请他来的。只有你才能替我秘密办妥这件事。"

这个要求使鲁茜亚大吃一惊，她怯生生地但并不掩饰她的惊慌地当即提出一些夫人应该理解并且预料到的不能去的理由：她母亲不在，又

没有别人陪伴,人生地不熟,路上又荒僻……但是丧心病狂的吉特鲁德装出也很吃惊的样子,似乎她最信赖的人竟然连这样的小忙都不肯帮她而十分不高兴,说是鲁茜亚的理由都站不住脚:大白天日,没几步路,何况鲁茜亚前几天已经走过,即使以前从没走过,经过指点也绝不会弄错!可怜的姑娘被夫人数落得无地自容,脱口说:

"好吧,我该怎么办?"

"到方济各会修道院去,"她向鲁茜亚又解释一遍该怎么走,"找院长神甫,单独和他说话,请他马上来看我,越快越好,但不能对别人说是我找他。"

"传达室的女人从没有见我出去过,问我到哪里去时,我怎么回答呢?"

"尽量不让她看到你,假如办不到,就说你去某个教堂祈祷还愿。"

要那可怜的姑娘说谎又使她为难了,但夫人为她的拒绝显得很生气,指责她不以感恩图报为重,在小节上顾虑重重;鲁茜亚觉得自己没有错,但是夫人的神色使她惶恐震惊,出于无奈地回答说:"好吧,我去。但愿天主保佑!"说着起身往外走。

吉特鲁德急切而又暧昧的眼光在栅栏后面追随着她,看她走到门口时,突然情不自禁地喊道:

"哦,鲁茜亚!"

鲁茜亚转过身回到栅栏前面。但是另一个老是占优势的念头又在吉特鲁德邪恶的心里占了上风。她装着担心自己没有说清楚,再对鲁茜亚解释一遍该怎么走,最后叮嘱道:

"照我说的做,快去快回。"

鲁茜亚走了。

她没被人看到,溜出修道院的大门,低着头,顺着墙根走去,根据夫人的指示和她自己的回忆摸出了村子门;她走在公路上时十分畏怯,甚至有点颤抖;走了一会儿之后,她认出了通向方济各会修道院的小路。那条路像河床似的地势低洼,两边的陡坡上长着灌木,仿佛是一条有拱顶的长廊,至今还是这样。鲁茜亚拐进小路,发现阒无一人,觉得更加害怕,便加快了脚步;接着看到一辆停着的马车,心里稍稍踏实一些,马车开着门,旁边站着两个旅客,好像不认识路似的东张西望。鲁茜亚继续向前走时,听到两人之中的一个说:"有位姑娘过来了,可以向她问路。"她走近马车时,那个人果然转过身,他面相不善,但态度还好地问道:"姑娘! 你能指点我们去蒙扎该走哪条路吗?"

"你们走的是反方向,"可怜的姑娘回答说,"蒙扎在那一头……"她转身指点方向,另一个旅客(就是尼比奥)突然把她拦腰抱住,使她双脚离了地。她惊恐地回过头,尖叫了一声;那个恶棍把她塞进马车,她使劲挣扎叫嚷,早已坐在马车里的另一个人把她按住,用手帕堵住她的嘴,不让她叫出声。这时尼比奥飞快地上了车,关上门,马车疾驶而去。原先假装问路的人则留在路上,他朝两头张望一下,看看有没有听到鲁茜亚叫喊而赶来的人,连人影都没有,他便抓住陡坡上的一株小树,跳上去,逃跑了。原来他是埃希迪奥豢养的打手,先装着闲人待在主人家门口,

等鲁茜亚从修道院出来,看清之后便抄小路跑到约好的地点劫她。

有谁能描绘她此刻的恐惧和痛苦,表述她混乱的心情? 她惊吓地睁大眼睛,焦急地想弄清自己可怕的处境,看到那几张令人作呕的猥琐的嘴脸赶紧又闭上眼;她挣扎,但动弹不得;她使出全部气力想抽身扑向车门,但是两条粗壮的胳膊用力把她箍紧,另外有四只大手把她死死按住。她张口想叫喊,但是堵在嘴里的手帕使她喘不过气。与此同时,三张恶鬼似的嘴尽可能学着人的声音不停地对她说:"别作声,别作声,不必害怕,我们不想伤害你。"她痛苦地挣扎一会儿之后,似乎安静下来,松开手臂,脑袋朝后一倒,竭力睁着眼,直瞪瞪地看着,眼前那三张可怕的嘴脸仿佛混在一起组成一幅光怪陆离的晃动的画面;她脸色惨白,冷汗淋漓,脑袋里嗡的一响便失去了知觉。

"喂,喂,挺住。"尼比奥说,另外两个歹徒也叫她"挺住,挺住",但鲁茜亚这时已不省人事,听不到那些可怕的安慰。

"真见鬼!像是断了气,"其中一人说,"真死了怎么办?"

"死不了!"另一人说,"那是妇女常有的昏厥。据我所知,当我想把谁送上西天的时候,不论男女,还得干点别的。"

"嗨!"尼比奥说,"你们管好自己的事情,少说废话。把箱子里的火枪拿出来准备好;我们马上要进树林子了,这里总是有强盗出没。真见鬼,别拿在手里!把枪平放在背后,你们没发现这雏儿胆子小,动不动就会昏倒吗?她见到凶器说不定真会吓死。等她苏醒时别再吓着她,我不给你们暗号时也别碰她;我一个人抱住她已经够了。你们也别出声,由我说话。"

飞驶的马车进了树林。

过了一会儿,可怜的鲁茜亚仿佛从一场深沉的噩梦中醒来,慢慢睁开眼睛。她费了不少劲才辨清周围可怕的人物,理顺自己的思路,终于重新明白她的险恶处境。她微弱的体力刚一恢复,就向车门扑去要跳车,但给拽住,只瞥见马车经过之处是一片荒山僻野。她又叫喊起来,但是尼比奥举起那只拿着手帕的脏手,尽可能斯文地说:"别出声,对你自己有好处,我们不想伤害你,如果你自己不住嘴,我们可要堵住你的嘴了。"

"放我走!你们是什么人?要把我带到哪里去?你们干吗抓我?放我走,放我走!"

"我告诉你不用怕,你不是孩子,该明白我们并不想伤害你。假如我们存心不良,你早就死过一百遍都不止了,难道你还不明白?我劝你还是安静一点。"

"不,不,放我走,我不认识你们。"

"可我们认识你。"

"天哪!你们怎么会认识我?求求你们放我走吧。你们是谁?为什么要抓我?"

"我们奉命行事。"

"谁?谁?你们奉谁之命?"

"住嘴!"尼比奥沉下脸说,"不该问的话别问。"

鲁茜亚再次试图扑向车门,发现只是白费气力,于是再次苦苦哀求,她低着头,泪流满面,两手放在嘴前,抽抽搭搭地说:"看在天主和圣母的分上让我走吧!我有什么对不起你们的地方?我什么都没有做,可怜可怜我吧。你们对不起我的地方,我真心实意地原谅你们,我还要替你们向天主祈求。你们如果有女儿、妻子、母亲,如果她们落到这个地步,想想她们多么痛苦。要记住我们都不免一死,你们总有祈求天主发发慈悲的一天。放我走吧,让我就在这里下车,天主会让我找到回去的路。"

"我们办不到。"

"办不到?天哪!为什么办不到?你们打算把我弄到哪里去?为什么?……"

"我们办不到,你再怎么说都白搭,你不必害怕,我们不想伤害你,别作声,谁都不会碰你。"

鲁茜亚发现自己说的话一点起不了作用,伤心透顶,喘着大气,越来越害怕,她转而向天主求助,天主掌握人们的心灵,只要他想做,最坚硬的铁石心肠都能打动。鲁茜亚蜷缩在马车一角,尽可能离那些人远一些,她双臂交叉放在胸前默祷了片刻,然后取出念珠,十分虔诚认真地祈祷起来。过了一会儿,她认为已经得到了她所祈求的慈悲,回过头来再央求那几个人,仍旧不起作用,她又昏了过去,然后慢慢苏醒,经受新的痛苦。我们不忍心再描述了,深切的同情使我们匆匆结束这次为时四个多小时的旅行,先去城堡看看,更多的痛苦时光在那里等待着不幸的姑娘。

在城堡里等待的无名氏从没有像现在这么焦灼不安。真是怪事!那个人拿多少人的身家性命当作儿戏从没感到过内疚,除了偶尔得到一些报复的快感之外,给别人造成的痛苦从没有触动过他,现在要伤害这个素不相识的可怜的农村姑娘时却使他感到一种厌恶,甚至可以说是恐怖。他居高临下从一扇窗里向山谷的入口望了好长时间,终于看到马车缓缓驶来,开头的一阵猛跑已经煞住了马匹的烈性,耗掉了它们的气力。老远望去,马车小得像孩子的玩具,但他立刻辨认出来,觉得心跳加速。

"那女的在里面吗？"他思忖着，随即又想道，"真叫我烦心！把她弄走算了。"

他想派一个仆人去截住马车，吩咐尼比奥掉过头把那女的直接送到堂罗德里戈的府邸。但是他心里突然响起一声断喝，打消了那个想法。那辆马车一步一步地向前磨蹭，简直是在折磨他，他觉得非下个什么命令不可，便把家里的一个老婆子叫来。

老婆子的父亲是城堡的一个老看守，她在城堡里出生，在城堡里过了一辈子。她从小看到和听到的一切在她心里形成一个概念：主人们的权力大得可怕；她从教诲和榜样中得出的一条主要准则就是绝对服从主人，因为他们能给你极大的好处也能让你吃足苦头。像种子一样播种在人们心里的责任感在她心里是同奴颜婢膝的尊敬、畏惧和贪婪的情绪一起萌发的，并且同那些情绪连成一体。当无名氏成为城堡的主人，行使可怕的权力时，她最初有点反感，和反感同时产生的则是一种更深刻的顺从情绪。随着时间的推移，她对平日看到、听到的一切逐渐习以为常；老爷的毫无节制的强大意志对她来说是一种不可抗拒的天理。她成年后嫁给城堡里的一个仆役，婚后不久，那仆役外出执行危险的任务丢了性命，她成了寡妇。老爷马上替她报了仇，给了她残酷的安慰也增加了她身受庇护的自豪。此后，除了极个别的情况，她不再出城堡，逐渐忘掉外面的人是怎么生活的。她没有指定的工作，但是那批打手中间总有人让她干些杂活，使她恼火。她有时候要缝补破衣服，有时候要替办事回来的人赶紧准备饭菜，有时候替受伤的人上药包扎。那些人的命令、呵斥和感谢的表示总是带着嘲笑和辱骂，对她的称呼总是老婆子，附加的修饰词则根据具体情况和称呼她的人的情绪而定。她腰腿不利索爱犯懒，给惹急的时候爱发火；对那些不中听的话要回嘴，所用的语言连魔王都承认远比招惹她的人所用的精彩。

"你看到下面那辆马车吗？"老爷问她。

"看到了。"老婆子回说，她伸出尖削的下巴，深陷的眼睛似乎鼓到眼眶边缘。

"你马上吩咐备一顶轿子，让他们把你抬到月黑风高酒店。赶快，要赶在马车之前到那里,马车虽然慢吞吞的,就快到了。马车里有个姑娘……应该有。如果她在车上,你就传我的话,对尼比奥说,把姑娘放在轿子里,他本人立刻来见我。你和那姑娘待在轿子里,上山后把她领进你的房间。如果她问你要把她弄到什么地方去,城堡的主人是谁,你不准说……"

"哦!"老婆子说。

"不过,"无名氏补充道,"你得劝劝她。"

"我该怎么说?"

"该怎么说?我让你劝劝她。你活到这把年纪,难道不懂怎么劝一个姑娘?难道你从没有伤心的时候?你没有害怕的时候?你不知道那种时候爱听什么话?就说那种话,你自己去想,该死的!快去吧。"

老婆子走后,他在窗前站了一会儿,眼睛盯着那辆仿佛大了许多的马车,然后看看那时已经下山的太阳和太阳上空的云彩,在暮霭中云彩突然映得火红。他关好窗,像赶路的旅客似的在房间里走来走去。

第二十一章

　　老婆子得到指示后立刻以主人的名义吩咐下去;城堡里只要提起主人的名字,无论出自谁口,大家马上闻风而动,不敢怠慢,因为从不怀疑有谁竟胆敢假借主人的旨意。她果然赶在马车抵达之前到了月黑风高酒店,看到马车时下了轿子,挥手让车夫停下,走到车门旁边,低声对伸出头来的尼比奥转告了主人的命令。

　　马车停下时,鲁茜亚一惊,仿佛从昏睡中醒来。她觉得脉管里的血液重新流动,张大嘴巴和眼睛,打量着周围。尼比奥已缩回头朝后靠着,

老婆子的下巴挨着车门，瞅着鲁茜亚说：

"来吧，亲爱的姑娘；来吧，可怜的小东西；跟我来，我奉命要好好对待你，让你放心。"

可怜的姑娘听到一个女人的声音暂时得到一些宽慰，稍稍壮了胆，但马上感到更害怕，更瘆得慌。

"你是谁?"她惊恐地盯着老婆子的脸，声音颤抖地问道。

"来吧，来吧，可怜的小东西。"老婆子又说。尼比奥和另外两个人从老婆子甜蜜得异乎寻常的话语和声音里揣摩出老爷的用意，试图好言好语劝那遭罪的姑娘照办。她仍旧瞅着外面，尽管那陌生荒僻的地点和戒备森严的看守不容她有得救的希望，她还是张嘴想叫喊，但看到尼比奥凶恶地盯着手帕，没有喊出声；她哆嗦挣扎，给捉住塞进轿子。老婆子接着上了轿；尼比奥招呼另外两个打手押着轿子，他自己快步上山去向主人回报。

"你是谁?"鲁茜亚焦急地问那张陌生的丑脸，"我为什么要跟你走？我在什么地方？你要带我去哪里？"

"带你去见一个不会亏待你的人，"老婆子回答说，"一个大佬……他想对谁好，谁就走运了！你真运气，真运气。别怕，高兴一点，我是给派来劝你的。你会说我已经劝过你了，对吗？"

"那人是谁？为什么找我？要我干什么？我同他没有关系。告诉我这里是什么地方，让我走，让那些人放我走，把我送到一个修道院去。啊！你也是女人，看在圣母马利亚的分上！……"

不幸的老婆子早年也曾虔诚地念叨过那个神圣而美妙的名字，后来有好长时期不再提起，甚至没有听到别人说过，此时一听，心里忽然产生一种混乱、古怪、迟钝的感觉，仿佛一个从小失明的老人回忆起光明。

与此同时，无名氏站在城堡大门口，朝下眺望，看到轿子像先前的马车似的缓缓前来，尼比奥则在轿子前面奔跑，和轿子的距离越拉越大。尼比奥到了山顶时，老爷示意让他跟在后面，两人进了城堡的一个房间。

"怎么啦?"主人站住说。

"一切顺利，"尼比奥行了礼答道，"报信及时，那姑娘来得正是时候，现场没有别人,只叫了一声,没有人赶来,车夫很机灵,马匹不坏,没有遇到人,但是……"

"但是怎么?"

"但是……实话实说,我宁愿给我的命令是朝她后背开一枪,免得听她讲话,看到她的脸。"

"怎么?怎么?你这话是什么意思?"

"我的意思是说在整个这段时间里……太让我怜悯了。"

"怜悯!你知道什么是怜悯?"

"我从没有像现在这么清楚,怜悯有点像是恐惧,谁被恐惧掌握,谁就不再是男子汉了。"

"你倒说说那个女人是怎么让你怜悯的。"

"哦,最尊敬的老爷!一路上她痛哭,央求,哀怨的眼神,脸色死白,接着又是哭泣,央求,讲的话……"

"我不能把她留在家里,"无名氏想道,"我做出承诺,干了一件蠢事,但是我已经答应下来,话说出了口。等她走得远远的……"他朝尼比奥扬起头说:"把你的怜悯先放一放;骑上马,带一个人,两个也行,赶快去那个堂罗德里戈家,你知道那个地方。让他派车……但是要快,否则……"

但是他心里比第一次更专横的一个"不"字不让他把话说完。

"不,"他断然说,似乎向自己表达内心那个隐秘声音的命令,"不,你先去休息,明天早晨再说……就这么着!"

"那女人仿佛有魔鬼相助。"他一人在房间里时想道;他抱臂站立,凝视着地下,月光从高处窗口透进来形成一片霜白色的方块,被粗铁棍和窗棂分割为许多大格小格。"仿佛有魔鬼或者……天使在保护她……连尼比奥也会怜悯!……明天,明天一早把她送走,到她该去的地方,再也不提这件事,"他像是在命令一个明知不会听话照办的孩子似的继续思忖着,"再也不想这件事了。堂罗德里戈那个混蛋也别来道谢烦我,我不想再听到有关那姑娘的事。我之所以帮他忙是因为我答应了他,我之所以答应他是因为……因为心血来潮。不过我帮了他这个忙非要他重谢不可。等着瞧吧……"

他到了另一间屋子,顺着小楼梯摸到老婆子的房间,用脚踢一下门。

"谁呀?"

"开门。"

老婆子听到主人的声音连蹦三下到了门前,门闩一拉,房门大开。无名氏站在门口,四处扫了一眼,借着小桌上一支蜡烛的光亮,他看到鲁茜亚蜷缩在离门最远一个角落的地上。

"混账东西,谁叫你把她像一包破布似的扔在那里的?"他怒容满面对老婆子说。

"她自己要待在那里,"老婆子低声下气地回答,"我想尽办法劝她,您可以问她,可是她怎么也不听。"

"起来吧,"无名氏走到鲁茜亚身边说。刚才的踹门,开门,那人的出现和说的话使本来担惊受怕的鲁茜亚更加惊吓,她更往角落里缩,双手蒙住脸,直打哆嗦,却不站起来。

"起来吧,我不想伤害你……我能给你好处。"那位老爷又说了一遍,

但两次发话毫无反应，不禁发起火来，大喝一声："你给我起来！"

伤心透顶的姑娘惊吓之下似乎横下一条心，她立刻换成跪的姿势，像是在圣像前那样双手合十，抬头朝无名氏的脸看了一眼，随即低眉说：

"我在这里，要杀就杀吧。"

"我对你说过我不想伤害你。"无名氏瞅着那张悲伤惊恐的脸，声调温和地说。

"放心，放心，"老婆子插嘴说，"他说不想伤害你，你尽可以放心……"

"你为什么让我受活罪？"鲁茜亚的声音里除了惊恐的颤抖外还可以辨出豁出一条命的愤怒，"为什么？我有什么地方对不起你？……"

"难道他们虐待了你？你说。"

"哦，虐待！他们阴险地抓住我，强行绑架！为什么？为什么把我弄到这里来？这里是什么地方？我只是个穷苦的姑娘，我有什么对不起你？看在天主的分上……"

"天主，天主，"无名氏打断了她的话，"老是天主，没有力量自卫的人老是把天主抬出来，仿佛和天主是老相识似的。你抬出天主来指望什么？能把我……"他说到一半停住了。

"哦，老爷！指望！我这个苦命人除了求您发发慈悲之外还能指望什么？天主对于行好的人是不咎既往的。放我走吧，行行好，放我走吧！谁都不免一死；折磨一个可怜的姑娘没法向天主交代。哦，您说话管用，叫他们放我走吧！我是被他们强行弄来的。求您派这个女人陪我去我母亲那里吧。哦，圣母马利亚，我的母亲，我的母亲，天哪，我的母亲！也许她就在这一带……我路上见到家乡的水土。为什么要折磨我？派人陪我去教堂吧。我一辈子为您祈祷。您说句话又不费事。哦，我看您有所感动了，您说句话吧，说呀。天主对于行好的人是不咎既往的。"

"唉，她为什么不是那些放逐我的畜生之一的女儿？为什么不是那些想置我于死地的胆小鬼之一的女儿？那我就可以从她的叫喊中得到乐趣，可是……"无名氏忖量着。

"不要不理睬心中的善念！"鲁茜亚看到对方的容貌举止有些犹豫的

表示马上热切地接着说，"假如您不行这个好，天主会行的，他会让我死掉，一了百了；可是老爷啊！……有一天您也许……不，不，我会日夜祷告，求天主保佑您没病没灾。您说一句话又不费事！您能体会我现在的痛苦就明白了！……"

"哎，别这样伤心，"无名氏打断了她的话，口气的温和使老婆子大吃一惊，"难道我伤害了你？我恐吓了你？"

"哦，没有！我看出您有一副好心肠，您可怜我这个弱女子。假如您愿意，您可以比所有那些人更使我害怕，您可以把我吓死……可是您让我有了一点希望。天主会报答您的。您行个好吧，放我走，放我走吧。"

"明天早晨。"

"哦，现在就放我，马上放。"

"我是说明天早晨我再来看你。哎，现在你安下心。好好休息。你得吃点东西。马上给你送来。"

"不，不，有谁进这间屋子我就死。您带我去教堂吧……天主不会忘记您走的那几步路。"

"我叫女仆给你送吃的来。"无名氏说，他觉得必须想个办法安抚那姑娘，想出这一招连自己也感到奇怪。

"至于你，"他转向老婆子说，"你劝她吃点东西，让她睡在那张床上；如果她愿意和你合睡，就一起睡；如果不愿意，你就在地上凑合一晚。听着，你要好好劝她，让她高兴。惹她生气的话，唯你是问！"

他说罢就快步向门口走去。鲁茜亚起立跑去想拦住他，再向他恳求，但他已经走了。

"唉，我真不幸！把门关好，快关好。"她听到关门上闩的声音后又回到角落里蹲下。"我真不幸！"她又啜泣起来，"现在我去求谁？我在什么地方？告诉我，你行行好，告诉我，那位老爷……和我说话的那位老爷是谁？"

"他是谁，呃，是谁？你要我告诉你。等着吧。他给了你一点好颜色，你就觉得自己了不起，要我依你，然后让我代人受过。你去问他吧。如果我依了你，我可不会像你这样听到好话。——我老了，是个老婆子——"

她自言自语道，"——年轻姑娘真烦人，哭也好，笑也好，总是讨人喜欢，到头来总是有理——"但她听到鲁茜亚的啜泣，想起主人含有威胁的命令，赶紧朝那蹲着的姑娘弯下腰，换了温柔的口气说："哎，我可没有惹你生气，你要高兴一点。有些事情我不能说，你也别问我；你得打起精神。要知道他刚才对你说话的口气，换了别人听了有多么高兴！高兴一点吧，马上会给你送吃的来，凭他对你说话的样子，我知道肯定是好吃的东西。吃完之后你上床睡觉，希望能给我留点地方。"她不由自主地愤愤说。

"我不要吃东西，我不要睡觉。让我安静一会儿，你别挨近我，也别离开！"

"好吧，好吧。"老婆子退后去坐在一张破旧的扶手椅上，又害怕又厌烦地瞥着那姑娘，然后又瞅瞅自己的床铺，心想也许一整夜会给排斥在外挨冻，正觉得恼火时，想到晚饭，估计也有她的一份，又高兴起来。鲁茜亚不觉得冷也不觉得饿，悲痛惊恐之下恍恍惚惚地好像发高烧时的迷乱的感觉。

她听到敲门声时猛然一惊，抬头嚷道："谁？是谁？谁都别进来！"

"别怕，别怕，是好事，"老婆子说，"是马尔塔送吃的来了。"

"把门关上，关上！"鲁茜亚嚷道。

"哟，这就关，这就关。"老婆子应道，她从那个马尔塔手里接过篮子，打发她走，关好门，把篮子搁在房间中央的一张桌子上，然后几次三番叫鲁茜亚去尝那些好东西。她按照自己的想法用最能吊起那姑娘胃口的话语大肆赞扬食品的精美："我们这种人能尝到这么好的东西，过了多少日子都忘不了！这酒是老爷有客人来时兴致好才喝的！唔！"但她发现这些赞美之词毫无作用，便说："不想吃的是你自己。明天可别对他说我没有劝你。我可要吃了，会留给你许多，等你回心转意，想吃的时候再吃吧。"她说着便狼吞虎咽地吃起来。吃饱喝足之后，她站起身走到角落那儿，弯下腰再招呼鲁茜亚去吃，吃完可以上床睡觉。

"不，我什么都不要。"她有气无力地说，接着，声音比较坚定地问道："门关上没有？关好没有？"她环视四周，站起来，伸出手，小心翼翼地向门口走去。

老婆子抢在她前面跑到门口，扶住门闩晃了几下说：

"你听到没有？看到没有？不是闩得好好的吗？现在你该满意了吧？"

"满意？我在这里能满意?"鲁茜亚回到角落里说，"天主才知道呢！"

"上床睡吧，你像狗一样趴在那里干吗？能舒服的时候不要舒服，哪有这么傻的人？"

"不，不，别管我。"

"那是你自找的。你看，我把好地方留着给你，我躺在边上，为了你只得吃点亏。你想躺下来的时候自己请便。要记住，我求了你好几遍。"她说着和衣躺在床上，不再作声。

鲁茜亚曲着腿，双手蒙住脸，伏在膝头上，蜷缩在角落里一动不动。她非睡非醒，混乱的念头、想象和惊吓迅速地纷至沓来。有时比较清醒，

清晰地回忆起那天经历的恐怖,痛苦地审视她陷入的可疑而可怕的现实情况;有时她的心灵进入阴暗的领域,同疑惧衍生的幻影挣扎。她在那种痛苦的状态中过了好久,最后疲惫不堪,麻木的四肢一伸直倒在地上,仿佛真睡着了。没多久,她好像被心里一个声音唤醒,感到必须完全清醒,恢复所有的知觉,弄明白自己在什么地方,为什么在这里,究竟是怎么一回事。她听到一个噪音:那是老婆子拖长的鼾声;她睁大眼睛,看到一个微弱的亮点明灭闪烁:那是行将熄灭的烛芯,刚吐出颤抖的光线又收了回去,仿佛涌上岸滩的海浪随即退下;在那种光线之下物件没有明确的形状和颜色,只是一片凌乱的影子。重新在她心头浮现的印象很快就使她辨明刚才一片模糊的感觉。不幸的姑娘清楚地知道她遭受拘禁,过去一天惊涛骇浪的回忆,未来日子的种种恐怖统统向她扑来;经过这许多动荡之后的新的平静,她暂时给搁置一边的安宁使她充满了新的惊恐;她苦恼万分,希望一死了之。那时候,她想到至少还可以祈祷,心里突然涌出希望。她拿起念珠,重新开始祷告,颤抖的嘴唇念念有词,心里逐渐产生了模模糊糊的自信。她忽然又有一个念头:她在悲痛之中许个愿,也许她的祷告更能上达天主的圣听。她想到曾是她最钟爱的事物,因为此刻她除了害怕之外没有别的感情,除了获得自由之外没有别的希望;她想到最钟爱的事物时,立刻要奉献出来作为牺牲。她定一定神,跪在地上,套着念珠的双手合十放在胸前,仰起头说:"啊,至圣的圣母马利亚!我多少次求您保佑,多少次得到您的抚慰!您经受了多少痛苦而今何等荣耀,您向受苦受难的人显示过多少奇迹,请帮助我吧!让我逃脱这场磨难,平安回到母亲身边,圣母啊,我发誓终身不嫁,永远拒绝我那个可怜的青年,除了您之外,不再侍奉别人。"

她祝告之后低下头,把念珠套在脖子上,仿佛它既是祭献的标志又是护身符,还是她刚报名参加的队伍的甲胄。她重新坐在地上时,觉得心里平静踏实了许多。她想起那个强大的陌生人说过的"明天早晨",似乎从那几个字里听到了解救的承诺。心情平静之后,她的疲惫不堪的意识逐渐模糊,快破晓时,鲁茜亚嘴上还挂着圣母的名字安稳地睡着了。

城堡里还有一个人也想睡,但是不能入眠。他几乎像逃跑似的从鲁茜亚那里出来后,吩咐给她送晚饭,按老规矩在城堡里几个地方巡视一遍;那姑娘的形象老是在他眼前浮现,说的那些话老是在他耳边回响,他赶紧回自己的房间,把门关好,仿佛面对一群敌人时必须进入堑壕防守似的,他匆匆脱了衣服上床睡觉。但是那个形象比任何时候都更清晰,好像对他说:你不能睡。"我怎么会婆婆妈妈的想去看她?"他想道,"尼比奥说得对,有了怜悯心就不再是男子汉,不错,不成其为男子汉了!……我?……我不再是男子汉,我?怎么回事?我真见鬼!怎么搞的?难道我以前不知道女人要尖叫怪嚷?男人走投无路时也会尖叫怪嚷。见鬼!难道我从没有听过女人叫嚷?"

他不怎么费劲就回想起以前凡是他下了决心要干的事,哀求和哭泣都打动不了他分毫。但是回想以前的事例非但没有使他恢复干这次事所缺少的坚定,非但没有遏制他心中那种讨厌的怜悯之情,反而唤起一种恐惧、一种莫名其妙的恼人的悔恨。因此,当他再想起他试图狠心对待的鲁茜亚的模样时,仿佛有所宽慰。"她还活着,"他暗忖道,"她在这里,我还来得及补救;我可以对她说:你高高兴兴地走吧,我可以看到那张脸转悲为喜;我还可以对她说:原谅我……原谅我?我请求一个女人原谅?我……?啊,如果说一句话,就那么说一句能使我安心,能解除我的烦恼,我很愿意说,啊,是啊!我甚至愿意说我很抱歉。我是怎么搞的!我不再是男子汉了,不再是男子汉!……去他的!"他在床上翻来覆去,觉得床铺越来越硬,毯子越来越重,"去他的!这种愚蠢的想法以前也有过,但马上就过去了。这次也一样。"

为了排遣那种想法,他开始寻找一些需要全神贯注加以考虑的重大问题,但是找不到。似乎一切都变了:以前引起他极大欲望的东西现在已不值得向往;激情像突然受惊的马匹一样任怎么鞭打也不肯继续向前。他想起一些已经开了头、还没有完成的事情,非但不振奋精神加以结束,非但没有因为遭到阻挠而发火(那会儿他觉得即使愤怒也舒服得多),他却为已经跨出的步子感到悲哀,甚至感到惊骇。他觉得眼前一片空虚,没有任何目的、关注或欲望,只充满了难以忍受的回忆;所有的时辰都像此刻一样,沉重地压在他头上,过得缓慢异常。他在想象中把自己干的全部坏事排排队,竟找不出一件值得一提的事;更糟的是当他再次审视它们时,觉得都成了新的包袱,使他感到恶心和难堪。假如他第二天想找一件可以关注的、行得通的事,他就得考虑让那可怜的姑娘恢复自由。

"我放她走,对,天一亮我就去看她,对她说:你走吧,走吧。我派人护送你……我做出的承诺怎么办? 保证又怎么办? 怎么向堂罗德里戈交代? ……堂罗德里戈是什么东西?"

像是突然被上级问起一个始料不及、难以回答的问题一样,无名氏立刻考虑如何答复他问自己,或者不如说一个新"他"向以前的他提出的问题,那个新"他"突然变得异常高大,居高临下地要审判以前的他。他满口答应帮堂罗德里戈的忙,害一个同他无冤无仇、素昧平生的不幸的姑娘吃足苦头;如果是在从前,不必等别人动问,他就可以为自己决心履行诺言找出理由;可是此刻他非但找不到能让自己满意、能为这件事开脱的理由,而且几乎弄不明白当初怎么会被说动做出承诺。当初的承诺并没有经过深思熟虑,而是在旧的习惯意识影响之下的一时冲动,是无数以前的行为的结果;那个心烦意乱的自我审视的人为了解释一件个别的行为,发现他一生的所作所为都有检讨的必要。过去的岁月年复一年,以前干过的坏事一件件、一桩桩在他清醒的新心目中重现,但脱离了当初促使他干坏事时的思想感情;那些坏事重现时丑恶无比,但当时的思想感情却不容他察觉。那都是他干的,代表了他:那一可怕的念头随着每一件坏事重现,推不开,抹不掉,简直到了使他绝望的程度。他霍地在床上坐起,伸手抓住挂在墙上的手枪摘下来,正当他想结束难以忍受的生命时,他的在残存的恐惧和不安面前大为惊奇的思想冲向他死后继续推移的时间。他在想象中惊骇地看到自己一动不动的变了形的尸体,听任他身后最懦怯的人随意摆弄;第二天城堡里一片混乱,不知所措;他既没气力又发不出声音,不知给扔到了什么地方。他在想象中听到城堡里面、城堡附近和远地的议论;他的仇人们兴高采烈。黑暗和静寂使死去的他也感到更悲哀、更可怕;他觉得如果在白天外面空旷的地方当着人们的面,他会毫不犹豫地投河随波消失。他陷入这些痛苦的思虑之中,痉挛的拇指扣住手枪的扳机又慢慢松开;这时心头闪现出另一个念头。"假如我小时听说的、人们讲得活龙活现的另一个世界并不存在,假如它只是神甫们的杜撰,我这是干什么?我干吗要死?我的所作所为有什么关系?有什么关系?我岂不是胡来……假如另一个世界确实存在呢!……"

面对这种疑虑和危险,一阵更阴森、更严峻的绝望向他袭来,死也无法摆脱。他松开手,武器掉到床上,两手捧着头,牙齿捉对儿打架,浑身哆嗦。他蓦然想起几小时前两次听到的话:"天主对于行好的人是不咎既往的!"语调已不像当初那样低声下气、苦苦哀求,而是充满了威严,同时唤起了遥远的希望。他感到一阵宽慰,放下捧住太阳穴的双手,凝视着他想象中听到说这话的人,看到的那个遭受拘禁的姑娘不是在苦苦哀求,而是广施恩惠和安慰的模样。他急切地盼望天亮,好赶快放她走,从她嘴里再听到给他宽慰和生的勇气的话语;他打算亲自把她送到她母亲身边。"然后怎么办?明天其余的时候怎么办?后天怎么办?大后天又怎么办?晚上呢?再过十二小时又是夜晚了!夜晚!夜晚!不,不!"他展望茫茫前途,又陷入痛苦的虚无,不知如何排遣时光,打发那些日日夜夜。他时而打算离开城堡,去到谁都不认识他,甚至没有听说过他的遥远的地方,但他觉得旧"我"永远会跟着他;时而阴沉地希望能恢复以前的精神面貌,燃起旧时的欲望,但发现那只是瞬息即逝的谵妄;时而害怕白天到来,因为他不愿让手下人看到他变得如此颓唐;时而又盼望快快天亮,给他的思想也带来光明。正当破晓时,也就是鲁茜亚入睡后不久,他一动不动地坐着,耳边传来一阵模糊但带有一种说不出的欢乐的声音。他侧耳细听,辨出那是远处庆典的钟声,过后不久,又听到山间的回响,悠悠地和钟声呼应,融成一片。接着,他又听到一阵钟声,这次比较近,也带有喜庆的气氛,随后又有一阵。"有什么喜事?他们在庆祝什么?"他从那张使他坐卧不安的床上跳起来,胡乱披上衣服就跑去打开一扇窗,朝外面张望。山峦给笼罩在雾霭里,天空仿佛整个是一片灰云,但在逐渐明亮的曙光中可以辨出山谷的路上有人行走,屋里有人络绎出来,都朝城堡右面的山谷出口走去,大家都穿着最好的衣服,步履轻快异常。

"那些人怎么搞的？这个倒霉的地方有什么值得高兴？那批家伙上哪儿去？"他呼唤睡在隔壁屋子里的一个心腹痞子，问外面为什么这样热闹。痞子也莫名其妙，回说马上去打听。主人靠在窗口，仔细观察人群活动。男男女女，大人小孩，三三两两结伴同行，单独行走的人赶到前面，刚从家里出来的人遇到谁就和谁搭伴，仿佛事先约好的朋友似的。他们的姿态清楚地表明大家都兴高采烈，急急忙忙；远处和稍近一些的钟声虽不协调却很同步，仿佛是行人姿态的配音，补充了说话声不能传到山顶的不足。他眺望着，十分好奇地想知道这许多形形色色的人奔向同一个地点究竟是为什么。

第二十二章

　　没过多久，痦子回来报告说米兰大主教，红衣主教费德里科·博罗梅奥昨天莅临镇上，停留一天；他来到的消息一夜之间传遍了附近村镇，人们纷纷前去一睹他的风采；敲钟的目的不仅是唤起人们注意，而是欢庆。痦子走后，主人继续眺着山谷，思潮起伏。"为了一个人！人人争先恐后、兴致勃勃地要去看一个人！但是这些人中间每个都有烦恼，只不过谁都没有受到像我这么大的折磨，谁都没有像我昨夜这么难过！那个人有什么本领能使这许多人高兴？无非是随意布施几枚钱币……但是人们不都是冲着布施去的。那是为什么？看他挥挥手，听他说几句话？……哦！能对我说几句排忧解难的话就好啦！对！……我干吗不去？干吗不？……我去，我要去；我要和他谈谈，我要和他单独谈话。我和他谈什么？好吧，就谈谈……我听那个人对我说些什么！"

　　他仓促做出决定，匆匆穿好衣服，套了一件像是军服的上衣，捡起床

上的手枪插进腰带一侧,摘下挂在墙上的另一支手枪插进腰带另一侧,把匕首也别在腰上,从墙上取下那支几乎和他一般有名的马枪,斜挎在肩上,然后拿起帽子走出房间,首先朝鲁茜亚待着的屋子跑去。他把马枪搁在门边的角落里,开口叫门。老婆子听到他的声音一骨碌下了床,跑来开门。主人进屋后扫了一眼,看到鲁茜亚悄悄地蹲在角落里。

"睡了?"他低声问老婆子,"就睡在那里? 我是怎么吩咐你的,混账东西?"

"我想尽了办法,"老婆子回答说,"她就是什么都不吃,也不肯在床上睡……"

"让她好好睡,别打扰她,等她自己醒来后……我吩咐马尔塔先在隔壁房间里守候,等她醒来后想要什么,你就让马尔塔去办。等她醒来后……对她说我……说主人出去一下,马上就回来,她想要什么都照办。"

老婆子惊讶地寻思:难道这姑娘是金枝玉叶?

主人从房间里出来,拿起马枪,命令马尔塔随时听候鲁茜亚吩咐,叫一个痞子守住房门,除马尔塔之外不准任何人入内,他自己则出了城堡,匆匆下山。

从城堡到红衣主教下榻的镇子有多少路程,手稿里没有说明;但根据我们下面即将谈到的事实估计不会很远。仅凭从山谷一带,甚至从更远的地方会集到镇上的大量人数确定远近是不够的,因为当时的一些回忆录里记载说人们成群结队地从二十英里之外,甚至更远的地方来看费德里科。

他在下山路上遇到的痞子都毕恭毕敬地站住,等待主人吩咐,以为主人要带他们去办什么事,但看到主人的脸色和回答他们行礼时的眼神都十分惊异。

到了大路上,使行人们感到惊异的是发现他孤身一人竟没有侍从。人们平时看到他立刻脱掉帽子施礼,尽可能向两旁闪开,腾出地方让他和他背后的侍从过去,这次却只有他一人。到了镇上,他见到一大群人挤得水泄不通,但是他的名字立刻传开,人群一分为二,让出一条路。他走到一个人面前,问红衣主教在哪里。"在教区神甫家。"那人弯腰回答,并且指点方向。他朝那里走去,进了教区神甫家的小院,聚在院里的许多教士都惊愕地瞅着他。他看见前面一扇敞开的门通向小厅,小厅里也挤满了教士。他卸下马枪,支在院子的一个角落,跨进小厅,里面的人侧目而视,窃窃私语,重复一个名字,然后是一片沉默。他问其中一人红衣主教在哪里,并且说要见主教。

"我不是本地人。"那人回说,四下张望后,招呼捧十字架的神甫①,神甫此时正低声对身旁的人说:"就是他? 那个臭名远扬的人? 他来这里干什么? 去他的!"

但是在寂静的小厅里,那声招呼特别响亮,神甫不得不过去,向无名氏行了礼,听他提出的要求,诧异而又不安地抬眼看看他的脸,随即又低下头,迟疑了一会儿,然后结结巴巴地说:"不知道主教大人……此刻……是不是……也许……好吧,我去看看。"他不情愿地到红衣主教所在的隔壁房间去了。

我们的故事说到这里不得不略事休息,正如在干旱荒凉的地域长途跋涉的旅客,疲惫不堪,萎靡不振,见到绿树清泉便坐在草地上稍作盘桓②。我们只要想到所遇到的那个人物的姓名和事迹,心里就会产生一种欢悦景仰的感觉和愉快亲切的情绪,尤其在我们看到这许多痛苦的景象和种种令人愤慨的邪恶之后,这种感触更加深刻! 在这个人物身上费一些笔墨是绝对必要的,谁对他不感兴趣而想了解故事下文的话就请跳到下一章吧。

费德里科·博罗梅奥生于一五六四年,是有史以来罕见的奇人之一;他才华出众,智谋过人,在探索和推行最美好的事业方面得天独厚,锲而不舍。他的生活就像是岩石里涌出的一泓清溪,流过许多地方,从不停

---

① 指宗教游行时负责捧十字架的神甫。

② 红衣主教费德里科道德文章颇受当世推崇,不少学者认为世风日下之际他好比荒漠中的绿树清泉。《圣经》中也有这类比喻,请比较《诗篇》第一篇第三节"他要像一棵树栽在溪水旁,按时结果,叶子也不枯干。"《耶利米书》第十七章第八节:"他必像树栽于水旁,在河边扎根,炎热来到,并不惧怕,叶子仍必青翠,在干旱之年毫无挂虑,而且结果不止。"

滞混浊，汇入大河。他从小养尊处优，听到自我牺牲和谦恭的话语，有关欢乐的虚幻、傲慢的不义、真正的尊严和幸福的箴言，那些话语和箴言，不管听者是否铭记在心，作为宗教的最基本的教导代代相传。我要说的是，他听了那些话语和箴言，认真对待，铭记在心，发现它们确实有道理而与之相反的话语和箴言则不可能有理，尽管后者也自以为是地代代相传，有时甚至出自同一些人口中；他决意把他视为真理的话语和箴言当作他行动和思想的准则。他深信生命不应是多数人的烦恼和少数人的欢乐，而应用来与人为善，这样才能问心无愧；他从小就开始思考怎么能使他的生命有益而圣洁。

一五八〇年，他表明献身教门的决心，由他的堂兄卡洛为他剃度出家，卡洛当时已有圣徒的名声，尽人皆知①。过后不久，他参加了卡洛在帕维亚创立的、以他们家族姓氏命名的教团，勤勉地从事教团规定的工作，另外还主动承担了两项任务：向镇上最底层的、孤苦无告的人宣讲基督教义和探视、安慰、救助病人。他凭自己在当地赢得的威望吸引教友们共襄善举，在所有正直有益的活动中发挥了表率作用，即使不考虑他

---

① 卡洛·博罗梅奥（1538—1584），一五六〇年起任红衣主教，一五六五年起任米兰大主教，一六一〇年被谥为圣徒，纪念节日为十一月四日。

的身份地位，单靠个人才能，他作为表率也是当仁不让的。他除了本身素质之外还可以利用许多别的优越条件，但他非但不寻求，反而千方百计地避免。他的饮食和穿着简朴到了几乎清苦的程度，他的生活和行为方式也如此。一些亲友数落埋怨，说这有损于家族的尊严，但他认为根本没有改变的必要。他还得和家庭教师进行另一场斗争，他们总是试图偷偷地、出其不意地把一些贵族气派的东西加在他身上，以表明他与众不同、唯他独尊；因为他们认为这么做终究会博得他的欢心，或许出于那种从别人的辉煌中沾一些光、满足自己的虚荣心的卑微的动机，或许他们是那种对善恶都持有怀疑的患得患失的人，总认为中庸之道是最完美的，而中庸之道正是他们自己所处的、感到舒适的境界。费德里科不但不被这些企图所左右，而且还责备企图这样做的人；这是他青少年时期的情况。

红衣主教卡洛比费德里科大二十六岁，主教在世时，还在青少年时期的费德里科就试图仿效这样一位兄长的行为和思想，当然不会使我们感到惊奇，因为主教庄重肃穆的容貌生动地表现了他的圣洁，使人想起他的事迹，如有必要，人们随时随地向他表露的尊敬给他的容貌增添了几分威严；但值得注意的是，主教去世后，谁都不会说当时二十岁的费德里科需要另一个人对他加以指导和监督。他的日益闻名的才华、学问和虔诚，不止一个有势力的红衣主教同他的亲戚关系和对他的照拂，他家族的威望，他自己的姓氏（卡洛在人们心中几乎把这姓氏同圣洁卓越的概念联系起来），凡是应能把人们导向教会要职的一切，都预示着他将担任教会的高级职务。但他深信凡是信奉基督教义的人都不会否认的一点，即人们除了为别人服务之外不能理所当然地高人一等，因此他怕担任要职，总是设法避免，当然不是因为他不愿为别人服务（在这方面谁都不及他全心全意），而是因为他认为自己不配也没有能力担任如此崇高而危险的职务。因此，克莱门特八世①于一五九五年提名他担任米兰大

---

① 伊波利托·阿尔多勃兰迪尼，一五九二至一六〇五年间任罗马教皇。费德里科二十三岁时成为红衣主教，一五九五年三十一岁。

主教时，他十分惶恐，当即谢绝。后来教皇正式下令，他才同意。

　　谁都知道，这类表现并不困难，也不罕见；假冒伪善的人不必多动脑筋就能做到，喜欢挖苦的人不费什么气力就能加以嘲笑。但是它们难道就因此而不成其为崇高和睿智的思想感情的自然流露？生活是语言的试金石，表达这种思想感情的语言，即使世上所有的骗子手和嘲弄者都会说，但只要有无私忘我的生命作为前提和后盾，它们永远都是美好的。

　　费德里科大主教自奉甚俭，除了绝对必需者之外，从不多占金钱、时间和照顾。众所周知，他常说教会收益是穷苦人的共同财富，他在这方面如何身体力行，有例子可以说明。他让人匡算一下，他和他的仆役的生活费用每年需要多少，听说需要六百斯库多（斯库多是当时一种金币的名称，保持一定的重量和价值，后改称塞基诺）①，便吩咐每年从他的私人财产里划出这笔钱缴纳给教会，他很富，认为他的生活费用由教会开支是不正当的。他个人花费精打细算，衣服没有完全磨损绝不丢弃，但正如与他同时代的某些作家所指出的那样，他的简朴结合了整饬清洁，在当时崇尚奢华而不讲究卫生的风气中，他两套法衣换穿，总是干干净净。饮食方面也是如此，他的伙食并不丰盛，但为了杜绝浪费，他指定一个济贫院每天派人来收集残羹剩饭。根据这些情况，人们也许会认为他谨小慎微、锱铢必较，不是高瞻远瞩，气度恢宏的人，可是大家别忘了安布罗乔图书馆。费德里科的设想十分宏伟，从奠基开始就不惜工本，他花了大量精力财力收集捐赠了许多书籍手稿，并且派出八位学识渊博的专家在意大利、法兰西、西班牙、德国、佛兰德、希腊、黎巴嫩、耶路撒冷广为收集书稿。收藏终于达到三万册出版的书籍和一万四千份手稿②。他在图书馆设了一个学者小组（一共九名成员，他在世时由他支付年金，后来收入不敷，削减为二名），成员的任务是从事研究神学、历史、文学、

----

① 斯库多或塞基诺是意大利古金币名。费德里科红衣主教在任时期，米兰总督的年俸是二万四千斯库多，城堡长官是六千三百斯库多，分别是他年俸的四十和十点五倍。

② 安布罗乔图书馆至今仍是意大利最著名的图书馆之一，收藏的珍品中有一份由彼特拉克批注的维吉尔的手稿。

宗教考证、东方语言等学科，每人必须发表分工学科的研究成果；还设了一个他称之为三语学社的机构研究希腊、拉丁和意大利语；另外有一个学院，传授上述学科和语言，培养日后任教的学生；他还建立了一家东方语言印刷所，排印希伯来、迦勒底、阿拉伯、波斯、亚美尼亚语；又设了画廊、雕塑廊、绘画学校各一。某些学科的教授不难聘请，另一些却需要他像收集书稿那样付出极大精力，当时研究东方文字的欧洲学者远比现在为少，那些文字的印刷铅字当然很难找到，掌握文字的人更比铅字难找。应该指出的是，九个学者之中八个是他从神学院的年轻学员中挑选出来的，从这一点可以看出当时对潜心研究学问的看法和不重视学问的风气，这种看法和风气似乎都传到了后世。他在利用和管理图书馆方面制定了一套规章制度，从中可以看出他想让图书馆世代永传的打算，这种打算非但本身美妙，而且在许多方面都明智精彩，远远超出当时的思潮和风气。他要求图书馆负责人同欧洲的饱学之士保持交流联系，从他们那里得到各种学科现状的信息，了解各学科有什么佳作问世，以便购买；他要求图书馆向学者们介绍他们没有看过、但对他们可能有用的藏书；他吩咐图书馆根据读者需要，向本市或外地的所有读者提供利用藏书的方便和时间。这种打算在今天看来仿佛再平常不过，是图书馆固有的职能，当时却不然。一个名叫比埃鲍洛·博斯卡的人在费德里科去世后担任图书馆管理人，用当时特有的优美文体写了一篇介绍安布罗乔图书馆的文章①，其中特别指出在这家几乎全部由个人出资兴建的图书馆里，全部藏书向公众开放，无论何人借书都不得拒绝，此外还提供座位和纸张笔墨以便读者需要摘录时使用。当时意大利另一些著名的图书馆却不同，藏书全部锁在书柜里根本看不到，图书馆管理人高兴的时候才取出来，他觉得合适时才给读者看一会儿；向读者提供阅读方便条件是难以想象的怪事。培植这样的图书馆等于是不让公众利用书籍，过去有这种现象，现在仍旧有，结果撂荒了文化的田园。

读者休要问博罗梅奥创办的事业对大众文化产生了什么影响，只消

---

① 指博斯卡于一六七二年发表的用拉丁文写作的《安布罗乔图书馆的起源和现状》。

两句常用的话就很容易说明:不同凡响,或者不过尔尔;刨根究底地调查真实影响未免劳而无功,不合时宜。但潜心治学遭到一般人无知、怠惰和冷漠的对待,招来一片"莫名其妙""没事找事""异想天开"以及类似的非难,而这些非难无疑比他在建立图书馆上花费的斯库多为多(一共十万零五千斯库多,极大部分由他支付),试想他在这种环境中执着追求并终于实现了人类完美的事业,该是多么慷慨、明智、善良和坚韧不拔!

这样的人,似乎不必了解他在直接济贫救急方面是否花了更多的钱,就可以称之为十分开明的慈善家了;也许有人认为那种性质的花费,而我几乎敢说所有的花费是更好、更有用的施舍。但是费德里科认为施舍本身是头等重要的责任;正如在其他方面一样,在这方面他的思想和行动是一致的。他一生仗义疏财,博施济众,除了我们故事里己经讲过的创办图书馆的拾遗补阙的举措之外,我们马上就有机会谈谈另一些事情,从中可以看到他在施舍方面也是多么慷慨和潇洒。传记作家们就他这一美德记载了不少突出的事例,我们现在只举出一个。他听说一个贵族软硬兼施逼女儿出家当修女,而那个女儿却想结婚,便把为父的找来,从谈话中知道贵族如此专横的真实动机是缺钱,据贵族说需要四千斯库多才能体面地给女儿陪嫁,费德里科便送了四千斯库多给他。有人认为这种慷慨未免过分,有欠斟酌,太迁就一个狂妄的人的虚荣心,四千斯库多可以有千百种其他更有益的用途。对于这一点,我们无话可答,只想说有时候看到一些不受舆论影响(每一个时代都有其占统治地位的舆论)、不以潮流为转移的越出常规的美德也是好事,正如这次费德里科为了劝阻强迫嫁女而送了四千斯库多那样。

这个人的无限仁慈不仅在施舍而且在举止方面也有所表现。他对待所有的人都和蔼可亲,并且认为那些所谓卑贱的人更应得到客气亲切的对待,尤其在现今人情淡薄的社会。在这一点上,他同那些"规行矩步"的先生们也有斗争,他们希望一切有限度,也就是他们规定的限度。有一天,费德里科巡视荒村僻野,教导几个穷苦人家的孩子,问答之间,慈祥地爱抚他们,别人劝他不要对那些孩子太亲热,因为他们肮脏得叫人恶心,似乎费德里科是傻子似的自己看不出来,也不会巧妙地回避。

这正是在某些时间和情况的条件下身居要位的人的不幸：他们失误时很少有人指出，而他们干好事时却从不缺乏直言敢谏之人。但是善良的主教不无愠色地回说："他们是我的心灵，也许以后再也没有机会见到我了，怎么能要我不拥抱他们？"

　　但是他很少有愠怒的时候，他的温文尔雅的风度、荣辱不惊的宁静一直受到称颂，人们把它归诸为非凡祥和的气质，事实上却是不断克制豪放劲健的性格的结果。他也有严厉、甚至粗暴的时候，那是由于他的下属犯了贪婪、疏忽或者其他有违于他们高尚的职业精神的过错。凡是牵涉到他的利益或尘世荣耀的时候，他从不表示高兴、伤心、热切或激动；如果他心里不产生这些思想感情固然值得赞美，如果产生就更值得赞美。他多次参加选举教皇的会议，大家都知道他从不谋求这个野心勃勃的人们非常向往、虔诚的人十分害怕的职位；有一次，一个颇有影响的同事主动向费德里科提出，他和他的一伙（这个词很难听，但人们确实这么说）可以投费德里科的票，费德里科断然拒绝，那人自找没趣，去找别人了。在日常生活中，他表现了同样的谦逊和对支配别人的反感。他认为有责任处理的事无不全力以赴，别人的事绝不干预，即使求到他头上，

BERNARD. SC

他也想方设法地避免插手；像费德里科这样一心为善的人都特别审慎稳重。

假如我们要尽情地列举他的性格特点，无疑会看到一个由许多貌似矛盾、没法协调的美德构成的奇特的组合。但是他辉煌的生命中还有一个特点不能不提：他一生充满活动，管理教会事务、主持宗教仪式、讲经布道、觐见教皇、巡视辖区、旅行访问，但研究学问也占了很大一部分，即使把他称作专业的学问家也不为过。事实上，在众多的称颂他的头衔中，费德里科在他的同时代人中间赢得了博学多才的美名。

但是我们不应讳言，长期以来，他思想上坚信、行动上维护了某些在今天看来谁都认为是荒诞无稽的观点①。我指的是有些人非常希望在这方面为他辩护。要想文过饰非总有借口可找，而那种借口在某些情况下经过对事实的具体分析可能有点价值，甚至很大价值；然而像常有的情况那样，不加分析地盲目运用则是一文不值的。我们不想用简单的方式解决复杂的问题，也不想在题外话上多费笔墨，于是就此打住，只不过顺便再提一句：我们不奢望一个整体上值得钦佩的人各方面都十全十美，不然人们会以为我们在写隐恶扬善的悼词。

我们绝没有冒犯读者的意思，但猜想也许有读者会问，这样一位才华出众、博大精深的人有没有留下传世之作。当然有！他留下的大小作品将近一百部，有用拉丁文也有用意大利文写的，有刊行的书籍也有手稿，都保存在他创办的图书馆里；内容丰富多彩，有论道德的专著、演讲稿、历史论文、僧俗考据、文学艺术等等②。

读者会问："他的著作数量这么多，怎么会被遗忘，鲜为人知，很少有人搜寻？既然他才华出众、博大精深、老于世故、思虑周到、热爱善和美的事物、心地纯洁、具备伟大作家的种种品质，为什么近百部作品中竟没

---

① 博罗梅奥相信有女巫和传播瘟疫者之说，在几件指控妇女行施巫术、判决处以火刑的审理案件中，他持赞同态度。

② 近百部作品中成书刊行的有六十九种，以演讲稿、有关禁欲和神秘主义的专著占绝大多数，其次为道德哲学、《圣经》诠释、圣徒行传，还有一些礼拜仪式和政治论著，甚至有一部世界地理和一部自传。

有一部杰作,即使不完全赞同的人也不得不佩服,即使没有看过的人也知道书名?为什么近百部作品加起来,光凭数量之多,还不足以为他在后世赢得文学家的名称?"

这个问题显然很有道理,事情本身确实也耐人寻味。造成这种现象的原因要经过对许多一般事物的观察才能找到,一旦找到之后,许多类似现象也就容易解释了。但是原因很多,不是三言两语可以说完的,说出来如果不合我们心意,叫我们皱眉头时又当如何?因此,还是言归正传,不再谈那个人,而随着作者的引导看看他如何动作。

第二十三章

红衣主教费德里科等着去教堂主持祈祷仪式，还不到时间，便像惯常一样利用间歇在看书，这时负责捧十字架的神甫神色不安地进来了。

"有个古怪的客人，十分古怪，主教阁下！"

"是谁?"红衣主教问道。

"就是那个……"神甫一字一顿地说出我们不便形诸文字的那个姓名，接着又说："在门外，是他本人，要求您阁下接见。"

"是他!"红衣主教动容地说，他合上书，从椅子上起来，"让他进来！马上让他进来！"

"不过……"神甫站着不动，"您阁下该知道他是什么人，他是草头王，出名的……"

"这样一个人有了想见主教的愿望岂不是主教的运气?"

"不过……"神甫坚持说，"有些事我们从不敢说，因为您阁下会说是无稽之谈,但是事到如今,我认为有责任要说……妒忌会招来仇人,主教阁下,我们确切知道不止一个无赖曾胆大包天地说过总有一天……"

"他们干了些什么?"红衣主教插嘴问道。

"我要说的是那人是个包揽罪恶的家伙,是同最凶恶的亡命徒有联系的亡命徒,也可能是被派来暗算……"

"噢,士兵呼吁将军害怕,这算是什么纪律,"费德里科再次打断他的话,他沉思地接着说,"换了圣卡洛,绝不会在见不见那个人的问题上争论不休,他会主动去找那个人。马上让那人进来吧,他等的时间够长了。"

神甫抬脚出去,暗自想道:"真没办法,这些圣徒都固执得很。"他打开门到无名氏和教士们所在的房间,只见教士们挤在一边窃窃私语,斜眼瞅着给晾在角落里的无名氏。神甫朝他那边走去,尽可能偷偷地打量他,心想那套军装里面不知藏着什么狠毒的武器,放他进去之前至少应该搜一搜……但下不了决心。神甫到他跟前时说:"主教大人在等阁下,请随我来。"聚集在屋里的人立刻让出一条通道,神甫走在前面左顾右盼,他的眼神似乎在说:"那有什么法子呢? 难道你们不知道主教想怎么做就怎么做吗?"

费德里科神情亲切安详，无名氏刚进屋，他就像是欢迎一个盼望的人那样张开双臂走上前去，同时挥手让神甫退下，神甫照办了。

两人静默了片刻，但迟疑的方式不同。无名氏像是没有特殊目的、只是由于无法解释的焦虑被迫无奈才来的，站在那里也是一副被迫无奈的模样，受到两种针锋相对的情绪的撕拉：一方面是寻求减轻内心折磨的模糊希望，另一方面则是像一个悔恨的、垮掉的、可怜巴巴的人跑来向另一个人交代自己的罪行、恳求解救时的气恼和羞愧，因此无话可说，也不想找话来说。尽管如此，他仍抬眼看看那人的脸，只觉得一种既专横又温柔的景仰之情越来越强烈的震撼，增加了他的信心，减轻了他的气恼，虽没有正面冲突，但打下了他的威风，使他噤若寒蝉。

费德里科气度确实不凡，令人肃然起敬。他的仪表洒脱大方，有一种自发的威严。岁月丝毫没有给他带来佝偻或颠顶的痕迹，他两眼炯炯有神，表情恬静庄重，银白的头发和清癯的容颜使人联想到清心寡欲的生活和沉思冥想的辛劳，但透露出纯洁的蓬勃生气，他的整个面部特征说明他年轻时可以称之为俊秀，由于严肃而善良的思想习惯、常年的内心宁静、对人类的爱和对永生的难以表达的希望，如今取代俊秀的是一种老年的美，在那袭明净的猩红法袍的衬托下显得分外突出。

长期以来，他敏锐的目光已善于根据容貌揣测人们的思想，如今在无名氏的脸上停留了片刻，从那阴沉而惶惑的神色中似乎越来越多地发现了符合于早在那人来访之前他就期待的东西。

"哦！"他很高兴地说，"你来访真好！我该多么感谢你做出这样明智的决定，尽管我应该受到责备！"

"责备！"那位先生惊讶地说，红衣主教的那几句话和态度打破了僵局，为一次轻松的谈话开了头，使他非常满意。

"当然啦，"主教回说，"长久以来，我有好多次都应该去看你，让你先来了，我当然应该受到责备。"

"您来看我！您知道我是什么人？您有没有听错我的姓名？"

"你肯定看到了我脸上的欣悦，如果不是我所知道的人来访，你认为我能有这种感情吗？你正是使我感到欣悦的人；你正是我应该去看的人;你正是我所深爱并且为之流泪的人,我曾为你真诚地祈祷;你是我热爱的孩子中间的一个,并且是我最希望接纳和拥抱的一个,我一直在等待机会到来。但是天主会创造奇迹,弥补他可怜的仆人的软弱和延宕。"

主教热情洋溢的说话方式,对无名氏还没有讲,甚至根本不打算讲的话所作的坚定回答使无名氏目瞪口呆,他深受感动但仍惊讶地默不作声。"怎么啦?"费德里科更关切地接着说,"你不是有好消息要告诉我,使我急切想听到吗?"

"我有好消息?我心里只有地狱,哪有好消息告诉您?您如果知道,还不如由您告诉我吧。"

"天主触动了你的心,要你归附于他。"红衣主教平静地说。

"天主!天主!天主!好像您见过似的!天主在哪里?"

"你问我吗?有谁比你自己同他更接近?你难道不觉得他就在你心里,向你紧逼,使你烦躁,不让你安宁;同时又向你召唤,只要你承认他,向他忏悔,向他祈求,就让你预感到有希望得到宁静和安慰,充分和极大的安慰?"

"噢,是啊!我心里确实有什么在紧逼、在折磨我。可是,天主!如果有那个天主,如果他像人们所说的那样,你希望他为我做些什么?"

他说这些话时的口气已经绝望了,但是费德里科仿佛出于祥和的启示,声调严肃地回说:"天主能为你做些什么?他要做什么?他要证明他的威力和仁慈,他要从你那里得到别人都不能给他的荣耀。长期以来,人们谴责你,千百个声音诅咒你的所作所为……"无名氏很少听到别人用这种口气对他说话,不禁大吃一惊,使他更吃惊的是发觉自己不但不生气,反而有点宽慰。费德里科接着说:"归于天主的荣耀是什么?是恐惧、关切的呼声,或许还有一些要求公道的呼声,要求不难得到的、极其自然的公道!不幸的是,或许再有一些妒忌的呼声,妒忌你那灾难性的权力和至今仍可悲的坚定。只有你幡然悔悟,谴责你自己的生活、指控你本人时,天主才会得到真正的荣耀!你问天主能为你做些什么?可怜的人,我有什么资格现在告诉你,你这种人对天主有什么用处?天主鼓舞你,在你心中燃起爱、希望和悔恨,而你一贯肆无忌惮、桀骜不驯,拿你有什么办法？可怜的人，你有什么资格认为自己能一手遮天，在为非作歹方面能干得轰轰烈烈，压倒天主在引导你积德行善时所做的一切努力？天主能拿你怎么办？宽恕你？拯救你？在你身上完成赎救？这岂不是符合他旨意的美事？哦，你想一想！假如像我这样微不足道但怡然自得的人在为你的拯救着急，甘愿为你的拯救献出我的余年（天主可以做证），哦，你想一想！赋予我这份并不完美但十分强烈的爱心的天主是多么仁慈，唤起我对你无限爱意的天主是多么爱你！"

他说这番话时，面容、眼神和每一个手势都流露出满腔真情。听他讲话的那人的脸抽搐着，开始显得惊讶而全神贯注，后来变得深受感动而不那么痛苦；他那对眼睛自从孩提以后再也没有流过泪，如今热泪盈眶；主教说完后，他双手掩住脸号啕大哭起来，仿佛是最后的更清晰的答复。

"天主伟大而善良！"费德里科举起双手，仰望上空，"我这个无用的

仆役、怠惰的牧人没有做什么事却蒙您错爱,让我看到这一恩施的盛事,有幸参与这一愉悦的奇迹!"他说着伸手去握无名氏的手。

"不!"无名氏嚷道,"不!别挨近我,别脏了您清白善良的手。您不知道您想握的手干过多少坏事。"

"让我握吧,"费德里科热情地抓住他的手说,"那只手将弥补多少不义,做出多少有益的事,将扔掉武器,和平而谦恭地向多少仇敌伸出,让我握吧。"

"我实在不配!"无名氏抽泣说,"别管我了,主教大人,别管我了,善良的费德里科。一大群人在等着您,这许多善良的灵魂,清白的人,从老远赶来看您一眼,听您讲话,您却把时间浪费在我这种人身上!"

"九十九头羊在山上很安全,我们不必操心,"红衣主教回说,"我现在要和那头走失的羊待在一起。那些人现在也许比见到这个可怜的主教更高兴。天主在你身上施行了慈悲的奇迹,也许在他们心灵里传播了他们还不知原因的欣悦。那些人也许和我们心连心而不自知,也许圣灵在他们心中注入了朦胧的仁慈的渴望,听到他们为你祈祷、为你感恩,只是还不知道你是祈祷和感恩的起因。"他说着便张开双臂搂住无名氏的脖子,无名氏开始想挣脱抵拒,但终于顺从了对方仁慈的冲动,也抬起手臂拥抱他,把颤抖的、变形的脸靠在他肩上。热泪滚落到费德里科一尘不染的红色法衣上,主教纯洁的手亲切地搂住那人,抱紧那身惯于佩带暴力和阴险武器的军服。

无名氏挣脱了拥抱,用手捂住眼,同时抬头嚷道:"天主确实伟大!确实善良!现在我认清自己的面目,知道我是什么样的人了;我凶残的行为历历在目,自己看了也厌恶,可是……可是我感到欣慰,喜悦,是啊,我可怕的一生里从没有现在这么喜悦!"

"这是天主接纳你的侍奉预先给你的酬劳,"费德里科说,"让你坚定地跨进新生活,你要扬弃、弥补、悔恨的事太多啦!"

"我太不幸!"无名氏嚷道,"我应该悔恨的事确实太多了!不过有些事刚开一个头,别的且不说,至少我可以立刻中断!有一件我可以马上中断,推翻,补救。"

费德里科注意倾听,无名氏简要地叙说了对鲁茜亚的暴行,那可怜的姑娘的恐惧和痛苦,她如何苦苦哀求,她的哀求如何引起他的深刻不安,如今她仍关在城堡里……他叙说时用的贬斥口气比我们使用的更为强烈。

"啊,事不宜迟,我们马上行动!"费德里科出于怜悯和关切忙不迭地说,"你有福了!你险些毁了一个姑娘,但天主使你成为解救她的工具,这就是天主宽恕你的证明。天主祝福你!他已经祝福你了!你知道我们那个落难的姑娘是什么地方的人吗?"

无名氏说了鲁茜亚家乡的名字。

"赞美天主,离这里不远,"红衣主教说,"也许……"他说着朝一张小桌跑去,拿起桌上的小铃摇了几下。负责捧十字架的神甫匆匆进来,首先打量无名氏,见到那张变了样的脸和哭红的眼睛后随即看看红衣主教。神甫从那凝重谨慎的脸上发现一种严肃的满足和不耐烦的紧迫神情,他正张口结舌出神的时候,主教发话问他今天的聚会中间有没有某某教区的神甫。

"有,主教阁下。"神甫答道。

"请他立刻来,"费德里科说,"本教区的神甫一起来。"

神甫退出,到了教士们聚集的小厅,大家的目光都转向他。他仍旧张着嘴,脸上一副惊奇的神情,举起手在空中挥舞着说:"诸位,诸位!天主的右手带来了变化①。"他一时竟说不出别的话来。接着,他想起了他的职责,补充说:"最尊敬的主教大人要见本教区的神甫先生和某某教区的神甫先生。"

第一个被叫到的神甫立刻走了出来,人群中同时响起一声拖长的惊奇的"我?"

"您是某某教区的神甫吗?"传话的神甫问道。

"在下正是,不过……"

"最尊敬的主教大人要您去见他。"

---

① 原文是拉丁语。

"我?"那个声音又响了起来,显然想问:"叫我干吗?"但是这次随着声音出来了一个人,正是堂阿邦狄奥,他步履勉强,脸上既吃惊又不情愿。传话的神甫朝他招招手,似乎在说:来吧,来吧,难道这么费劲? 他在前面带路,打开门,让两位神甫进去。

红衣主教这时已和无名氏谈妥该做些什么,神甫们进屋时,便放开无名氏的手,稍稍离远一些,做手势让本堂神甫过去,扼要地介绍一下情况,问他能不能马上找一位可靠的妇女,坐了马轿去城堡见鲁茜亚,那位妇女必须心地善良、头脑清楚,善于应付如此不寻常的任务,举止谈吐必须非常得体,以便劝慰那个可怜的姑娘,因为经过这许多苦恼和惶惑之后,听说恢复自由可能引起新的思想混乱。本堂神甫考虑一下之后说是有合适的人选,便出去了。红衣主教又招手让捧十字架的神甫过来,吩咐他去找一辆马轿和马夫,备好两匹骡子。神甫出去后,主教转向堂阿邦狄奥。

堂阿邦狄奥为了避开无名氏,站的地方离主教比较近,他一直在东张西望,心里纳闷他们这么进进出出在忙些什么,主教招呼他时,他上前行了礼说:"听说主教大人想见我,我想大概搞错了吧。"

"没有错,"费德里科说,"我有好消息奉告,还有一件使人快慰的美事拜托。你的一个教民,也许你正为她的失踪而痛心,就是鲁茜亚·蒙德拉,已经有了下落,离这儿不远,在我这位亲爱的朋友家里,你现在和他还有本堂神甫去请的一位妇女一起去,去接你的教民,陪她到这里来。"

这个建议,命令,或者不管怎么称呼的说法使堂阿邦狄奥简直无法掩饰他的厌烦和苦涩,他没有时间抹掉愁眉苦脸的表情,只得使劲低下头,装着遵从的样子。接着他又欠身向无名氏行礼,悲哀的眼神似乎在说:"我听你摆布了,发发慈悲吧,屈服的人应得到宽大处理①。"

红衣主教然后问他鲁茜亚有什么亲戚。

"现在或者以前和她住在一起的近亲中间除了她母亲之外没有别人了。"堂阿邦狄奥答道。

---

① 原文是拉丁语。

"她母亲在镇里吗？能不能找到？"

"那可怜的姑娘不可能很快给送回家，"费德里科接着说，"如果她能马上见到母亲肯定能得到极大安慰；既然如此，假如我去教堂之前本堂神甫还没有回来，请你转告，让他准备一辆大车或者一匹坐骑，派可靠的人把那位妇女接到这里来。"

"要不要我去？"堂阿邦狄奥问。

"不，你不能去，我已经另有安排。"红衣主教说。

"我这么提出来，"堂阿邦狄奥说，"是让那位可怜的母亲心理上容易接受。她是个十分敏感的女人，有她认识的人去更好，要懂得怎么和她打交道，不至于误了好事。"

"正因为如此，我请你嘱咐本堂神甫要找一个合适的人去，另一方面更需要你。"红衣主教说。他原想说城堡里的那个可怜的姑娘经过长时间的焦虑，前途未卜，忐忑不安，更需要马上见到一张熟悉的脸，一个可以信赖的人。但是有第三人在场，不能把这个理由挑明。红衣主教纳闷的是堂阿邦狄奥对其中理由不能很快地心领神会，甚至根本没有想到，反而觉得主教的建议和坚持太强人所难；主教心想他准是有什么隐瞒。主教端详着他的脸，很容易就看出他不敢和那个可怕的人同行，不敢去那人的住所，短时都不行。主教要驱散懦怯的阴影，但他的新朋友在旁，又不愿意把神甫叫到一边私下叨咕，心想最妥当的办法就是向无名氏本人说明，其实即使堂阿邦狄奥机灵一些，他也会这样做，堂阿邦狄奥从无名氏的答话中终于会明白无名氏已经不是叫人害怕的人了。于是他走近无名氏身边，像遇到新知旧交似的推心置腹地说："你今天来真让我高兴。你还会来的，是吗？同这位善良的神甫一起来吧。"

"我当然会来，"无名氏回说，"即使您不见我，我也会像乞丐一样赖在您门外不走。我需要同您谈话！需要听您讲话，见您的面！我需要您！"

费德里科握着他的手说："那就请赏光留下来和我们一起吃中饭。我等你。现在我要去参加祈祷，和大家一起向天主感恩；你利用这时光不妨采集慈悲的最初的果实。"

堂阿邦狄奥见那情景,好像胆小的孩子见人放心地抚弄一条呼噜作声、眼睛通红、咬人吓人出了名的大狗,听主人说他的狗特别温顺安静;他瞅着主人,既不反驳也不附和,又瞅着狗,既不敢挨近又不敢躲开,唯恐那个温顺的庞然大物朝他龇牙咧嘴(即便是讨好他),或者引起它注意,他暗想道:待在家里不出来该有多好!

　　红衣主教拉着无名氏的手正要出去,朝那留在后面、不由自主地噘着嘴、伤心而不满的可怜虫又看了一眼。主教想他的气恼也许由于把自己和一个恶霸相比,恶霸受到如此欢迎和宠爱而他自己却受到冷落,在他身边走过时,转身站住,亲切地笑着对他说:"神甫先生,你我永远是在我们善良的天父的大家庭里,可是这一位……这一位是失而复得的。"①

　　主教继续向前走去,刚一推门,门外左右两侧侍立的仆役立刻把门开直,聚集在厅里的教士们如饥似渴的眼前出现了值得赞美的一对。两人脸上的表情同样深刻但性质不同:费德里科令人尊敬的脸上是亲切的感激和谦恭的欢愉;无名氏的脸上交织着宽慰、羞惭和悔恨,但仍透露出野性未泯的活力。人们后来说起,当时在场的不止一个人都想到②。跟在后面的是堂阿邦狄奥,但谁都不去注意他。

　　他们走到房间中央时,红衣主教的侍卫从另一边进来,到了主教身边禀报说神甫传达的命令已经执行,马轿和两匹骡子准备就绪,只等教区神甫去请的那位妇女一到便可出发。主教吩咐说,教区神甫回来后,马上让他和堂阿邦狄奥接头,一切都照他和无名氏说的办;主教像告别似的再次和无名氏握手说:"我等你。"转身向堂阿邦狄奥打了招呼,然后出门,向教堂走去。教士们鱼贯而出,跟在他后面,屋里只剩下两个要赶路的人。

---

①　原文是拉丁语,源出《圣经·新约·路加福音》第十五章第二十四节。耶稣接待罪人遭到非议,便举了败子回头的比喻:"因为我这个儿子是死而复活、失而又得的。"

②　以赛亚的名言:"豺狼必与羊羔同食,狮子必吃草与牛一样。"以赛亚是公元前七八世纪时希伯来的大预言家,《圣经·旧约·以赛亚书》记载的全是他作的预言,借耶和华之口预言日后将发生的种种情况,引文出自《以赛亚书》第六十五章第二十五节。

无名氏心事重重，不耐烦地等着出发的时刻，好把他的鲁茜亚从痛苦和拘禁中解救出来，现在说"他的"，意思和前一天大不相同，他脸上显出难以掩饰的激动，在堂阿邦狄奥多疑的眼里很容易被理解为不祥之兆。他偷偷地朝无名氏看几眼，很想友好地搭讪，但想道："我对他说什么呢？""我很高兴？为什么高兴？因为你到目前为止是个魔鬼，终于决心改邪归正，做个好人？这算是什么恭维？唉，唉，唉！任他怎么搜索枯肠，他想到的祝贺的话只是：你确实成了一个好人，是啊，多么突然！不过这个世界上装模作样的事情太多了，动机又多种多样！谁说得准？阴差阳错派我陪他一起去那个城堡！噢，真是咄咄怪事！今天早上有谁给我通通气就好了！啊，假如我过了今天的难关，我要狠狠地数落佩贝杜亚太太，谁让她硬逼着我离开教区到这里来，她唠唠叨叨，说是附近一带，甚至老远的教区神甫都要来，我可不能落在别人后面，说这说那，让我碰到这种倒霉事！唉，我真倒霉！不过总得找些话同那个人谈谈。"他左思右想，终于找到可以对那人讲的话：我从没有想到有机会与您阁下结伴同行，真是莫大的荣幸，他刚要开口，教区神甫随着主教的侍卫进来，说是去城堡的那位妇女已经在马轿里等着，然后转向堂阿邦狄奥，听他还有什么吩咐。堂阿邦狄奥尽可能定一定神，对走近来的侍卫说："至少替我找一头温顺的牲口，说实话，我骑术不很高明。"

　　"您要知道，"侍卫略带嘲弄地笑着说，"这是秘书的骡子，他可是个文弱书生。"

　　"那好。"堂阿邦狄奥回说，心里却想："但愿老天保佑。"

　　无名氏一得到通知就快步出去，到了门口才想起堂阿邦狄奥还留在后面，便停下来等候，神甫面带歉意匆匆赶上时，无名氏客气而谦恭地欠身让路，使得忐忑不安的神甫心里稍稍好受一些。但他刚跨进院子，另一件事又冲淡了这点小小的宽慰。他看到无名氏跑到角落里，一手抓起马枪枪筒，另一手抓住皮带，像操练似的利索地把枪斜挂在肩上。

　　"唷，唷，唷！"堂阿邦狄奥暗忖道，"他带这玩意儿想干什么？皈依教门的人把这当作苦行带和苦行鞭未免过分了！假如别人误会他？……这一趟真够受，唉，真够受的！"

假如无名氏能猜到他同伴心里在想些什么,说不准他会干出什么事让人放心,但他根本没有往那方面去猜,堂阿邦狄奥也小心翼翼,绝不流露出不信任他的模样。到了大门口,两匹坐骑鞍辔齐全,马夫递过缰绳,无名氏纵身一跃上了骡背。

"这头牲口有没有怪毛病?"堂阿邦狄奥刚抬脚去踩镫子,又放回地上,问侍卫说。

"您尽管放心骑,它像绵羊一般温顺。"

堂阿邦狄奥在侍卫的搀扶下费了好大劲才爬上骡鞍。

马夫一声吆喝,停在前面几步远的马轿开始出发,他们一行便上路了。

他们必须经过教堂门前的小广场,教堂里挤得水泄不通,许多本地和外地人进不去,便聚集在外面的小广场上。消息早已传开,当这一行,当那个在几小时以前还是恐惧和谴责的对象出现时,人群中升起一阵惊喜的喝彩似的嘈杂声，纷纷让出通道，同时又推推搡搡上前想看看那个人。马轿通过了广场，无名氏也通过了；到教堂敞开的大门前时，他脱掉帽子，低下那以前叫人看了胆战的额头，几乎触及骡子的鬃毛，顿时引起一片"天主保佑你！"的喃喃声。堂阿邦狄奥也脱帽低头求天主保佑，但听到教友们异口同声、由衷发出的庄严的赞颂，不禁感到欣羡、悲哀和深情的心酸，几乎流下眼泪。

到了镇外开阔的田野，公路有些拐弯的地点很荒凉，一层更暗的阴影蒙上堂阿邦狄奥的思想。放眼望去，除了马夫之外，没有可以信赖的事物，马夫替红衣主教效力，无疑应是好人，模样也不像是懦夫。路上不时看到三五成群去瞻仰红衣主教的行人，虽然他现在前往那可怕的山谷，山谷里又全是那位朋友的属民，什么样的属民！眼前的景象却使他感到暂时的安慰。他现在比任何时候更希望同那位朋友攀谈，一方面想探听更多的情况，另一方面想讨好那个人，但见那人在沉思冥想，不敢贸然打扰。他只好暗自忖量，下面便是那个可怜虫在路上的部分想法，全部记载下来恐怕需要一本书才够。

"人们说圣徒和无赖都活泼好动，这话一点不假，他们不满足于自己整天折腾，只要有可能，还想折腾全人类，他们中间最不安生的人竟找到我头上，我不招人惹人，只求过安稳日子，他们却硬把我牵扯进去！堂罗德里戈就是这么一个无赖！他只要有一点头脑，满可以成为世界上最幸福的人。他什么都不缺，有钱、年轻、受人尊敬、受人奉承，但他好日子过得不耐烦，无事生非，替自己、替别人招来灾难。他原可以优哉游哉，饭来张口，衣来伸手，可是不，先生；他却一心想拈花惹草，干世上最疯狂、最邪恶、最无耻的勾当；他原可以坐着四轮马车去天国，却一瘸一拐地要去地狱。还有这位朋友……"他瞥了"这位朋友"一眼，仿佛怕他猜透自己心思似的。"这位朋友坏事做绝，搞得天翻地覆之后，现在又皈依教门（假如是真心实意的话），搞得鸡犬不宁。偏偏轮到我来验证！……真没办法，那些人只要心血来潮，总得玩些花样。难道像我这样一辈子安分守己有这么难？不，先生，先得心狠手辣，伤天害理……噢，天哪！……然后大吹大擂地悔罪。说起悔罪，如果真有诚意，在自己家里也可以安安静静地进行,根本不必大张旗鼓,打扰别人。至于那位主教大人,马上,马上,张开双臂欢迎,我亲爱的朋友,一见如故的朋友;对什么都表示赞同,仿佛看到了奇迹;甚至匆匆做出决定,一头扎了下去,这也要赶紧,那也要赶紧,用我的家乡话说,这叫作莽撞。把一个教士交到那样的人手里,没有丝毫保障!这叫作拿人的性命当儿戏。像他那样有圣徒之称的主教原应像保护他自己的眼珠那样保护他手下的教士。我认为多一分冷漠,多一分谨慎,多一分仁慈和圣洁并不矛盾……假如这一切只是表面现象呢?谁能看透人们的意图?且不说像他那样的人!偏偏让我和他一起到他家去!这里面可能有鬼,噢,我真倒霉!还是不去想它为好。鲁茜亚的这门子事又有什么名堂?难道他同堂罗德里戈有什么默契?人心真难测!不过事情迟早会清楚的。可是怎么会落到他手里的呢?谁说得清楚?这全是主教大人的秘密,什么都不告诉我,光让我来回折腾。我不爱管别人的闲事,但是为之冒生命危险的人应该有权知道。假如真是去接那可怜的姑娘就好了,且慢!他很可以自己把她带来,岂不省事?假如他真的洗心革面,成了圣洁的教徒,何必要我辛苦一趟?噢,简直是一团糟!好吧,这也是天意,只好麻烦一下,可是且慢!我也替可怜的鲁茜亚高兴,她理应得到解救,天晓得她遭了多大的罪,我替她难过,可是她仿佛专给我添麻烦……只要能看透那个人的心思,知道他在动什么脑筋就好了。谁能知道?他一会儿像是沙漠里的圣安东尼奥,一会儿又像是奥洛弗尔纳本人①。唉,我真不幸!好吧,老天有帮我的责任,因为这事不是我自找的。”

无名氏脸上似乎确实可以看到思想的变化,正如风暴大作的时候乌云在太阳前面掠过,时而露出强烈的光亮,时而变为阴冷的黑暗。他的情绪仍旧陶醉在费德里科美妙的话语里,似乎焕发着新生的青春光辉,一会儿上升为慈悲、宽恕和仁爱的思想,随后又因回忆起可怕的过去而沉重地坠落。他急切地思索哪些是可以弥补的邪恶,哪些可以断然中

---

① 圣安东尼奥是公元三四世纪隐居在沙漠里的苦行僧教派的创始人,被奉为牧猪人的守护圣徒。奥洛弗尔纳是公元前六世纪毁坏耶路撒冷的巴比伦国王尼布甲尼撒手下的大将,后被美丽的犹太姑娘朱迪丝刺杀。

止，有什么最快捷可靠的办法，如何解决许许多多症结，如何安排许许多多帮凶，这一切都是伤脑筋的难题。目前他要办的事是最容易的一件，并且马上就可以解决；但想到那姑娘现在不知痛苦成什么样子，而急于去解救她的人正是造成她痛苦的罪魁祸首，不禁悔恨交集，心急如焚。他们到了两岔路口时，马夫回头看着无名氏，想知道该走哪条路，无名氏伸手指点，同时用手势催促。

他们进入山谷。可怜的堂阿邦狄奥觉得浑身都不自在。那个出名的山谷，他曾听说无数有关它的可怕的故事，现在身临其境；那些出名的人，全意大利数他们最桀骜不驯、无法无天，现在亲眼看到，每一个拐弯的地方都可以遇上一两个、两三个。他们见到主人都毕恭毕敬地低头哈腰，但他们的脸都久经风霜，蓄着两撇向上翘的胡子，凶恶的眼神在堂阿邦狄奥看来似乎在问：要不要把那神甫的脖子拧断？他最惊恐的时候甚至起了这样的念头："当初我替那对年轻人主持婚礼就好了！现在就不会遇到这种倒霉的事。"他们沿着激流旁边的一条崎岖小径行进，一面是嵯峨荒凉的悬崖峭壁，另一面则是比沙漠好不了多少的村镇，但丁经过火坑时看到的景象不会比这里更伤心惨目①。

他们经过月黑风高酒店，门口的歹徒朝主人行礼，打量着主人的旅伴和马轿。那些人搞不明白是怎么回事，早晨主人独自外出就有点不寻常，现在回来的情况也很奇特。他带回来的是不是猎获物？他一个人怎么能办到？怎么会有一辆陌生的马轿？马夫又是谁家的仆役？他们使劲睃着，但是谁也不敢行动，因为主人的眼神是这么吩咐的。

他们上坡到了山顶。城堡门前平地上的痞子们往两旁散开，让马轿通过，无名氏做手势叫他们在原地待命，一踢骡腹，跑在马轿前面，向马夫和堂阿邦狄奥示意跟在他后面，穿过两个小院到了一扇小门前，一个痞子跑上来想替他抓住缰绳，他挥手叫痞子退下说："你在这里守着，不准任何人进来。"他下了骡背，利索地把缰绳拴在铁栅上，走到马轿旁边，

①　但丁《神曲·地狱篇》第二十一章描写了第八层地狱里有十个深不可测的火坑，是生前犯有欺诈罪行的鬼魂禁锢之地，周围都是铁锈色的石壁，鬼魂们张牙舞爪，把诗人吓得胆战心惊。

对拉开窗帘的那个妇女低声说:"你马上去安慰她,让她明白她已经自由了,在朋友中间。天主会报答你的。"然后吩咐马夫打开轿门,接着又走到堂阿邦狄奥旁边,神情之安详是神甫从未见过并且认为他不可能有的,安详之中还有功德即将圆满完成的喜悦,他仍低声说:

"神甫先生,您为了我的事一路辛苦,我也不向您道歉了,您替天主和您的教民做的好事天主会报答您的。"他说罢,一手拉住笼头,另一手拉住脚镫,扶堂阿邦狄奥下来。

无名氏的神情、言语和姿态让他心里的石头落了地。一小时以来,他肚子里一口闷气老是转悠,找不到出路,现在终于吐了出来,他朝无名氏凑去,低声回答:"不必客气。喔唷唷! ……"然后艰难地从骡背上爬下来。无名氏拴好坐骑,吩咐马夫在那里等候,他从口袋里掏出一把钥匙,打开门,带了神甫和那女人进去,到了楼梯口,三人静静地上了楼。

第二十四章

鲁茜亚刚醒来不久,但还没有醒透;她吃力地想把混乱的梦境同昨天的回忆和眼前的现实区别开来,因为这一切太像病人的噩梦了。老婆子见她醒后马上过来,勉强用恭顺的声调说:"啊! 你睡醒了? 你本可以在床上睡,昨晚我对你说了多少遍。"见那姑娘不回答,她悻悻地接着央求说:"你总得吃点东西,别糟践自己。嘿! 你脸色多么难看! 你得吃东西。再说,他再问起时,我可担当不起。"

"不,不,我要离开这儿,我要去找母亲。主人已经答应我了,他说:明天早晨。主人在哪里?"

"走了,他对我说很快就回来,你的要求都可以办到。"

"他说过这话? 他说过? 那好,我要去找母亲,马上去,马上去。"

这时候,隔壁传来了脚步声,接着有人轻轻敲门。老婆子过去问道:"谁呀?"

"开门。"那个熟悉的声音轻轻回答。老婆子拔掉门闩,无名氏轻轻推开一条门缝,叫老婆子出来,随即让堂阿邦狄奥和那女人进屋。他重新关好门,站在门外,吩咐老婆子和原先就在外面守候的马尔塔去城堡里别的地方,离得远一些。

这一切动静、片刻的等待、生人的出现都使鲁茜亚惊恐不安,对她说来,如果目前的状况难以忍受,那么每一个变化也会引起她的猜疑和新的惊恐。她定睛一看,看到了一个神甫和一个女人,心里稍稍踏实一点,再仔细看看,是他吗? 她认出了堂阿邦狄奥,仿佛中了邪似的目不转睛地盯着。那女人走到她身边弯下腰,同情地瞅着她,拉着她的两手,好像既要抚慰她又要把她从地上拉起来,说道:"噢,可怜的姑娘,来吧,来和我们一起!"

"你们是谁?"鲁茜亚问道,没等回答又转向站在几步开外、满脸怜悯之色的堂阿邦狄奥,重新盯着他,终于嚷道:"是您! 是您吗? 神甫先生? 我们这是在什么地方? ……噢! 我怎么啦? 难道我丧失了理智?"

"没有,没有,"堂阿邦狄奥说,"真的是我,你振作一下。你瞧,我们来这儿接你回去。确实是我,你的教区神甫,我是十万火急赶到这里来的。"

鲁茜亚浑身突然又有了力气,一骨碌站了起来,再盯着那两张脸说:"那么说,准是圣母马利亚派你们来的。"

"我想是的。"那女人说。

"可是我们可以走了吗,我们真可以走吗?"鲁茜亚将信将疑怯生生地压低声音接着问,由于担惊受怕,她嘴唇直哆嗦,"这儿有许多人! ……那个老爷! ……那个人! ……对,他已经答应我了……"

"他本人也在这里,和我们一起赶来的,"堂阿邦狄奥说,"他在外面等着哪。我们快点吧,不能让他那样的人物久等。"

这时候,神甫提到的人推开门,露了脸。鲁茜亚刚才还想见他,并且由于对世界上别的事物没有指望了,除他之外任何人都不想见,现在看到了别人的脸,听到了友好的声音,却抑制不住一阵突如其来的反感;她浑身哆嗦,大气也不敢出,紧靠着那好心的女人,把脸埋在她怀里。昨晚无名氏的眼光就不忍在那张脸上停留，现在见她由于长时间的苦恼和绝食而显得更加憔悴、沮丧和痛苦，几乎还在门口就站住，接着又见她害怕的模样，便垂下目光，默默无言，一动不动，过了一会儿，像回答那可怜的姑娘并没有说的话似的脱口喊道："一点不错！请原谅我。"

"他是来放你走的，他已经不是原先的他了，已经弃恶从善，你没听到他请你原谅吗？"那好心的女人凑在鲁茜亚耳边说。

"到了这个份上，还要说什么呢？哎，把头抬起来吧，别耍孩子脾气了，我们快点一起走。"堂阿邦狄奥对她说。鲁茜亚抬头望望无名氏，见他耷拉着脑袋，愧赧惶惑的眼神里交织着宽慰、感激和遗憾，便说："噢，老爷！愿天主报答您的仁慈！"

"你那话对我是莫大的安慰，愿天主百倍地报答你。"

他说罢就转身向门口走去，第一个出了房间。鲁茜亚大受鼓舞，由那女人搀着，跟在他后面，堂阿邦狄奥则殿后。他们下了楼，到了通往院子的门口。无名氏开了门，走到马轿旁边，拉开轿门，带着几乎是胆怯的殷勤（他从未有过这种情况）扶鲁茜亚上去，然后又搀扶那好心的女人。接着，他解开堂阿邦狄奥的骡子的缰绳，也扶他上了骡背。

"哦，不敢当！"神甫说，这次的动作比来的时候利索多了。无名氏也跨上坐骑后，大家便出发了。他又昂起头，恢复了惯常专横的神情。遇上他的痞子们从他脸上看到他心事重重，严肃得异乎寻常，但不理解也不可能理解什么原因。城堡里对那个人的巨大转变还一无所知，当然啦，光凭猜测，谁都不可能了解内情。

那个好心的女人上轿后立刻拉好窗帘，然后亲切地握着鲁茜亚的手，好声好气地安慰她，怜惜她，为她庆贺。可怜的姑娘遭到这么多磨难，搞得她心力交瘁；一连串混乱和费解的事件搞得她晕头转向，不容她充分体会恢复自由的欢乐，那女人便找出她认为最合适的话题，希望解开姑娘心里的疙瘩，理顺她愁苦的思想。她提到了她们现在要去的村镇的名字。

"是吗？"鲁茜亚知道那地方离她家不远，说道，"啊，圣母马利亚，感谢您！我的母亲！我的母亲！"

"我们到了那里马上派人去接她。"那女人说,她还不知道已经派人去了。

"好,好,天主报答你……你是谁? 你怎么会来的?"

"我们的教区神甫把我找来的,"那女人说,"因为天主触动了这位老爷的心,(赞美天主!)他到我们的镇上找红衣主教大人谈话(那个圣洁的人正好在我们那里巡视),他悔恨自己的种种可怕的罪孽,想改过自新;他向主教交代,他和另一个不敬畏天主的人合谋劫了一个清白的可怜的姑娘,那姑娘就是你,可是神甫没有告诉我另一个人是谁。"

鲁茜亚仰望天空。

"也许你知道那人是谁,"女人接着说,"好吧,主教大人认为既然牵涉到一个年轻姑娘,最好有个妇女陪伴,便吩咐神甫找一个,承蒙神甫看得起,找了我……"

"噢! 愿天主报答你的好心!"

"我可怜的姑娘,你这么说就见外了。神甫先生要我安慰你,想办法让你马上放心,让你明白天主奇迹般地解救了你。"

"是啊,真是奇迹,要感谢圣母过问。"

"因此你应该振作起来,宽恕伤害你的人,为天主对你的仁慈而感到高兴;此外,你还应该为他祈祷,以德报怨,你的心情会舒畅的。"

鲁茜亚报之以同意的眼光,和语言表达的一样清楚,而她那温柔的神情则是言语所不能表达的。

"好姑娘!"那女人接着说,"你们的教区神甫恰好也在我们镇上(来的教士不少,即使举行四个隆重的葬礼也足以应付),尽管作用不大,主教大人决定把他也派来陪伴你。我早听说这个人窝囊,这次发现他确实胆小如鼠。"

"至于那个人……"鲁茜亚问道,"那个改邪归正的人……是谁呢?"

"怎么! 难道你不知道?"那女人说,然后念出了那人的名字。

"啊,天哪!"鲁茜亚嚷了起来。她多次听人说起那的事情,每逢提到他的名字时一副胆战心惊的模样就像是听到故事里的吃人妖魔! 现在她想到自己曾落进他的魔爪又得到了他仁慈的保护,想到自己的可怕灾难和突如其来的解救,想到他那张先是阴沉,后来受到感动,终于恭顺的脸,仿佛着了迷似的,只是不停地说:"啊,天哪!"

"确实是上天的大慈大悲!"那女人说,"许多人都可以松一口大气。你想想看,多少人给害苦了,现在我听我们的教区神甫说……从他脸上可以看出,他似乎变成了圣徒! 不久就可以看到他的具体行动。"

那女人在这次奇妙的事件中起了一些作用,如果说她不想知道更多的细节是不确切的。但是我们必须替她说句公道话,她出于对鲁茜亚的怀有敬意的怜悯,隐约感到自己任务的重要和严肃,根本没有想到向鲁茜亚提一些冒失的无关紧要的问题,一路上她说的话都不越出安慰和关怀那可怜的姑娘的范围。

"天知道你多长时间没有吃东西了!"

"我记不清了……反正有好长时间。"

"可怜的姑娘! 你得恢复体力。"

"是啊。"鲁茜亚有气无力地回说。

"感谢天主,我家里马上可以找到一点吃的。很快就到了,放心吧。"

鲁茜亚昏睡似的靠在座位上,那好心的女人不再说话,让她休息。

对堂阿邦狄奥说来,归程当然不像刚才来时那么苦恼,但也不是愉快的郊游。巨大的恐惧消失后,他先觉得十分轻松,接着千百种别的烦恼开始滋生,正如一棵树给连根拔掉之后,原先的地点先空了一段时间,然后又长满了杂草。他对别的事情更为敏感,无论眼前也好,考虑到将来也好,都有足以折磨他的原因。就说现在吧,他本来不常骑骡,回去的路程比来时更不舒服,尤其是开头从城堡到谷底的那段下坡路。在无名氏手势的催促下,马夫把牲口赶得很急,跟在后面的两头骡子自然也加快步子,到了陡峭的地段,可怜的堂阿邦狄奥似乎被撬棒从后屁股撬了起来,朝前颠簸,使他不得不抓紧鞍架;尽管如此,他不敢要求同伴放慢速度,另一方面,他也希望及早离开这个地方。当道路经过高地或沟壑时,骡子按它同类的脾气似乎爱捣乱,老是走外侧,蹄子恰好踩在边缘上,堂阿邦狄奥朝下一看,几乎是垂直的深沟或绝壁。他暗暗骂那头畜生:"你也有那该死的脾气,放着阳关道不走,偏爱过独木桥。"他拉紧缰绳把骡子往内侧带,但是白费劲。他又气又怕,却又无能为力,只得和往常一样听任摆布。痞子们不再引起他太大的恐慌,因为他现在比较了解他们主人的想法。可是他又想道:"假如我们还没有走出山谷而他改邪归正的重大消息已经传开的话,谁知道那些痞子有什么反应!谁知道会出什么事!他们甚至会以为是我来传教点化的!这下我要倒霉了!他们非宰了我不可!无名氏沉下脸也镇不住他们了。要管束那批人就得比他们凶恶,得由我自己来对付,可是为什么偏偏让我来同那批人打交道呢?"

他们好歹到了山坡脚下,然后终于出了山谷。无名氏的脸色逐渐转霁。堂阿邦狄奥的神情也变得自然一些,他伸出缩着的脖子,舒展开胳膊和腿脚,稍稍挺起胸,仿佛换了一个人;他叹气时也舒坦些,心情比较

平静，开始考虑将来的危险。"堂罗德里戈那畜生会怎么说？他一场春梦，面子扫地，像是吞下一杯苦酒，岂能就此罢休？现在他可真要蛮干了。我也给卷进了这场把戏，他不找我算账才怪呢。上次他胆敢派那两个恶棍明目张胆地恐吓我，这次谁知道他会干出什么！他不能把主教大人怎么样，因为主教的权势比他大得多，他只能咬牙切齿干生气。可是这口恶气吐不出，总得找个人发泄。这些事怎么收场？吃苦头的总是下面的人，小人物总是代人受过。主教大人当然会尽心保护鲁茜亚；另一个家伙不是他力所能及的，已经独断独行；唯一可以报复的就是我。我受了这么多累，奔波折腾，不但没有半点功劳，最后反而要我代人受过，这说得过去吗？主教大人让我这么辛苦，采取什么手段来保护我呢？他能保证我不被那个讨厌的家伙整得比上一次更惨？再说，他有许多事情需要考虑，有许多事情需要处理，怎么可能面面俱到？经他过问的事情有时候比没有过问更糟。人们做好事总是大大咧咧，自己觉得满意就够了，不想了解全部后果；但是存心干坏事的人却殚精竭虑，总是一竿子插到底，从不半途而废，因为干坏事的欲望像癌似的侵蚀着他们。我要不要声明我来这里并非自愿，而是执行主教大人明确的命令？那一来就会显得我不愿意主持公道。啊，天哪！我不主持公道！岂不是往自己脸上抹黑！最好还是把这件事告诉佩贝杜亚，让她到外面去传播。只要主教大人不心血来潮，组织群众集会，搞一些没有的形式，把我也牵连进去就好了。为了以防万一，我们一到镇上，如果他已经从教堂里出来，我立刻前去向他致意；如果还没有出来，我就留话向他告罪，马上回家。鲁茜亚得到了可靠保护，这里根本不需要我了；我经过这番折腾，想休息休息也不过分。此外……假如主教大人要了解前因后果，让我交代主持婚礼的事呢？就怕那件事。假如他还要去我的教区巡视呢？……唉！不管怎么样，我不能事先吓自己，我的烦恼已经够多的了。现在我赶快回家，闭门不出。只要主教大人在附近一带，堂罗德里戈就不至于干出无耻的蠢事。以后呢……以后怎么办？唉！看来我晚运不佳！"

　　他们抵达镇上时，教堂里的祈祷还没有结束，教堂前广场上的人群见到他们仍像刚才那样激动；他们穿过广场后分成两拨，两个骑骡的人拐到旁边教区神甫家所在的那块空地,马轿则驶向那个好心妇女的家。

堂阿邦狄奥按原来的想法行事,下了骡就把无名氏着实恭维了一番,然后请代向主教大人致歉,因为他有些急事,马上要回教区。他先去找他称之为坐骑的东西,也就是刚才放在角落里的一根拐杖,拿起后自顾自走了。无名氏留下等红衣主教从教堂回来。

好心的女人把鲁茜亚安顿在她家厨房里最舒适的座位上,开始忙着给她做吃的,好让她恢复元气;鲁茜亚时不时说几句道谢道歉的话,那女人真诚直爽地说她这样未免太见外了。

她匆匆在一个盛有炖鸡的铁锅下添了柴火,把汤煮开,倒进一个放好面包片的大碗,端给鲁茜亚。见那姑娘一匙一匙吃得津津有味,人也逐渐精神起来,她一高兴,脱口说幸好这一天不是揭不开锅的日子。"今天大家好歹都做了一点吃的,"她补充说,"除了那些穷得连野豌豆饼和高粱米粥都吃不上的人;今天大家都指望从乐善好施的主教大人那里得到一点施舍。感谢上天,我们倒没有这种情况,我丈夫做裁缝,我们还种几分地,能凑合过日子。你尽管吃,鸡马上就炖好,你可以吃饱。"她说着去忙着准备午饭,摆好桌子。

鲁茜亚体力有所恢复,心情也逐渐平静,出于习惯和爱好整洁和体面的本能,拆开蓬松凌乱的辫子重新编好,把披巾包好头,围在胸前。她的手指在无意之中碰到了昨晚挂在胸前的念珠,她看了一眼,心里突然一阵震撼,迄今为止纷至沓来的种种思绪抑制了昨晚起誓的事,现在突然回忆起来,历历在目,十分清晰。她刚有好转的情绪一下子重又低落,假如她没有迎接清净、忍耐、自信的生活的精神准备,此时此刻感到的沮丧很可能成为绝望。她思绪万千,说不出话,心里首先想到的只是:"啊,我多么不幸! 我干了些什么!"

她想起昨晚的事吓了一跳。眼前又浮现出起誓时的种种情景:难以忍受的苦恼、没有希望得到救援、狂热的祈求、全心全意地发了愿。她认为蒙受天恩后反悔已经做出的承诺,未免忘恩负义、亵渎神明,是对天主和圣母的不忠,这种背信弃义的行为会给她带来新的、更可怕的不幸,再使劲祈祷也解救不了,于是她赶紧扬弃那一闪念的反悔。她虔诚地从脖子取下念珠，哆哆嗦嗦地捏在手里，确认并重申了誓言，同时苦求天主给她履行誓言的力量，排除使她改变或者干扰决心的想法和机会。伦佐远在他乡，根本没有回归的可能；在此之前，她为伦佐的远离感到十分悲伤，现在却觉得像是上天的安排，两件事同时发生只有一个目的，她努力从一件事里寻找为另一件事庆幸的理由。她还猜想上天为实现他的旨意一定有办法让伦佐也死了这条心，不再想……她想到这里顿时心烦意乱。可怜的鲁茜亚觉得后悔的念头又往外冒，赶紧再祷告，坚定自己的信念，和自己搏斗，在这场搏斗中，如果可以打个比喻，她像一个疲惫不堪、遍体鳞伤的胜利者，站在被击倒在地但没有咽气的敌人面前。

突然响起一阵脚步声和欢言笑语。小孩们从教堂回来了。两个女孩和一个男孩跳跳蹦蹦地进屋，看到鲁茜亚都好奇地站住，然后朝母亲跑去，围在她身边，一个问陌生的客人是谁；另一个问客人是怎么来的，来干什么；第三个要把他们见到的奇妙的事情告诉母亲，那好心的女人只用"别闹、别闹"一句话回答所有的问题和所有的孩子。接着，家里的男主人缓步进来，一副和蔼可亲的模样。他是镇上和附近一带唯一的裁缝，有些文化，事实上他把《圣徒列传》《古埃林·梅斯基诺》和《法兰西皇室本纪》①看了不止一遍，当地人把他看成是有才气、有学问的人，他总是谦虚地否认，只说他选错了职业，当初如果一心读书，情况就不同了……此外，他还是个大好人。教区神甫请他妻子做那件好事，辛苦一趟时，他非但赞同，如有必要，甚至会鼓励他妻子去做。刚才的祈祷仪式、隆重的排场、爆满的听众，尤其是红衣主教的布道，激发了他全部美好的思想感情，现在他怀着期待的心情回家，迫切想知道情况如何，希望那无辜的可怜姑娘安然无恙。

"你瞧谁在这儿！"他进屋时，妻子指着鲁茜亚对他说，鲁茜亚脸一红，站起来，嗫嗫嚅嚅说一些道歉的话。男主人风趣地做一个欢迎的姿

---

① 三书都是当时意大利的通俗读物。《法兰西皇室本纪》是描写法国皇室骑士冒险的故事集，由安德列·巴贝里诺于十五世纪初编纂；《古埃林·梅斯基诺》是一部古老的法国骑士小说，亦由安德列·巴贝里诺译成意大利文后在意大利流传甚广。

势,打断了她的话说:"欢迎,欢迎! 你是上天赐给我们家的祝福。我见你在这里太高兴了! 你到了安全的港口,尽可以放心,天主既然做出了奇迹,总是善始善终的,我见你在这里确实高兴。可怜的姑娘! 可是成为奇迹的对象是了不起的大事!"

读者别以为裁缝看过《圣徒列传》才把今天的事说成是奇迹,镇上和附近一带提起这件事时也说是奇迹。说实话,经过添油加醋之后,别的名称都不恰当了。

他妻子正把炖锅从铁链上取下来,他走过去低声问:"一切都顺利吗?"

"很顺利,过一会儿我原原本本告诉你。"

"好,好,不着急。"

饭桌摆好后,女主人去请鲁茜亚,陪她过来,让她坐好,割下一个鸡翅膀放在她面前,男女主人也坐下来,让那沮丧羞涩的客人快吃。裁缝一面吃,一面眉飞色舞地谈教堂里的情景,围在桌子边、站着吃饭的孩子们时不时插一两句嘴,他们看到的美妙的东西实在太多了,不满足于只听不说。裁缝描述了庄严的仪式,接着跳到奇迹般的皈依天主,但给他印象最深的、他一再提到的是红衣主教的布道。

"像他那样的贵人,"裁缝说,"看他站在祭坛前面仿佛神甫似的……"

"他头上还有一个黄金的东西……"一个女孩说。

"住嘴。我要说的是,像他那样的贵人,那么有学问,据说凡是出版的书他都读过,谁都做不到这一点,即使在米兰也没人能做到,他讲道深入浅出,谁都听得懂……"

"我也听得懂。"另一个多嘴的小女孩说。

"住嘴。你听懂了什么?"

"我听懂的是他代神甫先生讲解福音书。"

"住嘴。我指的不是有点明白的人,因为那种人理应清楚;我指的是那些最笨、最无知的人,他们听得入了迷。你现在去问问他们能不能重复主教说过的话,他们一个字都说不上来,但是意思全记在心里了。那位先生更不用提了,他多么希望主教谈到他! 瞧他热泪盈眶的那副模

样,什么话都是多余的。接着,人们都哭了……"

"是呀,是呀,一点不错,"小男孩插嘴说,"可是大家为什么都像小孩那样哭呢?"

"住嘴。尤其是镇上还有硬心肠的人的时候。他让大家明白,即使在闹饥荒,仍旧应该向天主感恩,应该知足;应该尽力为之,想方设法,互相帮助,此外还应该心情欢乐。受苦受穷并不是不幸,干坏事才是不幸。他不仅是嘴上说得好,因为大家都知道他的生活也和穷苦人一样,把省下来的面包施舍给挨饿的人,而他满可以过养尊处优的生活,比谁都舒服。啊!听这种人讲话才有意思,不像别人那样,嘴上说的是一回事,实际做的却是另一回事。接着,他又让大家明白,即使不是贵族老爷,只要稍稍有点富余,也应该同穷苦人一起分享。"

他说到这里仿佛想起什么突然打住。他迟疑一下,用盘子盛了一些鸡肉,放上一个面包,用餐巾兜着盘子,系好四个对角,交给大女儿,再把一小瓶酒放在她另一个手里,对她说:"拿着,到寡妇马利亚家去,把这给她,让她和孩子们一起吃。不过你态度要好,知道吗?不能有一点施舍的味道。半路上遇到谁,什么都别说,小心别失手摔了。"

鲁茜亚眼圈都红了,心里感到一丝美妙的柔情,她从裁缝刚才的话里得到了宽慰,即使一篇专为她所作的祈祷也不过如此。她的心绪被那些描述、庄严的景象、虔诚和赞美的感情所吸引,被说话人本身的热情所左右,竟抛开了自己的痛苦的念头,即使再想起,她觉得更有力量去克服。甚至她做出巨大牺牲的念头,虽然并没有失去它的苦涩,但想起时有一种说不清楚的朴素而庄严的愉悦。

不久后,镇上的神甫来了,说是红衣主教派他来了解鲁茜亚的情况,兼代主教向裁缝和他的妻子致谢。裁缝夫妇和鲁茜亚没想到这么一个人物竟如此平易近人,激动得不知所措,不知说什么才好。

"你母亲呢,还没有到吗?"神甫问鲁茜亚。

"我母亲!"鲁茜亚嚷道。神甫然后告诉她,主教已经派人去接她母亲了,她用围裙蒙住眼睛,痛哭起来,神甫走后很久才停住。当那消息引起的混乱情感终于让位于比较恬静的思想时,可怜的姑娘想到几小时前难以预料而如今近在咫尺的、重新见到她母亲的宽慰,正是她在那些可怖的时刻几乎作为誓愿条件明确祈求的东西。"让我平安回到母亲身边!"她当时是这么说的,这几个字现在清晰地在她记忆里重现。她重申遵守诺言的意图,一想起刚才不由自主冒出的"我真不幸!"的念头更感到痛苦不安。

话分两头,这里提起阿格纳丝时,她确实离这里不远。那可怜的女人接到意料不到的邀请、听到那个必然很不完整并且非常混乱的噩耗时,惊慌的程度可想而知;虽然可以说危险已经过去,但情况确实吓人,送信人自己不清楚,当然讲不明白,阿格纳丝又没有任何线索,无从猜测。她双手捧着头,连连喊道:"啊,天主! 啊,圣母马利亚!"她问了送信人几个问题都不得要领,便匆匆上了大车,一路上不时呼喊天主圣母,问一些问题,都没有结果。过了一会儿,她发现堂阿邦狄奥挂着拐杖一步步慢慢走来。双方都惊呼一声,堂阿邦狄奥站住,阿格纳丝吩咐停车后爬了下来,两人退到路边一个欧栗树林里说话。堂阿邦狄奥把他所知道的、与他有关的情况都告诉了阿格纳丝。究竟怎么一回事还不很清楚,但阿格纳丝可以肯定的是鲁茜亚绝对安全无恙,终于松了一口气。

接着，堂阿邦狄奥想谈另一件事，唠唠叨叨地嘱咐阿格纳丝见了主教该怎么应对，因为主教很可能想同她和她女儿谈话，特别不宜提婚礼的事……阿格纳丝明白那位仁兄只考虑到自己的利益，他怎么说，她怎么听，没有许诺，一句话都不说，她自有打算。谈完后，她继续上路。

大车终于到了，停在裁缝家门口。鲁茜亚慌忙起立，阿格纳丝下了车，直奔屋里，母女二人拥抱在一起。那时只有裁缝的妻子在家，她为母女二人高兴，安慰她们，然后知趣地让她们单独在一起，说是要替她们准备一张床铺，并且说一点都不费事，她和她丈夫宁肯打地铺也不会让她们去别的地方投宿。

拥抱、啜泣，宣泄了感情之后，阿格纳丝想知道鲁茜亚的磨难，鲁茜亚急切地告诉了她。但是读者了解，谁都不清楚整个事件的全部细节，有些地方连鲁茜亚本人也无法解释。特别是当鲁茜亚由于偶然事件出去时，在路上遇到那辆可怕的马车的要命的巧合；母女二人做了种种猜测，但同真相相差很远，连边都没有摸着。

至于谁是主谋，母女二人都认为非堂罗德里戈莫属。

"啊，邪恶的灵魂！啊，地狱里没有烧透的焦炭！"阿格纳丝嚷了起来，"他遭报应的时辰总会到的。天主会给他应得的惩罚，他会吃到苦头……"

"不，母亲，不！"鲁茜亚打断她的话说，"别咒他受苦，别咒任何人受苦！你不知道受苦的滋味！你可没有经历过！不，不！让我们替他向天主和圣母祷告吧，但愿天主打动他的心，正如打动那另一位可怜的先生那样，那位先生原先比他更坏，现在简直成了圣徒。"

鲁茜亚追述新近的残酷遭遇时感到十分厌恶，不止一次停下来，说是没有勇气接着讲了，她哭了一阵之后才勉强说下去。但讲到发誓的时候，另一种情绪使她欲言又止：她怕母亲说她鲁莽草率，又怕母亲像在证婚问题上那样自作主张，想出变通办法蛮干一气，或者把这件事告诉知心朋友，即使是请人出些主意，也会马上张扬开来，让鲁茜亚想起都要脸红，同时她觉得即使和自己母亲谈这件事也有点害臊，有点说不出的不便，种种因素凑在一起，促使她隐瞒了那个重要情况，打算先向克里斯多福神甫交代。但是，当她问起克里斯多福神甫时，听说神甫已经不在本地,给派往一个很远很远的镇子,那地方叫什么名字都记不清了,她顿时目瞪口呆。

"伦佐呢?"阿格纳丝说。

"他平安无事吧,是吗?"鲁茜亚急切地说。

"这一点是可以肯定的,因为大家都这么说,他肯定已经逃到贝加莫地区,具体地址谁都说不上来,他本人到现在为止没有捎过信来。也许没有找到便人。"

"啊,只要他平安,我就得感谢天主!"鲁茜亚说着想改变话题,这时她们的谈话被一件意想不到的事打断:红衣主教驾临。

主教从教堂回来时,听无名氏说鲁茜亚已经平安到达,便和无名氏一起进餐,在许多教士中间,让他坐在自己右侧,教士们不断悄悄朝那张温顺而不软弱、谦恭而没有丝毫卑贱感的脸瞥一眼,把它同他们长期以来在心目中形成的模样加以比较。

午餐后,两人又是一起退席。经过比第一次时间更长的交谈,无名氏骑着早晨那匹骡子回他的城堡去了,红衣主教把教区神甫找来,请他带路去鲁茜亚落脚的那户人家。

"哦!主教大人,"神甫回答说,"您不必劳驾了,我马上派人去通知那姑娘让她来这里,如果她母亲已经到了,就一起来,如果主教大人想见房主夫妇,让他们统统都来。"

"我想去看他们。"费德里科回说。

"大人不必劳驾,我这就派人去找他们,用不了多少时间。"爱管闲事的神甫(除此之外,他是个好人)坚持说,他不理解主教亲自出访是想向不幸的、清白的、好客的人,同时也向他自己的职能表示敬意。主教重申了愿望,神甫自然听从,便出发了。

这两位人物一出现,街上的人都向他们拥去,不多一会儿,四面八方的人也闻讯赶来,能挤上前的人在他们身边行走,挤不上去的便跟在他们背后。神甫不停地说:"借光,往后退退,让一让,喂! 喂!"费德里科对他说:"不用管他们。"主教继续走着,时而抬起手为大家祝福,时而放下手抚摩在人们脚边挤来挤去的小孩。裁缝也挤在人群中间,像别人一样出神地走着，不知道他们要去哪里。当他出乎意料地发现他们的目的地时，兴奋地挤上前，叫嚷着说："快让该进去的人进去！"便进了屋。

阿格纳丝和鲁茜亚听到街上人声嘈杂，正纳闷时只见门户大开，红衣主教和神甫出现在眼前。

"是她吗？"主教问神甫，神甫点点头，主教便向鲁茜亚走去，母女二人又惊奇又羞涩，一动不动地待在那里，话也说不出来。但是费德里科的声调、容貌、举止，尤其是话语马上使她们恢复了常态。"可怜的姑娘，"主教开始说，"天主让你经受了巨大的磨难，然后又让你明白他的目光并没有离开你，也没有把你忘记。他使你安然无恙，他通过你办了一件大事，对一个人大发慈悲，同时让许多人得到宽慰。"

这时，女主人进了房间，她听到街上的嘈杂声便去窗口张望，看到谁进了屋，匆匆整了整衣服，拢了拢头发，下了楼；裁缝几乎同时从大门进了房间。夫妇二人看到主教在说话，便毕恭毕敬地站到一个角落里。主教彬彬有礼地招呼了他们，继续和鲁茜亚母女谈话，问寒问暖，想从她们的回话中看看有什么地方可以帮助受了这么多苦的人。

"所有的教士都应该像您主教大人，多站在穷苦人一边，不要只顾自己，给穷苦人雪上加霜。"阿格纳丝说，费德里科和蔼可亲的态度为她壮了胆，想起堂阿邦狄奥心里就有气，那位神甫总是牺牲别人，当别人遇到千载难逢的机会见到他的上级时，他又企图阻止别人诉诉苦，出口冤气。

"你想说什么尽管说，不必为难，"红衣主教说，"放心大胆地说吧。"

"我想说的是假如我们的神甫先生尽到自己的责任，这些事根本不会发生。"

主教让她讲得明确一些，她开始为难了，如果原原本本把这件事讲出来，肯定要提到她自己在其中起的作用，这正是她不愿意告诉别人，尤其不愿意告诉主教这样的人物的。但她想出一个变通办法，作了一点删节，她讲了预定进行的婚礼，堂阿邦狄奥拒绝证婚，没有遗漏神甫搬出上级作为借口的细节（唉，阿格纳丝！），接着便跳到堂罗德里戈的袭击，而他们怎么得到通风报信，幸而逃脱。她最后说："想不到才出龙潭，又落虎穴。假如神甫先生开诚布公把真情告诉了我们，假如他马上为我可怜的孩子们主持婚礼，我们就可以悄悄地一起逃跑，到一个老远的、连风都找不到的地方去。结果给耽误了，出了后来的一连串事。"

"神甫必须在这件事上对我做出交代。"红衣主教说。

"不，大人，不，大人，"阿格纳丝急忙说，"我不是那个意思，您别责备他，过去的事情已经过去了，责备他也于事无补；那个人生性如此，下次再有类似情况，他仍旧会这样的。"

鲁茜亚对母亲叙事的方式不很满意，补充说："我们也有做得不对的地方，看来事情不能顺利解决是天主的旨意。"

"你有什么地方做得不对呢，可怜的姑娘？"费德里科问道。

尽管母亲偷偷地向她使眼色，鲁茜亚还是讲了他们在堂阿邦狄奥家企图造成既成事实的经过，最后说："我们做得不对，天主已经惩罚了我们。"

"从他手里领取你已经遭受的苦难,打起精神吧,"费德里科说,"除了受过苦、考虑到自责的人以外,谁还有可以高兴和希望的理由呢?"

主教接着问那位未婚夫目前在什么地方,从阿格纳丝嘴里(鲁茜亚低头不语)听说他已逃亡他乡,觉得十分诧异和不快,想知道原因。

阿格纳丝把她知道的有关伦佐的情况都说了出来。

"我也听说过有关那年轻人的事,"主教说,"不过,和这样一个姑娘订婚的人怎么会干出那些无法无天的事呢?"

"他一向是个性情平和的青年人,甚至平和得过了分,"阿格纳丝补充说,"可以问任何人,包括神甫先生。谁知道那里搞了什么圈套,搞了什么阴谋?穷苦人动不动就可以被说成是无赖。"

"不幸得很,确实是这样,"红衣主教说,"我去了解一下,你们放心好了。"他说着把青年人的姓名记在一个小本子里。接着又说他打算几天后去她们的镇子,那时候鲁茜亚就可以安心回去,与此同时,他负责给鲁茜亚找个安全的住处,直到一切满意解决。

主教转向男女主人,他们立刻走上前。主教重申了已由教区神甫转达的感谢,问他们是不是愿意接纳天主给他们派来的客人,让她们住上几天。

"哦,当然,大人。"女主人羞愧地回答,她的声调和表情想说的话远比这个简短的答复要多。男主人在这样一位高贵的人物面前受宠若惊,希望在如此隆重的场合卖弄一下学问,使劲想找一句漂亮的答话。他皱起眉头,睁大眼睛,抿紧嘴唇,用全力拉开智慧之弓,搜索枯肠,只觉得残缺的概念和片言只字在心里碰撞,时间越来越紧迫,红衣主教似乎已经从他的沉默中得到了答复,那可怜的人张嘴说:"瞧您问的!"别的话竟再也说不出来。他非但当时觉得丢人现眼,以后每逢想起这件美中不足的事总觉得他得到的莫大荣誉打了一点折扣。他回忆当时的情景时,许多话像嘲弄他似的涌上心头,每一句都比"瞧您问的!"这句干巴巴的话好得多。不过古话说得好:马后炮谁都会放。

红衣主教临行时说:"愿天主的祝福笼罩这户人家。"

当天晚上,主教问教区神甫怎么给裁缝适当补偿,因为那人看来并不富裕,在目前不景气的时候让他招待几个客人负担未免太重。神甫回答说裁缝干活的收入和他几小块土地上的出息今年都不够他款待别人的,不过他前些年有些积蓄,在附近一带算是生活宽裕的,增加一些额外开支还不至于伤筋动骨,他肯定乐意,此外,他绝对不会接受任何补偿的。

"他也许借了钱给别人而别人无力偿还。"主教说。

"是啊,主教大人,这些穷苦人总是用收成的富余部分来还债,去年根本没有富余,今年连必需的消费普遍都不能满足。"

"好,"费德里科说,"由我代为偿还这些债务,请你向他把借据要来,逐一清还。"

"总额会相当大的。"

"那更好,要知道不幸的是还有一些更贫困的人,他们无债可举,因为找不到相信他们能还钱的人。"

"唉,太不幸了!只有尽力而为,在这种年景怎么能面面俱到呢?"

"让裁缝以我的名义向他们分发衣服,你十足偿还他钱。说真的,我觉得今年凡是不花在面包上的都是非分之财,今年情况太特殊了。"

今天的事基本都结束,不过我们还得简单地谈谈无名氏的情况。

这一回,他改邪归正的消息赶在他本人前面回到山谷,随着他的归来顿时传开,到处都是惊愕、忧虑、不安、议论。他见到痞子或者仆役(反正是一样的)就示意让他们跟在后面,队伍越来越大。大家带着新的疑惑和惯有的顺从跟在他后面,浩浩荡荡到了城堡。他示意门外守卫的人和别人一样跟他进去,他进了院子,还骑着骡,在中央停住,长啸了一声,那是他惯用的信号,他手下的人听到后都会闻声而来。分散在城堡各处的人顷刻之间都赶来了,和先到的人会合在一起,都望着主人。

"都去大厅等我。"他对大家说,仍骑在骡背上看大家离去。他下了骡,亲自把牲口牵到棚里,来到大厅。他一出现,大厅里的窃窃私语顿时静下来,三十来个人挤在一边,给他留出一大块空地。

无名氏仿佛要维持突然的肃静似的举起手,扬起本来就高出众人的头,开始说:

"大家听好，没有问到你们时谁也别说话。孩儿们！我们到目前为止所走的道路是通向地狱底层的道路。我并不想责怪你们，我是大家的带头人，是罪魁祸首；但是听好我要对你们讲的话。仁慈的天主呼唤我，要我改恶从善，我要改，并且已经改了，但愿天主对你们大家也一样。你们要知道，并且确信我已经下定决心，宁死也不再干违反他的神圣法则的任何事了。你们每个人从我这里得到的卑鄙命令统统取消，你们该明白我的意思，此外，我现在命令你们别干我以前吩咐你们干的任何事。你们还应该明白，从现在开始，谁都休想在我的保护下干坏事。按照这些条件愿意留下来的人，我会当作儿子一样对待；我家里即使只剩最后一个面包，我也要让你们中间最后一个人吃饱，即使我自己没有吃的，我也会感到高兴。不愿意留下来的人，结清工资，付一笔遣散费，可以另就高枝，不过在改恶从善之前再也别踏进这块土地，否则是不会受到欢迎的。今晚大家考虑一下，明天早上我分别见你们，听你们的答复，再给你们新的命令。现在你们各自回去。天主对我十分仁慈，但愿他帮你们好好考虑。"

他讲完了话，大家默不作声。他们虽然各有各的想法，心潮翻腾，但表面上没有丝毫反应。他们听惯了主人的声音，把它当作是一种不容反驳的意志的体现，那个声音在申明已经改变意志时丝毫没有减弱它的权威。他们谁都没有僭越的想法，认为既然他已经改恶从善，就可以同他平起平坐，没大没小。他们把他看成一个圣徒，然而是那种画成高昂着头、手里握着剑的圣徒。除了惧怕之外，他们（主要是那些在他的领地上出生成长的人，而这些人占了大部分）对他怀有一种义犬似的依恋之情；还有一种出自景仰的亲切，他们在他面前会产生羞怯的感觉，正如最粗野、最狂暴的动物在占有绝对优势的对手面前会产生的感觉一样。在另一方面，他们从他嘴里听到的话对耳朵虽然不受用，对他们的思想却有些道理，并不陌生；如果说他们以前曾千百次嘲笑过那些话，并不是因为他们不信，而是因为他们要用嘲笑排除心中的恐惧，从而没有认真考虑过。如今他们看到恐惧在他们主人这样的人的心灵上都产生了作用，大家或多或少都受到了感染，至少在一段时间内如此。尤其是当天早上到

362

山谷外面去过的人先得到无名氏改恶从善的重大消息,同时看到人们欢欣鼓舞,对无名氏的敬爱代替了以前的憎恨和恐惧,回来后把这情况告诉了别人。这些人虽然是构成他力量的重要因素,以前对他总是仰之弥高,现在看到他成了人们惊异和崇拜的对象,仍旧高高在上,情况和以前有很大不同,但仍是一般人的领袖。

于是他们感到惶恐,互相猜疑,大家都对自己没有把握。有的十分恼火,另一些人琢磨去哪里落脚谋生;有的考虑自己能不能成为正派人,有的被他的话打动,发现自己也有改恶从善的要求;有的什么都不说,打算暂时什么都答应下来,吃他好意提供的、而目前在外面不容易挣得的面包,混下去再说,反正谁都不吭声。无名氏讲完话后再次威风凛凛地举起手,示意大家退场,大家像一群羊似的悄悄地在他眼前散去。他在大家后面也离开了院子,在院中央站了片刻,瞅着羊群在夕阳下散开,回各自的岗位,然后他上楼去取了一支火把,巡视了各个院子、走廊和大厅,检查了各个进口,发现一切正常,终于回屋睡觉,因为他觉得困了。

错综复杂而十分紧急的事情总是追着他,可是从没有像现在这么沉重地压在他头上,亟待他去处理,然而他觉得困了。悔恨的心情使他昨夜彻夜难眠,非但没有平息,反而发出更洪亮、更严厉、更专横的呼喊,然而他觉得困了。他多年来惨淡经营、以罕见的大胆和坚忍建立起来的秩序和统治模式,现在被他自己用寥寥几句话搞得摇摇欲坠;他手下人对他的无限依赖,愿意为他两肋插刀而他长期以来已深信不疑的绝对忠诚,现在被他自己彻底破坏;他把自己的财产搞成一团乱麻,使他的城堡陷入混乱和犹疑,然而他觉得困了。

于是他回到自己的房间,走近昨夜使他辗转反侧的床铺,跪在床前,打算祷告。他果真在心底一个隐秘的角落里找到了小时学过的祷告词,开始祈祷;那些长期搁置的字句像线团抽线一样逐渐吐出来。他感到一种难以言宣的交织的情绪:回到天真无邪的习惯的某种甜蜜、想起那时和现在之间形成一条深渊时的剧烈痛苦、通过赎罪达到新的良知和尽可能接近天真无邪状态(那状态是不可能恢复的了)的强烈愿望、对于那能把他并且已经表示要把他引向那种状态的仁慈天意的感恩和信心。

那一天就此结束,在我们的佚名作者记载下来时,那一天的事迹是闻名遐迩的,倘若没有他,今天对此一无所知,至少不可能了解得如此详细,因为前面提到过的里帕蒙蒂和里伏拉只说那个赫赫有名的恶霸同费德里科面谈之后,出乎意料地改邪归正,至死不渝①。有多少人看过那两位写的书呢?肯定比看到本书的人少得多。在那山谷里,即使有人有拾遗钩沉的兴趣和才能,谁知道关于那件事能遗留下多少残缺苍白的回忆?自从那时以来,毕竟发生了许许多多事情!

---

① 关于无名氏和费德里科红衣主教的会晤,里帕蒙蒂有这样一段记叙:"我们对那次会谈一无所知,因为我们中间谁都不敢问红衣主教,主教也没有对任何人提起。可以肯定的是,那次会谈之后,那人的思想和习惯上的变化是如此突然和巨大,谁都不怀疑应该把这一奇迹归因于那次会晤的效应,无名氏手下的人认为是主教一手造成的,因而恨主教断了他们的生计……后来我亲眼见到过那人,年岁虽大,仍很健壮结实,往日的凶相已荡然无存,只剩下生性凶残的些许迹象,但为新近的温顺所淡化和掩盖,仿佛被一种强大的力量驯服战胜。"

第二十五章

第二天,鲁茜亚的家乡小镇和整个莱科地区人们谈论的都是她、无名氏、大主教和另一个人,那家伙平时虽然很喜欢成为人们的话题,这一次却唯恐避之不及,我们指的是堂罗德里戈。

在那之前,他的事情不是没有人议论,而是只能悄悄地、吞吞吐吐地议论,并且只限于知交好友之间。议论时也不是真情毕露,因为一般说来,当人们想发泄怒气而怕招来严重危险时,非但显得不那么愤怒或者根本不动肝火,而且愤怒的程度确实小一些。如今出了这么一件轰动的新闻,有谁肯放弃打听和议论的机会?这件事之所以引起轰动,是因为似乎有上天的干预,加之有两位重要人物起了重要作用,一位酷爱主持公道而掌握着莫大的权力,另一位可以说是专横跋扈的化身却变得低声下气,有不可一世的气焰却缴械投降,要求休战。同他们两人相比之下,堂罗德里戈逊色多了。于是人们都知道他为了霸占一个清白的姑娘是如何卑

鄙无耻地折磨她、迫害她,使用了何等骇人听闻的暴力和丧心病狂的阴谋。人们借此机会把那位老爷以前干的种种坏事都兜了出来,怎么想就怎么说,发现大家的看法相同,越谈越来劲。大家议论纷纷,义愤填膺;尽管还有些忌惮,因为到处都有他的痞子爪牙。

他的朋友和门客也成了众矢之的。人们尽情地指责地方官先生,因为他对那个恶霸的胡作非为总是视而不见,装聋作哑;不过对他也有些忌惮,因为他手下虽然没有痞子,却有捕快。至于那个既无痞子又无捕快供他支使,只会耍嘴皮和耍阴谋的律师阿策卡·加布利,以及条件同他相仿佛的别的门客,人们对他们的顾虑就少得多,而是对他们白眼相加,指着他们的脊梁,以致他们有一段时期认为最好少在街上露脸。

堂罗德里戈原以为随时随刻都会有事情已经办妥的回音,却得到那个出乎意料的消息,惊讶得目瞪口呆,他只和痞子们一起在城堡里躲了两天干生气,第三天前去米兰。促使他离去的原因不仅是人们的说三道四,因为事情既然到了这个地步,他很可能故意留下来面对那些人,甚至找机会拿一个最不知好歹的开刀,杀一儆百;问题是他得到可靠消息,知道红衣主教也将去他那个镇子。伯爵叔父对这件事的了解只限于阿蒂里奥的一面之词,自然指望堂罗德里戈借此机会风光一下,当众得到红衣主教的殊恩礼遇,但是谁都可以看到他的估计多么不正确。他肯定有这种想法,事后肯定也要侄子详细汇报经过,因为这是显示他家族得到第一流权势人物器重的大好机会。为了避免这个令人不快的尴尬处境,第三天堂罗德里戈天没亮就起身,乘上马车,由格里索和另外几个痞子前后左右护卫着离开了城堡,吩咐其余的仆役随后去米兰会合,如果允许我们把我们书中的角色和某些著名的人物比较,他这次狼狈出走像是古罗马的卡提利那①,临行时怒气冲天,发誓要在另一种情况下很快回来报仇。

---

① 卡提利那(公元前108?—前62),古罗马贵族,阴谋反对元老院,攫取权力。当时的执政官西塞罗识破其阴谋,发表了四篇《对卡提利那的控告辞》,成为后世雄辩的范例。卡提利那逃出罗马,率军暴乱,于公元前六十二年在皮斯托亚一役战败。

在这期间，红衣主教每天巡视莱科地区的一个教区。预定抵达鲁茜亚所在教区的那天，一部分居民早早到路上去迎接。小镇的入口处，也就是母女二人的小屋旁边，临时搭了一个牌楼，用粗木做柱子，细一些的木棍做横档，外面裹着干草和苔藓，再插上圣诞树的绿枝和鲜红色的浆果作为装饰；教堂的正面墙挂满了壁毯，住家的窗台挂下床罩、床单和小孩的围裙作为幔帐，一切因陋就简，但尽力烘托出喜庆气氛。下午四点左右，红衣主教快来到时，留在家里的人，主要是妇女老幼，在堂阿邦狄奥的带领下列成不整齐的队形也到路上去迎接。在这皆大欢喜的时刻，堂阿邦狄奥却愁眉苦脸；也许如他一再说的那样，外面的喧闹和人们的欢腾使他头晕眼花；也许因为他担心母女二人说漏了嘴，主教要他交代证婚的问题，以致心里隐隐不安。

这时候看到了红衣主教，说得更确切一些，看到了人群簇拥的主教

的马轿和侍从,因为能看到的只是人群头上空中有些迹象和骑着骡子的神甫所捧的十字架的上端。跟在堂阿邦狄奥后面的人群顿时乱了套,争先恐后地朝那群人跑去,堂阿邦狄奥连说了三四次:"慢点,排好队,你们这是干什么呀?"他不高兴地转过身,连连说:"混乱,混乱。"自顾自走进还是空无一人的教堂,在那里等候。

红衣主教款步前行,频频挥手向人群祝福,人群纷纷拥上来吻主教的手,侍从们费了牛劲维持秩序,把人群挡在一定距离之外。那些人作为鲁茜亚的同乡,想对大主教做出特殊的表示,但事情不那么容易,因为大主教所到之处人们习惯于表示出最大的激情。在他就任大主教之初,当他第一次庄严地步入大教堂时,朝他拥来的人群数量之多、势头之猛,使侍从们担心他有生命危险,甚至拔出佩剑来吓退人群。当时的风气是如此剽悍狂暴,即使在教堂里向一位主教表示亲热,而对过激的行为加以节制时,几乎都会闹出人命。连那种防卫措施都不足以保证大主教的安全,幸好在场的典礼官和副典礼官,一个姓克莱勒契,另一个姓比科齐,两个体格健壮、头脑机灵的年轻教士,扶住他的胳膊飞快地把他从大门口护送到祭坛上。此后,他作例行的主教巡视时,进入教堂的第一关可以绝无玩笑意味地说非但要消耗极大的体力,有时还会冒生命危险。

这一次,他也千辛万苦地进入教堂,上了祭坛,祷告片刻后,按照他的习惯向人们发表了简短的讲话,表达了他对他们的爱,希望他们的灵魂得到拯救,在次日的宗教仪式上他们应该做些什么思想准备。接着,他到教区神甫家休息,谈话时问起伦佐的情况。堂阿邦狄奥说那年轻人性情有点急躁,有点固执,容易发火。在进一步的追问下,他不得不回答说伦佐是个正派人,他也不明白伦佐在米兰怎么会干出人们传说的那些坏事。

"至于那个姑娘,"红衣主教接着问道,"你认为她可以回自己家去住而没有危险吗?"

"目前尽可以放心回去,"堂阿邦狄奥回答道,"我说的是目前,您阁下必须老是守在这里,或者至少在附近。"他叹了一口气补充说。

"天主总是在附近的,"主教说,"此外,我负责把她安置在一个安全的地方。"他随即吩咐第二天一早准备马轿和护送的人去把那个妇女接来。

红衣主教同堂阿邦狄奥谈到两个年轻人,却没有要他交代拒绝替他们证婚的问题,他十分高兴,暗忖道:"看来他一无所知,阿格纳丝没有声张开来,真是奇迹!当然啦,他们还会再见面的,不过可以再向她打个招呼。"他并不知道费德里科之所以不提那问题,正因为想和他好好谈一谈,在申斥他之前,还想听听他有什么说法。

善良的大主教想把鲁茜亚安置在一个安全的地点,其实已经没有必要为此操心了,他离开后发生了一些事情,应该让读者知道。

母女二人在热情好客的裁缝家暂住的几天里已经尽可能恢复了各自以前的生活习惯。鲁茜亚来后不久就找些活干,像在修道院里一样,她待在一个小房间里不停地做女红,极少抛头露面。阿格纳丝有时外出,有时同女儿一起在屋里干活。她们越是谈得亲切,越是感到伤心,两人都意识到即将分开,因为绵羊不能回到狼窝附近去,这次分手后不知何时才能重逢,在什么情况下重逢。前途茫茫,难以逆料,对其中一人更是如此。不管怎样,阿格纳丝仍旧做出乐观的猜测:伦佐假如没有遭到什么不幸,应该很快就有消息,假如他找到工作,站住了脚,假如他信守诺言(这一点有什么可怀疑的呢?),她们为什么不能去他那里?她一再向女儿谈起这些希望,女儿却听也不是,回答也不是,十分痛苦。鲁茜亚继续保守她的重大秘密,虽然她觉得在这么好的母亲面前找个借口推托实在有愧,但是她被我们以前已经说过的羞涩和种种忧虑所阻,几乎无法摆脱,结果什么都不说,只想尽量拖延。她的打算和母亲的截然不同,说得更确切些,她根本没有打算,只是听天由命。于是她总是设法回避或者岔开那个话题,或者不着边际地说,除了很快和母亲团聚之外,她没有什么希望,在世上也没有别的要求,说到这里往往哭起来,打断了下面的话。

"你知道你为什么会这样吗?"阿格纳丝说,"因为你受的苦太多了,以致你不相信一切会有解决的办法。可是让天主行事吧,只要看到一线希望,你就不会对我说你什么都不在乎了。"鲁茜亚吻了母亲,又哭起来。

与此同时,她们和主人之间很快产生了亲密的友情,受益人和恩主双方都是好人时,必然会有这种情况。阿格纳丝和女主人谈得特别投机。裁缝则讲一些故事和道德修养的话,尤其在吃午饭的时候,总有美妙的东西可说,从博伏·丹东那说到荒野里的隐士①。

　　一对颇有身份的夫妇,堂费朗特和堂娜帕拉塞德,在离小镇不远的他们的乡村别墅小住,他们家族的姓氏在佚名作者的手稿里经常出现。堂娜帕拉塞德是位乐善好施的老夫人;行善无疑是人们所能做的最崇高的事,但不幸的是它也能像别的事情一样带来损害。在行善之前,首先要对所行的善事有所了解,而我们对它的了解正如对任何别的事物一样只能通过我们的感情、判断和观点取得,这些观点却往往不尽人意。据说堂娜帕拉塞德对观点的态度和朋友一样,认为不应很多,但应执着。不幸的是,她的为数不多的观点中不少是错误的,而她却敝帚自珍,执着的程度不减。结果她往往把坏事当作好事,或者把事情搞得一团糟,造成相反的效果,或者把根本不正当的事当成合理合法,因为她模模糊糊地假设谁做了应尽责任之外的事谁就享有本分之外的权利;她看不到事情的内涵或者看到了事情所没有的内涵;凡此种种不一而足,许多人都可能有而且确实有这类情况,连最优秀的人也不例外,但是堂娜帕拉塞德在这方面的毛病太多、太频繁,并且常常集中在一件事上。

　　她听说鲁茜亚的遭遇和有关情况后,忽然心血来潮,要见见这姑娘,便派一名老仆人乘了马车去接母女二人。鲁茜亚得到裁缝捎来的口信,耸耸肩膀,请裁缝替她找个借口婉言回绝。如果换了一般百姓想见见这个造成奇迹的姑娘,裁缝很乐意帮她的忙,可是回绝老夫人几乎像是犯上。他大惊小怪,提出许多理由,说万万使不得,那是一家豪门望族,不能不给老爷夫人一个面子,这也许是鲁茜亚的机遇,堂娜帕拉塞德夫人简直是位女圣徒,总之说了许许多多理由,鲁茜亚不得不勉强同意,何况阿格纳丝在旁边一再怂恿,证实了裁缝的话。

－－－－－－－－－－

①　博伏·丹东那和荒野里的隐士分别是《法兰西皇室本纪》和《圣徒列传》里的人物。

母女二人到后,老夫人向她们表示热烈欢迎,连连祝贺她们,问寒问暖,给她们种种劝告,谈吐中带有某种几乎是天生的优越感,但平易近人的态度、殷切的关心和高尚的胸怀很快就使人有宾至如归之感;阿格纳丝和鲁茜亚乍一见到她雍容华贵的气势,开始感到压抑的尊敬,随即先后松了一口气,甚至觉得她可亲。堂娜帕拉塞德开门见山地说,她得知红衣主教有安置鲁茜亚的打算,她很希望成全主教的好意,不用主教多费神,她可以把那姑娘留在她家,不派什么工作,她娘可以随自己高兴帮家里别的妇女干些活。老夫人还说,这一安排由她负责向红衣主教禀报。

这一举措除了立竿见影的好处之外,堂娜帕拉塞德还看到另一点好处,她认为更其重要,打算立刻就做,那就是端正一个极需帮助的人的思想,引她走上正道。她第一次听到有关鲁茜亚的情况时,当即认为一个能同无赖、暴乱分子、上绞架的坏子订婚的姑娘准有一些隐藏的缺点和毛病。人以群分,物以类聚嘛。她见到鲁茜亚后更坚定了她的想法。并不是说鲁茜亚本质上不像是好姑娘,而是总有点不对劲。她低着头,下巴几乎埋在脖子窝里,问她话时不作声,即使回答也简简单单,十分勉强,可以理解为羞涩,但无疑也表明十分固执,不用费劲就可以猜到那个小脑袋里有她自己的想法。她那动不动就脸红、要叹气又忍住的模样……还有那对大眼睛,堂娜帕拉塞德一点都不喜欢。她仿佛有可靠消息来源似的确认鲁茜亚的种种不幸都是由于她和那个无赖友好而招来的天谴,是要她和那无赖彻底断绝的警告,确认之后,她决定在这方面出一把力。正如她常对别人和自己所说的那样,她最大的愿望是支持上天的旨意,但她常常犯了一个严重的错误,那就是她把自己的意图和天意混为一谈。不过她严守秘密,丝毫没有表露我们刚才提到的她的第二个意图。她的处世准则之一是,要做到与人为善,在极大多数情况下,首先不能让别人知道你行善的意图。

母女二人面面相觑。在不得不分手的痛苦时刻,两人都觉得这个建议是可以接受的,至少因为老夫妇的别墅离她们的小镇很近,情况再糟糕,在下一个休假的季节她们还可以会面。她们从对方的眼神里看到了

同意的表示,两人转向堂娜帕拉塞德,向她道谢,等于接受了她的建议。她恩礼有加,重申了许诺,说是马上给她们捎封信,请她们转呈红衣主教大人。

母女二人走后,老夫人让堂费朗特起草给主教的信件;堂费朗特很有学问,我们以后还要详述,遇到重要场合替老夫人充当文书。这次当然是重要场合,他使出全部本领,他把底稿交给老夫人让她誊清,再三嘱咐她注意书写规则;正字法是他颇有研究的许多科目之一,也是他在家里有发言权的少数事情之一。堂娜帕拉塞德认认真真誊写好,派人把信送到裁缝家。那是红衣主教派马轿把母女二人接回镇上的两三天之前的事。

她们到了镇上,在教区神甫家门口下轿。在那里驻跸的红衣主教早已发话,她们一到就接见,不必再通报了,那个负责捧十字架的神甫见了她们就把她们往屋里带,只是匆匆叮嘱她们在红衣主教面前应该有什么礼数,怎么称呼主教大人,他总是不让主教知道尽可能向主教接见的人嘱咐一番。那个可怜的人认为主教周围的情况太混乱了,没有规矩不成方圆,叫他看了难受,他常对教会里其他成员说:"这只能怪那个有福的人过于仁慈,太平易近人。"还说他亲耳听到有人回主教话时居然说:"是,老爷,不,老爷。"

这时候,红衣主教正和堂阿邦狄奥谈论教区的事务,神甫也想嘱咐母女二人一些话,苦于没有机会。只在他从主教那里出来,母女二人进去,双方擦肩而过时,他朝她们使了一个眼色,表示对她们很满意,希望她们继续安分,什么都别说。

经过一方的问候另一方的致敬之后,阿格纳丝从怀里掏出信件交给红衣主教,说道:"这是堂娜帕拉塞德夫人的信,主教大人,她说她和您阁下很熟,当然啦,上层人物之间都互相认识。您看了信就明白了。"

"很好!"费德里科看了信,从堂费朗特华丽的辞藻里挤出实质性的内容后说。他对那个家族相当了解,可以断定他们把鲁茜亚邀去是出于善意,鲁茜亚在那里可以不受迫害她的人的阴谋和暴力的骚扰。至于他对堂娜帕拉塞德的智力评价如何,我们一无所闻,不得而知。如果由他自己选择,堂娜帕拉塞德或许不是他心目中最适于把鲁茜亚托付给她的人,不过我们以前说过,他不喜欢推翻不属于他职权范围之内的事,把它们做得更好。

"你们这次分手,不知何时才能团聚,但要耐心等待,"红衣主教补充说,"要相信这种局面很快就会结束,看来天主自有安排,会把事情引向预定的结局,要相信他的安排肯定是对你们最有利的。"接着,他亲切地向鲁茜亚单独嘱咐几句话,向母女二人安慰了一番,祝福了她们后,就让她们走了。她们刚到外面,男男女女都围上来,镇上的人几乎全在等她们,仿佛迎接凯旋的战士似的,簇拥着她们回家。妇女们争先恐后地祝贺她们,问这问那,向她们表示同情;听说鲁茜亚第二天又要离开,她们又表示惋惜。男人们也争先恐后提出要帮她们干些事,都表示当晚要留下来值更守夜。在这方面,我们的佚名作者做了一个格言式的结论:你们希望众人相助吗?还是不需要为好。

大家的热情使鲁茜亚手足无措,使阿格纳丝也感到不安。不过实质上对鲁茜亚也有好处,因为她到了自己家门口,进了屋,见到每一件东

西，即使在一片嘈杂声中仍旧思绪万千，勾起种种回忆，乡亲们的殷勤多少使她的思想有所转移。

钟声宣告祈祷仪式即将开始，大家朝教堂走去，对母女二人来说又是一次凯旋的游行。

祈祷结束后，堂阿邦狄奥赶紧去看佩贝杜亚是否把午饭准备就绪，但红衣主教召唤他。他不敢怠慢，来到尊贵的客人面前，主教要他走近些，开口说："神甫先生，"说话的口气让人感到将有一次长时间的严肃的谈话，"神甫先生，你为什么不给可怜的鲁茜亚和她的未婚夫主持婚礼？"

"那两个女人捅了出去。"堂阿邦狄奥想道，只得含含糊糊地回答说："主教大人肯定听说了那件事引起的麻烦，搞得一团糟，直到今天还弄不明白，您阁下可以得出结论，那姑娘经过种种曲折之后，现在几乎是奇迹一样回到了这里；那年轻人经过种种曲折之后，现在不知到哪里去了。"

"我问的是，"红衣主教接着说，"在发生那些事之前，请你在预定的日子主持婚礼时，你是不是拒绝了，为什么拒绝？"

"说实话……主教大人阁下不了解……我受到什么样的威胁，得到何等可怕的命令，不准说出来……"他没有说完就住嘴了，那副模样似乎是恭恭敬敬地表示再问下去未免有失检点。

"你要知道，"红衣主教的声调和神情严肃得异乎寻常，"问话的是你的大主教，他有责任知道并且要求你解释，你为什么不履行你的正常职责。"

"主教阁下，"堂阿邦狄奥恨不得找个地缝钻下去，"我不是那个意思……但是我认为事情很复杂，既然过去了，已无法挽回，兜翻出来也没有用……可是，可是，我想说的是，我知道您阁下不愿意您的一个可怜的教区神甫遭罪。因为事情是明摆着的，主教阁下，您不可能无处不在，而我在这里要冒风险……您既然吩咐，我就说，全说出来。"

"说吧，我只希望你没有过错。"

堂阿邦狄奥开始叙说那件可悲的事，但隐瞒了主要的人名，用一个大老爷代替，在万般无奈的情况下尽可能做到审慎。

"难道没有别的原因?"堂阿邦狄奥说完时红衣主教问道。

"我也许没有说清楚，"神甫回答道，"他们不准我主持婚礼，否则要我性命。"

"你认为这个理由足以让你不履行不可推诿的职责吗?"

"我一向努力履行我的职责，即使个人蒙受极大的不便也不例外，但是牵涉到生死……"

"当你献身教会，"费德里科的声调更加严肃地说，"担任神圣的职务时，教会有没有向你保证你的生命安全? 有没有向你声明职务固有的责任绝无艰难险阻? 难道对你说过危险开始之时就是责任终止之日? 难道没有明确告诉你要迎着困难上? 难道没有向你交代清楚，你给派到世间就像是羊羔进入狼群? 难道你不知道世间有暴戾之人，而他们很可能不喜欢你身负的任务? 我们以基督为榜样，领受他的教义;我们仿效他，让人们称呼我们为牧人，并且以牧人自称;基督来到世间执行牧人的工作时，难道提过保全性命的条件? 为了在世上多保全几天性命而不惜损害仁爱和责任，难道无愧于神圣的涂油礼、按手礼和神职的祝福? 俗世也可以提供那类品质和理论。谁说不是? 多么可耻! 那类品质和理论，俗世也不欢迎，因为它有自己的区别善恶的标准，有它自己的福音书，也就是傲慢和仇恨的福音书,它不接受爱惜生命可以成为违反它戒律的理由。它不接受,它的主张得到了遵守。我们呢？我们是应许的儿女和宣告人！如果你的教士兄弟都使用你的语言,教会将成什么模样？如果以这种教义在世上出现,教会将堕落到什么地步？"①

堂阿邦狄奥耷拉着脑袋,这些论点像猎鹰抓小鸡似的攫住他的心灵,把他吊在一个陌生的境界,在他从未呼吸过的空气里。他发现总得回答些什么,于是强作顺从的模样说:

"尊敬的主教阁下,我大概错了。如果不应该考虑性命,我就不知道该说什么了。当你同某些人,某些有势力而不可理喻的人打交道时,即使想干好事,我也不知道会有什么结果。那人是个大老爷,根本赢不了他,也打不成平手。"

"难道你不知道为正义而受苦就是我们的胜利？如果你不知道这一点,你讲的是什么道？你是什么讲道士？你向穷苦人宣告的是什么福音？谁要你用暴力去战胜暴力？人们肯定不会要求你说明你会不会制服有权有势的人,因为你没有这种义务,也没有这方面的手段。但是人们要问你有没有运用你力所能及的手段去做你应做的事,即使有权有势的人肆无忌惮地不准你做。"

"这些圣徒也真古怪,"堂阿邦狄奥思量道,"总而言之,问题的实质是他对两个年轻人的情爱的关心超过了对一个可怜的教士的生命的关心。"从他这方面来说,他很希望谈话到此为止,但看到红衣主教每逢谈话间歇时总显得在等待答复、忏悔或者辩解,反正他在等待什么。

"我还得说,主教阁下,"他不得不开口说,"我大概错了……勇气是不能给予的。"

"那我倒想问你,你的职务要求你同尘世的感情交战,当初你为什么承担了这一职务？或者换一个说法,不管你通过什么方式得到这个职

---

① 红衣主教在这段质问神甫的话里运用了《圣经》里的语言,请比较《新约·路加福音》第十章第三节:"我差你们出去,如同羊羔进入狼群。"《约翰福音》第十章第十一节:"我是好牧人,好牧人为羊舍命。"《罗马书》第九章第八节:"这就是说,肉身的儿女,不是上帝的儿女。唯独那应许的儿女,才算是后裔。"

务,你是不是以为在履行责任时如果需要勇气,只要一开口请求,上天就会百试不爽地给你?难道你以为千千万万的殉道者生来都是勇敢的?那许多刚开始享受生活的年轻人,那许多经常惋惜来日无多的老年人,那许多少女、妻子和母亲,难道他们都不爱惜生命?他们都有勇气,因为必须有勇气,他们有信念。你既然认识到自己的弱点和责任,有没有考虑做好精神准备,以便面对可能遇到和实际遇到的困难?啊!如果在多年的牧人生涯中,你爱你的羊群(你怎么会不爱?),倾注了你的心意、你的关注和你的欢乐,如有需要的时候,勇气是不会背弃你的,爱是没有惧怕的①。好吧,如果你爱那些在精神上由你照看的人,那些你称之为儿女的人,当你看到他们中间有两个和你一起遭到威胁,啊,毫无疑问!肉体的软弱会使你为自己颤抖,而仁爱会使你为他们颤抖。你会为第一种惧怕感到羞愧,因为它是你卑微的结果,你应该祈求上天给你克服它的力量,以便排除它,因为它是一种诱惑;但是你为别人,为你的儿女感到的圣洁而高尚的惧怕,你应该加以关注,它会使你不得安宁,激励你,逼迫你去思索,千方百计地防止在他们头上盘旋的危险……惧怕和爱给了你什么启发?你为他们做了些什么?你想过什么?"

红衣主教停下来等待回答。

---

① 请比较《圣经·新约·约翰一书》第四章第十八节:"爱里没有惧怕,爱既完全,就把惧怕除去。"

第二十六章

堂阿邦狄奥原想对一些不太具体的问题做出回答,现在经红衣主教单刀直入地一问,只得不声不响干瞪眼。我们面前摊着稿纸,手里握着翎笔,除了词句之外没有搏斗的对象,除了读者的批评之外没有什么畏惧,说实话,我们也不太情愿继续写下去,因为我们觉得没费大劲就说出了如此美妙的有关坚定和仁爱、毫不利己、专门利人的告诫,总有点古怪。但是想到说这些话的人后来确实这么做了,我们便鼓起勇气继续写下去。

"你不回答吗?"红衣主教接着说,"唉,假如你这方面做了仁爱和责任要求你做的事,不管情况如何,你现在就不至于无言相对了。你不妨看看你自己干的事。你屈服于恶势力,忽略了责任规定你该做的事。你对恶势力的顺从简直是死心塌地,它向你露了相,要你按照它的愿望行事,但不让它想暗算的人知道,免得受害者提防自卫;它不希望声张,要严守秘密,以便充分策划它的阴谋和暴力计划;它命令你违反你的责任,保持沉默，你居然照办，一声不吭。我现在问你有没有干过别的事，你得告诉我你是不是为你拒绝履行职责找过借口，不吐露你的动机。"主教停顿了一下，再等待回答。

"那两个多嘴多舌的女人把这件事也捅了出来。"堂阿邦狄奥想道，但没有要说什么的表示，红衣主教便接着讲：

"假如你确实为了让那两个可怜的年轻人处于恶势力所希望的一无所知、不加提防的状态，对他们讲的不是真话……如果是这样，我认为是这样的，我只能和你一起感到羞愧，指望你和我一起痛哭了。人皆有一死，看你为了苟全性命干出了什么事（神圣的天主！你现在还拿它作为借口）。你居然欺骗了弱者，对你的儿女说了谎话……如果你认为这些话说得不对尽管可以反驳，如果认为言之有理就应该把它们当作有益的凌辱。"

"世道就是这样，"堂阿邦狄奥暗忖着，"对那个魔鬼，"他想到无名氏，"可以热烈拥抱；对我却揪住不放，我无非为了活命讲了半句谎话。不过他们是上级，总是他们有理。大家都和我过不去，圣徒也不例外，我命该如此。"他大声说："我错了，我知道自己错了，但是在那种紧急关头有什么办法？"

"还用问吗？难道我没有告诉过你？还用我来说？要有爱心，我的孩子，爱心和祈祷。然后你会看到恶势力虽然可以威胁、打击，但不能发号施令；你就可以根据天主的法则把人企图生分地加以结合，向那两个清白无辜的不幸的人提供他们有权要求于你的职能服务，后果将由天主承担，因为你遵循了天主的道路，而你走另一条道路时，后果就由你自己承担，后果何等严重！难道你没有一点尽人力可以挽救的办法？假如你打量一下周围，动动脑筋寻找，难道没有任何出路？要知道，假如那两个可怜的年轻人举行了婚礼，他们自己会想办法谋求安全，从恶霸眼皮底下躲开，考虑出逃亡的去处。即使没有这一切，难道你没有想过你还有一个上级？上级如果没有帮助你履行职责的义务，怎么有训斥你失职的权威？你为什么没有想到，你履行职责时遭到无耻暴力的阻挠应该向上级主教汇报？"

"佩贝杜亚就是这样劝我的!"堂阿邦狄奥怒冲冲地想道,主教讲这些话时,浮现在他眼前的最鲜明的形象是那些痞子,他考虑的是堂罗德里戈还活得好好的,总有一天会得意扬扬地卷土重来,大发雷霆。尽管他面前的那位贵人的容貌和语言使他惶恐,使他有点害怕,但是这种害怕的感觉并没有完全压倒他,也不能阻止他的逆反心理,他想道:说到头,红衣主教不会用猎枪、刀剑和痞子。

"你怎么不想想,"主教接着说,"假如那些遭到迫害的无辜的人没有任何地方可以藏身,至少还有我可以收留他们,保障他们的安全,你为什么不把他们送到我这儿,把几个无依无靠的人送到你的主教这儿来,为什么不把他们当作你自己的东西,我不是说你的职务,而是你财富中的可贵的一部分?至于你本人,我也会为你担心,在确保你一根毫毛都不遭到触动之前我不会高枕无忧。难道你没有保全性命的办法和地方?至于那个十分嚣张的人,假如知道他的阴谋已经泄露,传到了我这里,而我加以关注,决心尽我的一切力量来保护你,难道你认为他的气焰不会有所收敛?难道你不知道扬言要做力所不及的事的人,往往是虚张声势,后来并不敢做?难道你不知道恶势力不仅建立在本身力量的基础之上,而且还靠别人的轻信和畏惧推波助澜?"

"简直和佩贝杜亚说的话一模一样。"堂阿邦狄奥想道,却不考虑他的女仆和费德里科·博罗梅奥在能做什么和该怎么做的问题上看法一致恰恰说明他自己是错的。

"可是你呀,"红衣主教结尾说,"你除了暂时的危险之外,什么都没有看到,也不想看;你以为大祸临头,把别的事情忘得一干二净,也就不奇怪了。"

"因为看到那几张脸的是我,"堂阿邦狄奥脱口说,"听到那些话的也是我。您阁下讲的话都对,但是您没有替一个可怜的神甫设身处地想一想,您没有碰到那种性命攸关的场合。"

他话一出口,懊悔不已,发觉自己气恼之下太不检点了,他心想:"这下要下倾盆大雨了。"但是当他忧心忡忡地抬眼时,吃惊地发现他从未能看透或理解的那个人的表情从疾言厉色的威严变成了悲伤沉思的严肃。

"太不幸了!"费德里科说,"这正是我们可悲、可怕的地方。我们必须严格要求别人做到只有天主知道我们自己愿不愿意做的事情;我们必须判断、纠正、训斥别人,而天主才知道我们在同样情况下会干些什么,我们在类似的情况下干了些什么!唉,我原应该拿我自己的软弱作为衡量别人是否尽责的标准,作为我教导别人的准绳!毫无疑问,我在传播教义时应该身体力行,为别人做出榜样,而不应该学律法博士的样,让别人挑不能胜任的重担而自己却碰都不碰。好吧,我的孩子和兄弟,当权的人往往不如别人那样看清他们的失误,如果你发现我由于怯懦或者因社会风气有什么失职的地方,请你坦率告诉我,向我指出,好让我用忏悔来弥补没有以身作则的错误。尽管指责我的弱点,那一来我讲的话会更有分量,我就会更深切地感到那不是我自己的而是天主的话了,因为天主才能给你履行我们责任所必需的力量。"

"啊,多么圣洁的人!可是他有多累!"堂阿邦狄奥想道,"即使对自己也要这么追究、审视、批评、质问。"接着,他高声说:"啊,主教大人!您这么说不是叫我无地自容?有谁不知道您阁下坚定的精神和无畏的热诚?"随即又暗自补充一句:"甚至有些过分。"

"我不是要你赞美,因为赞美使我担心,"费德里科说,"天主了解我的过错,我自己也了解,我了解的东西足以使我感到羞愧,我希望我们一起在天主面前感到羞愧,一起信赖天主。我为你着想,希望你明白你的言行同你宣讲的法则多么格格不入,而你将根据这些法则受到判断。"

"我承担一切过错,"堂阿邦狄奥说,"但是那些在您面前搬弄是非的人恐怕没有告诉您,他们怎么背信弃义地进到我家搞突然袭击,设下圈套让我上当,替他们不合规矩地证婚。"

"已经告诉我了,我的孩子;可是使我痛心、使我惊骇的是,你到现在为止还想指责别人为你自己开脱,还想从原应由你忏悔的事情里寻找指责别人的材料。是谁迫使他们百般无奈才想出他们所采取的手段?如果合法的途径不对他们堵死,他们会寻求那条不合规矩的途径吗?如果他们的神甫张开双臂欢迎他们,帮助他们,替他们出谋划策,他们会想到设圈套对付神甫?如果神甫不避而不见他们,他们会想到搞突然袭击吗？难道你要责难他们？他们经历了这许多磨难，至今仍在磨难之中，对你的上级说了几句抱怨他们的神甫的话，你就这么生气？被压迫的人的呼吁和受苦人的抱怨总是招世人的厌恶，世道就是这样，但我们是什么人？如果他们保持沉默，你有什么好处？难道他们这桩案子完全交给天主去审理对你有利？他们给了你机会，让你听听你主教的诚恳的意见，让你更好地了解并且部分偿还你欠他们的债，对你说来，这岂不是另一个应该爱那些人的理由？（你有许多爱他们的理由。）唉！如果他们招惹了你，冒犯了你，烦扰了你，我要对你说（还需要我说吗？）正因为如此，你应该爱他们。你应该爱他们，因为他们受了苦，现在还在受苦；因为他们是你的教民，他们是软弱的人；因为你需要宽恕，要知道他们的祈祷多么有力。"

堂阿邦狄奥一声不吭，但他现在的沉默不像先前那样不自然、不耐烦了，他现在之所以不说话仿佛是因为他该想的事比该做的事要多。他听到的这番话是意料之外的推论，全新的运用，然而是他心中早就有的、从不怀疑的教条。他老是担心自己遭到不幸，因而从不考虑别人，现在他对别人的不幸有了一种新的看法。如果说他还没有感到训斥希望产生的深刻悔恨（因为那份担心依然存在，起了辩护的作用），至少他感到了什么：他感到自己可憎，别人可怜，一种柔情和惶惑的糅合。如果可以打个比方，就像是蜡烛的受了潮的线芯凑到火炬的火焰旁边，起初光冒烟，溅出一些火星，没有什么动静，但终于点着，好不容易才燃烧。假如他心里不惦着堂罗德里戈，他很可能公开承认错误，痛哭流涕，但是不管怎么说，他确有触动的表现，让红衣主教看到这番话没有白说。

"现在，"主教接着说，"一个已经逃亡他乡，另一个也即将离家，两个都有充分的理由远离家园，不大可能再在这里团聚，只能盼望天主在别的地方把他们结合；现在，不幸的是他们不需要你了，你也没有机会为他们做一件好事了，我们目光短浅，也不能预见将来有没有机会。可是有谁说得准仁慈的天主不替你创造机会呢？啊，千万别错过！你得去寻求，擦亮眼睛，祈求天主让机会出现。"

"我一定尽力，主教大人，保证一定尽力！"堂阿邦狄奥回说，这时的话确实发自内心。

"对,我的孩子,对!"费德里科庄严而充满感情地说,"上天知道我多么希望用截然不同的方式和你谈话。我们都是上了年纪的人,你白发苍苍,我却不得不责备你,使你难堪,上天知道我多么于心不安;假如我们为共同的忧虑、为我们的悲哀互相安慰,谈论我们已经临近的美好期望,我会多么高兴。我却不得不对你讲了一番截然不同的话,但愿与你同勉。别让我到了那一天由于你不幸地辜负了我委任你的职务而无法交代。要爱惜光阴①,半夜快到了,新郎不能迟延,我们要保持我们的油灯一直点亮②。让我们向天主呈献我们卑微空虚的心,请他用仁慈和智慧充实,以便补救过去,确保将来,既有敬畏和信任,又能悲喜分明,在任何情况之下,成为我们需要的品质。"

红衣主教说完后举步离去,堂阿邦狄奥跟在他后面。

佚名作者在这里指出,主教和神甫的谈话并不限于那一次,谈话的题目也并不限于鲁茜亚,但是为了不偏离他故事的主要线索,他只叙说了这一件事。由于同样的原因,他没有提费德里科巡视期间谈到的其他重要事情,他的慷慨施舍,他所调和的人与人、家族与家族、村镇与村镇之间的矛盾,他所平息或者缓解(不幸的是缓解占多数)的宿怨,他所永远或暂时驯服的恶霸豪强;那个圣哲在主教辖区的任何地方逗留时,或多或少都有这类事情发生。

佚名作者接着谈到堂娜帕拉塞德第二天按照约定前来接鲁茜亚,并向红衣主教致意,主教热情洋溢地夸奖鲁茜亚,把她托付给堂娜帕拉塞德。鲁茜亚和母亲分了手,伤心的程度可想而知,她离开了她们的小房

---

① 《圣经·新约·以弗所书》第五章第十五、十六节:"你们要谨慎行事,不要像愚昧人,当像智慧人。要爱惜光阴,因为现今的世代邪恶。"

② 这里援引了《圣经》中十童女的比喻,《新约·马太福音》第二十五章第一节至第十三节说:那时天国好比十个童女拿着灯去迎接新郎,其中五个愚拙,五个聪明,聪明的带有备油。半夜里有人喊说新郎来了,打盹的童女起来收拾灯,愚拙的去买油,带有备油的同新郎进去坐席,门就关了。买油的童女随后来叫门说:"主啊,给我们开门。"主却回说:"我实在告诉你们,我不认识你们。所以你们要警醒,因为那日子、那时辰,你们不知道。"

子,再次向故乡告别,感到加倍的苦楚,因为这是她眷恋的唯一地方,她知道回归无望。和母亲告别倒不是最后的一次,因为堂娜帕拉塞德提起他们还要在别墅盘桓几天,别墅离此不远,阿格纳丝和女儿说好会去看她,母女再好好道别。

红衣主教正要动身继续巡视别的地方时,无名氏城堡所在教区的神甫匆匆赶来请求接见。他见到主教就呈上无名氏的一封信和一个小口袋,信中请求鲁茜亚的母亲收下口袋里的一百枚金币,作为姑娘的妆奁,或者充作她们认为合适的任何用途,还说以后有用得着他帮忙的时候尽管吩咐,那可怜的姑娘知道他所在的地方,他会视作莫大的荣幸。主教立即把阿格纳丝请来,转达了无名氏的意思,阿格纳丝惊喜不已,收下了那袋金币,没有过于推辞,说道:"愿天主回报那位老爷,请您阁下代我多多谢他。请您别对任何人提这件事,因为这个小镇……请原谅,我知道您不是那种多嘴的人,不过……您明白我的意思。"

她悄悄回到家里,关好门,解开口袋,虽然思想上已有准备,但看到一小堆闪闪发光的、全属于她的金币仍不免吃惊,因为以前她每次最多只看到一枚,而那种情况也不常有……她数了一遍,把它们重新摞起来时费了好大劲,因为金币老是从她不熟练的手指缝中滑落;她终于把它们装进细长的口袋,用布包好,用带子捆得结结实实,塞在褥子下面的一个角落。那天她什么事也干不成,只是考虑未来的种种计划,盼望第二天快来。她睡下后不时醒来,想到褥子底下的一百金币,睡着时梦里也见到一百金币。天一亮她就起身,立刻前去鲁茜亚所在的别墅。

鲁茜亚虽然仍旧极不愿意提起发誓的事,但认为这次和母亲见面之后要过很长时间才能相会,便决心鼓起勇气吐露秘密。

没有外人在场时,阿格纳丝眉飞色舞,怕被别人听到似的压低嗓门说:"我有件大事告诉你。"接着就说了那笔意想不到的财富。

"天主保佑那位先生,"鲁茜亚说,"这样你就有生活来源,还可以周济别人了。"

"怎么?"阿格纳丝说,"难道你不明白我们有了这么多钱能做许多事吗?听着,除了你,除了你们两个之外,我没有别的亲人,自从伦佐和你相好以来,我一直把他当作儿子看待。问题是没有他的音讯,只要他不遭到什么不幸,一切就会顺利的,可不是吗?希望他没事,我们希望如此。拿我来说,我当然喜欢在自己的家乡终老,可是由于那个恶棍,你在那里待不下去了,只要想起他还在附近,我就对自己的村子感到憎恨;我和你们一起在什么地方都行。当初我就准备和你们一起走,即使到世界的尽头,我一直有这种打算,但是没有钱寸步难行。你现在明白了吗?那个可怜的小伙子拼命干活,省吃俭用,好不容易攒下几个钱,官府跑来一扫而光,幸好天主给了我们补偿,让我们得到一笔财富。既然我们闹不明白他究竟是否平安,人在哪里,有什么打算,我要去米兰替你打听,我亲自替你去找。以前我把什么都看得太简单,但是不幸的遭遇让我学了乖;我去过蒙扎,知道了出门的不易。我要带个可靠的人,一个亲戚一起去,比如说马吉亚尼科的阿莱西奥,因为镇上没有合适的人,当然啦,路上的费用由我们承担……你明白了吗?”

她发现鲁茜亚非但没有高兴的表示,反而越来越伤心,没有再往下说,问道:“你怎么啦?你认为不妥当吗?”

“可怜的妈妈!”鲁茜亚搂着母亲的脖子,脸埋在她怀里嚷道。

“你怎么啦?”母亲焦急地追问道。

“我早该告诉你了,”鲁茜亚抬起头,擦着眼泪回说,“可是我一直没有勇气,原谅我吧。”

“那你现在说吧。”

“我不能嫁给那个可怜的小伙子了!”

“怎么?怎么回事?”

鲁茜亚低下头,胸口起伏,没有哭出声,但眼泪簌簌往下掉,像是某些讲述十分伤心但无法挽回的事的人那样,吐露了她发的誓,同时双手合十请母亲原谅她没有早说,求母亲不要告诉任何人,并且帮助她履行誓言。

阿格纳丝又惊讶又伤心。她因为女儿对她隐瞒至今而有点生气,但是这件事引起的严重忧虑不容她有生气的余地;她很想说:瞧你干了些什么!但是这样说又觉得有点亵渎神明,何况鲁茜亚再一次生动地描述了那晚的情景，她当时走投无路几乎完全绝望，得救是出乎意料的，她在那种场合下才明确而严肃地做了承诺。这时，阿格纳丝想起她多次听说过也告诉过女儿的有关毁誓而遭到奇特可怕的惩罚的事例。她中邪似的愣了一会儿才说：

"那你打算怎么办呢？"

"现在只能由天主，由天主和圣母决定了，"鲁茜亚回说，"我已经把自己交托给他们，他们迄今为止没有抛弃我，现在更不会置我于不顾……除了灵魂得到拯救之外，我向天主祈求的唯一恩典是让我和你重新厮守在一起，天主会恩准我的，一定会恩准的。那天……在那辆马车里……唉，圣母马利亚！……那些穷凶极恶的男人！……谁会告诉我他们把我带到一个第二天能帮助我和你团聚的人那里去呢？"

"可是你没有马上告诉你的母亲！"阿格纳丝有点不高兴，但仍亲热而同情地说。

"可怜可怜我吧,我没有勇气……再说早几天让你伤心又有什么好处?"

"那么伦佐怎么办?"阿格纳丝摇摇头说。

"啊!"鲁茜亚打个寒噤嚷道,"我不应该再想到那个可怜的小伙子。看来这不是天主的旨意……你已经看到天主仿佛要我们分开。可是有谁说得准呢?……不,不,天主会保佑他不遭到危险,没有我甚至会使他更顺利。"

"可是,你要明白,"母亲说,"假如你没有立下有终身约束力的誓言,只要伦佐没有遭到不幸,靠那笔钱,我可以找到挽救办法。"

"假如我没有那一晚的事,那笔钱会到我们手里吗?"鲁茜亚反驳说,"这一切都是天主的安排,按照他的旨意行事吧。"这时她已泣不成声了。

阿格纳丝听了这个出乎意料的论据不禁陷入沉思。过了一会儿,鲁茜亚忍住哭泣接着说:"现在木已成舟,只能安心忍受,可怜的母亲,你可以在两方面帮助我,首先,祈求天主保佑你的女儿,其次……必须让那可怜的小伙子知道。请你帮我这个忙,承担下来吧,你能办好。你打听到他的下落后,请人写封信,找个人……就找你的表哥阿莱西奥,他为人谨慎善良,一向待我们很好,从不多言多语,请他写封信把事情经过说一说,告诉那小伙子我在什么地方,我受了多少苦,这是天主的旨意,让他忘了我,我永远不能做任何人的妻子了。婉转一些把真情告诉他,说明我已经做出承诺,正式起过誓。等他知道我已经发誓献身圣母后……他一向敬畏天主。你一有他的消息就请人给我写信,告诉我他还活着,然后不再对我提他了。"

阿格纳丝百感交集,答应女儿一定照她说的办。

"我还有一件事,"鲁茜亚说,"那可怜的小伙子和我好也是他的不幸,否则不会遇到这许多倒霉的事。现在他流落异乡,工作也干不成了,家里的东西、攒下的积蓄都给抄走了,可怜的人啊,你明白是为了什么……我们现在有这许多钱!啊,母亲!既然天主赐福给我们,而你又把那可怜的小伙子当作自己人……是啊,当作你的儿子,那就把钱分了,一人一半,天主不会忘记我们的。找个你认为保险的机会,给他捎去,天主知道他多么需要钱!"

"你以为我舍不得吗?"阿格纳丝说,"我一定给他捎去。可怜的孩子!你知道我得了那笔钱为什么高兴吗?唉!……我来这里时确实兴高采烈。总之我一定给他捎去,可怜的伦佐!不过他……我知道我是怎么想的,当然啦,雪中送炭比锦上添花好。"

母亲痛快而慷慨地答应了鲁茜亚的请求使她十分感激,旁观者一眼就可以看出她心里仍旧惦念着伦佐,也许超过了她自己了解的程度。

"唉,你不和我在一起,我怎么办呢?"阿格纳丝说着也哭了起来。

"我不和你一起怎么办呢,可怜的妈妈?并且住在陌生人家里?又远在米兰!……不过天主与我们两人同在,会让我们团聚的。过八九个月我们会再见面的,我希望那时候,甚至再早一些,天主会做出安排,让我们再在一起。我们听从天主吧。我会日夜祈求圣母给我这个恩典。如果需要我做出别的奉献,我也愿意,不过圣母大慈大悲,即使没有奉献也会恩赐的。"

这一类的哀叹和安慰、悲痛和劝勉的话母女二人说了很多,并且一再重复,她们相约最迟在秋天见面,仿佛这事可以由她们自己决定似的,不管怎么说,在这种情况下一般都这么做。

在此期间,阿格纳丝一直无法打听到伦佐的消息。他本人没有捎来书信或口信,镇上和附近一带凡是能打听的人知道的情况都不比她多。

阿格纳丝不是唯一要打听而毫无结果的人,红衣主教费德里科当初答应母女二人代为询问伦佐的消息,并不是虚与委蛇,他确实当即写了信。他结束巡视回到米兰时收到了回信,信中说无法了解所询之人的下落,那人确在某镇一个亲戚家逗留了一段时间,没有干什么值得一提的事情,后来突然失踪,连他的亲戚都不知道是怎么一回事,只能重复一些含混不清的、前后矛盾的传闻,说那青年参军去了地中海东岸,到了日耳曼,渡河时身亡;信中还说他们会随时留意,一有更确切的消息马上就向尊敬的主教大人报告。

后来,那些和另一些别的传闻在莱科地区散播开来,从而到了阿格纳丝耳里。她尽一切可能想弄清楚哪种说法属实,追到每一种说法的源头，但结果只是"据说"两字，直到今天这两字也足以证实传闻的内容了。有时候，一个人刚告诉她一个消息，另一个就跑来说那个消息不对，告诉了她另一个同样离奇而不祥的消息。可信的是这些都是流言蜚语。

米兰总督兼意大利司令堂贡萨洛·费尔南德斯·德科尔多瓦同威尼斯驻米兰的驻扎官先生①闹得不可开交，因为一个无赖、江洋大盗、掳掠和杀人的教唆犯，也就是臭名昭著的洛伦佐·特拉马里诺，被依法拘捕后煽起暴乱，趁机脱逃，在贝加莫地区得到收留和庇护。驻扎官答复说他对此事一无所闻，可以去信威尼斯查询，如有眉目当即向总督阁下汇报。

威尼斯奉行的政策是支持并鼓励米兰丝绸纺织工匠迁居贝加莫地区的趋向，因而提供了许多有利条件，尤其是安全，因为没有安全的话其他任何有利条件就一文不值了。由于争议双方是权势人物，作为争议焦点的第三方多少要受到影响，有人私下通知博尔托洛说伦佐留在该镇不太妥当，最好另找一家作坊，暂时更姓改名。博尔托洛立即心领神会，二话不问，赶紧通知表弟，带他坐上一辆轻便马车，到了十四五英里外的另一家丝纺作坊，用安东尼奥·里伏尔塔的姓名把他介绍给作坊老板，老板也是米兰人，博尔托洛的老相识。尽管经济不景气，但是由一个熟悉本行业务的正人君子推荐的可靠而能干的工匠，老板还是乐意雇用的。试用几天后，老板为了找到一个高手而庆幸，只不过开头觉得那年轻人耳朵有点沉，因为叫他名字安东尼奥的时候，他多半反应不过来。

过了不久，威尼斯方面给贝加莫行政长官来了一份不紧不慢的公文，命令他查一下他的辖区，特别是某某镇子里有没有某某人。根据他的理解，行政长官认为只是让他走走形式，于是敷衍了事地调查一下后作了否定的回复，逐级转给了米兰驻扎官、最高行政官和堂贡萨洛·费尔南德斯·德科尔多瓦。

也有一些爱管闲事的人向博尔托洛打听那年轻人为什么不在他的

---

① 驻扎官是具有外交使节性质的执政官，当时担任这一职务的是彼特罗·安东尼奥·马里昂尼。

作坊里，上哪里去了。博尔托洛立即回说："我怎么知道！不见了。"

后来，为了对付一些最爱刨根问底的人免得他们猜到真相，博尔托洛认为不妨东拉西扯放些空气，也就是上文提到的那些消息，反正都是听人传说，没有确凿证据。

再后来，有人受红衣主教之托向他打听，问话时没有提主教的名字，而是煞有介事地略带神秘的样子，说是一位重要人物过问，博尔托洛更加顾虑，认为必须按老规矩回答，既然牵涉到重要人物，他把各次散播的消息一股脑儿全端了出来。

但是读者休要认为像堂贡萨洛这样的人物真会同山里来的一个穷苦的丝纺工匠过不去；即使听说工匠对他的摩尔国王大不尊敬，胡扯什么国王脖子上的锁链，也不至于要工匠付出代价；更不会把工匠当成危险分子，像罗马元老院对付汉尼拔①那样，逃亡后还要穷追到底，远隔万水千山也不能让他活下去。堂贡萨洛要考虑的事情太多、太重要了，不会关注伦佐的问题，如果有关注的样子，也是由于种种情况奇特地凑在一起，那不幸的青年身不由己，通过一条微妙的、无形的线索和那些太多、太重要的事情联系在一起，当时他并不知道，以后永远也不会知道。

①　汉尼拔（公元前249—前183）：迦太基名将，曾率领配备有战象的军队从西班牙翻越阿尔卑斯山脉入侵意大利，大败罗马军队，直逼罗马城下，后因援兵未至受挫，撤回非洲，闻罗马向收留他的比蒂尼亚国王要求引渡，服毒自杀。

第二十七章

我们已经不止一次地提到当时为继承文森索·贡萨加公爵领地而进行的战争，但是每次时间都非常紧迫，只能匆匆一笔带过。可是现在为了让读者了解我们的故事，有必要详细说明一下。了解历史的人都知道这些事情，可是我们平心而论应当假设这部作品不是专为行家写的，因此有必要作一些简要的说明。

我们已经说过，贡萨加公爵去世后，谱系中第一个继承人卡洛·贡萨加接收了曼图亚，卡洛·贡萨加是移植法国的一支旁系的长子，在法国已有内韦尔和雷特尔两处领地；我们现在要补充的是他还接收了蒙费拉托，正由于以前匆忙，还没有提及。马德里宫廷不惜一切代价要剥夺新公爵对这两处领地的继承权（这一点我们也已提过）[1]，要剥夺就得要一

---

① 曼图亚和蒙费拉托当时确系西班牙领地，应由西班牙分封。

个理由(因为出师无名的战争是非正义的战争),于是宣布支持瓜斯塔拉公爵费朗特·贡萨加要求继承曼图亚领地、萨伏伊公爵卡洛·埃马努埃莱和洛伦纳公爵的遗孀玛加丽塔·贡萨加①要求继承蒙费拉托领地的权利。属于"大将军"②家族、并沿用了大将军的名字的堂贡萨洛曾在佛兰德作战,极想在意大利挑起一场战争,因此推波助澜,极尽煽动之能事;与此同时,他按照自己的理解来解释马德里宫廷的命令,先同萨伏伊公爵签订了入侵和瓜分蒙费拉托的条约③;后来他轻而易举地获得伯爵兼公爵的批准,因为后者以为很容易攻下卡萨尔,其实却是条约划归西班牙国王的地区中防守最坚强的一点。堂贡萨洛以国王名义宣布并不想占据领土,只是在国王做出判定之前暂时加以保管,而国王部分由于外界的要求,部分出于个人目的,拒绝把领地封给新继承的公爵,命令解除有争议地区的托管,由他听取各方面的申诉之后再授予应得的一方。这一点是内韦尔不能接受的。

内韦尔也有一些重要朋友,例如里奇留红衣主教、威尼斯贵族和教皇,我们已经说过,当时的教皇是乌尔班八世。但是红衣主教里奇留正忙于围困罗歇尔城堡④并同英国作战,受到摄政后玛丽亚·德梅狄契斯⑤一派的阻挠,而摄政后出于个人恩怨与内韦内家族不和,因此,他从红衣主教那里得到的只是希望而已。威尼斯贵族在法国军队打掉意大利的威风之前不想采取行动,甚至不想表态,只是在马德里宫廷和米兰总督

---

① 玛加丽塔·贡萨加是卡洛·埃马努埃莱一世之女、曼图亚公爵弗朗西斯科·贡萨加的遗孀,作者把她同洛伦纳公爵恩里克二世的遗孀搞混了。
② "大将军"指贡萨洛·费尔南德斯·德科尔多瓦(1453—1515),西班牙军人,战功卓著,曾远征意大利,被任命为那不勒斯王国统帅,后因滥用国帑被国王费尔南多撤职。文中提到的堂贡萨洛于一六二〇至一六二六年间参加西班牙对荷兰信奉新教省份的战争,一六二二年弗吕雷斯一役功勋彪炳。
③ 这一秘密条约规定特里诺及波河左岸地区归萨伏伊公爵,波河右岸地区归西班牙。
④ 罗歇尔是濒临北海的城堡,是新教加尔文派胡格诺教徒的据点,围困持续一年之久,当时即将结束。
⑤ 玛丽亚·德梅狄契斯(1573—1642):佛罗伦萨人,法国国王恩里克四世之妻,国王死后由她摄政。

面前尽可能暗中帮助公爵,同时根据时机或温和或带有威胁性地提一些抗议、建议、呼吁。教皇把内韦尔推荐给他的朋友,在内韦尔的敌人面前调解,拟定解决方案,但根本不考虑派兵作战。

于是,准备发动进攻的两个盟友稳稳当当地开始他们商定的计划。萨伏伊公爵已经进军蒙费拉托,堂贡萨洛大张旗鼓地围攻卡萨尔,但结果并不像想象的那么满意,因为读者要知道战争的发展不可能尽如人意。马德里宫廷没有按照他的愿望给予帮助,连必要的人力、财力都没有提供;他的盟友帮了倒忙,也就是说,攫取了应得的一份后,不断地给西班牙国王增添额外的好处。堂贡萨洛的烦恼可想而知,但他担心稍一张扬,会使那在缔约方面纵横捭阖、变幻无常而在军事方面穷兵黩武的卡洛斯·曼努埃尔背离法国,只好装作没看见,忍气吞声。此外,一方面由于守城军民枕戈待旦,坚决抵抗,另一方面由于堂贡萨洛兵员不足,加之据某些历史学家所说,他指挥失误很多,久攻不下,不时还受到挫折。我们对这一点不加评论,如果情况确实如此,我们甚至认为是大好事,因为在那场浩劫中可以少一些伤亡致残的人,卡萨尔城里也可以少遭一些破坏。在这相持不下的关头,堂贡萨洛接到米兰暴乱的消息,便亲自赶回去。

到了米兰,下属向他汇报情况时,也提到伦佐的引起轰动的拒捕脱逃、逮捕他的真实或假设的缘由,还提到该犯已逃往贝加莫地区。这一情况引起了堂贡萨洛的注意。他从其他渠道听说由于米兰动乱,威尼斯态度开始傲慢,还听说人们起初认为他将被迫解除对卡萨尔的围困,认为他张皇失措、忧心忡忡,尤其是因为米兰事件之后马上传来那些贵族盼望的、而他害怕的罗歇尔城堡投降的消息①。作为男子汉和政治家,他的事业招来贵族们的这种看法使他感到痛心,他等待机会让他们自己得出结论,深信他没有丧失一贯的自信,因为自己声明不害怕是不起任何作用的。好办法之一是表示不快、不满、抗议,因此他前去拜访威尼斯的驻扎官,在向他致意的同时从他的表情里弄明白他心里的想法(连细

---

① 罗歇尔城堡于一六二八年十月二十八日投降。

微的小地方都不能忽略,这就是旧时政治的微妙之处),堂贡萨洛轻描淡写、仿佛胸有成竹地谈过动乱之后,说是要严办伦佐一案,当时的情况和引起的后果读者都已知道。后来他再也没有过问这件微不足道的小事,对他说来,这事已经结束;很久以后,当他回到卡萨尔城下的营地,为其他事务操心时,调查伦佐的答复来了,他像寻找桑叶的蚕似的抬起头晃动几下,回忆那件印象淡薄的事,想起确有此事,但有关那人的情况已模糊不清,便去处理另一件事,再也没有考虑伦佐。

但是伦佐消息闭塞,给晾在一边原是好事,他却往坏处着想,长久以来只求隐姓埋名。他当然急切地希望给母女二人捎信,也希望得到她们的消息,但是有两大困难。首先他请人写信要把秘密告诉别人,因为他不会写,说得确切些,也不会念,我们也许还记得,当律师阿策卡·加布利问他识不识字,他回答说识字时,并不是自吹自擂,而是他多花一些时间确实能辨认印刷字体,至于手写体就是另一回事了。这一来,他不得不把他的私事和关系重大的秘密让外人知道,在当时和一个没有老相识的地方,找一个能动动笔而又可以信赖的人并不容易。另一个困难是找一个捎信的人,一个正好要去收信地点、愿意接受委托、不嫌麻烦把信送到收信人手里,各种条件都符合的人也不是容易的事。

经过一番周折之后,他终于找到了可以替他写信的人。但他不知道母女二人是否还在蒙扎或别的地方,认为应该把给阿格纳丝的信附在另一封给克里斯多福神甫的信里。代笔的人答应找人把信捎去,把信交给一个要路过佩斯卡伦尼科附近的人,那人在离佩斯卡伦尼科最近的地点把信留在路边的一个客栈,再三托付请便人带往修道院,信固然带到了,但就此没有下文。伦佐等不到回信,请人再写了一封,内容和第一封大致相同,附在给莱科的他的一个朋友或亲戚的信里。他找了另一个捎信的人,这次妥善带到。阿格纳丝赶到马吉亚尼科,请她的表哥阿莱西奥念给她听,两人凑了一封回信,由阿莱西奥写在纸上,找到去安东尼奥·里伏尔塔所在的镇子的人捎去,但是整个过程不像我们说话那么快捷顺当。伦佐请人写了回信,让阿格纳丝继续保持联系。总之,双方开始了信件往返,既不及时,也不经常,而是断断续续有些消息而已。

要了解那种通信方式,必须对当时,或者不如说现在通信的情况有个概念,因为我认为这方面的变化不大,甚至没有变化。

不会写字而需要写些什么的农民首先要找一个会写字的人,尽可能在情况和他相同的人中间寻找,因为他不敢找别人,或者不信任别人;他把事情的背景大致理出一个头绪讲给会写字的人听,并且说明了他希望写在纸上的话。代笔的人部分是真听懂了,部分是想当然,他出了一些主意,提了一些改动的建议,然后说:交给我吧,拿起笔,尽可能地把另一个人的思想形诸文字,作了纠正、改进,有些地方加以强调,有些加以削弱,有些干脆删掉,他认为怎么好就怎么写,因为懂得比别人多的人总不愿意听人支使,参与别人的事情时总喜欢按自己的意思去做。尽管如此,上述那个代笔人并不能把想写的话都表达清楚,有时候写的话和原意恰巧相反,我们自己也有这种情况,我们的手稿送到印刷所排印就如此。写好的信到了收信人手里,收信人对文字也不精通,把它拿给另一个肚里有点墨水的人,请他看了解释。两人在理解方式上有了争论,因为收信人根据对背景事实的了解认为某些字句想说什么意思,读信人根据行文的习惯却认为是另一个意思。最后,不懂的人不得不听从懂的人,请他负责回信,回信按照来信的格调写好,对方以相同的方式加以解释。此外,如果通信内容有点微妙,涉及秘密,唯恐信件遗失后被第三者看到,如果出于这种考虑而故意不把事情讲得太清楚,两方不久就搞糊涂了,正如旧时两个经院哲学家在"完美实现"①的定义上可以一口气争论四个小时,由于不和现实事物比较,听的人仿佛堕入五里雾中。

我们的两个通信人的情况同刚才讲的一模一样。以伦佐名义写的第一封信内容很多。一开头,除了叙述逃亡的情况之外(叙述得比读者在书中见到的简要,同时也草率得多),还介绍了他目前的处境,秘密通知、改名换姓、目前平安、但还得继续隐藏,这些事对于读信人都不太熟悉,信里似乎又用隐语,阿格纳丝和她的通译很难从中得出清晰而完整

---

① "完美实现"是古希腊哲学家亚里士多德逻辑学术语,指物质和形式的结合,即灵魂是肉体的"完美实现"。经院派学者在重点应是"完美"或"实现"的问题上争论不休。

的概念。接着急切而热情洋溢地问起鲁茜亚,隐隐约约而苦恼地提到伦佐听到的有关她的传闻。最后表达了把握不大的、遥远的希望和没有充分根据的、未来的打算,同时应允遵守诺言,请求对方也遵守,并且不要丧失耐心和勇气,等待情况好转。

过了一段时候,阿格纳丝找到了一个十分可靠的人,给伦佐捎去回信和鲁茜亚指定要给他的五十枚金币。伦佐看到这许多钱不禁手足无措,惊讶和疑惑不容他高兴,他急忙跑去找代笔人看信,想解开这个神秘的谜。

阿格纳丝的代笔人在信中先抱怨来信意思不清,然后同样含糊其词地叙说了那人(信里就是这么写的)的惊心动魄的事,从而说明五十枚金币的由来,然后转弯抹角地谈起发誓的事,最后比较直接地劝伦佐认命,不要再想鲁茜亚了。

由于他所领会的和不能领会的地方,伦佐又急又气,浑身发抖,差点同看信讲解的人争吵起来。他三番五次要看信人重新解释那些可怕的文字,时而认为闹明白了,时而又觉得原先闹明白的地方又搞糊涂了。他焦急之下要代笔人立马写回信。他用所能想象的最强烈的语言表达了为鲁茜亚的遭遇而感到的同情和担心之后,接着口述说:"你替我写,我才不想认命,我永远也不会把她忘掉,我不会动用那笔钱,我暂且收下保存好,留作那姑娘的嫁妆,那姑娘非做我的妻子不可,我可不理会什么发誓还愿,我只听说圣母马利亚一贯慈悲为怀、救苦救难,从没听说她让人违反意愿、毁约食言;你替我写,那样可不行,有了那笔钱,我们可以在这里成家,如果说我目前有点麻烦,那只是一场很快就会过去的暴风雨。"代笔人就按他说的写着。

阿格纳丝设法通知鲁茜亚说那人平安无事,已经向他通报了情况,鲁茜亚感到莫大的宽慰,现在不存他想,只希望伦佐把她忘掉,或者说得更确切一些,设法把她忘掉。从她这方面来说,她每天要下百来次决心把他忘掉,同时千方百计地把决心付诸实现。她使劲干活,试图把全部精力都集中在工作上,当伦佐的形象在她心目中出现时,她就默默祈祷。但是那个形象仿佛不怀好意似的,不是堂而皇之而是蹑手蹑脚地跟

着别的形象进来,等到发现时,他已经在她心灵里盘桓了好久。鲁茜亚的思想常常和她母亲一起,那也是情理之常,而想象中的伦佐总是悄悄地挤进来,正如真实的伦佐以前常做的那样。不论她和谁在一起,不论在什么地方,不论回忆起什么往事,他总会插进来。如果那可怜的姑娘偶尔浮想联翩考虑到将来,他也会出现,即便是为了说一声:无论如何,我不同意。然而,如果说不想他几乎是不可能的事,鲁茜亚在某种程度上做到了少想他,或者比她心中所希望的那样少想他,假如只有她一人希望如此的话,她可能做得更好。可是还有堂娜帕拉塞德,她一心要把那个男人从鲁茜亚的头脑里赶出去,认为最好的办法是经常给鲁茜亚提个醒儿,于是常说:"怎么样?不再想他了吧?"

"我谁都不想。"鲁茜亚回答。

堂娜帕拉塞德对这样的答复并不满意,反驳说重要的不是好听的话语而是实际行动,接着借题发挥,谈起当今年轻姑娘的风气,说道:

"她们心上如果有了一个浪荡子(她们总是喜欢那种人),根本没法让她们忘掉。如果对象是个诚实谨慎、正派明智的人,由于某种原因没有谈成,她们很快就会平静下来,然而和一个浪荡子吹了,她们却痛定思痛,念念不忘。"随后她开始攻讦那个不在场的年轻人,那个来米兰行凶抢劫的无赖,说是那家伙在自己家乡肯定也干过不少坏事,要鲁茜亚交代。

鲁茜亚由于羞涩和苦恼,声音都发颤了,她在她温顺的性格和卑微的地位所允许的情况下愤慨地赌咒发誓说那个可怜的青年在家乡除了夸奖之外从没有招来任何闲言碎语,她真希望家乡有人在场证实她的话。至于米兰的事,她不太清楚,但她也为他辩护,正因为她从小就了解他的为人。她之为他辩护纯粹是出于善良的责任心,实事求是,自己心里怎么想对别人也就怎么说。堂娜帕拉塞德从这些辩解中得出新的论据,要鲁茜亚相信她自己还未迷途知返,仍对那青年痴情。其实那一阵子她也说不清究竟是怎么一回事。老夫人把那青年人说得一无是处,反而在鲁茜亚心目中比以往任何时候更清晰生动地唤醒了经过长期相识而形成的对他的看法;强行压下去的回忆纷纷扰扰地又冒了头;敌意和蔑视召来许多旧时倾慕的理由;没有原因的强烈憎恨引起了更强烈的同情:谁知道与之同来的感情中间有没有另一种很容易潜入人们心灵的感情,占了多大分量,在它遭到排斥时对其他感情起了什么作用。不管怎么样,从鲁茜亚这方面来说,这类谈话总是以哭泣告终,不会持续很久。

假如堂娜帕拉塞德是出于某种根深蒂固的仇恨而这样对待鲁茜亚,那么鲁茜亚的眼泪也许能使她心软,改变主意;但是她认为自己是出于好意,于是不为所动地说个没完,正如祈求的呻吟和呼喊有可能阻挡敌人手中的武器,但是阻挡不了医师手中的手术刀。老夫人履行了那次讥刺和责备的责任之后,转而开导规劝,同时增添了一些赞扬,用甜味矫正苦涩,从各方面影响她的思想,以便取得更好的效果。当然啦,那些严厉的责备(老是那一套起承转合大致相同的程序)并没有在善良的鲁茜亚心中引起对那尖刻的说教人的厌恶,不管怎么说,她对鲁茜亚还是关怀备至的,这正说明她用心不坏。但是鲁茜亚每次都给搞得心烦意乱,需要很长时间,费好大劲才能恢复先前相对的平静。

幸运的是她并不是堂娜帕拉塞德与人为善的唯一的对象,因此斥责不可能十分频繁。家里还有许多仆役,他们的思想或多或少都需要纠正引导;另外有许多人虽然同她毫无关系,但她出于好心,也有规劝的义务,如果没有机会,她就主动去寻找,除此之外,她有五个女儿,虽然一个都不在家,但比在家里更让她操心。三个当上了修女,两个已经出嫁,于是堂娜帕拉塞德理所当然地有三个修道院、两户人家需要管理,这件任务复杂、浩繁而累人,尤其是因为有各自的父母兄弟姊妹支持的两个丈夫和有许多嬷嬷、修女支持的两个修道院长不肯俯首帖耳地接受她的管理。那简直是一场战争,说得更确切一些是五场战争,虽然隐蔽而客客气气,但是激烈而永不停息:三个修道院和两户人家时刻戒备着回避她的关注,堵塞她的劝告,躲闪她的问题,任何事情都尽量避开她的耳目。至于干预隔得更远的事,她遇到的障碍和困难更是一言难尽,因为谁都知道要让人们做些好事在大多数情况下非用强迫手段不可。只有在她自己家里她的热情才可以自由发挥,她家里每个人都在她的绝对权威之下,堂费朗特的情况不同,他是例外。

堂费朗特是个做学问的人,既不喜欢指手画脚,也不喜欢听人摆布。家里的事全由他妻子做主,他并不反对,不过让他唯命是从可不行。如果求他,他可以帮忙动动笔头,因为他喜欢写写东西,可是如果他不赞同要他写的内容,他也会拒绝。那时候他会说:"您自己写吧,反正您已经很清楚了。"堂娜帕拉塞德费了一些口舌,见他仍不答应,往往嘟嘟囔囔地说他是懒汉、神经病、书呆子,除了怒气之外,这个称呼还带有一点高兴。

堂费朗特每天有好多时间是在书房里度过的,他藏书很多,将近三百卷,都是各学科的名著精品,而他对各学科或多或少都有些研究。拿天文学来说吧,人们说他的水平超过了业余爱好不是没有根据的,因为他不仅掌握一般的概念和天象影响、相对位置、星辰会合之类的普通术语,而且还像权威人士那样能头头是道地谈论黄道十二宫、大圈、明暗阶段、升降、轨迹和公转①,总之,他通晓那门学问的最确凿、最深奥的原理。二十来年前,他经常同另一位学者展开长时间的争论,他支持②的划分方法,那纯粹是固执,堂费朗特说,他很乐意承认古人的高明之处,但不能容忍厚古薄今,在明摆着孰是孰非的问题上还对今人持一概否定的态度。他对天文学的历史也有一定的了解,有需要的时候,他可以援引一些已经成为事实的最著名的天象预测,敏锐而博学地谈论另一些已被事实否定的最著名的预测,从而说明问题不在于科学,而在于不会正确应用科学的人。

在古代哲学方面,他学了不少东西,并且从狄奥吉尼斯·拉厄西奥③编纂的书里不断获得新的学识。那些体系固然美妙,但不能照单全收;要成为哲学家就得选定一个作者,于是堂费朗特选了亚里士多德,按他的说法,亚里士多德既不古也不今,而是真正的哲学家。他还有亚里士多德一些最聪明、最敏锐的追随者,其中包括现代人的著作,至于反对者的著作,他根本不想看,据他自己说,是免得浪费时间,也不想买,以免白扔掉钱。例外的是,他的藏书中间有那套二十二卷的《敏锐的探索》和卡尔达诺的其他反对亚里士多德学说的作品,那是由于它们在天文学方面的价值;他说能写出《季节与天体运行计算勘正》这样的专著和《十二伟人》④这样的书的人,即使胡说八道也值得一听,还说老是沿着一条直路走下去,谁都不知道会到达什么地方,在哲学探究方面也是如此。此外,即使在博学之士看来,堂费朗特也是十足的亚里士多德派,他认为学无

---

① 天文学家把天球分为黄道十二宫;大圈指地平圈、子午环和通过与天球赤道垂直的春分秋分二分点的时圈;明暗阶段指太阳和其他星球各自运行的轨道阶段;升降指一个星球在地平线上的最高和最低点;星球的轨迹指与事先设定的一点相对而言的运行路线;公转指星球的旋转运动。

② 卡尔达诺划分黄道宫的方法,而对方则强烈支持阿尔卡比齐奥。卡尔达诺(1501—1576)是意大利著名的数学、地质学、医学、哲学家,发明三次方程式的解法,所著《敏锐的探索》是一部科学百科全书。阿尔卡比齐奥是十世纪阿拉伯哲学家,著有《天文学发凡》。两人对黄道宫的划分方法不同。

③ 狄奥吉尼斯·拉厄西奥是三世纪希腊历史学家,编有《杰出哲学家的生平、学说与名言集》,内容庞杂,既有真实的史料,也有轶闻传说。

④ 《十二伟人》是一本根据出生时辰分析十二个杰出人物的星占学书籍。

止境,常常十分谦逊地说理念、一般概念、宇宙精神和事物本质并不是想象的那么清晰。

在自然科学方面,他只是作为消遣而没有认真钻研,他涉猎了亚里士多德和普利尼奥①关于自然科学的著作,但是从这些著作里,从一般哲学专著中偶然得到的自然科学知识,随便翻阅波尔塔的《自然的奥秘》②、卡尔达诺关于矿物、动物和植物的三篇论文、阿尔贝托·马格诺关于草木本植物和动物的论著③,以及另一些不太重要的作品,通过这些阅读,遇有合适的机会他就能谈论许多药草的奇特的功效和特性,精确地描述美人鱼和火凤凰的形状和习惯,解释为什么蝾螈遇火而不被烧伤,为什么小小的鲫鱼有使一条大船停下来的能力,露滴在贝壳里怎么会变成珍珠,变色龙如何凭空气就能生存,冰块经过几百年的缓慢硬化如何变成水晶,以及自然界其他神奇的秘密。

在魔法和巫术方面,堂费朗特更有钻研,我们的佚名作者说,因为这门学问在当时非常流行,很有需要,在这门学问中有许多具体事实可供探讨,便于证实。不用说,学习的目的是希望彻底了解巫师们的邪恶的法术,以便戒备防卫。他主要以马丁诺·德尔里奥④(那门学问的专家)的著作为依据,颇有权威性地谈论使人相悦、相仇和催眠的法术,以及从那三种主要法术衍化出来的无数类型,我们的佚名作者还悲叹说,那些形形色色的法术在实际生活中每天都可以看到,并且造成了悲惨的后果。堂费朗特在历史,特别是世界史方面的知识也很广博扎实,他喜爱的作者是特拉卡诺塔、多尔切、布加蒂、坎帕那和夸佐⑤,当时最著名的

---

① 普利尼奥(23—79):拉丁自然学家,著有《自然史》五十七卷。

② 波尔塔(1535—1615):意大利剧作家,著有二十卷《自然的奥秘,或自然界的奇迹》。

③ 阿尔贝托(1193?—1280):德国学者、教士,写过许多关于亚里士多德的评论和自然科学的论文。

④ 马丁诺·德尔里奥(1551—1608):耶稣会教士,原籍西班牙,生于比利时安特卫普,著有鬼学研究《魔法调查》六卷。

⑤ 这里提到的五人都是十六世纪后半期意大利的世界史编写者,当时颇有名气,但除了多尔切(1508—1568)的剧本《阿雷蒂诺画像对话》外,五人的历史著作对后世影响不大。

历史学家。

但是，堂费朗特常说，没有政治的话，历史又是什么？一个只顾走路的向导没人跟在他后面认路，无非是白费气力；而没有历史的政治正像是没有向导的旅客。因此，他的书架里专门有一栏政治家的著作，其中不乏名气不大的平庸之作，但比较突出的有波丹、卡瓦坎蒂、桑索维诺、帕鲁塔和波卡里尼①。堂费朗特对两本书推崇备至，在一段时期内称它们为第一流的，无法把它们分个高低：一本是那位赫赫有名的佛罗伦萨书记官的《君主论》和《演讲集》，堂费朗特说它奸诈而深刻，另一本是同样有名的乔万尼·波特罗的《国家最高利益》，堂费朗特对波特罗的评价是为人正派，但文笔犀利②。但在我们的故事发生前不久出版的一本书解决了优胜问题，按照堂费朗特的说法，那本书超过了两部并列第一的作品，它展示了世上所有的奸诈供人识别和所有的美德供人效仿，那本书篇幅不大，但字字金玉，总之，那就是堂瓦莱里亚诺·卡斯蒂里昂纳的《朝臣》③，他名噪一时，可以说最杰出的文人学者对他争相赞誉，最显赫的达官贵人纷纷把他奉为上宾，众所周知，教皇乌尔班八世对他嘉许有加，红衣主教博尔格塞和那不勒斯总督堂彼特罗·德托莱多④都敦请他写书，前者请他撰写教皇保罗五世的事迹，后者请他记述信奉天主教的国王在意大利的战功，可是两人都未如愿，因为法国国王路易十三世经红衣主教里奇留推荐，任命他为宫廷历史学家，卡洛·埃马努埃莱·萨伏伊公爵授予他相似的职位，除了种种荣誉之外，信奉基督教的国王恩里

---

① 这里提到的五人也属于十六世纪后半期，法国历史学家波丹（1530—1596）一五七七年出版的《共和国六书》在法国开了政治学的先河，被认为是孟德斯鸠学说的先驱；意大利作家波卡里尼（1556—1613）的《政治试金石》当时享有盛名。

② 佛罗伦萨书记官指意大利政治学家、历史学家、文学家马基雅维利（1469—1527），一四九八年起曾任佛罗伦萨共和国书记官职务，一五一三年发表的《君主论》最先完整地提出了资产阶级国家学说。波特罗（1540—1617）的《国家最高利益》在当时反改良主义思潮中起了很大影响。

③ 卡斯蒂里昂纳（1593—1668）：意大利本笃会教士，他的作品虽然名噪一时，但并没有传诸后世。

④ 作者在这里有个小疏忽，当时的那不勒斯总督是阿尔巴公爵安东尼奥·阿尔瓦雷斯·德托莱多。

克四世的女儿克里斯蒂娜女公爵在一份证书上称他为"当今意大利首屈一指的作家"。

如果说在上面提到的几门学识方面，堂费朗特都算得上行家里手，那么在另一门，也就是骑士精神方面，他可以当之无愧地被称为大师。他非但谈得头头是道，而且经常应邀在牵涉到荣誉的问题上做出仲裁调停。他的藏书，甚至可以说他的头脑里罗列着这门学识的最著名的作家的作品，例如帕里德·德尔波索、福斯特·德隆吉亚诺、德乌雷亚、穆齐奥、罗梅伊、阿尔贝加托、托尔夸托·塔索①，塔索的《耶路撒冷的解放》和《耶路撒冷的征服》中间可以视为骑士规范的章节，他都熟悉，需要的时候还

---

① 这些都是有关决斗和荣誉准则的书籍的作者，其中赫罗尼莫·德乌雷亚是西班牙人，他的《关于真正的军事荣誉的对话》于一五六九年译成意大利文。

能背诵。但是,他认为这些作者中间最杰出的要数大名鼎鼎的弗朗切斯科·比拉戈,在仲裁有关荣誉问题的时候,他的意见往往和比拉戈不谋而合,而比拉戈谈起堂费朗特时也推崇备至。比拉戈的《关于骑士精神的谈话集》问世以后,堂费朗特毫不犹豫地预言说那部卓越的作品将推翻奥莱瓦诺的权威,和他其余的杰作一起将为后世立下最权威的法典,但是我们的佚名作者说,谁都看到这个预言有否实现。

佚名作者随后谈到一些趣味性的学科,但是我们开始怀疑读者是否真有很大兴趣跟他进行这一类的调查,并且开始担心我们真心实意地跟着他偏离了正题,无非是听他卖弄学识,表明他博闻强记,可是我们不免成了十足的文抄公,和那位佚名作者一起招人厌烦。已经写好的就随它去吧,为了不浪费时间,其余的我们不再赘述,言归正传,我们还有很长一段路要走才能找到我们故事里的人物,尤其是读者肯定希望知道其遭遇的那些人物。

到第二年,也就是一六二九年,秋天为止,我们故事里的人物,有的出于自愿,有的出于无奈,和我们撂下他们时的情况大致相仿,谁也没有遇到或者干出什么值得一提的事。阿格纳丝和鲁茜亚指望重逢的秋季来到了,但是那时出了一件大事断送了她们的指望,而她们所受的影响在那件大事带来的后果中还算是最小的。后来又发生了一连串大事,不过并没有替我们人物的命运造成明显的变化。最后,另一些影响更为广泛、性质严重得无以复加的事情降临到他们头上,连社会底层最微不足道的人也不能幸免,正如一阵横扫一切的旋风,飞沙走石,拔起树木,掀掉钟楼的屋顶,推倒墙垣,轰跑藏身草丛的鸟雀,把旮旮旯旯里平时小风不惊动的枯叶搜刮一空,吹到天上狂舞。

现在,为了让读者了解我们所要叙说的个人私事,我们不得不先介绍一下社会上的大事,把话头扯得远一点。

第二十八章

自从圣马丁节和第二天的暴乱以后,米兰仿佛出现奇迹似的又丰足起来。所有的面包房都大量供应,价格同收成最好的年份不相上下,面粉也是这样。那两天叫喊得最凶,甚至有所动作的人现在有了庆幸的理由(少数几个被捕的人不在其例),但是逮捕引起的最初的惊恐过去之后,别以为他们的心里就踏实了。在广场、街角和酒店里,可以看到明显的欢欣,庆幸和由于找到了平抑面包价格的办法而表示的含混的自诩。但是欢庆和自诩之余还有某种不安,(怎么会没有呢?)认为这种局面不可能持久的模糊的预感。人们围着面包房和磨坊老板,正如安东尼奥·费雷尔第一次公布限价之后引起人为的暂时充分供应的情况那样,大家毫无节制地消费,手头有几个钱的人都把它换成面包和面粉,箱子、木桶和锅罐都贮存了面粉。人们争先恐后地利用低价的机会，且不说这种局面本身不可能长期维持，即使暂时支撑也越来越艰难。因此，安东尼奥·费雷尔在十一月十五日遵照总督大人的命令颁布了一项公告，规定凡是家中存有粮食面粉者不准再买；凡是购买超出两天需要的面包者，由总督裁定处以罚金及刑罚；有关人员及知情者均应举报违犯者；公告还命令法官搜查受到举报的住家；同时重申面包房老板应备足货源，保证供应，如有违犯，由总督裁定处以五年以上的划桨苦役。这样的公告要付诸实现，只有想象力十分丰富的人才会相信；说实话，假如当时颁布的公告都如实执行，米兰公国在海上划桨的人至少和今天大不列颠帝国船队的桨手一般多。

不管怎么说，命令面包房老板大量烤制面包，就得努力保证不缺少烤制面包的原料。遇到荒年时，总有人试图把正常情况下用于其他消费的产品拿来制作面包，于是有人想到在所谓混合面包里加入稻米。十一月二十三日颁布的一项公告规定由供应督办和十二人供应委员会安排，向存有稻谷的人征购一半存粮，未经上述人员许可而持有稻谷者一概没收，每莫吉奥①还可处以三枚金币的罚款。大家应该看到，这种规定是天经地义的。

征收稻谷要付钱，但稻谷价格和面包价格相比差距太大。弥补巨大差额的负担落到市政府头上，代表市政府的十夫长委员会商议后，就在十一月二十三日当天向总督提出，长期承担是不可能的。总督在十二月七日发布公告，把稻谷收购价定为每莫吉奥十二里拉，要价高于此数或拒不出售者可没收其稻谷并处以等值的罚款，还可根据具体情况由总督裁定处以更重的罚款和高达划桨苦役的刑罚。

早在动乱发生之前稻谷的价格已有规定，至于小麦或其他一般谷物的价格，或者援用近代编年史中非常出名的名词，最高限价②，也许别的公告也有规定，只是我没有见到。

---

① 旧时的容量单位，合二百五十八升。
② 法国大革命后开始流行的名词，一七九三年五月三日法国立法议会在巴黎人民的压力下给小麦定出"最高限价"。

米兰的面包和面粉价格一直压得很低,结果农村里的人成群结队进城抢购。堂贡萨洛为了要杜绝他称之为弊端的这一现象,十二月十五日又颁布了一项公告,禁止把价值超出一里拉的面包带出城外,如有违犯,除没收面包外还要罚款二十五个金币,无力缴纳罚款者当众施行两次滑车吊刑的刑罚,或者照例由总督裁定处以更重的刑罚。当月二十二日(不知为什么拖得这么晚),又发布一项禁止面粉和谷物出城的相似的命令。

百姓想通过抢劫和纵火促成充裕的供给,政府想用苦役和吊刑维持供给。双方采用的手段固然一致,但后果究竟如何,读者已经看到,在取得预期目的方面究竟起了什么作用,读者不久也会看到,此外,那些出格的措施之间的必然联系显而易见,稍加探讨不无好处:每一个措施都是前一个措施的不可避免的后果,全都由第一个措施引起,也就是把面包的价格定得同实际价值太离谱,或者说是需求和数量比例失调的自然结果。百姓始终认为,并且必然认为这种措施既公平合理又简单可行,因此遇到饥荒困难的时候自然希望并且要求实行,在可能条件下甚至想强加于人。随着严重后果的日益明显,当权的人便颁布新的法令补救每一个措施的副作用,禁止人们再做以前的法令驱使他们去做的事情。在这里,我们不妨顺便说一个奇特的巧合。在一个相距不远的国家和时代,也就是近代历史上一个最引起轰动、令人注目的时代①,在相似的情况下也采取过相似的措施(实质上几乎可以说是相同的措施,前因后果大致一样,唯一的差别只是程度),尽管时代已有了很大改变,欧洲已有所认识,不发生在其他地方而偏偏在那个国家,那主要是因为广大人民群众还没有得到消息,他们的观点在长时期内占了上风,迫使制定法律的人就了范。

现在回过头来谈我们的故事。米兰的动乱有两个主要的后果,一是动乱期间粮食的实际破坏和损失,二是原有的小麦数量虽然不多,总还可以维持到新麦登场,但限价期间毫无节制、毫无顾忌的大量消费掏空

---

① 指一七八九年法国大革命。

了储存。在这两个带有普遍意义的后果之外,还有四个作为动乱头目而被绞死的倒霉鬼,两个吊在拐杖面包房门前,两个吊在供应督办住宅所在的街道的尽头。

那个时代的历史资料很不翔实,根本找不到有关那些荒唐的价格是怎么终止、何时终止的记载。既然无案可查,作一些猜测也是情理之常,我们打算相信取消限价的日期在十二月二十四日,也就是执行绞刑那天的前后。在当月二十二日的那个公告之后,我们没有发现其他有关粮食问题的命令,也许由于疏漏没有注意到,也许因为政府发觉它的补救措施不起作用而大失所望或者汲取了教训,加之被一些事件搞得手忙脚乱,不再颁发公告了。历史学家们倾向于描述大事而不喜欢探讨事件的起因和进程,我们在不止一位历史学家的记载中看到当时全国,特别是米兰城的情况,当时已是冬去春来的季节,问题的根子,或者说粮食的供求比例失调,并没有因为大量进口外国粮食而消除,反而因为补救措施暂时掩盖了后果而更趋尖锐;加上国家和民间财力匮竭,周边国家的贫困,贸易稀少、缓慢和障碍,以及制定并维持贱价的法律约束,饥荒的真正原因或者不如说饥荒本身一发而不可收拾,越来越严重。我们且把悲惨的景象描述一番。

各处的店铺都关着门,作坊大多冷冷清清,街上人们衣衫褴褛,面有饥色,一副落魄的模样。原先沿门托钵的人如今混在大批新近沦为乞丐的人中间反而成了少数,不得不同以前或许给过他们施舍的人争夺残羹剩饭。年轻的店员伙计被解雇后收入无着,靠剩下的老本苦苦度日;店主本人由于商业瘫痪而破了产;从最普通到最专门的、最必需到奢侈的各行各业的工匠和师傅沿门沿街游荡,有的靠着街角,有的蹲在住家和教堂前面的便道上;有的唉声叹气地乞求施舍,有的还克服不了羞愧,嗫嗫嚅嚅地不敢开口,他们面黄肌瘦,衣不蔽体,又冷又饿,索索发抖;不过许多人还保存着昔日小康生活的痕迹,即使在失业潦倒的时候,仍可以看到某些勤劳正直的习惯。这群可悲的人里面还有不少是贵族人家遣散的仆役,那些贵族有的家道中落,有的虽然还很富,但在那样的凶年也不可能扈从如云,保持以前的豪华排场。这些形形色色的穷苦人中间还有一批平时依靠他们挣钱养活的人：小孩、妇女、老人，或者同他们一起或者在别的地点行乞。

还有不少痞子由于整个局势的影响丢了他们不光彩的饭碗，也不得不乞求施舍，他们蓬乱的额发、原先很鲜艳而如今破烂不堪的衣衫、举止和动作中某种特点、奇特的习惯在他们神情中留下的明显的烙印，使他们在行乞的人群中分外突出。以前他们总是在街上昂首阔步，目露凶光，穿着华丽的仆役号衣，帽子上插着羽饰，腰间佩着精美的武器，打扮得整整齐齐，还洒了香水，如今为饥饿所迫，只在乞求方面和别人相争，茫然走在街上，低声下气地伸手乞讨，而这些手以前只是横蛮地举起来威胁或者阴险地企图伤害别人。

最叫人伤心的也许是农民的模样了，他们有的单身，有的夫妇二人或者一家老小，丈夫和妻子抱着或背着小孩，手里牵着稍大一点的孩子，背后跟着老人。他们的家舍被驻扎在当地或者路过的士兵闯入抢劫，他们绝望之下离家逃亡；有些人为了引起更大的怜悯，把他们在保护最后一点粮食或者逃避盲目的暴行时挨打留下的青肿或伤疤袒露给人观看，仿佛把它们当成苦难的荣誉标志。有的虽然没有遭到那一类灾难，但被另外两种无处可躲的灾难，歉收和捐税所驱，来到了作为财富和慷慨总部和最后堡垒的城市，为了满足当时所谓的战争需要，各种苛捐杂税高得吓人。刚进城的人很容易辨认：他们步履迟疑，一副愣头愣脑的样子，原以为到了目的地后他们是得到怜悯的唯一对象，理应招来注意和救助，没料到竟有这么多穷人和竞争对手，不免显出惊讶和绝望的样子。先来城里的人流浪街头，随遇而安，运气好的得到一些救济，虽然杯水车薪，好歹没有饿死，他们的神情显得更阴暗惶惑。他们的衣着如果还能称作衣着的话，可谓形形色色，五花八门；他们的相貌也各各不同：低洼地区的人脸色苍白，中部平原和丘陵地带的人长得干瘦，山区的人则显得剽悍；但共同的特点是憔悴枯槁，眼窝深陷，目光呆滞而含有愠怒，头发蓬乱，胡子又长又硬；他们从小劳作，体格结实，现在却由于长期缺食耗空了底气，破烂衣衫露出的胳膊、小腿和胸口骨瘦如柴，皮肤干皱；身强力壮的男子都落到这种地步，荏弱的妇女儿童当然更经不住煎熬，更容易罹病死亡,境况同样伤心惨目。

街上房屋墙脚到处可以看到一小堆一小堆肮脏的杂碎麦秸。这些不起眼的垃圾帮了那些穷苦人的大忙,成了他们的床铺,晚上有个可以枕脑袋的地方。不时可以看到又饿又乏再也走不动的人在那上面躺下,有时那鄙陋的床铺上是一具尸体,还有些时候只见一个人像一团破布似的瘫了下去,地上又多了一具尸体。

路上的行人或者邻近的居民有时突然出于怜悯之心在那些床铺旁边弯下腰察看。有的地方出现了来自远处的深思熟虑的救援,救援是精明能干、惯于助人的费德里科一手安排的。仁慈的红衣主教挑选了六名一心向善、体格健壮的教士,把他们分成三组,每组配备了几个小厮,带着食物和一些重量轻、见效快的滋补品以及衣服,负责巡视三分之一的城区。三个小组每天从三个不同的地点出发,看到倒卧在地的人就上前,根据不同的情况给予帮助。有的已经奄奄一息,水米不进,教士便为他做了临终祈祷,给予最后的安慰。一般饥民得到的是菜汤、鸡蛋、面包和葡萄酒;饿得太久、衰弱不堪的人得到的是清炖鸡汤和较多的葡萄酒,必要时先给他们使用嗅盐兴奋和强心的药物,让他们振作一些。衣不蔽体的人同时还可以领到衣服。

主教的救援并不是到此为止,他希望尽其可能给一些更有效的而不是暂时性的帮助。那些穷苦人得到初步的照顾,恢复了体力,能站起来行走时,每人还领到一些现钱,以免再度挨饿而没有新的救援时很快又回到先前的状况;另一些穷苦人由教士帮助寻找愿意收容他们的住户。经主教介绍,境况比较好的人家可以免费接纳;另一些人家心有余而力不足,教士们便请求他们让穷苦人寄宿,定出伙食和住宿价格,当场付部分费用。然后他们列出寄宿人的名单交给教区神甫,让教区神甫定期去看望,他们自己也去看望。

不用说,费德里科的关心并不限于那些极端的痛苦,也不等待它们发展到触目惊心的程度。他热诚而又灵活的仁慈心肠什么都感觉到,照顾到,连不能预见的地方都考虑到了,甚至可以说,凡是有必要的形式都用上了。事实上,他筹集了所有的财力、物力,厉行节约,把原先留作其

他施舍而现在可以暂缓的储备全利用上,尽了一切筹款的办法都用于赈济饥民。他买了许多粮食,大部分运到主教辖区最缺粮的地方,但远远不能满足需要,里帕蒙蒂在记叙这件事时提到主教还运去了食盐,"以便当地把野菜和树皮加工成食物"①。主教还布置在城里各教区分发粮食和钱,他本人巡视各区,散发赈济,帮助了许多赤贫的家庭,当时的一位医师作家阿莱桑德罗·塔地诺在我们以后还要援引的他的一本书里说到主教府邸每天上午施粥两千碗②。

如果考虑到这些施舍全部依靠一个人的财力,出自一个人之手(因为费德里科一向不愿支配别人的施舍),我们当然可以称之为壮举;加上另一些私人的施舍,虽不丰厚但笔数很多;再加上十夫长委员会批准、委托供应署分发的救济金,尽管有这一切,仍满足不了实际需要。由于主教的施舍,一些快饿死的山里人延长了生命,另一些人又饿得奄奄一息;有限的施舍吃光用光后,第一批人再度陷入绝境,施舍不可能全面铺开,

---

① 《意大利通史》第五辑第六卷第386页。——原注
② 《米兰城大瘟疫始末纪实》,一六四八年米兰版,第10页。——原注

有些地区虽然没有被遗忘，但情况不是最严重，救济可以推迟一些，那里的苦难往往造成致命的后果，结果饿殍遍野，饥民纷纷拥进城里。在城里，假设有两千饥民气力比较大，挤开了别人领到一碗粥，能熬过当天而不至于饿死，但是还有好几千人给挤在后面干瞪眼，其中往往有那两千人的妻子、儿女、父母，我们会不会把领到粥的人称为幸运儿呢？城里某些地方，一些衰弱不堪的人给扶了起来，得到抢救，被收容了一段时期；许多别的地方，别人却得不到帮助宽慰，气息奄奄，甚至一命呜呼。

白天，街上是一片嘈杂的哀求声；晚上则是连连呻吟，不时夹杂着突然发出的悲恸声、叫喊声、深沉的祈求声，最后是尖叫声。

值得注意的是，在水深火热的苦难和形形色色的呻唤之中，竟看不到骚乱的意图，也听不到骚乱的呼喊，至少没有发现这一类迹象。但是在那些活得窝囊、死得凄惨的人中间，不少是绝不甘心忍受的，其中好几百人在圣马丁节那天叫喊得很凶。不能认为使他们现在有节制的是那四个为大家付出代价的倒霉鬼的榜样；那群流离失所的人等于被判处了缓慢的死刑，已经受到折磨，在他们心里绞刑的回忆又能有什么节制的力量？但是人们一般都是这样的：遇到可以忍受的不幸时，我们会暴跳如雷起来反抗；大难临头时，我们反而默默屈服了；我们最初称之为难以忍受的灾祸演变到最剧烈的程度时，我们忍受了下来，不是心甘情愿地忍受，而是给吓呆了。

那群可悲的人中间每天有不少死去，但每天有更多的人填补空缺，难民不断拥来，先是附近村镇，然后是整个地区，最后甚至有其他城市的难民。与此同时，每天也有老居民离去，有的是不想看这许多惨象，另一些发现自己的地盘被新的乞讨对手夺走，便孤注一掷作最后的尝试，到外地去行乞，认为外地乞求施舍的人不会这么多，竞争不会这么激烈。这些方向相反的迁徙者在路上迎面而过，互相看了反感，对各自前往的目的地则是可怜的标志和不幸的征兆。但是他们继续迁徙，如果说不是希望改变命运，至少是不想再待在那片变得可憎的天空下和使他们感到绝望的地方了。有些人体力不支，倒毙在路上，对他们的患难伙伴说来是更不祥的征兆，对别的路人说来则是可怖的，甚至是责怪的对象。里帕蒙蒂写道:"我在城墙旁边的路上见到一具妇女的尸体……她嘴边还挂着没有嚼完的草根,嘴唇仍有使劲咀嚼的模样……她肩上挎着一个小包袱,胸前用裙摆兜着一个哭着要吮奶的婴儿……好心的人走来,捡起那个死了娘的婴儿,随即履行了母亲的第一项责任。"

往时常见的华丽与褴褛、富裕和贫困的对比那时完全消失了。褴褛和贫困几乎触目皆是,穿着得稍微整齐一些就显得十分突出。贵族上街的衣着也很简单朴素,甚至有点破旧;有的是因为普遍的贫穷使他们家道中落,有的本来已经风雨飘摇,这一次的打击使他们一蹶不振;另一些则怕自己的奢华激起公愤或者觉得众人遭难时自己不好意思养尊处优。那些招人憎恨和畏惧的恶霸以前上街时总带着一帮痞子,现在几乎是独来独往,低着头,显得像是请求原谅与和解。另一些恶霸即使在兴旺时期思想比较仁慈,态度比较谦逊,但在连绵不绝的非但超出救济的可能而且几乎可以说是超出怜悯力量的苦难前面显得同样惶惑、惊恐、

茫然失措。有条件给予施舍的人也不得不在最饥饿、最迫切需要救援的人之间做出为难的选择。当一只仁慈的手伸向一个不幸的人时,立刻有一大群不幸的人围了上来,剩下气力较多的人更迫不及待地挤到了前面,衰竭的人、老人、小孩举起皮包骨头的手,母亲们远远地举起用破布包裹着的、饿得哭不出声的孩子。

　　冬、春两季就这么过去了,很久以来,卫生署就经常提请供应署注意城里拥来了这么多的穷人会有发生瘟疫的危险,并且建议把乞丐收容在各个济贫院里。当局在讨论、批准这个建议,考虑付诸实施的条件、方式和地点时,城里的穷苦人越来越多,街头的尸体也与日俱增。供应署想出一个更容易、更快捷的办法,打算把所有的乞丐,不论有病没病,全集中在一个地方,也就是传染病院,卫生署认为过分拥挤会增加原想补救的危险,虽然反对,结果还是这样做了。

　　有的读者也许没有见过或听说过米兰传染病院,这里不妨略作介绍。病院是坐落在东门左侧城外的一个几乎成正方的四边形场所,和城墙之间有壕沟和环城马路相隔,病院周围还有一条运河环绕。四边形的两条长边大约五百步,另两条各少十五步左右;四边都是隔开的小平房,内侧三边有一条细柱长廊相连。

　　平房总共有二百八十八间左右,前些年中央开了一大豁口,靠公路一边的犄角上开了一个小豁口,不知推倒了几间。我们的故事发生的年代整个场所只有两个入口,一个在挨近城墙的一边的正中央,另一个在对面,遥遥相望。场地中心是一座八角形的小教堂①。

　　整个场所是由私人捐款在一四八九年开始营造的②,以后靠公家拨款和其他遗嘱馈赠及个人捐输陆续修建;最初目的,如它名称表明的那样,是在必要时收容传染病人,早在兴建病院之前,瘟疫时有流行,以后的长时期内,每一个世纪总有两三次、甚至七八次流行,有时在欧洲这一国家,有时在那一国家,有时蔓延一大片,有时席卷整个欧洲。我们故事

---

① 这座建筑在十九世纪后半期几乎完全毁坏,只剩下临圣格里戈莱街的一堵墙。
② 发起人是贝维拉夸伯爵。

发生的时候,传染病院给用作仓库,存放来自有瘟疫嫌疑的国家的货物,等待检疫。为了腾出病院,也顾不上严格遵守卫生法规了,草草进行消毒和规定的检查,把全部货物一次发还货主。所有的房间里铺了麦秸,尽可能按数量和质量要求储备粮食,然后颁布公告,让所有的乞丐前去。

许多人自动去了,病卧街头和广场的人全给抬了去,不出几天,收容的人数超出了三千。但是还有不少人赖在外面。或者因为大家都希望别人进收容所,留下来分享城里施舍的人越少越好,或者由于穷苦人对有钱有势的人提供的一切都抱有疑虑(这种疑虑总是同感到和引起疑虑

的人的共同的无知,同穷苦人的数目和法律的不近人情成比例的),或者由于他们了解提供给他们的恩惠究竟是什么;由于这一切,或者任何其他原因,事实是大部分乞丐并不理睬收容的号召,仍在街头苟延残喘。当局有鉴于此,认为应该从邀请转为强制,便命令捕快上街巡逻,把乞丐押进传染病院,反抗者一律上铐,每抓一名赏钱半里拉。世上的事就是这么样,即使财政最困难的时候,公家的钱也有合适的用途可以花费。按照供应署的设想,或者不如说公开表明的意图,一部分乞丐离了城,去别处自由自在地生存或者死亡;尽管这样,搜捕乞丐的工作十分积极,短时期内,传染病院里客人和囚徒的数目有一万之多。

我们猜想,妇女和儿童大概有专门的区域,虽然当时的记载在这方面没有提及。肯定还有一套维持秩序的规章制度,但是谁都能想象,在那种时候,尤其是在那种情况下建立和维持秩序是多么困难,因为集中在那里的人又多又杂,既有自愿的也有被迫的;对有的人来说,乞讨是万不得已,是痛苦、羞辱,对另一些人来说却是一门行当;有许多人习惯于农村和作坊里的诚实劳动,另一些人却是在广场、酒店、恶霸的家宅里混出来的,习惯于游手好闲、坑蒙和暴力。

　　至于他们的食宿条件,我们即使没有确切的资料也可以猜出那种惨状,可是有案可查。每一个小房间里睡二三十个人,挤不下的就蹲在长廊底下,坚硬的地上有的铺一些霉烂发臭的麦秸,有的光秃秃的;规定应该有足够的新鲜麦秸,经常更换,事实上是数量很少,质量极差,根本不更换。规定面包质量要好,有哪一个官员会吩咐准备并提供质量差的食品呢?但是在正常情况下,供应对象有限得多的时候都不可能办到;在那种非常时期,管这么一大群人吃饭,又怎么能保证质量?当时传说传染病院的面包掺杂了难以消化的、没有营养价值的东西,我们从史料中也发现了有关记载,这种抱怨不是没有根据的。病院用水奇缺,我指的是洁净的活水,因为公用的水源是环绕病院墙外的运河,水浅流缓,有些地段本来已经淤塞,突然增加了这么多人就近使用,水质当然污浊不堪。

　　这一切致死的原因对于有病的或者容易得病的人来说更是势不可当,加上那一年的气候特别恶劣,先是淫雨连绵,然后长期干旱,接着是一阵暴热。不幸和不幸感、禁闭的厌烦和焦虑、对旧时的怀念、失去亲人的悲痛、对离散的亲人的惦记、相互之间的折磨和憎恶、从外面带来的或在病院里产生的种种沮丧和愤懑、多种原因的死亡景象引起的担心,这一切都形成了新的、强有力的致死原因。病院里的死亡率不断上升,占了统治地位;对许多人来说,已经达到了瘟疫的规模也并不奇怪,因为那些原因的汇合和激化必然增加了疫病流行的活动(即使程度不及那次严重,持续时间不及那次漫长的别的饥馑时期也会发生疫病流行);或许因为确实产生了某种传染病,在满目疮痍、食物低劣、气候反常、环境污秽、生灵涂炭所影响并戕害的身体里,那种传染病找到了适合它滋生、成长和繁衍的土壤和时机以及必要的条件(某些医师就瘟疫的起因提出了假说,前不久另一位勤奋而睿智的医师提出许多论据但作了很大保留地重申了这一假说①,我这些外行话只是顺着他们的思路稍加发挥);据一则晦涩而不确切的记载,负责公共卫生的医师们似乎认为病院从集中乞丐之时开始传染病已经发作;另一种可能是疫情早已存在并已酝酿(如果考虑到饥荒为时已久,范围甚广,死亡频繁,这一可能性似乎更大),被那群乞丐挟带进来,以前所未有的可怕的速度蔓延扩散。不论这些猜测中哪一条属实,没过多久,传染病院每天的死亡人数超过了一百。

病院里是一片沮丧、焦虑、担忧、抱怨和恐惧,供应署里则为羞愧、犹豫和茫然失措所笼罩。他们研究讨论,听取卫生署的意见,无计可施,只有把先前大张旗鼓,花了大量财力物力,搞得全城鸡犬不宁的措施全部推翻。他们打开传染病院的大门,允许里面没有病倒的穷苦人自谋生路,那些人欣喜若狂地夺路而逃。里帕蒙蒂写道:城里又响起旧时的呻唤,但比以前微弱,断断续续;街头又见到那群乞丐,但人数少了许多,模样更凄惨,想到死去人数之多也就不奇怪了。生病的人都给迁到圣马利亚济贫院,死去了大半。

与此同时,田野开始呈现出金黄色。来自郊区的乞丐纷纷离去收割盼望已久的庄稼。费德里科想出新的施舍措施,做了最后的努力替他们送行,吩咐向主教辖区的农民每人发放一个儒利奥②和一把镰刀。

收获季节的来临终于结束了饥馑,流行病或传染病引起的死亡一天比一天减少,但仍持续到秋季。死人的事正要完全停止时,突然又来了新的灾难。

在这期间,发生了许多重大的、特别是人们称之为历史性的事件。上文已经说过,红衣主教里奇留攻克罗歇尔城堡之后,勉强和英国国王③

---

① 恩里科·阿契尔比医师所著《论斑疹性疾病及其他一般性传染病》第三章第一、二两节。——原注

② 儒利奥,十六世纪教皇儒利奥二世在位时铸造的银币,每枚值五十六分。

③ 指英格兰和苏格兰国王斯图尔特查尔斯一世,在位期为一六二五至一六四九年。

修了和,他用雄辩的口才提议并说服法国枢密会议向内韦尔公爵提供有力的帮助,同时促使法国国王御驾亲征。正在进行远征准备的时候,帝国特使拿骚伯爵在曼图亚敦促新公爵把领地交给费尔南多,不然费尔南多就派军队占领。公爵在更绝望的情况下都拒绝接受如此苛刻险恶的条件,如今近在咫尺的法国援助给他壮了胆,他当然要尽量回避,虽然使用的言辞竭力掩饰和淡化拒绝的真意,提出的建议表面显得更为顺从,实际的代价却不那么昂贵。特使走了,声称要使用武力解决。到了三月份,红衣主教终于随同国王率军南下,向萨伏伊公爵借道,双方谈判没有达成协议,经过对抗,法国人占了上风,再坐下来谈判后达成一项协定,由公爵保证让科尔多瓦解除卡萨尔城堡的围困,假如科尔多瓦拒绝,便同法国人结盟一起进攻米兰公国。堂贡萨洛认为占了便宜,解除了对卡萨尔城堡的围困,一支法国军队立即进驻,加强卫戍。

正是这个时刻,阿基里尼①写了那首献给国王路易十三世的著名的十四行诗:

啊,熊熊炉火,加紧锻造兵器,

以及另一首敦请国王立即出兵解放圣地巴勒斯坦的十四行诗。但是诗人们的劝告注定不会受到重视,如果历史上某些事件同诗人的建议不谋而合,那也是早已做出决定的。红衣主教里奇留出于他认为是更紧迫的原因决定回法国。威尼斯人派来的吉罗拉莫·索兰佐②固然可以援引种种理由来反对那一决定,但国王和主教既不重视他的文章也不重视阿基里尼的诗篇,带了军队的主力回国,只在苏沙留下六千名士兵,防守通道,同时作为协议的保证。

法国军队前脚开走,费尔南多的军队后脚跟进,侵入格里松斯和瓦尔特林纳地区,准备向米兰公国逼近。这一类的军事行动自然会带来种

---

① 阿基里尼(1574—1640):意大利波洛尼亚诗人。
② 索兰佐是意大利威尼斯古老的贵族,但他在文学方面并没有很大成就。

种使人担忧的灾难,卫生署提出明确警告,说是日耳曼部队中时有爆发的疫情已在那支军队中酝酿,也就是瓦尔契①谈到的一世纪前蔓延到佛罗伦萨的那种瘟疫。卫生署的督察之一(卫生署除主任之外有六位督察,四个地方官,两个医师)阿莱桑德罗·塔地诺在前文涉及的报告中②曾叙说卫生署派他去禀告总督,如果那批士兵确像传闻那样前往围困曼图亚,经过当地时会带来极可怕的危险。堂贡萨洛的特点之一是渴望在历史上占有一席之地,历史确实也不能对他置之不理,但和常有的情形一样,不懂得或者不愿费事去记载他的最值得记下的一件事,也就是他那时对塔地诺的答复。他回答说不知如何是好,促使那支军队采取行动的利益和荣誉远比卫生署指出的危险重要,不管怎么说,他尽可能加以补救,只求老天保佑。

为了尽可能加以补救,卫生署的两位医师(已经提到的塔地诺和著名的洛多维科的儿子塞纳托雷·塞塔拉)向该署建议必须严格禁止向将要路过本地的士兵购买任何物品,违者处以重罚,但他们无法使主任理解颁布这一禁令的必要性,塔地诺写道,主任是个"大好人,他不相信同士兵们做些交易,购买他们的物品,竟会带来成千上万人死亡的危险"。我们把这件事作为当时许多怪事之一提出来,因为自有卫生署以来,肯定没有另一位主任会提出同样的论据,如果这能称之为论据的话。

堂贡萨洛作了那个答复之后不久便离开了米兰,离去的原因和情景都使他十分伤心。他是那场战争的发起人和司令官,战争失利,他自然给罢了官;老百姓则把他执政期间的饥荒归罪于他。(至于他在瘟疫蔓延问题上起的作用,可能没有人了解,也可能根本没有人为之感到不安,当然,卫生署以及特别是那两位医师不在其中,下文自有交代。)当他乘坐的旅行马车由持戟卫队簇拥着,前面有两名骑马的号角手开道,后面有贵族们的四轮马车追随,浩浩荡荡离开总督府时,聚集在大教堂前面广场上的顽童们使劲吹起口哨,在后面鼓噪奔跑。堂贡萨洛一行拐进通向

---

① 瓦尔契(1503—1565):意大利历史学家,他写的《佛罗伦萨史》叙述了该城一五二七至一五三八年的情况,曼佐尼提到的瘟疫在该书第十二卷第五十一节。

② 报告第16页。——原注

提契诺城门的街道准备出城时，被人群团团围住，这些人有的早就守候在那里，有的是闻声赶来的，因为那两名耀武扬威的号角手从总督府开始到城门为止一直吹个不停。后来追究这次骚乱的责任，认为号角声起了煽风点火的作用，申斥号角手时，一个号角手回答说："敬爱的总督大人，那是我们的工作，假如大人不希望我们吹，应该事先吩咐我们别吹。"堂贡萨洛也许因为不愿意干出任何表示胆怯的事情，或者害怕助长人群的气焰，也许因为真的有点手足无措，竟然没有下达命令。卫队试图驱散人群，人群反而围住了马车，跑前跑后，大声喊道："饥荒走啦！""祸害穷人的吸血鬼走啦！"以及更难听的话。车队接近城门时，人们开始投掷石块、砖头、木头疙瘩、果皮杂物，以及在这种场合下充作弹药的种种垃圾；一部分人登上城墙，朝正要出城的马车投下最后一批碎砖破瓦。随后，这些人一哄而散。

被派来接替堂贡萨洛的是安布罗乔·斯比诺拉侯爵①，此人在佛兰德战争中军功卓著，至今仍在传颂。

与此同时，在另一个意大利首领兰巴尔多·科拉尔托伯爵②统率下的日耳曼军队最终接到向曼图亚进军的命令，九月份开进米兰公国，科拉尔托伯爵的名声比斯比诺拉侯爵为小，但并不比他光彩。

当时的军队多数是由职业雇佣军首领招募的雇佣兵组成，这些首领有的是受某些王公贵族的委托，有的是自己先组成军队，然后待价而沽，卖身投靠。雇佣军这门行当的吸引力不在饷银，而在于洗劫的希望和恣意妄为的种种诱惑。稳定而全面的纪律是不存在的，因为它和各个不同的雇佣军首领的部分独立的权威性格格不入。再说，首领们在纪律问题上的要求并不严格，即使有这方面的要求，也不知道如何才能建立和维持，因为假如一个首领异想天开，打算禁止洗劫的话，那些雇佣兵就会倒

---

① 安布罗乔·斯比诺拉（1571—1630）是意大利热那亚人，受雇于西班牙国王菲利普三世，在佛兰德作战，在一六〇四年奥斯坦德之役和一六二五年布雷达之役获胜，一六三〇年死于瘟疫。

② 兰巴尔多·科拉尔托（1575—1630）是意大利贵族，一六二五年起受雇于费尔南多二世，一六三〇年七月攻占曼图亚，大肆掳掠，同年染疾身亡。

戈反水,或者至少作鸟兽散,抛下他一个人去打旗号。此外,王公贵族们雇佣那些亡命徒时,只求多多益善,以保证军事行动的成功,很少量入为出,考虑自己的有限的支付饷银的能力,因此饷银一般都拖欠延期,发得很不爽快;攻城略地后的掠夺便成为一种有默契的补充。大名鼎鼎的华伦斯坦①有一句名言,那就是养一支十万人的军队比养一支一万人的军队容易得多。我们所说的那支军队的大部分成员曾在他的统率下在那次就规模和影响而言十分著名的战争中横扫德国,由于它的持续时间,那场战争后来得了"三十年战争"之称,当时已进入第十一年。作战的是华伦斯坦的嫡系部队,由他的一个代理军官指挥;其他首领大多曾听命于他,但是四年之后,不止一个促使他得到了众所周知的不幸下场②。

那支军队有步兵二万五千,骑兵七千,从瓦尔特林纳南下逼近曼图亚地区时,必须沿着科莫湖两个分支之间的阿达河行进,然后再沿着它注入波河的分支前去,要八天的路程才能到达米兰公国。

当地百姓大多带着一些值钱的东西,赶着牲口躲到山里去了,留下来的有的是因为家里有病人不能扔下不管,有的是为了守住房屋免遭焚毁,有的是想看住藏着或埋在地下的贵重物品;另一些则是因为没有可损失的东西,还有一些人甚至指望捞点什么。第一队士兵到达歇脚的村子时,立刻在本村和附近的村落大肆抢劫,能吃能拿的东西一扫而光,剩下的全敲碎砸烂;家具成了烧火的木柴,房屋成了马厩,打人、伤人、强奸妇女的暴行更不用说了。隐藏财物的狡黠的办法多半都不起作用,有时反而引起更大的麻烦。士兵们都是打家劫舍的行家里手,他们搜遍屋子的每个角落,挖掘推倒墙壁,轻易就辨出菜园里新近翻掘的泥土,甚至上山去找牲口,由村里无赖带领找到躲在岩洞里的富人,把他拖回家拷打,逼他说出藏钱的地点。

他们终于开拔了,鼓声或号角声在远处消失,然后有几小时惊魂甫定的安静,接着另一阵该死的鼓声和号角声宣告另一队士兵的来到。他

---

① 一六一八至一六四八年三十年战争中德皇军队的统帅。

② 指比科利,他向德皇告发华伦斯坦有背叛之意,和其他军官一起于一六三四年杀害了华伦斯坦。

们找不到可吃的东西，狂怒之下大肆破坏剩下的东西，把前一批士兵倒空的木桶和空荡荡的屋子的门板劈开烧火，放火烧房屋，更残暴地祸害百姓，这样一次比一次更糟，连续有二十天之久，因为那支军队分成二十来个中队。

那些魔鬼首先侵入公国的地点是科利科，然后扑向贝拉诺，在瓦尔沙西纳分散后，进入莱科地区。

第二十九章

在莱科惊慌可怜的百姓中间,我们遇到了熟人。

军队入侵逼近、胡作非为的消息迅速传开的那天,没见过堂阿邦狄奥的人可以说是不懂得什么叫焦急和惧怕。传说那支军队有三万、四万、五万人,都是邪恶的异教徒,个个像凶神恶煞;他们抢劫了科尔特诺瓦,放火烧了普里马卢纳,摧毁了英特罗比奥、帕斯图罗、巴尔西奥,已经到达巴拉比奥,明天就会到这里;人们奔走相告,三三两两地商量该怎么办,七嘴八舌地拿不定主意,不知道是逃跑好还是留下来好,妇女们聚在一起,双手抱着头。堂阿邦狄奥打算逃跑,他的决心下得比谁都早,比谁都更坚决,但是不论走哪条路线,不论逃往哪里,都有不可逾越的障碍和令人胆寒的危险。"怎么办?到哪里去?"他喊道。到山里去,且不说路途艰难,并不安全,因为早就听说那些德国雇佣兵只要发现一丝战利品的迹象或希望,爬起

山来比山猫还要利索。湖上风急浪高,何况大多数船夫害怕被拉去运送士兵或辎重,已经驾船逃到对岸,剩下几条船也挤得满满当当的开走了,由于超载和风浪,据说随时都可能发生危险。要走得远些,并且避开军队行进的大路,必须有辆轻便马车、一匹马或者别的交通工具,但是都不可能办到;靠自己的两条腿,堂阿邦狄奥根本走不了多久,半道就会被军队赶上。贝加莫离此不远,徒步走去并非不可能,但是早传说贝加莫方面已经火速派出一队轻骑兵①赶往边境拦截德国雇佣兵,轻骑兵和德国雇佣兵一样穷凶极恶,什么坏事都干得出来。那个可怜虫六神无主跟在佩贝杜亚背后满屋子乱跑,想同她商定一个办法,佩贝杜亚正忙于收拾家里值钱的东西,把它们藏在阁楼或者披屋里,手里怀里都没空着,气喘吁吁地跑来跑去,回答说:"让我先把这些东西藏在保险的地方,以后的事别人怎么干我们也怎么干。"堂阿邦狄奥想拖住她讨论各种方案,她无暇顾及,军队的逼近使她害怕,主人的啰唆使她心烦,她此刻的脾气比以往任何时候都更暴躁。"别人能对付的话,我们也对付得了。您别缠着我,对不起。您以为别人就不想逃命吗?难道那些兵是冲您一个人来的?在这种时候您非但不帮我忙,反而碍手碍脚,纠缠不清。"她用这类答复打发了堂阿邦狄奥,心里已打定主意,收拾了家里乱七八糟的东西之后,就拽住他的胳膊把他像小孩似的拉上山去。堂阿邦狄奥自讨没趣,一个人在窗口张望,竖起耳朵倾听,见到有人路过时便带着哭音责备似的喊道:"行行好,帮你们可怜的神甫找匹马、骡子、驴子吧。难道没人愿意帮我一把?唉,你们这些人!至少等等我,让我跟你们一起走,我们凑齐十五个、二十个人结伴走,别扔下我不管。难道你们想让我落到那些恶人的手里?难道你们不知道他们大多是路德派教徒,认为杀个神甫是功德?你们想扔下我殉教?唉,你们这些人啊!你们这些人啊!"

他这些话是对谁说的?男人们扛着他们寒酸的用具,弯腰屈背地彳亍而行,心里还在想留在家里的物品,驱赶着他家的小牛,领着儿女(他

们也扛着力所能及的东西），妇女们则抱着不会走路的孩子。有的既不回答也不朝上张望，自顾自走了；有的说：“哎，神甫先生，您自己想想办法吧，您没有拖家带口比别人强得多，自己凑合吧。”

"唉，该我倒霉！"堂阿邦狄奥喊道，"唉，什么样的人，什么样的心肠！没有仁慈，只顾自己，谁都不肯为我着想。"他又去找佩贝杜亚。

"哦，还有一件事！"她对神甫说，"钱呢？"

"我们怎么办？"

"交给我，我把它和银餐具一起埋在花园里。"

"可是……"

"别可是啦，赶快交给我，身边留一些应急，别的由我处理。"

堂阿邦狄奥遵命取出他藏在小箱子里的为数不多的钱财，交给佩贝杜亚,她说:"我去埋在花园里那株无花果树下。"过了一会儿,她提着一个食品篮子和一个空的小背篓回来,把她自己和主人的替换内衣找了几件,匆匆塞进背篓,同时说道:"那本每日祈祷书,至少该由您自己拿着。"

"我们去哪里?"

"别人都去哪里? 我们先到街上,听听看看,就知道该怎么办了。"

这时候,阿格纳丝来了,她背着一个篓子,脸上的神情像是有要事相告。

阿格纳丝一个人待在家里,身边还有一些无名氏上次给的金币,当然不愿意等那些不速之客的光顾,一直在琢磨去哪里避难。在饥荒的日子里,那些金币帮了她大忙;如今引起她焦虑和犹豫的主要原因正是用剩下来的几枚,因为她听说已经遭到洗劫的村子里,手头有点钱的人处境更为可怕,既容易蒙受入侵者的暴力,又遭到邻居的觊觎。当然,除了堂阿邦狄奥之外,她对谁都没有提起这笔意外之财,她不时去堂阿邦狄奥那里兑开一枚金币,总是留下一点钱让神甫施舍给比她更穷的人。但是隐藏的钱对于它的主人,特别是对于不习惯于有钱的主人来说,反而成了一块心病,总觉得别人在猜疑。这时她也在把带不走的物品尽可能分散藏好,想到缝在紧身背心里的金币,并且记起无名氏派人送金币来时曾经捎话说以后有用得着他的地方尽管吩咐,还记起人们关于他那座城堡的传说,那里固若金汤,不经主人允许,除了飞鸟之外,谁都休想进去,便决定去那里请求避难。她琢磨着怎么向那位绅士自荐时,马上想起了堂阿邦狄奥。自从主教同他谈话以后,凡是有事找他的时候,只要不受牵连,他总是和颜悦色,心情也比较舒畅,何况那对年轻人远在他乡,他的善意不大可能遭到严峻的考验。她估计在当前混乱的局势下,窝囊的神甫准会比她更着急害怕,她的主意对他可能也是上策。她把这想法告诉了佩贝杜亚,征求主仆二人的意见。

"你说呢,佩贝杜亚?"堂阿邦狄奥问道。

"我说这简直是上天的启示,不能拖延了,马上就走。"

"以后呢……"

"以后,以后,我们到了那里以后自会满意的。人们都知道那位绅士现在一心向善,只希望替人解难,他肯定乐于接纳我们。他的城堡挨近边界，又那么高，士兵绝对不会去。以后，以后我们还有吃的，假如我们躲在山里，这点东西吃完之后，"她说到这里把装食物的篮子放在背篓里的替换衣服上面，"我们的日子可不好过。"

"他真的皈依天主了吗？"

"他的所作所为已是人所共知，您自己也看到了，谁还会怀疑呢？"

"我们会不会落入陷阱，脱不了身？"

"什么陷阱？对不起，您这么前怕狼后怕虎，我们永远得不出结论。太好啦，阿格纳丝！你的主意太妙了！"她说着把背篓搁在一张小桌上，胳膊伸进背篓带，把它背起来。

"能不能找个男人，"堂阿邦狄奥说，"和我们结伴，护送他的教区神甫？现在坏人很多，假如我们不幸碰上，你们两个女人能帮我什么忙？"

"您又来这一套，净耽误时间！"佩贝杜亚嚷道，"现在各顾各都来不及，上哪儿去找一个男人？快去拿您的祈祷书和帽子，我们立刻走。"

堂阿邦狄奥走开了，随即挟着祈祷书、头戴帽子、拿着手杖回来，三人从面向广场的小门出了屋。佩贝杜亚锁好门，把钥匙揣进口袋，她这么做并不是对那把锁和那两扇门板有多大的信任，只是履行形式。堂阿邦狄奥路过教堂门前时瞅了一眼，自言自语说："教堂是为百姓效力的，该由百姓来守护。假如他们对教堂有一点爱，就应该关心；假如没有，他们自己倒霉。"

他们三人默不作声地走在田野上，各想各的事情，打量着周围，堂阿邦狄奥尤其注意观望有没有可疑的人，有没有异乎寻常的情况。没有看到任何人，人们要守在家里，收拾东西，隐藏好；要就是在通向山里的路上。

堂阿邦狄奥叹了几口气，嘀咕几句，接着嘟嘟囔囔地发起牢骚来。他先数落内韦尔公爵，说公爵原可以待在法国，过着养尊处优的生活，却冒天下之大不韪想当曼图亚公爵；他对国王也有意见，说国王应该为别人着想，顺乎自然，不该刚愎自用，说到头，不管谁当曼图亚公爵，国王还是国王，何苦瞎操心。使他最反感的是总督，总督应该竭尽全力消弭灾祸，可为了喜欢打仗，却把战火引了进来。他唠叨说："那些老爷应该在这里亲眼看看，尝尝这种滋味。他们怎么向天下人交代！但是无辜的人却替他们受过!"

"您别提那些人啦,让他们安生一会儿吧,他们不会来帮我们的,"佩贝杜亚说,"您别见怪,您那些全是废话,解决不了任何问题。我担心的是……"

"什么事?"

佩贝杜亚在那段路上把刚才匆匆忙忙收藏起来的东西冷静地回想了一遍,开始抱怨某件忘了放好,另一件放得不是地方;某个地方留下痕迹容易被盗贼发现,另一个地方又……

"好啊!"堂阿邦狄奥这时已没有性命之忧,转而为他的财产担心了,他振振有词地说,"好啊!你是怎么搞的?你有没有头脑?"

"怎么?"佩贝杜亚猛地站住,在背篓许可的范围内双手叉着腰,嚷嚷起来,"怎么?刚才你非但没有帮我忙,替我出出主意,反而缠着我,搞得我头昏脑涨,现在倒来责备我!我一心想着家里的事,根本不怎么考虑自己,可是没有谁帮我一把;我奔进奔出,手忙脚乱;如果有些差错,不知该说什么了,反正我做的事已经超出我该做的。"

阿格纳丝打断了他们的争论,也谈起自己的苦恼,她埋怨的不是逃难的折腾和损失,而是同鲁茜亚相见的希望落了空,因为读者记得母女二人期望秋天可以重聚,但在目前的形势下堂娜帕拉塞德不可能来这里,即使来了,也会像所有的人一样早就望风而逃了。

那些地方的景色勾起了阿格纳丝的回忆,使她的心情更加沉重。他们离开小径后,到了公路上,那正是前不久她接了女儿,在裁缝家住了几天后回自己家时走过的路。裁缝家所在的村子已经在望。

"我们不妨去看看那些好心人。"阿格纳丝说。

"并且歇歇脚,这个篓子有点背不动了,同时还可以吃点东西。"佩贝杜亚说。

"不过不能耽误太久,我们可不是出来游玩的。"堂阿邦狄奥提出了条件。

裁缝一家见到他们非常高兴,热烈欢迎。我们的佚名作者这时感叹说,如果你尽量多做好事,你就会频繁地看到使你快活的面庞。

阿格纳丝和裁缝好心的妻子拥抱时泣不成声,宣泄了心中的郁闷,她抽噎着回答了裁缝夫妇关于鲁茜亚的问话。

"她比我们合适，"堂阿邦狄奥说，"她在米兰，毫无危险，兵荒马乱的事同他们沾不上边。"

"神甫先生一行是逃离战乱吗？"裁缝文绉绉地问道。

"不错。"主仆二人同时回答。

"我深表同情。"

"我们想去城堡。"堂阿邦狄奥说。

"这个想法好，城堡就像教堂一样安全。"

"你们在这里不担心吗？"堂阿邦狄奥说。

"神甫先生，可以说这里简直像是边寨，您明白什么意思，照说他们不会到这里来，天主保佑，我们这里和他们的路线离得太远了。最多有些骚扰，但愿不会发生，不管怎么说，来得及躲避，他们驻扎下来时，别的村子里总会先有消息传来的。"

他们决定停下来缓口气，由于已是开饭的时候，裁缝说："各位，请你们务必赏光，只有一点面包，没有什么可以款待，不过真心实意请你们吃一点。"

佩贝杜亚说她带了一些充饥的东西。双方客气了一番，最后决定把食物合起来一同吃。裁缝吩咐一个女孩（不知读者是否记得，就是那个给寡妇马利亚送去食品的小姑娘）赶快把屋角里的一点毛栗子剥掉壳斗，在火上烤烤熟。

"你去园子里，"他对一个男孩说，"摇摇那棵桃树，把落地的桃子统统拿来；还有你，"他对另一个男孩①说，"你去把那株无花果树上最熟的果子摘来。你干那事太在行了。"

他拔掉一个小木桶的塞子倒出葡萄酒；两个女人找来桌布。佩贝杜亚取出食品，替堂阿邦狄奥在上座铺好桌布，放了一个彩陶盘子，餐具也用佩贝杜亚背篓里带来的。大家坐好吃饭，虽不能说是美餐，但比在座的每一个人指望那天所能吃到的丰盛得多。

"神甫先生，您对目前混乱的局势怎么看？"裁缝说，"我觉得像是在

---

① 第二十四章提到裁缝有一子二女，这里成了一女二子，作者记混了。

读摩尔人入侵法国的历史。"

"我有什么可说的？连我都遭了殃!"

"你们选了一个安全的避难所,"裁缝接着说,"哪个士兵敢上那里去冒险？你们在那里不会寂寞的,据说那里已经有不少避难的人,去的人络绎不绝。"

"希望那位绅士能欢迎我们,"堂阿邦狄奥说,"我认识那位先生,我有幸同他打交道的那一次,他非常客气!"

"他老人家对我也非常客气,"阿格纳丝说,"他捎话对我说有什么事尽管去找他。"

"奇妙的巨大转变!"堂阿邦狄奥接着说,"并且坚持下来了,可不是吗？坚持下来了。"

裁缝开始详谈无名氏圣洁的生活,怎么从当地的一霸变成大家的典范和恩人。

"他手下的那些人呢？……他那些仆役？……"堂阿邦狄奥有所风闻,但始终不完全相信,便追问了一句。

"大部分遣散了,"裁缝回说,"留下来的人改换了生活方式,变化大

得难以想象。总之,那个城堡变成了底拜德①,您明白我的意思。"

随后他和阿格纳丝谈起红衣主教来访的情景。"了不起的人!"他说,"了不起的人!遗憾的是他来得太匆忙,我没能隆重欢迎他。我真希望在更悠闲的情况下再次同他谈谈。"

大家起身离开饭桌时,裁缝让客人们看一幅红衣主教的肖像,他把那张木版画贴在门板上,一方面是表示对那个人物的崇敬,另一方面是有机会对所有看到肖像的人说明肖像不像本人,因为他在这间屋子里面对面地仔细端详过主教。

"人们信吗?"阿格纳丝说,"穿着法袍还是像的,不过……"

"确实不像吧?"裁缝说,"我一直这么说,我们是不会搞错的,不是吗? 不过即使不怎么像,底下有他的名字,作为纪念。"

堂阿邦狄奥急于上路,裁缝自告奋勇去找一辆大车好把他们送到山脚下,不一会儿,他回来说大车已经在路上了。他又对堂阿邦狄奥说:"神甫先生,如果您想带几本书去打发时间,我虽然家徒四壁,倒可以为您效力,因为我也喜欢看点书。不一定适合您的品位,一些意大利文的书,不过……"

"谢谢,不必麻烦啦,"堂阿邦狄奥答道,"在这种时局,干正经事都没有心思。"

他们客套了一番,互道珍重,相约下次回去时再顺道见面,这时大车已到了门外。神甫一行先把背篓放好,上了车,开始走后半段的路程,比先前舒服一些,心里也踏实了。

裁缝对堂阿邦狄奥讲的有关无名氏的话都是真情。自从我们和他分手以来,他一直按照当时下的决心行事:弥补过失、释怨修好、扶危济困,总之,根据具体情况积德行善。他仍和往年那样勇猛,但现在的勇猛既不表现在欺凌也不表现在自卫方面。他外出时总是孤身一人,不带武器,准备面对他以前众多暴力行为可能给他造成的一切后果;他深信自己对许多人欠下了许多债,对债主采取武力自卫手段只会犯下新的暴

---

① 底拜德,古埃及三个区域之一,该区西部沙漠是早期基督徒隐居修行之地。

行；他认为对他的任何伤害在天主看来固然是罪孽，对他说来却是公道的报应，他比谁都更没有惩罚这种罪孽的权利。尽管如此，他同以前有保镖前呼后拥、自己也备有武器时一样不受侵犯。这可能是因为人们一方面想起他以前的凶恶而看到他现在的温顺，不由得放弃了报复的愿望，另一方面又觉得报复未免太容易了，两方面凑在一起导致了对他钦佩的心理，反而成了他的护身符。以前谁都不能屈辱的那个人现在自己变得低声下气。以前被他的傲慢和别人的忌惮激起的怨恨如今在那种新的谦卑的神情前面烟消云散，遭到伤害的人出乎意料地、毫无风险地得到了满足，而那种满足即使在最顺利情况下报了仇也不可能取得，也就是见到他那样的人为自己的罪过感到悔恨，甚至分担了遭到伤害的人的愤怒。不少人多年来为自己的无能感到刻骨铭心的怨恨，认为永远不可能压倒他，向他清算奇耻大辱；后来发现他孤身一人，手无寸铁，毫无反抗的意思，他们感到的唯一冲动只是向他表示敬意。他自我贬低的时候，他的容貌和举止不知不觉地获得了某种高贵的品质，因为从中可以看到他对任何危险都处之泰然。在公众对一个悔罪的、弃恶从善的人的尊敬之前，再深刻、再剧烈的憎恨仿佛也受到了抑制，无从施展。公众对他如此尊敬，以致他窘迫万分，竭力躲避；他尽量注意不让自己的神情和行动过多地露出内心的悔恨，不过分贬低自己，以免招来过多的颂扬。他在教堂里总坐最后一排的座位，谁都不会抢占，否则像是僭越，占了贵宾席。对他的凌辱甚至怠慢非但像是无礼和卑鄙的行为，而且几乎有亵渎的意味；即使那些不愿意随波逐流的人多少也有同感。

　　正是这些理由，加上一些其他原因，使他避免了官方的报复，为他争取了他并不关注的官方的庇护。他的显要地位和亲戚关系一直起着某种保护他的作用，如今对他更有裨益，因为以前那个显赫而又狼藉的姓氏现在和模范行为的名声以及皈依宗教的荣耀联系了起来。达官贵人们和普通百姓一样，为他的弃旧图新额手相庆，对一个可喜可贺的人咬住不放未免不合情理。再说，当局正对如火如荼、此起彼伏的叛乱进行漫长的战争，经常受挫，现在摆脱了最棘手、最麻烦的对头理应感到满意，哪能节外生枝自讨没趣，何况无名氏的转变带来了他们求之不得的效果。以前没能使一个歹徒就范固然是耻辱,但是为难一位圣徒并不是洗刷耻辱的上策,惩前不能毖后,只能堵塞同他相似的人改恶从善的道路。红衣主教费德里科在他转变中起的作用,以及主教的名字同他的名联系起来的事实,或许也成了他的神圣不可侵犯的挡箭牌。神权和政权关系奇特,虽然从没有互相消灭的趋势,敌意之中却一贯掺杂着领情的举措和尊重的表示;虽然两者从没有和平相处,但时常朝着一个共同的目标携手前进,在这种形势和思想的指引下,当神权单枪匹马取得了两者都希望达到的效果时,仿佛显得前者的和解即使不包含后者的赦免,至少也意味着后者可以置若罔闻。

因此,如果那个人倒下的话,众人会扑上来在他身上踩几脚,现在他自动躺在地上反而受到大家的尊重和许多人的崇敬。

当然,对他的引起轰动的转变,也有许多人的反应绝不是欣喜,那些人原本都是罪恶勾当的雇佣执行人和同谋,这下失去了他们惯于依靠的强有力的后台,长期策划的阴谋网络(有的只待一声令下便可执行)毁于一旦。当时和他在一起的打手们反应不一,他们自己说了出来,有惊讶、痛苦、沮丧、愤怒,种种情绪交织在一起,唯独没有蔑视和憎恨,前文已经叙说。一些有身份地位的同谋听到这可怕的消息,出于同样的原因,反应也大同小异。根据我们以前援引过的里帕蒙蒂的记述,他们的怨气大多落到红衣主教费德里科头上。他们认为主教横加干预,坏了他们的事情;无名氏只是想拯救自己的灵魂,谁都没有理由抱怨。

城堡里的打手多半不能适应新的纪律,又看不到改变的可能,逐渐散去。有的另找主人,甚至从已和他分道扬镳的无名氏的老朋友中间择主而侍;有的加入西班牙或曼图亚的部队,或者另一些作战的武装力量;还有人自立门户,剪径抢劫,从事零敲碎打的战争,也有人满足于自由自在地干些鼠窃狗盗的营生。曾经听命于他的分散在别的地区的人做法大致相同。能够适应并且心甘情愿地接受新的生活方式的人多数是当地农民,他们重新种地或者拣起年轻时学过后来荒疏了的手艺;留在城堡里的外地人担任仆役的工作,和他们的主人一样几乎是从头做起,他们过着和主人一样的生活,不欺压别人也不受欺压,身边不带武器但得

到尊重。

德国雇佣兵南下后,遭到骚扰或者威胁的村子里难民纷纷外逃,有的投奔城堡。长期以来黎民百姓对无名氏的城堡望而生畏,总是躲得远远的,现在上门请求庇护,当然使无名氏非常高兴,他不仅彬彬有礼,而且是感激不尽地接纳了他们,当即传出话去,凡是想来城堡避难的一概欢迎,同时决定把城堡和整个山谷转入防御状态,以防德国雇佣兵和威尼斯轻骑兵心血来潮,到这一带胡作非为。他把现有的仆役召集起来(他们像托尔蒂的诗作一样少而精①),对他们讲了一番话,说是他自己和他们长期以来欺压同胞,天主终于给了他们一个帮助同胞的机会,他用自然的命令口气,确信能得到服从,笼统地宣布了他要求大家做到的事情,特别规定了他们应有的态度,要让来城堡避难的人把他们看成是朋友和保护人。然后他吩咐把一个阁楼里存放了好久的刀枪火器搬下来分发给大家;让人对山谷里的农家和佃户传话,凡是愿意的都带了武器上城堡来,没有武器的在城堡里领取;指派一些人充当头目,划派另一

①　托尔蒂(1774—1852):米兰诗人,一八一八年曾发表四篇有关诗歌的讲话和一篇诗体故事,除了曼佐尼在此提到之外,托尔蒂的名字几乎不为后人所知。

些人归他们指挥;规定各关隘、山谷各个要地、山坡沿线和城堡入口设立岗哨,以及换岗的时刻和方式,一切安排得井井有条,像军营一样,或者说在他横行不法时期城堡惯常所做的那样。

阁楼的一个角落另外贮放无名氏专用的武器,他的著名的马枪、滑膛枪、轻剑、重剑、手枪、大刀、匕首,有的堆放在地板上,有的支在墙边。仆役们没有触动那些武器,但问主人想使用哪几件。"一件都不用。"无名氏回答说,不知他是发过誓还是拿定了主意,反正在指挥城防期间他始终赤手空拳。

与此同时,他吩咐手下的男男女女在城堡里尽量腾出地方,准备床铺、草垫、褥子,把房间大厅改成卧室,供难民就宿。他还下令运来大量食物招待天主给他派来的、络绎到达的客人。他自己一刻不停,在城堡里进进出出,在山坡跑上跑下,巡视山谷,建立、加强、检查岗哨,用言语、眼神和本人在场发布并维持他的命令。他在城堡里和半路上欢迎来避难的人,难民们不论以前见过他或者初次见到,都着迷似的瞅着他,顿时忘掉了驱使他们前来的不幸和恐惧,当他和他们分了手,继续走他的路时,大家还望着他的背影。

BERNARD

第 三 十 章

前往山谷的人流虽然和堂阿邦狄奥等三人不是同一方向,而是来自对面的山口,但神甫一行开始遇到从崎岖小径抄近走上公路的难友旅伴。在这种情况下相遇的人往往一见如故。大车赶上行路人时总是互相问答。有的人和神甫他们一样,没等士兵到来就离家外逃,有的听到了鼓声和号角,有的见到了士兵,描述当时的情景时仍心有余悸。

"我们还算是运气的,"那两个女人说,"真要感谢天主。东西要丢也没有办法,至少我们人平安了。"

堂阿邦狄奥却觉得没有什么可高兴的,眼前这许多人,据说已经在城堡的人更多,引起了他的疑虑。"唉,真是死心眼!"附近没人时,他对那个女人发牢骚说,"真是死心眼!难道你们不明白,这许多人集中在一个地点就等于是硬把士兵们招引来吗?人人都把值钱的东西隐藏起来,能带的全带在身上,家里什么都没有;士兵们准认为城堡里有大量金银财宝。他们肯定会来的,毫无疑问。唉,我太不幸了! 简直是自投罗网!"

"哎,他们有许多事要干,才不会上这里来呢,"佩贝杜亚说,"他们有行军路线。我一直听人说,遇到危险时人多好对付。"

"人多有什么用?"堂阿邦狄奥反驳说,"妇人之见! 要知道一个雇佣兵对付一百个人都不在话下。如果真打起来,陷进一场混战可不是闹着玩的。唉,我真倒霉! 我应该往山里逃。大家全挤在一个地方! ……全是不相干的人!"他接着低声嘟囔说,"全上这里来了,接连不断,来个没完,像一群羊似的。"

"他们也可以用这种话来说我们。"阿格纳丝说。

"你们俩最好闭嘴,"堂阿邦狄奥说,"现在说什么都不管用了。敢做要敢当,我们既来之则安之。一切交给上天安排吧,但愿天主保护我们。"

更糟糕的是,他在山谷入口处见到一个相当正规的哨所,武装人员一部分在屋子门前,另一部分在底楼的房间里,有点军营的气氛。神甫侧目打量那些人,不是他上次狼狈不堪地来接鲁茜亚时看到的面孔,即使有几张,肯定有了很大变化,虽然这样,眼前的景象使他感到说不出的

别扭。"唉,我真倒霉!"他暗忖道,"他们在搞什么名堂。当然,对他那种人不能指望别的什么。可是他打算干什么?他想打仗?称王称霸?唉,我真倒霉!局势这么乱,人们想找个地洞钻进去时,他却强要出头,引起注意,仿佛诚心要招惹人家!"

"您瞧见了吗?主人,"佩贝杜亚说,"这里有的是好人,他们能保护我们。士兵们现在尽管来吧,这些人可不像我们那些只会逃跑的胆小鬼。"

"你住嘴!"堂阿邦狄奥低声然而狠狠地说,"你胡说些什么,快给我住嘴。祈求天主让士兵们赶快走他们的路,别让他们知道这里的情形,像堡垒一样防卫森严。士兵的本行就是攻克堡垒。他们专干这种事,对他们来说,攻城略地就好比参加婚礼一样快活,因为他们可以放手抢劫,逢人就杀。哎,我真不幸!得啦,我先看看那些岩石下面有没有藏身的地方。我可不希望陷进一场混战,我才不希望呢。"

"假如您连人家保护帮助都觉得害怕……"佩贝杜亚刚开口,堂阿邦狄奥粗暴但低声地打断了她的话:"闭嘴!千万注意别再谈这些事了。记住,在这里老得扮出笑脸,不管看到什么都得表示赞同。"

到了月黑风高客栈,他们遇上另一队武装人员,堂阿邦狄奥恭恭敬敬地脱帽行礼,心里却在说:"哎呀,我简直是进了一座兵营!"大车在这里停住,三人下了车,堂阿邦狄奥匆匆付了钱,让赶车人回去,一言不发,和两个旅伴开始上山。眼前的景象唤起上次焦虑心情的回忆,同现在的焦虑交织起来。阿格纳丝从未到过这里,每逢想起鲁茜亚可怕的经历时,心中总是构成一幅光怪陆离的画面,如今身历其境,对那些伤心的往事有了更生动的新感受。"唉,神甫先生!"她脱口说,"我可怜的鲁茜亚当初经过这条路时多么痛苦!"

"你能不能住嘴?没有头脑的女人!"堂阿邦狄奥在她耳边喝道,"在这里哪能说这种话?难道你不知道我们是在他家里?幸好刚才没人听到,不过你们再这样胡说八道……"

"哦!"阿格纳丝说,"他现在可是一位圣徒!……"

"住嘴,"堂阿邦狄奥反驳说,"难道你以为在圣徒面前就百无禁忌,心怎么想,嘴里就可以怎么说?你不如想想他对你好的地方,感谢他才是。"

"噢！正是这样,我正是这么想的,难道您以为我不懂规矩,没有教养?"

"有教养是不说使人听了不高兴的话,特别是对那些听不惯的人。现在我对你们两人交代清楚,这里可不是胡言乱语、想到什么就说什么的地方。你们早已知道,这里是一位大老爷的家,看看周围,各种各样的人都来这里,因此尽可能多加小心,说话要有分寸,尽量少开口,能不说的就别说,言多必有失嘛。"

"您那样反而不合适……"佩贝杜亚插话说。

"你给我住嘴!"堂阿邦狄奥气急败坏地嚷起来,同时匆匆脱掉帽子,一躬到地,因为他朝上张望时发现无名氏正朝他们走来。无名氏也看到并且认出了堂阿邦狄奥,便加快脚步迎上前。

"神甫先生,"他来近后说,"我很希望在更合适的时刻接待您,不管怎么样,我有可以效劳之处总感到非常荣幸。"

"出于对您阁下仁慈的信赖,"堂阿邦狄奥答道,"我斗胆在这兵荒马乱的时候前来打扰,您阁下还看到,我冒昧带了陪随。这是我的管家……"

"欢迎!"无名氏说。

"这位,"神甫接着介绍说,"已经得到过您阁下的恩惠,她的闺女就是……就是……"

"鲁茜亚。"阿格纳丝说。

"鲁茜亚!"无名氏失声喊道,他转身看阿格纳丝,低下了头,"我的恩惠! 永恒的天主啊! 你来舍下是给我面子,是给我恩惠。欢迎欢迎。你给我们带来了祝福。"

"哦,哪里的话!"阿格纳丝说,"我给您添了麻烦。还有,"她凑近说,"我还得向您道谢……"

无名氏打断了这些客套话,急于打听鲁茜亚的消息,知道之后,他反身陪新来的客人去城堡,他们客气地推辞,无名氏还是这么做了。阿格纳丝看了神甫一眼,似乎在说:现在您该明白根本没有必要嘱咐我们那许多话了吧。

"士兵有没有到您的教区?"无名氏问神甫。

"没有，先生，我不想等着同那些魔鬼照面，"堂阿邦狄奥回说，"不然的话，只有天主知道我能不能从他们手里逃脱性命来打扰您阁下了。"

"好吧，打起精神来，"无名氏接着说，"您现在没事啦。他们不会来这里，即使想来试试，我们已经准备好迎接。"

"但愿他们别来，"堂阿邦狄奥说，接着他指指山谷对面补充了一句："我听说那一带还有一支军队出没①，不过……"

"不错，"无名氏说，"不过不必担心，我们也准备好对付他们。"

"腹背受敌，"堂阿邦狄奥暗忖道，"不折不扣的腹背受敌。我被两个碎嘴子诳到了什么地方！而这个人却得其所哉！唉，世界上什么人都有！"

进了城堡之后，无名氏吩咐手下把阿格纳丝和佩贝杜亚领到专门安置妇女的区域的一间屋子，那个区域是城堡后院的三排厢房，坐落在一块突出的悬崖之上，下面是深涧，与外界隔绝。男人们住在另一个院子的左右两排和面向空地的一排房间。中央的主楼把两个院子隔开，但有一个面对城堡正门的宽大的门厅和两个院子相通，一部分存放粮食供应，另一部分则是难民们寄存物品的仓库。男人居住区有几间专为可能前来避难的神职人员预备的屋子。堂阿邦狄奥是第一个使用屋子的人，无名氏亲自陪送他住下。

我们的逃亡者在城堡里住了二十三四天，城堡里一直忙忙碌碌，最初几天涌来的难民有增无已，但没有什么特殊的事情。警报几乎每天都有。这边来了雇佣兵，那边发现了轻骑兵。无名氏接到报告就派人侦察，如果情况属实，他自己便带着专人走出山谷，赶往有情况的地点。一排全副武装的人像军队那样井然有序地行进，为首的却手无寸铁，人们看到无不啧啧称奇。多数情况只是收集粮秣或者流窜抢劫的小股士兵，不等遭到袭击就扬长而去。有一天，无名氏追击这类士兵，想教训教训他们，以后休要在这一带探头探脑，得到消息说附近一个村子正有士兵抢劫。那是几支部队存心掉队的轻骑兵，他们纠集在一起突然袭击军队

---

① 指威尼斯共和国派出守卫边境的轻骑兵。无名氏的城堡位于米兰共和国边境线上，与威尼斯共和国毗邻。

驻地附近的村庄,烧杀掳掠村民。无名氏对手下人进行了简短的动员,带领他们直奔那个村子,出乎意料地来到。那些轻骑兵只为抢劫而来,发现有人找他们打仗,他们可不想拼命,便中止了抢劫,一哄而散,朝驻地逃窜。无名氏率众追了一段路后下令停住,等了片刻,不见新的动静,就收兵返回。这支解救百姓的队伍和他们的首领路过幸免于难的村子时,百姓夹道欢呼祝福,热烈的程度无法形容。

城堡里的难民来自四面八方,男女老少,每人的情况和习惯各各不同,但相安无事,没有出什么大纰漏。无名氏在各处派了值勤人员,兢兢业业各司其职,防止发生任何问题。

他还请求难民中间的神职人员和有威望的人在城堡里到处走走,帮着照看。他自己也尽可能抽时间巡视城堡,在各处露露脸,但是即使他不在场,只要想起自己在谁的家里,连最不自觉的人也不敢轻举妄动。再说,大家都是落难的人,都不愿意惹是生非;加之大家都惦记着留在家里的财物,有些人还惦记着仍有危险的亲友,外面传来的消息又令人沮丧,这一切维持并且加强了大家希望相安无事的心情。

也有一些大大咧咧、血气方刚、性格比较坚定的人,设法使城堡里的日子过得快活一些。他们的力量还不足以保卫自己的家园,才离家外逃,但他们绝不喜欢为自己无能为力的事情悲叹哭泣;也不胡思乱想,琢磨着今后不幸而将看到的破坏惨状。相识的家庭结伴同来,或者在城堡里相会,原本不认识的交上了朋友,难民们根据性情和习惯自动结合,形成了小团体。有钱而又知趣的人到山谷下面去吃饭,在那种局势下,一些小客栈仓促开张营业,有的客栈里人们一面吃喝一面唉声叹气,只谈丧气的事;在另一些客栈里,人们虽然也回忆不幸的遭遇,但互相宽慰,说是想也于事无补。对于那无力消费或者不愿意自己花钱的人,城堡提供面包、汤和葡萄酒,此外,每天还开出几桌招待主人明确指定的客人,堂阿邦狄奥等三人也在被邀之列。

阿格纳丝和佩贝杜亚为了不吃白饭,主动参加了服务大量难民的工作,每天花费了不少时间,其余的时间和新结识的女友以及可怜的堂阿邦狄奥聊天。神甫无事可做,但并不因此感到寂寞,因为他整天提心吊胆。我认为他现在担心的主要问题已不是城堡遭到攻打，只要稍加思索就会明白这类担心是毫无根据的。但是他想象一批又一批大兵侵犯邻村的情形，每时每刻看到周围都是武器和武装人员还有那座城堡，唯恐在这种形势下随时都可能发生意外，这一切使他产生了模模糊糊、无法排遣的恐惧，更不用说他想起可怜的家时的忧心忡忡了。他在城堡避难期间，从不走远也不下坡，最多只在城堡的空地和两边散散步，眺望岩峭壁，观察一下如果发生战斗要找藏身之处时有没有小径可走。他看到难友一概点头哈腰，行礼招呼，但极少同人交谈，他的谈话对象，我们已经说过，主要是那两个妇女；他冒着有时遭到佩贝杜亚奚落，甚至受阿格纳丝取笑的危险，老是在她们面前发牢骚。他在饭桌边待的时间很短，沉默寡言，倾听有关军队窜犯的可怕的消息，这些消息每天从各个村子口口相传，也有的是本人带来的，那些人原想守在家里，挺到最后一刻才离开，也许吃了苦头，结果什么都抢救不出来，反正每天都有悲惨的消息传来。有些人特别能讲，他们巨细无遗地收集流言传闻，加以筛选，然后把最精彩的再传播开来。他们呶呶不休地争论哪些部队最凶残，步兵坏还是骑兵坏，尽可能打听雇佣兵头目的姓名，描述他们过去的事迹，明确部队停驻和开拔的日期，某天某支部队掳掠了某些村子，第二天侵犯了哪些村子，与此同时另一支部队又干了什么坏事。人们最想打听和谈论的是部队过莱科桥的消息，因为一过桥等于出了国境。先后过了莱科桥的有华伦斯坦的骑兵、梅罗德的步兵、汉哈特的骑兵、勃兰登堡的步兵，接着是蒙特库科里的骑兵，然后是费拉里的骑兵，过桥的还有阿特林杰、富斯顿堡、科洛雷多、克罗地亚人、托尔夸托·康蒂等等，老天保佑，加拉索也过了桥，他是最后一个①。威尼斯的轻骑兵团终于也离开了，全国南北摆脱了兵燹。第一批遭到洗劫后军队已经撤出的地区的难民们开

<hr>

① 梅罗德，三十年战争中的比利时将军，一六三三年与瑞典军队作战时阵亡；汉哈特是日耳曼帝国中部地名；勃兰登堡是普鲁士一省；蒙特库科里，意大利摩德纳军人；费拉里，意大利上校；阿特林杰，奥地利将军，因洗劫曼图亚而出名；富斯顿堡与科洛雷多均为日耳曼帝国元帅；克罗地亚人指奥地利皇室雇佣的克罗地亚骑兵队；康蒂是为罗马教会效力的意大利将军；加拉索，华伦斯坦失势后接替他的日耳曼军队统帅。

始离开城堡,接着每天都有人陆续回家,好比秋天一场暴风雨之后,躲在一株参天大树枝杈间的禽鸟纷纷飞离,各自东西。我相信由于堂阿邦狄奥的意愿,他们三人是最后离开城堡的,因为堂阿邦狄奥担心如果马上回家,可能遇上落在大部队后面的散兵游勇。佩贝杜亚再三解释,说是回去得越晚,村里的无赖就越有机会闯进他们家,爱拿什么就拿什么;但是在性命攸关的问题上,堂阿邦狄奥总是一意孤行,除非大难临头使他乱了方寸。

到了预定回去的那天,无名氏吩咐在月黑风高客栈门口备好一辆四轮马车,车里已放了一包给阿格纳丝的衣物。他把阿格纳丝叫到一边,让她收下一小袋金币,以便添补家里损坏丢失的东西,尽管她拍着紧身背心一再说那里还有上次剩下的金币。

"你同你那可怜的好闺女鲁茜亚见面时,"无名氏最后对阿格纳丝说,"请她为我祈祷,我太对不起她了,告诉她,我感谢她,我相信她的祈祷一定会得到天主的保佑。"

接着,他陪伴三个客人到马车旁。堂阿邦狄奥的感激涕零,佩贝杜亚的称颂赞扬,读者自己可以想象。他们出发后,按以前约定在裁缝家停留片刻,没有坐下来细谈,只听裁缝叙说了军队路过时的种种暴行,无非是人所共知的抢劫、拷打、破坏、奸淫,幸运的是雇佣兵没有到附近来。

"哎,神甫先生!"裁缝搀扶神甫重新上车时说,"如此惨烈的灾难几本书都写不完!"

马车行驶一段路后,他们亲眼看到了一些传说纷纭的情况,葡萄园采摘一空,不是收获后的模样,而像是经过一场雹子和狂风的摧残,葡萄藤狼藉不堪,支架给折断,遭到践踏的地上满是断枝残叶,树木给砍断或者连根拔掉,篱笆给掏出大窟窿,栅门不知去向。村里的房屋大门给撞破,窗帘扯了下来,街上全是麦秸、破布、断砖残瓦,屋子里散发出恶浊的臭气,人们有的把垃圾往外扔,有的尽可能修理窗板,有的围在一起唏嘘顿足,马车经过时不少人还伸手乞求施舍。

他们一路上看到的都是这种惨状,加上心中的想象,估计自己家里的情况不相上下,到了家,发现果然如此。

　　阿格纳丝请车夫帮着把包裹搬下来放在小院的角落里,那是家里最干净的一块地方了,然后开始打扫,把所剩无几的物品收集起来洗刷一番,请来一个木工和一个铁匠,修理最严重的损坏,最后定下心来察看无名氏赠送的财宝,一枚一枚地点数新的金币,暗忖道:"我出生的时辰真吉利,赞美天主、圣母和那位好心的绅士,我出生的时辰真吉利!"

　　堂阿邦狄奥和佩贝杜亚不须钥匙开门就进了屋,在门厅里每前进一步就闻到越来越恶浊的臭气迎面扑来,使他们不得不捂着鼻子往后退,他们到了厨房门口,踮着脚在遍地污秽中找一些可以立足的地方,朝周围扫视一下。没有一件完整的东西,有的只是坛坛罐罐的碎片;旮旮旯旯里都是佩贝杜亚喂养过的母鸡的羽毛绒毛、床单被罩的碎布条、堂阿邦狄奥的日历的散页、砸烂的锅碗瓢盆。大手笔的文人描写兵荒马乱时,从一户人家可以概括抢劫洗城的全部痕迹,别的情况也就不说自明了。厨房地上还有一堆杂乱的灰烬焦炭,其中可以辨出椅子扶手、桌腿、柜子门、床头板,还有原先存放堂阿邦狄奥的养胃酒的小桶的木板。那些胡作非为的人用焦炭在墙上涂抹一通,消遣作乐,画了一些软帽、脑袋和浆得笔挺的衬衣前胸,表明画的是神甫,刻意加以丑化,说实话,那些艺术家还有点才气。

"狗东西!"佩贝杜亚嚷道。"啊,捣蛋鬼!"堂阿邦狄奥嚷道。他们仿佛逃跑似的从通向菜园的门跑出来。两人先缓过气,径直向无花果树走去,远远望去,看到泥土已经翻掘过,不禁同时喊了一声;走到树下时,看到藏钱的洞果真给挖开了。这下坏了事,堂阿邦狄奥责怪佩贝杜亚,说她没有埋好;佩贝杜亚当然不会沉默,两人叫嚷一通,伸出手指着树下的洞,嘟嘟囔囔地进了屋。看到各处的情况都一团糟。他们费了牛劲,把整个屋子打扫消毒,那些日子很难找到帮忙的人,他们在室外露宿了好多天,才勉强收拾出一个大概,又向阿格纳丝借了一点钱,陆续修理添置了门窗、家具和器皿。

更糟的是，那场灾难替别的很不愉快的争吵种下了根苗，因为佩贝杜亚到处打听，明察暗访，终于确定她主人的某些用具并不是像猜想的那样被士兵带走或毁坏，而是完好无损地在某些村民的家里，她唠唠叨叨地缠着主人，逼着他去讨还。堂阿邦狄奥最不愿意提的就是这件事，因为他的东西落到无赖，也就是那些他惹不起的人手里。

　　"我不爱听这种事，"他说，"我对你说了多少遍，破财消灾，东西丢了就丢了。他们把我家抢劫一空之后，难道还想把我钉上十字架？"

　　"我早就说过，"佩贝杜亚说，"您阁下的眼珠给剜了都不会吭一声。偷盗别人的财物是罪过，但是对您阁下不偷盗才是罪过。"

　　"胡说八道！"堂阿邦狄奥反驳说，"你给我住嘴，行不行？"

　　佩贝杜亚不作声了，但不愿这么快就住嘴，一有机会就借题发挥。最后，那个可怜虫需用什么东西却没有时只得憋着不敢抱怨，因为如果他出声，得到的答复多半是："您阁下去问某某人要吧，那东西在他家，假如他不是遇上一个窝囊废，这会儿早就不在他手里了。"

　　使他更为不安的是听说每天都有散兵游勇经过，这件事他早就料到，因此，他回家后的第一件事就请人把大门修好，关得特别严实，整天提心吊胆，唯恐有个别甚至一群士兵出现在门外，值得庆幸的是这类事从未发生。尽管如此，这些恐怖还未结束时，另一件新的突然降临。

　　我们暂且按下这个可怜虫不表，问题不是他个人的恐惧，也不是某几个村子的不幸，更不是暂时的灾难。

第三十一章

众所周知,卫生署担心德国雇佣兵可能带来的瘟疫果然进入了米兰地区;同样也是众所周知的是,瘟疫并没有到此为止,而是蔓延到意大利许多地区①,波及之处十室九空。我们现在顺着故事的脉络叙述那次灾难的主要事件,当然只讲米兰地区,并且几乎只限于米兰城,因为当时的史料几乎只记载了城市的情况,不管什么原因,世界各地古往今来的历史都是如此。说实话,在这个故事里,我们的目的不仅是描绘主人公的遭遇,我们同时还希望尽可能简明扼要地把祖国历史中一个最著名的片断介绍给读者。

在为数不少的当代著作中,没有哪一部能单独使读者对那事件得出清晰而有条理的概念,也没有哪一部著作对形成那类概念是毫无帮助

---

① 包括伦巴第、皮埃蒙特、利古里亚、艾米利亚及威尼斯共和国的部分地区。

的。以事实的数量、甄选和观察方式而言，里帕蒙蒂的著作①在众多的资料中首屈一指，但他也有缺点。每部著作都有基本事实的疏漏，而别的著作却有记载；每部著作都有实质性的错误，但借助于别的著作或者保存至今的、出版或未出版的少数官方记录可以识别纠正那些错误；有时候一部著作里出现了事物的前因，而它们的后果却凭空出现在别的著作里。此外，所有的著作中普遍存在着一种时间与事件的古怪的混乱，仿佛是既无总体规划又无细节安排的漫无目的的忙乱，这也是当时书籍的最普通、最明显的特点，至少在意大利用意大利文写的作品如此，欧洲其他国家是不是有类似情况，只有博览群书的人才能得出结论。后世的作者都不愿意通过查阅和核对这些史料得出一系列相互关联的事件和那次瘟疫的历史，因此，一般人对那次瘟疫的概念必然很不清楚，甚至有点混乱：对当时巨大的弊病和失误认识模糊（说实话，两者都有，并且严重得难以想象），凭臆测而不凭事实来判断事物，了解的事实又是东鳞西爪，往往脱离最具特色的环境，不分时间，或者说不了解其中的因果关系，不从发展和演变的观点分析问题。我们孜孜不倦地查阅和核对了所有已经刊行和没有出版的著作和所谓官方文件（相对说来现存的文件为数不多，我们查阅了大部分），我们试图做的已超出原来的设想，而是前人没有做过的事。我们不打算涉及所有的官方文件和所有在某一方面值得回忆的事件。我们更无意引用一些著作的原文供那些希望了解全面情况的阅读，因为我们十分清楚地知道那类著作不论如何构思和撰写，都具有一种生动的、独特的、只能意会不可言传的力量。我们只试图鉴别并核实最具广泛意义和重要性的事实，按它们的起因和性质以真实的时间顺序加以排列，观察它们相互之间的影响，在更好的作品问世之前提供有关那场灾难的简明扼要但真正而有连贯性的信息。

军队经过的地带沿路的房屋里有时留下一具尸体，有时横尸路旁。不久之后，这个或那个村子里有人或者全家罹病死去，据说是中了奇怪的邪气，症状是大多数活人见所未见的。只有极少数人不觉得陌生，他们记

---

① 约瑟夫·里帕蒙蒂：《一六三〇年瘟疫纪实》第五卷，一六四〇年米兰版。——原注

得五十三年前摧残了意大利大部分,特别是米兰地区的那场瘟疫,当时称之为圣卡洛瘟疫①,至今还这么称呼。仁慈的力量何等伟大!在一场普遍不幸的多种多样的凝重的回忆中,一个人的仁慈使他名垂青史,因为他仁慈的情感和行为比不幸本身更值得纪念;他的仁慈像一部所有那些不幸的汇编把他铭刻在人们心中,因为他出于仁慈,以向导、救星、模范和自愿的受害者的身份分担了全部不幸;这个人在大灾难中做出了英雄事迹,以至于这场浩劫竟以他命名,仿佛是重大征服或发现似的。

主任医师洛多维科·塞塔拉②当时非常年轻,他非但亲眼目睹了那场瘟疫的情况,而且义无反顾地积极参加治疗工作,赢得很高声誉;现在他觉得情况十分可疑,提高了警惕和戒备,于十月二十日通知卫生署说传染病无疑已侵入奇乌索村(莱科地区边缘小村,和贝加莫地区接壤)。卫生署并没有就此做出决定,塔地诺的报告中已经提及③。

与此同时,莱科和贝拉诺方面也有类似报告。卫生署决定采取对策,但只派出一名专员,专员在半路上邀了一位科莫的医师,一起视察报告中提到的地区④。两人"或许由于无知,或许由于别的原因,听信了贝拉诺一个无知的老理发师⑤的话,认为那类疾病并非瘟疫",在某些地方是因沼泽地秋季散发的瘴气引起的常见后果,在另一些地方则因德国雇佣兵过境带来的苦难造成。两人把这结论原封不动地向卫生署作了汇报,卫生署似乎表示满意。

但是,死亡病人不断增加的报告纷纷从各地传来,又派出两个代表视察处理,一个就是上文提到的塔地诺,另一个是卫生署官员⑥。他们

① 指一五七六年米兰流行的鼠疫,在此以前,米兰也发生过多次严重的疫情。
② 塞塔拉(1552—1633):米兰医师,著有《论瘟疫及其恶果》一书献给红衣主教费德里科。主任医师在医学学术方面是最高权威,但无行政权,行政权属卫生署主任。
③ 报告第24页。——原注
④ 据信斯比诺拉本人下令医师公会派人去发病地区视察,公会认为不属其职权范围加以拒绝,卫生署便派契塞罗和另一名科莫的医师。
⑤ 中世纪欧洲的理发师兼做一些外科医疗工作,如放血等。
⑥ 该官员是乔万尼·维斯康蒂,两人十月二十六或二十七日离开米兰,十一月十四日返回。

到达时,疫情已广泛蔓延,证据随处可见,根本不需他们特意寻找了。他们巡视了莱科地区、瓦尔萨西那、科莫湖沿岸、布里昂察山和阿达河平原地区,所到之处,只见栅门紧闭的村子,有的几乎成了无人村,村民四散逃亡,或露宿旷野,塔地诺后来写道:"他们仿佛成了野人,有的手里拿着薄荷草,有的拿着芸香或迷迭香,有的拿着醋瓶。"①他们询问了死亡人数,数目多得骇人;探视了病人和尸体,普遍都有可怕的黑色瘀点。他们立刻把那些险恶的消息写信报告卫生署,卫生署十月三十日收到信,当即着手制定通行证条例,禁止来自已经发现疫情的村子的人进入米兰城,在缮写公告时还提前向城门征税员下了十万火急的命令。

在此期间,两个代表匆匆采取了他们认为最好的一切措施后返回米兰,但他们悲哀地深信疫情已经发展到不可收拾的地步,那些措施根本不足以补救和防止它蔓延。

十一月十四日,他们回到米兰,先用口头再用书面向卫生署作了汇报,卫生署派他们去晋见总督面述。他们奉命前去,带回的答复是总督获

---

① 意大利作家薄伽丘描写一三四八年佛罗伦萨瘟疫时也提到居民们拿着香花芳草和种种香料,不时凑着鼻子下闻闻,认为芳香可以提神醒脑,对弥漫着尸臭和药味的空气有解毒作用。请参看人民文学出版社版《十日谈》中《作者原序》。

悉后深感忧虑和同情,但又说战争问题更要求迫切关注,里帕蒙蒂就是这么写的。里帕蒙蒂查阅了卫生署的记事,并且同专门奉派去考察的塔地诺核对过事实,读者如果还记得的话,这是第二次了,两次任务相同,结果也一样。过了两三天,也就是十一月十八日,总督发布一项公告,下令为菲利普四世的长子卡洛斯王子的诞生①举行盛大庆祝活动,在当时局势下仿佛同正常情况一样,毫不顾虑外地人群大量进城时可能带来的危害。

前文已经说过,著名的安布罗乔·斯比诺拉被派来整顿那场战争,挽回堂贡萨洛的失误,同时顺便治理政务;我们也顺便提起几个月后,在那场对他关系重大的战争期间,他溘然去世,不是由于战场上受伤不治,却是由于从他为之效命的人那里受到责备、凌辱和种种不快而郁郁病死②。历史为他的命运惋惜,非难人们的忘恩负义,津津乐道地叙说他的军事和政治业绩,赞扬他的远见、成就和坚忍;当瘟疫进逼并侵入一个由他照管或者不如说由他定夺的城市时,历史原本也可以看到他凭那些品质有什么作为。

我无意为他开脱,但要指出他的行为固然使人惊讶,更使人惊讶的却是市民们本身的表现,我指的是那些还没有染上瘟疫但理应谈虎色变的市民。城外形成一条半月形包围线的村镇遭到严重侵染的消息纷纷传来,某些地方离城不到二十英里,谁听了都会认为市民们肯定人心惶惶,不管有效无效都得采取防范措施,即使无计可施至少也会表现出不安。但是,当时的史料如果在哪一点上是一致的话,那就是它们一致证实并没有这种情况。去年的饥馑、军队的骚扰、精神的悲痛似乎足以解释死人的原因;谁在广场上、商店或家里脱口说出危险或者归咎于瘟疫马上会遭到怀疑的嘲笑和愤怒的蔑视。同样的怀疑,或者不如说同样的盲目和昏庸普遍存在于参议院、十夫长委员会和所有的行政署。

---

① 十一月十七日至十二月十日,米兰举行了一系列隆重的庆祝活动,教堂有庄严的宗教仪式,街上有盛大游行,焰火,贵族宅邸有欢宴,外地大量人群拥入。卡洛斯王子后夭折。

② 斯比诺拉于一六三〇年九月二十五日去世,他的后任圣克鲁斯侯爵于同月十五日签署了休战协定。堂贡萨洛·费尔南德斯·德科尔多瓦命运相仿,甚至由于卡萨尔城堡久攻不下而受到审判。

史料记载,红衣主教得悉传染病的最初几个病例后,立即写了一封致教民信,其中一再向教民强调,以后出现类似病例必须严格向当局报告,并且上缴已经污染或者可疑的物品①,这一值得赞扬的措施也说明了费德里科的远见卓识。

卫生署恳求各方予以合作,但收效甚微或者根本没有。卫生署内部的迫切要求和关注也有很大差距,正如塔地诺多次说明,并且从他整个报告中可以推断出的那样,两位医师深知危险的严重性和迫切性,竭力敦促卫生署,希望卫生署再敦促其他方面。

我们已经看到,当初接到疫情报告时,在采取行动甚至互通消息方面反应相当冷淡,现在还有一个办事拖沓的证据,如果不是由于上级部门设置障碍造成的话,这种拖拉作风未免太罕见了。有关进城通行证的公告是十月三十日决定的,但十一月二十三日方才起草,二十九日才予以公布。瘟疫已经侵入米兰。

塔地诺和里帕蒙蒂都想确定第一个带病者的姓名和其他情况;事实上,死于这场瘟疫的人千千万万,非但无法查明他们的姓名,连确切的死亡人数都难以计算,在追溯它的起始时,产生了想了解可能记载并保存下来的最早几个人名的好奇心,似乎在一场浩劫中拔了头筹也是某种荣誉,从那些名字以及一些最微不足道的细节中似乎可以得到某种命中注定和值得纪念的东西。

某些历史学家说,携病者是个为西班牙效力的意大利士兵,另一些不很同意,连对姓名都有异议。塔地诺说那是莱科地区驻军中的一个名叫彼特罗·安东尼奥·洛瓦托的士兵;里帕蒙蒂则说是基亚凡纳驻军中的比埃尔·保罗·洛卡蒂。两人对他来到米兰的日期也有分歧,前者说是十月二十二日,后者说是十一月二十二日,两人都不可信,因为两个日期同别的经过证实的日期有矛盾。然而里帕蒙蒂是奉十夫长最高会议之命提出报告,自应具备许多收集必需信息的手段,而塔地诺因他的职业关

---

① 弗朗切斯科·里伏拉撰写的《费德里科·博罗梅奥传》第582页,一六六六年米兰版。——原注

系应该比谁都更了解这类事实。此外，我们说过，另一些日期似乎比较确切，加以对照就可以发现带病者来到米兰的日期早于发表通行证公告的日期，如有必要，还可以证实或者大致证实那是在十月初；当然，读者也不会要求我们多费那个劲。

不管怎么说，这个晦气的并且带来晦气的士兵扛着一包从德国兵那里买来或者偷来的衣服进了米兰，投宿在东门方济各会修道院附近的亲戚家，一来就病倒，给送进医院，发现腋下有个脓肿，看护他的人怀疑他染上了鼠疫，实际上也是这样；第四天就死了①。

卫生署下令把他寄宿过的那户人家予以隔离，人员不准外出；把他在医院用过的衣服和睡过的床铺统统烧掉。两个照看过他的护士和一个为他做临终祈祷的修士几天后也染病躺倒。一开始就对疾病性质的疑忌和事后采取的预防措施阻止了传染进一步扩散。

但是那个士兵撒在外面的种子不久便发了芽。第一个得病的是他寄宿的那户人家的主人，一个名叫卡洛·科隆纳的琴师。卫生署命令那所房子里的人全部送进传染病院，大部分都病倒，不久之后，有几个明显地死于瘟疫。

在城里，这些人散播的病菌，虽经卫生署规定抄查焚毁，但被病人的亲戚、邻居和仆人截留的衣服用品散播的病菌，以及由于公告的漏洞、执行的偏差和钻空子的得逞而新近混入的病菌，在那年剩余的时间和一六三〇年的最初几个月里缓慢地酝酿蔓延。在这个或那个区里偶尔有人得病，偶尔有人死去，但数目不多，以致消除了百姓对真相的怀疑，增强了那愚蠢而致命的想法，以为自始至终瘟疫根本不存在。甚至有许多医师也附和百姓的声音（在这件事例中难道也是上天的声音？②）对那些

---

① 淋巴结肿痛是腺鼠疫的典型症状，部位在腹股沟部、腋下或颌下。原发性腺鼠疫由鼠蚤散播，病人可并发败血症或肺鼠疫，后者可借呼吸道飞沫传播，迅速造成原发性肺鼠疫的大流行。患者大多因心力衰竭而于两三天内死亡，临终阶段呼吸困难，全身作紫绀色，故有"黑死病"之称。人类历史上最近一次肺鼠疫是一九九四年九、十月发生在印度西部古吉拉特邦的苏拉特市，三天内上千名居民感染，一百多人丧生。

② 作者在这里借用了拉丁文谚语"人民的声音即上天的声音"或"民意即天意"。

不祥的征兆和少数人的郑重警告加以嘲笑,被请去诊治病人时,不论病情如何,出现什么症状,总找出常见病的名称来为瘟疫病例做出鉴定。

发病的情况即使通知卫生署,大多也是迟到的消息,并且很不确实。对于隔离检疫和送进传染病院的恐惧促使人们想出种种对策,有了病人不举报,向掘墓人和监督行贿,花钱请卫生署负责验尸的下级官员开具篡改真相的死亡证明。

由于每次发现瘟疫病例,卫生署就下令焚烧用具,封闭住房,把全家送进传染病院,"贵族、商人和平民"对卫生署的愤怒和不满十分强烈,塔地诺写道,他们认为这些措施既无道理又无用处,只能造成扰民的效果。愤恨主要落到两个医师头上,一个是已经提及的塔地诺,另一个是主任医师的儿子塞纳托雷·塞塔拉,以致他们在广场上一露面就会招来辱骂甚至石块。

那两个人发现一场可怕的灾难已经临近,几个月来千方百计地加以防止,寻求帮助时却遇到种种障碍,同时成了辱骂的目标,换来"人民公敌"的骂名(里帕蒙蒂语),这确实是一个怪现象,值得记取的教训。

凡是和他们一样确信传染病的现实,建议预防,试图把自己痛苦的想法告诉所有人的医师们也招来部分怨恨。比较有节制的人说他们轻信、顽固,其余的人则说这是明显的欺骗,是借大众的恐慌渔利的阴谋。

当时年近八旬的主任医师洛多维科·塞塔拉①曾在帕维亚大学任教,后在米兰教伦理学,发表过许多名噪一时的著作,因戈尔施塔特、比萨、波洛尼亚、帕多瓦等地的大学都曾请他去执教,被他拒绝,他无疑是当时最卓越的权威之一。除了学有专长之外,他人品也极好,为穷苦百姓施诊给药,深受景仰爱戴。他的优秀品德博得大家尊敬,有一件事本应使我们尊敬之情更加广泛深刻,却引起我们的困惑和悲哀,那就是他和同时代的人一样,具有最普遍、最不幸的偏见,虽然出类拔萃,也不能免俗,正是这一点造成了不幸,屡屡使他丧失用别的办法获得的威望。

---

① 确切说是七十七岁,他不顾年迈,仍去伦巴第考察,回米兰后发表了一篇报告和一封信,指出明春瘟疫流行将更厉害,号召预防。

他享有的巨大威望在这件事上非但不足以压倒诗人们称之为无知平民、喜剧作家们称之为可敬的公众的看法,而且不能使他免遭公众中间那部分轻举妄动的人的反感和侮辱。

一天,他坐着轿子去治病,广场上的人围上来叫嚷说他是那些唯恐不发生瘟疫的人的头目,他胡子一大把,整天沉着脸,无非是吓唬全城的人,好让医师们发财。周围的人越来越多,情绪越来越激烈,轿夫一看情况不妙,幸亏附近有主人的朋友,便把他抬到朋友家避一避。他清晰地看到了瘟疫的危险,说出了真相,想拯救成千上万人的生命,反而遇到这种倒霉事;当他发表了可悲的见解,促使一个不幸的妇女被定为女巫,遭受折磨、钳肉酷刑、最后焚尸时,却又被平民百姓奉为圣贤①,重新获得

---

① "不幸的妇女"是卡塔里纳塔·梅迪契,被指控对她先后两个主人下了蛊药,一是瓦卡洛上尉,另一是补给署主任之父路易吉·梅尔齐。有塞塔拉参加的医师小组对她做了检查,在她肩膀上发现一些色斑,断定她有魔鬼附身。按照当时习俗,那妇女受到严刑拷打,一六一七年三月四日装上大车,一路用铁钳撕下她身上皮肉,送往刑场烧死。审讯判决均得到红衣主教费德里科·博罗梅奥同意。

表彰;使人想起来都难以容忍。那个女人之所以受到指控是因为她的主人得了肚子痛的怪病,而以前另一个主人狂热地爱上了她。①

将近三月底时,先是东门外的郊区,后在所有的城区,发病率和死亡率开始上升,症状很奇怪:痉挛、抽搐、昏迷、谵妄、可怕的青紫色瘀点和淋巴结脓肿,死亡多半没有先兆,来得迅速剧烈,有时甚至很突然。以前反对传染病提法的医师们现在仍不愿承认他们嘲笑过的真相,但这种新病太普遍太明显,不能没有一个属名,他们便管它叫作类瘟疫热:一个可悲的妥协,说得更确切些是文字的诈骗,害处同样很多,因为他们表面上好像认识了真相,实际上不让人们了解应该了解的要害之点,也就是这种病是通过接触传染的。地方官们仿佛大梦初醒,开始重视卫生署的警告和建议,执行它发布的公告,没收销毁病人的衣物,隔离发病地区。卫生署请求拨款应付传染病院有增无已的日常开支和许多其他费用,在决定这些费用由城市或是由国库支付时,还向十夫长委员会提出请求。总督此时又回到围攻卡萨尔城堡的前线,首席地方官奉总督之命会同议会敦促十夫长在传染病蔓延、别的地区中断同米兰的贸易之前设法储备城里的粮食供应,并且维持大部分失业居民的生计。十夫长委员会通过借款和征税筹集了资金,给了卫生署一部分,施舍给穷人一部分,采购了一些小麦,应付了一部分必要的开支。最困难的时期尚未来到。

传染病院里每天有大批人死亡,但住院人数每天都有增加;保证服务和纪律,恪守分区的规定,维持,或者不如说建立卫生署要求的管理制度,便成了另一项艰巨的任务,因为许多隔离病人的恣意妄为和看护人员的疏忽和放任一开始就使病院杂乱无章。卫生署和十夫长委员会不知如何是好,想请方济各会修士帮助,求省教区特派神甫找些干练的人去管理那个悲惨混乱的王国。省教区大主教前不久去世,教区便派了一位神甫代理,他推荐由费利契·卡萨蒂神甫担任病院院长,由米迦勒·波佐邦纳里神甫充当助理,协助院长。卡萨蒂神甫年富力强,享有仁慈、积

---

① 彼特罗·维里编写的《米兰史》第四卷第155页,一八二五年米兰版。——原注

极、温和、性格坚定的盛名,日后的事实表明确实名实相符;波佐邦纳里神甫年纪很轻,但思想和容貌都显得老成严厉①。两位神甫受到热烈欢迎,三月三十日进驻传染病院。卫生署主任仿佛办移交似的带他到处看看,然后召集全体护士和各级工作人员,当着大家的面宣布费利契神甫为病院院长,行使全部最高权力。而后,随着病人不断增加,又来了一些修士,在那里充当主管、忏悔师、管理员、护士、厨师、伙食管理员、洗衣工和一切必需的行当。费利契神甫事必躬亲,白天黑夜都巡视病院、回廊、房间和空地,有时拿着一根棍子,有时只穿一件苦行者的粗布袍子,鼓励大家,整顿秩序,平息骚动,听取抱怨的意见,他申斥惩罚捣乱的病人,安慰痛苦的病人,一掬同情之泪。他不久就染上了瘟疫,挺了过来,又精力充沛地投入以前的工作。大多数修士在那里献出了生命,没有一个口出怨言。

当然,那种专断是非常手段,正如灾难和年景那么异乎寻常;我们虽然不了解更多的情况,但看到那些奉命承担如此重要的管理工作的人只得遵命,只得找一些与他们本职毫不相干的人来承担,就足以说明或证实社会是何等鄙俗和混乱了。这些人义无反顾地承担了任务,正是仁慈在任何时候和任何情况下所能表现的力量与才智的崇高标志。他们接受了任务,本身就是崇高的行为,因为别人都不愿接受的,他们接受了下来;他们除了帮助别人之外没有其他目的;他们在这个世界上除了死得其所,令人羡慕之外别无所求。他们行为之所以崇高还因为任务艰难危险,在那种时刻必须具备而少有的魄力和镇定,相信他们都具备。因此,那些修士的行为和胸襟值得后人怀念、钦佩和感激,那种感激之情是向别人做出巨大奉献而不图回报的人理应得到的。塔地诺写道:"假如没有这些修士,整个城市肯定会遭到毁灭;他们在没有援助,或者说从市政府那里得到极少量援助的情况下,在极短的时期内做了大量有利于公益的工作,依靠自己的勤劳和明智维持了传染病院里成千上万穷苦人的生

---

① 卡萨蒂(1583—1656):米兰贵族家庭出身,当时四十七岁;波佐邦纳里,生卒年月不详,只知道也是贵族家庭出身,性格刚强,令人生畏,据说病院里听说他来了立刻鸦雀无声。

活。据里帕蒙蒂的考证，传染病院在费利契神甫领导的七个月期间收容的人数将近五千，里帕蒙蒂说得好，如果不写一个城市的苦难而要说说值得它自豪的事情时，费利契神甫这样的人就应该大书特书。

随着疾病通过接触和生意往来的传播，平民百姓中间否认瘟疫的执迷不悟的现象自然而然地减少以至消失；最初得病的只限于穷苦人，不久后，知名人物中间开始也有病倒的，其中最引人注意的、这里特别要提的是主任医师塞塔拉。人们应该承认那位不幸的老人当初是正确的吧。谁说得清楚？反正他本人、他的妻子、两个儿子、七个仆人得了瘟疫。他和一个儿子保住性命，其余的统统病死。塔地诺写道："这种事情出在城市富贵人家引起贵族和平民深思，那些存疑的医师和无知莽撞的百姓开始噘嘴，咬紧牙齿，皱起眉头。"

但是认识到自己的固执的人往往想方设法地寻求出路，想出权宜之计，甚至产生报复心理，以致不顾事理和事实，希望他们的固执能坚持到底，立于不败之地，毫无疑问，这次就是一个例子。那些长期以来坚决驳斥瘟疫说法的人不承认他们周围或者他们中间有通过自然途径蔓延并造成危害的病菌，现在已无法否认病菌的传播，但又不甘心归因于那些途径（这等于是承认错误，同时应承担严重责任），于是饥不择食似的要寻找任何别的原因，抓到什么都好。不幸的是，当时流行的思想和传统中间恰好有一个凑手的原因，不仅流行于意大利，欧洲任何地方都有，那就是巫法妖术，一些搞阴谋诡计的人用有传染性的毒药和巫术散播瘟疫。据信，这一类事情在以前的瘟疫中也有过，特别是半个世纪前意大利的那次瘟疫①。去年一份由菲利普四世签署的公文送达总督，通报说四名携带毒性油膏、有散播瘟疫嫌疑的法国人逃出了马德里，如果在米兰出现，务必注意缉拿。总督把公文批转给卫生署，当时似乎没有引起很大重视。但是瘟疫爆发并得到承认后，再回想起那次通报，未被证实的险恶阴谋的怀疑便可肯定，也可能这是头一次引起

---

① 传说雅典有一次瘟疫是由于伯罗奔尼撒人在井中投毒引起，罗马有一次瘟疫发生前，一尊朱诺塑像眼中流泪。

怀疑。

有两件事,盲目而不可控制的惧怕和不知名的奸计,使原先隐隐约约觉得可能是捣鬼的人也产生了怀疑,使更多的人相信确有一场真正的罪恶阴谋。五月十七日晚上,有人看到大教堂里仿佛有几个家伙在分隔男女座位的木板上涂抹什么,他们当晚便把隔板和一些长凳从教堂里搬了出来;卫生署主任带了四名差役前去察看,他们检查了隔板、长凳和圣水池,没有发现任何可疑的东西足以证实罪恶阴谋,*卫生署主任为了消除人们的顾虑,毫无必要地采取了过分慎重的措施,决定把隔板洗刷一遍。教堂外面一堆东西给人们留下了可怕的强烈印象*,对他们来说,无言的东西轻而易举地变成了雄辩的论据。人们传说纷纭并且普遍相信大教堂里所有的长凳、墙壁甚至钟绳都给涂过油膏。不仅是传说,当时的史料都提到这件事(有些史料是许多年以后撰写的),并且言之凿凿,假如卫生署给总督的一封信不被发现的话,那件事的实情只能存疑了。原信保存在标签为圣费德莱①的档案里,上文的斜体字部分就引自该信。

第二天早晨,市民们看到另一件触目惊心的怪事。全城人家的门上墙上都有一长道一长道仿佛用海绵挥洒的、白不白黄不黄的污秽。不管它是想引起更严重更普遍的惊慌的恶作剧,或是想加剧社会混乱的罪恶阴谋,还是有其他目的,人们对它的反应是把它看成是某些人的作为而不是许多人的幻觉更合乎情理。里帕蒙蒂在涂抹这件事上往往嘲笑并且多次悲叹人们的轻信,亲眼见到涂抹的东西,还加以描述。②在上述信件里,卫生署的先生们用同样的方式叙述了事情经过,谈到检查情况,说是用涂抹的物质在狗身上做试验并没有恶性后果,因此他们认为那种肆无忌惮的行为多半属于捣乱性质,不像是具有邪恶目的,他们的看法说明到那时为止他们仍相当冷静,并没有大惊小怪,庸人自扰。当时的其他史料也提到最初许多人认为那只是一个异想天开的玩笑,史料里从

---

① 现存米兰档案馆。原文的斜体字,译文用仿宋体表示。
② 里帕蒙蒂,第75页。——原注

未提到有人持不同的意见,如果有那种人,即使把他们称作怪诞,肯定不会没有记载。历史上著名的一个错乱事件有些细节鲜为人知,有些湮没无闻,我认为把它们搜集起来,旧事重提,并不是不合时宜的,因为我觉得从错误中,尤其是从许多人所犯的错误中观察到的最有趣味、最有裨益的一点正是探索表面现象和形式是如何深入人们的思想意识并且起了支配作用的。

本来就动荡不安的城里闹腾起来:房屋的主人用麦秸扎了火把燎烧那些涂抹的地方,行人驻足不前,吓得发抖。凡是外国人都摆脱不了嫌疑,由于装束打扮不同,他们很容易辨识,走在街上就被人们拦住,扭送官府。被捕的人、逮捕的人和证人经过盘问审查,没有发现罪犯,人们那时仍保持清醒,仍有怀疑、判断和理解能力。卫生署颁布了一项公告缉拿肇事者,许诺给举报人赏金和保护。上文提到的给总督的信日期署的是五月二十一日,但显然是十九日写的,也就是公告上印的日期。卫生署的先生们在信中写道:鉴于目前局势如此危险,猜疑重重,我们认为无论如何必须惩处这一罪行,弄清真相,以告慰全城人民,解除疑虑,因此今日颁布了公告。但是公告本身没有提到,至少没有清楚地提到给总督信中所表明的通情达理、使人宽慰的推测,结果欲盖弥彰,反而透露了百姓剧烈的疑惧和他们的应受谴责的、有害无益的宽容态度。

卫生署在寻找罪魁祸首时,百姓像平时常有的情况那样自己先找到了。认为涂抹物有毒的人中间,有的断定那是堂贡萨洛·费尔南德斯·德科尔多瓦的报复行为,因为他离任时遭到侮辱;有的说那是红衣主教里奇留的计谋,因为他想让米兰人死绝,然后不费吹灰之力就可以拿下米兰城;另一些不知根据什么,说肇事者是科拉托伯爵、华伦斯坦,或者某某米兰贵族。前面说过,也有人认为那是一个无聊的恶作剧,把它归罪于学生恶少或者因卡萨尔城堡久攻不下而产生厌战情绪的官兵。人们担心的传染和大批死亡并没有立即出现,也许由于这个原因,最初的惊慌暂时平息下来,这件事似乎也给遗忘了。

另一方面,某些人仍旧不信瘟疫之说。由于传染病院和城里都有人得病以后又挺了过来,"百姓中间,甚至不实事求是的医师便说那不是真正的瘟疫,否则没有谁能活下来"①(被事实戳穿的意见总是找出一些无奇不有的论点)。为了彻底消除疑惑,卫生署想出一个万不得已的办法,按形势需要,让事实来说话。圣灵降临节时,市民们照例要去东门外的圣格里戈里奥墓地为埋葬在那里的、在另一次瘟疫中死去的人祈祷,人们借宗教活动的机会消遣观光,因此都穿戴得整整齐齐。那天死于瘟疫的人中间正好有一家子。根据卫生署的布置,那家人的尸体装上大车在人群最多的时候给运往墓地,尸体裸露,好让坐马车的、骑马的以及步行的人看到作为瘟疫明显特征的紫黑色瘀斑。大车经过之处引起厌恶和恐惧的尖叫,车后的议论声还没有平息,前面又议论开了。确信有瘟疫的人逐渐增多,那件事在传播方面起了不少作用。

一开始不承认有瘟疫,绝对没有,连"瘟疫"两字都不准说。后来是类瘟疫热病,加了一个形容词转弯抹角承认了瘟疫的概念。再后来,真

① 塔地诺报告,第93页。——原注

正的瘟疫是不存在的,或者说,只是某种意义的瘟疫,严格说来还算不上,只不过找不出别的名称而已。最后,瘟疫已毋庸置疑、不可争辩,但是加上了毒物和巫术的概念,扭曲并混淆了那个无法否认的名词所表达的原意。

我认为即使对概念和语言的历史不是十分精通的人也能明白许多别的事物也有类似情况。应该感谢天主的是那样意义重大、花了沉重代价才得到证实、要附加种种条件的事情并不太多。不过事无大小,开口发表意见之前只要多看多听,加以比较和思考,往往可以避免走一条漫长的弯路。

可是开口说话比看、听、比较、思考加在一起容易得多,因此我们这些普通的人多少是值得同情的。

第三十二章

情况日益悲惨，客观要求越来越难以满足了，五月四日，十夫长委员会决定向总督求助。二十二日，委员会派两名代表去围困卡萨尔城堡的战场晋谒总督，陈述米兰城的不幸和窘迫：开支庞大，金库空虚，今后几年的捐税已提前征收，上缴国库的税款却仍拖欠，人民普遍贫困，原因很多，主要是军费浩大；请总督根据沿用多年的法律和惯例以及卡洛斯五世的特别敕令考虑可否由国库承担有关瘟疫的一切开支，因为一五七六年那次瘟疫期间，当时的总督阿亚蒙特侯爵非但停止征收一切税收，而且从国库拨出四万金币补贴城市；代表最后向总督提出四项请求：仿照先例停止征收税收，国库拨款救济，由总督向国王呈报市和省的悲惨情况，不再向千疮百孔的米兰地区派遣新的驻军。总督回信表示同情和抚慰，说他不能分身亲自在米兰竭尽全力减轻困难深感不安，但相信委员会诸君的奋勉能够对付，还说目前该花钱的地方不能吝惜，尽可能做出妥善安排。至于所提的请求,将在时机和条件许可的范围内竭力满足。最后是一个潦草的签名,应该是安布罗乔·斯比诺拉几个字,但像他的承诺一般模糊。首席地方官去信说十夫长们看了总督的答复十分忧伤,于是信函往返,有问有答,但没有明确的结论。过后不久,在瘟疫最猖獗的时候,用公函形式全权委托费雷尔处理,说他自己要考虑战争问题。这里顺便提一句,由于传播了瘟疫,那场战争在伦巴第、威尼托、皮埃蒙特、托斯卡纳和罗马尼阿部分地区夺去一百万人的生命,这数字还是往少里算的,并且不包括士兵;前面已经说过,战争所经之处疮痍满目,两军厮杀的地点造成的破坏更可想而知;曼图亚被攻占后遭到灭绝人性的洗劫;经过种种灾难之后,那场战争以承认新公爵而告终,而它的缘由正是为了要排斥公爵。但是必须指出,新公爵被迫把岁入一万五千金币左右的蒙费拉托的一块土地割让给萨伏伊公爵,把岁入六千金币的别的土地割让给瓜斯塔拉公爵费朗特;此外还有一个绝密的条约规定萨伏伊公爵把比内罗洛割让给法国,是以后找了别的借口,通过狡猾的手段履行的。

十夫长委员会决定谒见总督的同时,还决定请求红衣大主教组织一次隆重的宗教游行,把圣卡洛的遗体抬出来,绕城一周,禳灾祈福。

德高望重的大主教出于种种原因没有同意。他不喜欢把信仰寄托在没有根据的方法上,并且担心假如达不到预期的效果,反而成为笑柄①。他还担心,假如确有传播瘟疫的人,游行便会成为他们实现罪恶阴谋的极好时机;假如没有,游行时人群大量集中只能促进传染病的流行,成为真正的危险②。因为先前已经趋于平息的、关于有人故意传播瘟疫的怀疑这时又重新抬头,比先前更普遍、更严重。

人们又看到,或者自以为看到墙上、公共建筑的门上、住家房屋的门上、门环上涂抹了污秽。这类发现的消息迅速传开,往往有这样的情况,人们忧心如焚的时候,有什么风吹草动就以耳代目,信以为真。人们由于大难当头而感到压抑,由于持续的危险而心情烦躁,很容易接受风闻

---

① 《一六三〇年米兰瘟疫大事记》皮奥·拉克罗切编,米兰,1730年版。显然根据一位经历过瘟疫时期的作者的未曾出版的手稿编纂。——原注

② 里帕蒙蒂,第185页。——原注

传言,只想找个对象来发泄怒火;在这方面,一位作家彼·维里:《论酷刑:意大利政治经济学作家论著·现代部分》①曾尖锐地指出:一般人都喜欢把灾难归因于有报复可能的人类的邪恶,而不愿把它们归因于无可奈何的、只能逆来顺受的原因。一种精制的、当场见效的、渗透力极强的毒物足以解释为什么发病时来势凶猛,症状不可捉摸、毫无规律可循。据说配制那种毒物的材料有蟾蜍、毒蛇、瘟疫病人的涎液和脓血、粪便,以及狂乱变态心理所能想出来的最肮脏、最骇人的东西。然后在毒物上行施巫术,结果产生了明效大验,任何力量都无法抵挡,任何困难都被克服。如果说第一次涂抹没有立即见效,道理也不难理解,那是因为传播瘟疫的人经验不足失了风,现在他们提高了技术,处心积虑地要实现他们穷凶极恶的阴谋。现在如果还有人认为那只是恶作剧,认为不存在阴谋,轻则被当作瞎了眼,昏了头,重则被怀疑别有用心,企图误导人们的注意力,甚至被怀疑是同谋,本身就是传播瘟疫的人。"传播瘟疫的人"很快就成为常用的、非同小可、令人毛骨悚然的名词,既然有这种人,就必须把他们挖出来,并且肯定能挖出来,于是大家眼睛睁得大大的,一举一动都可以引起怀疑。怀疑很容易变成确定,确定变成狂暴。

里帕蒙蒂援引了两件事作为例证,他之所以选择这两件事,非但因为它们在每天都发生的类似的事情中分外突出,而且因为里帕蒙蒂亲眼目睹了不幸的全过程。

一天,不知是什么节日,有个年过八旬的老人在圣安东尼奥教堂里先跪着祷告,后来想坐一会儿,坐前用斗篷拂去长凳上的浮土。"那个老头在凳子上涂抹!"几个妇女看到老人的举动立刻嚷起来。教堂里(要知道是在教堂里!)的人朝那老人扑去,揪住他的苍苍白发,一顿拳打脚踢几乎揍得半死,然后连拖带拽弄出教堂,把那奄奄一息的老人抓到监狱去见法官,再严刑拷问。"我看到他被拖去的模样,"里帕蒙蒂写道,"以后再也没有听说,估计活不了多久。"

第二天,另一件事同样出奇,结局幸好不那么悲惨。三个法国青年,

---

① 第十七卷第203页。——原注

一个文人、一个画家、一个建筑师，来意大利观光，考察名胜古迹，到了大教堂外面，不知发现了什么竟看出了神。一个行人看到他们便停住脚步，向别的行人指指点点，人越来越多，围成一圈，盯住那三个人：他们的装束、发式和褡裢说明他们是外国人，并且更糟糕的是法国人。他们为了确定大教堂里大理石建筑，伸出手去摸摸。这可闯了大祸。他们给围起来，揪住不放，推推搡搡地扭送到监狱，一路上挨了不少冷拳。幸好法院离大教堂不远，更幸运的是查无实据，当场释放。

这类事情不仅限于城里才有，狂热像传染病一样扩散到了城外。乡民们如果发现行人偏离了公路，或者在公路上东张西望、磨磨蹭蹭，或者躺在路边休息；如果认为陌生人的面相或衣着有古怪或可疑之处，统统是传播瘟疫的人，不管有谁指出，有哪个孩子一声呼叫，立刻敲起警钟，人们纷纷赶来，朝那些倒霉鬼投掷石块，或者捆绑起来，群情激愤地押送监狱。里帕蒙蒂就是这么记载的。在一段时期内，监狱成了安全的避风港。

十夫长委员会并没有因为大主教明智的拒绝而泄气，仍继续不断地敦请，公众也喧闹地支持。费德里科继续顶了一段时间，试图说服他们，但一个人的明智在大气候的压力和多数人的要求下是无所作为的。当时人人自危，意见混乱，又没有日后才能看清的事实加以反驳，在这种情况下，不难理解为什么他的正确理由甚至在他自己的思想里也会被别人的错误理由压倒。他后来做出的让步是不是带有某种意志薄弱的因素，就属于人类心理的奥秘了。如果说在某些场合下错误似乎可以完全归因于智力而与良心无关，这次就属于那些少数场合（他无疑也是其中之一），他一生坚决凭良心行事，从不考虑暂时利益。经人们再三要求，他终于做了让步，同意组织游行，甚至同意游行后把保存圣卡洛遗体的玻璃柜在大教堂的大圣坛上停放八天以供瞻仰。

我没有发现卫生署或其他方面表示反对的有关记载。卫生署只下令采取了一些并不能避免危险、只表明惧怕危险的提防措施。他们严格限制外人进城，为了贯彻命令，封锁了城门；为了尽可能把得了瘟疫或者有瘟疫嫌疑的人排斥在游行之外，下令把发现疫情的人家的大门钉死，如果一位当时的作家对这类事情的简单记叙能说明问题,被封门的房屋将近五百家。①

准备工作做了三天,到了预定的六月十一日,天还没有大亮,游行队伍便从大教堂出发。最前面的是百姓的长队,其中多数是妇女,头脸蒙着大纱巾,身穿粗麻布衣服,不少光着脚板。随后是以各自的旗标为先导的行会,接着是服式颜色各各不同的教友会、修士会和居家修士,每人都佩着表示级别的标志,手里擎着大小蜡烛。队伍中间,烛光最辉煌、赞美诗唱得最响亮的地方是上面打着富丽华盖的玻璃柜,由四位受俸神甫抬着行进,神甫的法袍十分光鲜,每隔一段时候有另外四位神甫换肩。透过玻璃可以看到披着华丽的主教法袍的遗体和戴着法冠的颅骨,尽管

---

① 卡瓦蒂奥·德拉·索马里亚:《米兰劫后录》,一六五三年米兰版,第482页。——原注

形状缺损败坏,仍可以辨出画像所描绘的和见过他本人的人们记忆中的模样。紧随圣卡洛遗体的(关于游行的情况,我们主要是根据里帕蒙蒂的记叙)是大主教费德里科,按身份地位来说,他理应占最尊贵的位置。后面是其他神职人员,衣冠楚楚的地方官员,以及贵族,贵族中间有的像参加隆重仪式时那样穿戴讲究,有的像悔罪似的粗衣跣足,用罩帽遮住颜面,所有的人都擎着大蜡烛。队伍最后面又是各式各样的百姓。

街道上都装点得花团锦簇,富有人家把他们最贵重的绫罗绸缎挂了出来,穷苦人家的门面由境况较好的邻居代为装饰或者由公家花钱,有的人家用绿叶树枝代替帷幔,有的在帷幔之上再加枝叶,到处都张挂字画纹章,窗台上放着花瓶、古董、珍玩,蜡烛更是不计其数。关在家里不能外出的病人在窗口观看游行,和游行的人群一起祈祷。不属游行路线的街道冷冷清清,只有少数人在窗口倾听模糊的声息,另一些人,其中甚至还有修女登上屋顶想眺望玻璃柜和游行队伍。

游行队伍走遍城里各区,每到大街通向小街的十字路口或街心广场(当时还保存"卡罗比"的旧称,现在只剩下一个了)的时候,便把玻璃柜停放在十字架旁边,那些十字架是圣卡洛在上次瘟疫流行时竖立的,如今只剩下几个①,队伍走走停停,返回大教堂时已过了中午。

第二天,正当人们普遍产生了浮夸的信心,不少人甚至虚幻地肯定游行已经遏制了瘟疫时,城里各地、各阶层的死亡人数显然增加,并且增加得如此突然,以致谁都能看清根子就出在游行本身。但是人们的偏见多么可悲可叹!大多数人不把后果归咎于大批人长时间聚集在一起的事实,不归咎于交叉接触无限制的成倍增加,而归咎于传播瘟疫的人找到了大肆放毒、实现邪恶阴谋的机会。据说他们混在人群中间,用他们的油膏恣意污染。但是这种做法似乎不足以造成大批死亡,也不可能危及所有的人,何况他们在众目睽睽之下不可能在墙上或任何别的地方涂抹油迹污秽而不被发觉;为了自圆其说,人们找到一个古老的、当时欧洲

---

① "卡罗比"是意大利北部用词,拉丁文意谓"十字路口"。曼佐尼时期米兰城里唯一的卡罗比位于都灵街尽头。当时存在的十字架一个在果蔬市场,另一个在圣欧费米亚教堂前面。

普遍承认的解释，那就是经过巫术作法的有毒粉尘。据说那些粉尘给撒在街道上，特别是在中途歇脚的地点，结果沾上长袍的下摆和脚上，因为那天游行的人有许多光着脚板。一位当时的作家①写道："恰恰在游行的那一天，虔诚和亵渎、背信弃义和真挚坦率、得和失之间发生了碰撞。"其实发生碰撞的是人们可悲的理智和它产生的幻想。

从那天开始，传染病的猖獗程度有增无已，不久之后，几乎家家户户都有染上病的人；不久之后，据前面提过的索马里亚的记载，传染病院里的人数从两千猛升到一万二千，接着，根据几乎所有人的记载，又升到一万七千。我从卫生署管理人员给总督的一封信中发现，到了七月四日，病院里每天死亡人数超过五百。后来情况最严重的时候，据一般估计，那个数字是一千二百、一千五百；如果塔地诺提供的数字可信，则在三千五百以上。塔地诺还指出，瘟疫之后，官方调查表明米兰人口从原先的二百五十多万下降到六万四千出头一点。按照里帕蒙蒂的说法，米兰人口在瘟疫前只有二百万，市政府的登记表明死于瘟疫的是一百四十万，未登记的尚不在内。别人的说法大致相同，不过更具随意性。

在这样的灾难面前，满足公众的需要和采取一切可以采取的补救措施的任务落到了十夫长委员会的头上，他们的苦恼可想而知。他们必须每天增补脚夫、通报和专员等各种公役。第一种人在瘟疫流行期间担任最辛苦最危险的工作：把住家、街头和传染病院里的尸体装上大车运到墓穴埋葬，把得病的人送进传染病院看护他们，把受到感染或者可疑的物品焚毁或消毒。至于脚夫的名称，里帕蒙蒂认为来自希腊文，加斯帕·布加蒂在记叙上次瘟疫的书籍里认为来自拉丁文，但同时又认为也可能是个德文词，因为那些人大多是从瑞士和格里松斯招雇的。认为它是德文"每月一次"的短尾形式并不荒唐，因为谁都不能确定这类工作需要持续多长时间，招工合同也许是每月续订一次②。通报的专职是在运送尸体的大车前面摇小铃让行人避开。专员直接听取卫生署指示，安排前两

---

① 阿戈斯蒂诺·兰布尼亚诺：《一六三○年米兰瘟疫纪实》，一六三四年米兰版，第44页。——原注

② 据后人考证，该词可能源自伦巴第地区一句方言，意谓"肮脏""低贱"。

种人的工作。必须为传染病院配备内外科医师、药品以及病房器材,必须替每天入院的病人准备住处。因此在传染病院院内匆匆搭起一批木板茅屋,用木板围住,成了一座新的简易病院,可收容四千名病人。这还不够,决定再建两座,并且开了工,但各种条件都奇缺,未能完成。随着需要的增长,财力、物力、人力和勇气越来越减少。

行动总是落后于计划和命令,许多公认的需要得不到应有的关注,甚至连口惠都没有,更糟糕的是最后落到了无能为力和绝望的地步,许多最基本、最紧迫的需要根本不能满足。举例说,母亲死于瘟疫后,儿童无人照顾而大量死亡,卫生署建议设立一个孤儿和产妇收容所,为他们做些什么,但是毫无结果。塔地诺写道:"城里的十夫长们也值得同情,因为无法无天的士兵在那不幸的公国恣意妄为,把他们搞得走投无路、垂头丧气,从总督那里休想得到任何帮助和救援,总督的答复只会是目前是战争时期,应该好好对待士兵。"①攻占卡萨尔城堡实在太重要了!胜利的光荣实在诱人,何必问战争的原因和目的!

传染病院附近早先挖了一个宽大的墓穴,已经填得满满当当,病院和城里各处新病死的尸体无处掩埋,越积越多,地方官寻找人手执行这一悲惨的任务,但到处碰壁,不得不承认实在无法可想了。若不是天无绝人之路,这件事真不知怎么收场。卫生署主任②走投无路,噙着眼泪去找管理传染病院的善良的修士们,米迦勒神甫答应他在四天之内清除城里全部尸体,在八天之内挖出新的墓穴,非但足以满足当前的需要,还可以应付今后更糟的情况。米迦勒神甫带着一个修士和主任派给他的几名卫生署人员,出城去找民工,他一方面凭卫生署的权威,一方面凭神甫的身份,好说歹说,找了二百来人,挖了三个极大的墓穴,然后派病院的脚夫四出收尸,到了约定的那天,实现了诺言。

① 塔地诺报告,第117页。——原注
② 一六三〇年九月前,担任卫生署主任的是马克安东尼·蒙蒂,他于三月三十一日请费利契神甫出任传染病院院长。九月,姜巴蒂斯塔·维斯康蒂接替蒙蒂,断然禁止了六月十一日后陆续举行的一系列祈祷大会、小规模的宗教游行和其他祈福仪式,并下令关闭所有的教堂。六月十一日大游行后到七月十日为止的一个月内,瘟疫死亡人数每日在五百至一千人之间。

有一次,病院里医师告缺,便用高额薪金和荣誉许诺,软泡硬磨,好不容易才请到,尽管人数和需要相差很远。病院里的粮食供应也常有中断的情况,最严重时病人几乎要饿死,但每逢山穷水尽的时候,往往有意想不到的个人慈善捐助,恰到好处地来了大量补贴。因为即使在大祸临头,人人自危而对别人漠不关心的时候,也有慈悲心肠,也有丧失了尘世的欢乐而产生行善的愿望;再说,即使原先一些乐善好施的人有的病死有的逃往别处,总有另一些身体健康、意志坚定的人顶替他们的位置,当然还有一些人为恻隐之心所驱使,廉正地承担并行使了不归他们负责的任务。

面对当前的艰难形势,最勇于承担任务,最忠贞不渝的还是教士。传染病院和城里从不缺少他们的救助,哪里有苦难,哪里就有他们;他们总是和病人、垂死的人厮守在一起,有时他们自己也得了病,气息奄奄;他们除了提供精神上的帮助之外,还尽可能提供物质帮助,凡是有需要的时候,什么事都干。单是米兰城里染病死亡的教士就有六十名以上,约占总数的九分之八。

费德里科不负众望,给大家以鼓励和榜样。他周围的家人几乎全部病死,他的亲戚、高级官员和邻近的封建贵族敦请他避开危险,退居乡间别墅,他推辞了建议,谢却了敦请,他的献身精神在他给教士们的信中得到了充分的体现:"你们宁愿舍弃尘世的生命而不能舍弃这个大家庭和我们的这些子民,只要有为基督争取一个灵魂的可能性时,就应该像面对奖赏和生命那样去面对瘟疫。"[1]当然,为了履行职责,他并没有忽略自我保护的措施(在这方面,他也给教士们指示,定出规则);同时,他并不顾虑危险,为了行善而必须面对危险时,他仿佛根本没有注意。他总是赞扬和引导热心的教士,鞭策不十分积极的人,派新人接替死在岗位上的,他自己家的门总是为有求于他的人敞开。他探访传染病院,安慰病人、勉励工作人员;还巡视全城,给禁闭在家里的穷苦病人送去救济物品,他站在门口窗前听取他们的诉说,抚慰他们,要他们振作。总之,他

---

① 里帕蒙蒂,第164页。——原注

471

全身心投入，在瘟疫中生活，最终能平安无事渡过难关，连他自己也觉得不可思议。

每逢生灵涂炭，传统的秩序长期处于混乱时，美德总有增长和升华；但不幸的是，邪恶同时也有增长，范围往往比美德更广。这次也不例外。没有染上瘟疫和染上而没有丧生的无赖们趁一片混乱和治安松弛之际找到了大肆活动而免受惩罚的好机会。再说，维持治安的工作有很大一部分落到一些最嚣张的无赖手里。一般人都不愿意干脚夫和通报的差使，只有那些觉得盗窃和放纵的诱惑能压倒对传染病的恐惧和对那差使的本能的反感的人才会自告奋勇。招雇时定出极其严格的守则，如有违犯就给予十分严厉的处分，指定他们的岗位，前面已经说过，他们上面有专员管理；而统管他们的还有地方官和贵族的代表，代表们享有充分权力，可根据具体情况立即做出处置。有一段时候，这个制度得到遵守，效果很好；但死去的人越来越多，剩下的人有的离城他去，有的晕头转向，最后几乎没有人管束他们了，他们，尤其是干脚夫的，变得权力很大，什么事都由他们说了算。他们像主人，或者更像敌人似的闯进住家，且不说偷鸡摸狗以及如何粗暴地对待那些不得不由他们处置的不幸的人，他们的脏手还伸向没有得病的人，病人的子女、亲戚、妻子、丈夫，威胁说如果不花钱赎命就把那些好生生的人也押进传染病院。有时候他们开价要辛苦费，如果不付多少多少金币就不把已经腐败的尸体运走。还有人说（由于某些人的轻信和另一些人的恶意，这种说法不可全信也不可不信），塔地诺也予以证实①，脚夫和通报故意把大车上污染的东西撒在路上，目的是传播和保持瘟疫，从而可以为所欲为，大发横财。上面规定脚夫们脚上要系一个小铃作为标志，让行人回避，有些坏蛋便在脚上系个铃铛冒充脚夫，闯进住家干尽坏事。有的住家已空无一人，或者只有病倒和垂死的人，小偷就乘虚而入，大肆盗窃，还有些住家遭到捕快们明目张胆的洗劫，情况更其悲惨。

和邪恶同步增长的是愚蠢行径。已经相当明显的错误由于人们思

---

① 塔地诺报告，第102页。——原注

472

想上的迷惘和紊乱获得了异乎寻常的力量,产生了更迅猛、更广泛的影响。这一切加剧了人们对于涂抹油膏的特殊恐惧,而那种恐惧宣泄时往往带来了新的邪恶,这方面的例子我们已经见过。假设的危险的意象笼罩并折磨着人们的思想,远比真正的危险严重得多。里帕蒙蒂写道:“人们眼睛看到的、脚下触及的都是横七竖八的尸体,整个城市仿佛成了一个庞大的停尸房,但是最恶劣、最要命的影响是这种惨状使人们相互产生了毫无节制的、荒谬绝伦的猜疑……人们非但猜疑邻居、朋友、客人,甚至夫妇、父子、兄弟之间的称呼和关系都成了可怕的东西,更可怕和令人感到羞耻的是把家里的饭桌和夫妇的床铺看成暗算和毒害的渊薮。”

在人们的臆想中,阴谋是无所不在、手法奇特的,结果是非混淆,相互之间没有信任可言。人们起初以为那些所谓传播瘟疫者的动机只是野心和贪婪,后来认为他们准是身不由己,涂抹放毒给了他们穷凶极恶的诱惑和乐趣。谵妄的病人指责自己干了担心别人暗害他们时所做的事情,仿佛出于良心责备在坦白交代,使得人们深信不疑。高烧昏迷的瘟疫病人还做出他们以为传播瘟疫者所做的一些动作,给人的印象比言语深刻得多,也许这能说明为什么一般百姓确信有传播瘟疫的人,不少作家也言之凿凿。在审理巫术案件的漫长而可悲的时期,受指控的人不一定要严刑逼供就主动交代,这种情况在助长和维持有关巫术的普遍看法时起了不小作用,因为当一种看法在许多地方长期占据统治地位时,迟早会通过各种方式表露,会寻找各种渠道宣泄,会经历各种劝导的梯级;但是要让所有的人或者许多人长期相信一件怪事是不容易的,除非有自以为干过那件怪事的人出来现身说法。

关于涂抹油膏的呓语引起的众多故事中间有一个说得活灵活现,流传很广,我们不妨提一下,说法各各不同(这也是讲故事人特有的权利),大致是这样的:一天,有人看见一辆六匹马拉的车子来到大教堂前面的广场,车里除别人之外有个气概不凡的大人物,脸色阴沉,目露凶光,头发竖立,嘴角带着威胁的表情。广场上的人正看得出神时,马车停了下来,车夫请他上车,他竟然没有拒绝。马车兜了几圈后,车上的人在一座宅邸门口下来,他跟大家一起进去,看到的景象有秀丽的也有可怕的,有

荒凉的地方也有花园,有岩洞也有大厅,大厅里有幽灵在聚会。最后,那些人给他看几个装满钱的大箱子,让他随意拿,但有一个条件,就是他必须同时接受一罐油膏,到城里去涂抹。那人不肯,一眨眼工夫,不知怎么又回到先前上车的地点。这个故事一般人都信以为真,据里帕蒙蒂说[1],没有遭到有影响的人物的驳斥,传遍了整个意大利,连国外也有所闻。德国出版了一幅以这件事为题材的版画,有选帝权的马贡察大主教写信给红衣大主教费德里科,询问米兰流传的事是否确实,费德里科回信说纯属无稽之谈。

有学问的人也有类似无稽之谈,性质不尽相同,但后果具有同样的危害性。他们之中大多数认为一六二八年出现的一颗彗星以及土星与

---

[1] 《米兰城大瘟疫始末纪实》,第77页。——原注

木星的会合是这次瘟疫的先兆和原因,塔地诺写道:"土木二星的会合对一六三○年的影响十分明显,人皆可见。异象的出现主致命的疫疠。"据说一六二三年都灵出版的一本名叫《年历大全宝鉴》的就有这个预言,于是议论纷纷。瘟疫流行那年的六月又出现一颗彗星,人们便把它看成另一个凶兆,以致涂油放毒的明显证据。他们查阅书籍,不幸找到了大量据说是人为造成的瘟疫的事例,他们援引了李维乌斯、塔西佗、狄翁①,甚至荷马、奥维德,以及许多记叙或提到这类事例的古代作家,至于现代作家,数量之多更不用说了。他们还援引了百来位在作品中认真探讨或者顺便提到毒物、巫术、油膏、粉尘的作家,例如切萨尔比诺、卡尔达诺、格莱凡、萨里奥、帕雷、申克、扎基亚,还有那个不祥的德尔里奥②。如果说作家名气的大小和他们作品产生好坏影响的多少成比例的话,那个德尔里奥可跻于最著名的作家之列,他焚膏继晷地写作,伤害的性命远比征服者建立殖民地时杀害的人为多,他的《魔法调查》(他把自古以来到他生活的时代为止人们有关魔法的奇想全收集在内)成了最权威、最不可抗拒的教科书,在长达一百多年里为合法的、可怕的、不间断的杀人提供了准则和有力的煽动。

有文化的人从普通百姓的发现中撷取符合他们想法的成分,普通百姓从有文化的人的发现中撷取他们能够理解的成分,两方面凑在一起形成一团乱糟糟的普遍的疯狂。

但是更使人惊异的是看到医师们的转变,我指的是那些一开始就认为是瘟疫的医师们,特别是塔地诺。他曾预言疫病的可能,看到它传入,

① 李维乌斯(公元前59?—公元17):古罗马历史学家,著有《罗马史》一四二卷;塔西佗(约55—120):古罗马历史学家,《罗马史》的作者;狄翁(155?—235):古希腊历史学家,著有《罗马史》。

② 卡尔达诺和德尔里奥,参看本书第二十七章相应的注释;切萨尔比诺(1524—1603):意大利医学、植物学教授,著有《鬼蜮辨》;格莱凡(1539—1570):法国医师,著有剧本数种和医学专著《论毒物》;萨里奥:著有《论瘟疫热病及治疗》;帕雷(1517—1590):法国外科医师,一五六八年出版一部有关瘟疫的专著;申克(1531—1598):著有医学百科全书,其中第六部分是《论流行性与传染性致命热病》,第七部分是《论毒物》;扎基亚(1584—1659):教皇伊诺森佐十世的御医,著有《法医学问答》。

注意它的进展,断定它是瘟疫,会通过接触传染,如果不采取补救措施的话全国都会染上,后来他却从那些现象得出涂油放毒使用妖术的结论;他曾在米兰第二例死于瘟疫的卡洛·科隆纳身上注意到谵妄情况,确认为瘟疫的症状之一,后来却援引了那种情况作为涂油放毒的邪恶阴谋的证据,相信两个证人的陈述,那两人宣称听他们一个得病的朋友说有一夜几个人进了他的房间,许诺能治好他的病,并且给他许多钱,但要他在附近的住家涂抹油膏,他拒不接受这个条件,那几个人便走了,但在他床下留下一条狼,床上留下三只猫,"狼和猫凌晨时才消失"①。

假如那样思考问题的人只有他一个,人们或许会认为他头脑古怪,不值得一提,然而许多人,甚至可以说几乎所有的人都那样,就成了人类思想史上的一种现象,人们不禁要看看一系列井然有序、合乎情理的思想会被另一系列误入歧途的思想搞乱到什么程度。何况塔地诺是当时意大利最负盛名的人物之一。

两位杰出的、成绩斐然的作家②曾指出红衣主教费德里科对涂油放毒一事表示怀疑。我们希望给那个卓越的、热情的评价增添更完美的赞扬,希望说明那位优秀的神职人员在这件事如同其他许多事上比大多数同时代的人也高明得多,但是我们不得不再次在他身上注意到普遍看法的力量,即使睿智也会受影响。至少从里帕蒙蒂的叙述中可以看到,他最初确实有怀疑,后来他认为形成普遍看法的重要因素有轻信、无知、惧怕、由于迟迟没有承认传染病而想辩解并且想采取补救措施的愿望,他认为其中有很大的夸张成分但同时又有点道理。安布罗乔图书馆保存着他亲笔写的有关那次瘟疫的手稿,其中不时流露出这种情绪,有一处甚至说得很明确。手稿中有这样一段文字:"一般认为这些油膏在许多地点配制,扩散的手法多种多样,我们觉得有些手法真实可信,有些则是无中生有。"③

---

① 塔地诺报告,第123页和第124页。——原注
② 穆拉托里:《瘟疫管理》,一七一四年摩德纳出版,第117页。彼特罗·维里:《论酷刑》小册子,第261页。——原注
③ 《一六三〇年米兰瘟疫大事记》第五章。——原注

但是也有一些人在有生之年始终认为这一切都是无稽之谈;我们并不是从他们那里得知,因为谁都不敢冒天下之大不韪,公开发表与百姓相反的看法,我们是通过一些作家的文章得知的,那些作家把他们的看法当作偏见和不敢公开辩论、但确实存在的错误思想加以嘲笑、指责和抨击,我们还通过一些听上辈传说而了解当时情况的人那里得知。穆拉托里在前面提到的书中写道:"我在米兰找到一些有学识的人,他们从前辈那里听到不少事,不相信涂油放毒之说。"那显然是家人之间的真实思想,颇有真知灼见,只是和常人见识相反,不敢公开吐露。

地方官的人数日益缩减,惶惑和混乱却日益增长,他们把所剩无几的决断全部用于捉拿传播瘟疫的人。现存的瘟疫期间的档案文件里有一封大首席官给总督的信(但没有其他附件),信中认真而紧急地报告说已获悉米兰贵族吉罗拉莫和裘里奥·蒙蒂兄弟的一座乡间别墅在大量配制毒物,有四十人干活,另外还有四个布雷西亚的绅士协助,从威尼托运来制作毒物的原料。大首席官信中还说他已经极其秘密地做出必要的布置,派米兰最高行政官和卫生署督察带领三十名骑兵前去别墅;不幸的是两兄弟之一得到消息,及时隐藏了罪证,通风报信的可能就是督察,因为他是两兄弟的朋友,搜捕时他借故没有同去;尽管如此,最高行政官率领骑兵已去搜查别墅,希望能发现线索,进行调查,并拘捕所有人犯。

这次行动大概毫无结果,因为有关嫌疑犯的文件没有举出事实。可悲的是在另一次行动中,他们自信找到了真凭实据①。

由此产生的审讯当然不是那类案件的首例,在司法史上也不是罕见的事情。且不谈古时候,在米兰事件前不久就有过多起,一五二六年在

---

① 一六三〇年六月,卫生署一名专员和一个理发师被判传播瘟疫罪,凌迟处死,定罪依据是一名妇女的指控和嫌疑犯经受不住酷刑。被判罪的是专员古列莫·比亚察和理发师贾安·贾科莫·莫拉,均系米兰人氏。两人分坐两辆大车给带到据信他们曾涂抹油膏和撒下有毒粉尘的犯罪现场,每到一处都用烧红的铁钳夹他们的皮肉,在莫拉的理发店门口,两人给剁掉右手,然后将他们的四肢弄断,把他们拴在一个用木桩高高支着的车轮上,六小时后再砍下脑袋,焚尸扬灰,撒在河里。莫拉的房屋给摧毁,再竖一根耻辱柱,铭文是"古列莫·比亚察及贾安·贾科莫·莫拉,涂抹油膏扩散瘟疫,背叛国家和城市⋯⋯"费拉里诺,同书第100—101页。——原注

巴勒莫,一五三○年、一五四五年、一五七四年在日内瓦,一五三六年在卡萨尔·蒙费拉托,一五五五年在帕多瓦,一五九九年以及一六三○年在都灵都有个别或许多不幸的人被指控用粉尘、油膏、巫术或者综合手段传播瘟疫,受到审讯和酷刑逼供。但是米兰的所谓涂油放毒事件最出名,或许最便于观察,由于有关这一事件的现存的资料最翔实,它至少提供了广阔的研究范围。我们前不久倍加赞扬的一位作家①很注意这一事件,打算恰如其分地写一部历史,为一件更迫切更重要的工作寻求支持的论点,尽管如此,我们认为这件事还可以作为另一部作品的素材②。但三言两语是说不清的,需要相当的篇幅。再说,在那些事情上花费许多笔墨会干扰读者对我们的故事的兴趣。因此,我们不如在另一篇文章里记叙并探讨那些事,先回到我们的主人公身边,免得冷落了他们。

---

① 指彼特罗·维里和他的小册子《论酷刑》。
② 指曼佐尼本人写的《耻辱柱的故事》,在一八四二年版的《约婚夫妇》中作为"附录"。

第三十三章

八月底的一个晚上,正值瘟疫处于高潮的时候,堂罗德里戈在忠心耿耿的格里索的陪随下回到他在米兰的家。他的仆役病死不少,只剩下格里索和另外两三个。他和朋友们为了忘却悲惨的时世仍经常宴饮作乐,每次聚会总缺几个老朋友,添几个新成员。堂罗德里戈那天兴致极好,谈笑风生,还说了一段悼念阿蒂里奥伯爵的颂词,引起哄堂大笑。阿蒂里奥伯爵两天前死于瘟疫。

他在回家的路上突然觉得很不舒服,两条腿软绵绵的不听使唤,呼

吸困难,肚子里烧得慌,他不敢往坏处想,只把这些现象归罪于喝了酒,熬了夜,天气太热。他一路上没有开口,到家后的第一句话就是吩咐格里索掌灯照他回房间。到了屋里,格里索发现主人变了样,脸色通红,眼睛突出,亮得出奇;格里索往后退了几步,因为在那种情况下即使是无赖也像医师那样有识别瘟疫的眼力。

"我挺好,你怎么啦?"堂罗德里戈从格里索的模样猜出了他的心思,"我挺好,只是喝了酒,也许喝多了一点。席上的白葡萄酒容易上头!……不过好好睡一觉就过去了。我真困……把灯拿开,太晃眼了……真讨厌!……"

"白葡萄酒是比较凶,"格里索始终保持一段距离说话,"您赶快睡吧,睡一觉对您有好处。"

"说得对,我想睡了……我很好。不管怎样,把那个小铃放在床头,今晚如果需要什么可以召唤你,你注意听着点,呃?不过,我不会要什么的……快把那盏该死的灯拿开,"他接着说,格里索尽量不靠近,照他说的做了,"真见鬼!我怎么这样不舒服?"

格里索拿起灯,向主人道了晚安,匆匆走了,堂罗德里戈赶紧上了床。

他觉得盖在身上的毯子像山一样沉,便掀掉毯子,蜷缩着睡,因为他确实困得要死。可是刚迷迷糊糊合上眼睛就猛地惊醒,仿佛有谁开玩笑跑来使劲推他,他觉得越来越热,越烦躁。他往八月份的炎热天气、白葡萄酒和纵酒方面着想,希望能归咎于那些原因,但是总有一个和各种想法联系在一起的念头冒出来顶替了别的念头,可以说它侵入所有的感官,介入放荡生活的所有话题,把它当作玩笑比避而不谈要容易得多,那念头就是瘟疫。

他翻来覆去折腾了好长时间才睡着,一睡着就开始做乱七八糟、可怕至极的噩梦。他在乱梦中仿佛置身于一个大寺院,在一大群人中间;他人虽在那里,却不明白是怎么去的,特别是在那种时候怎么会有去寺院的念头,因此非常恼火。他环顾四周,看到的都是蜡黄枯槁的脸,凝滞发呆的眼睛,耷拉着的下巴,那些人的衣服褴褛不堪,富窿里可以看到瘀

斑和脓肿。"让开,混蛋!"他瞅着老远老远的那扇门,似乎在喊叫,同时做出一个威胁的手势,却没有下手,反而朝后面退缩,避免同那些令人作呕的身体接触,而那些身体已经从四面八方贴了上来。那些木然无知的家伙没有让开的意思,甚至不像是听到他的喊叫,反而更向他拥来,他觉得其中有人用胳膊肘或者别的东西顶着他左侧心脏与腋窝之间的部位,引起一阵剧痛。他扭动身体想躲开,另一样不知名的东西立刻又戳在同一部位。他心头火起,伸手去拔剑,却拔了一个空,原来佩剑往上挪了位,顶住痛处的正是剑把;但他往上摸时,没有摸到剑,只感到一阵剧痛。他气急败坏地呼喊,但上气不接下气,喊不出声,这时候那些脸似乎都转向一边。他也朝那边望去,看到一个讲道台,讲道台的栏杆上露出一个光滑发亮的凸出的东西,那东西逐渐上升,原来是个光脑袋,接着出现两个眼睛、一张脸、一把银白色的长胡子、一个半身露出讲道台的修士:克里斯多福修士。修士咄咄逼人的目光扫视着他周围的听众,堂罗德里戈觉得最后落在他脸上,同时举起手,那个姿势和在他府邸的客厅里一模一样。他也愤怒地举起手,使足劲想扑上去抓住那条举在空中的手臂,喉咙里咕哝不清的声音爆发成一声尖叫,突然醒了过来。他确实伸出的一条手臂落到床上,过了一会儿才缓过气,睁开眼睛,天色已经大亮,阳光像昨晚的灯光一样刺眼,他辨出自己的床铺和房间,明白刚才是做梦,现在教堂、人群、修士统统消失了,只剩下一个感觉:左侧的疼痛。同时,他觉得心在狂跳,耳际不停嗡响,身体里火热,四肢灌了铅似的沉重,比昨晚上床时更难受。他迟疑了好一会儿才下决心察看疼痛的地方,解开衣服,胆怯地瞥了一眼,只看到一个紫黑色的脓肿。

堂罗德里戈慌了神,死亡的恐怖蒙上心头,假如还有更强烈的感觉的话,那就是害怕落到脚夫手里,给塞进传染病院。他考虑如何避免这种可怕的下场,发现脑子里一片混乱,濒临疯狂绝望的边缘。他抓起铃铛使劲摇晃。守候着的格里索立即进来。他隔床有一段距离就站住,仔细打量主人,证实了昨夜的想法。

“格里索!”堂罗德里戈吃力地在床上坐起来说,“你一向是我忠心的仆人。”

“是,老爷。”

“我一向待你不错。”

“那是您老爷的恩德。”

“我可以相信你! ……”

“天哪!”

“我病了,格里索。”

“我已经看出来了。”

“假如我恢复健康,我待你会比以前更好。”

格里索没有回答,等他旁敲侧击之后说出正文。

“除你之外,我不愿信赖别人,”堂罗德里戈接着说,“请你帮我一个忙,格里索。”

“您尽管吩咐。”格里索以不变应万变。

"你知道外科医师基奥多住在哪儿吗?"

"太知道了。"

"他是个正派人,只要付他重酬,他可以替病人保密。你去找他,对他说每出诊一次我付给他四个、六个金币,再多也行,但要马上来,隐蔽一些,别让任何人知道。"

"说得对,"格里索说,"我这就去,马上回来。"

"还有,格里索,先给我弄点水喝喝。我烧得慌,忍不住了。"

"不,老爷,"格里索回说,"没有医师嘱咐什么都别干。这种病变化莫测,一点不能耽误。您别动,我马上请了基奥多一起回来。"

他说着就走了,随手关好门。

堂罗德里戈重新躺下去,心思随着格里索去基奥多家,计算着路程和时间。他不时看看脓肿,但随即厌恶地扭过头。过了一会儿,他竖起耳朵倾听医师是否来到,由于注意集中,转移了疼痛的感觉,思路也清楚一点。他突然听到隐隐约约的铃铛声,仿佛来自别的房间,而不是街上。他用心细听,铃声更响、更频繁,还伴有脚步声,他惊慌起来,猜疑要出事。他在床上坐着,更注意外面的动静,听到隔壁房间里有偷偷把重物放在地上的声音。他两腿从床沿放下,仿佛想站起来;两眼盯着房门,只见门给推开,走进两个穿着破旧肮脏的、红衣服的、面目可憎的人,也就是两个脚夫;他还看到格里索的半张脸,那家伙躲在半扇掩着的门后面窥视。

"啊,无耻叛徒!……滚出去,流氓!比昂地诺!卡尔洛托!救命啊!他们要杀我啦!"堂罗德里戈一面嚷嚷,一面伸手从枕头底下摸出一把手枪,这时两个脚夫跑到床前,手脚较快的一个扑到他身上,夺过他手里的枪,扔得老远,把他死死按在床上,狞笑着说:"嘿,无赖!你竟敢和我们脚夫作对!竟敢反抗官府派来做好事的人!"

"在我们带走他之前别松手。"另一个脚夫说着朝箱子走去。这时格里索进了屋,同他一起砸箱锁。

"流氓!"堂罗德里戈被脚夫粗壮的手臂按得动弹不得,只能抬起头看着格里索嚷道。他对脚夫说:"你们让我先杀了那个坏蛋,然后你们想拿我怎么办就怎么办。"接着他又使劲喊另外几个仆人的名字,但是白费气力,因为那个诡计多端的格里索在出去找脚夫、趁主人之危串通他们抢劫分赃之前,先假传主人的命令把仆人都支得远远的。

"别嚷啦!"那个把祸不单行的堂罗德里戈死死按在床上的刽子手对他说。然后他把脸转向那两个大肆抢劫的人说:"三一三十一,你们可不能昧良心。"

"你!你!"堂罗德里戈看格里索忙得不可开交,又砸锁又取出财物分赃,咬牙切齿地朝他吼道,"你这个忘恩负义的东西!……地狱里的魔鬼!我的病还会好的!会好的!"格里索一声不吭,也顾不上朝说话的方向回头。

"使劲按住他,"另一个脚夫说,"他神经有点错乱。"

确实如此。他哀叫一声,使尽最后的力气猛地一挣扎之后,忽然筋疲力竭地中邪似的瘫软了,但仍睁着眼睛看,不时哆嗦一下,哀叫一声。

两个脚夫一个抬脚一个抬肩把他放在隔壁房间的担架上,一个回来拿他的那份战利品,然后抬起担架出去。

格里索最后留下,匆匆选取他认为有用的东西,打了一个包扛走了。他一直注意不去接触那两个脚夫,也不让他们碰到他,但最后匆匆搜寻值钱的东西时,拿起主人床边的衣服,想找找口袋里有没有钱,不假思索地抖搂了一番。第二天才想起这是大大的失算,因为当他在一家酒店纵酒作乐时,突然打起寒战,两眼发黑,全身无力,一下子便倒在地上。酒友们扔下他走了,只得由脚夫来收拾,他们搜光他身上所有值钱的东西,把他扔在大车上,还没有到传染病院去和他的主人做伴,半路上就断了气。

我们暂且把堂罗德里戈撇下在愁云惨雾的传染病院,先得去找另一个人,若不是他死乞白赖地自找没趣,那个人的经历永远不会同他牵扯到一起,甚至可以两个人都没有出奇的事可谈。我说的另一个人是伦佐,我们和他分手时,他换了一家丝织厂,化名安东尼奥·里伏尔塔。

假如我们没记错的话,他在新厂里待了五六个月,那时共和国和西班牙国王公开交恶①，因此米兰方面咬住不放、追查到底的担心也就不存在了。博尔托洛赶紧去找伦佐，把伦佐接回去，一方面因为他和伦佐感情很好，另一方面因为伦佐年轻能干，手艺高明，是作坊总管不可多得的帮手，但由于不会写字的可爱的缺点，永远不可能取代总管的位置。这个理由起了一定的作用，我们不得不提。读者也许不希望博尔托洛有私心杂念，我不知道该怎么说了，你们自己去虚构一个吧。反正他就是这样的人。

此后，伦佐一直跟他一起干活。伦佐不止一次，特别在收到阿格纳丝的几封信后，有从军的念头，想结束隐姓埋名的现状，从军的机会多的是，正在那段时候，共和国几次招募士兵。传说要进军米兰公国时，当兵的诱惑对伦佐尤其强烈，他认为那是件好事，可以以战胜者的身份回家，同鲁茜亚把事情说说清楚。但是博尔托洛总是循循善诱地劝他打消这个念头。

"假如他们进军，"博尔托洛对他说，"没有你也照样去，你可以舒舒服服随后再去；假如他们碰得头破血流回来，你待在家里岂不好得多？冲锋陷阵的亡命徒有的是。踏进那片土地是要付出代价的！……我可不信那一套，他们叫得凶，让他们去叫吧，米兰公国不是好吃的果子。老弟，牵涉到西班牙，你知道西班牙意味着什么？圣马科斯关起门来可以称王，不过还差点劲。耐心一点，你在这里有什么不好？……我知道你想说什么，假如信上说事情迟早能解决，你就应该放心，只要你不干出蠢事来，一定能圆满解决。总有一位圣徒能保佑你。相信我的话，你不是当兵的材料。放下丝织的活不做去杀人，你觉得值当吗？你和那种人混在一起干什么？当兵的材料才去当兵。"

有几次，伦佐打算乔装打扮，用假名字偷偷回去。博尔托洛每次都用很容易猜到的理由劝阻了他。

---

① 共和国指圣马科斯共和国。蒙费拉托战争开始后，威尼斯共和国奉行了若即若离的和平政策，不久就加强了同法国的外交关系，甚至计划入侵伦巴第，配合法国入侵皮埃蒙特；一六二九年二月底，法军攻占大卡萨尔城堡后遭到围困，萨伏伊公爵卡洛·埃马努埃莱与法国签订协议，威尼斯撤销进军伦巴第的命令。

后来米兰地区暴发了瘟疫,我们已经说过,很快就传过了贝加莫边境,这时……读者不必担心,我不打算再记叙贝加莫的瘟疫,谁有兴趣可以参看洛伦佐·吉拉尔德利①受官方委托写的书,知道那本书的人很少,尽管它包含的资料也许比所有叙述瘟疫的书籍加在一起还多,决定书籍知名度的因素实在太多了!这里想说的是伦佐也染上瘟疫,没有采取任何措施,自己好了;他几乎送命,但强壮的体质战胜了疾病,几天后便脱离了危险。他捡了一条命之后,心里的思念、企求、希望和生活方面的打算比以往任何时候都更强烈,也就是说,他比以往任何时候都更想念鲁茜亚。在那万户萧疏的时候,活着倒反而成了稀罕事,不知她怎么样了。相距这么近却得不到她的消息!这样牵肠挂肚的天知道还要多久!即使危险过去,打听到鲁茜亚安然无恙,有关她发誓终身不嫁的事仍旧是个谜。"我要去,亲自去那里弄明白,"他还没有好利索就打定了主意,"只要她还活着,我一定能找到她,让她向我解释她许的愿是怎么一回事,我要让她明白那可不行,我要把她和可怜的阿格纳丝接回去,只要她也还活着。阿格纳丝待我一直很好,我敢肯定现在仍旧一样。通缉令!去它的!那些家伙,那些还活着的家伙有别的事要操心。这里有些受到缉拿的人也没有遇到麻烦。难道只有无赖才配享受行动自由?人们都说米兰比这里乱得多。假如我放过这么好的机会,以后再也没有了!"(瘟疫!有时候我们说话全凭自己的好恶!)

还是等一等为好,亲爱的伦佐。

他刚能走动,便去找博尔托洛。博尔托洛到那时为止避过了瘟疫的传染,因此特别小心。伦佐没有进去,只站在街上叫他从窗口探身出来讲话。

"啊!啊!"博尔托洛喊道,"你逃过了难关。运气真好!"

"我的腿还没有气力,你也看得出来,不过已经逃出危险。"

"啊,我真希望处在你的位置。以前说我身体很好时似乎很绝对,现

---

① 吉拉尔德利(1600—1641),曼佐尼提到的书是《一六三〇年贝加莫难忘的瘟疫》,一六八一年贝加莫出版。

在谁都没有把握。谁能说我恢复了才是真正的幸福！"①

伦佐祝他表哥好运后，说出了他的决定。

"去吧，这次我不拦你，但愿老天保佑你，"表哥回说，"尽量避开官府，正如我尽量避开瘟疫一样，如果天主保佑，我们两人还会再见面的。"

"啊，我一定回来，最好不是一个人！总之，我希望如此。"

"回来吧，结伴回来，如果不出意外，都有工作可做，我们又可以一起相处。只要我还在，只要这场该死的瘟疫结束！"

"我们会再见的，非再见不可！"

"我再说一遍：愿天主保佑你！"

在以后几天里，伦佐开始锻炼，增强体力，到了认为能够忍受旅途的辛劳时，他把五十枚金币裹在腰带里贴身藏好，那些钱他始终没有动用，对谁，甚至对博尔托洛都绝口不提；另外把平时省吃俭用攒下来的一点钱带在身边，把替换衣服打一个包裹，怀里揣着他向第二个老板要的介绍信，用的姓名是安东尼奥·里伏尔塔，必要时可以证明身份，裤袋里揣着一把匕首，在那个时代，正派人出门匕首是必不可少的；八月底的一天，也就是堂罗德里戈给送进传染病院之后三天，他上了路。他不是盲目地直奔米兰，而是朝莱科方向走去，先到自己的村子，希望看到阿格纳丝还活着，从她那里了解一些他迫切想知道的事情。

染上瘟疫而又痊愈的少数人在幸存的人中间是真正的特权阶级。大部分都卧病在床或者濒临死亡，迄今为止还没有得病的人整天提心吊胆，一副猜疑的模样，走起路来也小心翼翼，既匆忙又犹豫，因为任何东西都可能是要他们性命的武器。另一些人则很有自信（连得两次瘟疫的例子少得出奇），他们在瘟疫面前有恃无恐，仿佛中世纪的骑士，身上全副披挂，凡是刀枪可入的部位都有铁甲遮挡，胯下的坐骑也防护得严严实实，优游自在地四处闲逛（光荣的游侠骑士的称号由此而来），他们闲逛冒险，而周围徒步行走的城乡贫民身上只有褴褛衣衫抵挡打击。这真

---

① 人对鼠疫有普遍和高度的易感性，患者病愈后可获得持久性免疫力。预防接种可使易感性降低，当时还没有这种认识。

是舒适有用的行业,值得在一部经济学专著中首先加以探讨。

伦佐正是带着这种自信的心情走在回家的路上,然而由于读者已经知道的原因有些不安,一路上经常看到和心里不断想到的众人的劫难使他感到忧伤。天朗气清,风景如画,但人迹稀少,走了好长一段路才看到个别的孤鬼游魂似的行人或者没有送葬队伍、没有哀歌的给运到墓地的尸体。中午时,他在一个小树丛旁边休息,吃一点随身带着的面包和熟肉。一路上水果有的是,甚至多得吃不完:无花果、桃、李、苹果,只要到田野里随意摘取,或者在果树下面去捡,果实像给冰雹打过一样遍地都是。今年农作物特别丰盛,尤其是水果,谁都不去关心,沉甸甸的一串串葡萄把葡萄藤叶都遮住了,只等人上前摘取。

傍晚时分,村子已经在望。虽说他思想上有所准备,但看到家乡的景象,突然揪起心来,各种痛苦的回忆和预感纷至沓来,耳边仿佛响起他从那里逃出时追随他的不祥的钟声,同时仿佛又听到现在笼罩着那里的死一般的寂静。他走到教堂前面的小广场时心里更慌乱,旅途结束时遇到的事将会更糟糕,因为他打算落脚的地方是以前他总称之为鲁茜亚家的那幢房子。现在充其量只能称作阿格纳丝家,他衷心祈求上天的只是希望她还活着,没病没灾。他打算在那里投宿,因为他有理由猜想他自己的住处已成了鼠狐的巢穴。

伦佐不想被人看到,抄了一条小路,也就是那个难忘的晚上他和阿格纳丝母女出其不意地去找教区神甫时走的那条路。走了将近一半的路程时,他到了自己的葡萄园,对面就是他原先的小屋,可以顺便进去看看两处的情况。

他行走时望着前方,既盼望又害怕碰到谁,再往前走了几步,果然看到一个穿件单衬衫、背靠着茉莉花丛、呆呆地坐在地上的人,从那人的傻样和相貌,伦佐似乎认出吉尔瓦索,也就在那次流产的行动中充当第二证人的半白痴。但走近后,看清那竟然是一向机灵的托尼奥。瘟疫侵蚀了他的体力和智力,使他的容貌和举动隐隐约约同他的傻弟弟有了相似之处。

"啊,托尼奥!"伦佐站在他面前说,"是你吗?"托尼奥抬起眼睛。

"托尼奥! 你不认识我了吗?"

"在劫难逃。"托尼奥回说,傻傻地张着嘴。

"你得了瘟疫,呃,可怜的托尼奥,你怎么不认识我了?"

"在劫难逃。"托尼奥傻笑着说。伦佐明白从他嘴里问不出别的话了,只得走自己的路,心情更为沉重。这时拐角上突然出现一个黑乎乎的身形,慢慢来近,伦佐当即认出那是堂阿邦狄奥。他走得极慢,不像是拄着拐杖,倒像是拐杖牵着他,来近时从他苍白脱形的脸上和一举一动中都可以看出他也是大病初愈。神甫也瞅着伦佐,觉得又像又不像,打扮像是外地人,但正是贝加莫来的外地人。

"毫无疑问,就是他!"神甫暗忖道,他又惊又恼地举起双手,右手握着的拐杖停留在半空中,以前显得窄小的袖筒里露出两条枯瘦的胳膊。伦佐快步迎上前,行了一个礼,尽管神甫有对不起他的地方,毕竟还是他的教区神甫。

"你在这里?"堂阿邦狄奥嚷道。

"不错,正如您所看到的。有鲁茜亚的消息吗?"

"你想知道什么? 一点消息都没有。只知道她在米兰,如果还活着的话。你怎么……"

“阿格纳丝呢，她还在世吗？”

“可能在，我怎么知道？她不在村子里。”

“在哪儿？”

“她去了瓦尔萨西那，和她的亲戚在一起，去了帕斯图罗，据说那里的疫情比这里好些。可是你怎么……”

“真遗憾。克里斯多福神甫呢？”

“他早离开了。可是……”

“这我知道，他们写信告诉过我，我问的是他有没有回来。”

“哦，当然啦！没有再听到他的消息。可是你……”

“真不凑巧。”

“可是你，听我说，你来这里干什么？天哪，难道你不知道通缉令的事吗？”

“那有什么关系？他们现在顾不上了。我得回来一次看看家里。您真的不知道？……”

“你想看什么？现在谁都不在，什么都没有了。听我说，有那个通缉令在，你自投罗网回到村里太不明智了。听我这个老人的话吧，我的经验总比你多，我为你着想才劝你，趁你还没有被发现，你从哪里来赶快回哪里去吧，假如已经被发现，更得快快回去。你以为那些人是吃素的吗？你不知道他们已经来搜捕过你，把你家里翻了个底朝天……”

“我太知道啦，那些无赖！”

“你知道就好……”

“我对您说过我不在乎。那个家伙还活着吗？还在这里吗？”

“我告诉你谁都不在，我叫你别想这里的事情，我叫你……”

“我问您那家伙在这里不在。”

“唉，天哪！说话和气一点。经过这一切之后，你火气还是这么大！”

“在还是不在？”

“不在。瘟疫，我的孩子，瘟疫！这种时候谁还待在这里？”

“瘟疫，瘟疫，仿佛世界上除了瘟疫别的都没有似的……拿我来说，我已经得过了，我不怕。”

"可不是吗！这就是警告！我认为一个人逃过这种大难之后应该感谢天主。"

"我已经着实感谢过了。"

"那就别再找麻烦了。听我的话吧……"

"神甫先生，假如我没有看错，您也得过瘟疫。"

"可不是吗！太凶险了，我活下来是个奇迹。我现在这副模样就说明问题。我现在需要静养，刚开始有点好转……看在老天分上，你来这里干什么？回去吧……"

"老是让我回去。我想回去的话，根本不会来。您老是问我来这里干什么？问得多余！我是回家。"

"你的家……"

"告诉我，这里死的人多吗？……"

"唉！唉！"堂阿邦狄奥说，他从佩贝杜亚开始，举出一连串的姓名，有的是个人，有的是全家。伦佐有所预料，但听到这许多熟人和亲友的名字，不免悲伤，他低着头，不时失声喊道："可怜的人！可怜的孩子！"

"你瞧！"堂阿邦狄奥接着说，"还不止这些呢。假如活着的人这次再不清醒，再不排除头脑里的邪念，世界末日真要到来了。"

"您放心，我不想在这里待下去。"

"赞美天主，你总算清醒了！当然，你打算回贝加莫吧？"

"您就别操心了。"

"什么？难道你还想干比这更糟的蠢事？"

"我说您别再操心了，那是我自己的事，我不是小孩了，我有头脑。不管怎么样，我希望您别对任何人说见到了我。您是神甫，我是您的教民，我不希望您出卖我。"

"我明白，"堂阿邦狄奥气呼呼地说，"我明白。你想毁了你自己还想毁了我。你自己吃了苦头，我为你吃了苦头，还不死心。我明白，我明白。"

神甫嘟嘟囔囔地说着自顾自走了。

伦佐垂头丧气地站了一会儿，考虑去哪里投宿。堂阿邦狄奥报给他

听的一连串病死的人中间,有一家农民死剩了一个年轻人,年纪和伦佐相仿,他们从小一起玩耍,那家在村外不远。伦佐打算去那里。

他路过自己的葡萄园,从外面立刻可以推测出它的状况。里面的树估计一株不剩,因为露出围墙的没有树冠和枝丫,只有他不在家时长出的杂草荆棘。他从缺口探头望去(栅门早就不见,连铰链都没剩下),葡萄园名存实亡。一连两个冬季,村民们都去他们称之为"那个可怜的小伙子"的园子取烧火的柴火。葡萄藤、桑树、各种果树遭到滥伐,给齐根砍掉。但是果木以前的痕迹仍依稀可见,一行行缺株的葡萄藤嫩条表明葡萄藤过去的走向,四下还偶尔发现桑树、无花果树、桃树、樱桃和李树根上抽发的新枝,但淹没在新的一代繁芜疯长的野生植物中间。那是一片盘根错节的荨麻、蕨类、毒麦、绊根草、野燕麦、绿苋、蒲公英、酢浆草、野粟之类的植物,任何地区的农民都把它们归在一大类,称之为杂草。虬结的茎秆互争短长,或者向四面八方蔓延,扩大自己的地盘;叶、花和果实五颜六色,形状各异,大小不一,有的是穗状,有的长成一串或一束,有的柱头带须;花序白、红、黄、蓝色纷纶斑驳。那些杂乱的植物多数不是好东西,但有些比较鲜艳显眼,野葡萄长得最高,发红的枝条张牙舞爪,茂盛的深绿色叶子有的边缘已经变成紫色,一串串的果实底下是青紫色,中间深红,再往上是绿的,顶端则是发白的小花;毒鱼草多毛的大叶子贴着地面,茎秆挺立,长穗上密密麻麻地缀着亮黄色的花;刺菜蓟的枝叶和花萼上都长着刺,花萼挂着一绺绺白色或者紫色花,一起风就成银白色的小帽似的漫天飞舞。这里,大量爬蔓植物攀缘盘绕在一棵桑树的新枝上,悬垂的叶子把它们遮得密不透风,白色的铃状小花摇摇晃晃;那里,一株绽出橙黄色籽粒的野葫芦盘绕在葡萄藤的新枝上,葡萄藤找不到可以攀缘的依靠,便把卷须盘绕在野葫芦藤上,它们纤弱的梗茎和相仿的叶子互相纠缠,像互相扶持的无力的人们一样,结果都倒在地上。荆棘随处都是,尽量伸展它们的枝条,从一株植物到另一株,上下折腾,来回穿插,仿佛守在那里,连园子的主人都不让通行。

但是伦佐根本不打算进去,正如我们写下这段记叙文字时一样,多看一会儿都觉得伤心。他掉首不顾,前面不远就是他的家,他的菜园和葡萄园一样也长满了齐膝高的野草。他穿过菜园踏进底层两间屋子之一的门槛,脚步声和人影的出现引起屋里的耗子一阵乱窜,逃到满地狼藉的垃圾堆里,雇佣兵曾在这里住宿过。他四周看了一眼,墙皮剥落,到处都是污垢和烟熏的痕迹。屋顶挂满了蜘蛛网。家里什么都不剩。他双手抱着头,退出来,循着刚才经过的路,拐到左面一条小街向郊外走去,没见到人影也没听到人声,到了他打算投宿的那幢小房子。天色开始暗下来。他的朋友坐在门口一张木板凳上,双臂合抱,两眼望着天空,一副由于不幸和孤独而显得心灰意懒的模样。坐着的人听到脚步声,回头张望,在暮色和枝叶丛中看到来人,便站起身,举手大声说:"除了我就没有别人了吗?昨天我干得还不够?你行个好,让我安生一会儿吧。"

伦佐不明白这话什么意思,叫唤他的名字。

"伦佐!……是你吗?"那人嚷着问。

"正是。"伦佐答道,两人都向前跑去。

"真是你!"他的朋友走近后说,"啊,我见到你太高兴啦!谁会想到是你？我以为是保林呢,他老是来缠着我,让我帮他去掩埋死人。你知道只剩我一个了吗？一个人,像隐士似的!"

"我听说了,真不幸。"伦佐说。他们迫不及待地互相问候,提问回答,一起进了小屋。伦佐的朋友一面说话,一面忙着张罗;伦佐来得突然,又处于这种时候,但尽可能找点吃的款待稀客。他用锅煮开水,做些玉米面糊,接着把木勺交给伦佐搅动,自己走开说:"只剩下我一个人了。是啊,只剩下我一个!"

他端了一小锅牛奶、一点干咸肉、两块新鲜乳酪、无花果和桃子回来,放在桌子上,再把玉米面糊倒在一块木板上,两人坐好,为了来访和款待互相道谢。分别将近两年后,他们突然觉得比以前几乎天天见面时亲切许多,因为佚名作者的手稿说两人经历的事情使他们体会到对于得到和给予的人来说情谊都是莫大的精神安慰。

当然,对伦佐说来,谁都不能代替阿格纳丝的位置,也不能宽解他对阿格纳丝的想念;这非但因为长远以来他对阿格纳丝怀有特殊的感情,而且因为在他迫切想解开的谜中间有一个谜的答案掌握在阿格纳丝手里。他在两种抉择面前犹豫了片刻:继续赶路,或者先去找阿格纳丝,因为她离此不远;但考虑到阿格纳丝对鲁茜亚的近况一无所知,他决定执行第一个方案,先解决疑惑,当面听一个说法,然后把消息带回给她母亲。伦佐从他朋友那里听到许多他以前不知道的事和不太清楚的事,特别是鲁茜亚的磨难,他自己受到的迫害,以及堂罗德里戈如何夹着尾巴离开,此后再也没有回来,总之是那一团乱麻似的错综复杂的事。他还知道堂费朗特确切的姓,这对伦佐相当重要,因为阿格纳丝通过代笔人告诉过伦佐,但是天晓得信上是怎么写的,贝加莫的看信人念出的姓氏差得太远,如果伦佐按那个姓去寻找那户人家,谁都猜不出他指的是哪一位。去找鲁茜亚,只有这条线索。至于官府方面,现在可以确信危险不大,不必过于担心,因为大首席官先生得瘟疫死了,谁知道他们什么时候派人接替,捕快们大多也已死去,剩下的顾不上那些陈年老账。

伦佐把自己的经历告诉他的朋友,从朋友那里又听到许多关于军队横行、瘟疫、传播瘟疫的人和巫术的事。

"都是坏事，"朋友陪伦佐进了一间无人居住的屋子，"这些事骇人听闻，叫人一辈子都伤心，但和朋友谈谈心里松快多了。"

第二天一大早，两人都来到厨房，伦佐已做好上路的准备，把腰带系在紧身坎肩里面，裤袋里揣着匕首，包裹则寄存在朋友处，减轻负担。他对朋友说："假如我一切顺利，假如她还活着，假如……我会再经过这里。去帕斯图罗，向可怜的阿格纳丝报喜讯，然后……万一不幸，但愿不出那种事，我就不知道该怎么办，不知道会去什么地方了，但肯定不会回到这里。"他站在门口，眼神含着柔情和忧伤仰望着长久没有见到的家乡的黎明。他的朋友照例祝他一切顺利，让他带一些路上充饥的食物，送了他一程，再次祝他好运后同他分了手。

伦佐不紧不慢地走着，打算在天黑之前到米兰附近，第二天一早进城，立即开始寻找。一路平安无事，除了已经看惯的悲惨景象外，没有什么特别的事可以分散他的思想。像前一天那样，他在一个树丛旁边吃了东西，休息片刻。路过蒙扎时，他看到一家开着的店铺门口摆着面包，他想买两个备着。面包师不让他进去，用小铲子托着一个盛有水和醋的陶钵递到他面前，让他把钱扔在里面，然后用钳子夹了两个面包给他，伦佐把面包分放在口袋里。

傍晚时，他到了格雷科，但并不知道这地方叫什么名字。根据他上次路过时的印象和从蒙扎来这里的路程，估计离米兰城不远，他便撇开公路，到田间去寻找一座过夜的茅屋，因为他不想去客栈投宿。他找到了比他想象好得多的地方：一幢田间房屋的院子的篱笆墙有个缺口，他就进了院子。里面没有人，只见一边有个大棚屋，屋前支着一张梯子，他四下看了看，爬上梯子，上了棚屋的阁楼，躺在干草上很快就睡着了，第二天清晨才醒。他爬到阁楼边，探头出来，没见到人，便从梯子上下来，顺原路出了篱笆墙，以米兰大教堂的穹顶为目标，拣小路朝那方向走去，不久就到了东城门和新城门之间的米兰城墙下面，离新城门很近。

第三十四章

　　至于进城问题，伦佐隐约听说规定十分严格，没有检疫证明的人一概不准入内，但也听说只要稍稍动点脑筋抓住有利时机，混进去并非难事。事实上也是如此，一般原因（在那时任何规定都不怎么重视）和特殊原因（严格执行规定十分困难）暂且撇开不谈，米兰城目前的状况根本不值得也没有理由加以保护，进城的人似乎拿自己的性命开玩笑，对城里的居民构不成什么危险。

伦佐心里有了底，打算看到第一座城门就往里闯，如果遇到麻烦，就在外面沿着城墙走，一座座的尝试，总有一座能进。人们认为米兰的城门越多越好，天晓得有多少①。他到了城墙脚下，驻足张望，人们不知道该走哪个方向时，往往喜欢等待一下，找一些能帮助他们下决心的迹象。但是左右两侧是两段弯弯曲曲的路，对面是一堵墙，没有人迹，只不过土坡那里升起一股黑色的浓烟，越往上烟柱越粗，盘旋缭绕，然后在铅灰色的凝滞的空气中消散。那是在焚毁死于瘟疫的病人的衣服、床铺和其他用具，非但这里有，城墙的好几处都连续不断地有这种悲惨的篝火堆。

天气闷热，空气沉重，天上给一片呆滞的云或者雾气遮住，挡住了太阳却没有雨意，四周的田地撂荒了一部分，到处显出旱象，草木枯黄，萎蔫的叶子上看不到一滴露水。此外，偌大的城市显得这么冷清，使伦佐更感到不安和惶惑，心情更为凄苦。

他站了一会儿，然后信步朝右面的新城门走去，城门离他所处的地点很近，但由于碉堡挡住了视线，他并不知道。走了几步后，他开始听到断断续续的铃声和人声。经过碉堡的犄角后，他首先看到的是一个木板盖的岗亭，岗亭门口有个支着滑膛枪的、没精打采的卫兵；岗亭后面是栅栏，栅栏后面是城门，也就是两座粗糙的墙墩，横空有一道保护城门免受雨打日晒的瓦檐，城门和栅门都敞开着，但是门口的地下有个讨厌的障碍，也就是一张担架，两个脚夫正往担架上抬病人，准备把他弄走。那个倒霉的人是征税员的头目，刚被确诊得了瘟疫。伦佐只得等他们完事，那伙人走后，栅门没有关，他觉得是个机会，便快步走去，可是卫兵朝他大喝一声："你给我站住！"

伦佐立刻站住，朝卫兵眨眨眼，掏出一枚银币②挥挥手。卫兵或许已经得过瘟疫，或许对半杜卡通的喜爱超过对瘟疫的惧怕，朝伦佐打手势让他扔过去，银币落到他脚边时，他说："快走。"伦佐不等他说第二遍，

---

① 当时民间认为城市的重要性和城门的数目成正比，米兰有六座城门。

② 原文是半个杜卡通，杜卡通是卡洛斯五世引进米兰的一种银币，后在意大利和别的国家铸造，当时半杜卡通的价值合两个半里拉。

穿过栅栏和城门大步流星地走去，没有引起别人的注意，走了五十来步后，听到又有一声"站住！"那是征税员在他背后叫喊。这次他只当没有听见，头也不回，走得更快。"站住！"征税员又叫了一声，但声音里急躁的情绪多于非要他站住不可的决心。征税员见他没有理睬，便耸耸肩膀，回到自己的亭子里，他宁肯不盘问，也不愿意靠近行人。

伦佐走的那条街道当时和现在一样是通向运河的①，街道两旁是菜园的篱笆或围墙、教堂和修道院，以及少数住家。街道尽头和滨河路的丁字路口有一根柱子，柱顶安着一个名叫圣厄乌塞比奥的十字架。伦佐一眼望去，只看见那个十字架。到了丁字路口，几乎是滨河路的正中央，他左右张望，看到右面的圣特雷莎路上有人径直朝他走来。"总算有人了！"他心想，随即迎上前打算问路。对方也看到这个外地人，老远就用疑惧的目光盯着他，发现他冲着自己过来时更如临大敌。作为礼貌周全的山里人，伦佐走近后脱掉帽子，左手拿着帽檐，另一个手按着帽盔，朝陌生人挨近。那人睁大眼睛，后退一步，举起粗手杖，把包铁的尖端对着伦佐的腰部嚷道："走开！走开！"

"嗨！嗨！"伦佐也嚷起来，他把帽子戴回头上，如他后来讲起这件事时所说的，他不想卷入无谓的争吵，转身离开那个怪人，走自己的路。

那人也继续走他的路，但吓得浑身发抖，时不时回过头来看看。他到家后就说遇上一个传播瘟疫的人，装出低声下气的样子，但一看就知道是个卑鄙的骗子，手里拿着一盒油膏或者一袋粉尘（说不准究竟是什么），用帽子遮着，若不是把他挡开的话，肯定要遭到他的暗算。"假如他再上前一步，"那人补充说，"在那恶棍暗算我之前，我毫不犹豫就在他身上捅两个窟窿。可惜的是附近太冷僻，如果在米兰中心，我就叫救命，让大家帮我抓住他。我敢肯定会在他帽子里找到害人的东西。但当时没有别人，我只能吓唬吓唬他，不冒惹祸的危险，因为撒些粉尘是再快不过的事，那些坏蛋手段巧妙，何况还有魔鬼相助！"他在有生之年每谈起传播瘟疫的人时就重提这件事，振振有词地说："居然还有不信的人，我可

是亲眼看到的。"

伦佐根本没有想到他几乎引火烧身,由于愤怒而不是恐惧心情很不平静,一面走一面想着刚才得到的礼遇,多少猜出那位素昧平生的仁兄把他当成了什么人,但他觉得这件事实在荒唐,最后断定那人脑筋大概有病。"开头就不顺利,"他想道,"米兰这个地方似乎总有坏运气等着我。进城倒如愿以偿,一进城马上就遇到晦气。好吧……但愿天主帮忙……只要找到……只要想办法找到……唉!所有的委屈都算不上什么了。"

他到了桥头,不加思考地拐到左手的圣马可街,认为那条街通向市中心,实际也是如此。他一路走去,东张西望,看看有没有人,但只发现稀稀落落的几所房子和一段街道之间的沟里有一具蜷曲的尸体。他走过那段街道时听到有人叫喊:"喂,好心人!"他循声望去,看到不远的一所孤零零的小房子的阳台上有个身边围着一群孩子的妇女,那可怜的女人一面呼喊,一面朝他招手。伦佐快步跑去,到了阳台下面后,那女人说:"啊,年轻人,看在你死去的亲人的分上,求你行个好,去通知专员,我们在这里给忘了。我那可怜的丈夫死了,他们把我们当成有瘟疫嫌疑,关在家里,你也看到,门给钉死了,昨天早上以后就没人给我们送吃的。我在这里等了几个小时,没有哪个人愿意行行好替我通知,这些可怜无辜的小孩快饿死了。"

"饿死!"伦佐说,当即掏出口袋里的两个面包,"拿去吧,你放样东西下来接面包。"

"愿天主报答你,请等一会儿。"那妇女说着去找了一个篮子,拴上绳子放下来。伦佐想起上次来米兰时在十字架下面捡到的面包,暗忖道:"是啊,这是还债,也许比归还给原来的主人更好,这是真正的雪中送炭。"

"至于你说的那位专员,"他把面包放进篮子里说,"我怕是帮不了忙,因为说实话,我是外地人,城里的路我不熟。假如我遇上一个好说话的、好心肠的人,我可以告诉他。"

那妇女求他千万转告,并且把她家的街名告诉了他,转告时有地址

可找。

"我想你也能帮我一个忙，"伦佐说，"对我行个好，不费什么事的。米兰城里有位大老爷，某某先生，你能告诉我他家在哪儿吗？"

"我知道有那户人家，"那妇女回说，"确切在什么地方，我可说不好。你往前走，会遇上能指点你的人的。别忘了把我们的地址也告诉他。"

"不会忘的。"伦佐说着朝前走去。

他站着说话时已开始听到嘈杂声，越往前走那声音越来越响，越来越近,那是车轮、马蹄、铃铛声,偶尔还夹杂着甩鞭和吆喝声。可是前面什么都看不见。他走出街口,眼前是圣马可广场,首先引起他注意的是两根架着横梁的柱子,梁下有绳索和滑轮,他马上辨出那是施行毒刑的工具,当时并不少见。非但那里,所有的广场和宽阔的街头都有,独断独行的各区代表认为谁该处罚,例如禁闭在家而擅自外出的人、失职的下属等等,当场就可以行刑。在那时代,特别在关键时刻,往往滥用酷刑,但收效甚微,这就是一个例子。

伦佐瞅着刑具,正琢磨为什么设在那里时,听到嘈杂声来得更近,看到教堂拐角那面出来一个人摇铃通报,后面是两匹奋力拉着大车艰难行进的马,车上装满了死尸,接着是第二辆、第三辆,脚夫们用鞭子、拳头和诅咒在赶马。尸体大多赤条条的,有几具裹着破衣烂衫,互相交错重叠,像是抱成一团的僵蛇遇到春暖逐渐散开,大车一颠簸,那些可怕的尸体堆就给震散,脑袋晃动,少女的长发披落,手臂垂下在车轮上磕磕碰碰,悲惨的模样使人不忍卒睹。

伦佐停在教堂拐角运河栏杆旁边,默默为那些不认识的死者祈祷。一个难以接受的想法掠过他心头:"也许她就在那里,压在那些尸体下面……天主啊,求您别让那种事发生! 别让我想那种事!"

运尸的车队过去后,伦佐穿过广场,沿着左面的运河走着,他之所以选这条路只因为想和车队错开。走过教堂侧墙和运河之间的短距离后,他看到右面的马切利诺桥,过了桥便是新区。他一直注意有没有可以问路的人,看到街尾有个神甫,只穿着紧身坎肩,手里握着一根棍子,站在一扇虚掩的门外,低着头,耳朵凑在门缝上,过一会儿又见他举手祝福。伦佐猜到神甫是在听谁忏悔,心想:"这是我要找的人。假如一位在履行神职的神甫没有一点善心和爱心,没有礼貌的话,那这个世界上什么都没有了。"

　　这时神甫离开门口,朝伦佐走来,他尽可能走在街道中央。伦佐等他来近,脱掉帽子,停住脚步,表示想和神甫说话,但不再靠近了。神甫也站住,听他说什么,把小棍拄在身前的地上似乎把它当成一道防线。伦佐说了他要问的话,神甫作了回答,非但告诉了那幢房屋所在的街道名称,还告诉他该怎么走,在什么地方往右拐,什么地方往左拐,哪里有什么教堂,什么广场,再过六七条街就到了。

　　"但愿天主保佑您,现在健康,永远健康。"伦佐说,神甫要走开时,他又说:"还有一件事相求。"把他几乎遗忘的那可怜的妇女的事拜托了神甫。神甫谢了他提供行善的机会,说是马上去通知有关方面,然后走开了。伦佐一面走一面回忆神甫指点的路线,以免到每个路口再问人。但是读者难以想象那对他有多么艰难,难不难在回忆本身,而在于他思想上新的惶惑。那个街名和那段路程使他心神不定。他打听到了必不可少的情况,但是谁都没有向他提供猜测凶吉的信息,谁都不能让他比较清晰地知道已经临近的结局,让他解决巨大的疑惑,听到人家说:她还活着或者她已经死了,以致他宁肯处于开始上路时一无所知的境地,而不愿处于旅程即将结束,真相即将大白的时刻。但他仍然鼓起勇气,自言自语说:"哎,我们现在要孩子脾气有什么好处?"他定了定神,进了市中心。

　　由于饥荒的缘故,城里和去年相比简直面目全非!

　　伦佐打算通过的正是城里最肮脏、受灾最严重的地区,也就是名为新城门十字架的路口。(当时路中央有个十字架,对面有座名叫圣阿纳斯塔西亚的教堂,就在如今的圣方济各德保拉教堂旁边。)死于瘟疫的居民人数如此之多,尸体的恶臭如此浓烈,以致少数还活着的人不得不离家出走,冷清和衰败的景象叫人看了伤心,前不久的居民的痕迹和遗骸叫人看了害怕恶心。伦佐加快了脚步,心想自己要去的地方不至于这么近,希望到目的地之前周围的景象应当有所改善,不久果然到了可以认为是活人的城区,但那是什么样的城区和活人!出于不信任和恐惧,街上住家都大门紧闭;有些敞开大门的人家则是因为无人居住,洗劫一空;另一些大门给钉死,因为里面有得了瘟疫的死人或病人,再有一些门上用木炭画了记号,指点脚夫进去搬运尸体,画记号有很大的偶然性,取决于卫生署的专员或者其他人员有没有进去执行公务或者干扰民的勾当。到处都是破布烂衫,比破布烂衫更令人厌恶的是从窗口扔出来的带有脓血的绷带、污秽的麦秸和被单,有时还有突然倒毙街头的尸体,要等运尸车经过时才搬走,另一些尸体则是从大车上震落下来,或者甚至从窗户里扔出来的,灾难持续的时间太长,使人们精神堕落,丧失了最起码的忌惮和社会公德!到处都听不到商店的嘈杂、车马的喧嚣、小贩的叫卖和行人的谈话,偶尔打破死寂的只有远处运尸车的辚辚声、穷苦人的哀号、病人的呻吟、疯子的狂叫和脚夫的吆喝。每天黎明、正午和傍晚,大教堂鸣钟号召人们念大主教推荐的某些祈祷文,其余的教堂纷纷鸣钟响应,这时候可以听到喃喃的祷告和呻唤,舒发出杂有一些宽慰的悲哀。

到那时候,居民大概死了三分之二,活下来的大多去了别处或者病倒,外地进城的人几乎没有,街上行人寥寥无几,偶尔见到一个,身上总有些古怪的样子,总有一些不祥变化的痕迹。披风和斗篷是当时城里人装束的必不可缺的部分,可是现在最有身份的人也不用了,教士们不披长袍,只穿紧身坎肩;总之,凡是宽大飘垂的衣服一概不穿,以免蹭上什么,或者给传播瘟疫的人以可乘之机(这一点是最可怕的)。现在穿着只求遮盖御寒,多余的装饰一律摒弃,除此之外,人们得过且过,邋里邋遢,本来留胡子的人不加修剪,原先白净脸膛的人留起了胡子,大家头发都又长又乱,这非但因为长期忧虑造成萎靡不振,还因为自从那个名叫姜贾科莫·莫拉的理发师被当成传播瘟疫的人判了罪、处以极刑之后,所有的理发师都有嫌疑。莫拉这个名字在很长时期内是全城无人不知的卑鄙的代称，其实它应该得到更广泛、更深远的怜悯。大多数人随身都带手杖，有的还带手枪，对胆敢过于挨近他们的人是威胁性的警告，另一手握着芳香药块或者中空的金属球或木球，里面塞着浸透药醋的海绵，时不时放在鼻子前闻闻，或者一直举在鼻子前面。有的人脖子下面挂一个装有水银的小瓶，相信水银有吸收并存储瘟疫气息的效用，每隔几天更换一次水银。绅士们上街不像以前那样带着仆从，而是自己拎着提篮采购生活必需品。朋友们街上相遇，只是隔得老远挥手打个招呼就匆匆走开。满街是令人作呕、要命的垃圾，有些地方简直无法下脚，人们小心翼翼地避开，尽可能走在街心，因为窗里随时可能扔出污秽或更晦气的东西，据说还常把有毒粉尘撒向行人，另外墙上可能涂了有毒的油膏，在街心行走就不至于蹭到。无知使人们的勇敢和谨慎走上另一个极端，给他们增添了新的烦恼，引起毫无根据的恐惧；瘟疫初起时，他们缺乏合理而有益的恐惧，现在付出了代价。

健康和富裕人的境况相比之下算是最不畸形、最不糟糕的，考虑到读者已经看到了不少悲惨的景象，我们将带领读者看到更悲惨的，现在我们不打算描绘蹒跚或倒卧街道的瘟疫病人，不打算描绘穷人、儿童和妇女的境况了。只要想到幸存的人数之少，给后世留下的印象是如此强烈和悲痛，相比之下，他们的境况还可算是差强人意的。

伦佐在这派伤心惨目的景象中走了好长时间，但离应该拐弯的一条街道还有不少路，这时忽然听到那边传来了喧闹，辨出其中还有已经熟悉的、可怕的铃声。

那条街道相当宽，他到了拐角时，看到街心停着四辆大车，好像粮食市场那样忙碌，人们来回装卸麻包；那是脚夫们，他们走进人家家里，扛着重物出来，卸在大车上，有的穿着红色的号衣，有的没有号衣，许多人带有比红号衣更可憎的标识，帽子上插着五颜六色的羽饰或挂着流苏，在万众悲悼的时候，那些全无心肝的家伙用那种装饰似乎表示欢乐。窗户里不时传出凄楚的声音："这里，脚夫！"忙碌的人群中便有一个更不祥的声音回答："就去，就去。"屋里的人有时嘟嘟嚷嚷地催促，脚夫们便报以责骂。

拐到那条街后，伦佐加快了脚步，除了不得已要绕开时之外，尽量不去看那些障碍，但是当他的目光接触到一个特别悲惨的景象，使他不得不看时，他身不由己地停住了脚步。

有个女人从一家门口的台阶下来，朝大车走去，她看上去年纪还轻，巨大的痛苦和极端的疲惫给她的脸蒙上一层阴影，但无损于她伦巴第血统的娴静端庄的美丽。她步履沉重，但不畏缩，她不哭泣，因为眼泪已经流尽；她的痛苦带有某种宁静和深沉，表明她清醒的神志使她充分感受到痛苦。在满目的惨状中，引起人们对她的怜悯，唤醒人们心中这种早已淡薄泯灭的感情的，不仅仅是她的模样。她怀里抱着一个八九岁已经死了的女孩，孩子收拾得十分整洁，头发从中间向两边分开，身上穿一件雪白雪白的衣服，打扮得漂漂亮亮，仿佛是带她去参加一次早已许诺的、作为奖励的游乐。那女人不是平抱着孩子，而是像她活着时那样，让她坐在一条胳膊上，让她的胸口贴着自己的胸口，只不过孩子一只白蜡色的小手毫无生气地耷拉下来，小脑袋比熟睡时更无力地靠在母亲的肩上；不错，那女人是孩子的母亲，即使两人面貌的相像不足以说明这一点，那女人脸上流露的母爱明显地说明了她们的关系。

一个猥琐的脚夫上前要接过她怀里的女孩，尽管显出某种异乎寻常的尊敬和不由自主的迟疑。但她退后一步，并无愤怒或蔑视的意思说："不！你现在别碰她，我自己把她放在车上，这是给你的。"她说着摊开手掌，露出一个小钱包，让它落在脚夫伸出的手中。然后又说："你得保证不剥掉孩子的衣服，也不准别人剥，就按现在的样子埋在地下。"

脚夫把手按在胸前起誓，由于意想不到的外财和那种几乎把他压倒的新的感情，他殷勤地、近似讨好地快步走到大车旁边，替死去的小女孩腾出一点地方。母亲在小女孩额头上吻了一下，把她像放在床上似的安顿好，在她身上盖了一块白布，对她说了最后的几句话："再见啦，切西莉亚！安息吧！今晚我们也会去的，以便永远和你在一起。在这段时间里请你为我们祈祷吧，我也为你，为其余的人祈祷。"然后她对脚夫说："你们今天傍晚路过这里时，来收我的尸，当然还有别人。"

　　那女人说罢进了屋,随后又出现在窗口,怀里抱着另一个较小的女孩,还活着,不过脸上已有死亡的瘀斑。她在窗口注视着第一个女孩的鄙陋的殡仪,目送大车走远,然后离开了窗口。她还能干什么呢? 只能把剩下的一个孩子放在床上,躺在孩子身边,一起等死,正如刈草的钐镰掠过时良莠不分,盛开的花朵和苞蕾同时倒下。

　　“啊,先生!”伦佐嚷道,“听她的话吧! 把她和她的孩子带去吧,她们受的罪够多了,够多了!”

　　当他从巨大的震撼中恢复时,他开始回忆神甫指点的路线,考虑是不是应该在第一条街道拐弯,该往右还是往左拐,这时听到那条街上传来另一种喧闹,其中夹杂着专横的吆喝、微弱的呻唤、妇女的哭泣和儿童的叫喊。

　　他心情沉重、惴惴不安地继续朝前走。到了十字路口,只见一群杂乱的黎民百姓从一侧过来,他便站住让他们。那是给领往传染病院的病人,有些是被强行驱赶的,他们嚷嚷说宁肯死在自己家里,但是叫嚷抗拒都不起作用,只得用无用的诅咒答复驱赶他们的脚夫们的谩骂和命令;另一些人默不作声地走着,像傻子似的没有痛苦或任何感觉的表示;妇女们抱着孩子,孩子们对死亡的概念还不太清楚,但被那些吆喝、命令和同行的人群吓着了,大喊大叫地要找妈妈和认识的人,要回家。唉!他们离家时以为妈妈躺在床上睡着了,其实妈妈也许突然染上了瘟疫,在床上失去了知觉,等大车把她送到传染病院,如果车来晚了就给运往墓地。唉!更可悲的是,妈妈也许给病痛折磨得死去活来,忘掉了一切,连儿女都顾不上了,只有一个想法:安静地死去。但是在那片混乱中也可以看到某些坚定和虔诚的榜样:父母、兄弟、子女、夫妇提携捧负,互相安慰勉励,非但成人如此,小孩也是这样,小姑娘领着小弟弟,像大人一般通情达理,嘱咐弟弟要听话,说是他们去的地方有人会照顾,能让他们恢复健康。

那些叫人心酸的悲惨景象中,有个想法最触动伦佐,最使他感到不安。他要找的那户人家该在附近,那群病人中间不知有没有……人群走完后,并没有发现他担心遇到的人,伦佐便转向最后面的一个脚夫,打听堂费朗特家所在的街道。"你去见鬼吧,乡巴佬!"脚夫粗鲁地回答。伦佐懒得同他计较,看到队伍后面有个卫生署的专员,面相比较和善,便去问他。专员用手杖指点他所来的方向说:"右手第一条街,左手最后的一幢大房子。"

伦佐心里又开始焦急,朝那方向跑去。一到那条街,从周围低矮破旧的房屋中间立刻辨出他要找的地方。他走到紧闭的门前,伸手去抓门环,可是像在抽出一根预卜他生死的签子之前那样,他的手停住不动了。最后,他抓起门环,坚定地叩了一下。

过了片刻,一扇窗开了一半,一个妇女探出头看看是谁叫门,她那疑疑惑惑的脸似乎在说:脚夫?流浪汉?专员?涂油放毒的人?魔鬼?

"喂,太太!"伦佐仰起头,嗓门不太高地喊道,"请问有没有一个叫鲁茜亚的农村来的姑娘在这里干活?"

"已经不在这里了,你走吧。"那妇女说着就想关窗。

"行个好,等一等!已经不在了?在哪里呢?"

"传染病院。"她又想关窗。

"看在老天分上,再等一等!得了瘟疫吗?"

"那还用问。真新鲜!你快走开。"

"哎呀!等一会儿。她病得厉害吗?有多久了?……"

这时窗户已经关上了。

"喂,太太!太太!求您啦,只问一句话!您也有死去的亲人!我不问您要什么东西,喂!"但他白费口舌。

伦佐听了这消息很伤心,那女人的恶劣态度又使他生气,他再抓住门环,靠在门上,使劲叩门,一直没有松手。他激动之下,转身看看有没有邻居,好从他们那里得到一些更具体的消息,得到一些澄清问题的迹象。他只看到二十步开外另一个妇女,脸上露出恐惧、憎恨、焦急和恶意,眼神迷茫,好像既想看他又想看远处,嘴巴张得很大,准备拼命呼喊但又屏住气息,抬起两条瘦削的胳膊,像鸡爪似的两只皱皱巴巴的手伸伸缩缩似乎要抓什么,显而易见,只要看到有人,她就要呼救。他们两人的目光相遇时,那妇女的模样更可怕,仿佛干了坏事被人当场抓获时那样浑身发抖。

"你在搞什么鬼名堂?……"伦佐朝那女人也举起手说道,那女人发现已经不可能趁其不备地捉住他了,憋了好久的话终于喊了出来:"抓放毒的人呀!就是他!就是他!抓放毒的人呀!"

"什么?你指我?瞎说八道的老巫婆!你给我闭嘴!"伦佐喝道,朝她跳过去想吓唬她一下,让她闭嘴。但他随即明白还是先关心自己的事为好。老婆子一嚷嚷,四面八方都有人赶来,人数当然不像三个月以前遇有类似情况时那么多,但是足以随心所欲地处置一个单身的人。这时候,楼上的窗又打开了,那个态度恶劣的妇女完全探出头也嚷起来:"抓住他,抓住他!他准是那些在这一带正派人家门上涂油放毒的坏蛋里的一个。"

伦佐没有时间思考,他的第一个想法是逃跑比留下来解释为好,于是向两面看看,挑了人少的一面跑去。他猛地推开一个挡住去路的人,朝一个上前拦阻的人当胸一拳,打得那人倒退了八九步,一面跑一面紧握拳头挥舞着,准备对付胆敢来近的人。前面倒是空荡荡的,后面却有奔跑声和比脚步更响的叫喊:"抓住他,抓住他,抓住那个放毒的人!"看来追赶的人不肯罢休,他不知哪里可以藏身。伦佐气急败坏,不顾一切地拔出匕首,霍地站住,转过身来,脸上露出生平从未有过的凶相,伸出手臂,挥着亮晃晃的匕首嚷道:"有种的过来,混蛋!我可真要给你们放放毒血啦。"

使他感到惊讶和稍稍宽慰的是,追赶他的人都站住了,逡巡不前,但嘴里还在嚷嚷,像疯子似的挥动着手,似乎在指点他背后的人。刚才他过于慌张,没有注意观看,现在转过身,发现一辆,说得更确切一点是一连好几辆运尸车和惯常的押车人员朝他这边走来,车队后面相隔一段距离还有一小群人也想兜捕涂油放毒的人,只碍于车队没有上前。伦佐发现自己腹背受敌,忽然想到使大家害怕的东西也许能救他一命,他情急之下什么都顾不得了,他收起匕首,退到一边,朝车队跑去,经过第一辆,看到第二辆上有个相当大的空当。他目测一下距离,身子往上一蹿跳到车上,右脚落在空当,左脚在空中,双臂高举。

"好哇!好哇!"脚夫们齐声喝彩。他们有的跟着车队步行,有的坐在车上,甚至坐在尸体上,把一个大酒瓶传来传去,就着瓶子喝酒,"好哇!好身手!"

"你在我们脚夫的保护下,就像在教堂里一样安全。"坐在他跳上的那辆大车里的两个脚夫中间的一个对他说。

车队行近时,想抓伦佐的人大多转过身走开,嘴里自喊着:"抓住他,抓住他,抓住放毒的人!"有的不时停下,转身对伦佐恶狠狠地做着威胁的手势,伦佐坐在车上朝他们挥动拳头。

"让我来对付他们。"一个脚夫对伦佐说,他从尸体上撕下一件肮脏的破衣服,飞快地打个结,握住一角朝那些执意不走的抡起圆圈,装着要扔的样子,同时喊道:"等着吧,混蛋!"那些人见到这副架势吓得四下奔逃,伦佐只看到他们的后背和上下跳动的脚踵。

509

脚夫们爆发出胜利的欢呼,哈哈大笑,用一声拖长的"嗬!"为他们送行。

　　"哈,哈!你看到我们是怎么保护正派人的吧!"抢破衣服的脚夫对伦佐说,"一个脚夫顶得上一百个那样的懒汉。"

　　"是啊,可以说你救了我一命,"伦佐回说,"我衷心向你表示感谢。"

　　"为什么?"脚夫说,"我们理应帮你,你看上去就是好小伙子。你给那些混蛋涂油放毒是对的,接着干吧,让他们统统死光,那种人只在死了之后有点用处;我们干这种营生,他们还要咒骂我们,扬言说等瘟疫过去之后要把我们统统绞死。瘟疫还没有过去,他们统统先完蛋,只剩下我们脚夫欢呼胜利,在米兰过好日子。"

　　"瘟疫万岁,百姓该死!"另一个脚夫说了这句美妙的祝酒词,在颠簸的大车上双手捧着酒瓶,就着瓶子喝了一大口,然后把瓶子递给伦佐说:"为我们的健康喝一口吧。"

"我衷心祝大家健康，"伦佐说，"不过我现在不渴，也没有喝酒的兴致。"

"看来你受了不少惊吓，"脚夫说，"我觉得你是个可怜虫，不像是放毒的人。"

"狗急也会跳墙。"另一个说。

"把瓶子给我，"走在大车旁边的一个脚夫说，"我也想喝一口，祝酒的主人健康，他在这里，同大家亲密无间……我记得他就在那辆漂亮的马车里。"

他扮了一个狰狞的怪脸，指指伦佐前面的一辆大车。接着，他装出正经的样子，可是显得更无赖，朝前面打个躬说："老爷，请允许一个穷苦的脚夫尝尝您酒窖里的酒好吗？您也明白我们很辛苦，我们把您抬上那辆马车，送您去度假。再说，你们现在一喝酒就难受，而我们穷苦脚夫胃口特好。"

在伙伴的哄笑声中，他举起瓶子，盯着伦佐的脸，轻蔑而怜悯似的说："你投靠的那个魔鬼肯定不够老辣，假如不是我们在场救了你，魔鬼也帮不了你的忙。"在又一阵哄笑声中，他把瓶口凑到唇边。

"还有我们，喂，还有我们呢！"前面那辆车上好几个人嚷了起来。捧着大酒瓶的脚夫自己喝足后，把它交给伙伴，他们互相传着喝，把酒喝光，最后一个人握住瓶颈抡了几圈，扔在地上把空瓶砸得粉碎。

他喊了一声"瘟疫万岁！"接着唱起一支下流的小曲，伙伴们随声附和，组成鄙俗的合唱。猥亵的小曲夹杂着丁丁铃声、吱呀的车轮声和橐橐的马蹄声传遍空寂的街道，在街道两旁的房屋里回响，使得仍住在里面的少数居民听了揪心。

但是，有时有些事情不能尽如人意，在某种情况下不能使人高兴。和刚才遭遇的危险相比，伦佐觉得现在与之相处的尸体和活人还是可以容忍的，让他摆脱乏味的谈话的小曲，现在对他来说简直算得上是动听的音乐。尽管他喘息未定，惶惶不安，他逃脱困境时既没有受到伤害也没有伤害别人，为此他开始默默感谢上天，求上天再帮他摆脱这些解救过他的人。在自己这方面，他则眼观六路，耳听八方，瞅着脚夫们和道路情况，打算一有机会就悄悄溜掉，不去惊动他们，以免横生枝节，惹起行人怀疑。

到了一个街口，他突然觉得这个地方似曾相识，再定睛一看，更有把握。读者知道他在什么地方？原来是东门大街，也就是二十来个月之前他悠悠闲闲进城而又慌慌张张出逃时走过的街道。他还想起，从这里一直下去就是传染病院，没有打听，无意中竟找到了这个地方，他认为这是上天的殊恩，是以后一切顺利的好兆。那时候，一个卫生署的专员向车队走来，吩咐脚夫们停下，别的话就听不清了，总之，车队停了下来，脚夫们的小曲变成了喧闹的争吵。和伦佐同车的一个脚夫跳下车，伦佐对另一个说："我谢谢你的好意啦，愿天主回报你！"然后从大车另一侧跳到地上。

"去吧，去吧，可怜的放毒小子，"车上的脚夫说，"让米兰人全死光的不是你。"

幸好周围没人听到。车队停在街道左侧，伦佐快步走到对面，贴着墙向桥那边跑去；他过了桥，走上通往郊区的路，认出方济各会修道院，到了大门附近，望见传染病院的一角；他进了铁栅栏，眼前就是病院的外围，没有任何标志或招牌，但一片空旷、异样的景象难以形容。

从伦佐所在的地点望去，病院的两边熙熙攘攘，病人成群结队朝病院走去，病院周围的壕沟边上有不少人坐着或躺着；也许是因为疲惫不堪，没有气力再走进病院，也许是再也忍受不了病院的生活从里面出来，没有气力再往前走。另一些不幸的人像傻子似的到处瞎跑，不少完全成了疯子，一个对躺在地上的陌生人大谈他的幻想幻觉，另一个在胡言乱语，还有一个仿佛看到什么有趣的事似的笑嘻嘻地东张西望。在那可悲而又可笑的气氛里，最不可思议的是有个人持续不断地大声唱歌，歌声不像是那群人中间发出的，但盖过了所有人的声音，那是一支人们称之为民谣的戏谑的乡间情歌，伦佐循声望去，想知道谁在这种时候、这种场合还有这么好的兴致，发现原来壕沟底坐着一个人，仰着头，扯开嗓子，没完没了地唱着。

伦佐沿着病院南侧的一排房屋刚走了几步，就听到那群人中间有种异乎寻常的喧闹,远处还有"他跑啦!抓住他!"的呼喊声。他踮起脚,只见一匹马在狂奔,马背上的人更狂,原来是个疯子发现大车旁边一匹马无人看守就跳上光马背,用拳头捶打马颈,用脚跟踢马肚,赶着那匹牲口猛跑;脚夫们则在后面追着叫喊,扬起滚滚尘土。

　　伦佐一路上见到的悲惨景象加起来恐怕都不及在这里见过的多,他拖着沉重的步子走到病院的大门口,茫茫然不知该怎么办。他探头看看门里,走到拱顶下面,在门廊里停了片刻。

第三十五章

　　读者可以想象,收容了一万六千名瘟疫病人的传染病院会是什么模样。院内的空间全给占了,有些地方搭起了一排排茅舍棚屋,另一些地方被大车和人群挤得满满当当,左右两条没完没了的长廊成了两排用麻袋和麦秸铺垫的庞大的通铺,攒聚着病人和混杂其中的尸体,仿佛汹涌的浪潮,随时可见初愈的患者、精神失常的病人和工作人员来来往往,还有站着的、跑动的、蹲着的和起来的,形态各异。这幅景象突然映入伦佐眼帘使他茫然失措,一下子凉了半截。我们当然不打算逐一描写这里的

情形,读者也不会希望我们这么做;我们只跟着伦佐沉重的步子,走走停停,从他的视角挑选一些必要的事情记述他的行动和遭遇。

从他站立的大门到病院中央的小教堂,再从小教堂到对面的另一个大门,似乎有一条通道,通道上没有临时搭建的棚屋,也没有固定的障碍物,伦佐细看时,发现人们忙着推走大车,搬开碍事的物件,还发现方济各会的修士和居家修士在指挥腾出地方,驱散闲人。伦佐怕自己也遭驱赶,不假思索地朝右面一拐,走进了棚屋群。

他见到可容通行的地方就朝前走,每到一所棚屋就探头看看,还察看露天的床铺,打量那些受病痛折磨的、痉挛抽搐的或者死人的凝滞不动的面孔,看看其中有没有他害怕发现的人。他走了不少地方,提心吊胆地一再察看,没有发现女的,猜想大概妇女集中在别处。但究竟在什么地方,既没有任何迹象,也无法推断。他不时还看到一些工作人员,他们的外表、举止和衣着各各不同,赋予他们同样的力量,使他们能在这种环境中坚持工作的因素也截然不同:一些人完全丧失了同情心,另一些

人则悲天悯人,表现出异乎寻常的同情。伦佐对这两种人都不敢动问,以免惹起不必要的麻烦,他决定继续走下去,找到有妇女的地方为止。他一面走一面打量着周围,苦难的惨状使他不寒而栗,不得不掉过忧伤的目光。但是除了苦难之外,他的目光又能投向何方,停在何处?

空气和天色也增添了眼前的凄惨气氛,如果说它还能有所增添的话。雾气逐渐浓重,积聚成越来越阴沉的乌云。看来傍晚雷雨难免,阴暗的天空当中,苍白的日轮仿佛透过厚面纱似的散发出微弱模糊的光线,洒下滞重的热气。在那批混杂的人群发出的不停的嗡嗡声中,偶尔可以听到远处模糊的雷声,隐隐约约,断断续续;当你倾耳细听时,却辨不出它来自何方,会认为是远处车队行驶突然停止的隆隆声。周围田野的树木纹丝不动,没有鸟雀落到树枝上或者从树枝上飞起,只有突然出现在院内房顶上空的燕子展开翅翼滑翔,仿佛快擦到地面了,但看到这么多的人吓了一跳,很快又飞高逃跑。这时的情景就像是一队行路人中间谁都不出声打破沉默,像是猎人盯着地下沉思地追踪兽迹,像是村妇在耪地不自知地停止了歌唱,在这些雷雨欲来的时刻,大自然憋着一股力量无从发泄,似乎在压迫所有的生物,给一切活动、静止、甚至给生存本身都增加了不知名的沉闷。在那专为受苦和死亡而设的场所,已经落进病魔掌握的人们屈服在新的压迫之下,成百上千的人情况迅速恶化,与此同时,垂死的挣扎更为剧烈,随着痛苦的增加,呻吟更为低微,那个苦难的渊薮也许从未有过如此残酷的时刻。

伦佐在棚屋的迷宫里转了好久,毫无结果,忽然在乱哄哄的呻吟和低语中辨出一种奇特的咩叫和啼哭的混合声,他循声寻找,发现它发自一道粗糙破旧的木板围墙里面。他凑在两块木板的缝隙上,看到里面搭了不少棚屋,棚屋里面和外面狭小的空地上不是惯常见到的病人,而是躺在褥子、垫子、枕头和床单上的婴孩,以及忙忙碌碌的保姆和别的妇女,最引他注意的是保姆和别的妇女中间还有不少山羊,充当她们的助手:原来是那时期和地点许可的条件下的一个育婴堂。叫人称奇的是有些山羊安静地站着,让它乳房下的婴孩吮吸;有些山羊出乎母爱似的咩叫着跑到另一个婴孩旁边,设法跨在孩子身上,挪动着,咩叫着,仿佛请人帮忙。

　　到处都坐着给孩子喂奶的保姆，一副舐犊情深的样子使人不由得要想她们来这里不一定是为了挣些钱，而是出于解决孩子的需要和痛苦的自发的爱心。有个保姆焦虑地把抽泣不已的孩子从自己吸空的乳房前抱开，去找一头可以代替她的山羊。另一个欣慰地瞅着在她怀里睡熟的孩子，温柔地吻了他一下，抱他走进一间棚屋，轻轻放到褥子上。第三个奶完了别人的孩子，出神地望着天空，她在想什么呢？多半是在想她自己怀胎十月生的孩子，也许前不久仍在她怀里吃奶，也许就死在她怀里。年龄较大的妇女在忙着干别的事情。一个听到孩子饿得直哭，便把他抱到一头在吃鲜草的山羊旁边，放在羊乳房下面，一面抚摩一面责怪那头笨拙的牲畜，要它好好喂奶。一头羊在喂奶时踩着了另一个孩子，这个妇女赶紧上前把挨踩的孩子抱开；那个妇女抱着孩子来回走动摇晃，唱着歌哄孩子睡觉或者好言好语地让他安静，嘴里呼唤着她自己给孩子取的名字。这时候来了一位胡子雪白的修士，一手抱一个从他们刚

死去的母亲身边捡来的啼哭的孩子,一个女人跑上前把孩子接过来,东张西望,看妇女和山羊中间有谁可以顶替他们的母亲。

伦佐的第一个想法是他要找的人肯定不会在这里,不止一次想走开,但又把眼睛凑在缝隙上再看一会儿。

他终于离开,沿着木板围墙走去,遇到几间靠墙盖的棚屋才不得不拐弯。他便顺着棚屋走,打算再回到板墙那儿,走完一圈,也许有新发现。他抬头看路时,前面突然闪过一个身形,觉得特别眼熟,心里猛然一惊。他看见百来步外有个方济各会的修士在棚屋中间一闪而过,尽管相距这么远,时间这么短,那修士走路的模样、外表、举止完全像克里斯多福神甫。读者可以想象伦佐的急切心情,他朝神甫那里跑去,在棚屋中间拐弯抹角,前后左右里里外外寻找,终于又欣喜地看到了神甫的身形;只见他从一口大锅前退下,拿着钵头向一间棚屋走去,接着又见他坐在棚屋门口,对着面前的钵头画了十字,关切地看了一下周围,开始吃东西。真是克里斯多福神甫。

我们先简单交代一下神甫同我们分手以后到这次重逢为止之间的情况。他去了里米尼后一直没有动,也没有调动的打算,米兰发生瘟疫时才给了他一直向往的、为同胞献身的机会。他坚决请求把他召回,让他帮助瘟疫病人。伯爵叔父那时已死,对看护人员的需要压倒了对政治的考虑,他的请求很容易就得到批准。他立刻赶到米兰,进传染病院工作,已有三个多月。

伦佐遇见善良的神甫当然喜出望外,但当他认出确实是神甫,注意到神甫变化很大时,他的高兴立刻打了折扣。神甫步履蹒跚疲惫,面容苍白憔悴,全身都显出老态龙钟、灯尽油干的模样,只凭一股精神力量才得以支持。

神甫也注视着那年轻人,见他迎上前来,不敢招呼,只想用表情引起他的注意和认识。当他走得相当近,不必大声嚷嚷就能被听到时,他说:"啊,克里斯多福神甫!"

"你在这里!"神甫把钵头放在地上,站起身说。

"您好吗,神甫? 您好吗?"

　　"比你在这里看到的许多可怜的人好得多了。"神甫回答说,他的声音微弱暗哑,同整个人一样也变了。唯有眼神依旧,并且比以前更生动明亮,仿佛舍己为人的崇高行为和接近天主的喜悦在他被疾病逐渐戕贼的身体里注入了更炽热、更纯净的火焰。

　　"你怎么啦?"神甫接着说,"你怎么会在这里? 你为什么来冒瘟疫的危险?"

　　"我已经得过了,感谢天主。我是来找……鲁茜亚的。"

　　"鲁茜亚! 鲁茜亚在这里?"

　　"在这里,至少我希望她还在这里。"

　　"你们结婚了没有?"

　　"哎,亲爱的神甫! 没有,她还不是我的妻子。您不知道发生的种种事情吗?"

　　"不知道,孩子,自从天主让我离开你们以后,我再也没有你们的消息,现在天主派你来到我身边,说实话,我很想知道你们的情况。不过,……公告是怎么一回事?"

　　"这么说,您知道他们是怎么对付我的了?"

"你干了什么？"

"是这么一回事，神甫，如果说我那天在米兰老实本分，那不是实话；但是我没有干任何坏事。"

"我信你的话，也相信你不会干坏事。"

"那好，我现在就可以把全部情况告诉您。"

"且慢，"神甫说着走出棚屋喊道："维托雷神甫！"不一会儿，来了一个年轻的神甫，克里斯多福便对他说："维托雷神甫，我不在的时候，请您代我照看一下那些可怜的人；如果有谁要看我，就请您招呼我。特别是那个病人！如果他有苏醒的迹象，请您立即通知我。"

"您放心好啦。"年轻的神甫说。

克里斯多福转向伦佐说："我们进屋吧，"但马上又站住说，"我看你累极啦，准是饿坏了吧。"

"那倒不假，"伦佐说，"经您提醒，我才想起今天还没有吃过东西。"

"等一等。"神甫说着另找了一个钵头到大锅那里盛满了回来，连同一把匙子交给伦佐，让伦佐坐在他当床使的草垫上，再到角落里一个小桶那里斟了一杯葡萄酒搁在客人面前的小桌上，再端起他自己的钵头坐在客人旁边。

"啊，克里斯多福神甫！"伦佐说，"那些事全得您干吗？您还是老样子。我衷心感激您。"

"不必谢我，"神甫说，"这是穷苦人吃的，不过你眼下也是穷苦人。现在把我不了解的事告诉我吧，谈谈我们那个可怜的姑娘，说得快些，因为你也看到，时间不多，还有许多事要做。"

伦佐一面吃东西一面讲鲁茜亚的事：怎么寄住在蒙扎修女院，怎么遭绑架……想到那无辜可怜的姑娘的种种苦难和危险，想到是谁害她落到那种地步，善良的神甫气得呼哧呼哧的，但听到她奇迹似的得到解救，回到她母亲那边，寄住在堂娜帕拉塞德家时，随即平静下来。

"现在我谈谈我自己的事。"伦佐接着说，简单地叙说了他那天在米兰的经历，此后怎么一直远离家乡，如今什么都乱了套，便冒险回来；他没有找到阿格纳丝，在米兰听说鲁茜亚进了传染病院。"于是我来到这里，"他结尾说，"我来这里找她，打听她是不是还活着，是不是还……爱我，因为……她也许……"

"她什么时候进院的，住在哪里？"神甫问道，"你有没有这方面的线索？"

"没有，亲爱的神甫，什么都没有，只知道她在这里，就在这里，天主保佑！"

"唉，可怜的孩子！你打听到什么没有？"

"我转了好半天，转来转去见到的几乎都是男人。我想妇女大概住在另外一个地方，可是找不到那地方，如果是这样，您现在可以告诉我了。"

"孩子，难道你不知道没有一定任务的男人是不准进妇女病区的吗？"

"嗯，我进去了又会怎么样？"

"亲爱的孩子，规定是正确神圣的，如果说灾难的数量和程度不允许规定得到严格遵守，正派人就有违犯规定的理由？"

"克里斯多福神甫啊，"伦佐说，"鲁茜亚早该是我的妻子，您很清楚我们是怎么给生生分开的；我苦苦熬了二十个月，我冒了许多危险，千辛万苦到了这里，可是现在……"

"我不知道说什么是好，"神甫说，他似乎不是在回答伦佐而更像是在回答自己的念头，"你来这里是一片诚心，我可以信任你的行为，但愿凡是能自由进入那地方的人都像你一样本分。毫无疑问，天主会祝福你始终如一的感情，祝福你寻找他赐给你的、你所爱的人时的忠贞，天主比世人严格，同时又比世人宽容，不会计较你寻找她的方式是不是合乎规矩。只不过你要记住，你在这里的行为，我们两人都要负责，也许不对世人，但肯定要对天主负责。你跟我来。"神甫说到这里站了起来，伦佐也随之起立。伦佐听他说话时，暗暗打定一开头就想好的主意，不提鲁茜亚发誓的事。"如果他听到这件事，"伦佐暗忖道，"肯定要提出新的困难。我找到她之后，总会有时间谈论这件事的；假如找不到，谈出来又有什么好处？"

神甫把他领到棚屋朝北的门口说道:"听我说,我们的费利契神甫,传染病院院长,今天要带领为数不多的初愈病人去另一个地方进行检疫隔离。你看到中央的那座小教堂没有?"他举起瘦削的、颤抖的手,指点左面雾霭中高出周围简陋棚屋的小教堂的圆顶,接着说:"现在他们正在那里集合,过一会儿就列队从大门出去,就是你进来时也许经过的那个大门。"

"哦!所以他们在把道路腾出来。"

"不错,你还听到敲钟没有?"

"听到一次。"

"那是第二次,敲第三次时,全体集合完毕,费利契神甫向他们发表简短的讲话,然后和他们一起行进。你听到钟声后就去那里,站在通道一边人们后面,尽量别引人注意,可以看到队伍走过,你仔细看着,看队伍里有没有她。如果天主没让她在队伍里,那排房屋,"神甫又抬手指着对面的一排房屋,"那排房屋和前面的部分空地就是妇女病区。有一道木板墙把它同其他部分隔开,但有些地方没有围死,有些地方有缺口,不难进去。进去之后,别引人起疑,也许根本没人盘问。如果有人拦住你,你就说克里斯多福神甫认识你,可替你担保。你在那里找她,要有信心……和耐心。要知道你来这里找人可不简单,在传染病院里找个活人!我看到我可怜的病人一批批的轮换,一批批的给运出去,活着出去的太少了!……你得做最坏的思想准备。"

"是啊。我也觉察到了,"伦佐转着眼珠,脸色一变说,"我觉察到了!我走啦,我要走遍病院,一处一处寻找……假如找不到!……"

"假如找不到怎么样?"神甫表情严肃,带着期待和告诫的眼神问道。

想起这件事,伦佐就怒火中烧,失去了理智,他接着说:"假如找不到她,我就去找另一个人。米兰找不到就去他该死的宅邸,去世界的尽头,甚至去地狱,非找到不可,他把我们活生生地分开,如果不是他那个恶棍捣乱,二十个月之前,鲁茜亚就成了我的妻子;即使我们注定要死,至少也死在一起。只要那家伙还活着,我非找到他不可……"

"伦佐!"神甫抓住他的胳膊,更为严肃地瞅着他说。

"如果我找到了他,"伦佐咬牙切齿地往下说,"如果瘟疫还没有给他应得的报应……现在情况不同了,游手好闲的大老爷再没有一帮痞子围着他转,再不能把别人逼得走投无路,任意嘲弄了,现在人们各管各,……我自己来主持公道!"

"邪恶的人!"克里斯多福嚷起来,嗓音像以前那么洪亮,"邪恶的人!"神甫抬起垂在胸前的头,脸颊像以前那么泛红,眼睛里闪出难以形容的可怕的火光。"你瞧瞧,邪恶的人!"他一手攥紧伦佐的手臂使劲摇晃,挥着另一手指点周围悲惨的景象。"你瞧瞧谁是惩罚者! 是做出审判而不是被审判的天主! 是鞭挞而不手软的天主! 你无非是地下的一条蠕虫,却妄想主持公道! 你知道什么是公道! 走开,邪恶的人,走开! 我原指望……是啊,我曾指望在死之前天主能让我欣慰地知道我可怜的鲁茜亚还活着,也许还能见到她,听她允诺朝我将要葬身的墓穴祈祷。天主不是为了你这种人才让她活在世上,谅你也不敢自以为值得天主顾念。天主会顾念她的,因为她那种人才能得到永恒的安慰。你走吧! 我没有工夫听你胡扯。"

他说到这里松开伦佐的胳膊,朝病人的棚屋走去。

"啊,神甫!"伦佐追上去恳求说,"您就这样甩下我不管?"

"怎么啦!"神甫的声音仍很严厉,"那些痛苦的人等我去对他们讲天主的宽恕,难道你敢占住我的时间,听你横眉竖眼地说你寻仇报复的打算? 你需要安慰和帮助时,我已经洗耳恭听;我抛下别人来听你的,你现在却怀着报复之心,你希望从我这里得到什么? 走吧。这里经我送终的人间,有受过伤害而宽恕了伤害者的人,也有伤害过别人但因没有请求宽恕的机会而悔恨不已的人,我同这两种人一起痛哭,可是同你一起我能做些什么?"

"啊,我宽恕他! 真的宽恕他! 永远宽恕他!"

"伦佐!"神甫的严厉神情稍有霁颜,"你想想看,告诉我你宽恕过他几次。"

神甫等了片刻不见他回答,突然低下头接着一字一顿地说:"你知道我为什么穿这件法袍。"

伦佐犹豫着。

"你是知道的！"那老人说。

"我知道。"伦佐回答。

"我为了一个念头、一句话责备了你，但我也有过仇恨之心；我杀了那个我恨之入骨，恨了好久的人。"

"不过那是个骄横不法的人，是那种……"

"住嘴！"神甫打断他的话，"如果有站得住脚的理由，你以为我在三十年里还找不到吗？啊！我杀了我所憎恨的人之后到现在为止一直怀有的内疚心情，如果能传递给你就好了。但愿我能做到！我不行。但是天主能做到，让天主做吧！……你听着，伦佐，天主爱你比你爱自己更深，你可以策划报复，可是天主的力量和仁慈足以阻止你，他给了你另一个人不配得到的恩惠。你知道天主能不让一个骄横不法的人得逞，你自己也多次说过，他当然也能不让一个报复的人得逞。你以为你吃了苦，受到了伤害，天主就不会保护他按自己的形象创造的人，免遭你的伤害吗？你以为天主会让你为所欲为吗？不！那么你知道你能做什么吗？你能憎恨，沉沦，以你现有的心情，你能自绝于任何祝福。不论你今后情况如何，不论你命运如何，只要你没有真诚的宽恕之心，对于你一切都将是惩罚。"

"对，对，"伦佐诚惶诚恐地说，"我明白我从没有真正宽恕过他；我明白我说的话像畜生，不像是人，现在蒙天主之恩，我真心诚意地宽恕他。"

"如果你见到他又怎么样？"

"我就祈求天主赐给我耐性，触动他的心。"

"难道你不记得天主教导我们的不是要我宽恕，而是要我们爱我们的敌人？难道你不记得天主让他的儿子为敌人而死？"

"经您提醒，我记得。"

"那好，你跟我来。你说过一定要找到他，你马上就会找到了。跟我来，你会看到你一向憎恨的、希望他倒霉的人是谁，你可以琢磨你在其中一争短长的是什么生活。"

他拉起伦佐的手，像健全的年轻人似的使劲攥着，迈步就走。伦佐不敢多问,跟在神甫后面。

走不多远,神甫在一间棚屋门口停下,带着既严肃又亲切的眼光瞅着伦佐的脸,领他进屋。

伦佐首先看到的是一个坐在后墙麦秸堆上的病人,情况并不严重,看来已趋于恢复,他见了神甫似乎要说不行似的摇摇头,神甫伤心无奈地低下头。伦佐不安而好奇地扫视一下周围,又看到三四个别的病人,其中一个裹着被单躺在墙边的垫子上,盖了一件讲究的大氅当作毯子,伦佐仔细看看,认出是堂罗德里戈,后退了一步,但是神甫又使劲捏住他的手,把他拉到床铺前面,伸出另一只手指着那个躺着的人。

那个倒霉的家伙一动不动,眼睛睁得很大,但是视而不见,脸色苍白却布满瘀斑,嘴唇水肿发黑,如果不是剧烈的抽搐表明他还在挣命的话,那张脸同死人没有差别。他呼吸困难,胸部偶尔起伏一下,搁在大氅上的右手使劲抓住心口,痉挛的手指全都成了青紫色,指尖发黑。

"你看到他了吧!"神甫低声说,"这个人伤害过你,你现在看到他时的心情会同天主有朝一日看到你时的心情一样,因为你也冒犯过天主。为他祝福吧,你从而也会得到祝福。他在这里已有四天了,就像你看到的这样没有清醒的迹象。也许天主准备给他一段清醒的时间容他忏悔,不过要你代他请求;也许希望你和那无辜的姑娘一起代他请求,也许把这个恩典留给你的祈祷,留给一颗受过痛苦而学会忍耐的心。也许这个人和你自己的拯救现在取决于你,取决于你宽恕、怜悯……和爱的感情!"

他说完后双手合十,低头祷告,伦佐学神甫的样子也祷告。

他们祷告了一会儿,响起了钟声。两人不约而同抬起头,走出了棚屋。一个没有问,另一个也不言语,两人的脸色替他们说了话。

"你去吧,"神甫最后说,"要有领受恩典或者做出牺牲的准备,不论你寻找的结果如何,都应赞美天主。总之,你把结果告诉我,让我们一起赞美天主。"

两人不再说什么就分了手,一个回到他刚才来的地方,另一个朝百来步外的小教堂走去。

第三十六章

几小时前伦佐怎么也不会想到,在寻找鲁茜亚的紧张阶段,当最没有把握而最具决定意义的时刻即将开始时,他的心思居然会分散到鲁茜亚和堂罗德里戈两人身上。可是事实确实如此,在走向小教堂的那段路上,希望或者害怕相继在他心中勾起的鲁茜亚的亲切或者悲惨的形象总是夹杂着堂罗德里

戈的模样;他在那张床铺边听到的话语总是混入他心中此消彼长的是是非非;他默默祈求这次严峻的考验结果圆满,但总是不由自主地加上刚才在棚屋里开了头、被钟声打断的祈祷。

八角形小教堂坐落在传染病院中央,高出地面几级台阶,当初修盖是全开放式,除了半露柱和圆柱外没有其他支撑,可以说是一座八面来风的建筑,每一面的两根柱子之间有一个拱顶,建筑里面可以确切地称为教堂的地方有一道回廊,其实只有八个拱顶,同外面柱子之间的拱顶对称，托起穹隆屋顶，因此无论从哪一个角度都可以看到设在中心的祭坛。这座建筑如今已移作别用①，每一面的空当已经用墙砌死，但是保存完好的框架清楚地表明它以前的结构和用途。

伦佐刚走了几步，看到费利契神甫从教堂的回廊里出来，站到朝着城里一面的主拱顶下，准备列队出发的人群已聚集在台阶下面的中央通道上，从神甫的姿势可以看出讲道已经开始。

他记住克里斯多福的话，在棚屋中间的小巷子里绕到听众队伍末尾，悄悄站好，只用目光搜寻，但看到的都是攒动的人头。队伍半腰有些人戴着头巾或蒙着面纱，他特别注意那一部分，但没有发现，于是他朝大家注视的方向望去。讲道士令人肃然起敬的形象给了他深刻印象，他在寻找之余，听到了这些庄严的言辞：

"让我们默哀片刻，悼念成千上万从这里出去的人，"他伸出手指举过肩膀，指着背后通向圣格里戈里奥公墓的那扇大门，公墓当时实际上已成了万人坑，"让我们看看周围成千上万还留在这里的人，他们从哪扇门出去毫无把握；让我们看看我们自己，平安出去的人数何等之少。天主万福！无论生生死死，我们都祝福天主的严厉和仁慈，祝福他对我们的甄选！啊！我的孩子们！天主之所以这样做是为了保全一小部分经过苦难的纠正、受到感恩的振奋的人；是为了让我们现在更深切地感到生命是他的恩赐而分外珍惜，让我们把生命用于值得奉献给他的事业；是为了让我们记住我们经受的苦难，从而对我们的同胞富于同情和仁慈。我们和病友们一起受过苦，怀过希望和畏惧，他们中间还有我们的亲戚朋友，说到底，他们都是我们的兄弟姐妹，他们将看到我们从他们之中出去，想到毕竟有人活着从这里出去，也许能得到些许宽慰，从我们的例子中增添信心。他们仍在同死亡斗争，天主不希望他们看到我们逃脱死亡而欣喜若狂。让他们看到我们离去的时候为我们自己感恩，为他们祈祷；让他们可以说那些人即使不在这里的时候仍记得我们，仍为我们这些可怜的人祈祷。我们跨出这里走上新的路程之时，让我们开始仁慈

---

① 曼佐尼写本书时，传染病院已改为民居，中央的小教堂用作粮仓。

的生活。恢复原有活力的人应该伸出友爱的手帮助衰弱的人,年轻人应该扶持老年人,失去子女的人应该看看周围,有多少儿女失去了父母!你们应该像父母一样爱护他们!弥补你们罪过的仁慈也将减轻你们的痛苦。"

这时候听众发出一阵嘤嘤的呻吟和啜泣,声音逐渐增大,但看到讲道士把绳索套在自己脖子上,双膝下跪时,那声音突然停止,一片肃静,等待他往下说。

"对于我,"费利契神甫说道,"以及我所有的同行来说,我们没有什么优点,却给了我们通过你们来侍奉基督的崇高特权,如果我们没有尽心尽力地履行这一重大的职责,我卑微地请求你们宽恕。如果我们出于倦怠或者力不从心而对你们的需要和召唤照顾不周,如果不应有的急躁或恼火使我们在你们面前露出厌烦或者阴沉的脸色,如果我们有过卑劣的念头,以为你们非我们不行,从而没有以应有的谦逊对待你们,如果我们的意志不够坚定做出了使你们不能容忍的事情,这一切统统请你们宽恕!天主也会宽恕你们的一切罪过,为你们赐福。"神甫向听众画了一个大大的十字,站了起来。

我们记叙的虽然不是他的原话,但至少表达了他讲话的大意和梗概,可是他讲那番话的方式却不是笔墨所能形容的。他把照顾瘟疫病人称之为特权,因为他确实是这么想的;他责备自己没有尽职,请求原谅,因为相信需要人家原谅。但是人们见到他身边的方济各会修士们全心全意地照顾病人,见到许许多多修士染病死去,见到以全体修士名义讲话的人虽然身为院长,干活时却从不落后,除了那次他自己也几乎病死的时候,读者可以想象,他这番话引起了多少啜泣和眼泪。备受尊敬的神甫捧起一个靠在高浮雕柱上的大十字架;高举在身前,把凉鞋脱在回廊边上,光着脚板走下台阶,人群恭敬地让出一条路,他开始带领人群行进。

伦佐仿佛成了队伍中的一员,听到神甫请求大家宽恕的独特的讲话激动得热泪盈眶,他也后退让道,但躲到一间棚屋旁边等候,身体缩在墙后,只伸出头睁大眼睛观望,心里七上八下,但讲道给他的感染和人们普遍激动的场面使他产生了某种新的、特殊的信念。

这时候,费利契神甫过来了,他光着脚,脖子上套着绳索,双手捧着高大沉重的十字架;他苍白憔悴的面容显得既痛苦又勇敢,缓慢而坚定的步子仿佛不想露出困顿的痕迹以免引起别人的颓唐,他的模样表明一个工作过度而生活清苦的人在竭力支撑着完成繁重的必要的职责。紧跟在他后面的是大小孩,他们多半光着脚,衣着整齐的极少,有的只穿单衬衣。然后是妇女,几乎所有的都领着一个女孩,此起彼伏地唱着《求主怜悯》①,她们微弱无力的声音和苍白枯槁的面容使每一个适逢其会的旁观者看了都心酸。伦佐仔细打量一排排、一张张的脸,队伍走得很慢,给了他足够的时间。队伍里的人逐一走过,他逐一察看,但毫无结果。他飞快地朝剩下的几排看了一眼,人数已经不多了,最后几排来近了,全

---

① 《圣经·旧约·诗篇》第五十一篇拉丁语译的开头语,天主教葬礼仪式上作为祈祷文用。

部过去了，都是陌生面孔。男人的队伍经过他面前时，他垂下两臂，头扭向一边，目送刚过去的妇女们。男人们后面是几辆大车，车上坐的是大病初愈的还走不动路的人。这引起了他的注意，给了他新的希望。妇女在最后几辆，车队行进也很慢，伦佐有充分时间细细察看，一辆不漏。可是，哎呀！第一、第二、第三辆依次看了，没有他要找的人，最后一辆后面只有一个修士，神情严肃，拿着一根手杖，像是押队似的。那就是前文提过的派来协助费利契神甫的米迦勒神甫。

他满腔希望彻底破灭了，希望给他带来的安慰也随之消失，像常有的情形那样，使得他的心情比先前更坏。现在能找到还在病中的鲁茜亚就是上上大吉。当热切的企盼让位于逐渐增长的担忧时，可怜的伦佐把全部心意集中在那可怜的一线希望上，他拐进棚屋之间的小巷，朝队伍来自的方向走去。他到了小教堂前面，跪在最下面的一级台阶上，向天主祈祷，其实也算不上祈祷，只是一连串慌乱的单词、断断续续的句子、呼唤、恳求、哀叹和承诺，这类语无伦次的话一般是不对别人说的，因为人们不会理解也没有耐心，还没有伟大到只有同情没有轻蔑的程度。

伦佐站起时情绪稍有好转，他围着教堂走去，到了一条还未见过的、通向对面大门的小巷，走出几步便看到克里斯多福神甫对他说起的、有不少缺口的木板墙，他从一个缺口进去，便是女病人区。他刚跨进那里就看到地上有一个脚夫拴在脚上的那种铃铛，灵机一动，认为那东西可以充作他的通行证；他捡起铃铛，四下看了一眼，发现没人注意，便像脚夫们那样把铃铛系在脚上。他立刻开始寻找，由于对象数目之多，寻找是极其困难的，何况这次的对象和先前不同；他开始看到新的悲惨景象，一部分和先前看到的相似，一部分又截然不同，虽然遭到同一场灾难，这里看到的却是另一种痛苦、消沉、悲伤、忍受、互相同情和帮助，看到这些景象的人心中也是另一种怜悯和不忍。

他走了不少地方，没有什么结果，也没有遇到意外的事，忽然听到背后有一声"喂！"似乎是招呼他。他转过身，看到不远处有个卫生署的专员举手指着他喊道："这里已经清理好了，那里的屋子需要帮忙。"

伦佐立即明白自己给当成了脚夫，问题出在脚上的铃铛，他骂自己真蠢,当初只想到这个标识能帮他免去麻烦,却没有想到也能给他带来不便,同时他也想好了摆脱的办法。他赶紧连连点头,仿佛说是明白了,马上照办,随即走进棚屋间的小巷子里,躲开了专员的视线。

他认为已经躲远后,便想摆脱引起麻烦的根源,为了解掉脚铃而不被人看到,他钻进两间棚屋当中的只够转身的小地方。他蹲下去解铃,脑袋靠在一间棚屋的篱笆墙上,听到屋里传出了人声……天哪!可能吗?他屏住呼吸,全神贯注地倾听……对,对!是她的声音!……

"有什么可怕的?"那个温柔的声音说,"比暴风雨更可怕的事咱们都经历过了。到目前为止,天主保护了咱们,今后也会保护咱们的。"

如果说伦佐没有叫出声,并不是因为他怕暴露自己,而是因为他没有叫喊的气力。他两腿发软,眼前发黑,但随即站了起来,比刚才更清醒、更有劲,三步并作两步跑到棚屋门口,看到了讲话的人,看到她俯身站在一张床铺边。她听到门口有动静,转身一看,以为是幻觉,是在做梦,再定睛一看,嚷了起来:"啊,神圣的天主啊!"

"鲁茜亚!我找到你啦,找到你啦!真的是你吗?你还活着!"伦佐

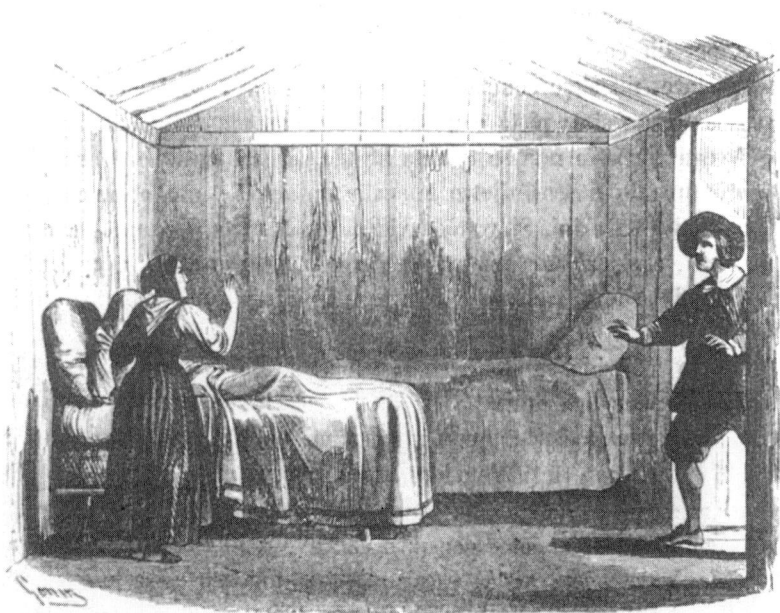

抢步上前,浑身哆嗦地喊道。

"啊,神圣的天主!"鲁茜亚比他哆嗦得更厉害,答道,"是你? 这是怎么回事! 你怎么来的? 干吗要来? 瘟疫!"

"我已经得过了。你呢?……"

"唉,我也得过了。我母亲呢?……"

"我还没有见到,她去了帕斯图罗,不过我相信她很好。可是你……你脸色多么苍白! 显得多么虚弱! 你的病好了吗,真的好了吗?"

"天主让我还活在人世。唉,伦佐! 你来这里干什么?"

"干什么?"伦佐走近说,"你问我来干什么? 为什么要来? 这难道要我说吗? 我思念的是谁? 难道我不叫伦佐吗? 难道你不是鲁茜亚了吗?"

"哎,你说什么呀! 我妈妈不是请人写信告诉你了吗?……"

"不错,糟就糟在写信告诉了我。对于一个身遭不幸、流亡在外的可怜虫,对于一个从来没有干过对不起你的事的人,是多么沉重的打击!"

"可是,伦佐! 伦佐! 既然你已经知道了,为什么还要来? 为什么?"

"为什么还要来? 哎,鲁茜亚! 你问我为什么要来? 这么多承诺难道就一风吹? 我们还不是以前的我们? 难道你忘了? 我们还缺什么?"

"哎,天主!"鲁茜亚双手合十,望着上空痛苦地喊道,"您为什么不赐恩让我去您身边! ……哎,伦佐! 瞧你干了什么事! 我已经开始希望时间一久……你能忘掉我……"

"多好的希望! 你见了我还说这种话!"

"唉,瞧你干了什么事! 跑到这个惨不忍睹的地方来,这里除了死亡之外没别的,你居然……"

"死的死了,应该为他们向天主祈祷,希望他们去个好地方,但活着的人不能因此而过绝望的生活……"

"可是伦佐,伦佐! 你不想想你在说什么。那是对圣母的许诺! ……是个誓愿!"

"我告诉你,那种誓愿不值一提。"

"喔唷,天主! 你说什么? 这段时候你待在哪里? 你同谁打交道?

怎么说这种话？"

"我说的是人话,关于圣母,我的看法和你不一样,我认为她通情达理,不喜欢有损于他人的誓愿。如果圣母开口的话,绝不会这样!那全是你自己的主意!你知道你应该对圣母许什么愿吗?你应该许诺说,将来我们有孩子时第一个女孩就取名叫马利亚,我现在也可以发这种誓愿,这种事才能替圣母增添荣耀,这才是更好的虔敬,对谁都没有损害。"

"不,不,别说那种话,你不明白你自己在说什么,你不明白什么是发誓,你没有经历当时的危难,你没有体会……你走吧,看在老天分上,你走吧!"

她猛然离开伦佐身边,回到床铺那儿。

"鲁茜亚!"伦佐站在原地,"你至少要告诉我,假如不是那个原因……你是不是还像以前一样对待我?"

"狠心的人!"鲁茜亚转过身,强忍眼泪说,"你是不是非逼我说出不起任何作用但会害我犯下罪过的话才高兴?你走吧,走吧!忘了我吧,我们今生不可能在一起了!我们在天国相会吧,我们在人世的时间不会太长的。你走吧,想办法通知我母亲,说我的病已经好了,在这里我也得到天主的帮助,我遇到一位好心人,这位善良的大娘,她像母亲似的照顾我;告诉我母亲,我祝愿她没灾没病,天主保佑,我们会再见面的……看在老天分上,你走吧,别再想我了……除了向天主祈祷的时候。"

她仿佛没有什么可再说的,也不想再听了,而像是躲避危险似的,更挨近她提到的那个女人躺着的床铺。

"听我说,鲁茜亚,听我说!"伦佐说,但没有跟过去。

"不,不,你走吧,求你啦!"

"听我说,克里斯多福神甫……"

"什么?"

"在这里。"

"这里?在什么地方?你怎么知道?"

"我刚才还和他说话来着,和他待了一会儿,我觉得像他这样的神职人员……"

"他在这里！肯定是为了照看瘟疫病人。他自己呢？染上瘟疫没有？"

"哎，鲁茜亚！不幸的是，我担心，担心……"伦佐吞吞吐吐没有说出使他痛心并且肯定会使鲁茜亚难受的话，鲁茜亚离开床边走了过来，"我担心他已经染上了！"

"哎，不幸的圣人！我说什么？他不幸？不幸的是我们！他怎么啦？病倒没有？有人照顾他吗？"

"他没有躺倒，还张罗着照顾别人，不过你见到他的话就会看出他脸色很坏，站都站不稳！我见过的病人太多了，不幸的是……不会看错的！"

"哎，我们太不幸了！他真的在这里吗？"

"在这里，并且不太远，比你家到我家的路稍稍长一点……你还记得吧！……"

"哎，天哪！"

"是啊，稍稍远一点。要知道，我们还谈到你呢！他告诉我一些事……他让我懂得了许多！你会知道的，现在我要讲给你听他一开始亲口对我说的话。他说我来找你是对的，他说天主喜欢年轻人这么做，还说他要帮我找到你，他确实是个圣人。这下你该明白了吧！"

"即使他这么说，也因为他不知道许愿的事……"

"你自作主张，不和别人商量，做了不合情理的事难道还希望他知道？像他这样睿智的好人绝对不会想到这种事。他可教了我不少东西！"伦佐随即谈了探视堂罗德里戈的棚屋的情形，鲁茜亚住在传染病院，感官和思想已经习惯于最强烈的印象，听后仍感到极大的震撼和怜悯。

"在那里，"伦佐往下说，"神甫像圣徒似的，说是天主也许准备赐恩给那个可怜虫……（他现在确实找不到别的称呼）准备在合适的时刻才带他走，但是希望我们一起为他祈祷……一起！你明白了没有？"

"明白，我们各自在天主为我们安排的地方祈祷，天主会把我们的祈祷合而为一的。"

“可是,要我把他的话告诉你吗……”

“伦佐,他不了解……”

“难道你还不明白,圣徒的一言一语是天主授意的吗？如果不是这个理,他就不会这么说。那个可怜虫的灵魂该怎么办？我已经为他祈祷过了,并且还会为他祈祷;我像为亲兄弟那样全心全意祈祷。假如这件事不解决,那可怜虫干的坏事得不到化解,他怎么能登天国？如果你通情达理,一切就恢复原样,过去的事一笔勾销,他在人世已作了忏悔……”

“不,伦佐,不;天主不希望通过我们的不端行为体现他的仁慈。化解的事由他去做,我们的责任是向他祈祷。假如那晚我死了,不也是宽恕不了他？我既然没有死,并且获得了自由……”

“还有你母亲,可怜的阿格纳丝,她待我一直那么好,盼望看到我们结为夫妻,她不是也对你说过你的想法错了？她在别的问题上也曾叫你通情达理,因为有时候她的头脑比你清楚……”

“我的母亲！你以为我的母亲会劝我违犯誓愿吗！伦佐！你糊涂了。”

“哦！你知道我要说什么？女人不明白事理。克里斯多福神甫吩咐我回去告诉他有没有找到你。我要去了,咱们听听他是怎么说的。”

“好,好;去看那位圣徒吧,告诉他我为他祈祷,请他也为我祈祷,我太需要了！但是看在老天分上,为了你的灵魂,为了我的灵魂,别再来啦,你来对我没有好处,只会使我不得安宁。克里斯多福神甫会对你讲明利害,让你头脑清醒,死了那条心。”

“死了那条心！你打消那个念头吧。你已经让人写信告诉我那句狠心的话,只有我自己知道其中的辛酸,现在你居然有心肠当面对我说。我却要明明白白对你说我不会死心的。你想把我忘掉,我却不想忘掉你。我告诉你,假如你把我逼疯了,我再也不会恢复正常。我再也不会老老实实地干活,规规矩矩地做人了！你要我一辈子愤恨,我就愤恨终身……那个混蛋！天主知道我诚心诚意地宽恕了他,可是你……你是想让我一辈子记住他的仇？鲁茜亚！你说要我忘了你！我怎么才能忘了你？你以为这一段时期里我想的是谁？……经过这许多事情,有过这许多许诺,我能忘记吗? 我们分手以后,我有什么地方对不起你? 就因为我吃足苦头,你才这样对待我? 就因为我遭到这许多不幸? 因为所有的人都迫害我? 因为我孤苦伶仃离开家乡、离开你这么长时间? 因为我一有可能就来找你?"

鲁茜亚又合起双掌,望着上空,泣不成声地说:"啊,圣母马利亚,帮帮我吧! 您知道自从那个晚上以来,我还没有这么难过。您那次救了我,现在也救救我吧!"

"鲁茜亚,你祈求圣母是对的,她何等善良,她是仁慈之母,但是你为什么固执己见,认为她为了你在情急昏乱的时候脱口而出的一句话而非要我们……至少是要我受苦呢? 你以为她当时帮你是为了以后替我们找麻烦吗? ……如果这是个借口,如果问题出在你对我有了反感……你尽管明说。"

"求你啦,伦佐,求你看在你死去的亲人分上别再说啦,别要了我的命……现在不是时候。你去看克里斯多福神甫吧,代我向他问候,你自己别回来,别回来了。"

"我这就去,我不回来才怪呢! 即使在世界尽头我也会回来的,非回来不可。"他说着出了棚屋。

鲁茜亚像散了架似的在床边的地上坐下,头埋在床上哭得伤心。屋里的那个女人一直没有吭声,只睁大眼睛听他们说话,现在问鲁茜亚刚才来的人是谁,为什么争吵,鲁茜亚为什么要哭。读者也许会问那女人是谁,这里不妨稍作交代。

她三十来岁,原是个富裕的商人。短短几天之内,她的丈夫和所有的子女都死在家里,不久她自己也染上瘟疫,给送进传染病院,安置在那间棚屋同鲁茜亚合住。鲁茜亚是在堂费朗特家病倒的,一开始就昏迷不醒,给送进病院后熬过了最危险的阶段,同屋的病友换了好几次,她都不知道。棚屋只容得下两张床,在人满为患的病院里,这两个举目无亲、同病相怜的女人很快就产生了在外面长期相处都不可能有的亲切感情。不久之后,鲁茜亚能够下地,照应当时情况十分严重的病友。现在她也脱离了危险,两人相依为命,互相鼓励照顾,约好一起出院,出去后也不

再分离。女商人有个兄弟是卫生署专员，代她看管住宅、商店和钱财，现在她孑然一身，但经济条件足以过宽绰的生活，打算把鲁茜亚当作女儿或者妹妹接去同住。鲁茜亚怀着对她和对上天的感激之情答应了她，不过先要打听到母亲的消息，征求母亲的同意。鲁茜亚一向言语不多，从没有对女商人谈过她的婚约和不寻常的遭遇。现在她情绪十分激动，要把心里的话一吐为快，对方也很想听。鲁茜亚便握住女商人的手，抽抽噎噎地回答她的问题，把前因后果和盘托出。

与此同时，伦佐向克里斯多福神甫的住处跑去。他留心寻找，还是走了一些冤枉路，终于到了那里。他找到了棚屋，但神甫不在，便在附近寻找，发现神甫在一间茅屋里安慰一个临终的病人，几乎是趴在地上。伦佐没有作声，在外面等候。不久之后，他看到神甫抚摩那可怜人的眼睑，让他瞑目，然后跪在地上，祷告片刻，再站起身。伦佐这时才迎上前去。

"哦！"神甫见他过来，说道，"怎么样？"

"她在，我找到了！"

"情况怎么样？"

"病好了，至少能起来走动了。"

"赞美天主!"

"可是……"伦佐走上前低声讲话也能听到时说道,"有另一个麻烦。"

"出了什么事?"

"问题是……您老人家了解那可怜的姑娘是多么善良,不过有时候要钻牛角尖。经过这许多许诺,经过您知道的这一切磨难之后,现在说是不能和我结婚了,因为,谁知道她是怎么搞的,她说那个可怕的晚上她心血来潮,发誓献身给圣母。毫无道理,可不是吗? 如果有认识,有根据,当然是好事,可是我们这些普普通通的人不懂得该怎么做……岂不是毫无道理吗?"

"告诉我,她离这里很远吗?"

"不远,教堂那边几步路就到了。"

"你在这里等我一会儿,"神甫说,"然后我们一起去。"

"您是想开导开导她?"

"孩子,现在不好说,我得先听听她的想法。"

"明白啦!"伦佐说,他眼睛盯着地上,两臂合抱放在胸前,继续犹豫琢磨。克里斯多福又去找了维托雷神甫,请他再顶一会儿,进了自己的棚屋挎了背筐出来,对伦佐说:"我们走吧。"他走在伦佐前面,直奔两人刚才去过的那间棚屋。这次他一人进去,没多久就出来说:"没事! 我们为他祈祷,祈祷。现在你来带路。"

两人不再言语,只顾走路。

天色越来越昏暗,暴风雨马上就要来了。闪电一再划破浓重的阴霾,刹那间照亮了长长的屋顶和回廊的拱顶,教堂的圆顶,棚屋低矮的屋脊;雷声突然轰响,隆隆地从天空一边滚到另一边。伦佐仔细看着脚下,心急如焚地在前面引路,但不时放慢步子,适应同伴的体力;他的同伴由于工作劳累,疾病缠身,天气闷热,行走十分吃力,经常抬起那张憔悴的脸,仿佛寻求更清新的空气。

伦佐见到棚屋时,停下来,转过身,声音颤抖地说:"就是这里。"

两人进了屋……"他们来啦!"躺在床上的女人说。鲁茜亚转过身,匆匆站起,朝老人走去,嚷道:"唷,我见到了谁! 唷,克里斯多福神甫!"

"好啊,鲁茜亚! 天主解救了你多少痛苦! 你一直把希望寄托在天主身上,应该觉得满意吧。"

"是呀! 不过您怎么样,神甫? 哎呀,您变化真大! 您身体好吗,告诉我,您身体好吗?"

"正如天主所希望的,并且托天主的福,正如我自己希望的那样。"神甫神色自若地说。他把鲁茜亚叫过一边又说:"听着,我在这里待不了多少时间。你是不是和以前一样信任我?"

"哦! 您永远是我的神甫!"

"孩子,那你就告诉我,伦佐提起的誓愿是怎么一回事?"

"那是我向圣母发的誓……哎! 当时我十分慌乱……我发誓终身不嫁。"

"可怜的孩子! 你当时有没有想过你已有婚约的约束?"

"牵涉到天主和圣母两方面! ……我倒没有想到。"

"孩子,我们本人做出的牺牲和奉献会让天主高兴的。他喜欢的是心意和意愿,但你已和别人有约在先,不能自作主张把别人的意愿奉献给天主。"

"我做错了吗?"

"不,可怜的孩子,别那么想;我相信你那颗痛苦的心的意向会让圣母高兴,她会代你献给天主。告诉我,在这件事上你有没有和别人谈过?"

"我没有想到做得不对,因此没有向任何人检讨;它不是什么大好事,也不值得一提。"

"有没有其他原因妨碍你遵守你对伦佐的许诺?"

"至于那个问题嘛……在我这方面……能有什么原因呢? ……说不上来……"鲁茜亚吞吞吐吐地回答,但绝不是犹豫,她病后苍白的脸突然变得绯红。

"你是不是相信,"老人垂下目光接着问,"天主给了教会权力,根据最佳效果确立或者免除人们对天主的责任和义务?"

"我相信。"

"你要知道，我们奉派来照看这里的人，对于凡是有求于我们的人来说，我们具有教会的全部权力；因此，只要你提出要求，我可以免除你由于那个誓愿而承担的任何责任。"

"对圣母作了许诺再翻悔岂不是罪过？当时我是诚心诚意的……"鲁茜亚十分激动地说，一方面，应当承认，是由于看到了意想不到的希望，另一方面是由于这些时候一直耿耿于怀的念头加强了她心中的恐惧。

"什么罪过，我的孩子？"神甫说，"向教会求助，请神职人员行使天主赋予教会、教会赋予他的权力怎么会是罪过呢？我是亲眼看到你们两人如何给引导上结合的道路的，如果我认为有哪两个人是天主结合的话，那就是你们；现在我看不出天主为什么会希望你们分开。我感谢你看得起我，给了我以天主的名义说话、让你收回承诺的权力。如果你请求我宣布你不受那一誓愿的约束，我毫不犹豫就会那样做，并且我希望你请求。"

"那……那……敢情好！我请求。"鲁茜亚说，她的脸上现在只因羞涩而显得惶惑。

伦佐一直站在最远的角落，插不上手，只能全神贯注地听着这场对他关系重大的对话，这时神甫朝他做个手势，让他过去，然后提高嗓门对鲁茜亚说："我以教会赋予的权力宣布你不受终身不嫁的誓约约束，取消誓愿中一切轻率不实之词，免除你可能承担的所有责任。"

读者可以想象，在伦佐听来这几句话是何等美妙。他向说话的人投去千恩万谢的目光，随即想看看鲁茜亚的眼神，但她羞得低着头。

"你可以心安理得地恢复以前的想法，"神甫接着说，"和以前一样祈求天主赐恩让你成为一个圣洁的妻子，你可以相信，经过这许多磨难之后，天主会赐给你更多的恩惠。"他转向伦佐说："至于你，我的孩子，要记住教会把伴侣归还给你，并不是给你以暂时的、尘世的欢乐，那种欢乐不管怎么完整而不夹杂任何烦恼，到了你们生离死别的时候，免不了以极大的痛苦告终；教会这么做是为了把你们两人引上永恒欢乐的道路。你们应该像旅伴一样相爱，要想到你们总有分手的一天，但要怀着重新在天国相会，永不分离的希望。感谢天主让你们不是通过放纵短暂的欢乐，而是经过艰辛苦难达到现在的境地，因为他想给你们淡泊恬静的愉悦。如果天主赐给你们子女，你们应该为天主抚养他们，向他们灌输热爱天主、热爱所有世人的思想，别的地方也就错不了。鲁茜亚！他有没有对你说过，"神甫指指伦佐，"他在这里见到了谁？"

"啊，神甫，他对我说了！"

"那你们就为他祈祷吧！不倦地为他祈祷。也为我祈祷！……我的孩子们！我想给你们一件东西，作为我这个可怜的修士的纪念，"他从背筐里取出一个木盒子，木头并不贵重，但经过方济各会修士的精心雕琢打磨，"这里保存着那个面包的剩余……也就是我第一次要来的施舍，你们听我说过的那个面包！我把它交给你们，好好保存，将来给你们的子女看看。他们将在悲惨的时代来到悲惨的世界，会遇到骄横寻衅的人，告诫他们永远要存宽恕之心，宽恕一切！让他们也为这个可怜的修士祈祷！"

他把盒子交给鲁茜亚,鲁茜亚像领受圣物似的恭恭敬敬接了过来。神甫声音平静地又说:"告诉我,你们在米兰有没有依靠?离开这里以后打算住在哪里?谁陪你们去母亲那里?愿天主保佑她身体健康。"

"目前这位好心的太太像母亲一样对待我,我们两人一起出院,以后一切都有她照顾。"

"天主祝福她。"神甫走近床前说。

"我也感谢您对这两个孩子的教导,"寡妇说,"虽然我已打算把亲爱的鲁茜亚一直留在我身边。在此期间,我会照顾她,我会陪她去她家乡,把她交给她母亲,"她低声补充说,"我还想替她办嫁妆。我有很多财产,原来和我一起享用的人如今一个不剩了!"

"这一来,"神甫回说,"您向天主做了奉献,对同胞行了好。我看出您已经把这个姑娘当成亲人似的,我就不再专门托付了,我该做的只是赞美天主,他在严惩之余还显得如此仁慈,他让你们两人萍水相逢,对你们都表明了他的仁爱。哎!"他转身拉住伦佐的手说,"这里没有咱们两人的事了,咱们待的时间也太长啦,快走吧。"

"啊,神甫!"鲁茜亚说,"我还能见到您吗?我在这个世界上毫无用处,我的病却好了,而您老人家!……"

"很久以前,"老人声调庄重而温柔地说,"我就向天主祈求一个很大的恩惠:在为同胞服务中结束我的生命。如果天主让我现在如愿以偿,我需要你们都为我庆幸,帮我向天主感恩。哎,你有什么话要转告母亲的,快告诉伦佐吧。"

"把你看到的情形告诉我母亲,"鲁茜亚对她的未婚夫说,"告诉她我在这里遇到了另一个母亲,我和她会尽早回去,我希望见面时她身体健康。"

"你们如果要钱的话,"伦佐说,"你捎给我的钱都在这里,我可以……"

"不用,不用,"寡妇说,"我有的是。"

"咱们走吧。"神甫催促说。

"再见了,鲁茜亚!……还有您,好心的太太。"伦佐找不出话来表达他的感情。

"说不定天主会赐恩让我们大家再次相会！"鲁茜亚嚷道。

"愿天主永远与你们同在，保佑你们！"克里斯多福神甫对那两个女人说，然后和伦佐一起走出棚屋。

天色几乎全黑了，暴风雨随时都会来到。神甫再次请伦佐在他的棚屋里住一宿。"我不能陪你，但你可以避避风雨。"

伦佐迫不及待地想赶路，他既不能利用在这里的时间去看鲁茜亚，又不能和神甫多待一会儿，因此不愿再留一晚。至于时间和天气，对他此刻的心情说来，无论白天黑夜，晴朗下雨，和风或者狂飙都无所谓。于是他谢了神甫，说是想尽快去找阿格纳丝。

他们走到中央通道时，神甫握着他手说："你见到阿格纳丝时，天主保佑你能见到那个善良的女人！请代为问她好，向她、向所有活着的、还记得克里斯多福修士的人问好，请他们为修士祈祷。天主与你同行，永远保佑你。"

"哎，亲爱的神甫！我们能再见面吗？能再见面吗？"

"我想是在天国再见了。"他说着就和伦佐分了手。伦佐站了一会儿，目送他的背影，直到看不见，接着匆匆向大门走去，朝那痛苦的地方同情地看了最后一眼。由于暴风雨即将来临，通道两侧忙碌异常，脚夫们来回奔跑，搬动物件，张挂棚屋门帘，情况好转的病人迁到棚屋和回廊里面。

第三十七章

伦佐刚跨出传染病院大门,朝右拐了弯,寻找当天早上来到米兰城墙边时经过的小路,雹子似的雨点开始稀疏而迅猛地落下,打在干得发白的地面反弹时带起一阵薄雾般的尘埃;过了一会儿雨势转大,他还没有走上那条小路,已经瓢泼似的下了起来。伦佐非但没有因为挨淋而着急,反而觉得快意;凉爽的空气,潺潺的雨声,颤动滴水、绿得发亮的小草和树叶使他感到喜悦,他吐了几口大气,一舒胸中的郁结,在这场自然现象的急变中,他更痛快淋漓地感到他命运的转折。

假如伦佐能预见到几天后的情形,他的喜悦之感会更充分、更完整,因为这场雨水带走了瘟疫,随后又带走了传染病院,即使未能让现有的住院病人都重返人

间，至少几乎没有收进新的病人①，一星期后住家和商店重新开门，几乎不提检疫隔离，瘟疫只留下一点零星的痕迹，大灾之后这种情况总是难免的。

于是我们的主人公只顾兴冲冲地赶路，根本没有考虑什么时候到什么地方如何找个藏身之处过夜，一心只想朝前走，快快到达家乡，遇上可以交谈的人说说他的高兴事，更重要的是想及早赶往帕斯图罗去找阿格纳丝。那天的种种事情一直在他心里翻腾，随之而来的是种种悲惨、可怕、危险的景象，但时刻会冒出一个念头：我找到她啦，她病好啦，她是我的妻子啦！想到这里他就跺跺脚，像一头刚从水里爬上岸的长毛狗似的在周围洒了一阵水珠，有时候他只搓搓手，怀着更大的热情继续前行。他一面看路一面回忆早上和昨天进城时走在这条路上的想法，现在乐于玩味的正是当时他不愿意想的事情。凶吉未卜，困难重重，在这许多病死的和垂危的人中间要找到她，并且发现她还活着！"她还活着，我找到了她！"他得出结论。他又回忆那天最可怕的情景，想起手里抓着门环时的心情：她在不在？十分丧气的答复，他还来不及琢磨，那批混人发狂似的扑了上来；那个人山人海的传染病院，你倒去那里找找看！他终于找到了！他又回想起康复病人队伍走完时的心情，那一刻是多么紧张，没有找到她又是多么焦急！现在不必担忧了。还有女病区的情况！在那间棚屋后面万万没有料到会听见那个声音，她的声音！然后见到了，见到她在走动！可是，哎呀！还有那个誓愿的结解不开，并且比以前打得更紧。这个结总算也解开了。他对堂罗德里戈的仇恨，加剧他的种种不幸、毒化他的全部宽慰的持续不断的愤懑也消除了。如果不是惦记阿格纳丝，为克里斯多福神甫的健康担忧，瘟疫还没有平息的话，他想象不出还有什么时候能比现在更舒畅。

傍晚时他到了塞斯托，看来雨还不会停。他自我感觉比任何时候都好，但这副落汤鸡的模样很难找个投宿的地方，因此根本没有想投宿。

---

① 事实上米兰的这场瘟疫仍有反复起伏，一六三一年一月才平息；暴雨也不像文中所说的那么有益，因为传染病院遭淹，引起病人大量死亡。

他感到唯一的不舒服是肚子饿得发慌，因为按他现在的心情，方济各会修士的一点稀粥远不能满足他的胃口。他在这里寻找面包房，发现了一家，店主夹了两个面包给他，用醋水钵接过钱。他把一个面包放进口袋，大口大口吃着另一个，继续赶路。

他经过蒙扎时已是深夜，尽管天色很黑，还是找到了通向正路的城门。那固然是大好事，但是那条路弯弯曲曲、泥泞不堪。以前已经说过，蒙扎的道路两边都是陡坡，道路本身像是河床，他此时走的地方如果不能称之为河，至少也是一条真正的水沟，沟底坑坑洼洼，拔脚十分吃力，更不用说鞋子了。伦佐一脚高一脚低吃力地走着，没有烦躁，也不诅咒或懊悔，心想不管怎么费劲，走一步总是前进了一步，雨总要停的，到时候天总要亮的，走过的路就不必再走了。

我要说的是，他这些念头只在走神分心的时候才出现。他的思想活动主要是回顾过去伤心的日子，纷繁的纠葛麻烦，不止一次濒临绝望，准备放弃一切；现在眼前展开一个截然不同的未来：鲁茜亚回返，婚礼，成家，互相叙说经历过的波折，厮守一辈子。

天色如此昏暗，他每逢到两条路的岔口是怎么解决的，就说不清楚了，或凭他有限的经验判断哪条正确，或者全靠猜测，总之没有走冤枉路。他常常不厌其烦地叙说自己的经历（有迹象表明，我们的佚名作者不止一次听他说过），在这一点上，他说只记得那夜仿佛是在梦中度过的。事实是天快亮时，他到了阿达河畔。

那晚的雨根本没有停过，后来滂沱大雨稍稍小了一些，再后来转为蒙蒙细雨，稀疏的云层从高处撒下一张轻灵的薄幕，熹微的晨光让伦佐看到了周围的田野。那就是他的家乡。面对眼前的景象，他思绪万千，无法说清是什么感觉。我能告诉读者的只是他看到那些远山近峦和莱科地区就像是见了亲人。他再看看自己身上，根据感觉，想象自己的模样有点怪：衣服皱皱巴巴地贴在身上，从头到腰湿漉漉淌着水，从腰到脚都是泥泞，即使没有泥泞的地方也溅满了泥点。假如能对着镜子看到全身，帽檐疲沓地耷拉下来，头发黏糊糊地贴在脸上，他的样子会很吓人。至于疲劳，可以说是有的，只是他自己不知道而已，昨夜给淋得透湿加上拂晓的凉爽只使他精神焕发，想快些赶路。

他到了佩斯卡特，沿着阿达河最后一段的岸边走去，不无悲哀地望望佩斯卡伦尼科方向，过了桥，穿过田野和道路，到了上次寄宿的朋友家。朋友刚起床，站在门口看天色，见他那副拖泥带水、邋里邋遢却又昂首阔步的模样，可以说生平第一次遇到那么狼狈而又那么得意的人。

"啊！"朋友说，"回来啦？这么坏的天气还赶路？情况怎么样？"

"她在，"伦佐说，"她在。"

"平安吗？"

"病好了，是好事。我今生今世要感谢天主和圣母。我见到许多大事、惊人的事，待会儿详详细细告诉你。"

"你是怎么来的呀？"

"我这副样子够瞧的吧,呃?"

"说实话,你不妨用上身多余的水洗掉下身多余的泥。你等着,我替你生个火。"

"那好。你知道我在什么地方遇上雨的吗?刚出传染病院大门。我才不理会呢!它下它的雨,我走我的路。"他的朋友去抱了两捆劈柴回来,一捆放在地上,一捆塞进炉灶,用昨夜炉灶里余下的炭火生起一堆火。伦佐脱下帽子,甩了两三下,把它扔在地下,然后费劲地脱下紧身坎肩。他从裤袋里掏出匕首,搁在小板凳上,匕首的皮鞘像是在水里泡过似的湿得淌水,伦佐说:"它也变得老实巴交了,那不是血,是水!感谢天主……我差一点,差一点!……我这就讲给你听,"他搓搓手接着说,"再劳你驾,把我留在楼上的包裹拿来,我身上的衣服一时半会干不了!……"

他的朋友取了包裹回来说:"我想你准饿了,你一路上喝的不缺,可没有吃的……"

"昨天傍晚我找到一家面包房,买了两个面包,可是说老实话,不知填在肚子的哪个角落里。"

"让我来,"朋友在小锅里加了水,挂在火上说,"我去挤些牛奶,等我回来时水就开了,我们熬一锅玉米糊。你趁这时候尽管换衣服。"

伦佐相当费事地脱光其余的湿漉漉的衣服,擦干身体,从头到脚换了干的。他的朋友回来后待在锅前,伦佐坐着等候。

"现在我觉得乏了,"他说,"这一天一夜够累的!不过算不了什么。我要讲给你听的事一天都讲不完。米兰真惨!看到、遇到的事情简直没法说。最后连你对自己都觉得恶心。我要告诉你的远不止这场劈头盖脸的大雨。那里的老少爷们儿几乎要了我的命!我这就讲给你听。你还没有见过传染病院的情况呢!惨不忍睹……好吧,你听我说……她在里面,不久就会来,做我的妻子,你得充当我们的傧相,不管瘟疫不瘟疫,我们要庆祝一番,至少聚几小时。"

他答应朋友的事没有食言,把他的见闻讲了一整天,尤其因为牛毛细雨始终没有停;他的朋友那天也待在家里,有时候坐在伦佐身边,有时候拾掇大小木桶,准备采摘葡萄酿酒,伦佐是闲不住的人,便帮着干活。但他忍不住还是抽时间去了阿格纳丝家,在外面看看某一扇窗,逗留了片刻。他来去都没有给人发现,回来后立即上床睡觉。次日,天还没亮就起身,雨不下了,天气虽然还不晴朗,他仍上路前去帕斯图罗。

伦佐的焦急心情不下于我们的读者,因此到那里时仍很早。他向人打听阿格纳丝,知道她很好,人们还指点了阿格纳丝居住的背静的小屋。伦佐去那里,在街上叫她,她听到声音便跑到窗口,张嘴说了不知什么话,伦佐迫不及待地上前说:"鲁茜亚得过病已经好了,我前天见到她;她问你好,很快就回来。我还有许多许多事要告诉你。"

阿格纳丝见到伦佐很惊讶,听到鲁茜亚的消息很高兴,又急于了解更多的情况,一会儿惊呼,一会儿提问,嘴里没有闲过,甚至忘了长时以来的戒备,说道:"我马上替你开门。"

"且慢,"伦佐说,"我想你没有得过瘟疫吧?"

"没有,你呢?"

"我得过了,因此你要谨慎。我从米兰来,过一会儿你会知道我在病人堆里待过。虽然我里里外外的衣服全换了,但那玩意儿有时像妖术一样缠着你。天主保佑你平安至今,我要你多加小心,直到瘟疫结束;你是我们的母亲,考虑到我们受过的磨难,至少我吃过的不少苦头,我希望我们能快快活活的一起生活许多时候。"

"不过……"阿格纳丝说。

"哎!"伦佐打断了她的话,"都解决了,现在没有什么'不过'了。我说的话是有把握的,你过一会儿才会明白没有什么'不过'了。我们找个露天的、没有危险的地方好好谈谈,我把所有的情况都告诉你。"

阿格纳丝让他去屋子背后的一个菜园,补充说:

"你去那里,有两条面对面放着的长凳,最合适了。我这就下去。"

伦佐在一条长凳上坐好,阿格纳丝随即也来到菜园,坐在另一条长凳上。读者对事情的背景一清二楚,假如在场旁观,亲眼看到他们热烈的谈话,听到他们有问有答、悲喜交集、解释感叹,听到他们提起堂罗德里戈和克里斯多福神甫,听到他们像过去一样明确而肯定地描绘未来,我敢说读者一定听得津津有味,不愿离开。但是把谈话的全部内容形诸文字,要费许多笔墨却提供不了新的事实,我想读者一定不感兴趣,宁肯自己去琢磨。总之,他们的结论是今后大家一起迁到伦佐已经站住脚的贝加莫小镇,至于时间,要取决于瘟疫和其他情况,现在还定不下来;反正只要危险过去,阿格纳丝就回家去等鲁茜亚,或者鲁茜亚先回家等阿格纳丝,在此期间,伦佐经常抽空去一次帕斯图罗看看阿格纳丝,让她了解新的情况。

伦佐离去前也取出钱要给阿格纳丝,他说:"你瞧,上次那笔钱全在这里,我也发了誓,在事情弄清楚之前决不动用。你如果缺钱用,就拿个钵子盛些醋和水,让我把五十枚崭新的金币留给你。"

"不,不要,"阿格纳丝说,"我手头的钱绰绰有余,你们的钱自己留着,成家时要用的。"

伦佐找到了亲人,见她平安无恙,心情更加欣慰地回到村里。那天剩下的时间没干什么事,晚上仍旧在朋友家过夜,第二天又出发了,这次去的是另一个方向,也就是他要移居的地方。

伦佐见了博尔托洛,他身体也很好,不像以前那样怕得病了,因为那一阵子贝加莫的情况也有迅速好转的迹象。得病的人很少,病情和以前不一样,再没有那种致命的脓肿,症状也不凶险,多数只是间歇的低烧,最严重的无非是长个颜色不深的肿块,像普通的疖子一样容易治好。当地的面貌也有变化,活下来的人开始上街,互相交谈,慰问或庆贺。人们谈论恢复经营,老板们考虑招雇工匠,特别是在丝绸纺织之类的、瘟疫之前就缺人手的行业。伦佐不等他表哥邀请,就答应下次带了家眷再来定居时在表哥的作坊里干活,表哥当然求之不得。与此同时,他做了一些必要的准备,找了一处比较宽敞的住房,现在租房太容易了,并且租金不高,还添置了家具和用具,这次动用了储存的金币,但花费不多,因为现在市面上的东西远比买主为多,物价低廉。

几天后,他回到家乡,发觉情况更有好转。他立即去帕斯图罗,阿格纳丝兴致很好,做好了随时回家的准备,伦佐便陪她回去。他们两人重新见到那里的一草一木不免有不少感慨评论,这里不再赘述。

阿格纳丝发现家里一切和离开时一样。她不由得要说这次是天使呵护穷苦的寡妇孤女，替她们看了家。"上次可不是这样，"她接着说，"你会以为天主顾了别处，没有为我们着想，让我们的东西给人搬光，谁知结果相反，他从别的地方给我们送来不少钱，让我们补充全部损失。我说全部是不对的，因为他们把鲁茜亚崭新的嫁妆也席卷一空，嫁妆还没有着落；现在却另有来源。当初我累死累活替鲁茜亚准备嫁妆时，谁会对我说：哎，可怜的女人！你以为是替鲁茜亚干，其实是替你不认识的人干，天知道这些衣物会落在什么人手里；至于鲁茜亚的衣物，鲁茜亚真正用得上的嫁妆，自有一个你根本不认识的好人负责解决。"

　　阿格纳丝首先想到的是在她的小房子里替那个好心的人安排一个尽可能像样的住处，然后去买丝织绸，用工作打发时间。

　　伦佐虽然度日如年，这些日子也没有闲着，幸好他两门手艺都拿得起来，便干些农活。他部分时间用来帮女主人的忙，在这种时候有他这么能干的人帮忙真是阿格纳丝的运气；另一部分时间用来耕种或者不如

说开垦阿格纳丝离家期间完全荒芜的菜园。至于他自己的地,他根本不去理睬,他说那简直是团乱麻,不是一个人能理出头绪来的。他甚至不愿意踏进他的园子和房屋,免得见到那副破败的样子伤心,他决定把它们卖掉,能卖多少算多少,把换来的钱用在新的产业上。

如果活下来的人相见时都有死而复生之感,伦佐在村里人看来简直是死过两次的人了,大家都祝贺他,款待他,想听他谈他的经历。读者也许会问:通缉他的公告结果怎么啦?结果不了了之。他几乎忘了这件事,估计应该执行公告的人也忘了,他的估计没有错。这不仅是因为瘟疫废止了许多东西,而且是由于当时常见的一种风气(本书别的地方也有反映),那就是针对个人的一般和特殊法令公布之时如果没有起作用,倘若不是有权有势的仇人咬住不放,那些法令往往就再也不起作用,正如没有射中目标的枪弹落到地上之后不会再伤人。这也是法令过滥的必然结果。人的活动能力是有限的,过多的发号施令会转化成执行号令时的漏洞百出。顾了一头就顾不上另一头。

伦佐在等待期间和堂阿邦狄奥的关系可以说是互相保持谨慎的距离。堂阿邦狄奥怕听到婚礼,只要想起这件事,眼前就浮现出一方是堂罗德里戈和他的痞子们,另一方是红衣主教和他的训诫。伦佐早已打定主意,只到最后关头才对教区神甫提出,因为他不想冒打草惊蛇的危险,废话一多难免引起麻烦,误了大事。他想聊天就找阿格纳丝。"你认为她快到了吗?"一个问道。"我想快了。"另一个回答,过一会儿,回答的人往往又会提出同一个问题。他们没话找话,打发时间;越往后他们越觉得时间过得太慢。

我们不妨长话短说,要讲的是伦佐探视传染病院后没过几天,鲁茜亚和寡妇就一起出了院;她们遵照检疫隔离的规定在寡妇家闭门不出,一起过了四十天;这段时间有一部分用于准备鲁茜亚的嫁妆,鲁茜亚推辞一番后也帮着干;过了隔离期,寡妇把商店和房屋托付给她当卫生署专员的兄弟看管,然后准备出门。我们还要讲的是她们离开、到达等等,尽管我们理解读者急于知道下文的心情,有三件与这段时间有关的事,尤其是其中的两件,不能不作一交代,否则读者会说我们粗枝大叶。

第一件是，鲁茜亚初次向寡妇吐露秘密时情绪比较激动，讲得不够详细，也没有条理；再次叙说她的经历时明确提到蒙扎修道院收留她的那位夫人，从寡妇那里了解到的情况解开了许多疑团，使她又痛心又惊吓。她还从寡妇那里得知那个邪恶的女人所干的骇人听闻的坏事引起了怀疑，红衣主教下令把她调往米兰的一座修道院，她在那里大吵大闹折腾了好久，终于悔悟认罪，她现在过着自我折磨的生活，只要她的生命不结束，世上就没有比她遭受的更严酷的折磨了。假如谁想更详细地了解这个悲惨的故事，不妨去查阅我们已经援引过的有关这个人的书籍①。

另一件事是鲁茜亚在传染病院里只要见到方济各会修士就打听克里斯多福神甫的情况，听说他已死于瘟疫，这个消息并不使她感到十分意外，但使她极为悲痛。

最后，她临行前还想去看看以前的主人，按她的说法是如果老夫妇中有谁还活着，她也算尽到了礼数。寡妇陪她去那家，得知两人去了大多数人去的地方。堂娜帕拉塞德之死没有什么可多说的，堂费朗特却是个有大学问的人，我们的佚名作者认为有必要稍加追叙，我们自作主张把他的原文大致转述一下。

佚名作者说，人们开始议论是不是瘟疫时，堂费朗特是坚决否认的人之一，并且始终坚持自己的观点，当然他不像平民百姓那样胡搅蛮缠，而是摆事实讲道理的，至少没有人说他的论据缺乏内在联系。

"在自然界，"堂费朗特说，"事物无非只有实体性和非实体性两类，如果我能论证传染病不属于其中任何一类，我就证明它只是幻觉，是根本不存在的。我们知道实体有精神和物质之分。如果说传染病是精神实体，那只是谁都不会支持的胡言乱语，因此是废话。物质实体又有简单和复杂之分。传染病不是简单的实体，用几句话就可以说明其中道理。它不是风，因为如果是的话，它会立刻飞升到它的领域，而不是从一个人身上转移到另一个人身上。它不是水，否则会濡湿，并且被风吹

---

① 里帕蒙蒂：《意大利通史》第五辑第六卷第三章。——原注

干。它不是火，否则会引燃。它不是土，否则有形可见。它也不是复杂的实体，否则它应该看得见，摸得着，而这种传染病有谁看见了，有谁摸着了？现在可做的是探讨一下它是不是非实质性的。情况更糟。医师先生们告诉我们说，它可以从一个人传给另一个人，这是医师们的看家法宝，他们以此为借口可以开出许许多多无用的处方。好吧，假设它是非实质性的，它就成了可以传递的非实质性的东西，这是互相矛盾的两个概念，在哲学中是再清楚不过的了，非实质性的东西是不能从一个主体转移到另一个主体去的。假如为了绕过面前的巨礁，不得已而说它是生成的非实质性的东西，那就掉进了后面的旋涡，因为如果是生成的，就不会像他们宣扬的那样传播蔓延。这些原则确定之后，何必要和我们大谈什么瘀斑、皮疹、炎肿？……"

"无稽之谈！"一次有人忍不住说。

"不，不，"堂费朗特接着说，"我不是那个意思，科学总是科学，问题在于必须善于运用。瘀斑、皮疹、红肿、脓肿、疖子，这些都是正经八百的名词，都有它们确切的意义，我说的是它们与问题无关。谁否认那些东西不存在？问题是要弄清楚它们从哪里来的。"

说到这里，堂费朗特也开始陷入困境。当他攻击传染一说时，到处都可以找到洗耳恭听的群众，因为学问家阐说人们已经坚信不疑的道理时享有的权威性简直无法解释。但是当他含糊其词想说明医师们的错误不在于说明一种可怕的疾病的普遍存在，而在于指出它的原因时，这时候（我指的是人们不愿意听瘟疫一说的初期），他遇到的不是倾听的耳朵，而是不好对付的倔强的舌头，这时候他的高谈阔论宣告结束，他只能支离破碎地阐明他的理论。

"不幸的是真正的原因确实存在，"他说，"即使主张歪理的人也不得不承认……他们无法否认土星和木星致命的会合。以前有谁说过会合的影响是会扩散的？……各位能否认那种影响吗？各位能否认星球吗？难道你们想说天上的星球像针插上的大头针一样是毫无作用的吗？……我想不通的是那些医师先生们一方面承认我们处在土木会合的凶象之下，一方面居然有脸吩咐我们这也别碰，那也别碰，就可以保住

555

平安！似乎避免接触地上的物体就可以防止天上星体的实际作用！他们焚烧破衣服是何等卖力啊！可怜的人！难道能烧掉木星？能烧掉土星？"

他深信这些论点是颠扑不破的,不屑于采取任何预防瘟疫的措施,结果染了病,躺到床上,死时像梅塔斯塔齐奥剧中人物一样埋怨星辰①。

他的著名的藏书下落如何？也许散在旧书摊上了。

---

① 梅塔斯塔齐奥(1698—1782):意大利剧作家,著有歌剧剧本《被抛弃的狄多》《埃齐奥》《奥林匹亚德》《中国英雄》等,作者这里指他的歌剧剧本《蒂托的仁慈》第一幕第五场中的台词:"星辰啊,多么残酷!"

第三十八章

一天下午,阿格纳丝听到门外有马车停下的声响。"准是她!"果真是她,和她一起来的还有好心的寡妇。她们互相问候,高兴的心情读者可想而知。

第二天,伦佐一早来了,他事先一无所知,只因鲁茜亚迟迟未到,找阿格纳丝随便聊聊,宽解一点焦急。现在出乎意料地看到鲁茜亚就在面前,他做了些什么,说了些什么,也留给读者自己去想象吧。鲁茜亚的表现用几句话就能说清楚。"向你致意,你好吗?"她垂下目光,并不激动地说。读者休要认为伦佐觉得那种态度过于生硬而不高兴。就这样他感到心满意足,正如有文化的人懂得如何评价客套话一样,他完全理解那寥寥数语并没有表达鲁茜亚心里的全部感情。此外,可以明显看到她说那些话有两种方式,一种是对伦佐,另一种是对她

可能接触的别人。

"我见到你真是太好啦!"伦佐答道,这虽然是句客套,但当时出自肺腑。

"我们可怜的克里斯多福神甫! ……"鲁茜亚说,"为他的灵魂祈祷吧,虽然我们几乎可以断定此刻他正在天国为我们祈祷。"

"我担心的不幸事毕竟发生了。"伦佐说,他们谈话涉及的伤心事不仅是这一桩。但是那又何妨?不论谈什么话题,总是十分愉快。正如马匹发倔脾气时不肯往前,先提起一个蹄子,再提起一个,但又落在原地,折腾了好久才跨出一步,接着突然跑了起来,快步如飞;时间也如此,起先分秒像小时那么漫长,接着小时又像分秒那么短暂。

寡妇的在场非但没有使大家觉得拘谨,反而增添了轻松的气氛,伦佐在棚屋里见到她时绝没有想到她如此随和风趣。但是传染病院和乡间,死亡和婚礼是不能相提并论的。她和阿格纳丝已经很融洽,她对鲁茜亚的态度既亲切又爱打趣,老是逗鲁茜亚,但语言文雅,从不过分,只是恰到好处地让她表露藏在心里的喜悦。

伦佐终于说是要找堂阿邦狄奥,商定婚礼的事。他见了神甫,半开玩笑半带恭敬的口气说:"神甫先生,上次您说头痛不能为我们主持婚礼,现在好了没有?是时候了,新娘已在这里,我来看看您什么时候方便,不过这次我请求您快点办。"堂阿邦狄奥并不回绝,但吞吞吐吐,开始找别的借口,摆出别的困难:通缉令没有撤销,何必出头露面,让教会公告姓名?婚礼在别处也可以举行,等等。

"我明白啦,"伦佐说,"您还有点头痛。可是您听我说。"他开始描述他见到的堂罗德里戈的情形,说是这时候肯定已不在人世了,"但愿天主对他发发慈悲。"

"那毫不相干,"堂阿邦狄奥说,"我何曾说过不行?我没有说不行,我有别的道理。再说,你瞧,只要我还剩一口气……你瞧瞧我这副模样,只剩下空架子,我是两世为人了,好不容易活下来,如果不遭到别的灾祸……唔……希望还能活几年。难免多些顾虑。不过我说过,和堂罗德里戈毫不相干。"

神甫又说了一些不着边际的扯皮话,伦佐深深一鞠躬,回到自己人那里,讲了经过情况:"我好不容易才忍住没有发火,没有失礼,憋着一肚子窝囊气回来了。有时候他和从前一模一样,还是那张铁板面孔,那些歪理,我敢肯定再多待一会儿我准要说出不中听的话。看来又要拖延了,也许还是照他说的好,到我们定居的地方去结婚。"

"你知道我们打算怎么办吗?"寡妇说,"我的意思是由我们妇女再去试一次,看看结果是不是好一点。并且我很想认识一下那个人,看他是不是真像你所说的那样。我们不妨午饭后去,以免立刻向他发起攻击。现在,新郎先生,让阿格纳丝料理她的事情,你陪我们去外面走走,我权且充当鲁茜亚的母亲,我真想好好看看那些山、那个湖,我听人多次谈起却从没有见过,肯定是很美妙的。"

伦佐先把她们带到他寄住的朋友家,款待了一番,她们还邀伦佐的朋友随便哪天有空都欢迎他去吃饭。

散了步,吃过午饭后,伦佐没说去哪里就走了。三个妇女聊了一会儿,谈妥向堂阿邦狄奥进攻的方式,终于出发。

"她们来了。"堂阿邦狄奥暗忖道,但表面上还装出没事的模样,向鲁茜亚热烈祝贺,向阿格纳丝问候,向那个外地女人致意。他请她们坐下,随即谈起瘟疫,让鲁茜亚说说她是怎么熬过这场大难的,传染病院引出话题,他便提到以前一直在他家里帮忙的佩贝杜亚,接着自然而然地谈到他自己的危难,再次热烈祝贺阿格纳丝万幸没有染病。他滔滔不绝,看来还要谈许多时间,但那两位大娘一开始就察言观色,等候转入正题的机会,总之,不知两人中间是谁先打破了僵局。可是谁料到堂阿邦狄奥似乎耳背。他并没有一口回绝,而是又一次躲躲闪闪,避重就轻,玩起捉迷藏来。"现在欠缺的,"他说道,"是设法撤销那个讨厌的通缉令。夫人,您是米兰人,懂得这类事的门道,总有一些有权有势的关系能帮上忙,买通关节之后什么事都能解决。如果不愿多费周折,要走捷径的话,既然这两个年轻人和我们的阿格纳丝有移居他乡的打算(老话说得好,四海为家,随遇而安嘛),我认为那里没有通缉令,可以在那里办事。我希望婚礼顺利举行,但近期内恐怕很难。说实话,通缉令在这里仍然有效,要我站在祭坛上宣布洛伦佐·特拉马里奥的名字,我心里不踏实;我对他太有感情了,唯恐给他帮倒忙。你们自己琢磨琢磨吧。"

于是阿格纳丝和寡妇你一句我一句地反驳那些理由,堂阿邦狄奥换了一种方式把它们又说了一遍,兜了一个圈子又回到原来的出发点,这时候伦佐大踏步走了进来,脸上的神情表明有重要消息要说:"侯爵先生来了。"

"这话是什么意思?来了,来哪儿?"堂阿邦狄奥站起来问道。

"来到了他的府邸,也就是堂罗德里戈的府邸,因为据说侯爵先生是委托继承人①,现在该没有怀疑了吧。拿我来说,知道那人确实死了,我很高兴。总之,到目前为止,我为他念过天主经,现在我要为他念悼亡经。那位侯爵先生可是个好人。"

"当然啦,"堂阿邦狄奥说,"我不止一次听人说起他是个真正的绅士,是贵胄世家。不过,真有这事吗?……"

"您信不信任司铎?"

"这话怎么说?"

"因为他是亲眼看到的。我独自去那里转了转,说实话,正因为我想那里总有些消息。不少人说的情况相同。后来我遇上安布罗乔,他刚从那里来,亲眼看到侯爵接管府邸。您要不要听听他说?我特意请他来,就在外面等着。"

"我们听听。"堂阿邦狄奥说。伦佐出去叫司铎。司铎证实了消息,补充了一些细节,从而消除了所有的疑问,说完后就走了。

"啊!那么说他确实死了!真的完蛋了!"堂阿邦狄奥嚷道,"你们瞧,孩子们,天主终究会找某些人算账的。要知道这可是件大事!这一带终于舒了一口气!有他在,这里的百姓简直没法活。瘟疫固然是场灾难,但也是一把清除某些人的扫帚;孩子们,那些人活蹦乱跳,炙手可热,我们要摆脱他们不知何年何月,甚至可以说,注定为他们主持葬礼的人

---

① 为保持家族财产的完整性,当时法律规定贵族死后如无嫡系亲属,则按血缘关系近远自动由旁系亲属继承财产。

还在神学院里学拉丁文呢。现在可好了，一眨眼工夫，那种人一次就不见了一百个。我们再也不会看到他带着那些痞子在这一带转悠了，再也不会看到他那副趾高气扬、神气活现的样子了，他目中无人，仿佛我们活在世上是他开的恩。可现在他完蛋了，我们还在。他再也不能派人捎话威胁正派人了。他把我们大家都害得好苦，现在说出来也不怕了。"

"我已经诚心诚意地宽恕了他。"伦佐说。

"那是你应该做的，"堂阿邦狄奥回说，"不过我们也可以感谢天主让我们摆脱了他。现在我们言归正传，我向你们重申：你们爱怎么就怎么办。如果要我为你们主持婚礼，我可以效劳，如果你们认为别的办法更合适，你们就看着办吧。至于通缉令的问题嘛，我也考虑过了，现在既然没人同你们过不去，既然没人想害你们，也没有什么可担心的，何况由于尊贵的王子的诞生发布了大赦天下的命令①。此外还有这场瘟疫！瘟疫！许多事情都一笔勾销！因此，如果你们想……今天是礼拜四……礼拜日我就在教堂公告婚礼，上次时间隔了这么长已经不管用了，然后我替你们主持婚礼。"

"您知道我们正为这件事而来。"伦佐说。

"好极了，我一准替你们办妥，我这就向他阁下汇报。"

"他阁下是谁？"阿格纳丝问道。

"他阁下，"堂阿邦狄奥回说，"就是我们的红衣主教，愿天主保佑他。"

"哦！请原谅我多嘴，"阿格纳丝插嘴说，"我虽然没有见过世面，但是可以告诉您不该这么称呼，因为我第二次去同他谈话时（正像现在同您面对面谈话一样），那些神甫先生中间有一位把我叫过一边，教我怎么称呼他老人家，说是应该称呼主教大人，最尊敬的大人。"

"如果现在再教你，他会告诉你应该称呼阁下，你们明白了吗？因为教皇，但愿天主也保佑他，规定从六月份起红衣主教一律以阁下相称，你们知道为什么这么规定吗？因为最尊敬的大人以前只用于称呼红衣主

---

① 该项赦令在米兰公布的日期是一六三〇年一月三十日，赦免了某些犯法行为。

教和某些亲王，后来，你们自己也看到变化，用这个称呼的人太多了，被称呼的人也心安理得。教皇该怎么办呢？明令禁止？于是纷纷抱怨，反对，弄得很不痛快，出了不少问题，结果一切照旧。于是教皇想出了这个绝妙的补救办法。人们开始用阁下来称呼主教；后来修道院长、高级神甫也要这么称呼，因为往上攀比是人之常情，然后是受俸神甫……"

"再后来是教区神甫。"寡妇说。

"不，不，"堂阿邦狄奥反驳说，"教堂神甫靠边站，别担心他们会不舒服，即使到了世界末日他们还是习惯于被称作尊敬的。可是听惯别人像称呼红衣主教似的称他们为最尊敬的那些老爷有朝一日希望别人称他们为阁下时，我不会感到意外。你们也许注意到现在已经有人这么称呼了。那时候不管谁当教皇，也会替红衣主教们想出另一个称呼。哎！我们回到自己的问题上来吧，礼拜天我在教堂里公告你们的婚事，同时，你们知道我打算怎么替你们搞得更隆重一点吗？同时我申请另外两个结婚公告的许可。如果各地都像我们这里一样，宗教事务所办理结婚许可的工作够忙的。礼拜天我就有一……二……三件，还不算你们，可能还有别人。按这种速度下去，你们将看到单身男女一个都剩不下。佩贝杜亚死得不是时候，否则也会有人向她求婚。夫人，我猜想米兰情况也一样吧。"

"那还用说！光是我的教区，上礼拜天就有五十件结婚公告。"

"我早就说过，世界是不会结束的。夫人，是不是已经有人像苍蝇似的围着您转？"

"不，不；我没有考虑这个问题，也不想考虑。"

"是啊，是啊，您大概想成为独一无二的。还有阿格纳丝，对，还有阿格纳丝……"

"唷，您真会开玩笑。"阿格纳丝说。

"是啊，我兴致特好，我认为该是高兴的时候了。以前我们日子过得不舒心，可不是吗，年轻人？我们以前的日子过得不舒心，我们在这个世界上的日子不多，应该指望过得好些。哎，你们是有福的，你们前面没有什么不幸，还有许多时间可以忆苦思甜，而我已经是夕阳西下的人，无赖们死不足惜,得了瘟疫也可以活下来,不过年龄不饶人,古话说得好:老年本身就是病①。"

"您尽管讲拉丁语,"伦佐说,"我现在不在乎了。"

"你至今还和拉丁语过不去,好吧,我就照你的意思办,等你和这个姑娘站在我面前,等我讲一些拉丁语的时候,我就说:你是不爱听拉丁语的,请便吧。这样好不好?"

"喔!我可不是那个意思,"伦佐说,"我怕的不是那种拉丁语,那是不设圈套的、极为神圣的拉丁语,正如弥撒用的拉丁语一样,你们当神甫的都得照本宣科。我指的是在教堂外面说的唬人的拉丁语,话说得好好的时候突然冒出一句,让人上当的拉丁语。比如说吧,我们现在在这里,事情都谈妥了;可是您刚才在那个角落里说了一句拉丁语,我哪知道您是不是想告诉我事情不好办,还缺这缺那,现在翻译成普通话给我听听。"

"住嘴,小子,你给我住嘴,别提那些事了,假如我们要算老账的话,还不知道谁理亏呢。我已经宽恕了一切,别提旧事啦,你们也暗算过我。你干出那种事来并不奇怪,因为你本来就是捣蛋鬼,而这个文文静静、天真纯洁的姑娘,不想她简直是罪过。当然啦,现在我知道是谁教她的,我知道,我知道。"堂阿邦狄奥说这些话时把指着鲁茜亚的手指转向阿格纳丝,责备之中带着难以说清的和蔼亲切。堂罗德里戈死去的消息使他感到长期以来从未有过的轻松,喋喋不休,如果我们想记叙这次谈话的其余部分,恐怕一时半会儿完不了,因为客人们要走了,他还一再挽留,到了大门口还拖住他们谈了一些鸡毛蒜皮的事。

第二天,又有一位意想不到的客人来访,使神甫受宠若惊:就是已经提到的侯爵先生,他刚步入老年,外表和人们说的完全符合,温良谦恭,道貌岸然,带有一点悲天悯人的样子。

"我来转达红衣主教的问候。"他说。

"啊,两位太客气了,荣幸之至!"

"我有幸和那位无与伦比的人相识,我前去辞行时,他谈起本教区有

---

① 原文为拉丁语。

两个已有婚约的年轻人，由于那个可怜的堂罗德里戈的作梗，遇到一些问题。红衣主教阁下想知道他们的情况。他们还活着吗？他们的问题有没有解决？"

"全解决了。我早就想给红衣主教阁下写信，既然您光临……"

"两人在这里吗？"

"在这里，手续尽快办妥后，他们就能结为夫妇。"

"那我请您告诉我能不能助他们一臂之力，用什么方式最合适。在这场灾难中，我的两个儿子和他们的母亲都去世了，我得了三份可观的遗产。在这以前，我的财产已经够多了，因此，如果您给我一个像这次这样的好机会加以利用对我将是莫大的欣慰。"

"愿天主赐福给您！都像您这样就好了！总之，我代那两个孩子向您表示衷心感谢。既然承最尊敬的大人看得起，我就斗胆出个主意，也许您乐于考虑。您知道，这几个本分人决定去外地安家，要变卖这里的一些家产：那年轻人有一个葡萄园，如果我没记错的话，有八九平方杆①，不过已经完全荒废，只能算地价，此外，他和未婚妻各有一座小

---

① 平方杆是面积单位，米兰的平方杆相当于654.5平方公尺。

房屋,当然相当简陋。像您这样的老爷不会了解穷人想变卖家产有多难。总是落进某个刁滑的人里,他早就盯上那几块地,知道人家要变卖时就装着不感兴趣的样子缩了回去,你得像叫花子似的追他求他,特别是现在这种时候。侯爵先生既然有意在这里定居,您可以为这些本分人做的最大的好事就是买下他们的有限的家产,解决他们的困难。说实话,我出这个主意自己也受益,因为事成之后我就为我的教区找来像侯爵先生这样的业主①,不过这事还得由您自己定夺,我只是遵命出个主意。"

侯爵对这个主意大为赞赏,向堂阿邦狄奥道了谢,请他做中定价,并且尽量定得高些;接着请他一起立刻去鲁茜亚家看看,估计伦佐也在那里,侯爵的要求把神甫惊呆了。

堂阿邦狄奥的得意可想而知,他在路上想起了另一件事,开口说:

"最尊敬的大人很想成全那些人,还有一件事不妨也替他们提一提。那年轻人有件悬案,缉拿之类的公告,由于两年前米兰大骚乱的那天干了些蠢事,他并无恶意,只是年轻无知,像耗子钻进鼠笼似的陷了进去;没有什么大不了,无非是调皮捣乱的小事,他不可能有害人之心,我说这话完全有把握,因为是我替他行洗礼、看他长大的;如果您有兴趣听他们扯扯,不妨让他自己对您讲讲,您自会明白。现在谁都不会为一些老账找他麻烦,再说,他打算移居外地,但是,日后如果回到这里来,或者遇有别的问题,这类事很难说,您比我清楚,当然是不记录在案的好。侯爵先生作为米兰的一位大人物说话有分量……不,不,让我说下去,这是实话,决不是奉承。只要打个招呼,像您这样的人说句话,足以取得赦免。"

"有没有权贵咬住那年轻人不放?"

"没有,据我所知,没有。起初劈头盖面地压下来仿佛非常严重,现在我想纯粹只是形式。"

---

① 看来堂罗德里戈的城堡不属伦佐和鲁茜亚家所在的教区,侯爵买下他们的房地后就成为堂阿邦狄奥的教民,教区神甫可对管辖下的土地收取规定的什一税。

"既然如此，事情不难办，就交给我吧。"

"您不喜欢人家说您是位了不起的人。我是这么想的，我要这么说，尽管您不喜欢，我还是要说。即使我不说也没有用，因为大家都会说的，民声即天声嘛①。"

侯爵和神甫果真找到了三个妇女和伦佐。他们的惊喜程度我留给读者自己去想象，我相信那些粗糙的墙壁、窗帘、板凳和坛坛罐罐都因为这样一位不比寻常的人物的来访而感到惊异。侯爵先谈起红衣主教和一些别的事，坦诚而又关怀备至，然后谈到他特地前来买房地产的事。他让堂阿邦狄奥定一个价格，神甫便出面说话，先客套了一番，说是他在这方面毫无经验，只能估摸着试试，他大病初愈脑子还不好使，恭敬不如从命，最后说出他认为是狮子大开口的价钱。买主说他这方面十分满意，似乎听错似的重复一个加了一倍的金额，不听他们的纠正，撇开不谈价格，结束了谈话，最后邀请在场的人在婚礼后次日去他府邸共进午餐，届时办妥有关文书。

"啊！"堂阿邦狄奥到家后想道，"假如瘟疫所到之处总是引出这种事来，那么诅咒它倒成了真正的罪过了，甚至可以说每一代人最好遇上一次，即使染上也没有怨言，当然啦，染上之后要能治好。"

许可下来了，赦免也下来了，大喜的日子终于来到②，那对互定终身的有情人春风得意、心里踏实地走向原先那座教堂，还是通过堂阿邦狄奥的宣布，成了夫妇。另一件更为奇特的得意事是前往那座城堡，他们爬上山坡，走进大门时的感慨，根据各人性格可能说的话，我都让读者去想象。我要提的只是在欢言笑语之际，大家不止一次提到假如可怜的克里斯多福神甫也在场的话，这次欢聚就十全十美了。但接着又说："不过他肯定比我们都幸福。"

侯爵热情地招待他们，把他们带到一个漂亮的仆役餐厅，让一对新婚夫妇和阿格纳丝以及女商人坐在一起，他自己则和堂阿邦狄奥到另一

---

① 原文为拉丁语。
② 根据故事情节推算，那天应在一六三〇年十一月的第一周，离堂阿邦狄奥悠闲地散步回家的一六二八年十一月七日恰好两年。

个餐厅去吃饭，但在离开前和客人们聊了一会儿，甚至帮着招待他们。有人也许觉得坐在一起不是简单得多，何必分两桌，我希望谁都不会有这种想法。我向读者介绍侯爵时，说他是好人而没有说他不受世俗影响；我说他温良谦恭，但没有说他谦逊得出奇。他的谦逊足以使他把那些本分的人奉为上宾，但不能使他和他们平起平坐。

两处都吃完饭后，经一位律师之手立了一份契约。这位律师可不是阿策卡·加布利，目前此人，或者说此人的遗骸在坎塔雷里。有些人不熟悉那一带的情况，需要稍加说明。

莱科以南半英里左右，几乎挨着另一个名叫卡斯特洛的镇子，两条路相交的地方就是坎塔雷里，路边有个小山岗，仿佛是人工垒成的，上面竖着一个十字架，那次瘟疫中死去的人全埋在里面。说实话，传说只是简单地称作瘟死的人，但无疑是指最近的一次，也就是记忆所及死亡人数最多的一次。如果不加补充，传说的内容总是过于简略。

他们回家的路上一切顺利,只是伦佐带着卖房地产的现钱,沉甸甸的走路不大轻快。但是读者很清楚,比这艰难得多的事他都经历过。且不说他考虑如何充分发挥这些钱的作用时动足了脑筋。看到他头脑里的种种计划、思索、想象,听到务工抑或务农的正反意见之争,仿佛上世纪两派学说在展开论战①。对他来说,孰去孰从的窘境更为现实,因为他只是独自一人,总不能对他说:"根本不需要选择。有合适的机会时两行都干,因为经营手段实质相同,正如人的两条腿一样,两条腿走路总比一条好。"

他们考虑的只是打点行李,赶快出发,特拉马里奥一家前往新的地方,寡妇回米兰。临行前免不了流了许多眼泪,说了许多感谢的话,答应以后经常来往。伦佐和他的家人同伦佐的房东告别虽然没有挥泪,却也黯然神伤;至于向堂阿邦狄奥辞行的情景,读者别以为会很冷淡。那些善良的人始终对他们的教区神甫相当尊重,而神甫内心里对他们也一直喜欢。扭曲感情的只是切身利益罢了。

---

① 十八世纪后半叶,意大利国内在发展工业或发展农业的经济政策上有长期争论。

如果有人问起背离家乡和那些山山水水是不是也感到痛苦,答复是肯定的,我敢说分别总是有点痛苦的。但是不会太大,因为现在两个大问题——堂罗德里戈和公告——已经不存在,他们完全可以留在家乡。不过近来他们三人已经把他们要去的地方看作是自己的家乡。伦佐经常对母女二人讲手艺人在那里如何吃香,那里的生活条件又是如何舒适,使她们对那里有了好感。此外,他们在即将离去的地方都有过极不愉快的经历,触景生情,伤心的回忆总是觉得那些地方别扭。如果我们出生在那些地方,也许回忆会更粗暴、更刺痛人。佚名作者的手稿上说婴儿的情形也是这样,他舒服地躺在奶他的妈妈怀里,贪婪而放心地寻找一直温柔地喂他的乳房,如果断奶时奶头上抹了苦艾汁,孩子就会吐出奶头,接着又尝试一下,最后啼哭着掉头不顾,虽然啼哭,但不再眷恋了。

　　到了新的地方,刚安顿下来,哪知又有新的不愉快的事在等着伦佐。一些鸡毛蒜皮的小事,但小事也会使人大为扫兴。简单说来,事情是这样的:

　　早在鲁茜亚到达之前,那个村子里就对她有不少评论,听说伦佐为了她吃足苦头但忠贞不渝,也许一个偏爱伦佐的朋友对他和他的事情说了什么言过其实的话,这一切引起了人们的好奇心,都想亲眼看看那姑娘,以为她一定妙丽无双。读者都了解期望是怎么回事:起初是不切实际、轻信武断,到了真相大白的时候就会失望不满,他们永远找不到符合他们期望的事物,因为实质上并不知道要找的是什么,于是他们就莫名其妙地使劲贬低实际的事物。许多人以为鲁茜亚一定长着一头金发,面颊像玫瑰那般娇艳,眼睛又怎么怎么美,见到她本人时开始耸耸肩膀,扮个怪脸说:"哦!那就是她?等了这么久,谈论得这么多,其实不过如此。到头来竟是个普普通通的农村姑娘。嘿!像她一样、比她更漂亮的到处都有。"然后评头品足,有人找出一个缺点,别人找出另一个,最后甚至有人说她丑。

　　当然,谁都不会当着伦佐面说这种话,开始一段时候相安无事。后来有人当面说了,伦佐伤透了心。他开始思索,对说这种话的人大发牢骚,心里还有许多怪话忍住了没说出口:"和你们有什么相干? 谁让你们盼的? 我几时同你们谈过她来着? 我何曾对你们说她漂亮? 你们说她漂亮,难道我附和过? 我只说她是个好姑娘。是个农村姑娘! 我何曾对你们说过我带来的是个公主? 你们不喜欢她的模样? 那就别看她。女人有的是,你们认为谁漂亮就看谁。"

有时候微不足道的小事足以决定一个人一辈子的状况。伦佐本来打算在那个镇上待一辈子,果真如此的话,他的日子可不好过。由于老是生气,他变得老是面有愠色。他对谁都不客气,因为谁都可能说过鲁茜亚的坏话。不一定是没有礼貌,要知道在不违反礼貌准则的前提下有许多事情可做,甚至给人极大的伤害。他每句话都带刺,发现每个人也都有些缺点,到头来如果连续两天遇到坏天气,他就会说:"当然啦,这个鬼地方!"不少人,甚至以前喜欢他的人开始对他怀有反感;由于这个或那个原因,他几乎同全镇的人为敌,连他自己也不明白怎么会搞得这么僵。

但是那场瘟疫仿佛一心要补救他的全部失误。贝加莫边境另一家纺织厂的老板死于瘟疫,继承人是个浪荡子弟,觉得工厂毫无乐趣,决定尽快出售,即使半价也在所不惜,只是要现钱,好马上挥霍取乐。博尔托洛得知后立刻去看了厂房设施,讨价还价,谈妥了这笔千载难逢的交易,但是立即付现的条件却使他为难,因为他勤俭节约攒起的钱还不够数。他初步敲定后匆匆返回,把这笔交易告诉表弟,提出两人合伙。这么有吸引力的建议帮助伦佐拿定了主意,他当场决定从事工业,答应下来。两人一起去工厂,办妥手续。新厂主安顿下来时,那一带谁对鲁茜亚都没有先入之见,鲁茜亚非但没有遭到评头论足,而且可以说得到了好评。伦佐后来知道有不少人说:"你们见到那个俊俏的外来妹子没有?"有了前面的形容词,后面的名词可以不必理会。

他从另一个镇子的不愉快的经历中也汲取了有益的教训。在那之前,他也爱轻率地下结论,也喜欢评论别人的妻子,等等。现在他懂得言者无意听者有心的道理,养成了先斟酌一下再说出口的习惯。

但是读者别以为新的地方就没有不愉快的事了。人生在世,(我们的佚名作者又要发表议论了,读者凭经验已经看出他有偏爱比喻的怪脾气,这是最后一个,希望读者再包涵一次)人生在世就像躺在一张不太舒服的床上的病人,他看到周围有些外观十分整洁柔软的床铺,心想换张床肯定舒服,但当他如愿以偿躺在新换的床上时,又觉得这里有根草秆扎得痛,那里鼓出一块梗得慌,总之比先前好不了多少。这个比喻有点牵强附会,太富于十七世纪的气息,不过基本还是有道理的。佚名作者接着说,像已经叙说过的那类磨难和麻烦不再会落到我们善良的主人公头上,此后他们生活十分太平、幸福、令人羡慕,如果见好不收,再要描述下去,准会使读者厌烦至极。

业务相当顺利,开始由于人手不够,为数不多的现存工人要求过高,不很卖力,举步有些艰难。后来颁布了限制工资额的法令,工作恢复进行,因为不管怎么说,工作总得进行。威尼斯又公布了一项更合理的法令,规定移居共和国的外地人十年内可免缴一切不动产和动产税。对我们的主人公来说,这又是一件意想不到的好事。

结婚不满一年,一个漂亮的婴儿来到人间,仿佛特意给伦佐机会立即履行他的承诺,那是个女孩,他们当然给她取名叫马利亚。后来又生了许多孩子,有男有女;阿格纳丝带着一串孩子忙来忙去,管他们叫小淘气,使劲吻他们,在他们脸上留下的白印好长一会儿才消退。孩子们都很懂事,伦佐要他们都读书写字,说是既然有那种骗人的把戏,他们至少应该学点乖。

最有意思的是听伦佐讲他的冒险经历,结束时总是谈他学到的、律己的大道理。

"我学到的,"他说,"是不要卷进骚乱,不要在广场上发表演说,留心和你说话的人;我学到的是不能贪杯,当附近有头脑发热的人时,不能握着门环迟迟不松手,在考虑可能遇到什么事之前不能把铃铛拴在自己脚上——还学到了许许多多事情。"

鲁茜亚认为他的理论本身并不错,但不能使她满意,隐隐约约总觉得缺些什么。她每次听伦佐重弹老调时都思索一番,有一天她对伦佐说:"我呢?你希望我学到什么?我可没有去找那些倒霉的事,是它们找到我头上来的。除非你想说,"她微微一笑补充道,"我干的蠢事是爱上了你,做了你的未婚妻。"

伦佐起初很窘,无言以对。两人讨论探索了好久,得出的结论是:倒霉的事确实常是人们自己招来的,但为人处世任怎么谨慎善良也挡不住它们,当它们来临时,不管是不是由于自己的过错引起,对天主的信心可以加以缓解,使之有助于更好地生活。这一结论虽然出自小人物之口,我们认为很有道理,因此写在这里,作为整个故事的精髓。

读者如果认为这个故事并不讨嫌,将是写故事的人的荣幸,修订的人也沾了光。反之,如果我们让读者感到厌烦,请相信我们不是故意的。

"插图本名著名译丛书"书目

第 一 辑

书　名	著　者	译　者
荷马史诗·伊利亚特	[古希腊]荷马	罗念生 王焕生
荷马史诗·奥德赛	[古希腊]荷马	王焕生
一千零一夜		纳　训
神曲(地狱篇、炼狱篇、天国篇)	[意大利]但丁	田德望
十日谈	[意大利]薄伽丘	王永年
堂吉诃德(上下)	[西班牙]塞万提斯	杨　绛
培根随笔集	[英]培根	曹明伦
罗密欧与朱丽叶——莎士比亚悲剧选	[英]威廉·莎士比亚	朱生豪
威尼斯商人——莎士比亚喜剧选	[英]威廉·莎士比亚	朱生豪
鲁滨孙飘流记	[英]丹尼尔·笛福	徐霞村
格列佛游记	[英]斯威夫特	张　健
忏悔录(上下)	[法]卢梭	范希衡 等
少年维特的烦恼	[德]歌德	杨武能
浮士德	[德]歌德	绿　原
傲慢与偏见	[英]简·奥斯丁	张　玲 张　扬
红与黑	[法]司汤达	张冠尧

I

购书附赠有声书《巴黎圣母院》

1.扫描二维码
下载"去听"
客户端。

2.注册"去听"
点击书城首页右
上角，选择"立
即兑换"，输入
兑换码。

3.兑换成功
在"已购买"
中查看。

兑换码：

（部分图书未配有有声内容，为此我们随机提供一部作品欣赏）